Tiziano Terzani
In Asia

Tiziano Terzani nasce a Firenze nel 1938. Compiuti gli studi a Pisa, mette piede per la prima volta in Asia nel 1965, quando viene inviato in Giappone dall'Olivetti per tenere alcuni corsi aziendali. La decisione di esplorare, in tutte le sue dimensioni, il continente asiatico si realizza nel 1971, quando, ormai giornalista, si stabilisce a Singapore con la moglie (la scrittrice tedesca Angela Staude) e i due figli piccoli e comincia a collaborare con il settimanale tedesco «Der Spiegel» come corrispondente dall'Asia (una collaborazione trentennale, durante la quale Terzani scriverà anche per «la Repubblica», prima, e per il «Corriere della Sera», poi). Nel 1973 pubblica il suo primo volume: *Pelle di leopardo*, dedicato alla guerra in Vietnam. Nel 1975, rimasto a Saigon insieme con pochi altri giornalisti, assiste alla presa del potere da parte dei comunisti, e da questa esperienza straordinaria ricava *Giai Phong! La liberazione di Saigon*, che viene tradotto in varie lingue e selezionato in America come «Book of the Month». Nel 1979, dopo quattro anni passati a Hong Kong, si trasferisce, sempre con la famiglia, a Pechino. Nel 1981 pubblica *Holocaust in Kambodscha*, frutto del viaggio a Phnom Penh compiuto subito dopo l'intervento vietnamita in Cambogia (i testi pubblicati in questo libro saranno tradotti per la prima volta in italiano nel volume postumo *Fantasmi*, apparso nel 2008). Il lungo soggiorno in Cina si conclude nel 1984, quando Terzani viene arrestato per «attività controrivoluzionaria» e successivamente espulso. L'intensa esperienza cinese, e il suo drammatico epilogo, dà origine a *La porta proibita* (1985), pubblicato contemporaneamente in Italia, negli Stati Uniti e in Gran Bretagna.

Le tappe successive del vagabondaggio sono di nuovo Hong Kong, fino al 1985; Tokyo, fino al 1990 e poi Bangkok. Nell'agosto del 1991, mentre si trova in Siberia con una spedizione sovietico-cinese, apprende la notizia del golpe anti-Gorbacëv e decide di raggiungere Mosca. Il lungo viaggio diventerà poi *Buonanotte, signor Lenin* (1992), che rappresenta una fondamentale testimonianza in presa diretta del crollo dell'impero sovietico. Un posto particolare nella sua produzione occupa il libro successivo: *Un indovino mi disse*, che racconta di un anno (il 1993) vissuto svolgendo la «normale» attività di corrispondente dall'Asia senza mai prendere aerei.

Dal 1994 è a Nuova Delhi e nel 1998 pubblica *In Asia*, un libro a metà tra reportage e racconto autobiografico, che traccia un vasto profilo degli eventi che hanno segnato la storia asiatica degli ultimi trent'anni. Nel marzo 2002 interviene nel dibattito seguito all'attentato terroristico di New York dell'11 settembre, pubblicando le *Lettere contro la guerra*, e rientra in Italia per un intenso periodo di incontri, conferenze e dibattiti dedicati alla pace, prima di tornare nella località ai piedi dell'Himalaya dove da qualche anno passa la maggior parte del suo tempo. Due anni dopo pubblica *Un altro giro di giostra*, per raccontare il suo ultimo «viaggio»: quello attraverso la malattia e il mondo che la circonda.

Terzani muore a Orsigna, in provincia di Pistoia, nel luglio 2004.

Nel 2006 esce da Longanesi *La fine è il mio inizio*, il suo ultimo libro in cui «racconta» al figlio Folco di tutta una vita trascorsa a viaggiare per il mondo alla ricerca della verità, mentre nel 2008 viene pubblicato *Fantasmi. Dispacci dalla Cambogia*, una rigorosa e appassionata raccolta degli articoli sul periodo cambogiano curata e introdotta dalla moglie Angela Staude.

Tiziano Terzani
In Asia

TEA

Opere di Tiziano Terzani
pubblicate nelle edizioni TEA:

Un altro giro di giostra

Buonanotte, signor Lenin

In Asia

Un indovino mi disse

Lettere contro la guerra

Pelle di leopardo
(*insieme con* Giai Phong! La liberazione di Saigon)

La porta proibita

TEA - Tascabili degli Editori Associati S.p.A., Milano
www.tealibri.it

Prima edizione TEADUE novembre 1999
Prima edizione Saggistica TEA marzo 2004
Sedicesima edizione Saggistica TEA marzo 2008
Prima edizione « I Grandi » TEA aprile 2008

IN ASIA

Alla memoria di Marc Filloux, di Koki Ishihara
e di tutti gli altri colleghi che nell'onesto esercizio
del mestiere giornalistico,
a volte solo per andare a controllare l'esattezza d'un dettaglio,
han perso la vita sui fronti d'Asia

Inizio

DIVENTAI giornalista perché alle corse podistiche arrivavo sempre ultimo. Ero studente in un liceo di Firenze e mi ostinavo a partecipare a tutte le campestri che si tenevano alle Cascine. Non avevo alcun successo tranne quello di far ridere i miei compagni. Una volta, alla fine di una di quelle corse in cui ero davvero arrivato quando il pubblico stava già andando via, venne da me un signore sui trent'anni con un taccuino in mano e mi disse qualcosa come: «Sei studente? E allora, invece di partecipare alle corse, descrivile!» Avevo incontrato il primo giornalista della mia vita e, a sedici anni, avevo avuto la mia prima offerta di lavoro: cronista sportivo al *Giornale del mattino*. Cominciai con le corse a piedi, passai a quelle in bicicletta e poi alle partite di calcio. Le domeniche, invece che alle feste da ballo, le passai da allora andando a giro per i paesi e le cittadine della Toscana con una vecchia Vespa 98.

«Largo, c'è i' giornalista», dicevano gli organizzatori quando mi presentavo. Ero un ragazzino e di sport me ne intendevo poco o nulla, ma quella qualifica mi dava lì per lì il diritto a un buon posto d'osservazione e il giorno dopo il diritto alla mia firma in testa a un articoletto con tanto di descrizioni e giudizi sulle pagine rosa del giornale della città. A quei due diritti – direi privilegi – son rimasto attaccato tutta la vita. Di questo straordinario mestiere – che poi è un modo di vivere – mi ha sempre affascinato il poter essere in prima fila là dove avvengono le cose, porre a chiunque le domande più impossibili, mettere il piede in tutte le porte, fare i conti in tasca ai potenti e poi poterne scrivere.

Quel «Largo, c'è i' giornalista», detto in vari modi, in varie lingue, mi ha aperto la strada a tanti luoghi attraverso i quali passava la storia, per lo più triste, del mio tempo: al fronte di guerre inutili, alle fosse di orribili massacri, a umilianti prigioni e negli ovattati palazzi di un qualche dittatore. Ogni volta col senso di essere «in missione», di essere gli occhi, gli orecchi, il naso, a volte anche il cuore di quelli – i lettori – che non potevano essere lì. E non solo i lettori.

Perché se è vero che, col giornale di ieri, oggi ci si avvolge il pesce, è altrettanto vero che il giornalismo è alla base della storia. Questa è una responsabilità che ho sempre sentito. Da qui l'attenzione ai dettagli, il tentativo di essere preciso nei fatti, nelle cifre, nei nomi. Se i tasselli di un particolare avvenimento di cui si è stati testimoni non sono esatti, come potrà esserlo il mosaico della storia che qualcuno poi ricostruirà con quei pezzi?

Non pretendo affatto che nelle pagine che seguono non ci siano errori; dico solo che ho cercato di evitarli e che non mi sono mai inventato nulla tanto per riempire un vuoto o imbellire un racconto. Alcuni articoli sono scritti a caldo, sotto pressione, con i minuti contati; altri sono il frutto di giorni, a volte settimane, di ricerca e ripensamenti. Alcuni sono pura cronaca, altri il tentativo di tracciare, usando la cronaca, il ritratto di un Paese o di una particolare situazione. Tutti hanno a che fare con l'Asia perché l'Asia è, da più di 25 anni, la meta del mio vagabondare.

Perché l'Asia? Ci andai anzitutto perché era lontana, perché mi dava l'impressione di una terra in cui c'era ancora qualcosa da scoprire. Ci andai in cerca dell'«altro», di tutto quello che non conoscevo, all'inseguimento d'idee, di uomini, di storie di cui avevo solo letto. Cominciai con lo studiare il cinese perché volevo vivere in Cina e vedere il maoismo con i miei occhi; m'improvvisai corrispondente di guerra perché quel che succedeva in Vietnam mi pareva riguardasse anche me. Il resto è venuto da sé, compresa la scelta dei Paesi in cui vivere, ogni volta fatta in famiglia, in base a un interesse particolare e mai per convenienza o perché qualcuno me l'aveva imposta.

Il vantaggio dell'esser giornalista rispetto all'essere, per esempio, diplomatico è che si è liberi, non solo di esprimere quel che si pensa, ma anche di cambiare datore di lavoro se quello non ci fa fare quel che si vuole. Un ambasciatore trasferito da una capitale a un'altra non può dire «no, resto qui e rappresento un altro Paese». Un giornalista invece può cambiare testata pur di rimanere o andare dove vuole. Io ho avuto fortuna perché, senza dover cambiar destinatario di quel che scrivevo, sono sempre stato là dove volevo: a Singapore dal 1971 al 1975, a Hong Kong dal 1975 al 1979, in Cina dal 1979 al 1984, di nuovo a Hong Kong per un anno, in Giappone fino al 1990, in Thailandia fino al 1994 e da allora in India.

Nel mio caso la fortuna fu d'incontrare il destinatario giusto: Rudolf Augstein, fondatore e direttore di *Der Spiegel*, che nel

1971, divertito forse dalla comparsa di questo strano *Gastarbeiter* in cerca di lavoro, mi offrì di fare lo *stringer* e, qualche mese dopo, il corrispondente. Da allora sono stato un «giornalista tedesco». A essere italiano ci avevo provato ma, come alle corse podistiche, non avevo avuto gran successo. In quegli anni nessun quotidiano o settimanale italiano aveva un giornalista in Oriente o era interessato ad averlo.

Lo scrivere in una lingua che non era la mia, per un lettore che non conoscevo, a volte mi pesava e ogni tanto mandavo articoli anche a pubblicazioni italiane. Scrissi così per *Il Giorno*, *Il Messaggero*, *l'Espresso*, *la Repubblica* e, dal 1989, per il *Corriere della Sera*. In italiano scrivevo soprattutto i miei diari da cui ho poi tratto alcuni libri.

La collezione che segue è una selezione delle cose puramente giornalistiche che ho scritto nel corso degli ultimi 25 anni. La maggior parte sono traduzioni dei miei originali in tedesco o in inglese, altri sono articoli scritti direttamente in italiano. Mi son permesso di lasciarli come li ho ritrovati, i vecchi nelle veline o nelle versioni passate al telex, i più recenti nella memoria del computer.

Mi si dice che con l'avvento dei mezzi elettronici il mestiere cambia, che il giornalismo-spettacolo ha inquinato l'etica della professione e che presto scompariranno quelli come me che vanno ancora a giro per il mondo con la pretesa d'inseguire qualche piccola verità. Certo: è tutto vero e mi dispiace.* Ma sono anche convinto che, nonostante l'ipermaterialismo e la grande amoralità che dominano attualmente ogni aspetto della vita, i valori di fondo dell'animo umano restano e anche questo mestiere, come altri, in barba a tutti i computer che infreddoliscono la vita, può continuare a essere fatto con calore e passione, può continuare a essere visto come una missione, un servizio pubblico, un modo di vivere. E più la televisione porterà con immediatezza, ma anche con superficialità, nelle case di tutti gli avvenimenti del mondo ridotti in pillola, più ci sarà bisogno di quelli che vanno a vedere, ad annusare, a commuoversi per una qualche storia vi-

* Nel 1993, in un accesso d'ira, per esempio, denunciai all'Ordine un giornalista italiano che aveva pubblicato una serie di articoli palesemente falsi. Non successe nulla. E ancor oggi uno dei più noti falsari resta uno dei giornalisti più pagati d'Italia.

cina o lontana da raccontare a chi avrà ancora voglia di ascoltare. Son convinto che è così. Se poi non lo fosse – e mi son già sbagliato altre volte – ecco le tracce fossili d'un esemplare in via di estinzione.

t.t.

Orsigna, aprile 1998

Dal 1958 al 1961 fui allievo del Collegio Giuridico della Scuola Normale a Pisa. Dopo la laurea passai sei mesi in Inghilterra e nel 1962 entrai all'Olivetti. Per un po' vendetti macchine per scrivere, per un po' stetti in fabbrica, poi fui messo a lavorare nell'Ufficio del personale estero. Nel 1965, avevo 27 anni, venni mandato in Giappone per tenere corsi nell'azienda laggiù. Sulla via di Tokyo, mi fermai un giorno a Bangkok. Fu la prima volta che misi piede in Asia. Mi colpì lo splendore delle bouganville. A Tokyo usai ogni momento libero per esplorare la città e per scrivere ad Angela le mie prime impressioni.

La prima volta

Tokyo, 4 gennaio 1965

MOGLIE mia carissima,

dopo la serena incoscienza dell'addio eccomi qua: in Giappone... Il moderno rende tutto piatto e la civiltà tutto civile. Sono sceso a Tokyo come sarei sceso a Milano. L'albergo può essere come uno a Stoccolma e l'accoglienza Olivetti standard come a Lisbona o all'Aja. Dalla finestra su cui ticchetta una pioggia leggera e insistente vedo una distesa di case basse e una strada ancora deserta. Vorrei solo scappare da questa assopente tranquillità degli alberghi per manager, che possono lavarsi qui con lo stesso sapone che a Toronto, per scorrazzare a piedi per questa grigia pianura di case. Vorrei liberarmi di questa corazza protettiva che rende tutto attorno a me facile e sorridente.

Tokyo, 6 gennaio 1965

... Ho mangiato per la prima volta in un ristorante giapponese divertendo tutti i miei vicini con la mia ostinazione a usare i bastoncini. Non fosse stato per una famigliola che mi sedeva davanti e di cui ho cercato d'imitare ogni gesto, avrei finito per pagare il conto senza aver toccato che qualche chicco di riso. Qui non solo gli strumenti e gli oggetti del mangiare sono diversi, ma anche il modo in cui questi vengono disposti sulla tavola: non ci sono piatti, ma ciotole in cui galleggia qualcosa... La fine e l'inizio dell'anno si celebrano qui con una sorta di grande saturnale che dura due settimane: le strade sono coronate di paglia di riso, le donne portano kimono da festa, le macchine fanno sventolare bandierine cariche di affascinanti iscrizioni che non capisco. Negli uffici si beve birra e si mangia da scatole di legno ben confezionate e decorate con fiori e ideogrammi. Agli occhi di un occidentale, l'ideogramma è una forma elegantissima di decorazione che dà a ogni oggetto un'aria misteriosa, sì che io sorprendo i miei colleghi giapponesi fermandomi ammirato a guardare gli ideogrammi di un grande cartellone su cui poi – mi dicono – sta scritto COCA-COLA, o quelli sulla schiena del mezzo kimono azzurro di un gruppo di operai che – mi dicono – voglion dire: SOCIETÀ TELEFONICA DI TOKYO. Sono affascinato da tutto questo che non conosco, da questa impossibilità d'intendersi, da questo cerchio misterioso di facce per le quali non funziona il gioco dell'istinto o della simpatia, da questo cerchio di segni che evocano segreti che voglio capire.

Tokyo, 9 gennaio 1965

... fra i venditori ai quali insegno ce n'è uno cui è giusto morto un figlio piccolissimo. Rivoltandosi nella culla, il bambino era rimasto sotto il cuscino e si era mezzo soffocato. Hanno chiamato l'ambulanza, questa è arrivata con l'ossigeno, ma senza il raccordo e la cannuccia per inalarglielo. Il bambino è morto. Quelli dell'ambulanza e i genitori si son fatti grandi inchini scusandosi a vicenda: gli uni per averli fatti aspettare; gli altri per averli fatti venire inutilmente...

Tokyo, 14 gennaio 1965

... sto imparando. Oggi nella metropolitana ho osservato la conversazione di una vecchietta dalla faccia trasparente e liscia con un'altra che aveva la spesa avvolta in un magnifico fazzoletto annodato. Una parlava e l'altra, annuendo costantemente con la testa, ribatteva: «Hai... hai... aah... so... iiiii... ooooooo... uuuuuu... hai». Sono andate avanti così per un buon quarto d'ora, poi si sono alzate e sono uscite dondolando via a piccoli passi. L'una parlava ancora e l'altra faceva gli stessi suoni, mentre il suo magnifico fazzoletto azzurro e nero le sbatteva contro il kimono d'un marrone scuro, ma caldo.

Kyoto, 15 gennaio 1965

... È la festa dei giovani che hanno compiuto vent'anni e ne ho approfittato per venire a Kyoto con il treno più veloce del mondo... Sto in un *ryokan*, un albergo tradizionale, servito e riverito da una cameriera-nutrice che si preoccupa d'insegnarmi a distinguere tra le varie ciabatte a mia disposizione e a non confondere quelle per l'*o-furo*, l'«onorevole bagno» e quelle per il cesso... Per il tè è venuto a trovarmi il «fiorentino bizzarro» amico di Fosco Maraini, padre Sandro Bencivenni, domenicano, che è rimasto poi fino a mezzanotte, seduto per terra al mio tavolinetto di lacca con la nutrice che serviva biscotti e sakè, felice d'avere un ospite in casa del suo ospite. Abbiamo parlato di Firenze, del perché siamo scappati via, dell'Oriente, del buddhismo di cui lui è uno dei più profondi conoscitori... la sua ingenuità sulle cose del mondo è disarmante, ma le sue riflessioni filosofiche mi hanno molto colpito: l'Occidente – diceva – è la cultura intesa come scienza, cioè come conoscenza del mondo attorno all'io, mentre l'io è solo strumento e luogo di pensiero; ne derivano le scienze della natura e dell'osservazione. L'Oriente invece – cioè l'India, perché secondo lui tutto venne da lì anche in Giappone attraverso la Cina e la Corea – vuol dire cultura in quanto ricerca dell'io pensante, il pensiero inteso come pensiero dell'io che pensa se stesso perché l'io non è parte del tutto, ma il tutto. Il distinguere è illusione; il tutto, l'assoluto, è verità. Cercare di distinguere è la via dell'errore. In queste due direzioni – dice lui – il mondo s'è mosso per secoli arrivando a questo pauroso abisso di oggi in cui da una parte c'è l'io che ha dimenticato se stesso nella conoscenza dell'attorno, anzi è diventato schiavo del conosciuto – la civiltà della macchina e la fine dell'umanesimo –; dall'altra parte c'è l'io che ha raggiunto profondità ricchissime e forme di cultura avanzate, ma che, avendo dimenticato la conoscenza dell'attorno, ora muore di fame e ancora di peste e di lebbra...

Rimasi in Giappone un mese e mezzo. Sulla via del ritorno mi fermai a Hong Kong, a Singapore e a Delhi. Avevo deciso: nel mio futuro c'era l'Asia. Si trattava di prepararmici. Ai primi di settembre del 1967, con Angela, m'imbarcai sulla *Leonardo da Vinci* in rotta per New York. Dopo un secondo viaggio in Asia – con tappe in Australia, sull'isola di Timor, a Hong Kong e a Macao durante le grandi dimostrazioni maoiste – avevo vinto la Harkness Fellowship, una borsa di studio che mi permetteva di vivere per due anni negli Stati Uniti. M'iscrissi alla Columbia University dove studiai la storia e la lingua cinesi. Nel 1969 tornai in Italia, feci 18 mesi da praticante giornalista al *Giorno* di Milano e mi dimisi. Alla fine del 1971, con i due figli piccolissimi, partimmo per Singapore, dove mettemmo su la nostra prima casa asiatica in un parco pieno di colori e di suoni tropicali.

La grande storia del momento era la guerra d'Indocina, che contrapponeva gli americani, e i regimi di destra da loro appoggiati, alla guerriglia comunista sostenuta dalla Cina e dall'URSS. Nell'aprile del 1972 ero in Vietnam da corrispondente e per la prima volta sentii «sparare con rabbia». Tenni un diario. Ecco la prima pagina:

Saigon, 7 aprile 1972

La guerra è una cosa triste, ma ancora più triste è il fatto che ci si fa l'abitudine. Il primo morto, quando l'ho visto, stamani rovesciato sull'argine di un campo con le braccia aperte, le mani magrissime piene di fango e la faccia gialla, di cera, mi ha paralizzato. Gli altri, dopo, li ho semplicemente contati, come cose di cui bisogna, per mestiere, registrare la quantità.

Non si può parlare, scrivere di questa o di un'altra guerra se non la si va a vedere, se non si è disposti a condividerne i rischi. Me lo dicevo andando al fronte, dopo due giorni passati a Saigon con gli addetti militari delle ambasciate, i portavoce dei comandi, con gli «esperti», a discutere di una guerra che rimaneva per me campata in aria, astratta, come non fosse fatta da uomini.

Mi pareva che andare alla guerra fosse necessario per capirla, fosse anche una forma di lealtà nei confronti di chi la combatte. Non ho cambiato idea, ma ora che ci sono ho paura e ciò che mi fa paura è accorgermi che questa guerra non la si può vivere che da una parte del fronte, diventando in un certo modo combattenti.

I soldati dietro i quali si va diventano presto «noi», e quelli che ci sparano addosso, gli altri, diventano i nemici, i *bad guys*, i «cattivi», come gli americani hanno qui insegnato a chiamarli.

Imparando a distinguere fra i colpi di artiglieria in partenza, regolari, e quelli in arrivo, sporadici, irregolari, che possono cadere qui vicino, s'impara automaticamente a dire «i nostri», «i loro».

Con la faccia affondata nella terra d'una fossa che si riempiva d'acqua, sotto una pioggia scrosciante, mi sono sorpreso a sperare che venissero gli elicotteri americani, che venissero i «cobra» a ripulire il boschetto dal quale un paio di cecchini ci prendevano di mira.

«Se non riceviamo rinforzi entro stasera o domani siamo spacciati», diceva il maggiore Minh, capo distretto di Chon Than. «I vietcong aumentano di ora in ora. Sono ormai tutti qui attorno...» E col braccio teso aveva fatto il giro dell'orizzonte. È stato in quel momento che ci hanno sparato. Io stavo in piedi e vicinissimo, all'altezza dell'orecchio destro, m'è passato qualcosa con un sibilo. Secco. Breve. Lo so, l'ho sentito dire tante volte che la pallottola che senti non è quella che ti colpisce, ma è una magra consolazione quando ne senti altre passarti sopra la testa e sai che, a pochi metri da lì, uno che neppure conosci aspetta che tu ti muova per tirarti addosso e magari pensa che tu sia un consigliere americano...*

* Questo materiale uscì con il titolo *Pelle di leopardo, diario vietnamita di un corrispondente di guerra* nel 1973, presso Feltrinelli.

Con la famiglia al sicuro a Singapore, passavo la metà del tempo in Indocina di solito facendo la spola fra il Laos, la Cambogia e il Vietnam. Dei tre Paesi, quello che per primo sembrò avviarsi alla pace fu il Laos. Rappresentanti della guerriglia entrarono nel governo e i primi pathet lao si fecero vedere nella capitale.

Laos: un milione di elefanti

Vientiane, aprile 1974

LA ronda pathet lao passa ogni ora dopo il calar del sole. In fila indiana, lenti, a passo di montagna, come fossero ancora nelle giungle del Laos liberato, i guerriglieri comunisti pattugliano le strade di questa città che, negli anni di guerra, era diventata il quartier generale delle operazioni segrete americane in Indocina, il covo degli agenti CIA, il centro del traffico dell'oppio. Nelle loro uniformi verdi, sbiadite dal sole e dalle piogge, in pieno assetto di guerra, col fucile cinese AK-47 appoggiato al fianco, sfilano sui due lati della strada davanti ai bar, ai night-club, in mezzo ai gruppi di prostitute e di travestiti che danno la caccia agli ultimi clienti sulla via Sam Se Thai.

Non fermano nessuno, non fanno domande. Per ora, passano semplicemente e guardano.

Da tre settimane nel Laos c'è un governo di coalizione. I comunisti hanno metà del potere e 1800 dei loro soldati nella capitale amministrativa del Paese. Sebbene dopo gli Accordi di Parigi si sia parlato molto di questa soluzione, vederla in pratica è stata una sorpresa. Per molti è stata come la conclusione di una favola.

Dopo un decennio di guerriglia fratricida, i due nemici, i due prìncipi fratellastri, si sono incontrati a Luang Prabang, la vecchia capitale del «regno di un milione d'elefanti», e hanno giurato dinanzi al re, loro cugino, di lavorare assieme, in pace, per il benessere del loro popolo.

Souvanna Phuma, l'anticomunista, e Souphanouvong, il comunista, stavano l'uno accanto all'altro, nel costume tradizionale lao, una gonna blu scuro e una giacca bianca a collo chiuso. Dietro di loro, tutti allo stesso modo negli abiti di corte, i membri del nuovo governo e del consiglio politico. La scena pareva quella di una vecchia stampa esotica: la guardia del re sull'attenti, il corpo dei diplomatici in alta uniforme, i bonzi nelle loro tuniche arancioni e la folla in festa. I rintocchi d'un gong scendevano dal Wat Pu Si, il tempio sulla collina sacra dove, si dice, siano sepolte alcune delle 84.000 reliquie di Buddha e dove, secondo la leggenda lao, si nascondono due draghi mostruosi che usciranno per mangiare tutti gli abitanti del Paese il giorno in cui non sentiranno più il pulsare del gong.

Il Laos era di nuovo riunito e in pace; il primo Paese dell'Indocina a trovare una via d'uscita da una guerra che in varie fasi ha devastato la penisola dal 1945. C'è un proverbio laotiano per ogni occasione della vita e il principe Souvanna Phuma, primo ministro del nuovo governo di coalizione, ha trovato quello adatto per questa. «Non si può spezzare l'acqua con la spada», mi ha detto, con dovuta solennità, durante un ricevimento nella sua residenza. «Se qualcuno prova ancora a dividerci, torneremo assieme come l'acqua.»

Nonostante l'ottimismo ufficiale, però, molti osservatori stranieri, e anche laotiani, esprimono dubbi sulla possibilità di sopravvivenza di questa coalizione: la terza dopo due precedenti esperimenti (nel 1957 e nel 1962) finiti in altrettanti disastri.

Alcuni dicono che i pathet lao, con il loro 50 per cento del potere, organizzeranno un colpo di Stato per prendersi tutto il potere degli altri; altri, al contrario, sostengono che saranno le ricche famiglie laotiane e i loro generali di destra a farlo, per ricacciare i comunisti nelle cave di pietra di Sam Neua, la città al confine col Vietnam del Nord dove i pathet lao hanno resistito ai massacranti bombardamenti delle fortezze volanti americane e da dove hanno condotto, con successo, la loro guerra rivoluzionaria contro il governo di Vientiane, appoggiato da Washington.

Ma il Laos è un Paese particolare e qui la coalizione potrebbe davvero funzionare.

Questo è il Paese in cui, persino al tempo del più duro conflitto, quando i soldati del governo e i guerriglieri comunisti si uccidevano nelle giungle, un rappresentante ufficiale dei pathet lao continuava a vivere indisturbato in una villa sulla piazza del mercato centrale e un guerrigliero in uniforme stava di guardia all'ingresso dinanzi a centinaia di massaie che facevano la spesa fra le bancarelle della verdura. Quattro ministeri furono, per 13 anni, lasciati vacanti nel governo di Vientiane nel caso che i leader pathet lao volessero tornare a rioccuparli e, da parte loro, i guerriglieri non costituirono mai un governo rivoluzionario alternativo come hanno fatto i vietcong in Vietnam e i khmer rossi in Cambogia.

La guerra in Laos fu importata dal resto dell'Indocina, fu imposta dall'intervento americano e la propaganda anticomunista pagata da Washington non riuscì mai a dipingere i pathet lao come irriducibili, micidiali nemici.

Per i laotiani, i guerriglieri erano nazionalisti che si battevano contro l'ingerenza straniera nel Paese e la loro popolarità rimase altissima anche nelle zone controllate dal governo di Vientiane.

Migliaia di persone sono scese per le strade a sventolare bandiere e fazzoletti, ad applaudire, a intonare, spontaneamente, un popolare canto pathet lao fino allora trasmesso solo dalla radio clandestina, ma che tutti sembravano conoscere: «La pace è qui, la pace è arrivata».

La Volga bianca del capo pathet lao scorreva lenta fra due ali di folla tumultuosa e i soldati pathet lao, disposti ogni cinquanta metri lungo il percorso, erano gli eroi della giornata. La gente li abbracciava.

La stessa accoglienza è stata fatta al principe rosso a Luang Prabang, la capitale reale, e Savang Vatthana, il re, era così contrariato dalla chiusura delle scuole e dalla folla per le strade – un trattamento solitamente riservato al suo arrivo – che all'ultimo momento si è rifiutato di firmare il decreto con cui doveva insediarsi il nuovo governo. Per un attimo il re ha temuto che il suo trono fosse in pericolo e solo dopo che Souphanouvong lo ha rassicurato si è deciso a firmare.*

La paura che, con l'arrivo dei pathet lao al potere, le cose cambiassero non era solo del re. La ricca borghesia laotiana, gli uomini d'affari cinesi, l'ambasciatore sudvietnamita e quello

* Il re non aveva tutti i torti a essere sospettoso. Un anno e mezzo dopo venne rimosso e inviato con tutta la famiglia in un campo di rieducazione dove morì. Il regno di un milione di elefanti divenne una repubblica democratica.

cambogiano, i residenti stranieri e persino gli hippy, che passano a centinaia dal Laos sulla loro via della droga a buon mercato, tutti erano, ognuno a suo modo, preoccupati che il nuovo governo avrebbe preso misure economiche per ridurre l'attività privata, moralizzato la vita nel Paese, stabilito relazioni diplomatiche con gli altri governi rivoluzionari nella regione e messo alla porta tutti i «non lao» che sopravvivono qui di traffici più o meno leciti.

Niente di tutto questo è accaduto. Tre settimane dopo l'insediamento del nuovo governo, nessuna drammatica decisione politica è stata presa e i pathet lao hanno fatto di tutto per rassicurare tutti. La prima uscita pubblica del nuovo ministro dell'Economia e della Pianificazione – un pathet lao – è stata per andare al pranzo settimanale del Rotary Club nell'elegante Hotel Lane Xang di Vientiane, mentre il pathet lao ministro dei Culti e delle Religioni è andato, accompagnato dal principe rosso Souphanouvong, sia alla cerimonia buddhista sia a quella cattolica in memoria di Pompidou.

Vientiane e Luang Prabang, nonostante la presenza dei guerriglieri per le strade, appaiono oggi quello che sono sempre state. Le undici fumerie d'oppio e i sette bordelli della vecchia capitale reale sono sempre aperti, come lo sono le case di prostituzione dell'intero quartiere Pa Kuai, a Vientiane, e le decine di capanne in cui una pipa del migliore oppio costa ancora 100 kip (circa 80 lire). La marijuana è ancora in vendita al mercato centrale di Vientiane fra i cavoli e il basilico per 150 kip al chilogrammo e nei negozi dei vietnamiti sono ancora in mostra, accanto ai ritratti del re del Laos, le foto di Ngyen van Thieu distribuite dalla locale ambasciata di Saigon che è stata rassicurata, assieme a quella cambogiana, che il nuovo governo non cambierà lo status quo delle sue relazioni diplomatiche.

Il White Rose, il famoso bar dove le ragazze fumano, con la parte meno adatta e più intima del loro corpo, dieci sigarette alla volta, il Madame Lulu, il bordello dove solo «l'amore alla francese» è in vendita, sono ancora in attività, ma i locali son pressoché vuoti perché i clienti regolari – i piloti americani della CIA e gli agenti segreti di passaggio sotto varie coperture – hanno lasciato il Paese assieme al grosso della comunità americana. Ancora in giro sono rimasti alcuni vecchi mercenari della legione straniera, qui dal 1954 a vendere whiskey da poco in miseri bar, oscuri come certi affari con cui sono campati.

« I pathet lao non vogliono comportarsi come un elefante in un negozio di porcellana », diceva un diplomatico occidentale. « Anzitutto vogliono studiare come il sistema funziona, conoscere i vari personaggi, poi lentamente interverranno. »

Quel che è cambiata è l'atmosfera del Paese. « Sono dappertutto. Me li sento come respirare sulla schiena tutto il tempo », mi diceva un commerciante cinese, « non chiedono nulla, non si vedono mai entrare in un negozio, in un ristorante, ma ci sono, si fanno sentire. »

È facile riconoscere le case e le ville in cui i pathet lao si sono installati: le mura sono state ridipinte, le cancellate riparate e i giardini sono stati trasformati in tanti orti in cui, durante il giorno, si vedono guerriglieri che annaffiano l'insalata o danno da beccare ai polli. Nel piccolo parco attorno alla villa in cui è andato a vivere il principe Souphanouvong, a 20 metri dall'ambasciata americana, c'è una dozzina di piccole anatre che sguazzano in un piccolo stagno scavato di fresco.

Attorno, i pathet lao, col loro fucile mitragliatore sempre a portata di mano, costruiscono una baracca di legno o fanno il bucato.

I pathet lao hanno, secondo valutazioni occidentali, circa 35.000 guerriglieri nel Paese di cui controllano almeno l'85 per cento del territorio, ma a Vientiane, che è stato tradizionalmente il centro delle forze di destra finanziate dagli americani, sanno di muoversi su un terreno minato. Per questo sono sospettosi degli stranieri e stanno in guardia. Anche i loro capi sono prudenti e rifiutano di essere intervistati.

Souphanouvong è una figura di grande fascino. Piccolo, tozzo, con le spalle larghissime, una faccia abbronzata, i baffi piccoli, neri e lo sguardo fisso sempre oltre il suo interlocutore, come se guardasse sempre « nel futuro ». L'ho incontrato in varie occasioni in questi ultimi giorni, ma non sono mai riuscito a cavargli più di qualche grande sorriso o di una battuta. Durante un ricevimento gli ho chiesto da dove verranno le maggiori difficoltà per il nuovo governo. Si è semplicemente voltato verso l'ambasciatore americano Whitehouse, che sorbiva un gin and tonic a un passo da noi, e ha detto: « Da quella parte ».

Il 15 agosto 1973 gli americani avevano cessato i loro bombardamenti a tappeto sulla Cambogia e appoggiavano solo indirettamente il governo del maresciallo Lon Nol. I khmer rossi erano ormai alle porte della capitale.

Cambogia: la paura del cavallo bianco

Phnom Penh, 2 gennaio 1975

«QUESTA non è una città sulla Terra, è la porta dell'aldilà», dice un vecchio residente francese. Se non fosse per le aggressive miserie di una guerra terribilmente terrestre, che ha affamato la gente e ha spento sulla faccia dei cambogiani il loro mitico «sorriso khmer», ci sarebbe da crederci.

Bastano pochi giorni a Phnom Penh per adattarsi a un ritmo diverso di vita, per entrare nella logica di un altro mondo in cui realtà e fantasia, ragione e superstizione si confondono continuamente. Phnom Penh è una città stregata, dove ormai uomini e spiriti coabitano. I soldati che partono per la zona d'operazione con un'immagine di Buddha fra i denti o con la testa fasciata da uno straccio colorato per difendersi dalle pallottole non meravigliano nessuno. E quando corre voce che il presidente della repubblica, il maresciallo Lon Nol, ha intenzione di far rimuovere la collina che si erge, improvvisa, nel centro della città perché, secondo il suo astrologo, fu costruita con un inganno secoli e secoli fa dai cinesi sulla testa del Naga, il serpente a sette teste, spirito della Cambogia, per soggiogare per sempre il popolo khmer, nessuno si scandalizza.

Per i cambogiani, il maresciallo potrebbe anche avere ragione. Tempo fa, dopo che una compagnia di soldati governativi era scappata a gambe levate dinanzi ai khmer rossi, dicendo di aver visto in cielo un enorme cavallo bianco, Lon Nol aveva ordinato al capo dei suoi servizi segreti – un colonnello – di fare un'inchiesta sull'incidente. Questi scrisse sulla faccenda un lungo rapporto, concludendo che: «Non si era trattato di un cavallo bianco, ma di una nuvola». Sulla faccenda venne indetta una conferenza stampa e un giornalista americano chiese al colonnello: «Ma credevate davvero che potesse essere un cavallo?» E quello: «Certo. E se lo fosse stato, sarebbe stato davvero un brutto segno».

Per i cambogiani, un cavallo bianco è il simbolo di un re che viene a governare il Paese e quel re ormai non potrebbe essere che Sihanouk alla testa dei khmer rossi.

Preoccupati di questi aspetti della vita cambogiana, gli americani hanno recentemente commissionato a un antropologo uno studio sui vari miti e credenze del Paese e sembra che, tra i funzionari dell'ambasciata, ce ne sia uno addetto esclusivamente «a controllare e guidare» gli astrologi e i chiromanti di cui Lon Nol si serve quotidianamente e i cui consigli costano alle casse statali qualche milione di dollari all'anno.

L'ambasciata americana, a pochi passi dal palazzo presidenziale, un agognato obiettivo dei razzi comunisti, diventa ogni giorno di più una fortezza. Recenti lavori di restauro hanno alzato a cinque metri il muro di cinta e sostituito tutte le porte, una volta di legno, con massicce lastre d'acciaio. Entrarci è una complicata operazione perché bisogna passare attraverso un labirinto di controlli e perquisizioni finché un marine, con un congegno elettrico, apre una vetrata a prova di proiettile.

La presenza americana a Phnom Penh è tenuta nei limiti imposti dal Congresso (non più di 200 funzionari), ma è fin troppo apparente. Al ristorante La Taverne, sulla silenziosissima place de la Poste, rimasta intatta dal 1890 come fossero le quinte di un vecchio teatro francese, si riuniscono ogni sera con le loro radio trasmittenti che strabuzzano dalla tasca dei pantaloni bianchi o violetti i consiglieri militari, americani giovani delle «forze speciali» mandati qui dal Vietnam a combattere una guerra che possono raccontare, come fanno, solo a se stessi, perché ufficialmente quella americana in Cambogia è una guerra segreta. La loro rumorosità contrasta con le chiacchiere in sordina di un gruppo di professori francesi, residui dell'età coloniale, che si ritrovano alla stessa ora appollaiati sugli sgabelli del bar, sotto i grandi ventilatori, a bere il classico *pastis*.

Due settimane fa anche la flemma di questi vecchi *habitués* della Taverne si è per un attimo scossa. Improvvisamente, poco prima del coprifuoco, alle nove, s'è sentita, vicinissima, una grande sparatoria: non erano i soliti colpi dei soldati di guardia sul fiume che, temendo le mine, sparavano contro tutto ciò che galleggia; quello era un fuoco fitto, come in risposta a un attacco di partigiani ormai infiltrati in città. Dopo un po' di smarrimento, qualcuno s'è ricordato che c'era l'eclissi. I soldati sparavano in cielo per scacciare il gigante cattivo Rea Hu, che stava per mangiarsi la luna. Per i cambogiani, forse perché da secoli sono contadini, è dal cielo che vengono le disgrazie maggiori e lo stesso Lon Nol crede a quello che un bonzo gli ha detto, che « dal cielo verrà la sua fine ». Così, ogni volta che si sposta dal suo palazzo si fa accompagnare da due batterie contraeree. « Non si capisce perché », diceva un diplomatico europeo. « Tutti sanno che i khmer rossi non hanno aviazione. » Qualcuno, più realista, faceva notare che sono stati proprio due piloti delle forze governative a tentare recentemente di mandare il maresciallo nella tomba. Senza successo.

Da quando Phnom Penh è stata invasa dai rifugiati, i marciapiedi dei grandi viali sono come scomparsi. Una accanto all'altra sono sorte capanne, scatole di cartone e plastica in cui vivono intere famiglie. Per lo più, sono donne e bambini. Gli uomini vengono presi dalla polizia militare che di tanto in tanto rastrella le strade in cerca di gente da mandare sotto le armi a rimpiazzare i « soldati fantasma »: uomini che non esistono, ma che gli ufficiali tengono nelle proprie liste solo per ricevere il soldo alla fine del mese. Ora gli americani hanno cominciato a fare controlli severi, le varie unità cercano di riempire in fretta i loro buchi.

Guerra, politica, khmer rossi, americani: non sono cose queste di cui parla la gente. Anche fra la popolazione più disperata, come gli ultimi rifugiati accampati sul prato del palazzo reale dove un tempo si svolgevano le grandi feste di Sihanouk, non si sente mai una parola di rabbia, di sdegno, di rivolta contro qualcuno.

Ho chiesto a una donna che aveva attorno cinque bambini pieni di bolle e di sudicio, mentre davanti sfilava un corteo di Mercedes governative: « Che ne pensa di quelli? » « Sono fortunati », ha risposto, « quelli mangiano almeno tre volte al giorno. »

Un vecchio signore cambogiano che fu ministro di Sihanouk e governatore della Banca Centrale mi diceva: « Bisogna capire i cambogiani: sono buddhisti, non si ribellano. Se una bomba brucia loro la casa, si gettano le ceneri sul capo e si chiedono che cosa hanno fatto di male nella loro vita precedente per meritarsi ora questa sventura ».

Sta per finire la stagione delle piogge e, dopo il temporale quotidiano del primo pomeriggio, il cielo torna alto e pulito. Dal Mekong vengono ogni tanto folate di vento che alzano colonne di polvere rossastra e, per un attimo, i pinnacoli dorati delle pagode e dei palazzi paiono soffocare. A sera, quando il sole cade dietro le palme da zucchero, se si guarda in alto, quella che si vede è la vecchia Cambogia di un tempo, la Cambogia della « serenità sorridente », la Cambogia di sogno in cui si perdevano i visitatori occidentali. In basso, sull'asfalto delle strade c'è la Cambogia di oggi con gruppi di gente che mangia povere manciate di riso sporco da foglie di banano.

Sulle facciate degli edifici pubblici, dell'università, della posta ricompare, sotto i riverberi del tramonto, la parola *royal*, « reale », che i repubblicani cancellarono in fretta, con la vernice bianca, dopo il colpo di Stato del 1970 che rovesciò la monarchia e Sihanouk.

Dall'aiuola del grande albergo *démodé*, davanti al liceo francese Descartes, tolsero allora le piantine di bossolo con cui era scritto HOTEL ROYAL, ma quel nome si legge ora di nuovo perché l'erba è ricresciuta di un colore più intenso. Certamente anche in questo i cambogiani vedono l'opera di uno spirito che sta lentamente segnando la strada del suo ritorno.

In base agli Accordi di Parigi, nel 1973 gli Stati Uniti avevano ritirato il loro mezzo milione di uomini dal Vietnam. La guerra era ormai fra il regime sudista pro-americano del presidente Thieu da una parte e i vietcong, nordvietnamiti comunisti, dall'altra. Questi stavano vincendo.

Vietnam: provvisorio a vita

Saigon, 6 febbraio 1975

UNA giovane lebbrosa, con un neonato al petto, dorme raggomitolata sull'asfalto, dinanzi alla farmacia Catinat. Due mutilati di guerra, ancora nelle loro uniformi da parà, offrono, senza molto successo, i loro moncherini alla commiserazione dei passanti. All'angolo del caffè Givral, accanto alla venditrice di giornali che vive giorno e notte lì, sul marciapiede, con una figlia bionda e lentigginosa fatta qualche anno fa, per il prezzo di una ciotola di riso, con qualche soldato americano, un gruppo di uomini della polizia segreta controlla che nessuno si avvicini, magari con un manifesto di protesta contro Thieu, alla scalinata dell'ex Teatro dell'Opera dove si riunisce da settimane un impotente e insignificante parlamento.

Immagini del Vietnam di oggi, identiche a quelle di sempre. Anche alla cieca, senza guardarmi attorno, riconoscerei questa città, chiamata Saigon, dal puzzo dolciastro di spazzatura che mi assale a ogni passo. Una città putrescente, in cancrena, che pare sempre sul punto di morire e che non muore mai. È così da anni.

Tutto qui è provvisorio. Col filo di ferro i taxisti tengono assieme il motore e la carrozzeria sfondata delle vecchie Renault 4 cavalli, importate dalla Francia negli anni '50; con teli di plastica la gente ripara i tetti bucati delle case, e ogni sera migliaia di persone si accampano negli angoli più bui delle piazze, trasformando in letti per intere famiglie le bancarelle di legno su cui hanno esposto durante il giorno stracci, sigarette o roba rubata tre anni fa allo spaccio americano. È come se, nella continua speranza che presto qualcosa cambi, tutto fosse fatto provvisoriamente, tanto per sopravvivere un altro giorno. Questa provvisorietà in Vietnam dura un'intera vita, come la guerra che non finisce da decenni, come il confine «provvisorio» stabilito vent'anni fa sul 17° parallelo e che divide ancora in due tronconi il Paese, come un milione di rifugiati sistemati temporaneamente dopo l'offensiva del 1972 in terreni aridi e assolati da dove non si sono più mossi, come il presidente Thieu che tanti hanno dato, tante volte, per spacciato e che invece continua a governare.

Nel settembre scorso quando, sotto la guida di un vecchio sacerdote cattolico di destra, padre Tran Hua Thanh, si formò un gruppo di opposizione che mise sotto accusa Thieu e la sua famiglia si pensò che una combinazione di varie forze (il Vaticano, gli americani, la ricca borghesia sudvietnamita) avrebbe costretto il regime a mutare politica e ad accettare un dialogo politico con i comunisti. Ma quel gruppo non è riuscito a trasformarsi in un movimento di massa. Intimoriti da un apparato poliziesco che picchiava a sangue chiunque cercasse di unirsi alle manifestazioni cattoliche, che fotografava, con l'implicita promessa di fare i conti dopo, chiunque fosse in un corteo di protesta, gli abitanti di Saigon rimasero a guardare, da dietro le finestre chiuse, le poche centinaia di persone che in tre o quattro occasioni osarono marciare per le strade del centro chiedendo le dimissioni di Thieu.

Il movimento cattolico contro la corruzione non esiste praticamente più. «La gente è con noi, ma ha paura di esporsi e ora Thieu, con i soldi che gli sono rimasti dai fondi per la ricostruzione del Paese, sta comprando a uno a uno i parroci delle varie province perché non mi seguano», mi ha detto padre Thanh nella sua chiesa redentorista al numero 38 della via Ky Dong.

La scorsa settimana, cercando di rianimare il fuoco della protesta, padre Thanh è andato alla corte suprema a presentare un atto di accusa per corruzione contro la signora Thieu che avrebbe comprato per due soldi 300 ettari di terra dal demanio. Ma a seguirlo non c'erano che un paio di amici e una decina di poliziotti dei servizi segreti.

All'inizio di quest'anno, quando i partigiani comunisti e le truppe nordvietnamite attaccarono e presero la provincia di Phuoc Long e una nuova tensione scosse il torpore comatoso di questa città, si sparse la voce che gli americani sarebbero ritornati. Presto anche questa assurda, masochista speranza di un nuovo periodo di ricchezza svanì. Saigon, che ha saputo sopravvivere attraverso le varie fasi della guerra lustrando le scarpe e vendendo le proprie donne a tutti gli eserciti di occupazione – da quello inglese a quello giapponese, da quello francese a quello americano –, sta ora lentamente imparando a sopravvivere, convinta che ormai non verrà più nessun salvatore.

Gli anni grassi della guerra sono passati per sempre e dai vari mercatini sono scomparsi gli oggetti ricordo che venivano comprati da ogni soldato americano sulla via del rimpatrio: Cristi sanguinanti, ragazze nude e bufali dipinti a colori fosforescenti su seta nera, giacche da cow-boy e accendini con la scritta QUANDO MUOIO VADO IN PARADISO PERCHÉ ALL'INFERNO CI SONO GIÀ STATO: IN VIETNAM.

«Qui gli affari si fanno solo con i crediti delle banche», dice un avvocato, «se tutto va male, la gente parte e le banche rimangono con i loro buchi.» La gente non sa più in che cosa sperare e i giornali riportano quasi ogni giorno storie d'intere famiglie che si suicidano per non dover affrontare lo spettro della fame che ormai colpisce molti strati della popolazione. Altri si suicidano per «ricordare al mondo la tragedia vietnamita» come il capitano Vo Van Nga che, tre settimane fa, è andato a bruciarsi con una latta di benzina dinanzi al quartier generale dell'esercito sudvietnamita.

Ma, al contrario di dieci anni fa, quando il simile sacrificio di un bonzo commosse l'opinione pubblica sia qui sia all'estero, la morte di Vo Van Nga non ha scosso nessuno; era la settima di questo genere avvenuta nel centro di Saigon negli ultimi mesi.

L'esercito di Thieu soffre enormemente di questo calo di morale nella popolazione: aumentano le diserzioni e il reclutamento è diventato una specie di caccia all'uomo che la polizia militare conduce in continuazione, fermando per la strada ogni giovane in età di leva. Ognuno si arrangia per comprarsi una via d'uscita dal servizio militare: un passaporto pakistano costa centomila piastre, un'esenzione per motivi di salute anche mezzo milione. L'altro giorno, il ragazzo che vende da anni libri usati davanti al ristorante La Dolce Vita è venuto sorridendo a farmi vedere una sua nuova carta d'identità: «Polizia!» ha esclamato, felicissimo. Per evitare di andare al fronte è diventato un informatore. Fra militari, polizia, funzionari civili, il regime di Thieu ha sui suoi libri paga più di un milione e mezzo di persone, e certo anche questa è una ragione per cui sopravvive.

Saigon non si aspetta un attacco diretto comunista, ma la presenza clandestina dei vietcong si fa sentire come negli anni antecedenti l'intervento americano. Bombe a mano vengono lanciate da motociclette in corsa contro stazioni di polizia: esattori comunisti tornano a chiedere ai commercianti le imposte dovute e gruppi di guerriglieri si sono fatti vivi nella periferia a ritirare le armi delle forze di autodifesa. L'altra sera, a Go Vap, sono andati di casa in casa a ritirare carabine di cui avevano, su alcune liste, numero di matricola e nome del proprietario.

Nel recinto fortificato dell'aeroporto di Tan Son Nhut continua poi la presenza ufficiale dei vietcong a Saigon. Nelle baracche di Camp Davis, che furono a suo tempo occupate dagli americani, nel cuore dell'apparato militare di Thieu, vivono spartanamente cento soldati del governo rivoluzionario provvisorio, membri di quelle commissioni quadripartite che gli Accordi di Parigi stabilirono per controllare il cessate il fuoco e che non hanno mai funzionato. Sono lì da due anni: coltivano la loro insalata e i loro cavoli; i banani e gli alberi di papaia che piantarono arrivando cominciano ora a fare i frutti. Ogni sabato mattina un autobus dell'esercito di Saigon porta in questa enclave comunista i giornalisti stranieri e vietnamiti per la rituale conferenza stampa. Sotto una grande bandiera vietcong e un ritratto di Ho Chi Minh il colonnello Vo Don Giang, capo della delegazione, ripete le condizioni alle quali il governo vietcong è disposto a riprendere i negoziati con quello di Saigon: «Fine degli aiuti americani al Vietnam del Sud, rimozione di Thieu e nuovo governo che accetti di rispettare gli Accordi di Parigi». Un giovane vietcong offre agli ospiti birra, sigarette e fiammiferi di Hanoi mentre altri, con cineprese e macchine fotografiche, prendono immagini di noi tutti per i loro archivi.

«Voi avete oggi pezzi di territorio che non erano vostri al momento del cessate il fuoco. Sareste disposti a restituirli a Saigon in cambio di concessioni politiche?» chiedo al colonnello. «Il problema non si pone. È il governo di Thieu che è in debito con noi. Firmando gli Accordi di Parigi, Saigon ha ammesso questo debito. Ora deve pagare. Noi rimarremo qui a Camp Davis finché questo pagamento non avverrà.»

Mentre Giang parla, si levano in volo, dalla pista dietro le baracche dei vietcong, gli aerei a reazione dell'aviazione sudvietnamita che vanno a bombardare le zone controllate dai comunisti. Il rombo dei motori soffoca la sua voce. Sui muretti protetti dagli hangar spuntano, allineate geometricamente, le code nere di decine e decine di aerei da caccia e da trasporto, simili alle pinne di un branco di micidiali pescecani nel mare d'asfalto dell'aeroporto. Su uno di questi hangar forse un ultimo americano in partenza ha scritto con della vernice bianca: WAR IS MADNESS: «la guerra è follia».

Purtroppo questa follia della guerra in Vietnam è tutt'altro che alla fine.

Un vecchio *Caravelle* della Air Cambodge con un pilota cinese di Taiwan faceva la spola fra Bangkok e Phnom Penh. Ci si saliva sempre più col cuor in gola e sempre più incerti sulle possibilità di atterrare.

Cambogia: ore buie

Phnom Penh, 17 marzo 1975

LE notti non sono mai state così buie. Per risparmiare sul poco carburante che resta, la centrale elettrica ha tagliato dell'80 per cento la produzione di energia. Anche all'hotel Le Phnom si vive al lume di candela, tranne le sere in cui qualche generale offre un gran banchetto e allora tutto s'illumina improvvisamente a festa. La Cambogia del maresciallo Lon Nol, o meglio quel poco che ne è rimasto, funziona così. Per due giorni è mancata la corrente persino alle telescriventi della posta, ma poco lontano, nella villa di un ministro, i condizionatori d'aria non si sono mai fermati.

«Phnom Penh ha i giorni contati, ma gli ultimi a rendersene conto sembrano proprio quelli al potere», dice un diplomatico europeo. E un altro: «La cosa più incredibile è che Lon Nol e quelli attorno a lui sono convinti di star vincendo!»

Fra gli osservatori stranieri rimasti nella capitale (famiglie e funzionari non essenziali di tutte le ambasciate sono già stati evacuati), il giudizio sulla situazione è unanime: «Questo è il momento più drammatico dall'inizio della guerra». La Cambogia è sul punto di diventare il primo Paese dell'Indocina completamente controllato da un movimento rivoluzionario, e il regime di Lon Nol, creato, addestrato, pagato dagli americani potrebbe essere il primo a essere sconfitto dai comunisti sul campo di battaglia.

A Saigon, dopo decenni di guerra e due accordi «di pace», Thieu, l'uomo di Washington, è ancora al potere; in Laos il governo pro-americano di Vientiane si è aperto ai rivoluzionari pathet lao, ma è ancora una forza nel Paese. A Phnom Penh non ci sono compromessi possibili e l'idea che quest'ultima isola di «mondo libero» cada in mano ai khmer rossi è diventata un incubo dell'amministrazione americana che ora, dal presidente Ford all'ambasciatore Dean, tenta, riesumando la teoria del domino e la vecchia retorica della guerra fredda, di convincere un recalcitrante Congresso a stanziare d'urgenza altri 222 milioni di dollari per «salvare» la Cambogia dal comunismo.

Se i soldi verranno, serviranno solo a prolungare l'agonia del regime e le sofferenze della popolazione. Il problema è semplice: senza un intervento massiccio americano che porti qui, con un continuo ponte aereo, riso e munizioni, i depositi governativi saranno vuoti nel giro di due o tre settimane e la città dovrà più o meno arrendersi; se gli aiuti americani continueranno ad arrivare, Phnom Penh potrà resistere fino alla stagione delle piogge (luglio-agosto), allora i guerriglieri dovranno ritirarsi dalle pianure allagate, il Mekong potrà essere riaperto al traffico e ai rifornimenti, ma a gennaio dell'anno prossimo, con l'inizio della nuova stagione secca, la situazione tornerà a essere esattamente quella di oggi.

Phnom Penh, con i suoi due milioni di abitanti e rifugiati, consuma 500 tonnellate di riso al giorno, l'esercito che la difende ha bisogno di 800 tonnellate di munizioni ogni ventiquattro ore. L'aeroporto di Pochentong a otto chilometri dal centro è l'unico legame di Phnom Penh con il mondo esterno, ora che tutte le strade sono bloccate e che il Mekong, disseminato di mine, ha le sue due rive controllate dalla guerriglia.

La mancanza di cibo, i prezzi esorbitanti delle poche cose che ancora si trovano sulle bancarelle del mercato cominciano a trasformare in rabbia la tradizionale apatia e rassegnazione della gente. Nei giorni scorsi, gruppi di studenti hanno attaccato alcuni commercianti cinesi accusati di nascondere riserve di riso in attesa che i prezzi salgano ancora. Improvvisamente tutti i negozi della città si sono chiusi e la polizia militare è dovuta intervenire, sparando per disperdere i dimostranti che avevano cominciato a sfasciare saracinesche e saccheggiare botteghe.

La vita quotidiana a Phnom Penh è diventata per tutti una roulette russa. I razzi comunisti, che prima cadevano solo sulla periferia della città – giovedì scorso uno ha preso in pieno il deposito munizioni all'aeroporto –, cadono ora direttamente nel centro: uno sull'ospedale Preah Kep Melea, uno davanti al palazzo reale, uno a un passo dall'albergo dove tutti stiamo.

L'esperienza è terrificante: improvvisamente si sente fortissimo, vicino, un fischio, un sibilo e, prima ancora che si faccia in tempo a buttarsi per terra, avviene l'esplosione. La razione quotidiana è ormai fra i 30 e i 40, ma la gente teme che domani, 18 marzo, anniversario del colpo di Stato che rovesciò Sihanouk e coinvolse la Cambogia nella guerra d'Indocina, i guerriglieri «celebreranno» rincarando la dose.

Per la guerriglia, il 18 marzo 1970 rappresenta una svolta storica e se la Cambogia sarà presto, come molti credono, un Paese socialista lo dovrà agli avvenimenti di quel giorno e in particolare agli americani che commisero allora uno dei più grossi errori politici in questa regione. La Cambogia, fino a cinque anni fa, per gli standard asiatici, era ricca. Nessuno, a memoria d'uomo, era morto di fame e le risaie, allagate naturalmente dallo straripare del Mekong nella stagione delle piogge, producevano più riso di quanto i sette milioni di cambogiani potessero consumare. Sihanouk governava il Paese come avrebbe fatto un monarca rinascimentale benché avesse rinunciato al suo titolo reale per adattarsi ai tempi. Con grande abilità era riuscito per anni a tenere la

Cambogia fuori della guerra. La sua formula era una neutralità che tutti riconoscevano formalmente e tutti violavano nella sostanza. Vietcong e nordvietnamiti usavano zone di frontiera cambogiane per far passare i loro rifornimenti nel Vietnam del Sud e gli americani mandavano i loro B-52 a bombardarli, falsificando poi i resoconti di queste missioni che dovevano restare «segrete» anche per il Congresso statunitense. Siccome tutto questo si svolgeva in zone remote e disabitate del Paese, i cambogiani non erano toccati e Sihanouk trovava conveniente tacere. Il suo problema era piuttosto una piccola guerriglia che lo accusava di essere corrotto e cercava di fare, senza troppo successo, proseliti fra la popolazione contadina.

Fu Sihanouk che li chiamò per primo «khmer rossi» e ogni volta che qualcuno di loro veniva catturato lui dava l'ordine di ucciderlo a bastonate perché «non valeva la pena sprecare pallottole». All'inizio, i khmer rossi erano vecchi quadri cambogiani che avevano combattuto contro i francesi a fianco dei *vietminh*; a questi, nel 1967, si erano aggiunti giovani intellettuali di Phnom Penh, stanchi del regime individualistico e stravagante di Sihanouk. Fra questi ultimi c'era Khieu Samphan, un economista, laureatosi alla Sorbona, che andò alla macchia per sfuggire alla polizia segreta cui Sihanouk aveva dato l'ordine di assassinarlo.

Nel 1970 i guerriglieri cambogiani erano poco più di 3000 e non controllavano che un'insignificante parte di territorio. Oggi hanno un esercito di almeno 60.000 uomini e amministrano il 90 per cento del Paese. Se non ci fosse stato il colpo di Stato, i khmer rossi sarebbero forse, ancora oggi, un'entità marginale nel Paese; gli americani, però, non videro questo pericolo. Pensarono che, per vincere la guerra in Vietnam, bisognava andare a stanare i vietcong dai loro «santuari» cambogiani, si resero conto che Sihanouk non avrebbe permesso loro di mandare truppe USA in Cambogia e decisero così di eliminarlo. Ci pensò la CIA. Gli accordi per il golpe furono presi fra gli agenti dello spionaggio statunitense e alcuni militari di Phnom Penh in un ospedale di Parigi. Mentre Sihanouk era in viaggio nell'Unione Sovietica, una nave americana che, allora si disse, era stata dirottata da due hippy pacifisti, attraccò nel porto di Sihanoukville, in realtà scaricando armi per i congiurati. Il 18 marzo 1970, il maresciallo Lon Nol prese il potere, schierò le forze cambogiane contro i vietcong e autorizzò l'invasione americana e sudvietnamita della Cambogia.

Sihanouk, rifugiatosi a Pechino, non ebbe altra scelta se non quella di offrire il suo prestigio internazionale e la sua popolarità con le masse dei cambogiani ai suoi vecchi nemici, i khmer rossi, che da allora lo hanno eletto a simbolo dell'unità nazionale. «Appena potranno mi sputeranno via come il nocciolo di una ciliegia», dice continuamente Sihanouk dei suoi alleati guerriglieri. «Io sono il passato, loro il futuro della Cambogia.»

L'intervento americano si rivelò un enorme fiasco. Sul piano militare le truppe degli Stati Uniti e quelle di Saigon subirono una sconfitta dopo l'altra e la loro semplice presenza in Cambogia, alimentando lo spirito nazionalista, facilitò i successi politici dei guerriglieri che allargarono a macchia d'olio la loro base popolare. Per tre anni gli americani martellarono a tappeto le zone controllate dalla guerriglia con i loro B-52, ma è come se da ogni cratere di bomba fosse nato un guerrigliero. 25.000 di loro sono ora qui attorno, in attesa, in agguato.

Restai a Phnom Penh ancora tre giorni, poi fu il mio turno di fare il «piccione», di portare cioè al telex di Bangkok gli articoli dei colleghi che rimanevano in Cambogia. Dalla Thailandia andai in Vietnam.

Saigon ultima spiaggia

Saigon, marzo 1975

COME un castello di sabbia ingoiato dalle onde della marea che sale, così, ogni giorno di più, scompare il Vietnam di Thieu.

Una provincia dopo l'altra, una città dopo l'altra, il territorio della Repubblica del Sud cade in mano alle forze partigiane nordvietnamite. L'esercito di Saigon in rotta abbandona dietro di sé, nella fuga, armi, depositi, munizioni, cannoni, carri armati. Centinaia di migliaia di persone impazzite dal panico, dalla fame, dalla sete cercano scampo marciando per giorni e giorni, sotto il sole. Dagli altipiani verso il mare, dal nord verso il sud; ma le strade sono bloccate, i ponti saltati e anche chi, miracolosamente, riesce a raggiungere una città sulla costa si scopre di nuovo in una trappola da cui non si esce ormai che in aereo o per nave.

È il più grande esodo della storia vietnamita, la più indescrivibile tragedia che un testimone abbia da raccontare. Colonne di disperati che, a perdita d'occhio, si trascinano, inebetiti, verso una meta che ignorano. I piedi scottati dall'asfalto che brucia, le piaghe coperte di polvere. Sui bordi della strada rimane tutto ciò che la gente non ha più la forza di trasportare: mobili, fagotti di vestiti, pentole, fornelli, bambini.

«Le madri abbandonano i figli ammalati cercando di salvare quelli che possono ancora camminare, i giovani abbandonano i vecchi cercando di salvare se stessi», dice, umiliato, un medico con i profughi sulla strada 7. «In questa guerra noi vietnamiti abbiamo perduto persino l'anima.»

Vista dall'alto di un elicottero su cui son riuscito a montare e che scarica quintali di fette di pane sui profughi, la pianura, bianca di sabbia, a sud di Hue è un deserto che brulica di migliaia di mani protese in cerca di una salvezza. Il pilota non si abbassa per non essere travolto. Scende solo quando vede un piccolo gruppo isolato di persone che in un lampo vengono portate via.

La gente è ciò per cui i due eserciti si battono. Sulla strada che da Hau Bon negli altipiani porta verso il mare, un convoglio lungo 20 chilometri viene attaccato dai partigiani e spezzato in quattro tronconi; quello di retroguardia viene inghiottito dalle forze comuniste e riportato indietro. È la salvezza, perché i profughi vengono rispediti ai villaggi d'origine. Gli altri sono bloccati, decimati nella battaglia. Le risaie lungo la strada sono punteggiate di cadaveri, camion rovesciati, mucchi di feriti che nessuno andrà a portare via in tempo.

Per il regime di Thieu, portarsi dietro la più grande fetta di popolazione possibile là dove sarà la sua ultima trincea è importantissimo. Solo così, anche una volta che avrà perduto il controllo di quasi tutto il Paese, potrà ancora giustificare la propria legittimità.

Le autorità di Saigon, nelle città che stanno per essere abbandonate, «consigliano» alla gente di andarsene, i soldati in ritirata spingono gli abitanti a seguirli forse anche sperando che la presenza dei civili lungo i convogli militari impedisca ai vietcong di attaccarli. Nella striscia di terra che il governo ancora controlla sulla costa, enormi sacche di profughi aspettano ora di essere portati a Saigon. Oltre un milione di persone a Da Nang, Qui Nhon, Nha Trang, Phan Thiet cercano una barca, un aereo. Mezzi da trasporto della marina caricano, imbracati in enormi reti, come fossero sacchi di patate, migliaia di soldati con le loro famiglie nel porto di Thuan An, mentre il ministro per i Profughi, il dottor Phan Quang Dan, fa appello agli Stati Uniti, alle Filippine, alla Corea del Sud e a Taiwan perché mandino parte delle loro forze a dare una mano in questa enorme evacuazione.

«La gente fugge perché non vuol vivere sotto il comunismo. È come se votassero. Votano con i loro piedi», dicono i funzionari di Saigon.

Le ragioni di questo massiccio esodo sono più complesse. Anzitutto, decenni di guerra hanno insegnato ai vietnamiti che ogni volta che i vietcong entrano in un villaggio o in una città, l'aviazione del governo (come ha sempre fatto quella americana prima) interviene per radere tutto al suolo. «Bisogna distruggere per salvare», dicevano gli ufficiali statunitensi, e i contadini hanno così imparato a scappare. In secondo luogo, c'è di certo la paura dei comunisti, paura che anni e anni di propaganda governativa ha istillato nella popolazione.

«Non li ho mai visti e non so chi sono. Del governo so che non c'è niente di buono, ma almeno lo conosco», mi ha detto un giovane che scappava. Il panico nel vedere gli altri vicini che se ne vanno, la psicosi della fuga hanno fatto il resto, come una scintilla in un pagliaio.

A Dalat, per esempio, ancor prima che venisse sparato un solo colpo di cannone, è bastato che un elicottero del primo ministro Khiem andasse a prendere dalla sua villa estiva la collezione di antichità perché dal guardiano alla cuoca alla gente del mercato si spargesse in un baleno la voce che la città stava per essere attaccata dai vietcong e dai nordvietnamiti e che l'esodo incominciasse.

Dove finirà questa ritirata? Dove saranno i nuovi confini della vecchia Repubblica del Vietnam, nata con gli accordi di Ginevra e ormai ridotta a poco più della «Repubblica di Saigon»? Nessuno lo sa.

Secondo alcuni esperti militari, Thieu potrebbe, una volta abbandonata la costa (lentamente, in modo da poter portare via la maggior parte della popolazione), arroccare tutte le sue forze attorno alla capitale e fare di Saigon e del Delta una sorta di Taiwan vietnamita, capace di resistere per anni.

È questa una speranza cui si attaccano oggi molti degli uomini legati al regime di Thieu e gran parte della borghesia di Saigon che intravede così un altro periodo di sopravvivenza, ma è una speranza che non ha alcun fondamento. « A forza di amputazioni il malato è già morto », dice l'addetto militare di un'ambasciata europea.

Secondo molti osservatori, se la ritirata, che i generali di Thieu consigliavano da tempo, fosse stata fatta a freddo, in maniera organizzata, Saigon avrebbe potuto trattare ancora da una posizione di forza con il governo rivoluzionario provvisorio dei vietcong a Hanoi; ma ora che, sotto la pressione delle truppe comuniste, la ritirata si è trasformata in una caotica rotta in cui Thieu, oltre che al territorio, ha perso molte delle sue truppe (l'intera 23ª divisione è scomparsa) e gran parte del materiale bellico (60 aerei sono andati perduti soltanto a Pleiku) è difficile immaginarsi come il governo di Saigon possa arrestare la progressiva decomposizione della sua struttura.

La capitale s'innervosisce ogni giorno di più. La polizia è in forza per le strade; mentre la gente pensa con terrore all'eventualità di un attacco vietcong, deve fare anche i conti con gli arresti di nuovi dissidenti e « golpisti » del giro del maresciallo Cao Ky.

Chi può fa piani per partire. Una ragazza viene a chiedermi se conosco stranieri disposti a sposare per 2000 dollari due sue sorelle che cercano così di procurarsi un passaporto per lasciare il Vietnam; altri cercano di trovare un fittizio padre straniero per i loro figli.

La Repubblica del Vietnam si restringe sempre di più, e dietro una linea Sigfrido che presto potrebbe essere a soli pochi chilometri da Saigon, Thieu cerca ora di ammassare tutto quello che resta del suo Paese: armi, munizioni, soldati e soprattutto la popolazione. Qualcuno comincia a non capire più il perché.

Al margine della strada, a Tam Ky, ho incontrato una donna che era fuggita dagli altipiani e aveva detto alla famiglia di proseguire senza di lei verso Da Nang. « È inutile », diceva. « Tanto un giorno arriveranno ovunque. A che serve continuare a scappare? »

Subito dopo la pubblicazione di questo articolo venni espulso dal Vietnam del Sud.

Phnom Penh cadde il 17 aprile 1975. Non c'ero e persi così uno dei momenti più drammatici della guerra d'Indocina: l'arrivo dei khmer rossi e l'evacuazione forzata della città. Allora non lo sapevo, ma fui fortunato. I pochi giornalisti stranieri che avevano avuto il coraggio di restare a Phnom Penh – fra questi gli amici Sydney Schanberg del *New York Times* e Jon Swain del *Sunday Times* – vennero relegati per più di due settimane nel recinto dell'ambasciata francese e non ebbero modo di essere testimoni di ciò che in quei giorni avveniva in Vietnam.

Vietnam: *Giai Phong!*

Saigon, 27 aprile 1975

CAO GIAO spalanca la porta della camera C-2 dell'Hotel Continental, dove sono appena arrivato, e ci abbracciamo commossi. Felici di ritrovarci, tutti e due, ancora una volta a Saigon. Io ho ingiustamente temuto che lui, in un momento irrazionale di panico, fosse partito con gli americani. Lui ha pensato che io, dopo essere stato scortato all'aeroporto per la seconda volta in due anni dalla polizia di Thieu, non ce l'avrei fatta a tornare prima della fine.

Cao Giao non è solo il mio interprete, la mia guida. A lui, e a Buu Chuong, un ex prigioniero politico, liberato alla fine del '71 e col quale ho viaggiato da allora attraverso il Paese in guerra e con cui, nel 1973, ho passato le linee del fronte andando in una zona vietcong nel Delta, devo tutto quello che sul Vietnam non si può leggere nei libri.

Cao Giao viene da una famiglia di letterati del nord. È venuto al sud nel 1954 e da allora ha vissuto – come lui dice – la sua *rage d'être vietnamien*, lavorando come giornalista, consigliere, interprete per la stampa straniera. Ha passato nottate a studiare, tradurre documenti e a fare appunti per gente come me che arriva per un periodo limitato e vuole vedere e capire tutto.

Alcuni conoscenti americani, scappando da Saigon, la scorsa settimana, gli hanno proposto di prendere la famiglia e di andare con loro negli Stati Uniti. «Conosci le lingue, non dormi mai e potrai facilmente trovare lavoro come portiere di notte», gli hanno detto.

Non è per questo che è rimasto. «Dentro ogni vietnamita dorme un mandarino, un ladro e un mentitore, ma anche un sognatore», mi dice. «A me la rivoluzione fa sognare e voglio vederla coi miei occhi.» Anch'io l'ho voluta vedere. Sono stato cacciato dal Vietnam a marzo, poco dopo la caduta di Ban Me Thuot. Il direttore del centro stampa del ministero dell'Informazione di Thieu, Nguyen Quoc Cuong, nel frattempo scappato con gli americani, mi ha detto che, in un mio articolo appena uscito, avevo offeso il capo dello Stato e avevo gettato la Repubblica del Vietnam nel fango. Fui espulso.

Ero disperato. Seguivo questa vicenda da quattro anni e non volevo perderne la conclusione. Sapevo che, se avessi tentato di tornare, sarei stato arrestato e rimesso sul primo aereo in partenza. Non mi restava che arrivare con uno che non sarebbe ripartito: l'ultimo.

Ho avuto fortuna. Quando il jet dell'Air Vietnam che veniva da Singapore è atterrato oggi pomeriggio a Tan Son Nhut, i poliziotti dell'immigrazione erano quasi tutti scappati e la «lista nera», con il mio nome, non è stata consultata da nessuno. Sono a Saigon.

Ci rimasi e così fui uno dei pochissimi giornalisti testimoni della presa di Saigon da parte dei vietcong e delle truppe nordvietnamite il 30 aprile 1975.

Il mio resoconto di quei giorni, apparso su *Der Spiegel*, fu la prima completa testimonianza a essere pubblicata in Occidente. La rivoluzione era qualcosa che m'incuriosiva e decisi di restare ancora tre mesi per vedere che cosa significava nella vita della gente.*

Con la fine della guerra in Indocina, la nuova grande storia dell'Asia era la Cina, dove però era impossibile andare ad abitare. Decidemmo di lasciare Singapore e nel settembre del 1975 ci trasferimmo in una vecchia casa sul Peak di Hong Kong.

* Il racconto di tutta quella esperienza uscì in *Giai Phong! La liberazione di Saigon*, pubblicato in varie lingue nel 1976. In Italia fu edito da Feltrinelli.

Coprire la Cina da Hong Kong, senza vederla, era frustrante. Si trattava di leggere i giornali, parlare coi diplomatici e gli uomini d'affari di passaggio, prendere interminabili tè con i rappresentanti di Pechino nella colonia inglese e i loro portavoce locali. Nel 1976 tutto cambiò.

Mao è morto

Hong Kong, 10 settembre 1976

Il sole è tramontato sulla Cina: la profezia popolare secondo cui i meteoriti e i grandi terremoti dei mesi scorsi preannunciavano la fine di una dinastia si è avverata. I cinesi sono rimasti senza il «Grande Timoniere». Ora che l'imperatore è morto a chi passa il «mandato del cielo»? Che accadrà all'Impero di Mezzo?

Nessuno può pretendere di riempire l'immenso vuoto lasciato da Mao e un successore naturale non c'è. Di quelli designati in passato nessuno gli è sopravvissuto politicamente. Liu Shaoqi fu spazzato via dalla Rivoluzione culturale, Lin Biao dalla scoperta di un suo preteso complotto, Deng Xiaoping dalla recente campagna contro «quelli che hanno preso la via capitalista», e Zhou Enlai, l'unico che avrebbe in qualche modo potuto prendere il posto di Mao, non gli è sopravvissuto fisicamente.

Da mesi Mao non era più in grado di reggere le sorti della Cina. Fiaccato da vari infarti, semiparalizzato e con difficoltà di parola (tanto che gli avevano dovuto mettere al fianco qualcuno che interpretava gli impercettibili movimenti delle sue labbra mute), Mao era, per vari versi, già morto. Ma la sua semplice presenza, il saperlo ancora vivo, aveva un peso, generava potere. Bastò dire che Mao personalmente aveva voluto la rimozione di Deng dalla posizione di vice primo ministro e di successore di Zhou perché il vecchio dirigente, già epurato una volta e riabilitato, fosse di nuovo messo in disparte.

Ora la volontà di Mao, pretesa o no, non può più essere invocata per avallare decisioni altrimenti discutibili. Con la sua morte, la Cina entra in un periodo di notevole difficoltà. Il partito è diviso. Il Paese inquieto. La leadership incerta. Per i moderati, Mao Zedong è morto troppo tardi, per i radicali troppo presto. Se ciò che è avvenuto ieri fosse avvenuto alcuni mesi fa, Deng Xiaoping sarebbe oggi primo ministro, se fosse successo fra qualche anno i radicali avrebbero forse avuto la meglio. Invece non hanno fatto in tempo a consolidare le loro posizioni. La morte di Mao è stata, per loro, prematura.

All'ombra del grande vecchio della rivoluzione cinese i radicali, guidati da sua moglie, Jiang Qing, avevano cercato di «ripulire» il partito dei loro oppositori. Ma sono appena riusciti ad avere la testa di Deng e, ora che Mao è morto, forse neppure quella è sicura. Fino a pochi giorni fa, si diceva che Deng Xiaoping fosse nella sua solita residenza, intento a preparare un importante documento politico, e l'implicazione era che stesse scrivendo la sua confessione: quella potrebbe ora essere il suo atto d'accusa contro i radicali. Anche se una seconda riabilitazione di Deng non fosse possibile, è certo che la linea politica moderata da lui rappresentata non è stata sconfitta, anzi, alla lunga, ora che Mao è morto, potrebbe diventare la linea vincente.

I radicali hanno perso il loro protettore. Il prestigio di Jiang Qing si fondava sull'essere la moglie di Mao. Non ne avrà altrettanto come vedova. I suoi meriti rivoluzionari sono pochi e troppo recenti perché lei venga ascoltata a titolo personale e non come portavoce del presidente dalla vecchia guardia dell'esercito e del partito, con alle spalle le esperienze della Lunga Marcia e trent'anni di gestione del potere. Senza il giudizio inappellabile di Mao, senza il suo stimolo o la sua mediazione, la lotta all'interno del partito rischia di acutizzarsi, e non saranno pochi quelli che cercheranno ora un regolamento politico di quei conti sempre rinviati dalla Rivoluzione culturale in poi.

La morte di Mao coglie il Paese, poi, in uno stato d'inquietudine che non ha precedenti negli ultimi dieci anni. Assalti a mano armata ad alcune banche (ma ancor più l'eroicizzazione popolare dei banditi), episodi di saccheggio nelle zone devastate dai terremoti e atteggiamenti di lassismo o di disobbedienza nelle fabbriche delle grandi città sono i segni del disorientamento in cui è caduto il Paese, sballottato in direzioni opposte dalle varie campagne politiche, traumatizzato dalle continue accuse tra radicali e moderati.

Indicazioni che vengono dalla Cina di oggi fanno pensare che le masse abbiano avuto difficoltà a seguire le ascese e le rovinose discese dei personaggi politici di primo piano, rappresentati un giorno come eroi e un altro tacciati di ogni delitto e indicati come grandi traditori. Ora che la grande figura di Mao non è più lì a coagulare i sentimenti diversi della gente e a dare col suo prestigio, la sua credibilità e il suo carisma una giustificazione a ogni avvenimento, la gente cercherà di esprimere più apertamente le proprie scelte.

Con un atteggiamento che è contrario alle posizioni ideologiche dei radicali, ma che è umanamente comprensibile, sembra che le masse cinesi siano più disponibili a seguire la via indicata da Deng Xiaoping che qualsiasi altra. La gente vuole più incentivi materiali; vuole più merci nei negozi e difficilmente segue le argomentazioni dell'ultrasinistra...

Il funerale

Hong Kong, 18 settembre 1976

La Cina s'è fermata. Per tre lunghissimi, commoventi minuti 800 milioni di cinesi, un quarto dell'umanità, sono rimasti immobili, sull'attenti, la testa china, moltissimi in lacrime, a rendere l'ultimo omaggio a Mao Zedong. Il lavoro, il traffico e tutte le attività si sono bloccati in ogni città, in ogni villaggio del Paese. L'immenso silenzio caduto sulla Cina, unita nel ricordo del suo presidente, è stato rotto dall'unisono, funereo ululare delle sirene dei treni, delle fabbriche, delle navi. A Pechino, un milione di persone, scelte dalle varie organizzazioni rivoluzionarie, hanno assistito sulla Tienanmen, la piazza della Pace Celeste, alla cerimonia che ha concluso dieci giorni di lutto.

Sulla spianata di cemento nel centro della capitale, immobili, a spalla a spalla, soldati dell'esercito di liberazione nelle loro uniformi verdi, lavoratori nelle tute blu, operaie con le cuffie bianche, studenti coi fazzoletti rossi al collo hanno seguito le istruzioni di tacere e d'inchinarsi date dal giovane vice presidente del partito Wang Hongwen che presiedeva al rito e hanno ascoltato il discorso commemorativo... Dal pennone sul quale Mao, nell'ottobre del 1949, issò per la prima volta i colori della Repubblica Popolare, sventolava a mezz'asta la bandiera rossa a cinque stelle, mentre gli altoparlanti diffondevano sull'intero Paese le note della marcia funebre, dell'inno nazionale e infine quelle dell'*Internazionale*.

La sera dell'11 ottobre a Hong Kong comincia a circolare la voce che la vedova di Mao, Jiang Qing, è stata arrestata con altri esponenti radicali. Non ho ancora messo piede in Cina e questa mi sembra l'occasione buona per provare. Alcune industrie farmaceutiche italiane tengono un'esposizione dei loro prodotti a Shanghai e io chiedo un visto per visitarla. Con mia sorpresa mi viene dato e il 15 ottobre attraverso, a piedi, per la prima volta, il ponte di Lo Wu che segna la frontiera fra Hong Kong e la Cina Popolare. Da lì raggiungo Shanghai dove, per puro caso, mi trovo a essere il solo giornalista occidentale testimone di una svolta determinante nella storia della Cina.

La fine del maoismo

Shanghai, 18 ottobre 1976

Le strade sono un impressionante tappeto di teste. Da tre giorni, folle sterminate – un milione di persone, due milioni, forse più – si alternano, allineate lungo i marciapiedi, a leggere i *dazibao*, i giornali murali, o marciano al rullo dei tamburi, urlando il loro appoggio alle nuove autorità di Pechino tra lo sventolio di un oceano di bandiere rosse e ritratti di Mao. Caricature di Jiang Qing, la vedova, di Wang Hongwen, il giovane vice presidente del partito, di Zhang Chunqiao, il vice primo ministro e di Yao Wenyuan, membro come gli altri del Politburo del partito, sono su tutti i muri, rappresentati come le quattro teste di un serpente, impiccati, sfracellati da un enorme martello tenuto da un operaio o fritti in una gigantesca padella.

I loro nomi storpiati, rovesciati o cancellati con grandi croci rosse, sono su migliaia di manifesti e di banderuole che i manifestanti sventolano, macchiando di colore l'oceano di folla. Shanghai, la capitale radicale della Cina, ha dunque accettato il verdetto di Pechino. L'epurazione o, stando ad altre voci, la sommaria esecuzione dei quattro dirigenti del partito non sembra aver provocato nessuna manifestazione di dissenso in questa città operaia che era stata la grande base politica dei radicali e dalla quale, durante la Rivoluzione culturale, tre dei leader ora decaduti avevano iniziato la loro carriera. Oggi, altoparlanti montati su camion che continuamente fanno il giro della città urlano i nomi fino a qualche giorno fa riveriti. «*Da Dao Jiang Qing!*» «Abbasso Jiang Qing!» e la gente ripete: «*Da Dao!*» «*Da Dao Wang Hongwen!*» «*Da Dao!*» replica in coro la folla.

Il Bund, il leggendario vialone che costeggia il fiume Wang Po dove sono ormeggiate centinaia di navi da carico e due vedette della marina con le mitragliatrici puntate verso la città (un monito?), ma coperte da teloni impermeabili, è la meta di tutti i cortei. Dinanzi alla sede del comitato rivoluzionario della città, guardato da cinque soldati disarmati dell'esercito popolare di liberazione, scorre, in cinque file parallele di dieci persone l'una, una folla senza fine.

Sui muri vengono incollati sempre nuovi manifesti che ora accusano alcuni dirigenti locali di essere complici della banda dei quattro, o dei «quattro mali» come vengono chiamati, con riferimento a una vecchia campagna lanciata anni fa in tutta la Cina per sterminare mosche, topi, zanzare e passeri.

La stessa cosa avviene davanti agli altri uffici della municipalità di Shanghai, alla sede dei sindacati, alla società dei trasporti pubblici. L'atmosfera del centro, tesa fino a ieri sera, si è trasformata in quella di una grande festa con migliaia e migliaia di bambini delle scuole elementari che passano recitando le litanie degli «Abbasso!» e indicandosi a vicenda, con grandi risate, le caricature dei quattro. In periferia ho visto invece capannelli di gente immobile guardare i manifesti e prendere note in silenzio finché un camion di passaggio non ha incitato col suo altoparlante il coro degli «Abbasso!»

Da giorni la gente sentiva che c'era qualcosa di nuovo nell'aria, ma nessuno sapeva che cosa. Era corsa voce di riunirsi davanti alle sedi del partito per aver istruzioni; per ore e ore la gente è rimasta in silenzio ad aspettare. Il primo segnale di quel che era successo, e che si trattava ora di avallare, è venuto tre giorni fa sul Bund. Un uomo è salito su una lunga scala e ha srotolato contro la vecchia facciata della sede del partito il primo striscione che diceva ABBASSO. «Abbasso chi?» si sono chiesti in molti, troppo lontani per vedere i nomi. Nel giro di pochi minuti, centinaia di altri striscioni hanno fatto la loro apparizione e i nomi da maledire, scanditi dagli altoparlanti prontamente accesi, erano sulla bocca di tutti.

Non ci sono stati finora incidenti e in giro non si vedono né soldati armati né guardie. Oggi pomeriggio fra i dimostranti, molti con gli stendardi e le insegne delle rispettive organizzazioni, sono sfilati anche i primi gruppi di milizia popolare, formazione armata di cui in passato si citava la fedeltà «radicale». Mancano per il momento alcuni gruppi operai, come quelli delle industrie tessili da cui veniva il giovane Wang Hongwen e dei cantieri navali, base di potere di Zhang Chunqiao. Se la campagna di appoggio alla nuova leadership del partito ha successo, come sembra a Shanghai, dove avrebbe potuto incontrare notevole resistenza, è chiaro che non avrà problemi a passare nel resto del Paese, sulla scia di simili manifestazioni di massa.

Shanghai è indubbiamente il banco di prova. Ci sono arrivato ieri mattina da Hong Kong dopo un viaggio di due giorni in treno attraverso la provincia di Canton, le montagne dell'Hunan, le risaie e le piantagioni di cotone del Kiangsi e del Chekiang. Ovunque, passando, ho visto sull'ingresso delle comuni e delle fabbriche, sulle case, nei villaggi e nelle piccole stazioni il grande manifesto, ormai standard, di appoggio al «comitato centrale del partito diretto dal compagno Hua Guofeng». Ovunque, a migliaia di chilometri l'uno dall'altro, gli stessi caratteri, gli stessi colori: nero su rosso. Solo quando il treno s'è avvicinato a Shanghai ho cominciato a vedere i manifesti bianchi con le scritte in nero, contro la «banda dei quattro antipartito».

Oggi a Shanghai questi manifesti, che si vanno moltiplicando di ora in ora, hanno letteralmente cambiato la faccia della città. Sono sulle facciate dei grandi palazzi, sulle vetrine dei negozi, sui muri delle case, sulle fiancate degli autobus e dei camion che trasportano verso il centro i manifestanti.

La natura dei crimini che i quattro hanno commesso non viene spiegata: è data per scontata. Essi hanno ordito un complotto. Come, quando, contro chi? Non è chiaro. Ho visto una caricatura di Zhang Chunqiao che lo raffigura intento a scrivere una citazione di Mao. Allusione al fatto che il gruppo ha cercato di falsificare il testamento? In un altro manifesto, Jiang Qing è vestita da imperatrice e penso che si voglia alludere alla sua volontà di usurpare il potere...

A Shanghai circolano anche voci su un'epurazione strisciante che sarebbe in corso nelle organizzazioni cittadine, voci di discussioni in cui i membri dell'estrema sinistra di un tempo verrebbero ora denunciati e condannati. Ma sono soltanto voci e non è possibile confermarle. I cinesi tacciono. Le guide e gli interpreti sugli autobus carichi di stupefatti turisti americani che cercano di farsi largo tra la folla per andare a visitare le comuni o le esposizioni di giade dicono che quanto succede è un affare interno della Cina e non riguarda gli stranieri. A tutti viene consigliato di non scattare fotografie. L'impressione è che molti cinesi siano oggi disorientati e sorpresi quanto noi per quel che sta succedendo.

Cercai di restare a Shanghai più a lungo dei pochi giorni garantiti dal mio visto, ma non mi fu possibile. Alla sede della Polizia per Stranieri mi fu detto che ero venuto per l'esposizione farmaceutica, che quella si era conclusa e con ciò anche il mio lavoro. Tornai a casa.

A parte la Cina, da Hong Kong, come ogni altro corrispondente, seguivo gli avvenimenti di tutta la regione, specie dell'Indocina, dove la fine della guerra americana non aveva affatto segnato la fine dei problemi e delle sofferenze della gente. Alla fine del 1975 avevo passato settimane alla frontiera thailandese a cercare di ricostruire, attraverso i racconti raccapriccianti dei rifugiati cambogiani, l'orrore del regime rivoluzionario dei khmer rossi. Nell'aprile del 1976 ero tornato in Vietnam, dove avevo visto come l'unificazione non era stata realizzata e come i comunisti non avevano mantenuto tante delle loro promesse. Avevo assistito poi al drammatico esodo di migliaia e migliaia di persone che con ogni mezzo cercavano di fuggire dall'Indocina ormai fermamente in mano – Laos compreso – ai comunisti. Per fare il punto su questa situazione feci un nuovo giro nei vari paesi del Sud-Est asiatico.

Boat People

Bangkok, dicembre 1978

GONFI, irriconoscibili, anonimi, il mare li butta sulla spiaggia e la gente del posto si fa attorno, curiosa e ostile. In Malesia li sotterrano. In Thailandia li bruciano. Decine di cadaveri ogni giorno approdano lungo la splendida costa del golfo del Siam, uniche tracce di sconosciute tragedie che avvengono quotidianamente ormai nelle silenziose solitudini dell'oceano attorno all'Indocina.

Per i profughi vietnamiti che, su barche pericolanti, con motori difettosi, senza riserve di cibo e acqua si affidano al mare ancora battuto dal monsone, anche avvistare la terra non è ancora la salvezza. La scorsa settimana un gruppo di 300, arrivati alla foce del fiume Trengganu in Malesia a bordo di un peschereccio sfondato, è stato preso a sassate dalla popolazione locale e trainato al largo da una motovedetta: un'ora dopo, solo 54 persone nuotavano ancora verso riva; le altre erano già affogate. Dopo varie trattative e interventi di organizzazioni internazionali, i sopravvissuti sono andati a raggiungere le altre migliaia di profughi che, in campi speciali, aspettano per mesi, a volte per anni, in condizioni spaventose, che un qualche Paese offra loro asilo e una possibilità di ricominciare da capo.

Dalla fine della guerra in Indocina nel 1975, 135.000 laotiani sono fuggiti in Thailandia, 150.000 cambogiani sono scappati in Vietnam, 70.000 vietnamiti sono arrivati via mare nei vari Paesi della regione, mentre altri 160.000 si sono rifugiati in Cina dove molti ora cercano ugualmente di scappare per arrivare in Occidente. «Sono i relitti umani del nostro naufragio in Indocina», dice un diplomatico americano. Dei rifugiati che arrivano a qualche destinazione ed entrano nella disperata routine dei campi si hanno statistiche, notizie, ma il numero di quelli che scappano e scompaiono in mare non sarà mai conosciuto. «Solo i pescecani sono esattamente informati», dice un funzionario dell'ONU a Kuala Lumpur. «Probabilmente, su tre barche che partono, una affonda col suo carico.»

I testimoni sono rarissimi. «Quando lasciammo Quang Ngai, la nostra giunca era già sovraccarica e imbarcavamo acqua. Quando è cominciato a piovere, ognuno ha cercato di salire in coperta, ma il ponte è crollato e almeno un centinaio sono rimasti intrappolati mentre si andava a fondo», racconta Duong Van Be, uno dei sopravvissuti, ora a Hong Kong. Spesso le barche vanno alla deriva per settimane e decine di persone muoiono a bordo. «Molti erano come scheletri. Mi ricordavano i vecchi film sui campi di concentramento», racconta, a Singapore, Leslie Lawrence, capitano di una petroliera che ha salvato un gruppo di vietnamiti già decimato dal sole e dalla sete nel mare della Cina. «Siamo stati fortunati: 48 navi ci erano passate accanto senza rispondere ai nostri segnali di SOS», dice Bui Xuan Diem. La vecchia legge del mare non viene rispettata perché, con profughi a bordo, le navi finiscono per avere enormi complicazioni nei porti cui sono dirette. Il mese scorso il *Southern Cross*, che aveva salvato 1200 vietnamiti da quattro pescherecci in procinto di affondare, s'è visto rifiutare il permesso di attraccare sia in Malesia sia a Singapore. Il comandante, dopo vari giorni d'inutili trattative, ha fatto rotta verso l'Indonesia e ha scaricato il suo carico umano su un'isola deserta dell'arcipelago.

Per i cambogiani che, a piedi, cercano, sfidando la giungla e le mine disseminate dai khmer rossi lungo la frontiera, di raggiungere la Thailandia, le possibilità di sopravvivere sono ancora minori. «D'un tratto ci siamo trovati in trappola. Ci sparavano addosso da tutte le parti. Io non ho capito più nulla e sono corsa, sono corsa», racconta Kung Ang, una ragazza di 19 anni ferita alle braccia e al dorso, ora in un ospedale thailandese. Delle 163 persone con cui aveva lasciato il suo villaggio cambogiano, se ne sono salvate soltanto altre cinque. Una volta passata la frontiera, i cambogiani devono ancora attraversare i campi minati dei thailandesi e sfuggire alle pattuglie di Bangkok che ormai hanno la tendenza prima a sparare e poi a chiedersi se quelli che vengono dalla Cambogia sono rifugiati o guerriglieri.

La tragedia di queste migliaia di persone che a piedi dalla Cambogia, a nuoto dal Laos attraverso il Mekong o in barca dal Vietnam scappano dall'Indocina in cerca della «libertà» è che, una volta arrivate a destinazione, nessuno le vuole. «I rifugiati sono una minaccia per tutto il Sud-Est asiatico», ha detto il ministro degli Esteri delle Filippine. «Siamo vittime di una vera e propria invasione», dice un alto funzionario thailandese.

Già coi loro problemi di popolazione, già con la continua paura della guerriglia comunista e ora anche preoccupati di non danneggiare le loro relazioni coi nuovi governi indocinesi, i Paesi della regione non hanno alcuna simpatia per i problemi dei rifugiati. La Thailandia, in particolare, che già sta tentando di ridare a Hanoi 39.000 vietnamiti che scapparono al tempo di Dien Bien Phu, non vuole certo avere un vietnamita in più entro i suoi confini.

Corrono voci a Bangkok che i pirati, ormai attivissimi lungo la costa, sono tollerati, e forse persino incoraggiati, dalle autorità locali come parte di una loro «politica di dissuasione» nei confronti dei rifugiati. «Quando ci hanno abbordato non avevano uniformi, ma le armi e i modi erano quelli della polizia. Ci hanno chiesto se avevamo i visti d'ingresso per la Thailandia e poi ci hanno derubato di tutto quello che avevamo», racconta un rifugiato del campo di Lam Sing. «Prima di andarsene ci hanno avvertito che, se avessimo parlato, sarebbero venuti qui a farci la pelle.» «Pescatori e poliziotti in libera uscita stanno diventando ricchi a forza di abbordare barche di rifugiati», dice un funzionario di un'organizzazione internazionale che si occupa di profughi a Bangkok. «Nessun rischio e garanzia di non essere perseguiti.»

Spesso la pirateria va al di là della rapina. Una barca proveniente dal Vietnam arrivata ora a Songhla, nel sud della Thailandia, è stata attaccata tre volte dai pirati che hanno violentato tutte le donne a bordo. Un'altra, arrivata la scorsa settimana nell'isola di Bisong, in Malesia, aveva avuto un'esperienza ancora più allucinante. Attaccata da due pescherecci thailandesi, i 48 vietnamiti sono stati spogliati e derubati di tutto. Le donne sono state violentate e gli uomini fatti scendere sottocoperta. Poi i pirati hanno cercato d'inchiodare i boccaporti e di affondare la barca con tutto il suo carico: i rifugiati hanno resistito e dieci sono stati uccisi prima che i pirati si allontanassero.

La politica di dissuasione ha funzionato bene e ora gran parte delle barche vietnamite evitano la Thailandia e si dirigono verso la Malesia. Più di 10.000 sono arrivati nel solo mese di novembre. Gli Stati Uniti hanno un programma per cui prendono ogni anno 25.000 profughi indocinesi; la Francia dal 1975 ne ha già presi oltre 40.000 e alcune migliaia sono stati ammessi in Australia e in vari Paesi europei: ma il problema è ben lontano dall'essere risolto.

«È come voler prendere la pioggia con una pentola. Nessun recipiente è grande abbastanza», dice a Bangkok un diplomatico americano.

Alla fine del 1978, dopo una lunga serie di provocazioni da parte dei khmer rossi, il Vietnam invade la Cambogia e rovescia il regime di Pol Pot. Nel febbraio del 1979, per rappresaglia, la Cina, protettrice dei khmer rossi, invade il Vietnam «per dargli una lezione». Dopo due settimane di sanguinose battaglie, le truppe di Deng Xiaoping si ritirano. In Cambogia il nuovo governo installato e protetto da Hanoi consolida il proprio potere, ma i khmer rossi restano una grande minaccia. Pol Pot, sfuggito alla morsa vietnamita con una parte della popolazione e alcune migliaia di suoi soldati, si è rifugiato nelle zone montagnose al confine con la Thailandia. Da lì, quest'uomo responsabile del massacro di almeno un milione e mezzo di persone guida la resistenza armata contro il nuovo regime di Phnom Penh con l'aiuto, per motivi diversi, di Stati Uniti,

Cina e dell'Occidente. Quando le truppe di Hanoi attaccano i santuari di Pol Pot, migliaia di khmer cercano di varcare la frontiera e di mettersi in salvo in Thailandia.

Rifugiati: ho deciso chi doveva vivere e chi morire

Alla frontiera cambogiana, 2 novembre 1979

La sua testa penzola sulle mie spalle come un vaso vuoto. Il suo braccio pieno di pustole sbatte sul mio petto come un ramo spezzato, ma è viva perché sul collo continuo a sentire il suo respiro leggero. Non la conosco; è solo un orribile pacco di ossa che ho raccolto nel bosco ormai diventato un cimitero.

« Segui la puzza dei cadaveri e ti troverai in Cambogia », m'ha detto il soldato thailandese all'ultimo posto di blocco dove ho lasciato la strada di terra rossa per addentrarmi a piedi nella foresta. Il lezzo è diventato ben presto insopportabile. Persino gli animali sembravano esserne terrorizzati perché, in pieno giorno, la giungla, misteriosamente, taceva. Uscendo dai ciuffi d'erba più alti di me, in una radura li ho visti: un bambino immobile accucciato sulle sue feci, un altro impietrito accanto al cadavere di un uomo con le mani rattrappite nell'aria, un gruppo di donne in preda ai brividi sotto il sole bruciante che asciuga le ultime pozzanghere d'acqua e velocemente imputridisce i morti.

Ne vedevo ovunque mi voltassi e quelli che non vedevo li intuivo dietro ogni cespuglio: uomini, donne, bambini dell'età dei miei, a decine, a centinaia erano sparsi nella foresta, gli occhi sgranati ed ebeti, le braccia e le gambe ridotte a stecchi, la pelle vizza, coperti di stracci neri intrisi di escrementi e di polvere, scossi dalla febbre, incapaci di fare un passo in più, buttati a caso qua e là come grandi uccelli abbattuti nello splendore della vegetazione tropicale da un'antica, e per noi dimenticata, catastrofe che chiamavamo « fame ».

Facevano parte d'un gruppo molto più numeroso che si era accampato lì nei giorni scorsi. Quando il grosso è partito, questi sono stati lasciati indietro senza i loro sacchi, le stuoie, l'acqua. I più forti s'erano divisi le loro ultime spoglie e li avevano lasciati alla foresta. Nessuno piangeva, nessuno chiedeva aiuto; i più ormai erano come persi in un mondo loro.

Il silenzio era disperante. Ai morti si fa presto ad abituarsi, ma ai moribondi no. La vista dei moribondi è insopportabile specie se si sa che si potrebbero salvare. La strada era a solo due o tre chilometri, chi ci fosse arrivato avrebbe avuto una possibilità di sopravvivere; gli altri, all'alba, sarebbero stati come quelli già coperti di mosche o brulicanti di vermi. Buttarmi sulle spalle quella donna scheletrica e mettermi in marcia non è stata una decisione, bensì un gesto istintivo. Era la più vicina ai miei piedi.

La frontiera fra la Cambogia e la Thailandia corre in mezzo a una distesa fantastica di foreste verdissime rotte qua e là dall'improvviso spuntare d'una collina coperta d'impenetrabile giungla. Da mesi, a enormi ondate, migliaia e migliaia di cambogiani inebetiti dalla fame, dalle malattie e dalla paura marciano verso occidente ed entrano come un esercito di zombie nel mondo selvaggio della foresta che è ora diventata un vasto cimitero della razza khmer. Cercano cibo, acqua, medicine. « Siamo come tartarughe che vanno alla cieca verso un lago », dice uno di loro. Se raggiungono la strada si salvano e finiscono in un campo profughi.

Col mio leggero fardello sono uscito dalla foresta. All'ombra d'un boschetto di alberi di cocco alcune centinaia di cambogiani si erano accampati e stavano cuocendo nell'acqua fangosa alcune radici appena scavate dalla terra. Nessuno si è voltato e il pesante silenzio era rotto solo dal tintinnare dei cucchiai contro le pentole nere sui fuochi di legna.

Molti parevano sani. Erano forti. Probabilmente si trattava di soldati di Pol Pot, alcuni persino quadri, forse commissari politici, a giudicare dagli orologi al polso e dalle penne nel taschino delle uniformi sbiadite e polverose. Sguardi freddi di disprezzo. Accanto a un gruppetto che, calmo, mangiava, una bambina boccheggiava, morendo senza una goccia d'acqua sulle labbra riarse. Nessuno se ne occupava.

I forti, i duri senza più emozioni, cresciuti in un Paese in cui ogni traccia del passato, ogni valore della religione e della tradizione sono stati cancellati, parevano perfetti esempi di quell'« uomo nuovo » che Pol Pot ha voluto creare al costo di metà della popolazione. Addestrati a uccidere, decisi a sopravvivere. Alcuni sono quelli che hanno commesso le stragi, altri sono i sopravvissuti ai *pogrom*. La foresta li rivomita così, boia e vittime, accomunati dalla fame e dalla malaria che non conosce politica.

Un camion della Croce Rossa con tre giovani svizzeri si ferma lungo la strada e un medico, su una stuoia di paglia, comincia a cercare la vena di un moribondo per dargli del glucosio. Gli affido la mia donna scheletrica e riparto per la foresta. «Prendi solo i migliori, al massimo possiamo metterne trenta sul camion», lo sento gridarmi dietro.

S'impara presto a scegliere chi può vivere e chi deve morire. Tornato alla mia radura, ho automaticamente preso il bambino accanto al padre morto e non quello ormai sconquassato dalla dissenteria, una ragazza che aveva ancora la forza di scacciarsi le mosche e non la sua vicina, forse la sorella, di cui sentivo il polso leggerisssimo e i cui occhi non mi vedevano più.

Sono andato avanti e indietro varie volte, però mi sentivo più il giustiziere di quelli che lasciavo che il salvatore di quelli che prendevo. Anche per quelli non avevo fatto abbastanza. La mia donna scheletrica è morta dopo due ore. Come fosse una cosa, l'ho presa e messa sulla pila dei morti che, nell'improvvisato ospedale lungo la strada, diventava sempre più alta. Nel groviglio di gambe e braccia non si riusciva più a contare quanti erano i cadaveri.

Presto, attorno alla «corsia» di stuoie messe per terra s'è avvicinato un gruppo di contadini thailandesi. Stavano semplicemente a guardare, senza fare un gesto, senza dare una mano. Altri ridacchiavano nella tipica forma d'imbarazzo asiatico dinanzi a questo usuale, ma sempre inaccettabile fatto che è la morte. Una giovane carezzava con amore una scimmia che teneva stretta sul petto, mentre uno dei ragazzi svizzeri singhiozzava, chiudendo gli occhi di un bambino che non era riuscito a tenere in vita.

Il giorno è passato veloce e uno splendido sole è calato improvviso, come succede ai tropici, dietro le chiome delle palme tra riverberi di fuoco. Il cielo s'è fatto scuro, passando rapidamente attraverso ogni sfumatura di blu, arancione e violetto. Mentre aiutavo a caricare i moribondi sul camion, stormi di pipistrelli cominciavano a volteggiare sulle nostre teste e la foresta affogava con tutta la sua sconosciuta umanità nella notte più cieca.

La Cambogia continuò a restare al centro dei miei interessi. Uno dei miei amici vietcong, Bui Hu Nhan, era diventato nel frattempo «consigliere» del nuovo governo provietnamita a Phnom Penh e fu grazie a lui che, nella primavera del 1980, assieme a Nayan Chanda della *Far Eastern Economic Review*, ottenni un visto. Eravamo i primi giornalisti occidentali a visitare senza restrizioni la Cambogia dopo la caduta di Pol Pot. Per un intero mese fummo liberi di viaggiare attraverso il Paese senza scorta alcuna. Il resoconto di quella che fu fra le più commoventi esperienze della mia vita di giornalista, con la ricostruzione dei massacri e del regime di terrore dei khmer rossi, con la descrizione della «rinascita» cambogiana sotto la tutela vietnamita uscì in tre numeri di *Der Spiegel* e poi in un libretto tedesco, *Holokaust in Kambodscha.*

Nel quadro della liberalizzazione seguita alla morte di Mao, la Cina si apriva. Nel 1978 ebbi un visto di tre settimane per viaggiare attraverso il Paese, poi per andare in una delle regioni più remote, lo Xinjang. Alla fine del 1979 alcuni organi di stampa occidentali ottennero il permesso di aprire un ufficio a Pechino. *Der Spiegel* fu tra questi e io venni accreditato come corrispondente. La famiglia mi raggiunse poco dopo e i nostri due figli cominciarono a frequentare la scuola cinese. «Casa» era un vecchio appartamento nel quartiere riservato agli stranieri coi soldati di guardia agli ingressi e le portinaie-spie a manovrare gli ascensori.

Visitare la Corea del Nord era il sogno di ogni giornalista a Pechino, ma anche nella capitale «sorella» era più o meno impossibile ottenere un visto. Io ebbi il mio grazie a Enrico Berlinguer, segretario del Partito comunista italiano che, passando dalla Cina sulla via di Pyongyang, fece mettere il mio nome fra quelli della sua delegazione in visita al «Capo Supremo».

Corea del Nord: bandiera rossa, sangue blu

Pyongyang, ottobre 1980

L'AEREO che due volte la settimana porta i rari viaggiatori da Pechino a Pyongyang è una macchina del tempo. Uno lascia la Cina di oggi e in un'ora e tre quarti si trova catapultato nel 1984. La Corea del Nord è l'incubo della società totalitaria di Orwell fatto realtà. Qui i bambini non vanno semplicemente a scuola: ci marciano; la gente non lavora: lotta per la produzione. Le biblioteche hanno migliaia e migliaia di volumi, ma sono scritti tutti dalla stessa persona, tutto è pulito, organizzato, previsto. Tutti sono disciplinati, obbedienti e felici. Questo non è semplicemente un Paese. È stato ufficialmente dichiarato «il paradiso», e Kim Il

Sung, il presidente, non è semplicemente il suo capo da più di 35 anni, è dio perché lui sa tutto quello che c'è bisogno di sapere, ha trovato le risposte alle domande che i filosofi si sono posti da secoli, e persino gli uccelli cinguettano le sue lodi. Così almeno viene detto al visitatore ed è scritto quasi ogni giorno sui giornali.

Non fosse per i giardini pieni di fiori e le acacie sulle colline rigogliose e lungo il fiume, Pyongyang potrebbe apparire una città irreale, artificiale: una sorta di palcoscenico allestito per un film di fantascienza: ricca, coloratissima, ultramoderna, ma inquietantemente vuota. Le strade son larghe, ma con pochissime macchine. Le piazze son vastissime, ma senza gente. Tutto è leziosamente rifinito e curato: i parchi, i campi da gioco, i laghetti, ma nessuno sembra poterseli godere. Monumenti di marmo s'innalzano al cielo assieme a enormi edifici di vetro e cemento, e gioiose fontane zampillano inosservate con variopinti fiotti d'acqua. Ai crocevia i poliziotti in uniforme dirigono, silenziosamente, il traffico che non esiste. Ogni cento metri, nell'ombra di una porta, un agente in borghese scruta attraverso gli occhiali scuri le file perfette di case vuote.

La giornata nordcoreana è divisa in tre turni. Dietro i loro portoni chiusi le fabbriche non cessano mai di funzionare. Ogni cittadino lavora otto ore; per tre ore studia. Non c'è molto tempo libero per andare in giro e le sole persone che si vedono, nel buio, son quelle che ritornano dalle lezioni politiche e aspettano mute, in fila, alla fermata degli autobus, oppure gli studenti che finiscono la scuola anche a sera inoltrata. Nessuno ride, nessuno parla col vicino, ognuno sembra «guardare con fiducia nel futuro». E a ragione: il passato è già stato per molti versi un enorme successo. Alla fine della guerra, nel 1953, il Paese era in rovina e Pyongyang non aveva che tre case ancora in piedi dopo essere stata per anni un campo di battaglia sul quale gli eserciti del sud e del nord, quello americano e quello dei «volontari» cinesi si erano reciprocamente massacrati.

Oggi la città sembra più una metropoli scandinava che asiatica: gli uomini vestiti di scuro all'occidentale, con camicia bianca, cravatta e scarpe di cuoio sempre lustre; i bambini in uniformi rosse e azzurre; le donne in gonne variopinte come se fossero sempre nel costume nazionale assegnato loro per un qualche festeggiamento. Non ci sono segni di povertà. È difficile ottenere dati statistici in un Paese in cui tutto è espresso in percentuali e dove i funzionari si offendono se si chiedono loro dati specifici, ma il progresso è ovvio, lo si vede. Alte ciminiere vomitano colonne di fumo alla periferia della capitale, e i villaggi che si riescono a scorgere dalla macchina che corre senza potersi fermare appaiono ordinati e prosperi. Dalla culla alla bara il nordcoreano è nelle mani e sotto gli occhi dello Stato provvido. L'assistenza medica è gratuita, la scuola è obbligatoria fino a 17 anni. Nessuno paga le tasse. Gli appartamenti degli operai sono piccoli, ma comodi e confortevoli. Gli affitti (da 5 a 10 won su salari medi di 90 won: un won vale circa 1200 lire) sono bassi. «Niente al mondo ci fa invidia», cantano i bambini; e il fatto che la gente crede davvero di vivere «in paradiso» è il più grosso successo del regime.

Il processo di persuasione comincia nei pulitissimi, meccanizzati, efficienti asili dove già a tre anni i bambini imparano a inchinarsi davanti all'immagine di Kim, a imparare a memoria le storie delle sue gesta gloriose, ad amarlo. «Quanti figli ha il presidente Kim Il Sung?» ho chiesto varie volte. E la risposta standard è stata: «Siamo tutti suoi figli». Per quasi trent'anni i nordcoreani sono vissuti come in una cella d'isolamento, completamente tagliati fuori dal resto del mondo di cui non sanno assolutamente nulla. Le radio che si vedono in ogni casa sono enormi, ma non hanno le onde corte. I giornali sono solo quelli in cui il nome del «Capo Supremo» è menzionato almeno cinquanta volte al giorno. Il risultato è semplice: la gente è davvero convinta che, per esempio, il muro di 240 chilometri che corre lungo la zona smilitarizzata fra nord e sud sia stato costruito dai terribili americani per impedire ai sudcoreani di andare a vivere nello splendido nord, che Seoul è una città di miseria e corrotta dalla «prostituzione e dal turismo», che le condizioni di vita nel resto del mondo sono spaventose e che i popoli del globo aspirano solo a studiare e a imparare le lezioni del «Capo Supremo», Kim Il Sung.

Una rivista nordcoreana pubblica, nel suo ultimo numero, la foto di un vetturino di Vienna intento a leggere a cassetta un libro del presidente davanti al Teatro dell'Opera. A Vienna, come si sa, questa è una scena quotidiana. Ma che importa? Lui è dappertutto. Il suo ritratto è nelle strade, nelle case, negli autobus, nei parchi, nei treni, ed è il solo in tutto il Paese a non portare il distintivo con la propria immagine. Ventidue milioni di coreani lo hanno sul petto, in alto a sinistra, dove sta il cuore. I distintivi variano di colore, di forma e di misura. Variano a seconda della posizione che il portatore ha nella società, variano a seconda del grado di fiducia che il «glorioso» capo ha in lui.

A differenza di quanto accadde ai tempi della Rivoluzione culturale in Cina, i distintivi non sono in vendita, né vengono distribuiti gratuitamente. Qui vengono conferiti. Bisogna meritarseli e gli stranieri in cerca di ricordi si sforzano inutilmente di portarsene via uno. Ciò che viene invece distribuito liberamente sono i sei volumi delle opere di Kim Il Sung e i tre volumi della sua bibliografia, e il problema di tutti i visitatori è come disfarsi del fardello senza buttarlo nei cestini della spazzatura: un atto, questo, per cui si rischia l'immediata espulsione (un ingegnere svizzero l'anno scorso fu cacciato solo perché sorpreso a pulirsi le scarpe con un giornale in cui immancabilmente c'era la foto di Kim Il Sung).

Lo Stato ha un controllo totale sulla popolazione ed è in grado di mobilitarla al minimo cenno. Ogni volta che una delegazione amica arriva a Pyongyang l'aeroporto si riempie di una folla che urla entusiasta, mentre un intero quartiere della città, cui è stato appunto ordinato di andare a inscenare la sua «spontanea manifestazione di benvenuto», si svuota. Due anni fa, quando un'eccezionale ondata di maltempo minacciava di distruggere gran parte del raccolto, tutto il Paese venne mobilitato nel giro di poche ore e mandato in campagna: il raccolto fu salvato.

Nel Paese non esiste opposizione. Sebbene ogni tanto qualcuno scompaia dal proprio posto di lavoro e sparisca nel nulla, sebbene gli stessi funzionari del governo ammettano l'esistenza di prigioni per i «nemici di classe», non ci sono visibili segni di dissenso, specie a livello delle masse. Intrappolato fra il lavoro e le attività politiche, con pochissimo tempo da dedicare a una normale vita familiare, costantemente sotto il controllo di colleghi, vicini e poliziotti, il cittadino nordcoreano non ha alcun margine di libertà. Viaggiare all'interno del Paese gli è proibito, a meno che non ne abbia speciali ragioni. Permessi ufficiali sono necessari per ogni movimento fuori del tracciato casa-luogo di lavoro, e un continuo sistema di controlli tiene la gente sotto la costante vigilanza delle autorità. Pyongyang è l'unica città asiatica a non avere biciclette: anche questa un'astuta precauzione contro i potenziali pericoli della troppa mobilità individuale.

L'intera Pyongyang è un monumento dedicato alla grandezza del Presidente, e ogni costruzione è a sua volta una prova del suo amore per il popolo. Stazioni ferroviarie e palazzi pubblici, sproporzionati, prodotti di un'ossessiva megalomania, sono le cattedrali della vera religione di questo Paese, che non è il socialismo, una parola usata sempre più raramente, ma il kimilsunghismo.

« Il grande, il rispettato presidente Kim Il Sung sorvegliò personalmente la costruzione e venne trecento volte a dare il suo consiglio », spiega il direttore della gigantesca, lussuosa metropolitana di Pyongyang, dove ogni stazione è dedicata a un episodio della sua vita. Nessuno sembra ricordarsi che centinaia d'ingegneri cinesi furono mandati da Mao a costruirla, ma nessuno ricorda neppure che fu l'Armata Rossa sovietica a mettere Kim Il Sung al potere, alla fine della seconda guerra mondiale, dopo che lui si era preso il nome col quale oggi lo conosciamo, ma che allora era quello di un mitico guerriero ammirato da tutti e morto da tempo.

« Il grande, generoso capo volle questo edificio per il benessere del popolo », ci dice come in trance la ragazza che guida il visitatore attraverso il mirabolante, magnifico Centro della salute, un immenso insieme di piscine, di sale per massaggi, saune, saloni di bellezza, palestre dagli impiantiti di marmo e le pareti di mosaico, con dottori e infermiere a disposizione di masse di cui non si vede mai traccia.

Certamente mai usata è la gigantesca Maternità: 13 piani di cemento, granito e marmo, costruita – simbolicamente? – in nove mesi, equipaggiata con i più moderni strumenti e fornita di televisori a circuito chiuso per permettere a padri e parenti di parlare alle puerpere senza dover aver con loro un contatto fisico. Il teatro Masudè, un'altra mastodontica struttura di pietra, vetro e specchi attorno a una raffinata platea che ha posto solo per poche centinaia di persone, è una sequela di stanze dai soffitti altissimi, coperte da ovattate, attutenti moquette dai colori pastello. Scale che si avvolgono su se stesse, illuminate da lampadari fluorescenti, si alzano su bisbiglianti fontane dai colori cangianti, mentre sulle pareti altre luci creano il *trompe l'oeil* d'immense cascate d'acqua, e milioni di goccioline d'olio scendono lentamente, sorprendenti, lungo un'invisibile struttura di fili di plastica. Acqua. Acqua vera nelle decine di fontane della città, falsa nei trucchi elettronici della luce, dipinta sulle pareti, riprodotta nei mosaici e nei tappeti, l'acqua sembra essere l'inconscio simbolo ossessivo di questo regime e del suo inspiegabile desiderio di purezza.

Una grande fontana con centinaia di getti d'acqua che formano un monumento liquido multicolore sorprende il visitatore anche nel grande salone dei ricevimenti del palazzo del governo. Fuori, nel cortile, i soldati in alta uniforme marciano al passo dell'oca; dentro dozzine di guardie del corpo, attendenti e segretari in abiti neri e occhiali scuri, tutti col loro distintivo del « Capo Supremo » al petto. Gli ospiti devono aspettare la comparsa di Kim per almeno mezz'ora; il tempo è scandito da due immensi orologi con figure in oro di soldati e operai che girano in tondo. Poi, lentamente, mentre tutti gli uomini del presidente volgono i loro occhi al suolo in un profondo inchino, lui appare: maestoso, nella sua giacca accollata e scura, incede per la larga scalinata coperta dal più rosso dei tappeti. La ciste che ha sul dietro del collo è più grossa di un pugno, ma non pare che intralci i suoi movimenti. Da anni quella ciste continua a crescere, però nessuno ha osato operargliela. Anche se pare improbabile che si tratti di un tumore maligno, quella ciste è ormai al centro d'infinite voci e speculazioni. Con la conclusione del VI congresso del partito, il futuro della Corea del Nord è, almeno sulla carta, tracciato. Kim Il Sung ha nominato il proprio successore.

«Chi è quel giovane vicino al presidente?» ho chiesto un paio di volte visitando i quartieri operai, in ognuno dei quali c'era, incorniciata, un'immagine a colori del presidente con accanto suo figlio. «È il glorioso Centro», mi son sentito rispondere. Il suo nome non viene mai fatto, ma anni di una sottile e martellante propaganda hanno preparato le basi per la via coreana al socialismo: il socialismo ereditario. «Saremo fedeli al grande capo di generazione in generazione», dice una canzone che si sente a Pyongyang.

La costruzione della capitale, come simbolo megalomaniaco del rinascimento coreano, contraltare alla corrotta società dei consumi stabilitasi a sud del 38° parallelo, nel frattempo continua, come dovesse diventare l'utopica *civitas solis* dell'umanità del futuro. Giorno e notte, senza interruzione, enormi gru e squadre di operai tirano su un altro piano del già gigantesco Centro della cultura mentre poco distante, al suono di una banda militare, migliaia di soldati scavano le fondamenta della nuova pista da pattinaggio sul ghiaccio.

Un caso di follia collettiva? Può darsi. «Questo è l'unico Paese socialista in cui anche i gabinetti funzionano», diceva un membro di una delegazione in visita ufficiale, usando uno degli splendidi orinatoi del teatro Masudè, dove le cellule fotoelettriche fanno scorrere l'acqua all'avvicinarsi dell'utente.

I ricevimenti nella scintillante sala dei banchetti nella residenza di Kim Il Sung, illuminata da decine di candelabri di cristallo, finiscono sempre con grandi piatti colmi di frutta coreana servita da impassibili camerieri in giacca bianca e, anche loro, col distintivo al petto. Il mio vicino, un comunista europeo,* guardando l'enorme, lucida pera che mi veniva offerta ha commentato: «Questo Paese è come queste pere: cresce, cresce, come se da qualche parte non gli funzionasse una ghiandola».**

Gli anni in Cina, dal 1979 al 1984, furono di estremo interesse. Per la prima volta dal 1949 noi stranieri avevamo, pur con notevoli restrizioni, la possibilità di viaggiare, conoscere il Paese e la gente. Per la prima volta era possibile andare a vedere quel che decenni di propaganda avevano tenuto nascosto a occhi estranei. Io, come altri colleghi, cercai di utilizzare al massimo questo margine di libertà andando in tutti gli angoli del Paese, dal Tibet alla Mongolia alla Manciuria e facendomi raccontare da più persone possibile fuori dei circoli ufficiali quello che il maoismo dei primi anni e la Rivoluzione culturale degli anni '60 avevano voluto dire nelle loro vite. La mia curiosità non fu sempre gradita. Un paio di volte venni detenuto dalla polizia in cittadine dove non ero «autorizzato», poi nel marzo del 1984 venni arrestato, accusato di «crimini contro-rivoluzionari», interrogato, rieducato per un mese e alla fine espulso.*** Tornammo così a vivere a Hong Kong, questa volta in una casa cadente ma romantica – era stata di una grande concubina –, sul mare, con una straordinaria vista sul tramonto e le isole nella foce del Fiume delle Perle. Da Hong Kong tornai a occuparmi dei problemi della regione.

* Ora lo posso scrivere: era Giancarlo Pajetta.

** Questo articolo, uscito nel numero 30 di *Der Spiegel*, piacque molto alle autorità nordcoreane: per un anno venni invitato ai ricevimenti dell'ambasciata e fui indicato – con mia vergogna – come un «giornalista modello» dalla propaganda di Pyongyang. Poi, quando stavo per ottenere un nuovo visto, qualcuno spiegò ai nordcoreani il senso dell'ironia.

*** La storia di quel soggiorno e di quella drammatica uscita è ne *La porta proibita*, pubblicato da Longanesi nel 1984. Il resoconto della nostra vita di stranieri in Cina e dei vari viaggi fatti con i figli in treno e in bicicletta è nel diario che Angela tenne in quegli anni, uscito col titolo *Giorni cinesi* da Longanesi nel 1987.

Nel 1972 Ferdinando Marcos, per evitare di perdere il potere aveva dichiarato la legge marziale in uno dei Paesi più poveri e più simpatici dell'Asia: le Filippine. La dittatura affama ancora di più il Paese e si macchia di orribili delitti nei confronti degli oppositori. Varie volte viaggio attraverso l'arcipelago. Nel 1983, Ninoy Aquino, il simbolo dell'opposizione liberale a Marcos, l'uomo che Marcos ha tenuto in galera per otto anni permettendogli poi di andare negli Stati Uniti, viene ucciso da un killer mentre scende la scaletta dell'aereo che lo riporta a Manila. Quell'assassinio, ovviamente ordinato dal regime, scatena l'emozione popolare e mette definitivamente in pericolo il potere della «dittatura coniugale» di Marcos e di sua moglie Imelda.

Filippine: me l'ha detto il taxista

Manila, 20 novembre 1984

Il lettore lo sa: la migliore fonte d'informazioni del giornalista che sbarca in un Paese cercando di capire che cosa vi succede è di solito il taxista che lo porta dall'aeroporto all'albergo. Ebbene, io ho appena depositato le valigie e devo dire che la mia «fonte» era impareggiabile.

«Com'è la situazione?» gli ho chiesto appena preso posto nella sua scalcinatissima, scricchiolante Toyota tenuta assieme con fili di ferro.

«Il numero dei morti di oggi è ancora imprevedibile», mi risponde.

«Dei morti?»

«Sì, sì, è ancora presto per fare la somma dei morti causati da semplice assassinio, da 'salvataggio', da incendio, da dimostrazioni, da rapina o da tifone.»

Sono le cinque del pomeriggio. L'aereo che veniva da Hong

Kong era mezzo vuoto. Pochissimi i turisti. Questa per le Filippine dovrebbe essere alta stagione, ma da quando, nell'agosto dell'anno scorso, il capo dell'opposizione, Ninoy Aquino, fu ucciso all'aeroporto di Manila e un inspiegabile ammazzamento è seguito all'altro e ricorrenti dimostrazioni e scontri con la polizia bloccano la città, la gente va a prendere il sole in altre parti dell'Asia e gli alberghi di lusso, già costruiti qui in sovrannumero, sono ora più o meno deserti: assurde astronavi luccicanti atterrate come per sbaglio nello squallore di miseria e di buio degli slum tutt'attorno.

«... e gli alberghi da poco?» chiedo al mio uomo.

«Quelli bruciano. In un mese quattro alberghi di seconda categoria sono stati distrutti da incendi e ogni volta ci sono stati morti.»

«E chi appicca il fuoco?»

«Tutto è possibile: potrebbero essere i comunisti per far paura ai turisti e creare così ancor più problemi all'economia; potrebbero essere i militari per dire che sono stati i comunisti e dichiarare di nuovo la legge marziale con la scusa che bisogna ristabilire ordine e sicurezza; o potrebbero essere gli stessi proprietari per riscuotere l'assicurazione e scappare all'estero... Ah, dimenticavo», prosegue il mio uomo, «potrebbero anche essere i grandi alberghi stessi che fanno bruciare quelli di seconda categoria per avere per sé i pochi clienti che restano.»

Il taxista ride come fosse lui stesso divertito da queste tante possibili verità in cui lui, come tutti gli altri filippini, si perde.

È passato più di un mese da quando è stato pubblicato l'attesissimo rapporto della commissione Agrava sull'assassinio di Aquino, ma l'attesissima resa dei conti con la storia non c'è stata. Per un anno il Paese è rimasto col fiato sospeso, in attesa di questo fatidico rapporto. La gente pregava, digiunava, meditava. Ora che il rapporto è uscito (anzi, per confondere le acque ne sono usciti due) e accusa i militari di aver ordito una congiura per uccidere Aquino e falsificare le prove, tutta la faccenda resta in alto mare...

Nessuno è stato arrestato, nessuno è stato incriminato. Il generale Fabian Ver, capo di stato maggiore delle forze armate filippine e, secondo uno dei due rapporti, il principale cospiratore, ha preso una «licenza» e si riposa a casa sua; i documenti della commissione d'inchiesta sono stati passati a una corte speciale che, di solito, giudica i funzionari pubblici accusati di corruzione e che questa volta deve solo decidere se ci sono abbastanza prove per incriminare davvero i 26 cospiratori. I dossier passano da una mano all'altra.

«Alla fine si scoprirà che sono stati davvero i comunisti a uccidere Ninoy», dice il taxista con ironia. Poi si preoccupa, mi guarda nello specchietto retrovisivo e quasi con aria impaurita mi chiede: «Ma lei, è per Marcos?»

I filippini sentono ormai che la guerra civile è strisciante, che devono guardarsi alle spalle, fare attenzione a quel che dicono. Già all'aeroporto c'era quel clima di tensione e di sospetto tipico dei Paesi in cui sta crescendo un conflitto. Un uomo con tutta l'aria del poliziotto in borghese e un cartellino sul petto che diceva IN SERVIZIO prendeva senza troppa discrezione la foto di tutti i passeggeri in arrivo: di me, una sola, del filippino con cui chiacchieravo, due. Il regime teme sempre più i contatti fra i gruppi dell'opposizione filippina all'estero, specie negli Stati Uniti, e la guerriglia locale e sta per questo aggiornando i suoi dossier sui simpatizzanti e sui corrieri.

«Al deposito della spazzatura stamani i 'salvati' erano solo due», dice il taxista. «Salvataggio», «salvati» sono parole recentemente diventate frequenti nelle conversazioni tra filippini e bisogna farci l'abitudine: «salvati» vuol dire «morti ammazzati». Di morti ammazzati, nelle Filippine, ce ne sono tanti: la caratteristica di questi è che si tratta di gente uccisa da squadre di militari e da poliziotti che fanno, per conto loro, del lavoro straordinario. Le vittime vengono di solito lasciate con un filo di ferro al collo. La morte è di solito dovuta a colpi di piccone, «per risparmiare le pallottole», spiega il mio uomo.

«Se i cadaveri hanno tatuaggi si trattava di banditi, se non hanno tatuaggi erano comunisti. Semplice, no? Oggi i cadaveri erano solo due», ripete e sembra davvero interessato a questo tenere il conto dei morti giornalieri.

A Zamboanga, nell'isola di Mindanao, questo conto lo teneva lo stesso sindaco della città, Cesar Climaco, uno dei più popolari capi dell'opposizione nel Paese. Ogni giorno, su un grande cartello incorniciato di rosso sangue ed eretto davanti al suo municipio, Climaco faceva scrivere i numeri dei morti ammazzati, come una sfida alla polizia e ai militari che non solo non riuscivano a mantenere l'ordine nella città, ma che spesso erano anche i burattinai di alcuni dei più clamorosi fatti di sangue. La scorsa settimana Climaco, che usciva sempre senza scorta e senza guardie del corpo, è stato freddato da un colpo alla nuca in pieno centro di Zamboanga, «salvato» lui stesso.

«È la stessa storia di Aquino», dice il mio taxista. «Li fanno fuori a uno a uno. Quando l'opposizione non avrà più capi, non farà più paura.»

La Toyota caracolla nel traffico dell'ora di punta, sobbalza sulle strade piene di buche della periferia, poi entra sul grande viale Roxas, orgoglio di questa splendida Manila, lussureggiante e appestata dai fumi. A ogni semaforo siamo attaccati da stormi di ragazzini sorridenti e cenciosi che schioccano baci per attirare l'attenzione sui loro sacchettini di plastica sporca, pieni di caramelle di menta, e sui pacchetti aperti di sigarette che tengono allineati in scatole di legno.

«Marlboro», dice il taxista. I ragazzi si contendono, si spingono via, uno vince, gli porge una singola sigaretta e gliela accende.

«50 centavos [45 lire]», dice il ragazzo.

«A comprare un intero pacchetto si risparmierebbero due pesos [180 lire], ma anche loro devono vivere e poi, a comprare tutto un pacchetto, corro il rischio che me lo rubino», dice il mio uomo.

Le macchine dei ricchi filippini che si fermano accanto a noi in attesa del verde hanno tutte autista, aria condizionata e vetri affumicati, chiusi perché non si veda chi c'è dentro. La Toyota invece è tutta spalancata e il mio braccio viene accarezzato, picchiettato, tirato da tante mani, manine, manacce di mendicanti che fanno gesti di fame, di dolore, di tristezza per chiedermi un soldo. A ogni semaforo la scena si ripete.

«Marcos ha fatto i ricchi ricchissimi e i poveri poverissimi», sentenzia il mio taxista, lasciando che io resti nell'imbarazzo di tante mani che mi toccano e gesticolano. Un ragazzino si precipita al finestrino per vendermi un giornale.

Sulla prima pagina, in grande, c'è la foto di Marcos mentre dà al suo capo *ad interim* delle forze armate l'ordine di perseguire una banda di musulmani che è entrata in una città nella provincia di Lanao del Sud, ha fatto un massacro di cristiani locali ed è ripartita. Guardo la foto, leggo la didascalia.

«È falsa», dice il mio uomo. «Marcos è morto.»

«Morto? Come? Quando?»

«Forse proprio morto no, ma è lì lì per morire», dice il taxista. Lo faccio raccontare e anche qui le possibili verità sono tante. Dall'inizio della scorsa settimana, quando ricevette un senatore americano in visita, Marcos non è stato più visto in pubblico. Un portavoce del governo ha detto che Marcos si prendeva tempo libero per scrivere «vari libri», un altro ha detto che andava col suo yacht a ispezionare le regioni colpite dal tifone, ma è chiaro che sono balle. Le voci più ricorrenti sono che Marcos sia stato ricoverato in una clinica di Quezon dove gli avrebbero tolto il rene che gli era stato trapiantato l'anno scorso. Lì sarebbe morto. L'estrema unzione gliela avrebbe data un certo monsignor Ramirez. Un'altra voce è che è sopravvissuto all'operazione, ma che ora ha bisogno di un trapianto di cuore.

La Toyota, scricchiolando, corre lungo il viale e passa davanti allo Yacht Club di Manila. Ci fermiamo a guardare se il grande panfilo di Marcos è lì, ancorato, dove dovrebbe essere, al molo 15. Non c'è, e nessuno ci sa dire dove sia.

«Forse è davvero andato a fare un giro in barca», dice il taxista. «Meglio che lo seppelliscano in mare, perché dalla terra lo rileviamo.»

Il tramonto è splendido, il sole precipita in un baleno dietro la linea dell'orizzonte punteggiato dalle sagome nere delle navi. Il mare è un'immensa piattaforma dorata. L'ora è delle più struggenti e le Filippine sono nel loro momento di quasi perfetta bellezza.

Scivoliamo lungo il viale passando dinanzi alla serie d'imponenti, costosissimi monumenti costruiti dal regime con la pretesa di grandezza: il Centro culturale, il Centro del cinema, il Palazzo delle esposizioni, edifici splendidi, moderni, ma pochissimo utilizzati. Utilizzati invece sono i grandi prati che ci stanno attorno. Il verde dell'erba è punteggiato da abitacoli fatti di foglie di palma e stracci in cui si accampano centinaia di famiglie di senza tetto.

«Tutti i parchi di Manila sono abitati dai poveri», dice il mio taxista.

Alla destra del viale, sul muro che protegge la vista dai quartieri popolari e dal quartiere-bordello di Ermita dove tutto è in vendita a ogni ora del giorno e della notte, qualcuno, con la vernice bianca, ha scritto: ABBASSO LA DITTATURA MARCOS – STATI UNITI.

Il mare è diventato man mano più scuro quasi come le navi ormeggiate nella baia. L'orizzonte manda strani riflessi verdognoli, l'aria tropicale è piena dell'odore delle foglie bruciate. Dal parco nel centro della città si levano fumate azzurrognole: i mendicanti preparano su piccoli falò la loro cena, tra il frusciare metallico delle palme sbattute dal vento della sera.

«Le Filippine?» chiese una volta un generale americano. «Che cosa sono? Una qualche specie di sardine?»

Oggi le Filippine sono un Paese a una svolta, in un momento di crisi, un Paese pieno di grandi contraddizioni che pare debbano scoppiare, ma anche un Paese di tanta anima dove basta far due chiacchiere con un taxista qualsiasi per rimettersi al passo, per riavere il senso dell'aria che qui tira.

Scendo dal taxi e pago. Il portiere dell'albergo prende le valigie e si allontana. Il mio taxista, indicandomi con gli occhi i colleghi allineati nelle loro macchine gialle ad aria condizionata davanti all'albergo, con sguardo complice mi bisbiglia: «Attento: quelli lì sono tutti poliziotti».

A cena col mitra

Zamboanga, dicembre 1984

«ROVER alla base: stiamo per arrivare. Siamo a cinquecento metri.»

«Base a Rover: ricevuto. OK. Apriamo.»

L'autista spenge la radio con cui ha appena parlato. L'uomo col mitra che mi sta seduto accanto si prepara a scendere. Non sto andando al fronte, ma semplicemente a casa di un piantatore di banane che mi ha invitato a cena. La Land Rover si avvicina a un cancello di ferro, dall'alto di una torretta di cemento un giovane fa cenno col suo fucile a qualcuno all'interno e davanti mi si spalanca un piazzale pieno di fiori, una bella residenza affondata nella vegetazione tropicale, un'enorme piscina illuminata e un sorridente signore in maglietta e calzoni bianchi che, accortosi del mio divertito stupore, dice: «Eh, sì, purtroppo ormai dobbiamo vivere così. Non abbiamo altra scelta. Ognuno deve pensare a proteggersi da sé».

Lui, per proteggere la sua famiglia e i suoi campi, ha un esercito di 200 uomini.

«In un anno ne ho già persi quindici.»

«Persi?»

«Sì: cinque me li hanno ammazzati i comunisti, il resto gli altri.»

«Gli altri chi?»

«Un po' tutti, i militari, i paramilitari, i banditi...»

Mindanao, la grande isola del sud, la più ricca dell'arcipelago filippino, la «terra promessa», come veniva chiamata fino ad alcuni anni fa, è ormai diventata un campo di battaglia e le guerre che vi si combattono sono varie.

I guerriglieri comunisti dell'NPA (New People's Army) combattono contro i soldati governativi; i soldati governativi combattono tra loro per il controllo dei grossi interessi economici in cui sia esercito sia polizia han messo le mani grazie alla legge marziale; i musulmani locali combattono per avere qui un loro Stato indipendente da Manila, le varie bande di destra coi nomi più strani, tipo «i ratti», «i Cristo rock», vanno a giro a liquidare, o, come si dice qui con macabro umorismo, «a salvare», la gente sospetta d'essere comunista. I banditi fanno quel che fanno i banditi in ogni parte del mondo. In due settimane di viaggio, pernottando a volte negli alberghi delle grandi città, a volte nelle capanne di villaggi il cui nome era introvabile nelle carte, non ho visto che uomini armati. La cosa più inquietante spesso era non sapere a quale di questi tanti eserciti appartenevano.

L'anarchia è ormai dilagante: i commercianti devono pagare la polizia e i militari per non avere i loro negozi attaccati dai «comunisti»; i vicini di una casa in fiamme devono pagare i pompieri perché si diano da fare per spengere l'incendio. Assassinii, rapine e rapimenti sono all'ordine del giorno (una settimana fa due occidentali, un americano e un tedesco, sono stati catturati da un piccolo gruppo di ribelli musulmani che ora chiedono un grosso riscatto). La violenza è parte della vita quotidiana e quasi non scandalizza più nessuno. Un giorno il *jeepney* con cui viaggiavo si è fermato fuori della cittadina di Digos. Un crocchio di gente stava attorno al cadavere di un giovane appena trovato sotto un ponte, con le mani legate dietro la schiena con del filo di ferro e una pallottola in testa: tipico dei «salvati».

«Guarda, guarda, ha le scarpe. Doveva essere uno studente», diceva una donna. Gli altri osservavano senza grande commozione.

«L'esercito non è dello Stato, è di chi lo compra», dice il mio piantatore di banane e mi racconta di come, per un prezzo adeguato, i militari si prestano a dichiarare certe aree qui attorno come «infiltrate dai comunisti» per cui, con la scusa di doverle attaccare, fanno evacuare tutta la popolazione e la trapiantano da qualche altra parte. Dopo alcuni mesi quelle zone, libere dai contadini e da altri ingombri, sono vendute e incorporate in grossi latifondi in cui vengono avviate nuove piantagioni. È così che certi signori locali e certi ufficiali si sono arricchiti. Se poi qualcuno fra i contadini cerca di opporsi, viene acchiappato di notte da sconosciuti e il giorno dopo trovato «salvato» in un deposito di spazzatura o in un canale.

«Io ho il mio esercito anche per proteggermi dai soldati», dice il mio piantatore. «Da quando sono passato all'opposizione, le minacce non mi sono mancate.»

Mindanao e le intere Filippine sono un'accozzaglia di eserciti privati. Persino Cesar Climaco, il sindaco di questa città, ucciso il mese scorso, aveva dovuto mettere in piedi il suo. Un membro della commissione parlamentare mandata da Manila a investigare quel che era successo mi diceva di essere convinto che i militari avevano fatto ammazzare Climaco perché si era messo a indagare sui loro loschi affari locali e che se qualcuno, come lui, avesse cercato di saperne di più sarebbe ugualmente finito male. Pochi giorni dopo Climaco, anche il suo autista è stato trovato assassinato e l'intera famiglia del sindaco ha preferito lasciare Zamboanga per rifugiarsi a Manila.

Messisi alla caccia dei presunti assassini, i militari hanno attaccato la casa di un ufficiale di polizia, quello s'è difeso e, nello scontro a botte di carri armati e di mitra, sono morte cinque persone.

«L'esercito ha eliminato così un gruppo concorrente nella polizia», spiega il mio piantatore. «La colpa di tutto questo non è solo di Marcos, è anche nostra, che per anni abbiamo accettato i privilegi e siamo stati zitti quando la corruzione, la violenza ci crescevano attorno. Marcos ci aiutava a far soldi e noi ne abbiamo approfittato.»

In una casa così, con un personaggio così, questo tipo di conversazione sarebbe stata impossibile nelle Filippine solo un anno e mezzo fa. La morte di Aquino ha segnato la svolta; da allora le persone come il mio piantatore di banane hanno deciso di dire che cosa pensano. «Forse non abbiamo tempo, ma bisogna pur cominciare, se vogliamo salvare il Paese.»

Nelle Filippine li chiamano i «gialli» dal colore che gli eredi politici di Ninoy Aquino hanno scelto per distinguersi dai «rossi». Sono i germi di quella Terza Forza che in Vietnam, schiacciata fra la dittatura pro-americana di Thieu e la guerriglia comunista, non ebbe mai modo di crescere. Chissà se qui ce la farà. Gente come il mio piantatore parla di responsabilità della sua classe, d'impegno a fare sacrifici economici pur di risanare il Paese, parla di elezioni cui spera di partecipare. E se le elezioni non ci fossero? Al momento, più che il numero dei voti quel che conta è il numero dei soldati e dei fucili a disposizione.

Marcos è ancora nel suo palazzo di Malacañan, ma il dopo-Marcos è già incominciato. Patti vengono conclusi in segreto; alleanze vengono stabilite e, con quelle, liste di gente da tenere o da mettere da parte. Gli eserciti privati e gli eserciti di certi individui all'interno dell'esercito di Stato giocheranno un ruolo importantissimo se si dovesse arrivare a scoprire le carte. I «gialli» (e con loro gli americani) contano molto sul generale Ramos, ora facente funzione di capo di stato maggiore, mentre vedono il loro maggiore ostacolo nel generale Ver, quello indicato dalla commissione d'inchiesta come il mandante nell'assassinio di Aquino. Ver continua a gestire un enorme potere sia come capo dei servizi di sicurezza delle forze armate sia come capo informale del più grosso esercito privato che esista nelle Filippine: quello costituito da migliaia e migliaia di guardie giurate che lavorano nelle banche, negli alberghi, e che sono tutte inquadrate da ex ufficiali fedeli appunto a Ver.

Un'altra incognita è un altro misterioso, potentissimo personaggio il cui nome i filippini preferiscono non pronunciare o, se lo pronunciano, lo fanno con un senso di terrorizzata ammirazione: Danding Cojuangco, uno degli uomini più ricchi del Paese, uno dei più fedeli uomini di Marcos, uno dei più determinati. In un'isola tutta sua e cui nessuno, che non sia suo invitato, riesce ad avvicinarsi, a sud di Palawan – simile all'isola del Dottor No nel film di 007 –, Cojuangco ha un paio di dozzine di esperti israeliani che addestrano il suo esercito privato e che tengono corsi di specializzazione per ufficiali dell'esercito regolare che sono però fedeli a lui: il re del cocco, il re del cemento, delle banche, eccetera.

Se Marcos morisse e con ciò scadesse l'impegno di fedeltà al presidente, da che parte si metterebbe Cojuangco?

«Magari anche con noi», dice il mio piantatore e aggiunge: «... O noi con lui».

Sono giorni di tensione e di paura. Chi volesse evitare il normale processo costituzionale, che alla morte del presidente prevede elezioni entro due mesi, dovrebbe cominciare ora a correre ai ripari contro i «gialli» «comprandoci o eliminandoci», dice il mio piantatore. Questo secondo pensiero fa rabbrividire molti che, per anni, si sono sentiti al sicuro e che ora non sanno da che parte aspettarsi un eventuale attacco: dai comunisti? dai banditi? dai soldati?

«Lei sa sparare?» mi chiede l'uomo con il mitra che mi siede accanto nella Land Rover che mi riaccompagna in albergo, lasciando il mio piantatore nella sua casa fortino.

«No... Non ho mai tirato un colpo in vita mia.»

«Ah... perché qui ci sono alcuni fucili... in caso di bisogno», dice, mostrandomi due M-16 di fabbricazione americana sotto il sedile posteriore.

«Rover a base: ospite arrivato a destinazione», comunica l'autista via radio.

«Base a Rover: rientra.»

Fortunatamente: la cena era ottima e la notte è calma.

Nel 1984 uscì *The Killing Fields* (*Le urla del silenzio*), sulla Cambogia. Nel film un cambogiano dice a Sydney Schanberg:* «Allora voi giornalisti vi eravate sbagliati sui khmer rossi... eh?» Quella domanda me l'ero posta anch'io e già alla fine del 1975 m'ero convinto che la risposta era: sì. Da giornalista che era stato sul terreno sentivo la responsabilità di quell'errore di giudizio e a dieci anni di distanza cercai di spiegare come era stato possibile.

C'eravamo sbagliati

Hong Kong, marzo 1985

VIVI ne avevo visti solo due e per pochi secondi. Li avevano catturati i soldati governativi e li stavano torturando quando Sydney, Pran e io arrivammo in un avamposto isolato del fronte a pochi chilometri da Phnom Penh. Facemmo appena in tempo a renderci conto di quel che succedeva, a scattare un paio di foto e i soldati ci cacciarono via. Mentre ci allontanavamo, sentimmo due colpi di pistola. Anche quei due khmer rossi erano diventati come tutti gli altri che vedevamo quasi ogni giorno: cadaveri anonimi, sfigurati, vittime di una guerra che gli americani avevano imposto alla Cambogia nel tentativo di vincere o almeno di districarsi da quella che stavano perdendo in Vietnam. Era la primavera del 1973.

La sera, attorno alla piscina dell'Hotel Le Phnom dove ci si ritrovava a smaltire le emozioni, le paure e le frustrazioni della giornata, si discusse come sempre dell'assurdità di quella guerra, della stranezza del nostro ruolo di giornalisti, *voyeurs* impotenti

* Sydney Schanberg del *New York Times* e Dith Pran, il suo interprete cambogiano, sono i protagonisti del film. Sydney rimase a Phnom Penh quando la città fu presa dai khmer rossi, ma dovette abbandonare Pran quando gli uomini di Pol Pot diedero soltanto agli stranieri il permesso di lasciare il Paese.

della distruzione di un Paese e dell'abbrutimento di un popolo cui tutti ci sentivamo legati ogni giorno di più. Pensati da lì, con ancora negli occhi le immagini dei loro cadaveri seminati nelle risaie dai bombardamenti americani, abbandonati al margine delle strade dai soldati governativi che a volte toglievano loro il fegato per mangiarlo e acquisirne così la forza, i khmer rossi, partigiani di una Cambogia contadina che si difendeva dall'intervento della superpotenza americana, che si opponeva al regime corrotto e inefficiente messo al potere dal colpo di Stato della CIA, i khmer rossi ci parevano l'unica via d'uscita dall'incubo della guerra. Fossero arrivati quella sera a Phnom Penh – ci dicevamo –, il conflitto sarebbe finito e, senza più protettori stranieri dall'una e dall'altra parte, i cambogiani si sarebbero intesi fra loro; la Cambogia avrebbe ritrovato la sua pace di Paese povero, ma indipendente. Allora la pensavamo così.

Come molti altri giornalisti che lavoravano in Indocina ero contrario a quella guerra. E come si poteva essere altrimenti? La figura del proconsole americano Thomas Enders che, da una stanza dotata di aria condizionata dell'ambasciata americana, dirigeva le micidiali missioni dei bombardieri, l'esercito dei governativi che reclutava bambini e teneva liste di soldati inesistenti tanto per gonfiare il numero delle truppe e far sì che gli ufficiali potessero intascare gli stipendi pagati da Washington, la spaventosa corruzione dei funzionari, compreso il fratello del presidente Lon Nol, noto per rubare armi e munizioni dalle caserme del governo per poi rivenderle ai khmer rossi, erano le cose che avevamo sotto gli occhi. E qui c'era già dell'assurdo: la guerriglia restava misteriosa e sconosciuta, mentre gli americani si lasciavano osservare e giudicare.

Chiunque arrivava a Saigon con una lettera di presentazione di qualsiasi giornale del mondo veniva accreditato e nominato formalmente maggiore dell'esercito americano così che, da giornalista, poteva andare in ogni settore del fronte e avere la dovuta priorità sugli aerei militari e sugli elicotteri. Eppure non si poteva essere dalla parte degli americani.

Da qui, per contrasto, l'implicita «simpatia» per gli altri: i partigiani, i khmer rossi, quelli che vedevamo solo morti, solo come vittime. Ma quelli, chi erano davvero? «Assassini sanguinari, accecati dall'ideologia marxista-leninista», dicevano i diplomatici americani e gli agenti della CIA che pullulavano tra noi. Noi, di certo, non ci facevamo influenzare. Anzi proprio perché quei giudizi venivano da loro si tendeva a pensare esattamente il contrario.

Ricordo una volta in cui l'ambasciata americana ci fece sapere che i khmer rossi erano entrati di notte in un villaggio governativo a qualche decina di chilometri da Phnom Penh ed erano ripartiti dopo aver sistematicamente ucciso tutti gli abitanti, compresi donne e bambini. Se volevamo andare a vedere coi nostri occhi quel «massacro» bisognava andare sulla strada numero tale fino al chilometro tale e poi voltare, eccetera... Ci andai con Sydney e ricordo benissimo come giravamo in mezzo a quelle decine di cadaveri, sgozzati, impalati, maciullati cercando di provare a noi stessi che non potevano essere stati uccisi dalla guerriglia, che magari quella gente era stata vittima dei bombardamenti americani ed era poi stata messa lì, «usata» per così dire, in modo da farci credere alla storia del massacro comunista.

Un'altra volta, un tipo della CIA mi raccontò con grande convinzione e tanti dettagli che i khmer rossi, per far vedere che tutti i cambogiani nelle zone «liberate» dovevano considerarsi uguali e non ci dovevano essere differenze fra i vari cittadini, avevano costretto gli abitanti di un posto di cui avevano preso il controllo a smantellare i piani delle case più alte e a segare i tetti delle capanne che svettavano sulle altre, così che l'altezza di ogni abitazione fosse identica. Come crederci? Neppure il fatto che di tutti i colleghi andati con la guerriglia nessuno fosse tornato a raccontare come i khmer rossi erano davvero fu sufficiente a farmi anche solo sospettare che c'era qualcosa di spaventoso al di là del fronte.

Dall'inizio della guerra, nel 1970, 33 giornalisti erano scomparsi nelle zone tenute dai khmer rossi, un prezzo altissimo alla ricerca della verità. Alcuni erano, come si diceva allora, *war freaks*, giovani attratti dall'avventura, arrivati in Indocina più a capire se stessi che la guerra e che spesso rischiavano eccessivamente per uno *scoop*. Ma altri erano serissimi professionisti che coscientemente avevano cercato di stabilire contatti con i khmer rossi per raccontare la loro parte della storia. Koki Ishihara, traduttore di George Orwell in giapponese e corrispondente dell'agenzia Kyodo a Phnom Penh, disse chiaramente ad alcuni amici dove andava e un giorno passò le linee. Non lo si rivide mai più, eppure per anni si continuò a pensare che fosse vivo, con i guerriglieri. Io stesso avevo deciso di entrare in una zona «liberata» della Cambogia passando per il Laos, assieme al corrispondente dell'AFP da Vientiane, Marc Filloux. Avevo fatto la stessa cosa con i vietcong nel Vietnam del Sud e mi pareva logico non coprire la guerra solamente dalla parte americana. All'ultimo momento ebbi paura; Marc partì da solo e svanì. Solo anni dopo alcuni profughi raccontarono di aver visto uno straniero bastonato a morte, perché giudicato una spia, poco dopo che aveva passato il confine.

L'idea che i khmer rossi fossero brutali, metodici assassini non mi aveva sfiorato e così quando Phnom Penh, da cui ero da poco partito, fu presa da loro, io dalla Thailandia cercai di raggiungere i colleghi che, come Sydney, erano rimasti là per raccontare la «liberazione». A piedi traversai il ponte di confine fra Aranyaprathet e Poipet e m'incamminai in Cambogia finché non fui catturato e messo contro un muro dai primi, veri khmer rossi che avessi mai visto: un gruppo di giovani dalla pelle riarsa appena usciti dalla giungla. Mi resi conto di avere a che fare con gente diversa, dura, fanatica, ma ancora non capii. Dopotutto si fecero convincere a lasciarmi andare e a riaccompagnarmi alla frontiera.

Verso il novembre di quel 1975, ondate di profughi cambogiani cominciarono ad arrivare in Thailandia raccontando storie di massacri, di fosse comuni, di migliaia di persone che i khmer rossi facevano «scomparire». Alcuni raccontavano che i khmer rossi, per smascherare i «nemici di classe» e riconoscere gli ex intellettuali, mettevano gli uomini in fila e chiedevano loro di salire su un albero di cocco. Chi sapeva arrampicarsi fino in cima veniva considerato proletario e mandato a lavorare nei campi di riso; chi non ci riusciva veniva eliminato. Come crederci? Pareva una parodia delle selezioni di ebrei nei campi di sterminio. Altri rifugiati raccontavano che i khmer rossi, a parte le radio, le immagini religiose e le suppellettili, distruggevano anche tutte le pentole e gli utensili di cucina. Come credere che i partigiani volessero togliere al popolo quel poco che aveva? Lo si capì dopo, quando fu chiaro che i khmer rossi volevano rompere il nucleo familiare, impedire che le persone cucinassero in piccoli gruppi, che cospirassero, obbligando tutti a mangiare nella mensa comune dove potevano essere controllati. Passai settimane andando avanti e indietro lungo la frontiera nei vari campi, parlando con gente che veniva da parti diverse del Paese, ma che aveva da raccontare più o meno la stessa storia.

Lentamente mi resi conto che quel che i singoli profughi terrorizzati raccontavano erano solo i particolari di un grandioso piano dell'orrido che i khmer rossi e i loro protettori cinesi stavano mettendo in pratica in Cambogia. Quel piano lo capii nel suo complesso solo col tempo, dopo essere stato in Vietnam, dopo aver visitato la Cambogia del dopo Pol Pot, dopo aver visto pozzi, caverne, dighe piene di scheletri, dopo aver camminato attraverso campi dov'era impossibile non pestare le ossa di migliaia e migliaia di persone che lì erano state soffocate, bastonate, abbandonate.

I khmer rossi non sono stati un'aberrazione. I khmer rossi sono i figli ideologici di Mao Zedong, sono stati allevati e tenuti a battesimo in Cina e la Cina ha in questo enormi responsabilità. Pechino sapeva e approvava. I grandi massacri di Phnom Penh fra il 1975 e il 1979 avvenivano nel liceo Tuol Sleng, a poche decine di metri dall'ambasciata cinese che non solo sentiva le urla, ma teneva addirittura i conti della gente che veniva eliminata. Durante i miei anni a Pechino sono venuto a conoscenza di un diplomatico cinese che era ricoverato in un ospedale psichiatrico: era stata assegnato a Phnom Penh e, testimone e complice dell'olocausto, era impazzito.

William Shawcross, nel suo ottimo libro *Sideshow*, traccia le origini della brutalità dei khmer rossi nel loro essere stati vittime della brutalità indiscriminata dei bombardamenti a tappeto americani, ma quella può solo essere stata un'aggravante. La verità è più a fondo: i khmer rossi sono il prodotto di un'ideologia. Pol Pot non è un pazzo e quel che ha tentato in Cambogia è la quintessenza di ciò che ogni rivoluzionario ha sempre voluto realizzare: una nuova società.

Quello che Pol Pot ha fatto in Cambogia non è diverso da quello che altri rivoluzionari hanno tentato prima di lui, da quello che Mao aveva cercato di fare con la Rivoluzione culturale. L'opera di Pol Pot impressiona di più, spaventa di più, pare più disumana solo perché lui l'ha accelerata, ha ridotto i tempi di realizzazione, è andato direttamente al nodo della questione.

Come tutti i rivoluzionari, Pol Pot aveva capito che non si può fare una società nuova senza prima creare uomini nuovi e che, per creare uomini nuovi, bisogna eliminare anzitutto gli uomini vecchi, bisogna eliminare la vecchia cultura, bisogna cancellare la memoria collettiva del passato. Da qui il grandioso piano dei khmer rossi di spazzare via il passato con tutti i suoi simboli e le catene di trasmissione dei suoi valori – la religione, gli intellettuali, le biblioteche, la storia, i bonzi –, in modo da allevare davvero uomini nuovi, senza memoria, in modo da allevare bambini come pagine bianche in cui scrivere quello che l'Angka, il partito, vuole.

Se i vietnamiti non avessero invaso la Cambogia nel 1978 questo straordinario, sacrilego esperimento sarebbe anche riuscito perché una nuova generazione di cambogiani, di nuovi bambini che non avevano famiglia a parte quella dell'Angka, del Partito comunista, stava già crescendo.

Quel che ancor oggi è interessante è che la sinistra, che ha ideologicamente sostenuto la guerriglia indocinese durante la guerra americana, non ha preso posizione, direi non ha preso sul serio il fenomeno Pol Pot, non ha cercato di spiegarselo e l'ha messo da parte semplicemente come una folle eresia.

Si è fatto praticamente la stesso con la Rivoluzione culturale cinese, prendendo per buono quello che oggi Deng Xiaoping vuole farci credere, cioè che gli anni di caos, di torture e uccisioni sono stati semplicemente l'aberrazione di quattro personaggi costituitisi a banda antipartito. Lungi da questo. Cercare le ragioni della Rivoluzione culturale vuol dire anche cercare le origini del polpottismo e dei khmer rossi. Queste ragioni sono nell'ideologia.

Il dramma della Cambogia continua e le difficoltà di capire restano, specie ora che i khmer rossi sono di nuovo la guerriglia, «le forze di resistenza», e che i governi occidentali danno loro appoggi politici e materiali.

Qualche giorno fa, in un campo di khmer rossi in territorio thailandese, a pochi chilometri dalla frontiera cambogiana, dove camion dell'ONU portavano acqua e viveri, ho visto donne e ragazzi guerriglieri partire per la giungla con scatole di pesce «dono degli Stati Uniti» sulla testa.

Il capo del campo, un quadro dei khmer rossi della prima ora, uno di quelli ovviamente coinvolti nei massacri, al quale avevo chiesto che cosa pensava della cifra di due milioni e più di morti al tempo in cui lui e la sua gente erano al potere, sorridendo mi ha risposto: «Basta parlare del passato, parliamo piuttosto del presente, del fatto che i vietnamiti occupano il nostro Paese».

Basta davvero parlare del passato, visto che solo da poco abbiamo incominciato a discuterne?*

* Questo articolo, uscito su *la Repubblica* del 29 marzo 1985 col titolo, non mio, «Pol Pot, tu non mi piaci più» suscitò una certa polemica. Da sinistra venni tacciato di reazionario, da destra d'essermi lavato la coscienza troppo tardi e in maniera troppo semplice.

Vivere a Hong Kong, avendo «perso» la Cina, non era piacevole. Ci avevo investito anni di studio e di lavoro e l'esserne escluso mi pesava... finché un giorno pensai che i cinesi, cacciandomi, mi avevano fatto un favore: altrimenti, la Cina, io non l'avrei mai lasciata. Così invece potevo dedicarmi ad altro, potevo smettere di occuparmi dell'Asia povera, dell'Asia delle rivoluzioni e dei fallimenti per guardare all'Asia ricca e di successo, all'Asia della modernità. Nella primavera del 1985 andai a Tokyo a studiare il giapponese. In occasione del 40° anniversario della bomba atomica visitai la città che per prima era stata colpita.

Hiroshima: quando il sole sorse due volte

Hiroshima, 3 agosto 1985

SON voluto venirci in aereo per poterla vedere dall'alto come la vide il colonnello Tibbets, quarant'anni fa, ai comandi del B-29 cui aveva stranamente dato il nome di sua madre, Enola Gay, e dall'alto Hiroshima appare straordinariamente elegante, annidata fra un cerchio di colline verdissime, adagiata al sole sulle sette braccia del fiume Ota, nelle cui acque, quel giorno, vennero a migliaia a buttarsi e a morire, cercando di spegnere il fuoco che bruciava loro la pelle o semplicemente la sete che li soffocava.

Per il visitatore che ci arriva per la prima volta con in mente le immagini dell'incubo atomico e le nostalgie d'un vecchio film d'amore, Hiroshima è come la meta di un pellegrinaggio; ma presto si scopre che anche qui non c'è più niente di sacro. L'insegna al neon che più risplende nella notte è COKE IT IS – Nixon venne a Hiroshima nel 1964 per inaugurare la fabbrica della Pepsi Cola –, la prima cosa che si nota, accanto alla scheletrica sagoma del Duomo Atomico, è la corpulenta figura del colonnello Sanders davanti al suo negozio «Pollo fritto del Kentucky». Dietro i vari monumenti ai morti, alla bambina delle mille cicogne, dietro le lapidi erette dal Lions Club, dalla Seiko e dall'associazione dei barbieri, le pareti di vetro delle cabine telefoniche sono coperte da decine di foglietti adesivi con le foto a colori di avvenenti ragazze nude che offrono le loro mercanzie e il loro numero di telefono.

La parola «pace» è dappertutto. Anche in una popolare marca di sigarette e persino le colombe nel Parco della Pace, sul Viale della Pace, paiono ormai non poterne più di tutta questa pace. Ogni giorno migliaia di persone con le mani piene di semi le attirano per averle nella foto ricordo davanti al monumento alla Pace. Ogni anno, d'agosto, le colombe vengono prese con delle reti, messe in gabbie di bambù e liberate per l'ormai rituale Volo della pace, la mattina del sei, esattamente alle 8.15, quando la bomba sganciata dall'*Enola Gay* esplose su questa città, facendola diventare agli occhi del mondo il simbolo degli orrori della guerra.

Sono passati quarant'anni e la pace è diventata qui un tema così ripetitivo e puramente rituale che nessuno, tantomeno gli abitanti, vuol più sentirne parlare. Il 60 per cento della popolazione di Hiroshima è nato dopo il 1945; su un milione di abitanti solo un decimo ha «vissuto» la bomba. E quella è acqua passata. Le maggiori preoccupazioni della città oggi sono l'inquinamento e gli incidenti stradali. «Per i giovani la pace è come l'aria, la prendono come un dato di fatto», dice il professor Yamada Hiroshi, direttore dell'Istituto per la scienza della pace presso la locale università. Al suo seminario quest'anno si sono iscritti solo tre studenti. «I giapponesi d'oggi hanno la sensazione che la bomba non è un problema che li riguardi.»

Eppure la bomba continua a vivere col suo potere di attrazione, almeno per chi viene da fuori. Per quarant'anni uomini politici, dignitari, scrittori, personaggi più o meno famosi sono venuti da ogni parte del mondo a Hiroshima a rendere omaggio ai morti, a fare discorsi di circostanza e a lasciare, magari non proprio come Nixon, una qualche traccia della loro inutile saggezza nell'ormai enorme collezione di libri di firme. E tutti sono ripartiti.

Un milione e mezzo di turisti, di cui 90.000 stranieri, vengono ogni anno. A Hiroshima la pace è oggi una merce da vendere come le auto che escono luccicanti dalla fabbrica, qui vicina, della Mazda. Si viene a Hiroshima in cerca delle tracce del suo spaventoso passato, in cerca di ragioni per rafforzare la propria speranza nel futuro con l'idea che una guerra nucleare è impensabile, ma si finisce per trovare ben poco con cui consolarsi. Quel posto leggendario, chiamato Hiroshima, non è più qui. È stato spazzato via dalla modernità, riciclato dallo sviluppo. Con le sue larghe, asettiche strade, con i suoi scintillanti grattacieli di cemento, alluminio e vetro, con le sue gallerie allineate a perdita d'occhio, coi suoi grandi magazzini, ristoranti, negozi, caffè, gelaterie, e ancora negozi e negozi capaci di soddisfare ogni fantasia dell'occhio e dello stomaco, l'Hiroshima di oggi è tutt'altro che un monito contro la guerra. Al contrario: sembra un suo macabro, assurdo annuncio pubblicitario. Vista da qui, la bomba non solo è pensabile; è usabile e sopravvivibile.

Questa città dove non sarebbe dovuto crescere più un filo d'erba per almeno settantacinque anni, come predissero alcuni subito dopo la bomba, è oggi rigogliosa, fresca, ordinata, piena di vita e di energie come il resto del Giappone. Hiroshima ha un orto botanico con 190.000 piante di 8200 diverse specie, i fiumi sono pieni di pesci e delle 350.000 persone che quella mattina d'agosto di quarant'anni fa si trovarono sotto la bomba, ben 113.000 sono ancora vive; non solo: la loro vita media è di due anni più lunga di quella degli altri giapponesi.

«Questi sono gli scherzi che fanno le statistiche», dice un responsabile della Fondazione per le ricerche sugli effetti delle radiazioni. «Anzitutto questa gente è già passata attraverso la più brutale delle selezioni; e poi è gente tenuta continuamente sotto osservazione, sotto controllo, per cui certe malattie vengono prevenute.» Altre statistiche dicono che, fra i sopravvissuti del 1945, molti morirono di leucemia nei tre anni successivi all'esplosione e che da allora i casi di cancro alla tiroide, ai polmoni e al seno fra i superstiti sono tre-quattro volte più frequenti che fra gli altri giapponesi.

«È solo in superficie che questa città sembra come le altre», mi dice Ohmuta Minoru, caporedattore del giornale locale, il *Chugoku Shimbun*. «All'ombra di questi splendidi grattacieli l'orrore di quel giorno continua ancora oggi.» Dagli spalti del Castello di Hiroshima, una volta tutto di legno, ma poi polverizzato dalla bomba e ora perfettamente ricostruito identico a prima, solo in cemento armato, uno guarda la serie di edifici che si specchiano nel lago coi cigni e pensa che siano degli appartamenti di lusso della gente bene di qua. Niente affatto. Sono i dormitori in cui il governo ha recentemente spostato alcune migliaia di «sopravvissuti» poveri, che prima abitavano in quello che si chiamava «il ghetto atomico», proprio davanti alla stazione. Era la prima cosa che i visitatori vedevano arrivando in treno, e la municipalità ha deciso di spostarli.

L'orrore è nascosto dappertutto: è nella semplice parola *hibakusha*, «i sopravvissuti», che la gente pronuncia con un misto di paura, rispetto e schifo; è nei pensionati per vecchi dove centinaia di superstiti dell'esplosione, alcuni storpi e deformi, aspettano di morire di malattie che i medici dicono potrebbero anche essere dovute all'età, ma che loro dicono essere dovute alla bomba. L'orrore è nelle storie, ancora non raccontate, di fegati, cervelli, polmoni, reni, conservati in 2873 grossi barattoli di vetro allineati sugli scaffali dell'Ospedale Atomico di Hiroshima.

«La scienza di oggi non è ancora in grado di vederci chiaro, ma fra qualche anno forse potremo avere le prove di quello che ancora non riusciamo a vedere. L'orrore è forse nelle nostre cellule», dice Kuramoto Kyoshi, vice direttore dell'ospedale, lui stesso un *hibakusha*, che meticolosamente cataloga e conserva le cartelle cliniche e le sezioni degli organi di tutti gli *hibakusha* morti nell'ospedale, convinto che alcuni degli effetti della bomba, specie le mutazioni genetiche, sono ancora da studiare. In un modo o in un altro i fatti e i numeri riguardanti Hiroshima sono stati manipolati per seguire questo o quell'interesse e per non danneggiare i complicati e delicatissimi rapporti americano-giapponesi, passati da ostilità ad alleanza.

Il Museo della Pace, in questo senso, è tipico. «Nella primavera del 1945, quando si avvicinava la fine della guerra, l'aviazione americana cominciò su larga scala i suoi indiscriminati attacchi notturni contro tutte le città del Giappone...» dice la voce metallica del magnetofono che il visitatore affitta per mille lire all'ingresso del museo e da cui viene poi guidato attraverso la galleria degli orrori. Foto di cadaveri contorti e bruciati, agglomerati di bottiglie di vetro contorte dal calore e fuse con resti di monete, pietre e ossa umane presentate drammaticamente nelle varie teche lasciano il visitatore con l'impressione che la bomba cadde sul Giappone fuori di qualsiasi contesto, come una cosa venuta dal nulla, un gesto senza senso contro una città innocente piena di poveri civili. In tutto il museo non c'è una sola foto di un soldato giapponese, non un solo riferimento all'invasione della Cina e degli altri Paesi del Sud-Est asiatico, non un accenno alle atrocità commesse dall'esercito imperiale giapponese contro la popolazione di ogni Paese in cui entrò.

La rabbia di alcuni visitatori, specie americani, è scritta nel libro delle firme: «Mai più Hiroshima, certo, ma nemmeno Pearl Harbor», scrive uno. E un altro: «Voi giapponesi non avete ancora imparato nulla e avete ancora lo stesso imperatore nel nome del quale tutti i vostri crimini di guerra vennero commessi». «Se s'incomincia a guardare chi aveva allora torto o ragione, non si finisce mai», mi dice Kawamoto Yoshitaka, direttore del museo, anche lui un *hibakusha*. «La storia, per quanto mi riguarda, comincia alle 8.15 del 6 agosto 1945. Bisogna parlare delle sofferenze da allora a oggi se si vuole evitare che si ripetano.»

La storia non è ovviamente cominciata quarant'anni fa, ma è certo con questo argomento che i giapponesi nel corso degli ultimi quarant'anni si sono permessi di presentarsi come le grandi vittime della seconda guerra mondiale e hanno cercato di far dimenticare agli altri – e soprattutto a se stessi – gli orrori di cui pure si macchiarono. Ma la politica ora è dimenticare. Poco tempo fa l'amministrazione della città di Hiroshima cercò persino di abbattere il Duomo Atomico, l'imponente struttura che, costruita nel 1915 da un architetto cecoslovacco, si venne a trovare nell'epicentro della bomba e che, essendo a suo modo sopravvissuta, dal 1945 è diventata, con la sua muta, storpiata presenza, il simbolo delle ferite di Hiroshima e del movimento per la pace in generale. «Abbiamo dovuto lottare perché il Duomo non fosse abbattuto», dice il fisico Kioshi Sakuma, anche lui un *hibakusha*. «Il problema è che qualunque cosa ispiri idee e sentimenti pacifisti va sostanzialmente contro la strategia nucleare americana e perciò contro gli interessi del nostro governo conservatore che l'appoggia.»

Sakuma, che è stato per quarant'anni uno dei capi del movimento pacifista giapponese, ora diviso e debolissimo, come gli altri sopravvissuti è ossessionato da quella che considera la sua missione: mettere in guardia il mondo contro i pericoli di un olocausto atomico raccontando a tutti quelli che non c'erano che cosa è stata davvero la bomba. Non gli resta molto tempo. Sakuma ha 74 anni. L'età media degli altri sopravvissuti è di poco più bassa. «Siamo i profeti del futuro e stiamo morendo», dice Morista Hiromu, un poeta la cui faccia ha tutte le tracce delle orribili ustioni e delle varie operazioni per rimuovere le strane crescite, i cheloidi, che la bomba gli ha provocato. «Dopo di noi, chi terrà viva la memoria dell'orrore?»

Il fatto è che nessuno è più interessato a quella memoria. I giovani giapponesi non vogliono saperne di radiazioni e di statistiche; non vogliono sentir raccontare dell'« inverno atomico » che seguirà alla prossima guerra. Per molti di loro « il giorno dopo » è solo lo sfondo dell'ultimo film d'avventure e violenze ambientato nel deserto post-atomico. Mentre Hiroshima si appresta a ricevere migliaia di « turisti per la pace » che verranno qui da tutto il mondo per il 40° anniversario della bomba, due sale cinematografiche del centro stanno giusto dando il più recente colossal del genere « giorno dopo »: *Mad Max e la sfera del tuono*.

Fa davvero una strana impressione vedere capannelli di adolescenti mettersi in coda davanti agli sportelli di quei cinema, qui a Hiroshima, dove il primo vero spaventoso « giorno dopo » fu vissuto sul serio quarant'anni fa.

Der Spiegel mi offrì di andare come corrispondente in Giappone. Alla fine di settembre del 1985 avevamo casa a Tokyo: un appartamento di stanze minuscole sulla collina di Nakameguro con vista su un bel giardinetto che presto venne spazzato via per far posto a un parcheggio.

Giappone: sull'orlo dell'abisso

Tokyo, novembre 1985

SI ARRIVA in questo Paese per capirne gli uomini, ma la prima cosa che bisogna imparare è parlare con le sue macchine. «Benvenuto, entri!» sussurra una vocina metallica quando si varca la soglia di un negozio. «Grazie, ritorni presto!» dice la stessa vocina quando si esce. Ci si chiede cosa rispondere.

Ci sono macchine che controllano la salute, quelle che cambiano i soldi e quelle che, dalle bibite ai responsi di un oracolo, dai calzini al mangime per i pesci, dalle riviste pornografiche ai biglietti della metropolitana, vendono un po' di tutto.

«Non basta quel che lei ha pagato, paghi di più!» ripete, ostinata, la voce che esce dalla pancia di un distributore automatico di sigarette. Imbarazzati, ci si sta davanti, sprovvisti delle monete ancora necessarie per completare l'acquisto e ignari di quale bottone bisognerebbe ora pigiare per indurre la macchinetta a risputare le monetine già ingoiate.

Nella casa di un amico ai piedi del monte Fuji, la notte mi sveglia uno strano, monotono parlare. Esce da una stufetta: «Venerato proprietario, mi manca il kerosene. La prego di riempirmi... La prego di riempirmi...»

Il Giappone è il Paese delle statistiche e le statistiche – si sa – mentono spudoratamente con la loro matematica esattezza. È vero che il Giappone ha statisticamente più macchinette pro capite di ogni altro Paese al mondo (la popolazione di macchinette automatiche, nelle quali ogni giapponese introduce in media tre milioni di lire all'anno, è attualmente di 5.139.000), eppure presto si scopre che questo non è affatto il Paese meccanizzato e ultramoderno che ci s'era immaginati.

Molte macchine non sono altro che *gadgets* intesi a rendere più accettabili le modeste condizioni in cui vive il giapponese medio. La maggioranza degli appartamenti non ha il riscaldamento centrale e questa è forse la ragione per cui i giapponesi sono così orgogliosi di far vedere che il sedile del loro gabinetto si riscalda piacevolmente non appena ci si siede sopra. Una magra consolazione nel freddo generale!

Le prime persone vive e vegete alle quali ci si rivolge a Tokyo sono i poliziotti. In questa straripante città che nessuno sa bene dove comincia e dove finisce, i suoi 12 milioni di abitanti si orientano male, specie perché, come in un villaggio, qui non ci sono strade con nomi, ma solo parcelle di terra con numeri; qui non ci sono monumenti – l'unico di tutta la città è quello a un cane per la sua fedeltà – per cui il normale punto di riferimento di ognuno è il *co-ban*, la cabina della polizia. Ce n'è una davanti a ogni stazione della metropolitana, a ogni incrocio di due strade importanti, in ogni quartiere. Dinanzi a ogni *co-ban* si formano in continuazione delle piccole code di gente che aspetta il proprio turno per chiedere un'informazione, di solito sull'indirizzo a cui deve recarsi.

«Il signor Tanaka l'aspetta a cena?» domanda il poliziotto. «Attenda un attimo, per favore.» Guarda prima l'indirizzo, poi il suo schedario e prende il telefono. «Signor Tanaka? Il suo ospite straniero è qui al *co-ban*. Venga a prenderlo per favore.» Io, il numero di telefono del signor Tanaka certo non glielo avevo dato!

Statisticamente parlando i giapponesi sono oggi uno dei popoli più ricchi del mondo: il reddito annuale medio è sui 10.000 dollari USA per persona. Eppure i giapponesi che incontro durante le mie passeggiate mattutine mi paiono tutt'altro che ricchi. I loro appartamenti non saranno «stalle da conigli», come sono stati descritti in un rapporto della Comunità europea, ma certo non destano alcuna invidia. Persino le case degli alti funzionari del governo e dell'industria sono così minuscole e fragili che pochi operai europei accetterebbero di viverci.

È vero, sì, che la maggior parte delle famiglie ha una lavatrice, ma è anche vero che la maggior parte della gente non ha il posto per metterla: le lavatrici qui stanno sotto cuffie di nylon davanti alla porta di casa. È vero, sì, che la maggioranza dei giapponesi possiede uno o più televisori, un videoregistratore e un sistema stereofonico, ma è altrettanto vero che il 66 per cento delle comunità giapponesi non ha ancora normali cloache. Molti giapponesi continuano a lavarsi nei bagni pubblici. E chi è fortunato da avere il bagno in casa fa ben attenzione a coprire l'acqua della vasca con un apposito coperchio di plastica perché rimanga calda e tutti i membri della famiglia possano lavarcisi l'uno dopo l'altro. È vero che i giapponesi si vantano di saper giocare a golf, ma molti fanno semplicemente roteare la loro mazza davanti alla porta di casa, sopra un tappetino verde di erba di plastica, colpendo una palla immaginaria.

Chiaramente si vorrebbe imparare la lingua per avere accesso alla mentalità della gente. Il primo incontro col mio maestro è andato così: «Conosce qualche proverbio giapponese?» mi chiede. «No.» «Allora incominci a imparare questo: 'Se tira vento i fabbricanti di tini di legno diventano ricchi'.» «E perché?» «Semplice», dice lui. «Il vento solleva la polvere, la polvere acceca, i ciechi per guadagnarsi da vivere suonano strumenti a corda, le corde sono fatte di budella dei gatti, quanti più gatti vengono ammazzati tanti più topi scorrazzano per la città, i topi fanno buchi nei tini di legno, più tini di legno devono essere rifatti più i loro fabbricanti diventano ricchi. Logico, non le pare? Questa è anche la logica della lingua giapponese.»

Viaggiando nella metropolitana di Tokyo s'imparano le prime semplici lezioni sulla giapponesità. I treni sono puntuali, i controllori e capistazione sono efficienti e precisi. Con la mano inguantata di bianco e i gesti da robot, salutano le luci gialle dei treni in arrivo e si accomiatano da quelle rosse che scompaiono nel buio di una galleria. Le uniformi predominano nella massa umana. Gli scolaretti sembrano tutti piccoli ammiragli Yamamoto o cadetti di un'accademia militare prussiana. Le bambine sembrano tutte delle crocerossine. Il *sarari-man*, l'uomo che vive del proprio salario (dall'inglese *salary*), è immancabilmente vestito di un completo giacca e pantaloni che di per sé è un'uniforme. In media ogni giapponese, a cominciare dai bambini, passa dalle due alle tre ore in metropolitana viaggiando fra casa e scuola, casa e lavoro.

Le ore di punta sono fra i momenti più mortificanti della giornata. Nella massa ondeggiante dei corpi che si sorreggono, si resistono o si respingono a vicenda, nessuno stabilisce col proprio vicino un qualche contatto tramite uno sguardo, un sorriso o una sola parola. La cortesia, alla quale i giapponesi si sentono di solito severamente tenuti, nelle situazioni di ressa come quella della metropolitana, viene paurosamente a mancare. Se si libera un posto, il giapponese ci si precipita e per lo più si mette a leggere uno di quegli osceni romanzi a fumetti sadomasochisti che sembrano costituire il quotidiano cibo culturale della gente.

A mezzanotte gli ultimi treni riportano a casa le masse dei ritardatari. Un po' brilli e incerti sulle gambe, i più escono da minuscoli bar, affumicati e puzzolenti, dove con un paio di colleghi hanno cantato il *karaoke* davanti allo schermo di un video in cui di solito una donna si spoglia sullo sfondo del monte Fuji.

I giapponesi sembrano infelici, ma non sanno di esserlo. Secondo un'inchiesta l'80 per cento degli interrogati si considerano parte del ceto medio e ne sono soddisfatti.

Si pensa al Giappone come a una società altamente computerizzata. Entro nella filiale principale della Bank of Tokyo. «Vorrei aprire un conto.» «Un conto? Quale credibilità ha?» Tiro fuori il mio passaporto, le mie carte di credito e infine un mazzo di dollari. Il funzionario allo sportello chiama il vice direttore della sua sezione e quello chiama il direttore: «No. Aprire un conto qui non è possibile».

Provo con un'altra banca. «Lei vivrà in Giappone per sempre?» Se lo sapessi! «Allora non può avere un conto qui.» Dopo lunghe discussioni ci mettiamo d'accordo per un «conto di risparmio». Quel che alla fine mi viene consegnato non è un libretto d'assegni, ma un quadernino e un numero segreto non scritto, che devo tenere a mente per poter incassare i contanti. Come premio per aver scelto quella banca, e non un'altra, mi viene data una bella scatola di fazzoletti di carta.

Il giorno dopo, un giovane impiegato della banca suona alla mia porta. Beviamo il tè assieme e lui s'informa della mia famiglia, del mio lavoro e del mio stipendio. Salutandomi, mi dice che è disposto a portarmi a casa i soldi che voglio ritirare e a venire a prendere quelli da depositare, caso mai non avessi la voglia o il tempo di andare in banca personalmente.

Ordino una serie di giornali. Ma questi non mi vengono consegnati da un unico distributore che, alla fine del mese, manda il suo conto alla mia banca. No, ogni giornale ha il suo galoppino e quasi ogni sera ne passa uno che vuole essere pagato in contanti. Assieme alla ricevuta mi dà, di regalo, un asciugamanino di cotone.

Visti da fuori gli immobili degli uffici sembrano eleganti e lussuosi. Dentro sono sobrii e modesti. Gli uffici del MITI, l'importantissimo ministero per il Commercio Internazionale e l'Industria, consistono di ambienti grandi e scarni nei quali frotte d'impiegati e di funzionari lavorano l'uno accanto all'altro: letteralmente a gomito a gomito. Sulla porta di ogni ufficio è attaccata una piantina delle scrivanie con i nomi dei funzionari che le occupano. Il direttore di sezione è invariabilmente quello che da un angolo presiede a questa marea di carte e di uomini. Nel ministero degli Esteri varie sezioni bivaccano assieme in una stessa stanza. Fra quelli, anche qualche ambasciatore richiamato alla sede. I visitatori devono accomodarsi dietro un paravento, su delle logore poltrone.

Una durezza atavica e spartana caratterizza la vita giapponese. Benestanti non sono i privati, bensì le istituzioni; ricco non è il singolo, ma la collettività. Quel che dà una parvenza di accettabilità alla vita generalmente modesta è la pulizia da ospedale che regna un po' ovunque. Ogni mattina, tutte le massaie del mio vicinato spazzano con cura, e poi spruzzano d'acqua, i pochi metri di strada davanti alla loro porta di casa. In Cina la gente viene costretta a farlo, ma non lo fa. Qui ognuno lo fa volontariamente. Che il Giappone sia il Paese in cui il comunismo funziona davvero?

Chi in qualche modo ha conosciuto la Cina, finisce continuamente per paragonarla al Giappone perché è ovvio che il Giappone oggi è ciò che la Cina dall'inizio del secolo è voluta diventare senza riuscirci. Alcuni comportamenti sono straordinariamente simili. Qui come là, prima dell'apertura di un negozio, i venditori si mettono tutti sugli attenti davanti ai loro superiori che danno loro istruzioni. La differenza è che, al contrario che in Cina, i venditori qui stanno a sentire. In un reparto di un grande magazzino di Tokyo ho visto una massa di venditrici alzare il pugno chiuso e promettere d'impegnarsi con tutte le forze all'aumento delle vendite durante il periodo natalizio.

Se un giapponese vuole affittare un appartamento, deve fare un notevole regalo in denaro al proprietario, come a dimostrargli le sue buone intenzioni. L'essere straniero mi esonera da questa condizione, ma, per affittare la mia, ho dovuto pur sempre pagare sei mesi in anticipo e consegnare la mia biografia. A dispetto della sua maggiore modernità, i rapporti personali sembrano rimasti molti più «feudali» in Giappone che non in Cina.

«I giapponesi non fanno che copiare», si è sempre sentito dire, ma non ci si vuol credere. Eppure nei *clichés*, come nei proverbi, c'è sempre un gran fondo di verità. La stazione centrale di Tokyo è una copia di quella di Amsterdam; la foresteria per gli ospiti di Stato (un tempo residenza di Hirohito prima che diventasse imperatore) è all'esterno una copia di Buckingham Palace, all'interno del Palais du Luxembourg; la Torre di Tokyo, il più famoso simbolo della città, è una copia della torre Eiffel, solo che è – tipicamente giapponese! – un paio di metri più alta. Le migliaia di piccoli caffè nei quali i giapponesi si sentono a loro agio sono le repliche in miniatura dei caffè occidentali, come li si vedono fra Vienna e il Texas. Una delle casette prefabbricate ora più richieste è la replica in miniatura della Casa Bianca.

In Giappone, quella di copiare è un'abitudine vecchia. Dopo che tredici gesuiti portoghesi nel 1591 traversarono le strade di Kyoto nei loro abiti sontuosi, tutta Kyoto si agghindò alla loro maniera con copie di cappelli, scarpe e collane d'oro portoghesi. Qualcuno arrivò a sfoggiare addirittura un rosario, altri un pugnale al fianco.

Ho bisogno di sedie per il mio ufficio. All'ingresso del più grande mobilificio della città devo anzitutto riempire un foglio, specificando il mio nome, indirizzo e numero di telefono. Un avviso ricorda ai visitatori che non è consentito fotografare la merce esposta. Comincio a capire l'ira di quell'industriale europeo che, alla fine della sua permanenza a Tokyo su invito della Confindustria locale, sbottò: «Non permetterò mai più a un giapponese di rimettere piede nella mia fabbrica. Quando voi venite da noi, vi mostriamo tutto ciò che di più moderno e avanzato produciamo. Quando noi però veniamo da voi ci mostrate solo cose antidiluviane e fabbriche obsolete, e anche in quelle ci dite di non fare foto. E chi vuole farle?! »

« I giapponesi hanno una mentalità da dodicenni », disse il generale MacArthur, il comandante supremo delle forze americane di Occupazione, e da allora gli stranieri sono spesso tentati di spiegarsi certi atteggiamenti dei giapponesi in questa chiave. Giorni fa, al Foreign Correspondents Club, ho sentito un vecchio giornalista americano, qui dai tempi dell'Occupazione, che diceva: « I giapponesi? Hanno la mentalità di quattordicenni ». Essendo fresco di letture, m'è venuto di correggerlo, ma quello mi ha subito messo a tacere: « MacArthur lo disse nel 1945. Ammetterai che da allora è passato un po' di tempo, anche per i giapponesi?! »

Compongo il numero di telefono 320-3000 e in perfetto francese mi risponde il pittore Auguste Renoir, morto nel 1919. In occasione di una mostra degli impressionisti francesi (organizzata, come qui si suole fare, da uno dei grandi magazzini), i giapponesi hanno studiato la trachea e la struttura ossea del grande maestro e, dopo aver messo tutti i dati in un computer, ne hanno ricostruito la voce. Ora la società dei telefoni al costo di dieci yen offre ai suoi clienti il servizio speciale « Telefona a Renoir! » e la voce del maestro ti dà un compendio delle sue teorie sull'arte.

Lo stupore, la fascinazione e le preoccupazioni causati dai giapponesi non hanno mai fine. Quasi tutti i giorni s'incontrano visitatori occidentali per i quali il Giappone è un modello da imitare, un incubo da evitare o un pericolo da cui guardarsi.

Il successo è generalmente evidente. Dopo il 1945 tutto in Giappone è cresciuto. I giapponesi oggi sono dieci centimetri più alti di allora, pesano mezzo chilo di più e vivono più a lungo: le donne in media raggiungono gli 80 anni, gli uomini i 74. L'economia è lo specchio più lusinghiero di questa riuscita. Il Giappone ha superato gli USA come esportatore, ha una bilancia commerciale positiva con tutti gli altri Paesi, è diventato il primo Paese creditore del mondo e quello con il più alto tasso di produzione.

« Come faranno? » si chiede ogni nuovo arrivato.

Basta già osservare gli operai. Come dei piccoli James Bond, nelle loro tute pulite e con tutti i loro sofisticati arnesi colorati, lavorano in silenzio e sono ovviamente disposti a fare innumerevoli ore di straordinario non pagate. Si ha l'impressione che in questo Paese esista, tra l'uomo e il suo fare, un rapporto che è andato perduto nel resto del mondo. «I giapponesi sono i soli ad amare il proprio lavoro e a rispettare quello degli altri», sostiene un europeo che da anni risiede a Tokyo.

Una notizia sul giornale: un autobus viaggia per la campagna. A una curva, il guidatore perde improvvisamente il controllo del volante, l'autobus si rovescia e tre passeggeri muoiono. Il guidatore si allontana in silenzio dal luogo dell'incidente, prende la propria cintura e s'impicca al primo albero. La spiegazione che lascia scritta su un foglio è semplice: si vergogna d'aver svolto male il proprio lavoro.

A tutti gli angoli di strada del mio vicinato compare un manifesto con le foto di cinque ricercati: quattro sono assassini, il quinto viene descritto come un fabbricante di bombe. I miei vicini mi mettono in guardia contro i ladri. «Ma il Giappone non era una società pressoché priva di criminalità?» chiedo. «Certo. Lo è. I criminali non sono giapponesi, sono coreani», mi si assicura.

In Giappone gli stranieri sono solo un milione. Di questi, 700.000 sono i coreani che, pur risiedendo qui da più d'una generazione, pur avendo frequentato le scuole giapponesi e non essendo più in grado di parlare una parola di coreano, vengono ancora trattati da *gai jin*, da «gente di fuori», e non hanno diritto alla cittadinanza. Un aspetto della discriminazione nei loro confronti è appunto la diffusa convinzione popolare che tutti i furti e gli assassinii siano opera loro.

Come tutti gli stranieri, anch'io devo lasciare le mie impronte digitali al distretto di polizia. La procedura dura un quarto d'ora e si svolge igienicamente come fosse un prelievo di sangue. Il dito viene prima pressato su un cuscinetto inchiostrato, poi sulla scheda che rimane al distretto, poi sulla mia «tessera di alieno» che devo sempre portare con me. Alla fine, per ripulirmi, mi vengono offerti un fazzoletto di carta e un po' d'alcol.

I miei vicini di casa, cui racconto l'esperienza, sostengono che la procedura è destinata soprattutto ai coreani. Per evitare però quella che sarebbe una troppo apparente discriminazione, anche noi occidentali veniamo buttati sul mucchio degli «alieni».

Ho imparato un nuovo proverbio. «In una lite, tutte e due le parti hanno torto.» La vita di ogni giapponese è dominata dalla ricerca dell'armonia: l'armonia fra l'individuo e il suo prossimo, l'armonia fra l'individuo e il suo gruppo. Per molti quest'armonia è un incubo. In Giappone l'ottanta per cento di tutte le malattie da stress viene attribuito alle complicate relazioni interpersonali.

La notorietà, la fama, per qualunque motivo, sono apprezzatissime perché tolgono l'uomo dal suo anonimato, lo sollevano all'attenzione del pubblico. Uno dei bestseller di quest'anno (200.000 copie vendute) è il libro *Nella nebbia*. Il suo autore, Issei Sagawa, è quel giapponese che nel 1983, a Parigi, uccise l'amante olandese e ne mise il cadavere in frigorifero per potersene ogni giorno mangiare un pezzetto. I francesi lo hanno rispedito in Giappone e i giapponesi lo hanno da poco rimesso in libertà. «E perché no? Dopotutto sono solo le donne straniere che lo interessano. Le giapponesi non sono in alcun pericolo», spiega Susuma Oda, professore d'Igiene Mentale all'università di Tsukuba. Una rivista letteraria ha intervistato il Sagawa antropofago. «Che cosa è che nella vita ti ha impressionato di più?» gli è stato chiesto un collega-scrittore. «Le favole dei fratelli Grimm, soprattutto *Cappuccetto rosso*», ha risposto quello.

5000 libri stranieri vengono tradotti ogni anno in giapponese, più di 4,5 milioni di giapponesi viaggiano ogni anno all'estero. Ci sono giapponesi esperti nei più disparati aspetti delle varie culture del mondo, ma, come popolo, i giapponesi sembrano completamente impermeabili agli influssi esterni. «Abbiamo imparato tutte le tecniche, ma nessuna ha cambiato la nostra anima», dice lo scrittore Yukio Kanasawa.

E com'è, quest'anima giapponese? Molti stranieri sono arrivati in Giappone cercando di venirne a capo, ma il risultato più comune è stato una delusione. Lo scrittore inglese Lafcadio Hearn (1850-1904), che in Giappone ha passato parte della sua vita per studiarne la cultura e possibilmente per svelarne i segreti, è morto nella convinzione che qui non c'è in fondo niente da svelare.

«Al centro del Giappone c'è il vuoto», scrive il filosofo francese Roland Barthes. E Henry Scotts Stokes, il biografo, amico di Yukio Mishima, analizza il suicidio di questo particolarissimo scrittore per arrivare alla conclusione che al centro del Giappone c'è soprattutto l'aspirazione alla morte.

L'anno scorso 24.596 giapponesi si sono tolti la vita; 572 di questi erano bambini delle scuole elementari. Nello stesso periodo il numero dei morti in incidenti stradali è stato di 9762.

I luoghi preferiti dai suicidi sono i vulcani e le località più romantiche e remote.

Dialogo fra un esperto di Giappone e un ingegnere elettronico inglese. «I miei colleghi giapponesi sono preparati come i migliori ingegneri occidentali», dice l'inglese, «ma la loro mentalità è rigida. Per arrivare da A a E devono assolutamente passare da B, C, D, mentre la mia preoccupazione è soprattutto quella di trovare una scorciatoia.» «Già, ma quando tu arrivi alla meta sei solo, quando ci arrivano loro sono almeno in trecento», risponde l'esperto di Giappone.

Già all'inizio del secolo, George Kennan, un americano che viveva in questo Paese, aveva osservato: «Io in Giappone non ho ancora incontrato un individuo che mi abbia colpito per la sua grandezza... La grandezza qui sta nel pensare collettivo».

I giapponesi cominciano a vedere questa loro forza tradizionale come una potenziale debolezza specie da quando anche loro guardano al XXI secolo: un editoriale del *Japan Times* canta le lodi del genio europeo e auspica più creatività e più individualismo per i giapponesi. Il governo ha già avviato uno studio per una riforma radicale del sistema scolastico.

«C'è una sola merce di cui siamo i primi importatori: le idee», dice un giornalista giapponese. «O cominciamo a produrle da soli, o siamo spacciati.»

Che il Giappone abbia cominciato a copiare anche le malattie dell'Occidente? 29 novembre 1985: il «venerdì nero». All'alba circa 500 guerriglieri attaccano simultaneamente, in comandi di tre o cinque persone, 33 punti nevralgici delle ferrovie giapponesi fra Tokyo e Hiroshima. Grazie a sofisticate apparecchiature elettroniche riescono a captare le comunicazioni della polizia e a dileguarsi in tempo. Per l'intera giornata, 10 milioni di viaggiatori sono bloccati, la produzione è ferma e a Tokyo regna il caos. Il primo ministro indiano, Rajiv Gandhi, qua in visita ufficiale, arriva in ritardo al suo appuntamento allo zoo di Ueno.

I sintomi di quella che i giornali chiamano «la malattia dei Paesi industrializzati» cominciano a manifestarsi anche qui. I giapponesi lavorano più di tutti gli altri popoli della Terra (in media 2152 ore all'anno contro, per esempio, le 1613 ore lavorative di un operaio tedesco), ma il ministero del Lavoro ha dovuto constatare con preoccupazione che la priorità degli impiegati giapponesi non è più il lavoro, bensì la salute della famiglia, lo stipendio e l'educazione dei figli. Il lavoro è retrocesso al quarto posto.

Un generale si lamenta che le nuove reclute sono meno obbedienti, gli industriali dicono che i neoassunti sono meno disponibili a dedicarsi anima e corpo all'azienda. «Un grande esercito di stranieri sta invadendo il nostro mondo del lavoro», scrive il quotidiano *Mainichi*, alludendo ai giovani manager giapponesi che, influenzati dal sistema dei valori occidentali, svolge ormai il proprio lavoro in maniera, appunto, «straniera».

Chi sono i giapponesi? I giapponesi stessi sono i primi a chiederselo. Il quotidiano *Yomiuri* sta pubblicando da settimane i risultati di un seminario sulla «Teoria della giapponesità». La stessa domanda serpeggia attraverso i romanzi e le *pièces* di teatro di molti giovani autori. Dei 37 libri che in media vengono pubblicati ogni giorno in Giappone, quelli di maggior successo trattano del Giappone e dei giapponesi. «Questo sta a dimostrare che non abbiamo ancora trovato una buona risposta all'interrogativo sulla nostra identità», sostiene il professor Idetoshi Kato.

All'interno del loro Paese, i giapponesi sanno benissimo chi sono, ma sono al perso non appena lo lasciano. All'estero si rivelano insicuri, incerti. «Non ha un mappamondo su cui ci sia soltanto il Giappone?» chiede, in una caricatura degli anni '30, una signora in kimono al proprio libraio. La battuta potrebbe essere di oggi. «Sulla carta geografica del mondo, noi giapponesi non ci siamo ancora davvero piazzati», mi spiega un giornalista televisivo.

Alcuni sostengono che questa crisi d'identità sia stata aggravata dal fatto che molti giapponesi non si riconoscono nell'immagine del *Japan: Number One* (titolo del famoso libro del sociologo americano Ezra Vogel) che gli stranieri si sono fatti di loro. Miti e lusinghe di fabbricazione straniera hanno da un lato riattizzato la tradizionale arroganza, ma dall'altro li hanno anche intimiditi.

Una delegazione governativa francese in visita a Tokyo incontra una delegazione giapponese ad altissimo livello. «Il mondo intero ammira i vostri successi. Qual è il messaggio che avete da passare all'umanità?» chiede il capo delegazione di Parigi. Segue un momento di grande imbarazzo. I giapponesi si guardano attorno perplessi e finalmente un loro ministro risponde: «Ci stiamo ancora lavorando...»

Ogni giorno migliaia di giapponesi vanno in pellegrinaggio al tempio Yasukuni nel centro di Tokyo. Il tempio è formalmente dedicato alla pace, ma in verità quel che lì si venera sono le anime dei due milioni e mezzo di soldati giapponesi morti per la patria nelle varie guerre dell'ultimo secolo. Tra loro ci sono anche i 14 criminali di guerra impiccati dagli Alleati alla fine del conflitto in Asia. La sera un giardiniere si aggira per il recinto, riempie i distributori automatici di mangime per le colombe e porta via i mazzi di fiori deposti dai visitatori sui cannoni e i carri armati esposti.

Un gruppo di cittadini privati, sostenuto da varie aziende, si è prefisso di recuperare la nave da guerra *Yamato* che il 7 aprile 1945 venne colata a picco dagli americani assieme ai 3000 membri dell'equipaggio e che ora giace in due tronconi a 360 metri di profondità nel mare della Cina Orientale. «Voglio rivedere la *Yamato*. Se il mio corpo non farà in tempo a esserci, ci sarà la mia anima a contemplarla», mi dice Mitsugu Uchida, uno dei sopravvissuti che sono andato a trovare.

Sapevo che visitare una delle fabbriche più famose e più avanzate del Giappone non sarebbe stato facile, ma mi divertì fare tutto quello che – mi si disse – era necessario in questi casi: una lettera al presidente spiegando le ragioni della mia richiesta, una mia biografia, una selezione dei miei scritti, una presentazione del giornale per cui lavoravo. Ebbi fortuna: il presidente era tedescofilo.

Il robot e l'imperatore

Tokyo, gennaio 1986

NELL'OSCURITÀ li sento bisbigliare, sospirare, ridacchiare, ansimare. Si stanno riproducendo. Robot generano nuovi robot. La notte è fredda; una mezza luna illumina i pendii nevosi e un vento gelido soffia attraverso i vecchi boschi di pini. La temperatura è di 15 gradi sotto zero, ma dentro l'enorme alcova è di 5 gradi sopra zero. Col loro stesso movimento, le macchine sviluppano il calore necessario a far battere i loro cuori elettronici. Non si fermano mai. Faticano ventiquattr'ore su ventiquattro, un giorno dopo l'altro.

Tokyo è a soli 110 chilometri di distanza eppure, una volta arrivati quassù, si ha l'impressione d'aver fatto un viaggio diverso dal solito. Fanuc, la fabbrica di robot ai piedi del monte Fuji, appartiene già al futuro. Massicci figuri di ferro aprono le loro fauci gigantesche, snelle braccia di ferro prendono pezzi di metallo da scaffali ben ordinati e ce li infilano dentro. Le fauci si richiudono. Una dozzina di teste roteanti si buttano sul pezzo di robot nascente: alcune trivellano, altre piallano o limano o lucidano. Il braccio riafferra il pezzo, lo rivolta, e nuove teste appaiono e si abbassano. Il procedimento continua finché il pezzo viene spinto verso la prossima macchina.

Nei corridoi, su invisibili nastri magnetici, rotolano vagoncini senza guidatore, canticchiando metallicamente. Messaggi spettrali in una lingua misteriosa rimbalzano tra i robot e i magazzini dove i pezzi finiti vengono depositati in bell'ordine sulle scaffalature per il montaggio finale. In un angolo, un gruppo di robot neonati fanno i loro esercizi ginnici per testare se stessi. Li fanno con gesti di gioia, con contorsioni da yoga, nell'intermittente bagliore verdognolo dei loro computer. In tutto l'enorme capannone non c'è un'anima viva. La sola figura umana è quella sull'insegna luminosa che indica l'uscita di sicurezza.

Tutto quel girare, rivoltare, piallare, saldare, montare e accatastare viene diretto da un lontano centro di comando dove un unico operatore siede davanti a una batteria di schermi televisivi. Se qualcosa s'inceppa, lui ferma il robot colpevole e il computer automaticamente riprogramma la distribuzione del lavoro in modo da isolare «l'operaio» andato in tilt. Di lui, all'alba si occuperanno i riparatori. In media un robot sbaglia una volta ogni quattro anni e due mesi.

La Fanuc è la fabbrica più automatizzata del mondo, una delle più efficienti, una delle più enigmatiche. «Non esiste niente di simile al mondo», ha scritto qualche tempo fa la rivista americana *Fortune*. Se ci si volesse convincere della teoria secondo la quale i giapponesi stanno facendo di tutto per conquistare il mondo, che una Pearl Harbor economica ha già avuto luogo e che Tokyo ha già vinto la nuova guerra contro gli americani e gli europei, qui se ne troverebbero le prove.

Qui tutti i simboli son riuniti. Costruita sulla cenere vulcanica del Fuji, simbolo della nazione, la Fanuc simboleggia la rinascita del Paese dalla cenere atomica della sconfitta nella seconda guerra mondiale: una guerra che al fondo del cuore giapponese semplicemente continua. Termini bellici compaiono continuamente nel contesto dell'economia. «Le unità di combattimento della Fanuc sono coinvolte in una splendida battaglia», ha scritto la rivista economica *Nikkei Business* nell'ottobre dell'anno scorso.

La Fanuc ha tutta l'aria di un centro militare. Operai vestiti di giallo sfrecciano via su motociclette gialle attraverso un territorio di 400.000 metri quadrati. Gialle sono le uniformi, gialli i capannoni, gialli i macchinari, gialli i dormitori, gialla la casa del giardiniere. Gialli sono i tovaglioli di carta nella mensa aziendale e la carta su cui tutti scrivono le loro note e i loro rapporti.

«Il giallo deve sommergere l'io così che tutti assieme si possa lavorare per il bene della fabbrica», mi dice il dottor Seiuemon Inaba, 63 anni, discendente di un'antica famiglia di samurai, ex ingegnere delle munizioni, ora ufficialmente presidente della Fanuc, in realtà generale di questa armata di cui lui stesso indossa l'uniforme gialla.

Come in un esercito, anche alla Fanuc molte cose sono segrete. La fabbrica può essere visitata solo con un permesso speciale, e anche in questo caso – il mio – solo in parte. È severamente vietato scattare foto. I laboratori di ricerca sono chiusi persino ai più alti dirigenti dell'azienda. La regola è che ogni impiegato deve sapere soltanto quello che gli serve per il suo lavoro. Se uno, dalla propria scrivania, vuole andare a quella di un altro deve spiegare il perché.

Come un esercito, anche la Fanuc ha una sua disciplina. Siccome il dottor Inaba non fuma, nessuno può fumare e nell'intero quartier generale non esiste un solo portacenere, nemmeno per l'ospite. Nessun dirigente può andare all'estero senza il consenso del dottor Inaba, le cui istruzioni vengono chiamate «ordini supremi» e devono essere eseguite alla lettera. «Per dirigere un'azienda è meglio un regime di saggia dittatura che uno di stolta democrazia», mi spiega l'uomo che molti chiamano «l'imperatore giallo del monte Fuji».

I risultati della sua saggezza sono stupefacenti. La Fanuc è stata fondata nel 1972 per la produzione di macchine utensili a controllo numerico come filiale del complesso elettronico Fujitsu. Nel 1980 il dottor Inaba decise di staccarsi dalla Fujitsu e di trapiantare la fabbrica sul monte Fuji. Questo trasloco gli permise di ristrutturare l'azienda e di portarne a termine la completa automatizzazione. Dopo 13 anni di attività indipendente, la Fanuc, con i suoi 1500 impiegati, vale oggi più di sei miliardi di dollari ed è la società giapponese a più alto rendimento (il 36 per cento del suo giro d'affari è puro profitto). La redditività media di un operaio Fanuc è una delle più alte del mondo (ogni operaio rende all'azienda mezzo milione di dollari all'anno).

Com'è che i giapponesi riescono in questo? «Lavoro. Lavoro. Duro lavoro. Dalla fine della guerra non abbiamo pensato ad altro che al lavoro», mi dice il dottor Inaba.

Per alcuni critici del Giappone il successo della Fanuc, come quello di altre aziende, è parte di quella gigantesca, sinistra «congiura giapponese» (così s'intitola il libro di Marvin Wolf sull'argomento) che intende schiacciare il mondo sotto il peso del suo rullo compressore economico e che, a questo fine, usa di tutti i mezzi possibili: dallo spionaggio industriale ai sussidi governativi, dal *dumping* alla corruzione. Il quartier generale di questa congiura sarebbe il MITI, il ministero per il Commercio Internazionale e l'Industria. Non è affatto improbabile che le cose stiano davvero così.

Il successo dell'industria giapponese delle macchine utensili e in particolare il successo della Fanuc sono un ottimo esempio della straordinaria determinazione con cui, dopo il 1945, i giapponesi hanno progettato la crescita a lungo termine del loro Paese e la riconquista della loro indipendenza nazionale. «Avevamo un'economia di guerra e abbiamo deciso di mantenerla», m'ha detto Akio Ikumi, presidente di un'azienda di consulenza a Tokyo.

I giapponesi sapevano bene che, se volevano controllare i vari settori industriali, dovevano controllare anzitutto l'industria delle macchine utensili perché è da quelle macchine che dipende la produzione di qualsiasi altro macchinario. Così, in base a questa considerazione strategica, concentrarono tutte le loro forze a costruire questa industria. Il MITI dirigeva gli attacchi, le aziende private combattevano le battaglie.

Nel caso dei robot, l'aristocrazia delle macchine utensili, le cose sono andate più o meno così: nel 1967, quando Joseph Egelburger, il fondatore della Unimation Company, venne a Tokyo per tenere una conferenza sulle sue invenzioni di robotica, i giapponesi di quella materia ne sapevano poco o nulla. Ma mentre Egelburger in America attirava al massimo qualche decina di ascoltatori, in Giappone accorsero a sentirlo in 600 e, un anno dopo, la Kawasaki Heavy Industries ottenne dalla Unimation una licenza speciale per la produzione di robot industriali.

I giapponesi erano affascinati perché non si trattava più di balocchi antropomorfici capaci di dire: «Buongiorno» o di scrivere il proprio nome, ma di macchine che sapevano imitare i gesti ritmici di un operaio alla catena di montaggio: il robot, nato originariamente nel 1920 come protagonista di una *pièce* teatrale di Karel Čapek, *Robota* (in lingua ceca significa «lavoro»), dal palcoscenico era arrivato alla fabbrica.

Agli inizi degli anni '70, gli americani erano ancora gli incontestati leader mondiali nel disegno, nella produzione, nell'esportazione e nell'impiego dei robot industriali. Dieci anni dopo le cose erano già cambiate: i giapponesi, con la Fanuc in testa, li avevano soppiantati. «E la giovane industria di robotica americana non si è mai più ripresa», come scrive Robert Reich nella rivista *The New Republic*.

Nel 1981, la General Electric lanciò contro la Fanuc, la fabbrica del monte Fuji, un suo progetto «Monte Piney» per la produzione di robot. Il progetto sopravvisse quattro anni, ma con una perdita secca di 120 milioni di dollari. Anche la General Electric dovette alla fine concludere che solo in cooperazione con la Fanuc sarebbe stato economicamente possibile continuare a produrre quel tipo di macchinari. Questa è un'esperienza che varie altre aziende hanno fatto.

All'attacco del Giappone contro l'industria mondiale delle macchine utensili seguì – sempre diretto dal MITI – l'attacco contro l'industria automobilistica e poi quello contro l'elettronica. Oggi l'industria nel mirino dei giapponesi è quella aeronautica. Il MITI ha elaborato la strategia e ha aiutato con i finanziamenti. L'ammontare di questi sussidi è uno dei segreti più protetti del Giappone. Quel che è certo è che in Giappone la collaborazione tra l'industria privata e il governo è molto più stretta che in qualsiasi Paese occidentale.

Nel caso della Fanuc, che oggi controlla il 75 per cento del mercato giapponese e il 50 per cento del mercato mondiale di tutte le macchine a controllo numerico, anche il «lavoro duro» ha contribuito al successo.

La giornata comincia alle 8.30. Operai e impiegati di ogni sezione si radunano per dieci minuti esatti attorno ai loro capi per un discorso d'incoraggiamento e di programmazione. La sirena che alle 17.25 rompe il silenzio non annuncia la fine del lavoro, ma semplicemente l'inizio degli straordinari. In media, ogni dipendente ne fa 60 ore al mese. Alcuni arrivano a cento. Nessuno va a casa dopo otto ore.

«Una forza invisibile, ma tenace, mi tiene qui», dice un operaio. Altri dicono di fare solo quel che fanno i loro capi. Nell'ufficio del dottor Inaba la luce rimane accesa almeno fino alle 11 di sera. I più non saprebbero comunque che cosa fare e dove andare se fossero più liberi. La metà degli operai vive nei dormitori gialli della fabbrica. Lo stesso vale per i due terzi degli ingegneri e dei dirigenti le cui famiglie sono rimaste a Tokyo. Nella fredda solitudine dei boschi non ci sono diversivi. Il bar dell'azienda, arredato come quello di una caserma con donnine nude dipinte sui muri e la foto di un uomo pompeiano con due enormi falli, chiamato «il dio dall'utensile di ricambio», viene aperto solo in occasione della visita di ospiti stranieri. La Fanuc non ha una biblioteca. «La mia gente non ha bisogno di libri», mi spiega il dottor Inaba. «Se gli ingegneri si mettono a leggere non riescono a scoprire più nulla. Se sono attaccati al passato non possono inventare il futuro.»

Per il dottor Inaba il futuro è pieno di robot. Probabilmente non si sbaglia. La popolazione di robot del mondo cresce di anno in anno in maniera impressionante. Nell'industria automobilistica sono i saldatori e i verniciatori; nell'industria elettronica sono i montatori. I primi robot industriali erano macchine capaci solo di movimenti e processi semplici. Oggi i robot sono capaci di movimenti che richiedono l'«articolazione multipla». La meta è quella di costruire robot intelligenti, cioè robot che, mediante sensori visivi e tattili, siano in grado di prendere decisioni. La fabbrica del futuro è, per il dottor Inaba, un sistema integrato di computer e robot che, una volta ricevuto un comando, saranno in grado di progettare e di fabbricare un prodotto.

I vantaggi dei robot sono infiniti. Mentre i costi degli operai continueranno a salire, quelli dei robot si stabilizzeranno e, con l'aumentare della produzione, finiranno per diminuire. I robot, diversamente dagli uomini, lavorano sul posto ventiquattro ore al giorno. La loro produzione è di altissima qualità ed è uniforme. Inoltre, come scrive l'esperto T.A. Heppenheimer, «i robot non si annoiano, non vanno mai in vacanza, non hanno bisogno di andare al gabinetto o di soffiarsi il naso». Non fanno mai sciopero, non chiedono la pensione, non si lamentano del caldo, delle esalazioni e dei pericoli creati dalla radioattività.

Oggi tutti i Paesi industrializzati si trovano davanti alla stessa scelta quando si tratta di tenere bassi i costi di produzione e di garantire servizi che la gente non vuol più fare: o importare lavoratori a basso costo da altri Paesi, creando così dei problemi sociali; o trapiantare le fabbriche nei paesi del Terzo Mondo, rinunciando a quell'importante accumulo di esperienza produttiva che garantisce sviluppo. La terza alternativa è il robot.

Per il Giappone, un Paese dove i lavoratori stranieri non sono ben accetti, i robot sono la soluzione su cui tutti puntano. Contrariamente a quel che succede nei Paesi occidentali, in Giappone nessun sindacato si oppone alla loro introduzione. Per giunta, siccome il sistema retributivo qui è fondato esclusivamente sull'anzianità, è facilissimo spostare il personale da una posizione a un'altra.

Il Giappone oggi ha la più grande popolazione di robot del mondo (100.000, inclusi i «robot stupidi» che semplicemente raccattano cose, le caricano e le scaricano). Qui il 20 per cento di tutti i lavori di montaggio già viene eseguito da robot. Gli Stati Uniti, che hanno solo 16.000 robot (i più nell'industria automobilistica), vedono la necessità di aumentare la loro popolazione. La General Motors, dove lavorano 5000 robot, intende impiegarne altri 15.000 entro il 1990. Tutti sono già stati ordinati alla Fanuc, che li sta consegnando a un ritmo di 300 unità al mese. L'anno prossimo, la capacità produttiva della Fanuc sarà attorno ai 1000 robot al mese.

È possibile che il mondo venga presto invaso dall'armata gialla del monte Fuji? E gli uomini, che fine faranno?

Il futuro che gli ingegneri gialli della Fanuc stanno inventando all'ombra magica della loro montagna incantata, come fossero monaci di un convento laico, sembra già privo di umani. Ci voglion due ore per raggiungere la fabbrica venendo da Tokyo. L'autostrada Chuo è pericolosa e una dozzina di poliziotti di plastica, sorridenti e gesticolanti, avvertono, fanno rallentare, salutano i guidatori. L'ingresso alla Fanuc è attraverso un imponente portone di ferro: chiuso. Due dèi di pietra fanno la guardia. Dall'alto, tre occhi mobili di una televisione a circuito chiuso esaminano il visitatore. La porta scivola facendosi da parte, si percorrono ancora qualche centinaio di metri e là, sullo sfondo maestoso del Fuji incappucciato di neve, sotto una grande bandiera del Giappone e quella gialla della Fanuc, compare la figura di una ragazza vestita di giallo che, muta, si inchina ripetutamente.

L'edificio principale è di pietra e marmo. I suoi corridoi sono vasti e ovattati. A ogni angolo altre figure di donna in giallo continuano in silenzio a inchinarsi. Robot? Solo quando s'inchinano per offrire il tè l'ospite si accorge che sono esseri umani e che ci si può parlare. Sono tutte laureate. Le addette al tè sono dietologhe. Ognuna di loro, come tutti gli impiegati della Fanuc, è stata selezionata personalmente dal dottor Inaba. Le qualità che lui predilige sono la fedeltà e la tenacia.

L'orgoglio di appartenere all'«esercito giallo del monte Fuji» viene poi da sé. Poche fabbriche possono infatti vantare quello di cui può vantarsi la Fanuc, compresa una storia che qui tutti sanno: visitando un'esposizione di robot, l'imperatore Hirohito si fermò incuriosito dinanzi a uno dei modelli Fanuc e, quando il robot s'inchinò, il vecchio sovrano ricambiò il saluto, inchinandosi a sua volta.

Un aspetto importante del successo del dottor Inaba è il *timing*. «L'armata tedesca è stata annientata a Stalingrado dai nuovi carri armati T-34 dei sovietici. Se i tedeschi avessero prodotto il loro carro Tigre solo con qualche mese d'anticipo la storia del mondo sarebbe stata diversa», mi dice il dottor Inaba. «Il mio obiettivo è di produrre nuovi tipi di robot poco prima che sul mercato ce ne sia la richiesta. Fra cinque anni il mondo chiederà i robot intelligenti e noi già ci stiamo preparando a produrli.»

Che cosa avvenga nei centri di ricerca della Fanuc e che cosa verrà installato nell'immensa struttura sotterranea in costruzione non è possibile saperlo. A una delegazione tedesca che, durante una recente visita alla fabbrica, aveva chiesto di esaminare il prototipo del robot che «vede», è stato risposto che il flash delle macchine fotografiche di altri ospiti lo avevano guastato. Un istituto di ricerca finanziato dal MITI sta lavorando a prototipi di robot che saranno capaci di lavorare come minatori sul fondo marino, spegnere incendi al posto dei pompieri o lavorare nelle centrali nucleari.

Più robot nelle fabbriche vorrà dire più disoccupati? Probabilmente sì. Secondo un'indagine della Volkswagen, la prossima generazione di robot dotati di sensori svolgerà il 20 per cento di tutti i lavori nell'industria automobilistica. Secondo uno studio della Commerzbank, metà dei lavori alla catena di montaggio sarà in pericolo. Il dottor Inaba non se ne fa alcun cruccio. «Avremo bisogno di più personale per produrre più robot e per venderli», dice.

Ma i robot renderanno gli uomini più felici? A guardare la gente che li sta producendo ai piedi del monte Fuji si direbbe di no. Lo stesso dottor Inaba sente che la felicità è ancora di là da venire. Alla fine di una serata a casa sua, su un pezzo di carta, con un pennello, butta giù gli ideogrammi di una vecchia poesia: «Una volta avevamo il tempo di cercare la pace. Oggi non più». Mi dice che fu scritta da un generale durante un periodo di guerra.

Lui è imbevuto di questo spirito di guerra e, come lui, lo sono molti giapponesi. È come se avessero perso di vista l'uomo. Quando, dopo due giorni passati da ospite scomodo, lascio il quartier generale giallo del dottor Inaba, in testa mi restano soprattutto le grida dei robot che continueranno a riprodursi ventiquattr'ore su ventiquattro e i corridoi vasti e vuoti con ai muri i quadri di paesaggi lunari disabitati. Vorrei correre via verso Tokyo, ma i poliziotti di plastica lungo l'autostrada mi gesticolano di andar piano.

Sono stato nel futuro e posso riferire che funziona. Ma ci piace?

Da Tokyo seguivo anche quel che avveniva nel Sud-Est asiatico, specie nelle Filippine dove la rivoluzione del *People's Power*, il «Potere del popolo», aveva fatto grandi progressi. La vedova Cory Aquino, donna di casa, aveva sfidato seriamente la dittatura di Marcos e di sua moglie Imelda e lo scontro finale pareva imminente. Ci andai e restai più di un mese.

La «santa» di Manila che fa tremare Marcos

Manila, 3 febbraio 1986

MUTI erano solo i santi sui loro piedistalli, il Cristo con il cuore sanguinante sull'altare e il vescovo sballottato da tutte le parti e incapace di tenersi in testa la papalina rossa. La folla che aveva invaso la basilica senza segnarsi e senza fare genuflessioni, anzi rovesciando gli inginocchiatoi e strappando gli orari delle messe, urlava, applaudiva, piangeva, invasata come se, fra tutti quei santi di legno dipinto cui si è abituata, d'un tratto se ne trovasse davanti uno in carne e ossa: «Cory! Cory! Cory!»

Invocarla, guardarla non bastava, ognuno voleva andarle vicino, toccarla come se portasse fortuna o conferisse una sorta di benedizione. «Questa non è una campagna elettorale, è la lotta fra il bene e il male», diceva una delle donne che accompagnano Cory Aquino. Ieri, alle folle di Batangas fatte di contadini poveri, di operai delle piantagioni di zucchero, del popolo di provincia, magro, dalla pelle scura, vestito di poco e coi sandali di plastica, pareva davvero essere questo.

Da un capo all'altro della provincia la gente ha aspettato per ore, sotto il sole, che la carovana di Cory Aquino passasse e che questa donna minuta, vestita di giallo e con gli occhiali troppo grandi sul naso, facesse, anche per pochi secondi, la propria «apparizione». Quando è arrivata nella basilica di Taal, la più grande delle Filippine, era già notte fonda, ma la folla era ancora lì, al buio, lungo le strade, sulla grande piazza, sulla scalinata della chiesa, elettrizzata, eccitata, ad aspettare con le sue bandiere, i suoi striscioni, i suoi bambini addestrati a fare il segno di *laban*, «lotta», con l'indice e il pollice della mano destra. «Non ho mai visto niente di simile», diceva monsignor Quizon. «E pensare che nessuno li paga!»

Ieri i poveri, oggi i ricchi. Invitata dalla Camera di commercio, Cory è andata a parlare alla gente bene di Manila. Signore dalla pelle chiara, di buona famiglia, uomini d'affari, alcuni milionari s'erano stipati nella sala dei banchetti dell'Hotel Intercontinental di Makati per lei. L'entusiasmo era simile. Quel che lo genera non è ciò che dice, perché Cory Aquino dice pochissimo e forse ha anche poco da dire. L'entusiasmo è dovuto alla sua semplice presenza, al suo semplice apparire, da «santa» che in nome della giustizia, della dignità e dell'onore nazionale sfida... il male, nella figura di Marcos e del suo regime.

Ieri, dopo che Cory era partita da Taal, la gente è sfilata via dalla basilica, in processione dietro una grande statua di cartapesta di lei vestita come una Madonna con gli occhiali. Oggi, a Manila, ho visto vendere giornali con la storia della sua vita a fumetti assieme a una sorta di santino della sua figura. Attorno alla chiesa di Chiapo, tra gli *anting-anting*, gli amuleti che la gente compra per mettersi addosso e scacciare vari malocchi, l'*anting-anting* più in voga è uno con su la parola «Cory».

Bisogna capire i sentimenti che, in questo Paese di 7000 isole vulcaniche in mezzo al Pacifico, con una popolazione di cultura mista, ancora impregnata di superstizione e affascinata dal soprannaturale, questa donna dall'apparenza semplice e modesta suscita nella gente, per rendersi conto che gran parte dei filippini percepisce questo confronto tra lei e Marcos come qualcosa che in fondo è molto più, o forse molto meno, che politico. Di politica, nei suoi brevissimi comizi, Cory Aquino non parla mai, ma nessuno di quelli che urlano, applaudono e piangono per lei si chiede se una politica ce l'abbia e quale questa sia. Per la gente lei è il san Giorgio che uccide il drago, il David che sfida Golia, e questo le basta.

Cory è la vedova di Ninoy Aquino,* vittima, agli occhi di tutti

* Ninoy Aquino, senatore, grande oppositore di Marcos, fu assassinato con un colpo di pistola alla nuca nel 1983.

i filippini, del regime di Marcos, e con ciò Cory è diventata il simbolo di tutte le vittime. Cory sfida il regime e tutte le vittime di tutte le forme d'ingiustizia s'identificano con lei. Sulle *bidonville* di Tondo, nonostante le pressioni e le intimidazioni dei sostenitori di Marcos, sventolano oggi le bandiere gialle di Cory. I lustrascarpe della città, i ragazzi che bivaccano ai crocevia vendendo le sigarette sfuse, tutti hanno sulle loro scatole di legno uno sticker con su scritto «Cory» e tutti salutano le macchine che passano facendo col pollice e l'indice della mano destra la «L» di lotta.

Questa donna, nata e cresciuta in una delle famiglie più ricche e più potenti delle Filippine, parte dell'oligarchia che in passato ha affamato il Paese, è diventata il simbolo e la speranza dei poveri e degli oppressi, com'è diventata il portabandiera di chi, all'interno dell'oligarchia, vuole mutare il sistema e attuare riforme per evitare la sempre più probabile e più vera alternativa di un regime comunista. Vincesse le elezioni e andasse al potere, Cory Aquino potrebbe essere il presidente più popolare che questo Paese ha avuto da tempo. Il problema sarebbe di vedere quale politica questa Cory presidente potrebbe portare avanti e vedere se una classe privilegiata è in fondo capace di riformare una società attaccando i propri interessi e riducendo i propri privilegi.

Oggi, tentando di rispondere alle accuse di quelli che dicono che lei non ha una politica, Cory, in un discorso intitolato «Salvezza nella prigione del faraone», ha dato un'idea di quel che intende fare nei suoi primi cento giorni al potere. I punti principali sono: eliminazione di tutte le tasse impopolari; smantellamento del sistema di monopoli affidati ad amici e parenti di Marcos, in particolare quelli dello zucchero e del cocco; abrogazione delle leggi anti-sciopero; migliore trattamento degli insegnanti; liberazione dei prigionieri politici e reintroduzione dell'*habeas corpus*; smantellamento dei monopoli di stampa e televisione oggi in mano al governo; eliminazione dei generali che pur passati d'età sono stati tenuti al potere da Marcos; e promozione dei colonnelli.

E dopo i cento giorni? Si vedrà. Quando qualcuno ha chiesto, pur gentilmente, qualcosa di più specifico sulla questione delle tasse e su quel che Cory vuol fare con gli investimenti stranieri nelle Filippine, lei si è mostrata insicura, incerta, come se di queste cose non ne capisse molto. Fortunatamente per lei il pubblico ha ricominciato a urlare: «Cory, Cory, Cory!»

Secondo la maggioranza degli osservatori, la domanda di quel che lei farà è solo teorica perché Cory, anche se formalmente popolare, le elezioni non le vincerà. La gente di Marcos avrebbe già tutto organizzato perché, a conti fatti, il presidente finisca con un margine «credibile» di vantaggio e con ciò resti nel suo palazzo di Malacañan. Si parla di 10.000 urne costruite segretamente e già piene di voti per Marcos, urne che servirebbero a sostituire quelle vere. Si parla dell'intimidazione nelle campagne a opera di uomini di Marcos che andrebbero in giro con valigie piene di soldi; si parla di voti comprati, di come la stampa e la televisione, controllate dal regime, annunceranno poche ore dopo la chiusura dei seggi, alle tre del pomeriggio di venerdì prossimo, la vittoria del presidente, lasciando così che le contestazioni e le accuse di brogli facciano il loro tempo.

«Chi vincerà?» ho chiesto ieri notte a un uomo davanti alla basilica di Taal, aspettando Cory. «Noi, *laban*», ha risposto. «E se Marcos imbroglia?» «Allora faremo la rivoluzione», ha risposto, secco, e se ne è andato via nella folla. Ho fatto la stessa domanda decine di volte a Manila e, in un modo o nell'altro, la risposta è stata sempre la stessa. La prospettiva di violente dimostrazioni è presa sul serio da tanti. Varie ambasciate europee stanno oggi mettendo a punto piani di emergenza per mettere al riparo i loro connazionali. Stamani, file di gente stavano davanti alle banche a ritirare i soldi, mentre i voli da Manila per il giorno dopo le elezioni sono già stati prenotati da chi vuole comprarsi un biglietto per la tranquillità.

«La strada verso il palazzo di Malacañan diventa più buia ogni giorno che passa», ha detto Cory ieri, a conclusione del suo discorso all'Hotel Intercontinental. «Le forze del faraone sono decise a tenere il popolo incatenato nella sua miseria, stanno tramando sinistri piani per derubare il popolo della sua liberazione.» L'ipotesi che Marcos dichiari di nuovo la legge marziale e faccia arrestare i capi dell'opposizione una volta annunciati i risultati delle elezioni a lui sfavorevoli non può essere esclusa. Per questo da dopodomani, quando la campagna elettorale ufficialmente finirà, Cory, «la santa», scomparirà, protetta dai suoi, in qualche casa segreta di Manila ad aspettare quel che succederà.

Le elezioni ci furono, e ci furono i brogli e gli inganni. Tutti e due i candidati, Marcos e Cory, pretesero d'aver vinto, ma alla fine Cory ebbe la meglio.

Fuga in elicottero

Manila, 25 febbraio 1986

IL popolo ha avuto la sua ora. Ha invaso il palazzo del dittatore, ha ballato nelle sue stanze, ha mangiato nelle sue cucine. Dalle finestre ha buttato giù i suoi ritratti e ne ha fatto falò. Dinanzi alla sua camera da letto s'è fermato, attonito, a guardare gli scaffali pieni di medicine, le apparecchiature di dialisi con cui Marcos s'è tenuto in vita negli ultimi tempi e, come rispettoso della precarietà di tutto quel che è umano, è arretrato tornando a ballare, a cantare e a pregare al lume delle candele e delle lampadine tascabili sotto gli alberi tropicali avvolti nelle tenebre. Marcos non c'era più.

Un elicottero americano lo aveva raccolto, assieme alla famiglia e alla sua corte, dal prato antistante il palazzo e lo aveva trasportato a Clark Field, una base militare americana: erano le «dimissioni» di un dittatore che aveva voluto reinsediarsi come presidente. Da Clark Field, Marcos è ripartito qualche ora più tardi alla volta di Guam, un'isola americana del Pacifico, e poi raggiungerà gli Stati Uniti. Cory Aquino è subito comparsa alla televisione e, nel suo primo messaggio da presidente, ha detto: «La lunga agonia è finita. Da oggi siamo finalmente liberi».

Il palazzo Malacañan stanotte non era più una segregata oasi di silenzioso e arrogante potere, ma un rumoreggiante parco pubblico in cui si è svolta una straordinaria festa popolare, cui ha partecipato la più grande folla che le Filippine abbiano mai messo in piazza: un milione a mezzanotte, due milioni alle una, e la gente continuava ad arrivare, ad abbracciarsi, a gridare di gioia: le famiglie tenendosi strette per mano per non perdersi, le suore dietro le immagini della Madonna, i giovani della sinistra coi loro stendardi rossi e neri, i soldati del *People's Power* applauditi sui loro camion, venuti con due ore di ritardo a prendere possesso del palazzo liberato dal popolo. Non ci sono stati morti, non c'è stato saccheggio, solo una grande gioia, una comune soddisfazione. La guerra civile è stata evitata, lo spargimento di sangue da tutti così temuto non c'è stato.

« Ora ci credi nei miracoli? » mi ha chiesto con aria trionfante una delle signore « crociate » di Cory che ho incontrato nella folla, sul prato di Malacañan coperto di carte e di gente. Per i filippini avviliti ed esauriti da vent'anni di regime clientelare, repressivo e corrotto, tutta una serie di « miracoli » è culminata in questa straordinaria, storica giornata. È cominciata con la formale proclamazione di Cory Aquino a presidente. Alle otto del mattino, al Club filippino, il centro ricreativo del quartiere ricco di Don Juan, la buona società di Manila – gli uomini nei loro *barong tagalog* bianchi e trasparenti, fatti di filo di banana, le donne, molte vestite di giallo, coi loro belletti e gioielli – si è riunita per assistere a quella che formalmente è stata la restaurazione al potere di una classe sì privilegiata, ma anche liberale e illuminata, che Marcos, il *parvenu* populista e fascistoide, aveva esautorato, umiliato e rimpiazzato con le bande dei suoi parenti e accoliti.

Il « miracolo » Cory era tutto lì, nei nomi delle grandi famiglie che venivano letti ai microfoni, tra i firmatari della proclamazione, nella chiesa rappresentata dall'influente e liberalissimo vescovo gesuita Escaler, negli avvocati, uomini d'affari, intellettuali, molti da tempo all'opposizione e per questo vittime e prigionieri durante la legge marziale. C'erano anche i militari e i riformisti rappresentati dal generale Fidel Ramos,* ribellatosi a Marcos sabato scorso e diventato stamani, per l'occasione, capo di stato maggiore del « Nuovo esercito filippino del popolo ». C'era anche quel voltagabbana di Ponce Enrile, autore del piano con cui Marcos nel 1962 impose al Paese la legge marziale e, fino a sabato scorso, uno dei fedeli del dittatore, di cui era stato il ministro della Difesa, per diventare ora il nuovo ministro della Difesa del governo di Cory. Carcerati e carcerieri assieme, in nome dell'unità filippina.

Alle 10.25 Cory, sulla Bibbia che era stata di suo marito Ninoy, assassinato dal regime di Marcos, ha giurato di difendere i diritti della gente e la repubblica. La platea fatta di gente bene era commossa. Fuori, il popolo era entusiasta.

Più o meno nello stesso momento una simile cerimonia si svolgeva in ben altra atmosfera al Malacañan. 10.000 fedelissimi di Marcos, per lo più *lumpen* dei *barrios* più poveri e bande di brutti

* Ramos è stato il presidente delle Filippine dopo Cory.

ceffi pagati a giornata per qualsiasi delitto, erano stati fatti entrare nel parco del palazzo. A ognuno erano state date una bandiera coi colori della repubblica e una manciata di bottoni con su scritto «Il presidente Marcos ci ama». Il cibo, invece, veniva buttato loro da tre camion militari parcheggiati all'ingresso di Malacañan, creando spaventose risse per il possesso di un uovo sodo o di un panino.

Mentre quella strana e pericolosa accozzaglia di gente si godeva l'inaspettata cuccagna, Marcos, nel chiuso del palazzo, giurava sulla sua Bibbia di rispettare la Costituzione e proteggere i diritti dei filippini per i prossimi sei anni. Tranne la famiglia, nessun altro ha visto la scena. L'ultimo canale televisivo che il governo era riuscito a non farsi portar via dai ribelli ha esalato in quel momento il suo ultimo respiro: nell'attimo in cui sui teleschermi di tutte le Filippine, sul Canale 9, Marcos alzava la mano per giurare, l'immagine è scomparsa. Alcuni soldati ribelli, che avevano preso d'assalto la trasmittente, avevano sparato contro il trasmettitore principale.

A mezzogiorno, le finestre di Malacañan si sono aperte e l'intera famiglia si è presentata sul balcone a una platea delirante: Marcos con la faccia tumefatta; Imelda, in un vestito lungo di seta, che si asciugava discretamente le lacrime di commozione con un fazzoletto di pizzo bianco; la figlia Ireen; il figlio Bong Bong, vestito da paracadutista e con un mitra in mano. «Marcos per sempre!» «Legge marziale!» «Enrile: fucilazione!» urlava la platea, sventolando un mare di bandiere. «Vede come noi filippini amiamo il presidente?» mi chiedeva una donna che avevo accanto. Altri, tra quei ceffi, dicevano che la colpa di tutti i problemi era dei giornalisti stranieri, bugiardi e invadenti.

La platea voleva un discorso, ma Marcos non ha fatto che ripetere: «Viva la repubblica, grazie». Imelda ha preso il microfono e ha detto: «Ho dedicato ogni attimo della mia vita al popolo filippino e così continuerò a fare». Poi ha intonato la sua canzone d'amore preferita: *Dahil sa Iyo* («Per te, mio caro») e lui, l'appena reinaugurato presidente Marcos, ha anche spalancato la bocca, unendosi a cantare: «Per te, mia cara». Quel duetto è stata l'ultima patetica immagine del regime. Solo dieci ore dopo, dallo stesso balcone di Malacañan, alcuni giovani in ciabatte di plastica, sollevavano i ritratti di Marcos e di Imelda, rompevano i vetri, spezzavano le cornici e, fra lo svolazzare delle tende bianche, le buttavano alla folla per alimentare i falò che, con i loro bagliori rossastri, rendevano enormi le ombre delle migliaia di mani levate in aria nel segno di «L», lotta.

Là dove al mattino la platea di Marcos si buttava sulle casse di bibite, sulle uova sode e sui panini che piovevano dai camion del governo, alla sera il popolo si buttava sulle carte degli archivi di Marcos che piovevano dalle finestre spalancate. Ognuno cercava, per ricordo, una carta intestata PRESIDENTE DELLE FILIPPINE, i testi dei discorsi di Marcos, i manifesti delle sue campagne, le lettere nei suoi cassetti. La presa del Malacañan è stata un affare del popolo. L'assedio durava da giorni. Ogni accesso al palazzo era bloccato da alti cavalletti di ferro intessuti di filo spinato. Dietro ogni blocco c'erano autoblindo, carri armati e soldati in assetto di guerra che bloccavano a volte centinaia, a volte migliaia di persone. Ogni tanto il popolo attaccava, portando via una parte delle barricate; col filo spinato faceva cerchi come le corone di spine che il Cristo ha nei ritratti della Passione. Quelle corone sono diventate il simbolo di questi giorni, della liberazione. Ognuno per ricordo voleva averne una.

Alle 8.30 i soldati hanno incominciato a ritirarsi, da dietro le barricate il popolo ha preso ad avanzare. Il lungo negoziato tra Marcos, asserragliato con i suoi al Malacañan, e i capi dei ribelli diventati stamane ufficialmente membri del governo di Cory, si era concluso con la garanzia di un salvacondotto per lui, la famiglia e i suoi più stretti collaboratori.

Alle 9.05 da una finestra di una casa ad appena cinquanta metri dal Malacañan ho sentito il rumore di un motoscafo, poi quello di due elicotteri che, a luci spente, si levavano in aria e si dirigevano verso la baia di Manila. Marcos, sua moglie Imelda, la figlia e il figlio avevano lasciato il palazzo di Malacañan e attraversato il fiume Pasir per raggiungere lo spiazzo di cemento dall'altra parte della riva. Gli elicotteri si sono posati per cinque minuti e sono ripartiti con tutto quel che restava di un regime durato vent'anni: un drappello di persone impaurite e insicure con alcune valigie preparate in fretta.

Dall'uscita del ponte di Mendiola, unità della fanteria e della guardia presidenziale che erano state spiegate per difendere il palazzo (almeno 5000 uomini erano dentro il perimetro) hanno cominciato ad abbandonare le loro postazioni e a sfilare verso le loro caserme fra gli applausi della folla. Il popolo, allora, si è buttato contro i cancelli, ha tentato di scavalcare i muri bianchi del recinto, ma dall'interno arrivavano colpi di fucile e gragnuole di sassi. Marcos aveva chiesto ai suoi fedelissimi, venuti per la sua inaugurazione, di restare a difenderlo; alcuni lo avevano fatto, dichiarandosi disposti a morire. Fortunatamente non avevano armi pesanti e gli scontri, soprattutto a sassate, son durati appena mezz'ora. A ogni ferito che passava qualcuno nel popolo urlava: «Basta con lo spargere sangue filippino!» «Basta coi sassi!» «Basta, siamo tutti fratelli!» urlava la folla ai fedeli di Marcos asserragliati e protetti ormai solo dalle cancellate che tremavano e dai pochi sassi che restavano loro in mano.

E qui è avvenuto il miracolo: dal nulla ho visto avanzare una fila di suore che si tenevano strette a braccetto e cantavano. Dietro di loro, montata su un camioncino giallo, veniva una statua della Madonna ai piedi della quale c'erano centinaia di candele che tremolavano nel buio. La folla s'è aperta, s'è calmata. I fedelissimi di Marcos ne hanno approfittato per scappare, per farsi ingoiare dalle tenebre, per ridiventare uguali a migliaia e migliaia di altri filippini che, felici, invadevano il palazzo del dittatore, ballavano nelle sue stanze, mangiavano nelle sue cucine e buttavano giù dalle finestre i suoi ritratti.

La festa continua.

Nel corso degli anni avevo comprato tutti i libri che erano usciti su di lui, ma la mia curiosità non era soddisfatta e, venendo a vivere a Tokyo dove lui aveva lavorato ed era stato giustiziato, mi misi in testa di rintracciare tutti quelli che lo avevano conosciuto ed erano ancora in vita.

Richard Sorge: un James Bond socialista

Tokyo, giugno 1986

NON c'è requie per una spia, nemmeno quand'è già nella tomba. Sotto i larici scuri e severi del cimitero di Tama, ai limiti occidentali di Tokyo, la pietra tombale di Richard Sorge ha cambiato già tre volte di posto e un incerto futuro aspetta le ceneri che conserva. Quarantadue anni dopo essere stato impiccato dai giapponesi come agente segreto dei sovietici, i resti mortali di quest'uomo che fu una delle spie più abili e famose della storia sono ancora al centro di manovre segrete, di doppi giochi e menzogne.

Ogni due o tre mesi un'automobile con targa diplomatica si ferma in una stradina del quartiere Mitaka di Tokyo. Un uomo scende, s'incammina per un vicolo contorto e va a bussare alla porta di una casina di legno. Entra, s'intrattiene con una vecchia signora, beve una tazza di caffè e riparte lasciandosi dietro una busta piena di banconote da 10.000 yen. «Peccato che non venga più regolarmente», dice Hanako Ishi, 75 anni, ex amante di Richard Sorge, una donna ancora vivace e affascinante che nel viso porta le tracce della propria trascorsa bellezza e che tiene a presentarsi come l'erede e la protettrice del ricordo di Sorge.

Nel corso della sua ultima visita, l'uomo, per la prima volta, ha chiesto qualcosa in cambio della propria generosità: l'Unione Sovietica vorrebbe ottenere da Hanako-san il permesso di trasportare a Mosca le ceneri di Sorge, la sua pietra tombale e il piccolo monumento eretto in onore del suo gruppo di collaboratori-spie.

Nel 1944, quando il tedesco Richard Sorge, membro del Partito nazista, corrispondente della *Frankfurter Zeitung* e agente segreto di Stalin in Giappone, stava sotto la forca ormai col cappio del boia al collo, Mosca avrebbe ancora potuto salvargli la vita offrendo a Tokyo uno scambio di spie, ma i russi fecero come se di quell'uomo non avessero mai sentito parlare. Oggi pare invece che Mosca abbia deciso di recuperare Richard Sorge e di farne l'eroe ispiratore delle sue nuove generazioni. Con l'idea di creare un loro James Bond socialista, i sovietici stanno, con qualche decennio di ritardo, riscoprendo uno straordinario personaggio, non frutto della fantasia, ma della loro stessa storia.

Sorge è il soggetto di vari nuovi libri; francobolli con il suo volto vengono emessi dalle poste URSS; strade, scuole e navi portano ora il suo nome; vari monumenti sono stati eretti alla sua memoria. Nelle scuole i bambini imparano dalle sue gesta. Al centro di questo culto, promosso dal KGB – la potentissima agenzia dello spionaggio sovietico – ovviamente con l'intento di togliere Sorge dall'ombra di «spia» e dargli un'aura di romanticismo e d'avventura, manca solo una cosa: la sua tomba.

«I giovani pionieri che lo venerano tanto non hanno modo di venire a Tokyo», ha spiegato il diplomatico sovietico a Hanako-san. Per ottenere il consenso della vecchia signora il diplomatico le ha assicurato che migliaia di moscoviti accudiranno la tomba di Sorge e che tra loro ci saranno persino alcuni suoi vecchi compagni di scuola.

«Questo chiaramente non è vero», mi dice Hanako-san, ridendo. «Sorge non è mai andato in una scuola russa.»

Richard Sorge è, sì, nato nel 1895 a Baku, in Russia, da padre tedesco e da madre russa, ma, a differenza di quel che raccontano ora i sovietici, già a tre anni è andato a vivere in Germania. L'intera verità sulla sua vita sembra comunque insondabile. Tutti mentono, tutti inventano, i documenti storici vengono tenuti nascosti o falsificati ed è molto probabile che sulla vera identità di quest'uomo non sapremo mai niente di assolutamente esatto.

Per anni, dopo la fine della seconda guerra mondiale, è circolata la voce che Sorge era ancora in vita. Si raccontava per esempio che, vestito di un abito nuovo (un sarto di Tokyo era pronto a giurare di avergliela cucito), i giapponesi, invece che al patibolo, lo avevano spedito a Macao dove sarebbe stato consegnato ad agenti di Mosca in cambio di alcune spie di Tokyo prigioniere nell'Unione Sovietica. Altri sostengono di averlo incontrato a Shanghai nel 1948.

Vecchi e dimenticati, alcuni protagonisti di questo straordinario romanzo giallo sopravvivono ancora sparpagliati da qualche parte nella gigantesca città di Tokyo: ognuno con i suoi ricordi, con i suoi oggetti-memento e le sue memorie variamente colorate, ognuno impegnato a difendere la sua verità, ognuno come stregato dal fatto di essere stato in un modo o in un altro coinvolto in questa enigmaticissima storia del nostro tempo.

Nel quartiere Kodaira di Tokyo vive Ito Ritsu, 73 anni, ormai sordo e cieco, un ex quadro del Partito comunista giapponese, l'uomo che avrebbe tradito la rete di Sorge, il *Giuda vivente*, secondo il titolo di un libro giapponese su di lui. Scomparve nel 1950 e ricomparve nel 1980. Era andato a Pechino a chiedere asilo politico ed era invece finito per 27 lunghissimi anni come prigioniero nel *gulag* cinese. Per il Partito comunista giapponese Ito Ritsu continua a essere il grande traditore, ma alcuni sostengono che sia stato lui stesso una vittima delle faide interne ai partiti comunisti dei vari Paesi.

A soli cinque chilometri di distanza vive Hotsuki Osaki, fratello del più stretto collaboratore giapponese di Sorge, finito sulla forca assieme a lui. Nel 1945 Hotsuki Osaki fondò una società per la difesa del gruppo Sorge-Osaki e ancora oggi continua a battersi per dimostrare che suo fratello non fu affatto una spia, bensì un patriota.

Alla periferia della città di Yokohama vive Yoshiko Yamasaki, la vedova dello jugoslavo Branko Vukelic, l'uomo, dopo Sorge, più importante del gruppo. Vukelic venne condannato all'ergastolo e morì di fame e di freddo in una prigione di Abashiri, la Siberia giapponese, poco prima della disfatta nel 1945. Quel che alla sua vedova sta ora a cuore è che tutti i membri del gruppo, e non soltanto Richard Sorge, passino alla storia.

Dei 17 arrestati della cerchia di Sorge, 2 furono impiccati (Sorge e Osaki) e 7 morirono in prigione. Dei rimanenti 8, liberati all'arrivo degli americani, 6 sono morti nel frattempo, uno è scomparso, mentre l'ultimo, Kodai Yoshinobu, vive da piccolo commerciante nella prefettura di Gumma e si rifiuta da quarant'anni di parlare della faccenda. Hanako Ishi invece ne parla spesso e volentieri. Fra i superstiti di quella storia è di gran lunga la più attiva. Il suo libro, autobiografico e fortemente romanticizzato, *Ningen Sorge*, «L'uomo Sorge», è già alla quarta edizione.

Hanako-san conobbe Sorge nel 1935. Era venuta a Tokyo per diventare infermiera, ma, non avendo trovato lavoro, finì per fare la cameriera al Rheingold, una nota birreria nel quartiere di Ginza che apparteneva al tedesco Wilhelm Ketel. I giapponesi avevano arrestato Ketel a Tsingtao, in Cina, e lo avevano deportato a Tokyo come prigioniero di guerra. Un volta liberato, Ketel aprì il Rheingold e il locale divenne ben presto il ritrovo della comunità nazista di Tokyo. Il 4 ottobre 1935 Sorge vi celebrò il suo compleanno e, siccome non era accompagnato, Hanako-san quella sera andò a casa con lui.

Quando Sorge era ancora in vita, Hanako-san non era che una delle tante donne con le quali lui aveva rapporti. Non era lei il suo grande amore: quello continua a restare sconosciuto. Hanako-san non viveva con Sorge, aveva però le chiavi del suo appartamento nel quartiere di Azabu e, quando voleva, andava a dormire da lui. I due s'intendevano appena: Sorge non parlava il giapponese e lei ignorava sia il tedesco sia l'inglese.

Il 18 ottobre 1941, la polizia giapponese andò ad arrestare Sorge. Hanako non era presente. Il 7 novembre 1944, Sorge, assieme a Osaki, fu impiccato. Hanako-san non ne seppe nulla. La famiglia di Osaki andò a prendere il cadavere, ma nessuno si fece vivo per prendere in consegna quello di Sorge. Avrebbe dovuto essere cremato, ma siccome in quei giorni difficili di fine guerra non si trovava della benzina, venne sepolto a Zoushigaya, un cimitero per poveri e vagabondi nelle vicinanze del carcere di Sugamo dov'era avvenuta l'esecuzione. Il suo nome fu scritto su una semplicissima tavoletta di legno.

Solo nel 1945 Hanako-san venne a sapere che il suo amico Sorge era stato ucciso. Nel 1947 apprese che era stato sepolto in qualche parte di Tokyo e si mise a cercarlo. Lo avevano cercato anche gli americani, arrivati in Giappone nel 1945 come forza di occupazione, ma non erano riusciti a trovarlo: la tavoletta di legno sulla sua tomba di poveraccio era stata bruciata come combustibile e i tumuli non si distinguevano più l'uno dall'altro.

Un bel giorno però un becchino venne a trovare Hanako-san e le disse di aver trovato un cadavere che poteva interessarla: era certo quello di uno straniero perché le ossa erano troppo grandi per un giapponese. Hanako-san corse a vedere e non ebbe dubbi: si trattava di Sorge. Da brava infermiera riconobbe il femore rotto della gamba destra che, in seguito a una ferita nella prima guerra mondiale, lo aveva sempre fatto zoppicare; riconobbe la sua dentiera. Dal mucchio di ossa poi tirò fuori gli occhiali di Sorge, la fibbia della sua cintura e le otturazioni d'oro dei suoi denti con cui lei si fece fare la fede che porta ancora al dito. La sua testimonianza rimane fino a oggi la prova più importante della morte di Sorge.

«Avrei voluto portarmi via anche le sue grandi scarpe, ma quelle erano ormai troppo marce», mi dice. «Noi giapponesi crediamo che i capelli continuino a crescere dopo la morte, per cui fui sorpresa di vedere che il cadavere era calvo. Mi colpì la dentiera. L'ho riconosciuta subito. Ero ancora giovane quando ci frequentavamo e all'inizio la sua dentiera mi aveva fatto un po' schifo. Dopo aver mangiato la metteva in un bicchiere da dove emanava un bagliore bianco...»

Hanako-san fece cremare il cadavere, acquistò un pezzo di terra nel cimitero di Tama e vi depose le ceneri. Sulla lapide fece incidere in lettere gotiche: «Richard Sorge». Seguiva il testo giapponese: «Qui giace un eroe che ha sacrificato la sua vita contro la guerra e per la pace nel mondo». I tempi erano duri. Essere stata l'amante di una spia era un'onta. I giornali scrivevano che era stato a causa di Richard Sorge che il Giappone era stato sconfitto. Ogni volta che usciva un articolo su Sorge, Hanako-san riceveva minacce anonime e lettere minatorie. Chiunque avesse avuto a che fare con Sorge fu perseguitato e discriminato. La vedova giapponese di Vukelic per anni non riuscì a trovare lavoro e visse di miseria assieme al figlio che aveva avuto da lui. Il fratello di Osaki fu cacciato dall'ufficio in cui lavorava e dall'appartamento in cui abitava. Hanako-san traslocò nella casetta di legno nel quartiere di Mitaka e campò subaffittando tre posti letto agli studenti.

Dopo aver salvato i resti umani di Sorge, Hanako-san si mise in testa di salvarne anche la reputazione. Da trent'anni raccoglie nella sua casetta tutto quello che esce su di lui – i libri sono ormai più di cento – e scrive lettere a giornalisti e autori per correggere gli errori che compaiono nei loro scritti.

Sorge non era il bevitore che la gente dice. Il suo bere era parte delle sue tecniche di camuffamento. Certo che amava le donne, ma si comportava da cavaliere verso quelle che amava. «Credo che questo fosse un lato del suo carattere tipicamente tedesco», mi dice Hanako-san. Nel libro che nel 1949 scrisse su di lui e il loro rapporto, racconta di aver litigato con Sorge una volta sola a causa di un'altra donna: la moglie dell'ambasciatore tedesco a Tokyo, Eugen Ott. «Oggi mi dispiace di avere fatto quel nome. Sorge non se lo sarebbe mai permesso. Era un gentleman, lui.»

Nel 1964 Sorge venne riabilitato: ovviamente non a Tokyo, bensì a Mosca. Dopo un silenzio ventennale i sovietici, d'un tratto e senza apparente ragione, fecero di Richard Sorge un eroe dell'URSS. Hanako-san fu invitata a Mosca (ci è tornata da allora altre due volte) e, dopo lunghe trattative con i diplomatici sovietici a Tokyo (l'allora interprete dell'ambasciata è l'attuale ambasciatore), Hanako-san diede il suo consenso perché la lapide che lei aveva fatto mettere sulla tomba di Sorge fosse cambiata. Sul nuovo granito nero venne inciso anche un testo in russo e, dal momento che gli eroi socialisti non possono aver avuto una vita dissoluta, Hanako Ishi vi è descritta come «moglie» di Sorge. «La parola *ai jin*, 'amante', imbarazzerebbe le delegazioni che vengono in pellegrinaggio dall'Unione Sovietica», mi spiega lei.

L'ambasciata sovietica a Tokyo organizza una gita al cimitero di Tama per tutti i suoi ospiti di rilievo. I marinai delle navi sovietiche che attraccano a Yokohama ci vengono portati in pullman. Per i russi, la foto ricordo davanti alla tomba di Sorge fa ormai parte del tour del Giappone, come gli acquisti di apparecchiature elettroniche nel quartiere di Akihabara.

Da un anno a questa parte, la premura dei sovietici per il mito di Sorge è ancora cresciuta. Un impressionante monumento, fatto di due misteriosi occhi scolpiti in una parete, è stato inaugurato a Baku, la città natale dell'agente e, per il suo novantesimo compleanno, Mosca stessa gli ha dedicato un monumento di tipo real-socialista: un uomo, avvolto in un impermeabile, che passa attraverso un muro.

«Mi sorprende moltissimo come ora riscrivono la storia», dice Hotsuki Osaki, tornato da Mosca dove ha partecipato a un congresso di scrittori e visitato uno dei cinquanta ginnasi ormai intitolati a Richard Sorge. «Un giovane pioniere ha recitato dinanzi a me una storia secondo cui Sorge, pur torturato, non parlò per mesi mentre il suo collaboratore, il poeta Miyagi, si tolse la vita facendo *hara-kiri* pur di non rivelare i nomi dei compagni. Eppure alcuni dettagli sono ormai certi: Sorge cominciò a parlare dopo otto giorni di tortura e Miyagi morì in carcere di tubercolosi.»

La verità sul caso Sorge non interessa ai sovietici. Nonostante tutti i monumenti, i libri, i francobolli e la propaganda, Mosca non ha ancora aperto i suoi archivi, evitando così di rendere pubblico quel che contengono. Restano segreti perfino i messaggi che Sorge riusciva a mandare da Tokyo e che, secondo la leggenda, salvarono Mosca dall'attacco dei nazisti. Segreta resta, a quanto pare, anche la figlia che Sorge si è lasciato dietro nell'Unione Sovietica. Quando Sorge partì da Mosca per venire a Tokyo, la sua moglie russa – la seconda che ebbe – era incinta. La donna morì nelle grandi epurazioni di Stalin e per molto tempo si pensò che alla bambina che le era nata fosse toccata la stessa sorte; ma furono i sovietici stessi, nel 1965, a rivelare che era ancora in vita. «Volevano far partecipare anche lei alle celebrazioni per il gruppo Sorge», mi racconta la signora Yamasaki-Vukelic, anche lei invitata a Mosca. «Mi dissero però che la ragazza, con il suo nuovo nome di orfana, era introvabile.»

La parte sovietica della Sorge-story è probabilmente troppo crudele perché i russi possano pubblicarla. L'uomo che aveva mandato Sorge come agente del Komintern prima a Shanghai e poi a Tokyo, il generale Belzin, fu fucilato durante le purghe staliniane del 1938. La stessa sorte toccò al suo successore. Sorge avrebbe probabilmente fatto la stessa fine se, come gli era stato ordinato dopo l'esecuzione di Belzin, fosse ritornato a Mosca. Ma lui rifiutò.

Il tedesco Sorge era penetrato troppo profondamente nell'apparato militare dei nazisti a Tokyo per non suscitare tra i suoi gestori di Mosca il sospetto che, in realtà, fosse diventato un loro agente. Certo è che Stalin non credeva ai messaggi di questa sua spia. «Indubbiamente Sorge è stato un doppio agente, ma in definitiva era fedele a Mosca», mi dice Ishido Kiyotomo, lo storico del movimento comunista giapponese.

Non è invece chiaro se Sorge sia stato al centro di una trattativa per uno scambio di agenti prigionieri. I russi ne sanno qualcosa, ma non ce lo vogliono dire. «Se fosse stata in corso una trattativa di questo tipo, io ne sarei stato al corrente», mi racconta il generale Seizo Arisuei, capo del controspionaggio dell'Armata imperiale giapponese dal 1942 al 1945 e che sono riuscito a rintracciare, già novantunenne, nella sua ora modesta casa di Tokyo.

Ufficialmente i russi non volevano avere niente a che fare con Sorge. Quando fu arrestato, con l'accusa di essere una spia del Komintern, un portavoce dell'ambasciata sovietica a Tokyo dichiarò: «Si tratta di una provocazione delle SS». E quando la signora Hanako Ishi prima e la vedova di Vukelic poi si recarono, dopo la guerra, all'ambasciata in cerca di aiuto, entrambe furono letteralmente buttate fuori.

La leggenda vuole che Sorge sia stato la più grande spia di tutti i tempi. Con alcune preziosissime settimane di anticipo avrebbe informato Stalin dell'imminente attacco nazista contro l'Unione Sovietica, sbagliandosi soltanto di qualche giorno nelle date; avrebbe avvisato Mosca per tempo che i giapponesi sarebbero avanzati in direzione del Sud-Est asiatico e non in direzione della Russia. Questa notizia avrebbe permesso a Stalin di richiamare un importante contingente di truppe dal fronte siberiano e di attivarle in Occidente contro i tedeschi. Sorge sarebbe «l'uomo che salvò Mosca», secondo il titolo di un libro di Robert Guillain.

Oggi invece sembra più probabile che tutto questo non sia esatto. «L'intenzione dei giapponesi di attaccare a sud e non a nord era sulla bocca di tutti», dice Yukio Kanasawa, uno storico che sta preparando un libro sul dopoguerra giapponese. «Quel che Sorge telegrafava a Mosca non era un segreto di Stato.» Kanasawa pensa che Sorge, già mesi prima di essere arrestato, fosse stato individuato dalla polizia giapponese e messo sotto controllo. L'arresto e lo smantellamento del gruppo Sorge sarebbero stati ordinati e utilizzati dal generale Tojo per eliminare dal governo gli elementi più liberali che, in qualche modo, erano coinvolti con Sorge. E non sarebbe stato un caso che Tojo diventò primo ministro esattamente il giorno precedente all'arresto di Sorge.

Resta un mistero che cosa Sorge facesse in prigione. «Lo sentivo battere a macchina tutto il tempo», mi racconta Takehiko Nakamura, un ultranazionalista coinvolto nell'assassinio del primo ministro Hiranuma e che per questo si trovava in carcere assieme a Sorge. «Dei nostri incontri nel corridoio ricordo solo i suoi occhi infossati e intensi sotto il cappello di paglia che tutti dovevamo portare.»

Quando gli americani arrivarono in Giappone, si misero immediatamente alla ricerca dell'incartamento Sorge. Per loro, Sorge era un uomo che aveva combattuto dalla parte degli Alleati; di conseguenza emisero un ordine per l'arresto degli ufficiali e dei funzionari giapponesi responsabili della sua impiccagione.

«La polizia giapponese ebbe però il tempo di falsificare gli atti», dice sempre lo storico Kanasawa. «Tutti i riferimenti alle intenzioni del gruppo di Sorge di evitare una guerra fra il Giappone e l'URSS e di costruire un mondo pacifista, furono cancellati dai documenti, mentre furono messi in evidenza gli indizi di una 'congiura comunista'.» In quell'operazione scomparve anche il testamento ideologico scritto da Osaki e il diario che, si sa, Sorge aveva tenuto in prigione.

Durante l'occupazione americana del Giappone gli elementi liberali dell'amministrazione militare furono presto emarginati e sostituiti con quelli conservatori. Sorge divenne così la grande spia dei comunisti e il dossier Sorge, pubblicato durante l'ascesa politica di McCarthy, finì per essere usato contro la sinistra americana e per giustificare la caccia alle streghe negli Stati Uniti stessi. Il caso Sorge serviva a dimostrare che una cerchia comunista, simile a quella di Tokyo, esisteva e operava ancora sia in America sia in Europa al servizio di Mosca.

Il mito di Richard Sorge, «la più grande spia della storia», mito costruito prima dai giapponesi e poi, per diversissimi motivi, dagli americani, servì vent'anni dopo ai sovietici. Erano i tempi della destalinizzazione e Sorge, vittima a suo modo dello stalinismo, divenne un eroe dell'URSS. Come combattente proletario, tedesco di origine, ma fedele all'Unione Sovietica, Sorge era un perfetto esempio di quella solidarietà all'interno del blocco orientale che Mosca voleva allora propagandare. Non a caso nella Repubblica Democratica Tedesca furono immediatamente pubblicati libri per bambini che narravano, in versione di favola, la vita generosa di questo eroe «sovietico».

Quel che generalmente persiste da parte di tutte le autorità e i governi coinvolti è un interesse a nascondere la verità su Sorge. Per esempio, nonostante le loro profonde divisioni ideologiche, i cinesi sono, sul caso Sorge, reticenti, esattamente come i sovietici, a rendere pubblico quel che sanno e il Partito comunista fondato da Mao continua a impedire qualsiasi ricerca sui documenti relativi al periodo che Sorge trascorse a Shanghai. «La ragione è semplice», dice il professor Ishido. «In quei documenti si troverebbero le prove del fatto che, grazie alle informazioni ottenute dagli ufficiali tedeschi presso il Kuomintang, Sorge aiutò Mao Zedong a sfuggire ai vari tentativi fatti dall'armata nazionalista di accerchiarlo. E i cinesi preferiscono accreditare i loro successi a se stessi piuttosto che a un agente straniero.»

Per il Partito comunista giapponese, che era stato profondamente coinvolto nell'affare Sorge, l'intera vicenda resta ancor oggi un assoluto tabù. Un'accurata ricostruzione di quel che successe finirebbe per rivelare che molti capi del Partito comunista giapponese, incluso uno dei suoi fondatori e il suo primo presidente dopo la fine della guerra, Sanzo Nosaka, erano stati spie del Komintern e questa, anche nel Giappone di oggi, sarebbe per il PCG una terribile, politicamente pericolosissima onta.

Le tracce del vero Richard Sorge cominciano oggi a scomparire da Tokyo. La casa di cui si parla nella *Casetta di Azabu* (come s'intitola un libro per bambini edito nella Repubblica Democratica Tedesca), in cui la spia era vissuta, è stata distrutta dalle bombe americane. La birreria Rheingold, diventata dopo la guerra una macelleria, ha chiuso recentemente i suoi battenti perché, come sostiene Helmut Ketel, nipote del fondatore, « la comunità straniera a Tokyo non mangia più salame tedesco ». Nell'edificio è invece stato aperto un nuovo ristorante Ketel. La vecchia prigione di Sugamo, dove Sorge andò alla forca, ha dovuto far posto a un condominio e a un parcheggio. In un piccolo giardino rimasto c'è un monumento, non alla memoria di Sorge, bensì a quella dei sette criminali di guerra giapponesi di Classe A, giustiziati nella stessa prigione a conclusione di un processo parallelo a quello di Norimberga. L'iscrizione dice: « Nella speranza di una pace eterna ».

Nel cimitero di Tama, dove molti personaggi giapponesi del passato hanno trovato la loro ultima dimora, i nemici accaniti di ieri si trovano ora a giacere l'uno accanto all'altro. A pochi metri di distanza dal comunista e pacifista Osaki c'è la lapide al generale Yamashita, « la tigre della Malesia », giustiziato dalle forze alleate a Manila come criminale di guerra. A pochi metri dalla tomba di Sorge c'è quella dell'ammiraglio Yamamoto, responsabile dell'attacco a Pearl Harbor di cui – pare – Sorge ha, con dovuto anticipo, informato Mosca.

Tutti riposano definitivamente in pace. Solo a Sorge non è chiaro che cosa possa ancora succedere.

« Dopo la mia morte sarà mia nipote a occuparsi della sua tomba », mi assicura Hanako-san. « Il problema è che anche lei ha già 58 anni. »

Nel Giappone di oggi, dove molti giovani ignorano addirittura che c'è stata una seconda guerra mondiale, Richard Sorge non è più né una storia né un nome conosciuto. L'anno scorso, quando la società fondata dal fratello di Osaki e che oggi si chiama Società per gli studi dell'affare Sorge-Osaki, convocò un congresso, da tutto il Giappone arrivarono a malapena una decina di persone. I più avevano oltre 70 anni. E anche questo è un argomento che i russi usano ora per convincere la signora Hanako Ishi: « In Giappone ormai sono pochi vecchi a occuparsi di Sorge. A Mosca, invece, migliaia di persone tutti i giorni gli porterebbero dei fiori », le dicono.

Per ora Hanako-san ha nettamente respinto la proposta di trasferire la tomba di Sorge nell'Unione Sovietica. Come gesto conciliatorio ha proposto che, come si suol fare in Asia, i russi si portino a Mosca un po' delle sue ceneri, ma loro a questa soluzione si sono opposti. «O tutto o nulla», hanno detto.

Ormai i sovietici sono addirittura disposti, se mai Hanako-san dovesse dare il suo consenso, a trattare con il governo giapponese: le ceneri di Sorge in cambio di quelle di alcuni generali giapponesi caduti in Siberia durante la seconda guerra mondiale.

Ogni straniero in Giappone è colpito dal continuo distinguere che i giapponesi fanno fra sé e tutti quelli che non sono giapponesi. Un giorno lessi che erano persino convinti d'avere le budella più lunghe di tutti gli altri esseri umani e allora decisi di indagare su questa loro idea di essere «unici».

I giapponesi allo specchio

Tokyo, ottobre 1986

Un diplomatico e un banchiere europeo entrano in un esclusivissimo night-club del quartiere Ginza. Appena si siedono, un elegante signore giapponese al tavolino accanto, dice, rivolto al suo compagno di gozzoviglie: «Puzza! Stasera qui puzza!» I due europei fanno finta di non capire e ordinano due whiskey. Il signore giapponese ripete il suo «Qui puzza!» poi, attraverso la hostess, manda ai due un biglietto su cui c'è scritto: «... e state attenti, qui non sarete nemmeno in grado di pagare il conto!» Ci riescono a malapena. Quando il conto arriva è di un milione di lire.

La nuova ricchezza ha reso arroganti i giapponesi e la loro animosità nei confronti dei *gai jin*, la gente di fuori, si manifesta ormai molto più spesso che in passato. «Le dispiace sedere accanto a un *gai jin*?» le hostess della JAL chiedono talvolta, facendo il check-in ai passeggeri di prima classe. Tempo fa la stampa giapponese pubblicò la lettera di uno straniero che raccontava come un suo collega giapponese, col quale viaggiava, avesse ricevuto ripetutamente le scuse del capo steward giapponese «per il disagio di stare accanto a un *gai jin*».

Alcune discoteche nel quartiere di Roppongi sono semplicemente chiuse agli stranieri. «I *gai jin* sono troppo rumorosi», è la pretesa motivazione. Sulla porta della sauna Oban – per soli uomini – nel quartiere di Shinjuku sta scritto: «Gli stranieri sono pregati di non entrare». I *gai jin* di questi tempi sono considerati i portatori dell'AIDS.

Isolani, che il mare separa dal resto del mondo, reclusi, che per più di duecento anni (dal 1638 al 1853) si sono volontariamente impediti ogni contatto con l'estero, i giapponesi hanno sempre avuto grosse difficoltà nei loro rapporti con gli altri. Presi tra un complesso d'inferiorità e uno di superiorità, si rifugiano nell'idea d'essere talmente diversi da tutti gli altri popoli da risultare perciò unici e da non poter essere, ovviamente, compresi da nessuno. «Vi auguro un buon soggiorno in Giappone, ma voglio avvertirvi che voi non ci capirete mai», ripete di anno in anno un professore dell'università di Kyoto, dando il benvenuto agli studenti stranieri che arrivano per studiare il Giappone.

The Roads to Sata, un bellissimo libro, appena uscito, scritto da un giovane inglese, Alan Booth, che a piedi si è fatto quasi 3000 chilometri di Giappone, si conclude con una tipica conversazione dell'autore con un vecchio sull'isola di Hokkaido. Dopo che il giapponese gli ha spiegato che non gli serve a niente conoscere la lingua, viaggiare per il Paese e parlare con la gente, l'inglese gli chiede allora che cosa debba fare. «Niente. Niente. Voi, il Giappone non lo capirete mai.»

Alcuni sostengono che in passato i giapponesi non erano particolarmente consapevoli del loro «essere giapponesi». «Diversamente da voi occidentali, noi non ci siamo mai dovuti confrontare con altri popoli, non abbiamo mai condotto guerre internazionali, ma solo piccole battaglie interne», dice Shichihei Yamamoto, uno storico, proprietario di una piccola casa editrice a Tokyo. «Uno degli avvenimenti più importanti nel nostro passato fu una battaglia durata quattro ore.»

Fu solo a metà del XIX secolo, quando il Giappone si vide costretto ad aprire le proprie frontiere, che il Paese imparò a competere con l'Occidente e a definire la propria posizione. È soltanto da allora che i giapponesi si chiedono chi sono. L'idea dell'unicità del Giappone l'hanno presa dagli stranieri. Il gesuita Francesco Saverio, che nel 1549 giunse nel sud del Giappone, scrisse nel suo diario: «Gli uomini che abbiamo incontrato sono fra i migliori... e mi pare che non incontreremo mai più nessuno che sia degno di un giapponese». Da allora lo stupore e l'ammirazione per la diversità dei giapponesi hanno determinato la percezione occidentale di questo Paese e dei suoi abitanti. I giapponesi ne hanno fatto capitale.

Da dieci anni a questa parte, i giapponesi studiano una nuova materia, il *nihonjin ron*, la « teoria della giapponesità ». Decine di tavole rotonde, di programmi televisivi e saggi hanno per oggetto il Giappone. I libri che spiegano « l'uomo giapponese » all'uomo giapponese sono già più di mille. Molti sono diventati dei bestseller. Uno, tutto fondato su un preteso parallelismo fra i giapponesi e gli ebrei, ha venduto in un anno un milione di copie. Ogni aspetto della « giapponesità » viene doviziosamente trattato: dal « pensiero giapponese » al « sorriso giapponese ». Non molto tempo fa ha fatto la sua comparsa nelle librerie un volume dal titolo *Il naso giapponese*.

« La giapponesità è diventata la vera e propria religione del Giappone », dice il professor Yamamoto. « I giapponesi stessi sono i suoi dèi. » Che già in origine sia stato così? Lo shintoismo è la religione primordiale dei giapponesi e m'ha sempre colpito il fatto che nel tabernacolo, sull'altare principale dei templi shintoisti, al posto di un'immagine di dio o un suo simbolo, qui c'è uno specchio, come se davvero il dio fossero i giapponesi stessi che ci si riflettono.

Recentemente un membro della facoltà di Medicina dell'università di Tokyo ha pubblicato un libro, apparentemente scientifico: *Il cervello giapponese: unicità e universalità*. Sulla base di diagrammi e di schemi colorati fatti al computer, il dottor Tadanobu Tsunoda ci dimostra che la testa dei giapponesi funziona diversamente da quella di tutti gli altri esseri umani. Secondo questa teoria, i giapponesi sono giapponesi perché parlano il giapponese. Siccome la lingua giapponese è molto più ricca di vocali delle altre lingue (*ooo oooo oo ooo* per esempio significa: « il re coraggioso nasconde la propria coda quando esce »), il cervello dei giapponesi, grazie alla precoce e duratura esposizione a questi suoni, si svilupperebbe prima di quello degli altri umani. In vent'anni di esperimenti, il dottor Tsunoda ha anche constatato che i giapponesi elaborano le vocali nella parte sinistra del cervello, mentre gli altri popoli le elaborano in quella destra. Questo spiegherebbe, sempre secondo il dottor Tsunoda, perché i giapponesi finiscono per avere la parte sinistra del cervello molto più sviluppata dei *gai jin*.

Quel che sorprende è che questo libretto, inteso per la ristretta cerchia della comunità scientifica giapponese, sia diventato un bestseller nazionale. È forse perché esiste un inconscio, ma diffuso desiderio giapponese di possedere qualità che altri non hanno?

I test effettuati dal dottor Tsunoda dimostrano, per esempio, che i giapponesi sono «persone estremamente sensibili che dall'ascolto delle cicale e di altri insetti traggono un senso di riposo». Gli occidentali, al contrario, sarebbero assolutamente indifferenti a questi suoni. «Per i *gai jin* quei suoni delicati sono come il rumore di una carretta o il brusio di un condizionatore d'aria», scrive lo Tsunoda. E i giapponesi se ne rallegrano.

L'idea che i giapponesi siano gli unici a vivere in una particolare armonia con la natura è molto diffusa. Ne è convinto lo stesso Nakasone. Nell'aprile di quest'anno, il primo ministro, davanti a un migliaio di ospiti invitati ad ammirare la fioritura dei ciliegi nei giardini imperiali di Shinjuku, ha detto d'avere, sì, visto delle piante di geranio alle finestre degli europei durante il suo recente viaggio nel nostro continente, ma che i giapponesi restano l'unico popolo a saper davvero godere dei fiori.

La sfruttano per esempio nelle conferenze internazionali, durante le quali spiegano di dover agire «in modo giapponese», evitando così di rispettare l'ovvio principio della reciprocità. Il Giappone è, per esempio, l'unica nazione al mondo che non riconosce i test dei medicinali eseguiti all'estero, cioè su stranieri. Da poco tempo alcuni preparati farmaceutici stranieri possono essere venduti anche qua... ma solo se gli stranieri su cui sono stati fatti i test vivono in Giappone! L'anno scorso il MITI, nel corso di una conferenza internazionale, ha fatto dimostrare da un professore universitario che la neve giapponese è unica, ossia più umida e più soffice di quella europea, e che quindi soltanto gli sci giapponesi sono adatti a questo Paese. Gli sci importati non garantirebbero la necessaria sicurezza.

L'idea della propria unicità compensa il giapponese di tutti i suoi complessi d'inferiorità. Perché se da un lato i giapponesi trovano i *gai jin* puzzolenti (la parola che usano è «puzzatori di burro»), dall'altro il loro modello di bellezza è straniero. La moda, per esempio, si serve ormai per quasi tutta la sua pubblicità di modelle e modelli occidentali. I giapponesi non si trovano belli. All'inizio del secolo, lo scrittore Soseki Natsume annotò nel suo diario, tenuto durante un soggiorno a Londra, com'era disperante vedersi così piccolo, brutto e cadaverico rispetto agli europei. Due anni dopo lasciò l'Inghilterra profondamente depresso.

Appena lasciano il loro Paese, i giapponesi si sentono goffi e sprovveduti. È per questo che ogni grande azienda giapponese ha un ufficio speciale incaricato d'insegnare agli impiegati che stanno per recarsi all'estero come comportarsi sugli aerei, nei ristoranti e negli alberghi occidentali. I corsi durano di solito alcune settimane.

Un ambasciatore giapponese, Ichiro Kawasaki, che ha servito il suo governo a Buenos Aires e a Varsavia, ha scritto nel suo libro *Japan Unmasked*: «Di tutte le razze al mondo i giapponesi sono fisicamente i meno attraenti, a eccezione forse dei pigmei e degli ottentotti». Per la sua sincerità ha perso il posto.

La teoria dell'unicità è nata alla fine del secolo scorso, durante l'epoca Meiji, quando migliaia di stranieri arrivarono in Giappone per insegnare ai giapponesi i princìpi della tecnologia e delle scienze occidentali. La teoria fu inventata come difesa psicologica contro l'influsso di questi *gai jin*. Il fatto che la stessa teoria riaffiori oggi, a quarant'anni dalla sconfitta nella seconda guerra mondiale, e con tanta veemenza, comincia a preoccupare molti intellettuali. Allora portò allo sciovinismo e all'ultranazionalismo degli anni '30. Questa volta a che cosa porterà? «Ribadendo l'unicità del Giappone ridaremo vita a quell'intolleranza che in noi è sempre in agguato», scrive in un editoriale il quotidiano *Nihon Keisai Shimbun*. Da «unico» a «migliore» il passo è breve.

Il motivo di tanta arroganza? Il primo ministro Nakasone l'ha spiegato con grande semplicità: «La razza giapponese è eccellente perché, sin dai tempi della dea Amateratsu, i giapponesi sono rimasti puri come il migliore sakè, quello fatto esclusivamente di riso». Due anni fa Nakasone ha ripetuto la sua teoria a Hiroshima: «Abbiamo raggiunto tanto perché da duemila anni la nostra razza non si è mai mischiata a nessuna razza straniera».

Questa dell'omogeneità razziale è una ragione citata spesso per spiegare anche gli odierni successi economici del Giappone. Allo straniero che domanda perché il tasso di criminalità qui sia più basso che in Occidente, le autorità rispondono: «Perché noi siamo un popolo più omogeneo». Inversamente sostengono che il declino dell'industria automobilistica americana è cominciato con l'ingresso degli operai neri nelle fabbriche di Detroit.

I pregiudizi giapponesi contro gli stranieri sono più marcati del solito quando il *gai jin* è per giunta di colore. Una classe giapponese che corrispondeva allegramente con una classe di bambini americani ricevette improvvisamente dal preside l'ordine di troncare ogni scambio di lettere. La scuola aveva scoperto che i corrispondenti americani erano neri.

L'idea che le minoranze ostacolano lo sviluppo di un Paese è qui molto diffusa e il solito Nakasone l'ha ribadito il 22 settembre scorso quando, davanti a un'assemblea di giovani membri del suo partito, ha dichiarato che i giapponesi sono più intelligenti degli americani perché i neri, i portoricani e i messicani abbassano il livello medio del QI statunitense. I giapponesi, in generale, non considerano la discriminazione un fatto riprovevole. La praticano loro stessi all'interno della loro società.

I 700.000 discendenti dei coreani arrivati in Giappone trecento anni fa per cercare lavoro o quelli trascinati qui e messi ai lavori forzati all'inizio di questo secolo continuano a essere considerati come stranieri e persone di seconda classe. I circa due milioni di *burakumin*, ossia gli intoccabili dei vecchi tempi, sono ancor oggi una minoranza disprezzata. Dopo il 1975, quando c'erano da sistemare alcune centinaia di migliaia di profughi venuti dalla Cambogia e dal Vietnam, il Giappone ne accettò a malincuore soltanto qualche migliaio. I profughi indocinesi – era la scusa di Tokyo – non avrebbero saputo adattarsi all'omogenea società giapponese.

In verità i giapponesi non sono affatto omogenei. Basta camminare per le strade di Tokyo per imbattersi in giapponesi che somigliano a mongoli, in altri che paiono filippini, ma questo non li distoglie dal continuare a tenere alto il mito della loro omogeneità. Anche a costo di nascondersi delle storiche verità. L'anno scorso sono stati improvvisamente fermati gli scavi archeologici in un'antica tomba imperiale vicino alla città di Osaka, con la scusa che l'aria fresca avrebbe distrutto gli oggetti d'arte che conteneva. La vera ragione, ovviamente mai espressa, era che i reperti di quegli scavi potevano confermare la temuta ipotesi che gli antenati della famiglia imperiale, di «puro» sangue giapponese, erano in verità coreani. Secondo il mito, la famiglia imperiale giapponese discende in linea diretta dalla dea del sole Amateratsu e, benché nel 1946 l'imperatore fu costretto a dichiararsi «umano», nei libri di scuola di oggi si legge di nuovo che tutta la razza discende dagli dèi.

Il pensiero della «razza pura» venne gonfiato durante la seconda guerra mondiale. La propaganda ufficiale dell'epoca ribadiva che, grazie alla loro unicità e quindi purezza, i giapponesi si distinguevano dagli altri popoli e che in quanto «razza divina» spettava loro il compito storico di dominare i popoli inferiori. Dopo che il generale Yamashita nel 1941 ebbe sconfitto gli inglesi e conquistato Singapore, la gente di Tokyo ripeté soddisfatta una sua famosa dichiarazione: «I bianchi, secondo il loro stesso scienziato Darwin, discendono dalle scimmie. Noi giapponesi discendiamo dagli dèi. Questa guerra fra scimmie e dèi è ovvio chi la vincerà!»

Per la generazione dei giapponesi che oggi ha raggiunto la mezza età e della quale fa parte anche un uomo come Nakasone, il ricordo della propaganda sulla «razza pura» resta vivo, come resta viva la convinzione che le altre razze, in particolar modo quelle asiatiche, siano inferiori. È per questo che la gente del Sud-Est asiatico ha enormi difficoltà nel trovare casa a Tokyo e che agli studenti di medicina malesi, indonesiani o filippini non è consentito di fare il loro praticantato su pazienti giapponesi.

Quando Nakasone disse quel che pensava dell'intelligenza giapponese e di quella americana inquinata dai neri, a sentirlo c'erano una cinquantina di giornalisti locali, ma nessuno di loro riferì le sue parole. Quel che il primo ministro aveva detto non faceva notizia: la pensano tutti come lui. Fu solo quando l'organo del Partito comunista *Akahata*, «Bandiera rossa», pubblicò il suo discorso e questo fu ripreso dalla stampa americana che scoppiò lo scandalo e Nakasone fu costretto a scusarsi a destra e a manca.

Poco prima il ministro della Pubblica Istruzione Fujio aveva affermato che, secondo lui, i giapponesi non avevano più bisogno di vergognarsi del loro ruolo nella seconda guerra mondiale, come a dire che il Giappone non è più a suo agio nel ruolo di sconfitto e di capro espiatorio al quale è stato condannato negli ultimi quarant'anni.

Oggi il Giappone è il primo Paese creditore del mondo; è il Paese con il più alto reddito pro capite, il Paese che moltissimi stranieri indicano ammirati come esempio, il Paese che presto supererà Stati Uniti e Gran Bretagna per l'ammontare di ricchezza che possiede fuori delle proprie frontiere. Eppure questo gigante economico resta un nano politico; resta una sorta di scolaretto sempre in pericolo di essere sgridato da una qualche maestra. Se il suo primo ministro va a rendere omaggio ai caduti per la patria al tempio di Yasukuni, ecco che Pechino protesta indignata. Se i libri di scuola presentano una loro versione di come si è svolta la seconda guerra mondiale, ecco che tutti gli altri Paesi dell'Asia insorgono furiosi. È comprensibile che i giapponesi comincino ad averne abbastanza d'essere trattati come i paria della società internazionale.

Il ministro Fujio non aveva messo tempo in mezzo per fare il suo punto. Appena assunto l'incarico aveva detto che:

– i cosiddetti «scempi» compiuti dai giapponesi in Asia non sono scempi, perché «uccidere non è un crimine quando si è in guerra»;
– il processo di Tokyo che, allo stesso modo di quello di Norimberga, condannò a morte otto gerarchi del vecchio regime è stato «un processo arbitrario condotto dai vincitori contro i vinti»;
– le bombe atomiche sganciate dagli americani su Hiroshima e Nagasaki, con le centinaia di migliaia di vittime che fecero, erano probabilmente ancora meno etiche dei massacri e delle distruzioni militari per opera dei giapponesi in Asia.

Nakasone, specie a causa delle reazioni degli stranieri a quel discorso, fu costretto a chiedere le dimissioni di Fujio, ma quando questi uscì per l'ultima volta dal suo ministero, centinaia d'impiegati si affacciarono alle finestre per battergli le mani.

È comprensibile che i giapponesi vogliano occupare nel mondo un posto commensurato alla loro nuova ricchezza. «Nel XIX secolo la Gran Bretagna instaurò un ordine economico internazionale di cui si mise alla testa. Gli Stati Uniti fecero lo stesso nel XX secolo. È tempo che il Giappone s'inventi un sistema internazionale che rifletta i suoi interessi», ha scritto di recente un economista dell'Istituto per le indagini economiche Nomura di Tokyo. I giapponesi si stanno preparando a questo ruolo globale e, siccome sia gli inglesi sia gli americani hanno influenzato il mondo non solo con la loro economia ma anche con la loro cultura, i giapponesi si chiedono ora quale contributo culturale possano dare al mondo assieme alla loro moneta forte.

Al settimo piano del ministero della Pubblica Istruzione di Tokyo, un piccolo gruppo di persone selezionatissime sta mettendo a punto, sotto la guida del professor Takeshi Umehara, quell'Istituto internazionale per lo studio del Giappone che Nakasone ha tanto voluto. Si aprirà a Kyoto, impiegherà una sessantina di studiosi di varie discipline e disporrà di un budget di un miliardo di yen. «Il nostro compito sarà quello d'identificare la specificità della cultura giapponese per poterla passare al resto dell'umanità», mi dice il professor Umehara, lieto di espormi le sue teorie e le sue aspettative. Notando che sono italiano, aggiunge: «In futuro gli stranieri dovranno essere in grado di citare il nostro poeta Basho come noi siamo in grado di citare Dante».

Molti, specie nei Paesi vicini dove il Giappone ha pochissimi amici, si preoccupano di una possibile recrudescenza di questa «nuova arroganza giapponese», come l'ha definita il quotidiano *Asahi*. Per altri è cosa fatta. Scrive Jared Taylor nel suo recente libro, *Shadows of the Rising Sun: a Critical View of the Japanese Miracle*: «Da quando i giapponesi hanno ripreso a pavoneggiarsi, l'avere a che fare con loro diventa sempre più sgradevole».

Il Giappone con tutti i suoi problemi era, giornalisticamente parlando, un continuo stimolo, specie per la testa. Si trattava di leggere molto, di incontrare gente, esperti. Quel che mi mancava però era l'avventura, la sfida a fare qualcosa di difficile, al limite del rischio. Quando il vulcano di Oshima esplose, la popolazione venne evacuata e l'accesso all'isola proibito, mi misi in viaggio.

La voce del fuoco sacro

Isola di Oshima, dicembre 1986

LA terra è nera e sconvolta. Fuma, gorgoglia, sibila. Dal profondo del gigantesco cratere si alza ogni tanto una voce oscura, sinistra, come quella di mille treni che attraversano rombando una galleria. Là dentro, una forza straordinaria sta giocando con pezzi di roccia; li fonde, li liquefà, sputando in aria la poltiglia incandescente...

In piedi sull'orlo del vulcano Mihara, sull'isola di Oshima, a 120 chilometri da Tokyo, non mi tranquillizza la visione dell'azzurrissimo cielo, né quella del monte Fuji che si erge, sereno, all'orizzonte. Quassù mi coglie il sentimento opprimente della mia sprovvedutezza, mi attanaglia la paura che il mondo che mi circonda, così calmo e bello, possa ogni momento saltare in aria con un semplice *bang!* E io con lui.

Con questo sentimento i giapponesi nascono, con questa paura attraversano la vita.

Il Giappone è uno dei Paesi più precari del mondo. 144 vulcani sono sparpagliati per l'arcipelago e 78 sono attivi. A questi si aggiungono i vulcani ancora sconosciuti che giacciono sotto il fondo marino, sempre pronti a formare nuove isole o a inghiottire qualcuna di quelle esistenti, come spesso è accaduto. L'arcipelago giapponese grava su due piattaforme della crosta terrestre che si sovrappongono. L'una tende verso il nord, l'altra verso il sud.

Fra l'una e l'altra bolle uno dei più grandi fossi di magma del globo terrestre. « Stiamo andando alla deriva in un mare infuocato », scriveva recentemente il quotidiano *Mainichi* in un suo editoriale.

Vulcani e terremoti vanno di pari passo. Il Giappone viene scosso in media da 1000 tremori all'anno. Quando un terremoto avviene sotto il mare, sulle coste del Paese si abbatte la *tsunami*, un'onda unica e gigantesca, alta fino a 20 metri. L'ultima, sei anni fa, inghiottì in un baleno 104 persone fra cui una donna svizzera. A tutto questo si aggiungono i soliti tre o quattro tifoni dell'anno.

Nel corso dei secoli i bambini giapponesi hanno imparato a temere quattro cose: il terremoto, il tuono, il fuoco e il padre, esattamente in quest'ordine. Le cose non sono cambiate: li temono ancor oggi. Né scienza né tecnologia possono farci granché. Tutt'al più possono calcolare la frequenza statistica dei disastri naturali: Tokyo, per esempio, ogni sessant'anni viene colpita da un terremoto di dimensioni terrificanti. Siccome l'ultimo è stato nel 1923, il prossimo è, statisticamente, già in ritardo di tre anni. Secondo tutte le previsioni, quel terremoto sarà preceduto dall'eruzione di un vulcano. Per questo il 21 novembre, quando il vulcano Mihara su quest'isola di Oshima cominciò improvvisamente a rigurgitare colonne di lava le cui scintille infuocate si vedevano fin dalla costa, su tutti i teleschermi del Paese apparve un annuncio ufficiale: « Non abbiate paura! Questo non è ancora l'atteso grande terremoto ». Due giorni dopo, però, con le eruzioni del Sakurajima nel sud e del Kikurachki nel nord del Paese, molti giapponesi han creduto che la fine fosse ormai vicina.

Oshima, un lembo di terra catapultato in alto secoli fa dall'eruzione di un vulcano sottomarino, si trova a ovest di Tokyo, davanti alla penisola di Izu. A detta dei geologi fu una seconda esplosione sottomarina a dar vita sull'isola al vulcano Mihara, alto 758 metri. Negli anni '30, questo Mihara era diventato una delle mete predilette da chi voleva suicidarsi. La moda incominciò nel 1933, quando una giovane studentessa di letteratura si gettò nel suo cratere bollente, lasciandosi dietro una poesia per un'amica. Dopo di lei si gettarono nel cratere in media tre persone al giorno, per lo più giovani. Con la fine della guerra invece i candidati al suicidio hanno preferito buttarsi in mare dalla roccia di Nishikigakura, sulla penisola di Izu.

Per gli abitanti di Oshima, il vulcano Mihara è l'unica attrazione turistica di cui possano vantarsi. Alla sua sacra presenza hanno eretto un tempio e in memoria delle sue vittime hanno posto una serie di piccoli Buddha lungo la strada che porta alla vetta. L'unico monumento sulla piazza di Motomachi, la piccola capitale distrettuale dove attraccano i vaporetti che arrivano da Tokyo, è una pietra di lava alta tre metri catapultatasi durante l'ultima eruzione nell'anno 1777. Alcuni volantini pubblicitari nelle cabine telefoniche invitano i visitatori a formare il numero 04992-23700 per poter ascoltare la registrazione della «voce del fuoco sacro».

Gli ultimi rantoli del Mihara si udirono nel 1974. Dopodiché il vulcano s'era zittito e i turisti si diradarono. Per i gitanti era diventato più attraente restare sulla penisola di Izu per andare a vedere i 400 coccodrilli importati dal Sud-Est asiatico nel parco Atakagawa o per ascoltare «la voce della giungla» al capo Hirosaki, dove una ditta privata ha ricostruito i tropici sotto un gigantesco tendone di plastica. Una volta dentro, si ha proprio la sensazione d'essere nella giungla, col chiacchierio delle scimmie e lo strombazzare degli elefanti diffuso da altoparlanti nascosti nel fogliame.

È per questo che il 15 novembre, quando il vulcano Mihara ha ricominciato a rugliare, la prima reazione degli abitanti di Oshima è stata di gioia: «la voce del fuoco sacro» avrebbe riportato loro masse di turisti. Ma la loro felicità è durata poco. Il pomeriggio del 21 novembre, colonne di fuoco salivano al cielo, la lava colava in direzione di Motomachi, e alla 195ª scossa il governatore di Tokyo, da cui Oshima dipende, ha deciso l'evacuazione totale dell'isola. Nel giro di pochissime ore, 39 navi mercantili e da guerra sono entrate nel porto e la mattina dopo i 10.580 abitanti di Oshima, più alcune centinaia di turisti, erano già sistemati in un campo profughi a Tokyo. La sola vittima è stato un vecchio, morto d'infarto. Un'operazione perfetta.

Sull'isola deserta è stato proclamato lo stato d'emergenza. Nessuno le si può avvicinare. Due navi da guerra la sorvegliano, elicotteri militari e della polizia sorvolano i campi e i villaggi abbandonati, telecamere automatiche tengono d'occhio il cratere. I pochi giapponesi ammessi assomigliano a guerrieri su un campo di battaglia. Ognuno porta un'uniforme: i 72 funzionari metropolitani di Tokyo sono in grigio, i 349 pompieri sono in nero, i 149 poliziotti che dominano la scena sono in blu scuro. Gli scienziati portano il nome delle loro rispettive università su una fascia gialla legata al braccio destro; tutti si proteggono il capo con un elmetto bianco. Al molo sono ancorate tre navi da passeggeri che fungono da albergo e ristorante per i poliziotti e gli altri funzionari, pronte a portarli via tutti se il vulcano dovesse eruttare ancora.

Io ci sono arrivato con un amico giapponese e un po' di fortuna, dopo aver affittato una piccola barca con cui abbiamo finto di andare a pesca. Quando stava per far buio abbiamo attraccato appena fuori del porto e da lì ci siamo mossi a piedi senza che nessuno osasse poi chiederci se eravamo autorizzati.

Più che da un'eruzione, l'isola sembra sia stata colpita da una bomba al neutrone, da un vento che ha risucchiato via soltanto le persone. Il vulcano non ha provocato alcun danno e la città di Motomachi è assolutamente intatta. Le case sono vuote, le porte sprangate, ma luce, acqua e telefono funzionano normalmente. Quando il sole cala nel mare, le luci al neon dei negozi e dei ristoranti abbandonati si accendono automaticamente. Lungo le strade si accendono le lampade e i semafori continuano a funzionare costringendo le macchine della polizia a fermarsi agli incroci deserti ogni volta che compare il rosso. Ovunque trotterellano solitari cani e gatti che i profughi hanno dovuto lasciarsi dietro. Non stanno male: uno dei compiti della polizia è quello di distribuire sacchi pieni di cibo per gli animali abbandonati che, a vederli, sembrano diventati anche troppo grassi.

Sono passate tre settimane, eppure gli abitanti di Oshima non hanno ancora ricevuto il permesso di tornare a casa loro. Era poi giustificata l'evacuazione? Probabilmente no. «Gli abitanti dell'isola non erano a rischio», sostiene il più famoso vulcanologo francese, Renaud Vie-le-Sage, venuto in Giappone per vedere il Mihara.

Per Shunichi Suzuki, il governatore di Tokyo, il problema era un altro. Per lui si trattava di dimostrare che sapeva far fronte a una piccola situazione di emergenza come quella di Oshima, per rassicurare i dodici milioni di abitanti della municipalità di Tokyo che, nel caso della grande catastrofe prevista per la capitale, egli sarà in grado di tenere in pugno la situazione. Sarebbero bastate un paio di vittime a Oshima per renderlo impopolare (ad aprile deve presentarsi alle rielezioni) e per impaurire l'intera capitale. Facendo partire tutti non ha corso rischi. Ora non vuol correrne facendo rientrare la gente.

Gli scienziati non gli hanno potuto dare alcuna garanzia in tal senso. «L'eruzione del Mihara era prevedibile, ma non la sua pericolosità», dice il professore Kentaro Tazawa, che da 32 anni dirige l'istituto meteorologico di Oshima. Nel corso degli ultimi mille anni il Mihara è esploso in media ogni 145 anni. Dalla sua ultima eruzione ne erano già passati 206.

Tokyo ha seguito l'episodio di Oshima con il fiato sospeso. La televisione trasmetteva ogni ora un rapporto sulla situazione e ogni giorno i grandi quotidiani mandavano degli elicotteri con giornalisti a bordo a sorvolare il cratere in fiamme. Il Canale 4 ha perfino spedito sull'isola, con le dovute autorizzazioni, una squadra di salvataggio perché andasse a prendere il cane abbandonato dai genitori di una nota stella del cinema.

Non c'è dubbio nella testa dei giapponesi che nel prossimo futuro Tokyo sarà vittima di un terremoto colossale. Lo dicono gli scienziati e lo conferma tutta una letteratura – sempre più alla moda – sulla fine del mondo. Un libro, uscito qualche anno addietro, fa iniziare il grande terremoto con l'eruzione del monte Fuji, il simbolo del Giappone. Il suo autore è uno scienziato dell'Istituto statale per la previsione delle catastrofi naturali e il suo libro è diventato un immediato bestseller.

«Un'eruzione del Fuji è probabile e recentemente abbiamo registrato vari terremoti direttamente sotto la sua vetta», dice il professore Toshi Asada, capo di un gruppo di sei scienziati che dovranno consigliare il governo quando a Tokyo sarà proclamato lo stato d'emergenza. «Ma il pericolo più imminente non viene dal Fuji.» Il professor Asada è convinto, come tanti, che il terremoto ci sarà, ma quel che teme più di ogni altra cosa è la reazione della popolazione alle prime scosse. Studi recenti rivelano che già con un'intensità-5 la metà della gente agisce in maniera inconsulta, mentre a intensità-6 quasi il cento per cento delle persone si comporta in modo assolutamente irrazionale.

Anche nel caso del grande terremoto del 1923, che resta ancor oggi nella coscienza collettiva come un incubo, il panico fu la causa principale del grande numero di vittime. Cominciò poco prima di mezzogiorno. La gente corse in strada senza spengere i fuochi su cui stava cucinando il pranzo. Scoppiarono così più di 10.000 incendi, le persone non trovarono via di scampo e 140.000 bruciarono vive.

Qualcosa di analogo potrebbe succedere di nuovo. Secondo uno studio compiuto a Tokyo dalla Taisho Marine and Fire Insurance Company, nel caso di un nuovo, grande terremoto, le strade resterebbero intasate dal traffico e nel giro di pochi minuti il calore delle case in fiamme farebbe esplodere i serbatoi di benzina delle auto. I più pericolosi sarebbero i taxi.

I grattacieli di Tokyo sono tutti a prova di terremoto, ma lo stesso non è vero per le centinaia di depositi di gas delle industrie chimiche, ora allineati lungo la baia di Tokyo. Il pericolo è che, in caso di terremoto, quei gas si volatilizzino, formando nuvole velenose sopra l'intero territorio. È per questa evenienza che le macchine aziendali assegnate ai dirigenti più importanti sono state equipaggiate con maschere antigas. Le grandi società tengono già computer di scorta in città lontane, come Osaka, per il caso in cui l'elettricità venisse a mancare a Tokyo, e alcuni esperti hanno addirittura suggerito che la sede governativa fosse fin da ora spostata fuori della capitale per garantire una guida al Paese nel caso della grande calamità.

Sotto tutti gli edifici pubblici della capitale sono già stati organizzati depositi di coperte, biscotti e acqua potabile e ogni primo settembre, anniversario del terremoto del 1923, l'intera capitale si esercita nelle misure antisismiche. Tutti i grandi magazzini hanno un reparto che vende quel che serve alla sopravvivenza e moltissime famiglie tengono appeso accanto alla porta di casa un sacco con alimentari, fiammiferi e medicinali.

A sentire il professor Asada, l'epicentro del terremoto non sarà a Tokyo ma un po' più a ovest, attorno alla città di Shizuoka, sulla penisola di Izu. Nelle città della costa infatti sono già stati eretti cartelloni che indicano alla popolazione i luoghi in cui deve raccogliersi in caso d'incendio. «Non possiamo evitare il terremoto, ma prevedendolo in tempo, possiamo evitare il panico e quindi salvare molte vite», dice il professor Asada. «Il panico è catastrofico in se stesso.»

Asada e il suo gruppo ricevono i loro dati da tutti i centri sismici del Paese; ricevono inoltre i rapporti di due costosissimi sensori elettronici recentemente calati sul fondo marino nonché le misurazioni che riguardano il capo Omae, a ovest della città di Shizuoka, che sta scivolando sempre più profondamente nel mare. Da questi rapporti trarranno i segnali che annunciano il grande terremoto. Il gruppo si riunisce ogni tre mesi e ogni volta che registra un'anomalia. In quel caso però si riunisce segretamente perché la semplice notizia del suo riunirsi potrebbe bastare a far scoppiare il panico.

«L'indicazione più importante dell'incombere di qualcosa di

grosso consisterà nel venir meno di tutti i terremoti piccoli», dice il professor Asada, che pensa di poter dare alla popolazione un preavviso sufficiente perché possa prendere i provvedimenti necessari.

In questo senso l'evacuazione di Oshima è stato un ottimo esempio del perfetto controllo della popolazione. L'evacuazione è stata portata a termine prima che la gente si fosse comportata irrazionalmente e tutti gli ordini dati dalle autorità sono stati eseguiti a puntino. «Questo sta a dimostrare che siamo una società di bambini», scrive nella rivista *Shincho* Matsuro Morimoto, l'unico giornalista giapponese che abbia messo pubblicamente in discussione la necessità dell'evacuazione.

Secoli di catastrofi naturali hanno fatto dei giapponesi quel che oggi sono: un popolo obbediente, tenace e disciplinato che si assoggetta a una rigida organizzazione sociale perché la ritiene vitale. La disponibilità a vivere in un clima di emergenza è stata sfruttata politicamente con la continua richiesta di sacrifici, a volte anche eccezionali. Fino al 1945 c'era l'emergenza della guerra, poi quella della sconfitta. All'inizio degli anni '70 c'era lo shock del petrolio; oggi c'è quello della guerra commerciale a mantenere in riga la gente.

Nell'emergenza i giapponesi funzionano a meraviglia. L'evacuazione di Oshima lo ha dimostrato: tutto è stato previsto, pianificato ed eseguito fino nei minimi particolari. Davvero nei minimi, insignificanti particolari.

Prima di ripartire dall'isola ho messo una monetina in un telefono pubblico della città deserta e ho composto il numero 23700. Volevo ascoltare la versione reclamizzata della «voce del fuoco sacro». Dopo il primo squillo ho sentito invece una gentile, ferma voce di uomo, registrata su nastro, che diceva: «Il servizio è stato temporaneamente sospeso. Date le circostanze sarebbe sconveniente».

Facendo seguito all'accordo Londra-Pechino per la restituzione di Hong Kong, il 26 marzo del 1987 portoghesi e cinesi conclusero quello per la restituzione di Macao. Ero stato nel territorio portoghese per la prima volta nel 1967 durante le drammatiche manifestazioni delle Guardie Rosse. Da allora c'ero tornato spesso, a volte per passare nottate nei suoi casinò, a volte con la famiglia per sfuggire alla claustrofobia di Hong Kong. Fui contento di andarci, questa volta dal Giappone, per una decina di giorni.

Macao: un viaggio nel tempo che finisce

Macao, aprile 1987

SE la storia avesse un odore sarebbe quello di questa città all'alba, quando le chiese son deserte e le case da gioco ancora affollate, quando i mendicanti si levano dalle panchine del lungomare e le coppie infreddolite guardano nelle vetrine dei prestasoldi gli orologi, le catenine d'oro, le penne stilografiche lasciate in pegno e perse da altri giocatori.

Dall'alto dei loro piedistalli, eroi e santi di pietra puntano le loro spade e le loro croci occidentali contro il cielo d'Asia che si rischiara. Dai templi cinesi si levano zaffate d'incenso e mormorii di preghiere. Sulle acque giallastre della baia, dove sfocia il Fiume delle Perle, scivolano giunche di legno a vele spiegate.

L'alba a Macao non è l'inizio di un nuovo giorno, ma solo un momento nell'eterno avvicendarsi di oscurità e di luce, come l'alternarsi del rosso e del nero nelle ruote delle roulette che qui non si fermano mai. Sul labirinto di misere catapecchie cinesi e cadenti ville portoghesi si erge, imponente, la chiesa di San Paolo. Non resta che la facciata, ma proprio quella, con le sue finestre come occhi ciechi contro il vuoto, è il monumento più espressivo a tutte le grandiose speranze del passato e il simbolo più calzante del loro fallimento.

Macao, sedici chilometri quadrati di terra europea sulla costa della Cina, dove da 400 anni uomini di diverse culture, spinti dalla fede o dalla superstizione, in cerca di ricchezza e piaceri, hanno giocato le loro vite e le loro fortune, è stata la prima base dell'Occidente in Asia. Ora è anche l'ultima.

L'accordo è stato stipulato: il 20 dicembre 1999, dieci giorni prima della fine del secolo, il Portogallo restituirà Macao, col suo mezzo milione di abitanti, alla Repubblica Popolare cinese. Questo avverrà due anni e mezzo dopo che gli inglesi avranno restituito alla Cina la colonia di Hong Kong. «Hong Kong e Macao sono due strascichi irrisolti della storia», hanno detto i comunisti cinesi dal 1949 e Deng Xiaoping ha voluto che i suoi successori entrassero nel XXI secolo senza questo fardello. Prima ha forzato l'accordo per Hong Kong, poi quello per Macao. Per la completa riunificazione del Paese manca ancora Taiwan, ma quello è un problema di natura completamente diversa: è un problema fra cinesi. «Con il ritorno di Hong Kong e Macao nell'abbraccio della madrepatria le ultime tracce del colonialismo vengono rimosse», ha scritto trionfante il *Quotidiano del Popolo*.

Per Lisbona, la perdita di Macao è una questione puramente sentimentale. Da vari decenni i portoghesi non ricavano da Macao alcunché e varie volte hanno tentato di restituire la minuscola penisola con le sue due isolette alla Cina. La prima volta fu nel 1966, l'ultima nel 1974. I cinesi hanno sempre rifiutato. «Siete stati qui a sfruttarci per 400 anni, ora ci state finché lo vogliamo noi», è stata la risposta. Per i cinesi il fatto che Macao battesse bandiera portoghese e che, dietro la facciata di un'amministrazione straniera, loro potessero farci tutti i traffici che volevano era di grande comodità.

Macao è sempre stata per Pechino un'ottima fonte di soldi, non solo quelli fatti esportando i loro prodotti, ma, specie negli ultimi anni, quelli fatti in base a una non ufficiale, ma sostanziale, fetta dei proventi dei casinò. Non è un mistero per nessuno che, ogni settimana, camioncini blindati partono carichi di banconote dal cortile di una delle banche controllate da Pechino per il breve viaggio oltre la frontiera segnata da una vecchia porta dove le uniche guardie sono ormai quelle cinesi.

Macao nacque per un reciproco tornaconto. I portoghesi, all'apice del loro potere sui mari del mondo, cercavano un punto d'appoggio per le loro navi che da Goa facevano rotta verso il Giappone; i cinesi, proprio in quel momento, cercavano qualcuno che li liberasse delle bande di pirati che imperversavano lungo le loro coste meridionali. I portoghesi coi loro cannoni fecero a polpette quei briganti e il Celeste Impero diede loro come ricompensa il permesso d'installarsi sulla piccola penisola di Macao e sulle due isolette adiacenti, Taipa e Coloane. Era l'anno 1557.

Al contrario di Hong Kong 300 anni dopo, Macao non fu dunque un bottino di guerra, non fu strappata alla Cina con la forza. E, al contrario di Hong Kong, Macao non fu concepita esclusivamente come un centro di commercio e di guadagni, ma piuttosto, nell'ottica portoghese del tempo, come un centro di civiltà occidentale in Asia. Per questo la città, di stile assolutamente mediterraneo, che i portoghesi costruirono sulla costa deserta della provincia di Canton, ebbe fin dall'inizio non solo varie chiese, un seminario, un ospedale, ma anche un teatro e un'università.

Fu così che Macao divenne il punto di raccolta di avventurieri, missionari e navigatori che da qui partirono non solo per vendere, comprare e conquistare, ma anche per esplorare e convertire. Da qui venne il prete che diede alla lingua vietnamita un alfabeto e quello che per primo vide le rovine di Angkor. A Macao fecero base quelli che vollero cristianizzare il Giappone. Da Macao passarono straordinari gesuiti come Matteo Ricci per andare alla conquista dell'anima della Cina. La Madonna che ancora adorna la facciata-rovina di San Paolo non calpesta, come avviene nell'iconografia tradizionale, un serpente, simbolo del peccato, ma un drago, simbolo della Cina. Quel sogno di convertire le immense masse atee dell'Asia non si è mai realizzato – la Cina resta profondamente non cristiana, il Giappone ancor più –, ma il ricordo di quel sogno è in ogni angolo di Macao, nelle iscrizioni dei monumenti, nelle cantilene che si levano dalle scuole tenute ancora oggi dagli ultimi vecchi religiosi.

I portoghesi permisero a chiunque volesse di stabilirsi qui e Macao, nel corso dei secoli, diventò un rifugio per ogni sorta di perseguitati e di profughi. Luís Camões, il grande poeta del Portogallo, evitò la galera a Lisbona esiliandosi qui e qui scrisse la sua grande opera *Os Lusiadas*. George Chinnery, il pittore irlandese, venne qui per sfuggire ai suoi creditori e a un'orribile moglie e vi rimase per 27 anni, fino alla sua morte nel 1852. Nel 1937, quando il Giappone invase la Cina, migliaia di cinesi si rifugiarono a Macao sotto la protezione portoghese. Nel 1941, quando anche Hong Kong cadde in mano alle truppe del Sol Levante, centinaia d'imbarcazioni stracariche di gente arrivarono qui e Macao raggiunse il suo massimo storico in popolazione: 600.000 persone. In tempi più recenti, 20.000 cinesi della Birmania, che nessuno voleva, hanno trovato casa a Macao. Giovani cinesi, figli d'immigrati in Indonesia, che all'inizio degli anni '60 erano stati mandati, per patriottismo, a studiare a Pechino e che erano stati poi perseguiti durante la Rivoluzione culturale, sono finiti a Macao.

Allo stesso modo sono finiti qui i profughi armeni, vietnamiti, cambogiani, oltre ai meticci di tutti i territori un tempo portoghesi; mezzi sangue indiani di Goa, mezzi africani dell'Angola, del Mozambico e di Timor hanno trovato rifugio a Macao. Nel 1962 arrivarono alcune camionate di ciechi e di storpi. In Cina erano considerati «bocche improduttive» e vennero spinti oltre frontiera. A Macao se ne occupò la Santa Casa della Misericordia. Molti sono ancora a giro per le strade, armati solo d'una ciotola d'alluminio in cui fanno saltellare una moneta, producendo un suono monotono e ossessivo che è tutto una miseria. Centinaia di lebbrosi hanno anche loro trovato rifugio a Macao.

«Macao è l'ultima stazione della speranza», dice padre Mario Aquistapace, un salesiano cacciato via dalla Cina comunista nel 1949, cacciato via dal Vietnam comunista nel 1975 e che ora, parroco di una piccola chiesa sull'isola di Coloane, sa quel che lo aspetta. Ogni domenica, padre Mario finisce la messa alzando le braccia al cielo e, rivolto verso la Cina, che si vede a poche centinaia di metri nel riquadro della porta spalancata, urla: «Vade retro, Satana».

Da sempre Macao è stata anche un centro di vizi e di giochi. Uomini e donne di diverse razze e Paesi, con vite sprecate altrove, hanno cercato a Macao l'occasione di una nuova esistenza o di nuovi piaceri. I bordelli della famosa Rua da Felizidade erano fra i più rinomati d'Asia, le sue fumerie d'oppio fra le più raffinate.

Il gioco d'azzardo più vecchio e tradizionale è il *fan-tan*: il croupier usa un bicchiere capovolto per prendere, da un cumulo, una manciata di bottoni che separa lentamente con un lungo bastoncino di legno in gruppi di quattro. I giocatori, quando i bottoni sono ancora nascosti sotto il bicchiere, scommettono su quanti ne resteranno alla fine della conta: quattro, tre, due o uno solo.

Da quando la prostituzione è stata ufficialmente abolita, la Rua da Felizidade è diventata la strada del cibo. A parte la carne di cane e di serpente, i vari ristoranti e banchetti offrono piatti a base di tutti gli animali il cui commercio è teoricamente proibito: dalle civette ai pangolini. L'odore dolciastro e piccante del cibo, quello marcio della spazzatura si mescolano a quello delle processioni e delle feste religiose che si svolgono per le strade.

L'ultimo grande funerale di Macao fu nel 1964, quando l'ultimo rampollo di una delle più vecchie famiglie della colonia finì in pace la sua vita tutta dedita alla ricerca del piacere. Si racconta di lui che, da vecchio, si facesse leccare da capo a piedi da una schiera di vergini che aveva al suo servizio. La prostituzione fiorisce oggi dietro le quinte e le Triadi, le società segrete dei gangster cinesi, controllano circa 200 *villas*, piccole pensioni in cui sono disponibili più di mille ragazze. Il gioco d'azzardo è entrato a tal punto nelle vene della città che oggi la vita stessa di Macao è controllata e distrutta da quell'attività. Poveri pescatori e operai delle fabbriche sperperano in pochi secondi i loro guadagni di giorni. Oltre che nei cinque grandi casinò, appartenenti a una società che impiega più di 10.000 persone e i cui due maggiori azionisti sono due multimilionari di Hong Kong (Stanley Ho e Henry Fok, il secondo in ottimi rapporti con Pechino), a Macao c'è da scommettere sulle corse dei cavalli, su quelle dei cani, sul gioco della pelota e su decine di lotterie.

Più di 4 milioni di persone visitano Macao ogni anno. La stragrande maggioranza è costituita da cinesi che vengono da Hong Kong, dove ogni gioco d'azzardo è proibito... Permetteranno i cinesi che i casinò continuino le loro operazioni dopo il 1999? «Se avranno rispetto della storia tutto continuerà», dice Stanley Ho. «Il gioco è parte della tradizione di Macao.» Su questo punto i cinesi non si sono pronunciati. All'inizio dell'anno, in occasione di un elegante banchetto offerto da Stanley Ho per celebrare il 25° anniversario del suo monopolio sul gioco a Macao, nessuno dei funzionari cinesi invitati per l'occasione si fece vivo. Ma Stanley Ho ha già fatto la sua mossa: poco prima che cinesi e portoghesi firmassero l'accordo per il «ritorno di Macao nell'abbraccio della madrepatria», nel 1999, lui è riuscito a ottenere dall'attuale governo di Macao che la sua licenza sui giochi venisse prolungata fino all'anno 2001.

A causa del gioco d'azzardo c'è stata di recente un'enorme crescita della criminalità. Quando i giocatori non hanno più nulla da offrire alle 22 case di pegno che stanno aperte giorno e notte attorno ai casinò, l'ultima speranza sono i «banchieri privati», membri delle Triadi, che prestano i soldi «all'ora». Gli interessi possono essere fino al cento per cento. Come garanzia dei loro prestiti, i giocatori sono costretti a lasciare il passaporto. Se il debito non viene ripagato, il giocatore finisce in una delle «prigioni private» della città finché un parente o un amico non viene dalla colonia britannica a riscattarlo.

Fra le varie attività delle Triadi c'è anche quella di pattugliare di notte la frontiera per attuare, prima della polizia, retate di gente che cerca di entrare illegalmente a Macao dalla Cina. Le ragazze carine vengono avviate alla prostituzione nelle decine di «ville con pensione» che punteggiano Macao, quelle più brutte vengono vendute alle famiglie benestanti come domestiche. Siccome queste ragazze non hanno documenti e possono essere arrestate in qualsiasi momento come immigranti illegali e rimandate in Cina, molte finiscono per restare anni a lavorare in questo tipo di clandestinità, chiuse in casa, senza poter uscire. Ogni anno, in media, più di 50.000 cinesi cercano di passare la frontiera.

Per le strade di Macao si può comprare di tutto: un tavolo con tre gambe, un cuscinetto senza sfere, un vaso della dinastia Qing, una vergine o la morte di un nemico. Nel 1982, due canadesi ricevettero un anticipo di mezzo milione di dollari da due agenti nordcoreani per assassinare il presidente della Corea del Sud. I due finirono davanti a un tribunale in Canada.

Al tempo in cui Pechino non aveva ancora normali relazioni diplomatiche con l'Occidente, Macao venne usata come terreno di addestramento per le spie cinesi. Oggi viene ancora usata a questo scopo dalla Corea del Nord. Gli uomini di Kim Il Sung operano dietro la copertura di un piccolo ristorante, di una società d'import-export e di una che vende ginseng e prodotti afrodisiaci.

Uno degli ultimi grandi traffici di Macao è il contrabbando di antichità e di tesori nazionali cinesi. Unità dell'esercito di liberazione identificano le tombe in Cina, i contadini scavano e una rete di complici che coinvolge commissari politici, funzionari delle dogane e della Protezione dei monumenti fa arrivare la roba fino a Macao. I grandi antiquari di Tokyo e New York hanno qui i loro uomini che passano le giornate giocando a *mah-jong* nelle case da tè in attesa della notizia di una consegna o di «un'asta» che avverrà a bordo di una delle giunche nella baia. Gran parte degli importanti pezzi cinesi, finiti negli ultimi anni da Sotheby's e Christie's a Londra e New York, sono stati contrabbandati dalla Cina attraverso Macao.

Che cosa cambierà con il ritorno di questo territorio alla Cina? I cinesi hanno detto, ripetuto e alla fine anche messo per iscritto nell'accordo firmato con il Portogallo che, una volta ritornata sotto l'amministrazione di Pechino, Macao potrà mantenere per altri 50 anni il proprio sistema sociale ed economico, ma come questo sarà possibile è la grande incognita. Qui come a Hong Kong. « La gente di Macao governerà Macao », ripetono fino alla noia gli emissari di Pechino, ma tutti sanno che già oggi non è più la gente di Macao ma i cinesi di Pechino a fare il bello e il cattivo tempo della città. I portoghesi stessi non hanno più alcun controllo su Macao.

Al tramonto, quando i ministri e i segretari escono dal palazzo rosa del governatore sul lungomare con le loro borse piene di documenti e, sotto lo sguardo di guardie cinesi, vanno verso le loro macchine con autisti cinesi con mediterranea prosopopea, sembrano gli attori di una *pièce* storica, i personaggi di un film in costume che si ripete e si ripete. Le leggi di Macao sono ancora scritte in portoghese, i giudici, tutti portoghesi, in tribunale possono solo parlare il portoghese e il governatore fino a qualche mese fa non rispondeva a lettere che non fossero scritte in portoghese, ma l'amministrazione portoghese di Macao non sa neppure quanta gente vive effettivamente nel territorio.

Lo sanno però i cinesi di Pechino che, attraverso la loro società Nam Kwong, importano ogni chicco di riso che gli abitanti mangiano. Attraverso le loro banche, le loro società d'import-export, i loro sindacati, la metà dei giornali e le loro associazioni di quartiere, i comunisti cinesi hanno ormai completamente in mano le sorti di Macao. Ai portoghesi resta davvero poco o nulla: non controllano lo spazio aereo sopra Macao, né le acque che le stanno attorno. Come per ricordare a tutti chi comanda davvero qui, i cinesi mandano ogni tanto un paio di motovedette con la bandiera rossa a gettar l'ancora proprio dinanzi alla casa del governatore.

Sempre più di frequente, i cinesi mandano anche battelli carichi di turisti a guardare da lontano il capitalismo. « In passato erano gli europei e gli americani a venir qui per dare un'occhiata ai comunisti di oltre frontiera. Ora avviene il contrario », dice il direttore dell'albergo Pousada de Santiago.

Ogni sera, quando nel teatro del Lisboa Hotel si alza il sipario sul Paris Crazy Horse Show, la stragrande maggioranza degli spettatori è costituita da turisti venuti dalla Cina. Contadini e operai, accompagnati dai loro commissari politici, stanno immobili sulle poltrone imbottite, a bocca aperta, dinanzi a dodici nudissime signorine bionde, occidentali, che ballano attorno al simbolo di tutti gli altri sogni cinesi: un'enorme radio con un mangiacassette di plastica. Per paura di mostrarsi troppo entusiasti, nessuno batte le mani e gli unici applausi che si sentono sono quelli registrati e trasmessi dagli altoparlanti alla fine di ogni numero. Ma ai tavoli di black jack e di baccarà s'incominciano a vedere funzionari cinesi nella loro classica giacca alla Mao.

Nonostante tutte le promesse di Pechino sul futuro di Macao, chiunque ha una possibilità di scappare scappa. Scappa persino la Chiesa che, pur dichiarandosi ufficialmente ottimista, vende i terreni che possiede nei posti più lucrativi di Macao e compra invece interi blocchi di appartamenti negli Stati Uniti.

Il vecchio padre Texeira, un domenicano che ha scritto più di cento volumi sulla storia di Macao e che ora vive da solo nell'enorme seminario rimasto deserto, ha cominciato a far trasferire a Lisbona i suoi archivi. «Almeno la storia va salvata», dice, deluso che i cinesi non abbiano avuto alcun «rispetto della storia» e abbiano trattato Macao esattamente come Hong Kong. «Noi portoghesi non abbiamo combattuto contro la Cina nessuna guerra dell'oppio, ma alla fine ci hanno trattato come gli inglesi», commenta, con la voce che a malapena copre il rimbombo dei suoi passi sui pavimenti di legno dei corridoi vuoti.

L'unica concessione che Pechino ha fatto ai portoghesi è quella della data: Macao non sarà restituita alla Cina contemporaneamente a Hong Kong, ma due anni e mezzo dopo. «Sarebbe stato meglio all'incontrario», dice un banchiere portoghese, preoccupato del fatto che Macao non ha un suo aeroporto e che tutte le comunicazioni di qui devono passare per la colonia britannica. «Hong Kong è l'unica via d'uscita e se quella a partire dal 1997 è in mano ai cinesi come facciamo a star qui fino al 1999?»

I portoghesi non avranno problemi: andranno in Portogallo. Allo stesso modo i ricchi cinesi potranno emigrare in Canada, in Australia, in America. Ma dove andranno i 10.000 «macaensi», i mezzi cinesi-mezzi portoghesi che qui si considerano una sorta di razza a sé, ugualmente guardati male dalle altre due? Loro sono i più disperati. «Siamo il prodotto d'una storia d'amore fra Occidente e Oriente», dice Enrique Senna Fernandez, avvocato e scrittore. «Possiamo sopravvivere solo a Macao, ma una volta che la presenza europea se ne sarà andata, questo posto non sarà più Macao. Partire è per noi terribile, ma restare è ancor peggio. »

Una volta al mese un gruppo di macaensi si riunisce in una villa di Coloane semplicemente a ricordare il passato di questo straordinario posto « in cui gli uomini potevano discutere in pace e i poeti sognare », come ha scritto uno di loro.

« L'acqua nella baia è bassa e anche un gran vento non solleverà mai onde alte », dice Ma Man Kei, l'uomo di Pechino che cerca di convincere i locali capitalisti cinesi a tenere i loro soldi qui e a investirli nei grandi progetti che la Cina vuol vedere realizzati: un secondo ponte fra la penisola e l'isola di Taipa, un aeroporto, un'autostrada che leghi Macao a Canton e poi a Hong Kong. Tutto questo potrebbe ridare vita a Macao e scrollarle di dosso il torpore di oggi. Ma nessuno è sicuro. Quel che comunque già ora, con la certezza del 1999, finisce è il passato, il grande passato di questo avamposto dell'Occidente in Asia.

Chi, arrivato da Hong Kong, si ferma a guardare la città dalla veranda dell'Hotel Belavista, ha sempre l'impressione di aver fatto un viaggio nel tempo più che nello spazio. Sul menu dell'albergo, Austin Coates, un poeta inglese vissuto per decenni in Oriente, ha scritto l'epitaffio a questa unica, irripetibile esperienza chiamata Macao:

Qui giace un crociato
spada e cippo coperti
dalla verzura dell'oblio.

Fin dal suo *Prima della rivoluzione* ero stato un grande ammiratore di Bertolucci. Così, quando seppi che avrebbe presentato, in prima mondiale alla cerimonia di chiusura del Festival del cinema a Tokyo, il suo film sulla Cina, mi detti da fare per essere invitato.

Bertolucci in Cina

Tokyo, ottobre 1987

BELLO, ma falso. *L'ultimo imperatore* è una grande – costosissima – occasione sprecata. Da un regista col passato di Bertolucci, che affronta la particolarissima vita di un personaggio fuori del comune come Pu Yi, messo sul trono della Cina a tre anni, spodestato a sei, rimesso sul trono del Manchukuo dai giapponesi, fatto prigioniero dai sovietici e da questi poi consegnato a Mao come « criminale di guerra », c'era da aspettarsi o la storia corale di un popolo straordinario, in uno dei momenti più drammatici e laceranti della sua lunga esistenza – la fine di un impero millenario e l'inizio di una dittatura moderna –, o la storia personale di un uomo che nasce « figlio del cielo » e muore « cittadino » nella sacrilega prospettiva del comunismo asiatico che, per fare una nuova società, cerca anzitutto di rifare nuove le anime della gente.

Il film di Bertolucci non è né questo né quello. *L'ultimo imperatore* è un'infilata di splendide cartoline illustrate mandate da un Paese che non è mai esistito. La Cina di Bertolucci, quella imperiale come quella rivoluzionaria, non è in nessun modo la Cina, ma quello strano « altro » continente come se lo son voluto e continuano a volerselo immaginare certi occidentali. La storia del Pu Yi bertolucciano nella Città Proibita agli inizi di questo secolo non è quella di un nobile cinese in un impero morente, ma quella che sarebbe stata la storia di un europeo che fosse diventato imperatore di Cina. Lo stesso è il Pu Yi adulto: non un cinese dedito alla sua più tradizionale arte, quella di sopravvivere, non il vero Pu Yi depravato, corrotto, mezzo grullo e mezzo cieco di cui parlano i contemporanei. Dopo che tanti intellettuali occidentali hanno fatto il viaggio di andata, ma fortunatamente anche quello di ritorno, nei confronti del comunismo cinese, Bertolucci scopre di nuovo quell'acqua calda, ormai intiepidita da tempo, che è la «rieducazione».

Bertolucci si meraviglia che, al contrario che in Europa, dove i criminali di guerra sono stati giustiziati, in Cina Pu Yi venga invece «miracolosamente e misteriosamente» liberato. Solo l'ingenuità di un neofita di cose cinesi può spiegare tale meraviglia. Il fatto è che, dopo tutto quel che è stato scritto e detto sull'argomento del *gulag* cinese, questa ingenuità non ha più alcuna giustificazione. Accettare di fare, nella Cina di oggi, un film non su un personaggio esotico e storicamente così lontano da essere quasi leggenda, come Marco Polo, ma su un tema così politico e vicino come la fine della vecchia Cina e la nascita della nuova vuol dire necessariamente mettersi al servizio della propaganda di Pechino. Tanto più quando, non avendo alcuna conoscenza del Paese e della sua gente, lo straniero come Bertolucci, il suo sceneggiatore, Mark Peploe, e tutta la troupe, son dovuti per ogni dettaglio e ogni bicchier d'acqua dipendere dai cinesi selezionati dal partito e dagli organi della sicurezza per occuparsi appunto degli stranieri, specie di quelli che, per mestiere, come i giornalisti o i cineasti, vanno poi a raccontare al mondo qualcosa della Cina.

Per quanto paradossale possa sembrare, le immagini – in astratto belle e suggestive – che Bertolucci mette con *L'ultimo imperatore* sullo schermo servono la causa cinese, come i commissari politici di oggi a Pechino la concepiscono. Ed è proprio perché ne vedevano l'utilità che i cinesi hanno dato la loro cooperazione all'opera, è per questo che il più famoso attore cinese, ma guarda caso anche vice ministro della Cultura, Yin Ruochan fa nel film la parte – tutt'altro che realistica – del carceriere-benevolo, rieducatore di Pu Yi, invece di quella del carceriere-lavandaio di cervelli.

I compromessi che Bertolucci ha dovuto fare nel corso della lavorazione del film sono ovvi. Bertolucci aveva cominciato col voler girare un film sulla decadenza, ha finito invece per farne uno sulla metamorfosi di un uomo che passa, come lui stesso scrive nella *brochure* di presentazione, «dalle tenebre alla luce». Non è questo miele puro negli orecchi degli agit-prop di Pechino? Bertolucci ha creduto di affermare la sua libertà di artista quando al Pu Yi, versione ufficiale, uomo debole e indeciso, simbolo della decadente, corrotta vecchia Cina, ha aggiunto alcune tracce di moralità, alcuni princìpi e con ciò una capacità di almeno iniziale resistenza alle varie manipolazioni di cui è vittima. Ma proprio con questo non ha fatto che rendere ancora più credibile la conversione di Pu Yi da « imperatore a cittadino » e mostrare l'efficacia del sistema di rieducazione che al regista pare essere la versione oriental-confuciana della nostrana psicoanalisi.

La storia della rieducazione nella Cina del dopo '49, come quella nel Vietnam successivo al 1975, è invece una storia di orrori e di violenze. Il fatto che Pu Yi sia stato messo in uno dei campi a miglior regime conferma solo la grande abilità illusionista di cui i comunisti cinesi sono maestri. Dietro la liberazione di Pu Yi dopo dieci anni di rieducazione nel campo di Fushun non c'è alcun « miracolo », né « mistero », solo lo straordinario acume politico di Zhou Enlai che, fin dal primo momento, aveva preso in mano l'affare Pu Yi e l'aveva messo al centro di una brillante operazione di relazioni pubbliche. Per i comunisti cinesi, mostrare che persino l'imperatore-traditore poteva essere oggetto della benevolenza socialista, e poteva essere riformato al punto da diventare un « cittadino modello » della Repubblica Popolare, era la riprova del mito che la Nuova Cina intendeva proiettare di sé sia all'interno sia all'estero.

Da qui le cene intime dell'ex imperatore con il primo ministro comunista, da qui l'autobiografia che Pu Yi non scrisse, ma che fu scritta per lui e che divenne – per ordine del partito – un bestseller. Con il suo film, fondato appunto su quella biografia, Bertolucci non fa che contribuire a quello stesso mito. È interessante come, nell'intento di voler ricostruire fedelmente il campo di rieducazione, Bertolucci abbia usato foto apparse nel libro di propaganda pubblicato da Pechino su Pu Yi; è interessante che i suoi prigionieri, nell'ora di libertà, facciano la ginnastica tradizionale della « lotta contro le ombre » come i prigionieri nelle cartoline della propaganda statale.

Le scene della Rivoluzione culturale sfiorano il ridicolo con le Guardie Rosse che, secondo Bertolucci, durante una dimostrazione contro gli elementi di destra si esibiscono per le strade di Pechino in una sorta di balletto da avanspettacolo. Ugualmente falsa è la rappresentazione della vecchia Cina. Secondo i testimoni del tempo, la Città Proibita era decrepita e cadente: numerosi cortili, tanta era l'incuria, erano coperti d'erba e gli abiti di molti cortigiani erano ridotti a brandelli, rosi dalle tarme e pieni di pidocchi. La Città Proibita di Bertolucci è pulita e ridipinta di fresco, gli abiti dei cortigiani sono dorati e imperlati come i costumi degli attori dell'opera di Pechino e non come quelli della vecchia corte.

Il lavoro di Bertolucci è durato quattro anni ed è costato 25 milioni di dollari. Già durante la lavorazione, la pubblicità attorno al film è stata notevole. Sulla scia di questo lavoro, e certo per cavalcare l'onda dello sforzo pubblicitario legato all'*Ultimo imperatore*, sono già nate due altre opere. Una è una biografia di Pu Yi scritta da Edward Behr, il veterano corrispondente di *Newsweek*, l'altra un film fatto in fretta e furia a Hong Kong sugli ultimi anni del «cittadino» Pu Yi, ma con lunghi flash-back su tutto il passato.

Il ritratto di Pu Yi fatto da Behr e dal film di Hong Kong, che, pur nato col titolo *Drago di fuoco*, proprio in questi giorni è stato presentato nelle sale cinematografiche di Tokyo con lo stesso titolo del film di Bertolucci, è eccellente; il personaggio Pu Yi è molto più ambiguo, più corrotto, più morboso e con ciò più accurato e più vicino alla realtà di quello di Bertolucci. La Cina sullo sfondo del film di Hong Kong è molto più veritiera, più precisa di quella di Bertolucci. Edward Behr, da bravo giornalista, è andato a informarsi, a chiedere a chi sapeva; Li Hanxiang, il regista del film di Hong Kong, è un cinese che ha lavorato in Cina. I due, pur per vie diverse, hanno saputo cogliere la verità dietro la facciata delle cose e non si son fermati, attoniti, dinanzi all'apparente sapienza di alcuni aforismi confuciani rifritti dai comunisti cinesi.

Per Bertolucci la Cina, prima di andarci a girare *L'ultimo imperatore*, era un affascinante mistero. Tale sembra essergli rimasta.

È incredibile, ma i giapponesi son convinti d'avere sulle loro isole tutto: dalla tomba di Cristo alle piramidi, dalla perfetta replica di una cittadina tedesca al castello « originale » di Babbo Natale. Quel che è vero è che in Giappone ci sono esperti di ogni aspetto dello scibile umano. Un giorno scoprii che c'era anche il più grande esperto mondiale de...

La cultura dei gabinetti

Tokyo, 20 marzo 1988

NON ci si pensa spesso, ma i gabinetti hanno una notevole importanza nella vita dell'uomo. I giapponesi l'hanno giusto scoperto e i gabinetti sono ora l'ultima grande moda in questo Paese che non perde un'occasione per essere in testa a tutti e per fare, con questo, soldi.

I grandi magazzini di Tokyo si fanno concorrenza l'un l'altro installando gabinetti sempre più stravaganti per attirare clienti. Noti ristoranti reclamizzano la raffinatezza dei loro vespasiani ancor più che quella del loro cibo. Di gabinetti si parla ai ricevimenti, si discute a seminari scientifici. Il Giappone ha da quest'anno il suo « Giorno nazionale del gabinetto », mentre un Simposio internazionale del gabinetto ha giusto terminato i suoi lavori nella capitale con la partecipazione di 220 delegati venuti da vari Paesi.

Il posto più chic per darsi un appuntamento è, al momento, un delizioso caffè al trentasettesimo piano del modernissimo grattacielo Ark-Mori nell'elegante quartiere di Akasaka: i tavolini, da cui si ha la più straordinaria vista panoramica di Tokyo, stanno in mezzo alla più completa esposizione delle più care, delle più bizzarre tazze da gabinetto di tutto il mondo. Alla cassa si possono comprare souvenir. Fra i più ricercati: rotoli di finissima carta igienica con l'immagine del David e la scritta: CON TANTE SCUSE A MICHELANGELO.

I giapponesi improvvisamente parlano di «cultura dei gabinetti» e l'argomento ha già una sua «letteratura». Aumenta il numero dei «gabinettologi». Il mese prossimo, il Giappone inaugurerà ufficialmente un Museo dei gabinetti, il primo nel mondo – pare – in una cittadina dell'isola di Shikoku il cui nome, Kagawa, in giapponese appropriatamente vuol dire: «il fiume dei profumi».

In commercio ci sono già decine di sofisticatissimi gabinetti – chiamati qui *high-tech toilet* – e un'enorme scelta di sorprendenti accessori, ma la grande battaglia in corso fra le due grandi case produttrici giapponesi è per la costruzione di quello che, nel gergo del settore, viene chiamato «il gabinetto del futuro»: uno in cui l'utente, oltre alle varie normali prestazioni dei gabinetti più moderni, avrà, su uno schermo televisivo, i risultati di un'analisi istantanea della sua fatta.

«All'inizio il tipo di analisi sarà abbastanza semplice, ma presto saremo in grado di collegare elettronicamente i gabinetti con alcuni ospedali specializzati e le analisi saranno le più complete», mi dice il professor Hideo Nishioka, il più grande esperto giapponese, e forse mondiale, di gabinetti.

Nishioka era professore di Geografia Umana alla prestigiosa università Keio quando, agli inizi degli anni '60, la società incaricata di costruire la grande autostrada che collega Tokyo a Nagoya gli chiese il suo parere in materia di gabinetti: a quale distanza costruirli, con quale capacità, eccetera. Da allora Nishioka non ha fatto che ricerche sull'argomento. Ha viaggiato in 72 Paesi per studiare i modi diversi con cui la gente va al gabinetto e, strada facendo, ha messo assieme la più bella collezione privata di carta igienica.

«Solo un terzo della popolazione mondiale fa uso della carta. Gli altri due terzi ricorrono a vari metodi. Io ne ho classificati 14», dice Nishioka che quattro mesi fa ha pubblicato un suo libro di successo: *La storia culturale della carta da gabinetto.*

Secondo Nishioka non pochi eventi storici sono stati determinati dalle abitudini defecatorie dei vari popoli. I greci – dice lui – non sarebbero mai riusciti a sconfiggere i persiani se questi, abituati com'erano a farla nel clima secco e caldo del deserto, non fossero stati decimati dalle epidemie provocate dai loro stessi escrementi che, nel clima umido e freddo delle montagne greche, diventarono fonte di numerose malattie infettive.

Nel corso della seconda guerra mondiale, gli americani riuscirono a sbaragliare i giapponesi sull'isola di Guadalcanal solo grazie a un errore di calcolo. Le spie americane erano riuscite a misurare la quantità di escrementi prodotta giornalmente dalle truppe nemiche nelle apposite fosse comuni, ma poi, credendo che la produzione media di ogni giapponese fosse di cento grammi, invece dei quattrocento effettivi, finirono per sopravvalutare di ben quattro volte la forza nemica e per mandare molti più soldati di quanti ne fossero necessari a conquistare l'isola.

Grazie alla sua conoscenza dell'argomento, il professor Nishioka è stato consulente delle Olimpiadi di Tokyo ed è ora coinvolto nella sistemazione dei gabinetti per le Olimpiadi di Seoul. «Basta un errore nel valutare come una folla usa i gabinetti e tutto può andare storto», dice Nishioka che a questo scopo ha inventato una sua unità di misura: il TOT («tempo di occupazione di una toilette»). In base ad anni di ricerche, Nishioka ha concluso che gli uomini giapponesi stanno in media al gabinetto solo 31,7 secondi al giorno, le donne un minuto e 37 secondi. Uomini e donne occidentali ci stanno quattro volte tanto.

Una delle principali preoccupazioni dell'Associazione giapponese dei gabinetti è il miglioramento delle condizioni dei vespasiani pubblici e una grande campagna nazionale è stata giusto lanciata contro i «4 K»: *kitana*, *kusai*, *kurai*, *kovai*; in altre parole contro i gabinetti che sono sporchi, puzzano, sono bui e fan paura alla gente.

In tutto il Giappone ci sono già 30.000 gabinetti pubblici, ma è giusto stato lanciato un concorso nazionale per la costruzione di alcune centinaia di nuovi. Ogni anno, il 10 novembre, giorno nazionale dei gabinetti, verranno premiati i dieci vespasiani più belli del Paese.

I vari comuni sono ora in lotta per costruire gli esemplari più estrosi. Quelli fatti tipo bar, chiesa, capsula spaziale o tempio buddhista esistono già. Nella città di Ito, nella prefettura di Shizuoka, i sei nuovi gabinetti pubblici, costruiti come fossero delle vecchie case da tè, sono diventati una grande attrazione turistica. «Anche gli stranieri vengono a fotografarli. Mi chiedo solo se capiscono di che si tratta», dice l'incaricato dei lavori pubblici della città.

Per l'intimità dei gabinetti domestici, i giapponesi non hanno che da scegliere. A parte i soliti gabinetti in cui la predella, quando uno ci si siede, si riscalda, ci sono quelli che, appena sentono la pressione di un corpo, si mettono a suonare o a cinguettare e altri che, con o senza musica, eliminano il puzzo grazie a un ventilatore interno che emana profumi. L'ultimo modello elimina l'uso della carta: un getto d'acqua tiepida e poi potenti zaffate d'aria calda lavano e asciugano l'utente. Il modello con i telecomandi per dirigere con esattezza il getto d'acqua costa sui quattro milioni. Siccome, sempre secondo gli studi del professor Nishioka, le donne giapponesi consumano, quotidianamente, in media, 12 metri di carta igienica e gli uomini 3,50 (con la carta igienica che il Giappone usa in un solo giorno si potrebbe avvolgere la terra quattro volte), queste nuove toilette, chiamate *Wash Let*, rappresentano già un grosso risparmio.

Non è detta però l'ultima parola. Alcuni sociologi hanno espresso dubbi su questo tipo di gabinetti: abituare i bambini giapponesi a farla senza carta potrebbe creare loro problemi quando questi dovessero trovarsi in posti dove questo tipo di gabinetti non esiste... soprattutto all'estero.

I costi che derivano dall'uso dei gabinetti sono stati seriamente presi in considerazione dalle grandi aziende giapponesi, specie dopo che alcuni « gabinettologi » hanno scoperto, per esempio, che le impiegate, in particolare le più giovani, durante l'uso del gabinetto tirano varie volte lo sciacquone, ma solo per coprire così i naturali rumori emessi dal corpo in simili circostanze. Considerando che ogni sciacquonata è di cinque litri, che ogni ragazza va al gabinetto in media cinque volte al giorno e che ogni volta tira la catena – o meglio preme il pulsante – almeno tre volte, questo pudore delle giapponesi fa sì che milioni di litri d'acqua vengano ogni giorno sprecati. La soluzione è venuta con il « cancellasuoni », un aggeggio lungo 30 centimentri che, operato da batterie, imita ritmicamente il rumore dello sciacquone. L'aggeggio costa ben 100.000 lire, ma la Fuji Bank, che ha fra i suoi impiegati 5000 donne, dice di aver risparmiato circa 80 milioni grazie all'installazione di 1600 di questi « cancellasuoni » nelle sue filiali.

« Il vero gabinetto del futuro è quello in cui neppure l'acqua sarà necessaria », dice il professor Nishioka. « La verità è che l'uomo è arretrato rispetto a tutti gli altri animali per il modo con cui elimina le sue feci. Gli animali non usano né acqua, né carta e sono pulitissimi. Invece noi dipendiamo da tanti oggetti e strumenti... »

Il mammifero che è ora al centro dell'attenzione dei « gabinettologi » giapponesi è il panda. La ragione è semplice: il panda fa escrementi assolutamente inodori. « Dev'essere qualcosa che ha a che fare col bambù di cui il panda si nutre o con qualcosa che sta nel suo stomaco», dice il professore. Il suo obiettivo, così come quello di una società di Tokyo specializzata nella produzione di cibo in ostie, è di riprodurre questa, per ora segreta, formula del panda per applicarla al cibo degli uomini.

Per i gatti c'è qui già in commercio uno spray che, messo sul cibo dei felini, fa sì che la loro fatta non puzzi. La stessa cosa è in via di perfezionamento per i cani.

«Nel caso degli uomini la ricerca durerà ancora un po'», dice Nishioka, ma il professore è assolutamente convinto che, prima della fine del secolo, la tecnologia giapponese sarà certamente in grado di far in modo che gli escrementi umani siano tipo quelli delle capre: «Palline piccole, secche, facilmente riciclabili e soprattutto inodori».

Grazie a tutti gli aggeggi che sono ormai in vendita, i gabinetti giapponesi hanno sempre più l'aria di cabine di pilotaggio e sono sempre meno quel posto «di pace spirituale» descritto da Junichiro Tanizaki nel suo saggio *L'elogio dell'ombra*. Per il famoso scrittore l'atmosfera di un ombroso gabinetto giapponese, col suo pavimento in legno di canfora, le pareti di carta, la vista sul cielo blu e il muschio verde nel giardino, era «pura perfezione».

Oggi i criteri sono mutati. Nishioka, ai suoi studenti che devono scegliere la società in cui lavorare, spesso per tutta la vita, suggerisce: «Non date troppo peso allo stipendio che vi offrono. Andate piuttosto a guardarvi i loro gabinetti e lì vedrete se l'azienda che vi vuole assumere è buona e solida».

Nell'autunno del 1988 dovevano aprirsi a Seoul le Olimpiadi.

Per la Corea, quello era un appuntamento storico. Per me, un'occasione per fare il punto su un Paese che avevo visitato solo in tempi di violente dimostrazioni studentesche, disordini ed elezioni controverse. Ci rimasi più d'un mese, viaggiando in lungo e in largo.

Corea del Sud: un gambero fra due balene

Seoul, agosto 1988

TETTO dopo tetto, in onde d'infinite curve, la città cresce e avanza. Si arrampica sulle colline, scompare e riaffiora nelle valli. Si srotola giù lungo il fiume, si gonfia di lucidi grattacieli e labirinti di appartamenti moderni per perdersi nelle linee verdi e azzurrine dei monti lontani avvolti di brume. Seoul: un corpo gigantesco che respira, si espande, forte, vibrante, sicuro di sé, pieno di vita e di speranze. Ai sudcoreani piace chiamare la loro capitale «la bellezza allo specchio»: stupenda, ma inafferrabile.

Come l'immagine allo specchio, così anche Seoul è vulnerabilissima, soprattutto ora che ha un appuntamento con la storia.

Il 17 settembre, alle 10.30 di mattina, le XXIV Olimpiadi, le più grandi di sempre, le prime a svolgersi in un Paese che è stato una colonia, si apriranno a Seoul: 13.000 atleti di 161 nazioni (a Los Angeles ne erano presenti 140, a Monaco 123), 15.000 giornalisti e 250.000 visitatori si riuniranno qui per i più grandiosi festeggiamenti che la Corea abbia mai visto.

Potrebbero non essere soli. I caccia della Corea del Nord sono in grado di arrivare sulla città nel giro di un minuto e mezzo, i carri armati nordcoreani possono entrarci in un'ora. La frontiera, una delle più vulnerabili del mondo, è ad appena 56 chilometri di distanza. Un'altra possibilità è che un gruppo di terroristi, sponsorizzato dal regime comunista di Pyongyang, tenti un attacco o che studenti radicali colgano il momento in cui gli occhi di tutto il mondo saranno su Seoul per organizzare una qualche drammatica protesta contro il regime del Sud.

«È il momento più pericoloso della storia coreana», dice C.C. Wills, un banchiere americano. «Basta una bomba per rovinare la festa.» Al successo di questa festa i sudcoreani si sono preparati da anni e le loro aspettative sono alte.

Olympik, *Olympik*: la parola è diventata un'ossessione. Ogni città del Paese, ogni ufficio pubblico, tiene il conto dei giorni che mancano alle *Olympik*, quasi che i coreani volessero assaporare il tempo che manca all'inizio della loro nuova vita. «Le Olimpiadi segneranno la data della nostra rinascita», dice Kim Yong Nae, il sindaco di Seoul.

Ogni Paese dà al fatto di ospitare le Olimpiadi il significato che vuole. Quelle di Tokyo del 1964 – le prime tenute in un Paese «non bianco» – significarono per il Giappone la risurrezione dalle ceneri della guerra e il suo ritorno, da potenza rispettata, sulla scena mondiale. Per la Corea questo non è un ritorno, è un arrivo, perché sul piano internazionale non ha mai contato granché.

La Corea. Dov'è? Che cos'è? «Un luogo nel vento. Un gambero fra due balene», mi dice Lee O Young, uno dei più illustri saggisti di questo Paese.

Attanagliata fra l'immenso continente cinese e il possente arcipelago giapponese, la penisola coreana è stata vittima d'invasioni, conquiste, distruzioni, spesso il campo di battaglia di guerre altrui. Sempre soggiogata, sempre oppressa.

Da millenni i coreani vivono nella loro «terra dalle 10.000 vette, 10.000 isole, 10.000 cascate», ma raramente ne sono stati i padroni. Completamente indipendenti non sono mai stati; mai completamente liberi di esprimere i loro dolori o la loro ira. Costretti dalle circostanze a inchinarsi ai più potenti, hanno imparato a nutrire la loro identità in silenzio, inventando per questo sentimento un'intraducibile parola, *han*, che significa tristezza e speranza, nostalgia di felicità passate e fiducia in un riscatto futuro.

Dai cinesi presero la lingua scritta, le leggi, il sistema di governo, le arti e religioni (perfino il cristianesimo arrivò in Corea attraverso la Cina), e al trono cinese dovettero pagare i loro tributi. I governanti coreani potevano chiamarsi soltanto re e portare le loro offerte soltanto all'Altare della Terra. Il legame diretto con il Cielo era monopolio dell'imperatore cinese.

Eppure, silenziosi, pervicaci, «pieni di *han*», i coreani conservarono attraverso i secoli le loro tradizioni, la loro identità di gente colta. Per molto tempo furono molto più avanzati dei giapponesi, che li ammiravano per la loro superiore conoscenza della civiltà cinese. Il Giappone deve molto alla Corea: un monaco coreano vi portò il buddhismo; architetti coreani aiutarono i giapponesi a costruire i loro primi templi buddhisti. Medici coreani insegnarono la medicina cinese ai giapponesi e artigiani coreani mostrarono loro un modo più raffinato di fare la ceramica. Tutori coreani ebbero l'incarico di educare i prìncipi giapponesi. Nell'anno 815 dopo Cristo, il Giappone fece un censimento delle nobili famiglie del Paese: un terzo era di origini coreane.

I giapponesi non hanno mai riconosciuto questo loro debito culturale con la Corea (il soggetto è ancor oggi un tabù), anzi quando all'inizio del secolo, da nuova potenza militare, occuparono la penisola fecero di tutto per distruggervi ogni traccia di « coreanità ». I giapponesi cercarono di eliminare la lingua coreana, sabotarono il buddhismo coreano, riscrissero la storia coreana e cercarono perfino di estirpare una particolare specie di rosa che i coreani si erano scelti come fiore nazionale. I coreani avevano da secoli rappresentato il loro Paese sotto forma di tigre. I giapponesi la cambiarono in quella del coniglio. Costrinsero i coreani a darsi nomi giapponesi, a giurare fedeltà all'imperatore Hirohito e, lungo le strade del Paese, eressero lapidi con la scritta: IL GIAPPONE E LA COREA SONO TUTT'UNO.

Coreani di mezza età ricordano ancora con rabbia come, da piccoli, venivano puniti per essersi rivolti ai loro maestri di scuola in coreano. La gente della città portuale Kunsan indica ancora ai visitatori gli enormi granai dove i giapponesi conservavano il riso coreano prima di spedirlo in Giappone. A Pusan mostrano le banchine da cui centinaia di migliaia di coreani salparono, costretti ai lavori forzati nelle miniere e nelle fabbriche del Giappone.

Nel 1945, quando l'occupazione giapponese finalmente finì, i coreani non ebbero di che vantarsi. A liberarli erano stati gli americani che, con le loro bombe atomiche su Hiroshima e Nagasaki, avevano messo fine agli schemi imperiali del Giappone. Pochi coreani avevano combattuto contro i giapponesi. I più avevano collaborato e furono proprio quei collaboratori che gli americani utilizzarono per mettere in piedi il nuovo governo coreano del dopoguerra.

« La nostra è una storia di umiliazione e vergogna », dice sempre Lee O Young. « Da secoli siamo una nazione ferita. » Le ferite sono di vario tipo. Quelle inflitte durante la colonizzazione giapponese della Corea (1905-1945) sono visibili ovunque.

Al centro di Seoul, in fondo al boulevard Sejong, di fronte al vecchio palazzo reale, c'è un brutto edificio in granito con una cupola. Lo costruirono i giapponesi perché un indovino di Tokyo aveva sentenziato che là, ai piedi del monte Pugak, abitava lo spirito della Corea. Solo imprimendogli il marchio del loro potere i giapponesi lo avrebbero soggiogato. L'edificio fu quindi progettato nella forma dell'ideogramma del «sole», che è appunto il simbolo del Giappone.

«Per 5000 anni siamo riusciti, malgrado tutto, a rimanere coreani», ripete la gente. Questi 5000 anni vengono dal mito che i coreani discenderebbero da Tan Gun, una figura leggendaria nata dall'accoppiamento di un dio con un orso trasformatosi in donna. Nel 333 avanti Cristo, Tan Gun avrebbe fondato il primo Stato coreano, Chosun. A questo mito i coreani restano legatissimi, come a quello di aver inventato l'orologio solare, quello ad acqua, la grondaia ai tetti e, prima di Gutenberg, persino la stampa. È a tutto questo che i coreani oggi si rifanno, nel tentativo di rafforzare il proprio senso d'identità. La lista di quelle invenzioni è scolpita in infinite pietre disseminate per il Paese. A Seoul è cesellata nella parete di marmo di un elegante ristorante nell'edificio Kyobo frequentato da giovani executive.

La ferita più penosa di tutte è quella che taglia la nazione: una striscia larga quattro chilometri di terra di nessuno, circondata di alte palizzate e filo spinato, spacca la penisola coreana, da costa a costa, più o meno lungo il 38° parallelo.

Il 38° parallelo avrebbe dovuto essere una linea di demarcazione temporanea intesa, nel 1945, a separare le forze sovietiche da quelle americane, tutte e due venute ad accettare la resa giapponese, ma è ancora lì. Nel 1948 furono formati governi rivali: uno comunista nel Nord, sotto Kim Il Sung, con capitale Pyongyang; uno pro-occidentale nel Sud, sotto Syngman Rhee, con capitale Seoul.

Nel 1950, il Nord, nel tentativo di riunificare la Corea con la forza, lanciò un improvviso attacco attraverso il 38° parallelo. Gli Stati Uniti e altre quindici nazioni inviarono le loro truppe in aiuto del Sud. La Cina, allora già sotto Mao, mandò i suoi soldati ad aiutare i comunisti del Nord. Seguì una guerra sanguinosa e, nel 1953, quando si arrivò a un armistizio, i morti erano già più di due milioni.

Da allora le popolazioni delle due parti sono rimaste isolate: non ci sono stati contatti, né scambi di lettere o di visite. Madri che avevano messo i loro figli su un camion che andava al sud, sperando di raggiungerli più tardi, sono rimaste dietro le linee nordiste e non li hanno più rivisti. Nel Sud, una famiglia su quattro ha parenti nel Nord di cui da 35 anni non ha più avuto notizia.

I coreani sentono questa divisione come un'umiliazione ingiusta imposta loro da forze esterne. «La divisione dei tedeschi almeno è stata una punizione per le loro colpe. Dopotutto furono loro a scatenare la seconda guerra mondiale», dice Kim Jun Tai, un poeta di Kwangju. «Ma noi coreani che colpe abbiamo?»

Ancora più umiliante per molti coreani è il fatto che, per difendersi dai loro connazionali del Nord con cui vorrebbero essere riuniti, devono dipendere dalla protezione di una potenza straniera: gli Stati Uniti. Gli Stati Uniti mantengono nella Corea del Sud una forza di 42.000 uomini e 111 installazioni militari, alcune con depositi di armi atomiche. Un generale americano ha il comando di tutte le truppe nel Sud, incluse quelle dell'intero esercito coreano e, teoricamente, persino del suo comandante in capo, il presidente della repubblica.

Nella Corea del Sud la guerra è nella mente di tutti. «Da quando sono nato ho l'impressione di dormire con un occhio aperto», dice un agente di cambio di 36 anni. «Ma non ci vedo niente di strano.» Tutte le strade del Paese sono costruite in modo da poter essere trasformate, nel giro di pochi minuti, in piste d'atterraggio d'emergenza per i caccia. Il Paese ha 600.000 uomini in uniforme e tre milioni in riserva. Il Nord ha un esercito di 880.000 uomini in uniforme e cinque milioni in riserva.

Fin dal 1948 i due regimi hanno fatto a gara per essere la Corea più legittima, quella più prospera, quella più coreana. In un primo tempo ha prevalso la Corea del Nord. Fino al 1965, Kim Il Sung riuscì a trasformare la sua parte del Paese in uno Stato industrializzato con un reddito medio molto più alto di quello del Sud. Poi, attorno alla metà degli anni '60, la situazione si è invertita. La crescita del Nord si è rallentata, quella del Sud è accelerata.

Per importare tecnologia straniera, tutte e due le Coree hanno preso in prestito grandi quantità di denaro. Il Nord non è stato in grado di ripagare, il Sud invece si è fatto la reputazione di «debitore modello». Nel giro dei prossimi sette anni, la Corea del Sud, il Paese più indebitato al mondo, dovrebbe aver restituito tutto. Mentre il Nord è isolato politicamente perfino nell'ambito dei suoi stessi alleati, il Sud ha contatti di ogni tipo, persino con Paesi del mondo comunista, estremamente interessati, ormai, a scambi economici con Seoul.

«La gara è finita, l'abbiamo vinta», dice Suh Sang Mok, uno degli architetti del miracolo economico sudcoreano e uno dei simboli di quella nuova classe di giovani, svégli, preparatissimi e motivatissimi «maghi del capitalismo» alla guida del Paese.

Non c'è dubbio che per molti sudcoreani le Olimpiadi sono la celebrazione di questa loro «vittoria» sul Nord. La vedono però anche come la festa dell'auto-affermazione. «Questo è il momento che attendiamo da 5000 anni», dice Kim Jil Sol, il vice direttore del quotidiano *Chunchon*. «Finalmente possiamo far vedere al mondo intero chi siamo e che cosa siamo riusciti a fare.»

Quel che i coreani hanno da mostrare è certo impressionante, alcuni dicono «miracoloso». Trent'anni fa la Corea del Sud era una terra devastata, abitata da contadini poveri e affamati. La gente si ricorda ancora con emozione di quando viveva in casette dal tetto di paglia, di quando la strada fra Seoul e Pusan non era asfaltata e la capitale era come «un paesaggio lunare segnato da mozziconi di alberi e rovine incendiate». C'era un solo ponte sul fiume Han e quello l'avevano dovuto far saltare i sudcoreani stessi, il 25 luglio 1950, primo giorno della guerra, per ritardare l'avanzata nordcoreana.

Oggi Seoul, con i suoi oltre 10 milioni di abitanti, è per grandezza la quinta metropoli del mondo, segnata da grattacieli moderni in vetro e acciaio. Di ponti sul fiume Han oggi ce ne sono 18. Il Paese ha una delle economie più dinamiche del mondo con uno tra i più alti tassi d'incremento (del 12 per cento negli scorsi due anni, attorno al 10 per cento quest'anno). Produce di tutto: dai blue-jeans alle automobili, dalle scarpe all'elettronica. La Corea del Sud è recentemente diventata il terzo Paese del mondo, dopo il Giappone e gli Stati Uniti, nella produzione in massa dei superchip per computer. I coreani lavorano più di altri popoli al mondo (57 ore settimanali contro le 46 dei giapponesi e le 40 dei tedeschi nella Germania Federale); il loro standard di vita ha raggiunto, almeno sulla carta, quello di alcuni Paesi europei ed è, come dice un funzionario governativo, «già più alto di quello del Portogallo».

Le campagne sono fiorenti. Il 72 per cento delle risaie, di nuovo lussureggianti, appartengono ai contadini che le lavorano. Le famose foreste coreane, che alla fine della guerra erano al 90 per cento distrutte, sono di nuovo splendide: i due terzi della Corea del Sud sono di nuovo coperti di boschi e frutteti. Ci sono 1588 chilometri di strade e l'amministrazione pubblica è onnipresente non solo con stazioni di polizia e caserme militari, ma anche con scuole e uffici postali.

Miang Sal è una manciata di 17 casette di legno con le porte di carta su una delle montagne a nord di Hadong, nella provincia di Kyongsangnam. Non c'è tempio nel villaggio, solo un cumulo di sassi sotto un vecchio albero che, secondo le credenze sciamaniche dei contadini, alberga lo spirito del luogo. La casa di Kang Je Hyen, 62 anni, è come migliaia di case nelle campagne: ha un'aia, un porcile, la stalla per una mucca. Quando la signora Kang fa da mangiare nella sua cucina buia, il calore e il fumo vengono incanalati nella stanza contigua per riscaldare l'*ondol*, il pavimento tipicamente coreano coperto di carta incerata. Nella casa di legno ci sono due bei cassettoni di legno, un televisore, un orologio elettrico e un telefono. «Da quattro anni ogni famiglia di quassù ha un telefono», dice la signora Kang. La vita a Miang Sal è migliorata moltissimo dal 1949, da quando lei ci è venuta a stare. Le dispiace solo di una cosa: «Tutti i giovani se ne vanno nelle città. Chi si prenderà cura della mia tomba?»

Nel 1962 i due terzi dei coreani vivevano nelle campagne e un terzo nelle città. Oggi la proporzione si è rovesciata: nella sola Seoul vive il 25 per cento degli abitanti del Paese. La fiumana dei giovani che si riversano nelle città continua ed è segnata nella gran parte dei casi dall'amarezza e dalla delusione, perché è nelle città che i sudcoreani hanno pagato il prezzo più alto per lo sviluppo «miracoloso» del loro Paese.

Pusan è la seconda città della Corea del Sud, con il porto più importante. Anche se alcune gare olimpiche avranno luogo qua, la città non è ancora stata rimessa a nuovo come Seoul e rimane nel suo insieme il simbolo dei successi e degli smacchi del miracolo economico coreano.

Gli abitanti chiamano Pusan una «città di contenitori»: quelli che giorno e notte si vedono passare direttamente dalle fabbriche al porto per essere spediti all'estero; e quelli in cui vive la gente. I tre milioni e mezzo di coreani di Pusan vivono in un immenso alveare di blocchi quadrati che ricopre fitto, e quasi senza macchie di verde, le colline della città.

Sulla carta, la zona più povera di Pusan si chiama Gai Ya Hachan, ma gli abitanti la chiamano «il villaggio lunare» perché non ci sono luoghi di svago, non un cinema, non un bar, e di notte non c'è che la luna da guardare. «La luna è povera come lo siamo noi», mi dice un operaio, uno delle migliaia e migliaia che vivono nei vicoli in cui i bambini giocano accanto ai ratti. Per risparmiare, la gente brucia nelle cucine i resti di plastica provenienti dalle fabbriche di scarpe che danno lavoro all'intera baraccopoli. «Se le scarpe vanno, la Corea avanza», è stato per anni lo slogan di Pusan.

Samhwa è una fabbrica al centro di Pusan. Con 42 catene di montaggio e 10.000 operai produce 25 milioni di paia di scarpe sportive all'anno. «Niente foto», dice il direttore che ci guida. Il segreto che vuole proteggere non è tecnologico, è il segreto umano che ha reso possibile lo sviluppo economico sudcoreano. Centinaia di ragazze giallognole e malaticce lavorano, a gomito a gomito, nel fetore soffocante degli adesivi e nel fragore assordante delle macchine per cucire. Lavorano solo per tre o quattro anni, prima di sposarsi. «Non potrebbero lavorare di più», dice un sindacalista. «S'indebolirebbero al punto da non trovare più marito.» Il salario medio di una ragazza che lavora dieci ore al giorno, sei giorni alla settimana, è di 150.000 wong, circa 200.000 lire al mese.

Centoventi chilometri a nord di Pusan, nella città costiera di Pohang, c'è la POSCO, la più grande acciaieria della Corea. «Vent'anni fa, quando aprì, il governo diede solo l'ordine che l'acciaio venisse venduto al 30 per cento sotto il prezzo mondiale, e questo fu determinante nell'avviamento dell'industria automobilistica e di quella navale», mi dice il professor J. Krakowski, un economista polacco in visita all'Istituto per lo sviluppo coreano. «Ho visto in che modo un Paese ricco come la Polonia è diventato povero», dice, «e ora studio come un Paese povero come la Corea del Sud è diventato ricco.»

La capitale dell'industria automobilistica coreana è 60 chilometri a nord-est di Pusan. Il posto si chiama Ulsan, ma lo si dimentica perché dappertutto, sui muri delle fabbriche e quelli delle case, sugli autobus e sulle uniformi di migliaia di operai, studenti e venditori non si legge che una parola: *Hyundai*, «età moderna». «Con la tecnologia coreana produciamo le automobili per il mondo», vanta un cartellone all'ingresso della fabbrica. È quasi vero. Quest'anno la produzione è stata di un milione e trecentomila unità. Il progetto è di produrne tre milioni e mezzo nel 1993: quasi tutte per l'esportazione.

I giganteschi cantieri navali della Daewoo a Chung Mu, due

ore di macchina a sud-ovest di Pusan, si stagliano imponenti contro il mare punteggiato d'isole avvolte nella nebbia. Questo è il luogo in cui, nel 1592, i coreani vinsero una delle loro poche battaglie contro gli invasori giapponesi grazie al loro ammiraglio Yi Sun Shin. L'ammiraglio ebbe la brillante idea di costruire navi a forma di tartarughe, spruzzanti fumo dalle loro mandibole e protette, come le tartarughe, da una corazza di ferro. Simbolicamente è qui che i coreani stanno per battere i giapponesi, di nuovo nella gara della costruzione navale. Il 30 per cento dei mercati mondiali è già loro, rispetto al 34 per cento dei giapponesi, ma se si tiene conto degli ordini piazzati per consegne future, la Corea è già al primo posto.

«Il piano era semplice: negli anni '60, crescita alta attraverso le esportazioni; negli anni '70, sviluppo dell'industria pesante e di quella chimica; negli anni '80, aggiustamenti e alta tecnologia», dice l'economo Suh. Secondo lui il piano ha funzionato grazie a un ingrediente prezioso: i coreani, «gente di buona qualità a basso prezzo».

Ma da soli i coreani non sarebbero bastati. Un ingrediente vitale nella formula del successo è stato un individuo che aveva il potere d'imporre quel piano senza discussioni, senza rispetto alcuno per i diritti della gente: un dittatore. La Corea ne ha avuto uno determinatissimo, Park Chung Hee. Persino i suoi nemici e le sue vittime ammettono oggi che lui è stato il mago del «miracolo» coreano.

Il generale Park andò al potere nel 1961 con un *putsch*. Il regime del suo predecessore, Syngman Rhee, era stato repressivo, ma anche inefficiente, e i suoi ultimi mesi erano stati marcati da sommosse studentesche e contadine. Park promise di restaurare l'ordine e di portare la ricchezza al Paese. Mantenne la promessa.

Nato da una famiglia di contadini poveri, Park crebbe sotto il governo coloniale giapponese, fu educato in un'accademia militare giapponese e prestò servizio in Manciuria come ufficiale dell'Armata imperiale giapponese. Più tardi, quando i suoi avversari volevano offenderlo, lo chiamavano con il nome giapponese che aveva portato allora: Matsumoto.

Park è stato il primo generale a prendere il potere in secoli di storia coreana, il primo a introdurre in questa società una «cultura militare» che, in Corea come in Cina, non era mai stata ben vista. Park riesumò il mito dell'ammiraglio Yi Sun Shin e lo mise al centro di un culto nazionale. L'imponente figura di Yi con la grossa spada in pugno e il modello della sua nave-tartaruga ammantata di ferro divennero il simbolo della rinata «gloriosa tradizione militare coreana.»

La statua dell'ammiraglio Yi entrò in ogni scuola, fu messa in cima alle colline nelle campagne e nelle piazze delle città. Leggende e storie del coraggio coreano furono introdotte nei libri di scuola e i tre princìpi dell'ammiraglio Yi («sacrìficati per la madrepatria», «sii audace e innovativo», «sii sempre guardingo») furono inculcati ai bambini, mentre monumenti ai soldati vennero eretti in tutto il Paese.

Le forze armate fornirono il personale fidato per l'economia. Generali in ritiro divennero presidenti delle aziende di Stato, ufficiali dell'esercito divennero direttori di ditte private. La cultura militare permeò l'intera società. Ordini furono impartiti in maniera militare e dovevano essere eseguiti militarmente, nell'economia come in ogni altro campo.

Nel 1949, sull'isola meridionale di Cheju, c'era stata una rivolta contadina contro il regime di Seoul e 20.000 persone erano state uccise. Fu dato ordine di non parlarne, di non scriverne: la ribellione era come se non fosse mai avvenuta. Il governo ordinò che tutti i villaggi lungo le strade principali si dessero una mano di tinta, che i tetti di paglia venissero sostituiti con embrici. Il Paese doveva avere un aspetto «moderno» e lo ebbe.

Chi viaggia oggi lungo le buone strade della Corea del Sud, quasi tutte orlate di aiuole in fiore, dimentica facilmente di trovarsi in un Paese asiatico. È solo quando ci si ferma a chiedere indicazioni a quattro uomini che bevono il vino di riso e masticano aglio crudo davanti a un bancarella che si ritorna a contatto con la realtà, perché quattro mani indicano quattro direzioni diverse e quattro sono le contraddittorie risposte riguardo alla distanza del posto da raggiungere.

«A questa gente i chilometri non dicono nulla», mi spiega lo studente universitario che mi fa da guida e da interprete. «È gente antica, anche se vive accanto a una strada moderna.»

Park sapeva benissimo che per svilupparsi la Corea aveva bisogno di una popolazione istruita, quindi investì pesantemente nella pubblica istruzione. Le migliaia di scuole che costruì divennero un vanto del Paese. Oggi, nella Corea del Sud, l'analfabetismo è praticamente inesistente, la percentuale dei laureati è una delle più alte dell'Asia.

Park sapeva anche che, per rafforzare l'amor proprio dei coreani, doveva far rivivere la loro memoria storica, quindi ordinò che il passato della Corea venisse riscoperto. Nacquero i musei e non solo le grandi città fecero a gara per averne uno. Ogni provincia ne ebbe uno.

Nel 1979, quando Park venne assassinato dal capo della KCIA, i servizi segreti coreani, e Chun Doo Hwan, un altro generale, prese poco dopo il potere, tutto restò intatto: la dittatura militare, la politica e lo stesso ritmo di progresso. «I militari avevano un progetto e lo portarono avanti alla maniera dei militari, senza preoccuparsi dell'opinione pubblica e senza sottoporlo alle assemblee degli azionisti», dice un investitore americano.

Un esempio tipico fu l'espansione dell'industria dell'acciaio. Alla fine degli anni '70, la POSCO, rendendosi conto che la Cina avrebbe presto liberalizzato la propria economia, volle costruire una nuova acciaieria. Fu scelta una splendida zona panoramica sul mare, vicino alla città di Kwangyang, a est di Sunchon. Alle 304 famiglie di contadini e pescatori che ci vivevano venne ordinato di fare fagotto. Nel 1982 cominciarono i lavori e oggi non si vede più traccia né delle risaie né delle isole d'un tempo. Al loro posto c'è «per la felicità e per le prossime generazioni di coreani, l'acciaieria più moderna del mondo», come si legge in una *brochure*.

Dietro chilometri di filo spinato, dietro porte di ferro sorvegliate da uomini muscolosi e futuristici nei loro elmetti mezzo bianchi e mezzo neri, centinaia di operai vanno e vengono in uniformi marroni ed elmetti gialli. Tutti si salutano militarmente. Tutto è nuovo, lucido, ordinato e la gente è fiera di questo gigantesco miracolo che fa della POSCO la terza acciaieria del mondo.

«Quando ero studente ci dicevano che era impossibile per un Paese piccolo come la Corea avere una propria acciaieria. Invece eccola là, modernissima, davanti ai miei occhi», mi dice, sinceramente orgoglioso, il padrone di un caffè vicino alla POSCO. «Come coreano, mi fa sentire forte.» Lo fa sentire forte anche il fatto che la Samsung sia diventata una delle prime industrie elettroniche del mondo, che americani e canadesi guidino automobili Hyundai, che nomi come Daewoo, Lucky-Goldstar e Sunkyong presto saranno noti nel mondo come quelli giapponesi della Sony e della Toshiba.

È valsa la pena, allora, la dittatura? La risposta ufficiale viene data, chiara e netta, dallo spettacolo-stravaganza più divertente che i coreani abbiano mai visto. L'edificio, in un immenso parco circondato da bellissimi monti, è stato aperto l'anno scorso e già arrivano 500 autobus al giorno a scaricare visitatori provenienti da tutto il Paese. Qui i coreani imparano che sono «più alti della media mondiale», qui imparano che «la loro fronte alta è segno delle loro grandi facoltà intellettuali», qui, nel corso di un viaggio nel tempo di alcune ore, rivivono tutti i drammi e tutte le tragedie del loro passato.

Contadine attonite, in bianchi costumi tradizionali, e classi di scolaretti si trovano dinanzi a scene estremamente realistiche di coreani che muoiono di fame e di ricostruzioni di battaglie famose; guardano in camere di tortura in cui ufficiali giapponesi di cera interrogano ragazze coreane seminude, osservano esecuzioni e terribili scene di guerra. Solo alla fine viene la catarsi. Nell'ottava sala del loro viaggio i visitatori di questa miniaturizzata riproduzione della storia, si trovano davanti a gigantografie di fabbriche, a cantieri navali, alle acciaierie dei nostri giorni, e possono toccare con mano i prodotti che ne escono. Guardano nelle stanze di una «tipica» casa coreana, con la famiglia circondata da tutti i simboli della felicità, il telefono, il televisore, un letto occidentale, un tappeto di peluche. Esausti si siedono infine sotto le immagini ingigantite dello stadio olimpico di Seoul, con le bandiere di tutti i Paesi del mondo accorsi per l'occasione. Il loro ultimo sguardo cade su una grande carta del mondo che al suo centro ha... la Corea.

Il messaggio con cui tutti tornano a casa è chiaro e semplice: la sofferenza è finita, il sacrificio è valso la pena.

«Certo che la dittatura funziona. Guardi qua!» dice Kim Kang, 26 anni, mostrando sopra i gomiti i segni di una corda che si è incisa profondamente nella carne delle sue braccia. Nel 1987 era studente di Economia e prese parte alle dimostrazioni contro il regime militare. Fu arrestato, torturato per giorni e rilasciato dopo sette mesi. Oggi fa il giornalista a Kunsan, una delle migliaia di persone che portano, non soltanto sui loro corpi, le ferite inflitte dal regime militare.

Viaggiando attraverso la Corea si riconoscono immediatamente: pallidi, magri, duri ma spezzati, con uno sguardo malinconico negli occhi infossati, intimoriti come se fossero ancora braccati. Lavorano nei nuovi sindacati, nel giornale d'opposizione appena fondato o nelle organizzazioni per i diritti civili e fanno parte di quel «retaggio di sofferenza», come dice un giornalista del *Chosun il Bo*, lasciato dalla dittatura militare.

Un luogo in cui questo retaggio di sofferenza è così pesante che par di respirarlo con l'aria è Kwangju, la città ferita che ancor oggi chiede giustizia per il massacro del 1980.

Il presidente Park era stato assassinato, il generale Chun Doo Hwan e il suo collega, il generale Roh Tae Woo, avevano fatto il loro colpo di Stato e gli studenti dimostravano contro i militari e chiedevano una democrazia. Arrivarono i paracadutisti e alla fine le strade erano piene di corpi mutilati e sfigurati. Ce n'erano vere e proprie cataste. Il governo sostiene che le vittime furono solo 185, la gente di Kwangju dice che furono più di 2000.

Kwangju, sempre un centro dell'opposizione – Kim Dae Jung viene da questa regione –, dopo il massacro ha guidato il movimento per la democrazia ed è oggi al centro di un'altra «missione storica»: quella per la riunificazione del Paese.

La riunificazione non è un soggetto di cui la gente parla, ma è il pensiero, quasi inconsapevole, di ognuno. Dietro la poltrona di un direttore d'azienda come di un piccolo impiegato, si vede spesso il quadro del misterioso lago Chong Ji, sul monte Paktou, il simbolo della Corea, che si trova nel nord. Sui foglietti con le preghiere che la gente lascia nei templi con le richieste agli dèi, spesso c'è scritto: «Che la nostra madrepatria venga riunita».

«In passato credevamo che i nostri capi politici ci avrebbero riunificato, ora ci è chiaro che dobbiamo riuscirci da soli», dice il capo monaco del tempio buddhista di Mun Pin Chong, fuori Kwangju, uno dei capi del movimento per il contatto fra i popoli della Corea del Nord e del Sud. Secondo un'inchiesta recente, la maggioranza dei giovani crede che soltanto la riunificazione impedirà che una nuova guerra insanguini la penisola.

Un lascito ironico della dittatura è che, dopo tre decenni di ferrea educazione anticomunista, i giovani della Corea del Sud hanno oggi una grande, quasi morbosa, curiosità per il comunismo. «So che abbiamo lo stesso sangue e che il sangue è più forte dell'ideologia», dice Nam Pyong O, della Federazione della gioventù cattolica. «Siamo stati avvelenati per tanti anni dalla propaganda anticomunista. È tempo che ci disintossichiamo.»

Kwangju è anche al centro di una nuova ondata di antiamericanismo che si sta facendo strada un po' in tutto il Paese. «Fino alla sommossa di Kwangju, tutti pensavano che gli americani fossero i nostri amici. Ora cominciamo a renderci conto che gli americani sono stati i padrini di tutti i nostri dittatori», mi dice Myong Ro Kuen, professore di Letteratura all'università di Chonnam, che si è fatto 18 mesi di carcere ed è padre di due figlie che sono state in carcere la prima due anni, la seconda due mesi.

Nella Corea del Sud gli americani non godono più di molte simpatie. Anche il loro ruolo nella guerra viene sminuito e quasi dimenticato. La presenza americana, che era stata vista come fonte di guadagni, con il crescente benessere generale è vista come fonte di corruzione. Attorno alla base aerea di Kunsan, il villaggio in cui i G.I. vivono con le loro coreane, «mogli temporanee», è chiamato da tutti «la città americana»: una sorta di corpo estraneo da cui stare lontani.

Che tipo di modello la Corea creda di essere non è chiaro. Per il momento somiglia notevolmente a quello giapponese. Le venditrici del grande magazzino Lotte, nel centro di Seoul, s'inchinano all'ingresso degli ascensori davanti ai clienti, mormorando cortesi litanie di benvenuto, esattamente come fanno quelle di Takashimaya, a Tokyo. Gli operai della Hyundai cominciano la giornata cantando l'inno aziendale e salutando la bandiera come gli operai della Toyota. Gran parte dell'infrastruttura industriale della Corea del Sud è stata avviata dai giapponesi e molte grandi aziende coreane sono più o meno copie di aziende giapponesi.

La formula stessa secondo la quale i sudcoreani stanno producendo un po' di tutto, dagli ascensori alle componenti degli aerei, spesso ripete quella già usata dai giapponesi: acquistare tecnologia straniera, studiarla, copiarla, sviluppare una tecnologia propria e diventare indipendenti.

L'acquisto di tecnologia può avvenire in vari modi. Il volo JAL 955 che ogni venerdì pomeriggio lascia l'aeroporto di Narita, a Tokyo, per Seoul è di solito gremito di giapponesi. Non tutti sono turisti o uomini d'affari in viaggio per l'azienda. Molti sono ingegneri che sfruttano il fine settimana per lavorare per qualche azienda coreana. Vengono sistemati in un buon albergo, affiancati da un interprete e pagati dai 300 ai 500 dollari americani per il lavoro di un giorno. Se la consulenza include anche un po' di prezioso spionaggio industriale, il compenso può essere molto più alto. Le aziende giapponesi, preoccupate, hanno cominciato a controllare i passaporti dei loro impiegati e a piazzare spie all'aeroporto perché tengano d'occhio questi escursionisti del fine settimana.

I coreani non amano i giapponesi; i giapponesi disprezzano i coreani e uno straniero non può fare di peggio che scambiare l'uno per l'altro. Eppure i rapporti fra i due popoli sono strettissimi. «Non siamo dipendenti dal Giappone», dice l'economo Suh, «siamo semplicemente interdipendenti.» Economicamente, il Giappone è già più impegnato in Corea di quanto non lo siano gli americani stessi: di tutti gli investimenti fatti nel Paese tra il 1962 e il 1986, metà sono giapponesi, un terzo americani.

È stato sempre Park Chung Hee a capire che la Corea non poteva decollare senza ristabilire rapporti con il suo passato coloniale e senza riallacciare, come fece lui con un'audace decisione nel 1965, rapporti diplomatici con Tokyo. Lo fece abilmente: mentre aprì le porte del Paese agli uomini d'affari e agli ingegneri, le tenne chiuse a tutto il resto. Film, dischi e cassette giapponesi sono da allora stati banditi in Corea ed è stato soltanto in occasione delle Olimpiadi che il governo ha permesso per la prima volta a una troupe giapponese dell'opera *kabuki* di presentare uno spettacolo a Seoul e a Pusan.

Quel che il governo non ha mai bandito è il «turismo sessuale», che ha trasformato parti della Corea del Sud in enormi bordelli per soli giapponesi. Pusan ne è un buon esempio. I giapponesi arrivano a comitive intere, in battello da Shimonoseki o in aereo da Tokyo e Osaka, e restano qualche giorno. Il prezzo della ragazza è già incluso in quello del biglietto e dell'albergo.

L'ironia è paradossale. A soltanto un'ora di macchina da Pusan, nell'antica città di Chinju, c'è un tempio dedicato a una delle più celebri eroine nella storia coreana, Non Gae. Era una *kisaeng*, la versione coreana della geisha. Costretta a intrattenere un generale giapponese vittorioso durante l'invasione del 1592, lo portò in cima a una rupe sul fiume Nam e, abbracciandolo, si gettò nel vuoto con lui. Nel tempio costruito in cima alla rupe, due candele bruciano perpetuamente in suo onore e, in tutte le scuole, la sua coraggiosa vicenda viene da secoli portata a esempio a generazioni di bambini.

«È soprattutto sulle facce delle donne che si legge il prezzo della sopravvivenza pagato dalla Corea», scriveva John Ashmead, uno scrittore americano, nel suo romanzo sulla seconda guerra mondiale, *A Mountain and a Feather*.

Resta vero. Senza protestare, senza ribellarsi, le donne coreane continuano a faticare nei loro ruoli asserviti agli uomini, all'interno di una società che per il resto sta mutando rapidamente. Faticano nei *tabang* dove, più che il caffè, è in vendita la loro compagnia; nelle botteghe dei barbieri in cui, dopo essersi fatti barba e capelli, gli uomini si fanno masturbare; nelle centinaia di *room salons*, istituzione tutta coreana, dove ragazze in costume tradizionale o in avvenenti abiti occidentali imboccano e vezzeggiano gli avventori maschili. Faticano in quartieri di Seoul come quello di Miari, dove a migliaia sono esposte nelle grandi vetrine che fiancheggiano le strade, o nel miserabile labirinto dei cubicoli attorno alla stazione di Yongsan dove di notte gli uomini vengono a comprarsele a prezzi stracciati.

Tre decenni di regimi militari non hanno molto migliorato la sorte delle donne coreane. L'ordine confuciano della società, che tutto sommato si confà bene al profondo conservatorismo della gente, è stato mantenuto.

«Il confucianesimo è parte della nostra vita come il cristianesimo è parte della civiltà europea», dice Kang Kuk Young, 68 anni, preside in pensione di una delle scuole superiori di Chinju. «Possiamo accettare i cambiamenti, purché siano graduali.»

Confucianesimo significa che una donna deve obbedire prima al padre, poi al marito e infine ai figli maschi; significa rispettare l'autorità e gli anziani. Nel 1950, quando le truppe nordcoreane invasero il Sud quel che più sconcertò la gente era che i giovani soldati comunisti si rivolgevano agli anziani chiamandoli «compagno». «Era inconcepibile, inaccettabile. Era contro natura», dice il professor Kang.

Nelle campagne, l'etica confuciana continua a governare i rapporti umani. Nella brezza del tramonto, quando i contadini si radunano a chiacchierare o a giocare a scacchi nel padiglione aerato che ogni villaggio ha – uno dei momenti più commoventi nel paesaggio coreano –, i vecchi e i giovani si siedono in posti separati, mentre le donne restano discretamente in disparte. Il figlio che ritorna a casa, come il mio studente-guida, s'inginocchia davanti al padre, toccando il pavimento con la fronte.

Il mantenimento dell'ordine confuciano comporta anche che le famiglie agiate restino agiate, che i poveri o i mal pagati non si ribellino contro la loro condizione e restino poveri. La rapida crescita economica non ha che approfondito questo divario. A cinque minuti dalle residenze dei ricchi lungo lo Skywalk di Seoul, ci sono i primitivi blocchi in cemento in cui vivono migliaia di persone che vanno ancora a prendere l'acqua con il secchio e non hanno un gabinetto in casa.

I ricchi sono come diventati una razza a sé. Vivono tra loro, fanno affari tra loro. Sono gli unici a poter andare all'estero, un privilegio che la maggioranza dei coreani non ha avuto per trent'anni. Adottando il vecchio sistema dei matrimoni organizzati, i figli dei ricchi sposano altri ricchi così che le loro ricchezze non vengano disperse, ma anzi si sommino.

Ogni città coreana è dominata da un gruppo ristretto di note famiglie altolocate. L'economia dell'intero Paese è dominata da poche *chaebol*, i conglomerati privati di proprietà di una famiglia, che, sotto la protezione del regime militare, sono diventate via via più grandi e più potenti: quindici *chaebol*, fra cui Samsung, Hyundai, Daewoo, Hanjin e Lotte, rappresentano da sole più della metà del prodotto nazionale del Paese.

Mentre i ricchi possono permettersi di mantenere le vecchie tradizioni e molti di loro si vantano di possedere ancora il preziosissimo libro di famiglia che talvolta elenca secoli di antenati, i poveri stanno rapidamente perdendo il contatto con le loro radici. Con la rapida urbanizzazione di milioni di contadini si sono persi anche molti dei loro valori tradizionali, incluso quello, tanto importante in Corea, della famiglia.

«Dove sei, mamma?» chiede da un poster un bambino abbandonato dalla famiglia. Ogni anno più di 9000 bambini coreani vengono «esportati» per essere adottati da famiglie straniere. Il prezzo, incluso il trasporto e la documentazione, è 4000 dollari per bambino.

Il successo economico sembra stia distruggendo quel che i coreani erano riusciti a conservare persino sotto la dominazione giapponese: la loro identità. Questo crea risentimento. «Abbiamo sopravvalutato la nostra modernizzazione e ora ci rendiamo conto di quanto abbiamo perso», dice il poeta Kim Jun Tai di Kwangju. «Tutto quel che ci circonda è stato occidentalizzato, le nostre case, i nostri usi e costumi, il nostro modo di pensare.»

Seoul assomiglia sempre di più a Tokyo e anche l'isola di Cheju, dove non si trovavano che «sassi, vento e donne», offre ora alberghi di lusso e stazioni balneari simili a quelli di ogni altro Paese. Le antiche pratiche religiose, come quelle sciamaniche, non interessano più i giovani e stanno diventando attrazioni turistiche. Perfino il sindaco di Seoul vede il pericolo: «Abbiamo speso gli ultimi vent'anni accumulando ricchezza», dice. «Ora dobbiamo preoccuparci della cultura.»

La rapida scomparsa dei vecchi modi di vivere ha creato un'immensa nostalgia del passato. Studenti universitari vanno a corsi di danze folkloristiche, persone delle classi medie cercano di mangiare solo cibo coreano e di vivere in case tradizionali, alcuni nuovi membri dell'Assemblea nazionale vanno al lavoro vestiti nei costumi tradizionali. Molte città provinciali usano il loro tempio a Confucio per dare lezioni di « comportamento confuciano ». A Sunchon queste lezioni sono frequentate da alcune centinaia di persone: tutti giovani.

Nascosto in un'alta valle della montagna Chiri c'è Chunghak, il Villaggio della Cicogna Blu. Ventitré famiglie si sono rifugiate qui per sfuggire al mondo moderno e vivono raccogliendo erbe medicinali e producendo miele, alla maniera in cui i coreani vivevano secoli fa. Si vestono con gli abiti bianchi tradizionali, i giovani non sposati portano i capelli in una lunga treccia, gli adulti li tengono dentro i loro alti cappelli neri, a tuba, fatti di pelo di cavallo. I bambini frequentano una semplice scuola sul cui ingresso sta scritto: « All'ombra delle montagne crescono le grandi anime ». L'unica cosa che studiano, con un vecchio insegnante, sono *Gli analetti* di Confucio. L'intero villaggio segue strettamente la morale confuciana. « Più che un posto geografico questo è un paradiso ideologico », mi dice il capo del villaggio, Kim Tek Chun, dopo avermi dato il benvenuto e una tazza di tè. Lui, come la sua gente, è convinto che i coreani avranno un ruolo importante nel futuro dell'umanità e sente come sua missione quella di conservare la spiritualità coreana in un mondo diventato eccessivamente materialista. « Il secolo scorso è stato degli inglesi. Questo secolo è degli americani. Il prossimo sarà dei coreani. Noi ci stiamo preparando », mi spiega Li Jong Suk, il capo spirituale del villaggio. Mentre mi parla del nuovo ordine del mondo e dell'era di pace che verrà, con la Corea al suo centro, i bambini attorno a noi giocano con pezzi di legno e, facendo finta che siano automobili, fanno un rumore di motori con la bocca.

Una delle conseguenze dell'indebolimento dei valori tradizionali è la nuova militanza degli operai e la crescita dei sindacati. Gli scontri si stanno facendo sempre più frequenti: nel 1987 ci sono stati 3749 scioperi, più che nel decennio passato. Nei primi cinque mesi di quest'anno la polizia ha usato 275.000 bombolette di gas lacrimogeno per disperdere i dimostranti nelle dispute per questioni di lavoro. Per ora, la tendenza al compromesso prevale.

Benché alcuni degli aspetti più rivoltanti della dittatura militare siano stati aboliti (la gente non viene più picchiata dopo un arresto e pare che la tortura dei prigionieri sia stata abolita), la cultura militare introdotta da Park non è affatto scomparsa. Lo dimostra il modo in cui Seoul si è preparata ai giochi olimpici. Intere città di baraccati sono state rimosse con i bulldozer dalle colline della capitale, 4000 tra ciechi e mendicanti sono stati cacciati via. I 16.000 venditori ambulanti e le 3000 tende variopinte, in cui ai coreani piace alla sera andarsi a ubriacare, saranno bandite dalle strade. La dittatura funziona e con successo: i funzionari del Comitato olimpico dicono che l'organizzazione dei giochi da parte dei coreani è una delle migliori che abbiano mai visto.

Con il fallimento dell'esperimento socialista nella Cina di Mao, gli unici Paesi asiatici che negli ultimi trent'anni si sono rivelati di successo – a eccezione del Giappone che era già industrializzato prima della guerra – sono stati quelli a regime autoritario, pro-occidentale e capitalistico. La Corea del Sud, col regime più autoritario di tutti, è cresciuta in proporzione più degli altri: più di Singapore, di Hong Kong e di Taiwan.

Il pericolo sta ora nel fatto che il trionfo della Corea del Sud, marcato dalle Olimpiadi, sottolineerà la sconfitta della Corea del Nord e causerà l'indebolirsi del regime di Pyongyang la cui legittimità è in gran parte fondata sulla rivalità con il Sud. Tutti gli altri rivoluzionari dell'Asia hanno in qualche modo avuto successo: Mao ha unificato la Cina, Ho Chi Minh è riuscito, almeno dalla tomba, a vedere un Vietnam unito. Kim Il Sung è il solo per ora a non aver qualcosa di cui vantarsi. Lo sopporterà? E suo figlio Kim Jong Il, lo sopporterà? La possibilità che Pyongyang incoraggi un attacco terroristico (Carlos? I resti dell'Armata Rossa giapponese?) tanto per guastare la festa delle Olimpiadi rimane.

A lungo termine, un'intesa fra i due Paesi non può essere esclusa, e una progressiva neutralizzazione della penisola potrebbe, alla lunga, essere nell'interesse di tutti e due. Gli esperti fanno notare come le due parti della Corea, penosamente divise dal 1945, sembrano fatte apposta per collaborare economicamente (materie prime del Nord in cambio dei manufatti del Sud) e come i 40 milioni di sudisti, combinati ai 22 milioni di nordisti, potrebbero fare della Corea una delle vere potenze dell'Asia.

Siccome la guerra di quarant'anni fa non fu tra coreani, ma tra Oriente e Occidente, fra comunismo e capitalismo, molti coreani pensano che, con la progressiva scomparsa delle differenze ideologiche, in un mondo dominato dalla *detente*, la Corea possa diventare «il simbolo dell'era post-ideologica».

La gente di Seoul ha ricominciato a leggere con interesse il *Jonnggam Rock*, una raccolta di profezie coreane che risale al XIII secolo. Una sembra adatta ai nostri tempi: verso la fine del millennio, dice la profezia, l'umanità si avvicinerà pericolosamente alla sua fine. Poi, d'un tratto, in un Paese alla periferia del mondo, il modo di vivere cambierà, la pace sostituirà la guerra e quel Paese sarà al centro di un mondo pacificato. Quel Paese è la Corea.

« Sembrava una follia, ma ora pare possibile », dice lo scrittore Lee O Young. « Trentotto anni fa giovani di tutto il mondo sono venuti qua a morire in guerra. Oggi arrivano in perfetta amicizia a gareggiare nelle Olimpiadi. Allora la Corea era un cimitero, oggi è un campo giochi. Il cambiamento è enorme e la pace mondiale potrebbe davvero cominciare da qui. »

A contemplare, dai pendii del Namsan, il corpo splendido e vitale di Seoul che balugina nella valle, non si può che pensare alla « bella nello specchio » che oggi si prepara al suo fatidico appuntamento con la storia; alla minaccia che incombe dalla frontiera distante soltanto 56 chilometri; alla profezia che vuole che la pace nel mondo abbia inizio qui; allo strano incontro con un vecchio contadino coreano seduto sotto un albero accanto al padiglione del villaggio di Yu Ung Li.

Il vecchio si era tolto la scarpa sinistra, poi la destra, e le aveva messe tutte e due davanti ai suoi piedi. Poi, invertendole, se le era rinfilate. Gli stavano perfettamente. « Vede? » m'aveva detto con un sorriso. « Sinistra e destra, comunismo e capitalismo, sono concetti occidentali. Noi coreani non conosciamo quelle differenze. Le nostre scarpe calzano i due piedi. »

Per anni una delle fermate obbligatorie di qualsiasi giornalista in viaggio nella Corea del Sud era a casa di Kim Dae Jung. Nessun ritratto del Paese sarebbe stato completo senza un riferimento a lui.

Kim Dae Jung: il presidente ombra

Seoul, agosto 1988

A Tokyo credeva di essere al sicuro, ma per gli agenti dei servizi segreti sudcoreani, la temutissima KCIA, non fu difficile trovarlo. Entrarono di notte nella sua camera d'albergo, lo drogarono, lo misero in un sacco, poi nel bagagliaio di una macchina e da lì nella stiva di una nave che prese subito il largo. Il piano era di buttarlo a mare, in modo che il suo cadavere non tornasse mai a galla e che il delitto non potesse mai essere attribuito, con certezza, alla dittatura militare che allora reggeva il Paese.

Miracolosamente Kim Dae Jung, il grande dissidente, l'oppositore per eccellenza del regime, il simbolo di tutte le lotte per la democrazia in Corea, sopravvisse. Un aereo militare giapponese avvistò quella strana nave al largo della costa, Tokyo avvertì Washington e dalla CIA giunse, come un fulmine, «il consiglio» ai colleghi coreani di bloccare l'operazione. Kim venne portato a Seoul e lì condannato a morte, ma anche quella sentenza, politicamente imbarazzantissima per il regime che la fece emettere, non eliminò Kim Dae Jung.

Da trent'anni, la storia di Kim Dae Jung è una storia di spaventosi a tu per tu con la morte e miracolose sopravvivenze, coraggiose battaglie e gloriose sconfitte. Ogni volta pareva essere l'ultima. Nel 1971, dopo aver osato opporsi al candidato dei militari, il generale Park Chung Hee, ed essere stato sconfitto nelle elezioni presidenziali, Kim Dae Jung venne dato, politicamente, per spacciato. Risorse. Dieci anni dopo, quando accettò di lasciare la prigione per andare in esilio negli Stati Uniti, si disse che i coreani lo avrebbero dimenticato e che non sarebbe mai riuscito a tornare. Ritornò. Di nuovo a dicembre dell'anno scorso, quando Kim Dae Jung uscì battuto dall'ex generale Roh Tae Woo, candidato dei militari, nella corsa per la presidenza, molti dissero e scrissero che quella era davvero la sua fine e, dalle file stesse del suo partito, si levarono voci a chiedere che Kim, diventato «un cavallo morto», rassegnasse le dimissioni e lasciasse la via sgombra ad altri, più giovani, dirigenti. Come ogni altra volta, anche questa Kim ha mostrato di sapere, miracolosamente, all'ultimo momento, uscire dal sacco, di saper sollevarsi dalla bara politica in cui persino i suoi stessi sostenitori credevano di vederlo. A soli otto mesi di distanza dalla bruciante sconfitta per la presidenza, Kim Dae Jung è di nuovo al centro della scena politica coreana ed è «più presidente del vero presidente», come dicono alcuni commentatori a Seoul.

È da lui che, grazie ai suoi uomini eletti in parlamento, dipende se una legge passa o non passa, è da lui che dipende la pace nelle piazze del Paese nei mesi che vengono. L'uomo che i militari hanno sempre visto come il simbolo della rivoluzione (Kim

Dae Jung è critico nei confronti della presenza americana nella Corea del Sud e vuole aprire un dialogo con la comunista Corea del Nord in vista di una riunificazione della penisola) ha ogni giorno di più qualcosa da dire sul futuro del Paese.

Roh Tae Woo è ancora il presidente ufficialmente installato nella Casa Azzurra, ma Kim Dae Jung è ormai il «presidente ombra». Per il momento, la sua parola d'ordine è: moderazione. «L'ultima cosa che vogliamo è il caos», ha detto recentemente ai suoi sostenitori. Roh, in un incontro fino a pochi mesi fa inimmaginabile, ha chiesto la sua cooperazione per il processo di democratizzazione del Paese. Questo vorrà dire anzitutto lo smantellamento dell'apparato di potere messo in piedi dal regime militare del passato e sul quale il regime di Roh Tae Woo si è innestato.

I primi colpi sono già arrivati: chiari e duri. Il fratello del generale Chun Doo Hwan, presidente del Paese fino al febbraio di quest'anno, è stato arrestato per corruzione e l'ex presidente stesso ha dovuto dimettersi da tutti i posti di consulenza che si era riservato. I militari non hanno scelta. A meno di farsi tentare da un colpo di Stato – ora pericoloso e imbarazzante, specie con l'avvicinarsi delle Olimpiadi – non resta loro che giocare con Kim al gioco della democrazia.

Nei giorni scorsi, un compassato signore è andato a far visita a Kim Dae Jung e a promettergli che, d'ora innanzi, la sua organizzazione si terrà fuori delle questioni di politica interna e che Kim non ha più niente da temere da lui. Era il capo della KCIA, i servizi segreti sudcoreani.

Kim l'ha ricevuto con un gran sorriso sulle labbra, circondato da un gruppo di fotografi perché l'ironia della scena non andasse persa alla storia.*

* Kim Dae Jung ha vinto le elezioni presidenziali del 1997 ed è oggi presidente della Corea.

Fra i compiti di ogni corrispondente a Tokyo c'era ormai anche quello di seguire lo stato di salute dell'imperatore. Nell'estate del 1988 Hirohito si ammala.

A metà settembre le sue condizioni peggiorano e sembra sul punto di morire.

Giappone: l'agonia di un dio

Tokyo, 23 settembre 1988

PIOVIGGINA in continuazione e il palazzo imperiale sembra più lugubre e funereo di sempre. L'acqua nel fossato è nera, i pini del parco cupissimi. Persino i grandi crisantemi d'oro sui portali di questa fortezza medievale, al centro d'una città modernissima e a tratti futuristica, sembrano non esser più il simbolo del trono che lì ha sede, ma della morte contro cui, fra quelle mura, lotta un uomo che qui è considerato la quintessenza della nazione. Ieri mattina, una nuova trasfusione ha dato nuovo sangue a Hirohito, ma la vita nelle vene dell'ottantasettenne imperatore è ormai agli sgoccioli e il palazzo è diventato la meta di un ininterrotto pellegrinaggio. Migliaia e migliaia di persone, di ogni età, si aggirano attorno agli spalti di pietra e sulla spianata dell'ingresso principale. La folla è muta. Non si sente che lo scricchiolio della ghiaia sotto i piedi di quelli che vanno a scrivere il proprio nome su interminabili strisce di carta bianca, il mormorio delle preghiere e il battere ritmato delle mani di chi, inchinato, annuncia al cielo la propria presenza. Il Giappone ha cominciato la sua veglia e si prepara, incerto e preoccupato, a quella morte.

È la prima volta che un imperatore, nato – secondo la vecchia religione di Stato – come un dio, muore ora – secondo la nuova Costituzione imposta dagli americani nel dopoguerra – come un umano cittadino. Con la scomparsa di Hirohito si chiuderà definitivamente una pagina nella storia del Giappone e la gente sa che la pagina nuova è, già ora, piena d'interrogativi: anzitutto quello riguardante la sopravvivenza del sistema imperiale stesso. Il problema non è se il Giappone diventerà una repubblica (tutte le indagini di opinione indicano che solo il 10 per cento dei giapponesi sarebbe favorevole a questo mutamento), ma se, con la morte di Hirohito, il sistema imperiale con tutte le sue implicazioni resterà quello attuale e continuerà non solo a determinare certi aspetti della vita giapponese (vedi per esempio il modo in cui si contano gli anni), ma soprattutto a essere il fondamento dell'identità giapponese: un ruolo che nessuna monarchia ha più.

«La società giapponese è impensabile senza il sistema imperiale», mi dice il professor Yoichi Kamishima, esperto di religioni, «e il sistema imperiale è impensabile senza l'aspetto divino dell'imperatore.» Al fondo della cultura giapponese c'è un'antichissima concezione sciamanica che si manifesta nel ritenere gli oggetti e la natura animati da «spiriti-dèi» (i *kami*) e che ha la sua più alta espressione nel considerare l'imperatore l'anima vivente della nazione. Una delle prime cerimonie (ce ne sono più di 70) con cui un imperatore prende il posto di un altro è appunto quella in cui il successore deve stare per tre giorni e tre notti da solo col cadavere dell'imperatore defunto per assorbirne l'anima. È così che ogni nuovo imperatore diventa il simbolo della giapponesità e l'espressione, fisicamente visiva e perciò imitabile, di quella mentalità collettiva che fa di ogni giapponese un giapponese.

Secondo Kamishima e altri studiosi, se si togliesse questo attributo di divinità all'imperatore, la percezione che i giapponesi hanno di se stessi cambierebbe radicalmente. Gli americani, quando occuparono il Giappone, forzarono Hirohito a rinunciare formalmente alla sua «divinità», ma il fatto che lui sia rimasto da allora l'imperatore ha fatto dimenticare la sua rinuncia e la stragrande maggioranza dei giapponesi, anche giovani, continua a credere nella speciale natura di *Ohoribata*, «l'onorevole personaggio al di là del fossato». Nelle scuole si continua a insegnare il mito secondo cui la famiglia imperiale discende dalla dea del sole e moltissimi giapponesi, anche delle nuove generazioni, credono nelle storie, spesso ripetute dai giornali popolari, secondo cui, per esempio, il presidente del Venezuela, uno degli ultimi ospiti che sono stati ricevuti a palazzo, si è messo a piangere in sua presenza e che persino Hu Yaobang, allora segretario del Partito comunista cinese, incontrandolo si mise a tremare come fosse colpito da una scossa elettrica.

Sarà difficile, nella percezione del grande pubblico, che il figlio di Hirohito e suo successore, Akihito, sposato con una donna di sangue non nobile e, per giunta, educato da un'istitutrice americana, possa mantenere quell'aura di divinità. Eppure è proprio a quell'attributo di divinità che sono legati certi aspetti della vita giapponese. Gli anni, per esempio, non si contano qui, come nel resto del mondo industrializzato, dalla nascita di Cristo, ma dall'ascesa al trono dell'imperatore regnante. Ogni imperatore dà un nome alla sua epoca. Questa di Hirohito è l'era Showa, quella di suo padre era l'era Taisho, quella di suo nonno l'era Meiji. La discussione sul nome che dovrà avere l'era dopo Hirohito è già incominciata, ma sempre più insistenti si fanno le voci (ieri anche un editoriale del quotidiano *Asahi*) che suggeriscono di adottare il calendario del resto del mondo. Non sarebbe un mutamento da poco. «Legare il passaggio degli anni al ritmo della vita di un imperatore ha un profondo effetto psicologico», dice Shigeyoshi Murakami, professore di storia delle religioni all'università Keio, «significa ricordare costantemente alla gente che l'imperatore ha sovranità sullo spazio e sul tempo, significa che i giapponesi continueranno a sentirsi sudditi e non padroni nel loro Paese.»

La morte di Hirohito avrà comunque sui giapponesi un profondo effetto psicologico perché con lui muore quella certezza di continuità che ha avuto un importantissimo ruolo di coesione nel tessuto sociale, scosso dagli avvenimenti degli ultimi decenni.

Dal 1921, quando venne fatto reggente e poi dal 1926, quando fu incoronato imperatore, Hirohito è stato l'unica costante, l'unico immutato punto di riferimento per milioni di giapponesi che si sono visti cambiare attorno, a volte in maniera terrificante, il mondo. Gli ultimi tre quarti di secolo sono stati per i figli del Sol Levante il periodo più sconvolgente della loro storia: hanno vinto incredibili vittorie, subìto umilianti sconfitte, hanno vissuto spaventosi drammi, dal terremoto del 1923 che distrusse completamente Tokyo, alla guerra in Cina negli anni '30, dall'attacco contro Pearl Harbor, all'invasione del Sud-Est asiatico nel 1941, fino alle due bombe atomiche su Hiroshima e Nagasaki nel 1945. Tantissimo è stato sconvolto e rovesciato, ma la faccia impassibile, lo sguardo assente dietro gli occhiali spessi di questo ometto sempre un po' goffo, prima nella sua uniforme militare in groppa a un cavallo bianco e poi nel suo vestito, giacca e gilet, di foggia occidentale, sono sempre stati lì a rassicurare il giapponese medio del suo destino. Hirohito era sempre presente, sempre la stessa figura, come a ricordare, con la sua apparente immortalità, l'immortalità della nazione giapponese.

«Non siamo abituati a pensarci senza di lui», dice un giornalista di 50 anni, «ed è come se dopo di lui non ci dovesse essere che il vuoto.» Il vuoto non ci sarà perché, nell'attimo stesso in cui Hirohito morirà, il figlio, com'è previsto, prenderà il suo posto. Il problema è come. I funerali e la successione avverranno con i riti della tradizione – il che sarebbe in sostanziale conflitto con la nuova Costituzione – o avverranno con riti laici che però toglierebbero al sistema imperiale quel carattere divino cui tanti tengono?

La Costituzione dice che l'imperatore è capo dello Stato e simbolo della nazione, ma la Costituzione dice anche che il Giappone rinuncia per sempre ad avere forze armate proprie. E quelle esistono già e, pur chiamate «forze di autodifesa», sono ormai fra le più importanti del mondo occidentale. Per i giapponesi, quella Costituzione non è la loro, ma fu imposta dagli americani e molti la vogliono almeno emendare. La questione imperiale potrebbe essere una buona occasione per riparlare dell'argomento.

Da qui l'attesa di questi giorni e le domande su quel che succederà alla morte dell'imperatore e dopo. I suoi funerali saranno come quelli di un dio, come vuole la religione shintoista, oppure laici? E suo figlio Akihito diventerà imperatore, come vuole la tradizione, o s'inaugurerà con lui una nuova procedura che il Paese non ha mai visto? Dalle risposte che verranno date potrà dipendere il modo con cui i giapponesi percepiranno la loro identità negli anni a venire e il modo con cui saranno visti dagli altri popoli, specie quelli della regione.

Attorno al capezzale del vecchio Hirohito questa lotta è già in corso. Se ne vedono i segni nella segretezza con cui l'Agenzia imperiale, teoricamente organo governativo, ma in verità uno dei centri di potere più tradizionalisti e conservatori del Paese, tiene all'oscuro non solo il pubblico, ma lo stesso governo, sulle condizioni dell'imperatore e ne gestisce l'agonia.

La morte di Hirohito sarà una svolta perché farà compiere al Giappone un salto fuori del suo passato. Con la scomparsa di Hirohito scomparirà, agli occhi del mondo, specie di quello asiatico, il simbolo delle aggressioni e delle brutalità giapponesi commesse nella regione. Il nuovo imperatore, e con lui la diplomazia giapponese, potrà finalmente muoversi sulla scena internazionale senza più il peso delle colpe passate.

L'uomo che sta morendo nel suo funereo palazzo sotto la pioggia e nel cui nome l'Asia fu messa a ferro e fuoco è già di gran lunga sopravvissuto a tutti i suoi irriducibili avversari di un tempo, da Stalin a Churchill, da Roosevelt a De Gaulle, da Truman a Chiang Kaishek e a Mao.

Il lutto

Tokyo, 12 dicembre 1988

GLI impiegati di banca vanno a lavorare con la cravatta nera in tasca. Gli annunciatori della televisione hanno il loro vestito da cerimonia appeso nell'ufficio, le famiglie la bandiera con il nastro nero a portata di mano.

Da quando governo e mass media hanno mobilitato la nazione in previsione del grande, storico lutto, nessun ministro giapponese ha lasciato il Paese, nessun dignitario straniero è stato ricevuto a Tokyo. «Le condizioni dell'imperatore si sono stabilizzate. È il Giappone che è entrato in coma», mi dice il redattore capo di uno dei grandi quotidiani di qui. «Da un mese e mezzo è come se non fossimo più parte del mondo. Non facciamo più politica estera.» Fra le varie visite annullate c'è stata quella di De Mita e quelle dei ministri degli Esteri tedesco e cinese. Il ministro degli Esteri sovietico Shevardnadze dovrebbe arrivare qui il 19 dicembre, ma ora anche quella visita è in forse.

Le conseguenze più serie della troppo affrettata e allarmistica reazione ufficiale alla malattia dell'imperatore si sono avute sull'economia. Prendendo esempio dalle cancellazioni governative, le grandi aziende giapponesi hanno cancellato feste e ricevimenti, con ciò isolandosi – specie all'estero – nel mondo degli affari. Decine di città hanno rinunciato alle loro fiere e ai loro mercati. I privati cittadini hanno rinunciato a gran parte delle loro celebrazioni. I grandi alberghi, che in Giappone sono i centri della vita sociale, hanno subìto enormi perdite (il solo Imperial Hotel a Tokyo ha perso 600 milioni di yen in un mese). I commercianti di dolciumi, di sete e di souvenir che qui vengono scambiati alla fine di ogni ricevimento sono in crisi. Giorni fa, al mercato del pesce di Tokyo, 1600 aragoste sono rimaste invendute a causa di un paio di banchetti annullati all'ultimo momento. Assieme a centinaia di camerieri, anche attori e musicisti si sono improvvisamente trovati senza lavoro per via dell'annullamento di concerti e spettacoli teatrali.

Nessuna delle cancellazioni fa riferimento all'imperatore. La formula usata da tutti è semplicemente: «... in ragione delle attuali circostanze...» Ogni giapponese sa che cosa questo vuol dire e ognuno pratica quel che qui si chiama *jishuku*, «autocontrollo, moderazione», una parola che ora tutti sembrano avere sulle labbra.

Per *jishuku* i grandi magazzini han tolto dagli scaffali i dolci fatti con la farina di fagioli rossi, perché sono il simbolo della felicità; per *jishuku* i fiorai non vendono più rose rosse. Per *jishuku* sono stati ritirati tutti gli annunci pubblicitari in cui c'erano parole come «nuovo», «nascita», «congratulazioni» perché queste avrebbero potuto far pensare alla nuova era che nascerà appena Hirohito muore e perciò essere irrispettose.

Siccome l'imperatore soffre di continue emorragie e delle sue perdite e trasfusioni di sangue si parla nei bollettini di ogni ora alla radio e alla televisione, sono stati eliminati tutti i programmi «di sangue», tipo le esibizioni di lotta, qui popolarissime.

L'autunno è in Giappone la grande stagione del turismo interno e milioni di persone si spostano da un capo all'altro dell'arcipelago per assistere alle centinaia di fiere che hanno luogo in questi giorni. Il fatto che gran parte di queste feste siano state cancellate ha dato un terribile colpo all'industria turistica e a tutte le attività a essa legate.

La città di Kyoto ha perso più di due miliardi di yen per la cancellazione del festival del fuoco e della fiera nel grande tempio di Heian. La città di Kitakyushu ha perso decine di migliaia di turisti che avrebbero dovuto partecipare alle celebrazioni della grande acciaieria locale. Persino la fiera del libro usato che si tiene ogni anno nel quartiere di Kanda a Tokyo è stata annullata.

Il conformismo che domina nella società giapponese impone a tutti di comportarsi, almeno pubblicamente, secondo *jishuku*. «Quelli che avessero l'intenzione di fare altrimenti ricevono presto un avvertimento», mi dice Isozaki Hiroguchi, segretario generale del sindacato lavoratori televisivi. «La destra è attivissima nell'impedire che qualcuno marci non al passo.»

In Giappone ci sono varie organizzazioni di estrema destra. Alcune sono visibili e rumorose come quella che ogni giorno, a ore fisse, manda per le strade di Tokyo, e in particolare attorno all'ambasciata sovietica, dei camion con altoparlanti che trasmettono musiche marziali e invettive anticomuniste. Alcune sono più sotterranee e sofisticate, altre, di tipo più o meno criminale, sono legate ai banditi, gli *yakuza*. Queste varie organizzazioni di destra, da un mese e mezzo, hanno fatto pesare sempre di più la loro presenza e membri delle organizzazioni patriottiche e neofasciste sono stati attivati nell'imporre *jishuku*.

I proprietari di negozi ricevono visite da strane persone che spiegano la necessità di *jishuku*. Grandi aziende ricevono «consigli» su quale atteggiamento tenere «... date le attuali circostanze».

I risultati sono già ovvi. Le grandi librerie di Tokyo hanno fatto sparire tutti i libri anche solo vagamente critici su Hirohito, i gestori di alcune sale di riunioni hanno rifiutato di affittarle a gruppi che volevano discutere il futuro del sistema imperiale. Tutti gli organi di stampa e specie le TV private, dipendenti dalle grandi aziende che le sponsorizzano, sono terribilmente prudenti e conformisti in tutto quel che dicono sull'imperatore.

Il fenomeno ancor più inquietante è il silenzio degli intellettuali. Nessuno dei grandi scrittori, registi, *maîtres à penser* del Paese ha finora osato esprimere pubblicamente un'opinione non conformista su quel che sta succedendo; nessuno ha osato affrontare alcuni dei cosiddetti «tabù del crisantemo» come la responsabilità di Hirohito per la seconda guerra mondiale. La ragione che viene data è che bisogna aver rispetto di una persona che muore, ma la verità è forse più in quel che uno dei grandi pensatori del Paese, accettando di vedermi, ma solo a condizione che non facessi il suo nome, mi ha detto: «Questo non è il momento di dire quel che si pensa. Ci si può rimettere la vita. La minaccia del terrorismo di destra è reale e costante».

L'incertezza dell'attesa è dura per tutti. È dura per gli stampatori che non osano sfornare calendari per il 1989 che, con ogni probabilità, porterà il nome di una nuova era e non quello di anno 64° dell'era Showa, l'era di Hirohito. È dura per i 1200 giornalisti e fotografi che si danno il turno davanti alle quattro porte del palazzo imperiale in attesa di notizie: tre sono già morti d'infarto.

In questa attesa *jishuku* continua a dominare la vita di tutti i giapponesi e in nome di *jishuku* la gente, pur intimamente stufa, è pronta ad accettare e a giustificare tutto.

Quando gli impiegati di un grande ufficio nel centro di Tokyo hanno saputo che la prevista operazione di disinfestazione intesa a uccidere piattole e scarafaggi, qui abbondantissimi, era stata annullata, molti hanno creduto che anche questo fosse dovuto alle « attuali circostanze » e che la decisione fosse stata presa perché sarebbe stato – in prospettiva buddhista – di poco rispetto sterminare tanti esseri viventi proprio mentre l'imperatore lotta così tenacemente per la sua vita. La ragione, in verità, era un'altra: l'operaio addetto alla disinfestazione era semplicemente ammalato.

La cicogna non parla più

Tokyo, 7 gennaio 1989

La voce della cicogna s'è taciuta e la città è buia e silenziosa. A tratti non si sente nell'aria che lo sbattere delle bandiere: a mezz'asta quelle sui palazzi del centro, listate a lutto quelle fuori dei negozi chiusi e sulle porte di tantissime case. Le luci al neon dei grandi pannelli pubblicitari, dei cabaret e delle sale da gioco sono state spente, le musiche messe a tacere, ma la Tokyo che ha perso il suo dio imperatore, sul trono da 62 anni, appare, al calare dell'ultima notte dell'era Showa, stranamente avvolta più nell'indifferenza che nel dolore. Il lutto sembra più il frutto di una perfetta organizzazione che della spontaneità. La prima giornata del dopo Hirohito s'è svolta come secondo un piano meticolosamente previsto da tempo in ogni suo dettaglio.

Alle 7.55 del mattino, quando è stato dato l'annuncio ufficiale che il *Tenno Heika*, « sua maestà il sovrano del cielo », era morto alle 6.33, dinanzi al palazzo imperiale c'erano solo frotte di poliziotti e giornalisti, ma, nel giro di pochi minuti, la straordinaria macchina giapponese si è messa in moto, rivelando tutta la sua efficienza e il suo conformismo. Gli impiegati delle banche, le commesse dei grandi magazzini, che aprivano come ogni giorno i battenti, avevano già la cravatta per l'occasione o piccole coccarde bianche e nere sul petto. Già alle 8.30, alle uscite della metropolitana e al grande incrocio di Ginza, i camion dei giornali scaricavano le edizioni straordinarie – tutte con titoli identici – che venivano distribuite gratuitamente ai passanti. Nessuno sembrava sorpreso. Questa morte, aspettata ogni giorno dal 19 settembre scorso, quando Hirohito ebbe una massiccia emorragia, risultato del cancro al pancreas di cui soffriva, pareva ormai un fatto scontato cui il Giappone s'era già abituato.

Anche fra la gente che, subito dopo l'annuncio, ha cominciato ad affluire sulla spianata dinanzi al palazzo imperiale, c'era più teatralità rituale che naturale emozione. Quando un'anziana donna s'è inginocchiata sulla ghiaia, piangendo, è stata sommersa da una ressa di fotografi. Tre membri di un'organizzazione di destra, venuti di corsa, cercando di essere loro i primi, hanno dovuto ripetere varie volte le loro genuflessioni per soddisfare le numerosissime telecamere. Mentre attorno al palazzo la folla s'infoltiva, punteggiata dai bonzi nazionalisti con le loro litanie e dai membri delle organizzazioni neofasciste nelle loro uniformi paramilitari, nel resto della città la vita continuava nella sua normalità. Per tutta la giornata migliaia e migliaia di persone hanno approfittato del sabato festivo per andare a fare la tradizionale passeggiata dell'inizio dell'anno al tempio Meji.

Alle dieci del mattino, all'interno del palazzo s'è svolta la cerimonia del trasferimento dei «tesori» e dei sigilli imperiali, con cui Akihito è formalmente succeduto al padre. Il nuovo imperatore, affiancato dai figli e in presenza del governo guidato dal primo ministro Takeshita, si è visto presentare dal capo ciambellano pacchi di seta contenenti gli oggetti sacri (una sorta di spada-clava e un gioiello) che, secondo la mitologia shintoista, sarebbero stati dati dalla dea del sole per proteggere i suoi discendenti: gli imperatori del Giappone. Il tutto si è svolto in silenzio. La cerimonia è durata solo quattro minuti. La novità è stata che il rito era modernizzato e che, invece dei vecchi abiti tradizionali giapponesi, tutti i partecipanti indossavano vestiti occidentali. Ciò che invece è stato come in passato e che per questo potrà essere oggetto di controversia, è il fatto che il governo ha dichiarato questa cerimonia, di per sé prettamente religiosa, «un atto di Stato».

La morte di Hirohito mette fine a un'epoca. Allo scoccare della mezzanotte si conclude il 64° anno dell'era Showa, e incomincia il primo anno della nuova era, chiamata *Heisei*, la «pace realizzata». Il nome, annunciato dai giornali del pomeriggio, di nuovo tutti identici nei loro titoli di prima pagina, ha lasciato molti insoddisfatti, specie i giovani che avrebbero voluto che quest'anno fosse, come per il resto del mondo, il 1989.

Nel mio quartiere, i negozi che affittano le videocassette erano affollati come non mai di ragazzi e ragazze che si procuravano qualche film per passare i due giorni di lutto nazionale previsti senza dover guardare i vari canali televisivi che ininterrottamente, tutti allo stesso modo, continuano a trasmettere la storia di un'era che non è più.

Dall'arrivo in Giappone m'era parso ovvio che la sua era la figura più interessante e misteriosa del Paese, ma era impossibile avvicinarcisi o trovare materiale originale* su di lui. Una volta, grazie a un influente amico giapponese, con Angela ottenni il permesso di andare «al di là del fossato» e di passare una mattinata in visita al suo «regno»: la piccola risaia, il laboratorio scientifico, il parco, le stalle, la collezione di *bonzai*, il tempio shintoista.** Fu anche quello un modo per prepararmi a scrivere di lui.

Hirohito: prigioniero della storia

Tokyo, 7 gennaio 1989

Era nato per essere un dio ed è morto come ogni altro uomo. Per moltissimi giapponesi è stato un eroe, per altri un criminale di guerra. La storia ufficiale vuole che sia stato il centoventiquattresimo imperatore del Giappone, ma questo, come altri dettagli della sua vita, è falso. È stato uno dei grandi personaggi di questo secolo, ma resta anche il più sconosciuto. La sua morte non ha sciolto l'enigma. Anzi.

* Per anni la sola biografia esistente è stata quella scritta da un inglese.

** Il resoconto di quella visita, così come dei nostri cinque anni a Tokyo, è nel diario di Angela, *Giorni giapponesi*, pubblicato da Longanesi nel 1994.

Nel 1945, la Gran Bretagna, l'Australia, la Cina e l'Unione Sovietica volevano che Hirohito fosse giudicato e impiccato. Tra alcune settimane i rappresentanti di quegli stessi Paesi, assieme ai dignitari di tutto il mondo, verranno invece a rendere omaggio alla sua salma.

Chi davvero sia stato Hirohito non lo si saprà forse mai perché tutte le informazioni su di lui – dai suoi pensieri di tre quarti di secolo fino ai suoi ultimi respiri di poche ore fa – sono sempre state e continueranno a essere gestite e controllate dall'apparato di corte il cui compito, da sempre, è quello di tenere l'imperatore in un mistico, impenetrabile mistero e proiettare di lui un'immagine pubblica consona alle necessità politiche del momento.

Assieme a migliaia di giapponesi e ad alcuni stranieri ho visto Hirohito da vicino, per l'ultima volta, il 29 aprile, il giorno del suo ottantasettesimo compleanno. La folla, ammessa eccezionalmente all'interno del recinto imperiale, sventolava delle bandierine di plastica e urlava: «*Tenno Heika Banzai!*» «Lunga vita a sua maestà il sovrano del cielo!» E lui, dal balcone, dietro uno spesso vetro antiproiettile, installato dopo che uno dei suoi sudditi, in una simile occasione, gli aveva tirato contro alcune biglie di ferro, rispondeva con un lento saluto della mano.

Era come se quel gesto venisse dall'interno muto di un acquario, come se lui fosse su un palcoscenico e gli toccasse fare, ancora una volta, la parte che gli era stata assegnata. Più che un protagonista della storia giapponese, Hirohito pareva piuttosto esserne un prigioniero. Forse lo è sempre stato.

Per tutta la vita, il destino di Hirohito è stato quello di essere un simbolo: un simbolo diverso a seconda della diversità dei tempi. Fino al 1945 è stato il simbolo del Giappone guerriero e aggressivo, dopo il 1945 del Giappone sconfitto, nell'ultimo decennio del Giappone economicamente di grande successo e alla ricerca di una sua identità culturale. Ogni volta un simbolo usato da altri nel perseguimento di obiettivi con cui lui non era necessariamente d'accordo. Almeno non ce ne sono le prove.

Quando gli americani, dopo la sconfitta, occuparono il Giappone, scoprirono che gli archivi del quartier generale militare, installato nel palazzo imperiale, erano stati distrutti; chi, come lo storico David Bergamini, autore di *The Imperial Conspiracy*, ha cercato di documentare la partecipazione diretta di Hirohito nella pianificazione della guerra contro la Cina nel 1931 e contro gli Stati Uniti e l'Asia del Sud-Est nel 1941, ha dovuto farlo ricorrendo a fonti secondarie.

Non c'è dubbio alcuno che Hirohito sia stato moralmente e politicamente responsabile della guerra. Se in alcuni casi si dimostrò riluttante, fu solo perché non si fidava completamente dell'ottimismo dei suoi generali e non era convinto delle loro assicurazioni di vittoria. Il clima ideologico in cui era cresciuto non gli aveva certo ispirato i sentimenti pacifisti o i princìpi democratici che la storiografia di corte oggi gli vuole attribuire.

Quando Hirohito nacque – ufficialmente nel 1901, ma molto più probabilmente nel 1900, di nascosto, perché i suoi genitori non erano ancora sposati –, il Giappone aveva appena cominciato a trasformarsi da un insignificante Paese feudale d'Oriente in una moderna potenza mondiale. Sotto la guida di suo nonno, l'imperatore Meiji, salito al trono nel 1868, il Giappone aveva deciso che, per mettersi al pari con l'Occidente, doveva imparare, copiare e prendere dall'Europa tutto ciò che serviva. Fu così che la Costituzione giapponese venne stilata sulla falsariga di quella prussiana, la marina fu fatta sul modello di quella inglese, l'esercito su imitazione di quello francese. Alcune migliaia d'ingegneri, giuristi e militari vennero ingaggiati in Europa e portati in Giappone come *yatoi*, «macchine viventi» (un interessante modo di chiamare gli stranieri!), per insegnare tutto quel che sapevano.

Nel cuore di questo Giappone moderno venne trapiantato un concetto antico: quello dell'imperatore-dio. Anche questo non era farina del sacco di Tokyo. L'idea, i giapponesi la presero da Bismarck. Da secoli la famiglia imperiale viveva isolata a Kyoto e molti giapponesi non sapevano neppure dell'esistenza del *Tenno*. L'imperatore fu portato a Tokyo e la sua figura messa al vertice del sistema politico e di quello religioso, costituito dallo shintoismo. Attorno a quella figura si ricostruì il mito di un'ininterrotta discendenza divina che risalirebbe al VI secolo avanti Cristo, vale a dire a mille anni prima che i giapponesi imparassero – dai cinesi – a scrivere.

Nel giro di pochi anni il Giappone cambiò faccia e s'impose sulla scena mondiale. Il suo impatto fu essenzialmente militare. Sei anni prima che Hirohito venisse al mondo, il Giappone aveva attaccato e sconfitto la Cina; quattro anni dopo la sua nascita, il Giappone sconfisse la Russia, diventando così il primo Paese orientale a battere una potenza «bianca», occidentale. Il destino del futuro imperatore fu indubbiamente segnato da questi avvenimenti e non è certo un caso che il vestito indossato dal piccolo Hirohito, in occasione della sua prima apparizione in pubblico (aveva quattro anni e dovette andare alla stazione di Shimbashi a ricevere un inviato di Edoardo VII d'Inghilterra), fu una minuscola uniforme da ufficiale di marina.

A undici anni Hirohito ricevette una lezione che lo influenzò per il resto della sua vita: il giorno in cui suo nonno, l'imperatore Meiji, venne sepolto, il giovane principe venne chiamato dal generale Nogi, il suo tutore, cui lui era legatissimo. Per tre lunghissime ore Nogi parlò a Hirohito di quel che l'imperatore era stato per lui e del fatto che, dopo averlo servito per tutta la vita, ora doveva seguirlo nella tomba. Nogi si congedò dal principe, rientrò nella sua residenza e lì, nella maniera tradizionale, si sventrò, dando al ragazzo un'ultima lezione su quel che aveva da essere «la via giapponese».

La sua fu un'infanzia tristissima. Come futuro dio, al giovane Hirohito furono proibite tutte le relazioni che un ragazzo avrebbe potuto avere con comuni mortali. Crebbe senza amici e fin da allora ogni attimo delle sue giornate venne regolato dall'Agenzia imperiale che, fino alla sua morte, non lo ha lasciato un momento solo. Una delle gioie del giovane Hirohito era giocare a *go*, una sorta di dama. A 12 anni decise di rinunciarci: s'era accorto che tutti quelli che giocavano con lui lo facevano sempre vincere. «La mia vita è stata come quella di un uccello in gabbia», disse in un'eccezionale intervista con un giornalista giapponese 18 anni fa.

Come succede ancora oggi alla maggioranza dei giapponesi, Hirohito ebbe la sua prima sensazione di libertà quando andò all'estero. Il viaggio di sei mesi che nel 1921 fece in Inghilterra, Francia e Italia fu uno dei periodi più felici della sua vita. A Londra vide per la prima volta un giornale intero (a Tokyo gli ufficiali di corte gli avevano fino allora permesso solo di leggere alcuni ritagli); a Parigi venne, per la prima volta, trattato come una persona normale (un controllore gli impedì di montare su un vagone del treno perché già troppo affollato). Uno dei ricordi di quel viaggio cui più ha tenuto era un biglietto della metropolitana che si era potuto comprare da solo.

Ritornare dall'Europa significò per Hirohito ritornare in gabbia. Suo padre, l'imperatore Taisho, era diventato progressivamente sempre più matto (a una seduta del parlamento che avrebbe dovuto inaugurare prese il foglio col discorso che doveva leggere, lo arrotolò ben bene e, portandoselo a un occhio a mo' di cannocchiale, si mise a guardare a uno a uno i membri di quella compassata assemblea) e doveva essere tolto di mezzo. Hirohito fu così nominato reggente e cominciò a svolgere tutte le funzioni imperiali.

Nel 1926, alla morte di Taisho, Hirohito salì formalmente sul trono, un posto che – alcuni dicono – non aveva mai particolarmente desiderato. Il suo vero interesse era la scienza. Gli ufficiali di corte, non appena il giovane Hirohito espresse il suo desiderio di studiare zoologia, suggerirono che a un futuro imperatore sarebbe convenuto occuparsi di animali grandi e nobili, tipo il leone, ma lui, con una modestia che ha poi mostrato in altre occasioni, decise di specializzarsi nelle più minuscole, quasi invisibili creature che vivono sul fondo dei mari. Così era almeno sicuro che nessun altro giapponese avrebbe dovuto abbandonare le proprie ricerche per far posto a lui. Inoltre questo tipo di ricerca gli avrebbe permesso ogni tanto di andare in mare, su una barchetta, senza troppi funzionari di corte al suo seguito.

Una volta salito al trono, fece la sua parte ogni tanto anche con durezza, come nel 1936, quando diede personalmente l'ordine di soffocare una rivolta di giovani ufficiali. Ai militari che dominavano sempre di più la scena politica, però, non si oppose mai e finì per avallare, con la sua firma, ogni passo della guerra giapponese prima contro la Cina, poi contro gli Stati Uniti a Pearl Harbor.

I militari spinsero fino al parossismo il culto della sua personalità e, senza che lui si opponesse, un'intera generazione venne condizionata a uccidere e a morire in suo nome. Ogni giapponese che camminasse davanti al suo palazzo o anche passasse a bordo di un tram a distanza doveva inchinarsi verso la residenza. Quando il suo treno passava attraverso il Paese, la gente doveva chiudere le finestre e non alzare gli occhi per guardarlo.

Nella solitudine del suo palazzo, Hirohito visse in una continua contraddizione. Come scienziato doveva avallare il non scientifico fatto di aver fra i suoi antenati di 124 generazioni la dea del sole e un coccodrillo, un mito che i giapponesi s'inventarono nel VII secolo per non essere da meno dei loro vicini cinesi e coreani che vantavano vecchissime e – nel loro caso – più autentiche discendenze.

Pur dovendo rappresentare la quintessenza della « giapponesità », Hirohito era in verità – e lo è rimasto sino alla fine dei suoi giorni – un grande ammiratore dell'Occidente. Diversamente dalla maggioranza dei giapponesi, non ha mai dormito per terra, sul *tatami*, la stuoia di paglia, ma in un letto alto di fattura europea; le sue giornate sono sempre cominciate con una colazione non di alghe e pesce, ma di uova e prosciutto; i suoi abiti sono stati per lo più di foggia occidentale. Uno dei suoi contributi al Giappone di oggi è stata l'introduzione del golf, che lui giocò per la prima volta durante la sua visita in Inghilterra e che è nel frattempo divenuto di gran moda fra i suoi sudditi.

Se anche avesse avuto dubbi sulla guerra, il fatto è che Hirohito non fece nulla per fermarla, non prese posizione contro i suoi generali e che la sua minuta, occhialuta figura in uniforme, intirizzita in groppa a un cavallo bianco, diventò per il resto del mondo il simbolo dell'aggressione e della brutalità giapponesi. Dal 1931 al 1945 la politica di Tokyo fatta in nome di Hirohito è costata circa 18 milioni di morti alla Cina, 2 milioni di morti all'Indonesia, più d'un milione alle Filippine, 200.000 alla Corea, a parte i morti alleati e quelli giapponesi.

Non c'è dubbio alcuno che Hirohito, in quanto comandante in capo delle forze armate imperiali, sapeva del corso della guerra e delle atrocità che venivano commesse dalle sue truppe. Uno dei comandanti responsabili del massacro di Nanchino, avvenuto nel 1937, in cui più di 100.000 civili cinesi furono uccisi a sangue freddo nel giro di tre giorni, era il principe Asaka, suo zio; Hirohito, poco dopo il massacro, lo ricevette a palazzo per conferirgli onorificenze e medaglie.

Hirohito non poteva non essere al corrente della attività del famigerato «Gruppo 731», l'unità giapponese specializzata nella guerra batteriologica, che in Manciuria fece i più barbari esperimenti su prigionieri cinesi e alleati uccidendone, dopo spaventose torture, alcune migliaia: l'imperatore aveva personalmente consegnato il sigillo e il gagliardetto al suo comandante. Un ufficiale americano incaricato, dopo la guerra, di studiare quel che i giapponesi avevano scoperto con i loro esperimenti di guerra batteriologica, ha recentemente confermato che sui documenti di quell'unità c'era spesso il nome dell'imperatore. Ha ugualmente confermato che gli americani decisero di mantenere il segreto sulla faccenda e di concedere l'immunità a tutti i giapponesi membri del «Gruppo 731» in cambio della loro esperienza e dei risultati ottenuti.

A favore di Hirohito c'è il ruolo che all'ultimo momento svolse nel costringere il suo ancora titubante governo ad accettare la sconfitta – una parola, questa, che poi, da bravo giapponese, riuscì sempre a evitare – e a mettere così fine alla guerra. Quando alcuni suoi generali, nonostante le due bombe atomiche su Hiroshima e Nagasaki, pensavano ancora di armare la popolazione civile e di lottare contro gli americani casa per casa, Hirohito, il 15 agosto 1945, parlò per radio ai suoi sudditi, dicendo loro che era venuto il momento «di sopportare l'insopportabile». Era la prima volta che la gente comune sentiva la sua voce, «la voce della cicogna», come i giapponesi chiamano quella le cui parole non possono che essere obbedite.

Quella decisione salvò alcune centinaia di migliaia di vite sia giapponesi sia americane. Non assolse però Hirohito dalle sue colpe. Lui stesso le ammise, a quanto pare. Nel settembre 1945, quando si presentò al generale MacArthur, venuto a governare il Giappone alla testa delle truppe americane di occupazione, Hirohito disse: «Son venuto a sottopormi al giudizio degli Alleati per tutto quello che il mio popolo ha fatto nel corso della guerra».

Il fatto è che l'unica fonte di questo episodio è MacArthur stesso il quale, stranamente, ne parla solo nelle sue memorie scritte anni dopo. MacArthur fu «profondamente impressionato» da un simile atteggiamento e «si rese conto di aver davanti il primo gentiluomo del Giappone». Questa versione dei fatti non è forse quella vera, ma quella che tornava bene alla nuova immagine che gli americani volevano dare dell'imperatore. In privato, MacArthur parlava dell'imperatore come di «quel Charlie» e la figura magra di Hirohito, coi pantaloni grigi a strisce e la giacca nera a falde, come un Charlie Chaplin orientale, accanto all'imponente generale americano in maniche di camicia e con le mani sui fianchi, divenne il simbolo del Giappone pentito, remissivo, battuto e disposto a collaborare.

Di quel primo incontro resta l'aneddoto secondo cui MacArthur offrì all'imperatore una sigaretta che Hirohito, per non rifiutare, fumò (per la prima e l'ultima volta), con grandi colpi di tosse e un grande imbarazzo. Ciò che davvero si dissero quella volta e le altre undici in cui s'incontrarono resta ancora oggi un segreto. Contrariamente al resto degli Alleati che avrebbero voluto arrestare Hirohito, processarlo come criminale di guerra e possibilmente anche impiccarlo, gli americani avevano già da tempo deciso di salvargli la vita e di usare il suo prestigio per pacificare il Giappone e avviare una serie di riforme che gli americani ritenevano indispensabili. Metterlo alla sbarra con gli altri criminali di guerra avrebbe soltanto aizzato i giapponesi a una guerriglia antiamericana e aiutato in ultima analisi i comunisti giapponesi, i quali, dopotutto, erano gli unici, all'interno del Paese, a voler abolire il sistema imperiale.

Al processo di Tokyo, il generale Tojo si azzardò a dire di «non aver mai fatto niente contro i desideri dell'imperatore», ma fu presto convinto a rinunciare a quella linea di difesa che avrebbe indicato l'imperatore come la più alta autorità da cui erano, anche formalmente, emanati tutti gli ordini. Il nome di Hirohito venne tolto dalle liste dei criminali e l'imperatore non venne sentito neppure come testimone. Il giorno in cui il suo primo ministro Tojo e altri sei suoi sudditi furono impiccati nella prigione di Sugamo, lui, Hirohito, rimase in silenzio nel suo palazzo. Era il giorno in cui suo figlio ed erede Akihito compiva 15 anni.

La seconda guerra mondiale contro il nazifascismo era stata vinta, ma un'altra guerra era iniziata: quella fredda contro il comunismo e il Giappone, sotto la guida spirituale di Hirohito, poteva diventare un importantissimo alleato dell'Occidente nello scacchiere asiatico. La dimostrazione venne presto con la guerra di Corea. L'unica condizione che gli americani imposero a Hirohito per mantenerlo sul trono fu che rinunciasse a essere «dio». Lo fece senza alcuna difficoltà. Lo fece di buon grado e il primo gennaio 1946, in un giapponese classico che pochi dei suoi sudditi erano in grado di capire, annunciò alla nazione di essere «umano». Umano, ma non per questo più libero.

«La porta della gabbia è aperta, ma dove posso volare?» disse a uno dei suoi aiutanti. «Ho una sola canzone da cantare. Perché dovrei sprecarla là dove il vento se la porterebbe via?» La canzone, questa volta, era quella che gli era stata scritta dagli americani e aveva a che fare con il consolidamento delle relazioni fra Tokyo e Washington. Hirohito la cantò alla perfezione, fino nei dettagli. Anche di questo resta un simbolo: durante la sua visita negli Stati Uniti nel 1971, andò anche a visitare Disneyland e tornò a Tokyo portando al polso un orologio con l'immagine di Topolino. Da allora, l'imperatore l'ha indossato spesso, anche in occasione di alcune cerimonie ufficiali. «Quell'orologio dice più di mille discorsi di mille primi ministri», ha scritto Henry Scott Stokes, conoscitore del Giappone.

Molti giapponesi hanno imputato a Hirohito l'americanizzazione del loro Paese dopo il 1945. Altri non gli hanno perdonato la rinuncia alla sua natura divina, in nome della quale più di due milioni di giapponesi erano morti in guerra. «Perché l'imperatore è dovuto diventare uomo?» si chiede il protagonista *kamikaze* di un romanzo di Yukio Mishima.

Negli anni immediatamente successivi alla guerra, Hirohito e sua moglie, l'imperatrice Nagako, girarono il Giappone in lungo e in largo, visitando fabbriche, scuole, villaggi di contadini e incoraggiando la gente a ricostruire il Paese dalle macerie della guerra. Hirohito divenne così una figura popolare, avvicinabile, democratica. Molti giapponesi finirono per chiamarlo «il signor *Ah so desu-ka!*» («Ah, è così!») dalla frase che lui ripeteva ogni volta che qualcuno gli parlava in pubblico. Ma fu un periodo breve. Nel 1951, quando l'occupazione americana finì, Hirohito tornò a rinchiudersi nel suo palazzo, isolato, lontano dal popolo. «Non ho bisogno d'invidiare chi viaggia», disse all'ambasciatore americano Reischauer, «ora che ho un bel binocolo.»

Ancora una volta Hirohito cambiava immagine: diventava il simbolo del Giappone che il generale De Gaulle aveva definito «il Paese dei venditori di transistor».

Benché la Costituzione del dopoguerra dica che l'imperatore è solo «il simbolo dello Stato e dell'unità della nazione», lentamente l'apparato di corte, tenendolo lontano dalla gente e dietro la «cortina del crisantemo», gli ha restituito parte della passata aura d'intoccabilità. Il modo con cui la nazione è stata mobilitata durante l'agonia dell'imperatore, il modo con cui la stampa e la televisione hanno dato le notizie sono stati la riprova che, anche sul letto di morte, Hirohito è stato usato: questa volta dalle forze conservatrici del Paese che vogliono rafforzare il sistema imperiale e rimettere al centro del Giappone tecnologico e moderno la figura religioso-politica dell'imperatore come fonte di autorità spirituale per i disorientati giapponesi. Hirohito è stato di nuovo prigioniero di giochi ai quali non ha mai avuto il coraggio di opporsi. «Se solo per un giorno potessi non essere imperatore», aveva detto una volta.

Fino all'ultimo momento non c'è riuscito.

Nei complicati preparativi per il funerale uno dei pericoli di cui le autorità giapponesi dovettero tenere conto era un possibile attentato terroristico. La minaccia veniva soprattutto dai gruppuscoli dell'ultrasinistra radicale e sedicente rivoluzionaria. Questi «guerriglieri» mi incuriosivano.

I matti del «Forte»

Tokyo, 23 febbraio 1989

«AL funerale di Hitler non ci sarebbero andati. Allora perché sono venuti a questo? Per i popoli del mondo è un tradimento e l'esercito rivoluzionario punirà i traditori... qui... qui...» e col dito indica, su una carta di Tokyo, distesa sul tavolino, un punto preciso: il giardino imperiale di Shinjuku dove presidenti, primi ministri e regnanti di tutto il mondo – «i traditori» – si riuniranno per rendere omaggio a Hirohito. L'uomo che mi sta dinanzi – cinquant'anni, maglione nero, occhi neri inquieti – in un bunker di cemento nel centro di Tokyo parla dell'imperatore come di un «Hitler del Giappone», del funerale come della «battaglia finale», di questo 24 febbraio come del «giorno storico in cui comincerà il grande tumulto mondiale».

Sono nel quartier generale del *Chukaku-ha*, il «nucleo centrale», l'organizzazione terroristica più temuta del Giappone, quella che nel maggio del 1986 fece tremare Tokyo con cinque razzi sparati contro il vertice dei Paesi industrializzati, quella che ora ha promesso di seppellire Hirohito con un gran botto. DOBBIAMO ATTACCARE E DISTRUGGERE IL GRANDE FUNERALE, è scritto a caratteri cubitali sulla prima pagina del settimanale del *Chukaku-ha* fresco di stampa, sotto la parola d'ordine, il piano di battaglia e un'enorme freccia nera per indicare ai militanti del gruppo la direzione di marcia per l'attacco al giardino imperiale.

«La minaccia terrorista è reale, ma siamo pronti a ogni evenienza», ha detto giorni fa uno dei responsabili della sicurezza della capitale. 32.000 uomini sono in stato di emergenza, ovunque ci sono posti di blocco, alcune strade sono già chiuse, vari elicotteri e ora anche un dirigibile scrutano dall'alto il corpo grigio di questa immensa città di 12 milioni di abitanti, cercando di cogliere qualcosa di sospetto.

Ma chi sono questi «terroristi» capaci di mettere in scacco una società così moderna e controllata come quella giapponese? Diversamente che in altri Paesi, in Giappone i terroristi hanno un numero di telefono e un indirizzo e non mi è stato tanto difficile andarli a trovare. Dieci minuti a piedi dalla stazione della metropolitana di Ikebukoro, davanti a un benzinaio, fra un negozio di chitarre e una stamperia, c'è una palazzina di cemento a tre piani, dipinta di rosso scuro. Le finestre sono protette da enormi inferriate, dal tetto, come dagli spalti d'un castello medievale, un «guerrigliero» con un elmetto bianco e un asciugamano che gli copre metà della faccia, scruta con un binocolo le macchine che passano, la gente che si avvicina e con un walkie-talkie informa quelli che stanno dentro.

La porta d'accesso al «Forte», come lo chiamano i vicini, è una lastra di acciaio spessa 15 centimetri e protetta da sacchi di sabbia, come fosse una postazione militare. Busso. Da uno spioncino vengo riconosciuto (esser stranieri in questo caso aiuta). La porta si apre e mi trovo in un minuscolo cubicolo di cemento dinanzi a una seconda porta di ferro. Solo quando la prima si chiude, con un gran sferragliare di chiavistelli e sbarre, si apre la seconda. Due «guerriglieri», con elmo, asciugamano sulla bocca e occhiali neri, mi conducono nel bunker dove mi aspetta il «capo». Il bunker è isolato acusticamente. «Non vogliamo che la polizia ci ascolti.» «Già, ma la polizia non viene mai qui, non vi arresta?» chiedo subito.

«Sì, ogni tanto ci attaccano, ma noi siamo un'organizzazione politica legale e la polizia deve rispettare la legge», dice, «non può arrestare un'organizzazione.» Il punto giuridico è che tutti gli attentati, ora rivendicati dal *Chukaku-ha*, sono opera dell'esercito rivoluzionario i cui membri fanno esclusivamente attività clandestina. «È l'esercito rivoluzionario che attaccherà le cerimonie», dice il capo. «Il capitalismo internazionale è in crisi e si sta dividendo in blocchi. Da un lato c'è l'Europa, dall'altro gli Stati Uniti, il Giappone viene lasciato fuori e soffrirà più d'ogni altro dell'imminente crollo economico. Il Giappone è l'anello più debole del sistema imperialista. È da qui che comincerà la rivoluzione. Presto, molto presto.»

Ad ascoltare questo signore cinquantenne parlare con la retorica di uno studente degli anni '60 in un assurdo bunker della città più materialista, più proiettata verso il futuro e meno prerivoluzionaria del mondo, viene da credersi dinanzi al sopravvissuto d'una tribù spersa nel tempo, d'avere a che fare con un ultimo gruppo di testardi romantici, incapaci di rinunciare ai loro sogni giovanili e le cui minacce di punire i «traditori», venuti al funerale di Hirohito, resteranno vuote parole.

Niente affatto. «Un traditore è appena stato punito dall'esercito rivoluzionario», dice con sorprendente ovvietà il «capo». E non mente. La notizia è sul giornale. Due settimane fa un sindacalista delle ferrovie, militante di un'altra organizzazione radicale, *Kakumaru*, la «rivoluzione marxista», accusato dal *Chukakuha* di essere un informatore della polizia, «è stato distrutto completamente», come scrive il giornale di questi «guerriglieri». In altre parole, è stato assassinato.

Non è il solo. Dalla fine degli anni '60, quando il movimento studentesco si divise in varie fazioni, più di 150 persone sono state eliminate nelle faide fratricide fra «rivoluzionari». I *Chukakuha* hanno avuto la meglio e sono oggi i più forti. Hanno circa 2000 militanti e una notevole capacità tecnologica dovuta al fatto che molti dei loro uomini sono ex studenti di facoltà scientifiche e di ingegneria. Due anni e mezzo fa, attaccando semplicemente alcuni centri di controllo elettronico delle ferrovie, riuscirono, per un intero giorno, a bloccare i treni più importanti del Paese e a lasciare a piedi dieci milioni di viaggiatori. Due anni fa, al vertice di Tokyo, sorpresero la polizia lanciando razzi ad accensione automatica e con una gittata di quattro chilometri.

E questa volta che faranno? Uscendo dal «Forte» come da un'isola di follia e tornando nella diversa follia di Tokyo che si prepara alla storica scadenza, le promesse del «capo» mi restano, inquietanti, nella testa, perché mi è sempre più chiaro che il funerale, con tutti i suoi straordinari partecipanti, è per questi «guerriglieri» un'occasione unica per fare qualcosa, per far parlare di sé e poter continuare a credere nella propria follia.

L'inchino del mondo

Tokyo, 24 febbraio 1989

FREDDO il tempo, freddissima l'atmosfera. Hirohito è uscito dalla scena giapponese con un funerale gelido, meccanico e senza emozioni: una perfetta *pièce* di teatro per un pubblico d'eccezione, fatto di re, presidenti e primi ministri, venuti qui per dovere o per soldi, ma non certo una commossa cerimonia d'addio sentita dalla gente.

Alle 9.35 del mattino, quando, sotto una pioggia fine e incessante, il corteo funebre di 60 macchine ha lasciato il palazzo imperiale e si è diretto verso il giardino di Shinjuku, lungo i sei chilometri di strada non c'era la folla di un milione di persone che le autorità si aspettavano. Al massimo ce n'erano 200.000. La più comune espressione sulla faccia della gente era la curiosità. Nessuno piangeva, solo alcuni tenevano le mani giunte in segno di saluto, molti scattavano una foto ricordo. In quel carro funebre, nero, con le tendine bianche tirate e un semplice crisantemo d'oro al posto della targa, passavano i resti mortali di un uomo che per molti era stato un dio, passavano il simbolo della sconfitta e il simbolo della rinascita del Giappone, ma era come se tutto questo non toccasse più nessuno. Per la gente difendersi dalla pioggia, per le migliaia di poliziotti schierati lungo il percorso stare in guardia contro dimostranti e terroristi sembravano i pensieri dominanti.

Quando il corteo è entrato nel giardino di Shinjuku, fra due ali di militari in alta uniforme che presentavano le armi, ed è incominciata la vera e propria cerimonia, tutto il simbolismo si è perso nella banalità della perfezione organizzativa. Gli inservienti correvano a ritirare i cappucci di plastica con cui i sacerdoti shintoisti, in attesa, avevano protetto le loro tuniche verde marcio, i loro berretti neri di foggia antica. I monitor, piazzati davanti alle file degli ospiti, trasmettevano le immagini per chi era troppo lontano. Un enorme dirigibile con su scritto POLIZIA è comparso nel cielo proprio sopra la bara, e d'un tratto è stato quel mostro moderno a essere il protagonista della scena, e non Hirohito, arrivato per la sua ultima visita in quel giardino dove nel 1927 si celebrò il funerale di suo padre, l'imperatore Taisho, e prima, nel 1905, la vittoria del Giappone sulla Russia.

La bara è stata tolta dalla macchina e messa su un pesantissimo palanchino di legno e bambù portato a spalla da 120 giovani in lunghe toghe nere. Quella massa di zoccoli di legno che, a piccoli passi, come un enorme millepiedi, faceva scricchiolare la ghiaia muovendosi verso l'altare, ha dato un tocco antico più di tutti i costumi e gli stendardi che parevano invece usciti dai bauli di una compagnia teatrale.

Ai 10.000 ospiti, rattrappiti sotto le tende bianche battute dal vento e dalla pioggia, le note della marcia funebre, scritta cent'anni fa da un tedesco, e i sibili degli zufoli di corte che suonavano la musica tradizionale della *Grande tristezza* sono arrivati assieme al gracchiare lugubre delle cornacchie che volteggiavano sugli alberi del parco. Il tuono dei 21 colpi di cannone, sparati in onore dell'imperatore, ha fatto certo pensare tanti, in quell'internazionalissima assemblea, ai milioni di altri colpi di cannone sparati in suo nome durante i 14 anni di guerra che misero a ferro e fuoco l'Asia intera.

Dietro il baldacchino, da solo, sotto un ombrello grondante, camminava lento il nuovo imperatore Akihito, in un cappotto di taglio moderno; alcuni metri dietro l'imperatrice Michiko, ottocentesca, in gramaglie, la faccia nascosta da un lungo velo nero. Seguivano gli altri dignitari. Ai due lati, i tendoni con gli ospiti già seduti. Nelle prime file, regnanti e presidenti; dietro, gli altri rappresentanti, moltissimi del Terzo Mondo, venuti qui semplicemente a chiedere una fetta di quegli aiuti economici che fanno ormai del Giappone il più grande donatore del pianeta.

La cerimonia shintoista, vista da molti giapponesi come un'aperta violazione della Costituzione (i rappresentanti di quattro partiti del Paese, più varie personalità, hanno per questo rifiutato di parteciparvi), è durata un'ora e mezzo. Akihito ha letto il suo commiato dal padre, i sacerdoti hanno fatto le offerte di cibo e di seta, tutti gli ospiti hanno dovuto alzarsi.

Poi, come nell'intervallo di una rappresentazione teatrale, è calato un sipario. Il *tori*, l'arco di legno, controverso simbolo dello shintoismo, è stato rimosso e, per un'altra ora, è continuata la cerimonia di Stato col commiato del primo ministro Takeshita e quell'ultimo, importantissimo atto che pareva costituire una delle ragioni principali della cerimonia: l'inchino del mondo.

Chiamati, a uno a uno, dalla voce di un altoparlante, i 163 rappresentanti stranieri si sono alzati e, a uno a uno, sono andati dinanzi alla bara di Hirohito a rendergli omaggio. Alcuni con un semplice cenno del capo, altri con un profondo piegarsi del corpo. Il protocollo diplomatico avrebbe voluto che l'ordine di precedenza fosse quello dell'anzianità nella loro funzione, ma i giapponesi, per permettere all'americano Bush, appena diventato presidente, di non venire per ultimo, hanno imposto un loro ordine, mettendo Bush subito dopo Mitterrand e Weizsäcker e relegando il presidente Cossiga al 28° posto dopo vari altri presidenti, tra cui Cory Aquino. «Più che all'imperatore Showa, gli ospiti stranieri si sono inchinati alla nuova potenza economica del Giappone», ha detto in diretta un commentatore televisivo.

Poco prima delle due del pomeriggio il corteo funebre, con la bara rimessa nella macchina, ha lasciato il giardino di Shinjuku e ha percorso i 60 chilometri verso il cimitero imperiale di Hachioji. Lungo il percorso due militanti del gruppo di ultrasinistra *Chukaku-ha* hanno scavalcato le transenne urlando: «Abbasso Hirohito, criminale di guerra!» Sono stati immediatamente arrestati. Una bomba, nascosta in un estintore, è esplosa in un punto strategico della sopraelevata che porta all'autostrada, aprendo un buco di due metri, ma senza bloccare il corteo.

A Hachioji, in una cerimonia che è durata fino a notte inoltrata, la bara di Hirohito è stata calata nel mausoleo. Assieme a lui sono stati inumati un centinaio di oggetti che gli erano cari: un microscopio, un cappello, una cravatta, dei calzini, alcune decorazioni e una spada.

Nel maggio del 1989 le dimostrazioni popolari contro la corruzione e per la democrazia in Cina diventano sempre più drammatiche. Per me, seguirle dal Giappone, incollato davanti al televisore, è insopportabile. L'ambasciata cinese a Tokyo, conoscendomi come un ex corrispondente espulso, non mi concede un visto. A Hong Kong ne ottengo uno da turista, ma anche quello, dopo due settimane passate soprattutto a Shanghai, evitando Pechino, scade. All'alba di domenica 4 giugno, su ordine di Deng Xiaoping, l'esercito cinese attacca i dimostranti sulla piazza Tienanmen, causando un massacro. Scrivo un editoriale per il *Corriere della Sera*.

Cina: il dio due volte fallito

Tienanmen, 5 giugno 1989

SULLA piazza Tienanmen il comunismo cinese aveva avuto il suo più grande trionfo. Su quella stessa piazza ha subìto la sua più grande e irreversibile sconfitta. Questo straordinario movimento popolare, nato formalmente nel 1921 dopo anni di durissime lotte, era riuscito a unificare un immenso Paese, a dargli orgoglio e speranza e aveva permesso a Mao, su quella piazza, il primo ottobre 1949, di annunciare al mondo: «La Cina si è sollevata». Con il massacro di questi giorni ha perso ogni legittimità, ogni pretesa di moralità, ogni diritto a guidare questo popolo di oltre un miliardo di persone.

In quarant'anni al potere il Partito comunista cinese, tranne brevi periodi di pace, ha sottoposto il Paese a continue campagne politiche che hanno diviso la gente, a continui mutamenti di rotta che hanno confuso la nazione, a continue epurazioni che hanno bruciato i migliori elementi di ogni generazione. Ogni volta il partito era riuscito a cavarsela, a sopravvivere spiegando di aver capito i propri errori del passato e riaffermando al tempo stesso la giustezza delle proprie nuove posizioni.

Questa serie di errori, che dal 1949 a oggi sono costati milioni di vite, ha raggiunto il suo culmine col massacro di Tienanmen, dopo il quale nessuna giustificazione sarà più accettabile, nessuna promessa sarà creduta. Il partito ormai non può che restare al potere sulla forza dei fucili. Almeno finché questi gli obbediranno.

Per la Cina questa è un'immensa tragedia perché, ora che il Partito comunista perde il « mandato del Cielo », nessun'altra forza è oggi in grado di sostituirglisi in un Paese che resta poverissimo e potenzialmente incline a frammentarsi. La Cina è fatta di varie regioni, ognuna con una sua identità e una storia.

I comunisti erano riusciti a tenere tutti sotto un tetto, a dare a tutti una lingua comune e a coinvolgere tutti nella speranza di uno sviluppo comune. Tutto questo ora rischia di spezzarsi, di dare luogo a regionalismi, a differenti centri di potere, com'era al tempo dei Signori della Guerra.

Tutte le regioni di frontiera di questo Paese sono abitate da popoli non cinesi che hanno tradizionali motivi di risentimento contro il potere centrale di Pechino. I comunisti erano riusciti – a volte con la violenza come nel caso del Tibet – a tenere questi popoli legati a sé e a proteggere così i propri confini. D'ora in poi questo potrà diventare difficile.

Che cosa ha fatto fallire il grande progetto comunista di fare della Cina un Paese moderno, forte, indipendente? La risposta è semplice: la natura stessa del comunismo. L'ideologia totalitaria del movimento gli ha dato la forza di battersi contro l'invasione giapponese, di vincere la guerra civile, ma, una volta al potere, quella natura totalitaria lo ha indebolito intellettualmente perché ha eliminato ogni discussione, ha frustrato ogni ripensamento.

Il Partito comunista cinese, con la sua base contadina, diretto da un « imperatore » contadino come Mao prima e Deng Xiaoping poi, ha sempre visto i suoi principali nemici fra gli intellettuali e, a scadenze quasi regolari, ha eliminato le teste più libere di ogni generazione. Ogni volta che si levava una voce indipendente contro il partito, questa veniva repressa. A suo modo il massacro dei giovani sulla piazza Tienanmen, e ora la caccia allo studente nelle università, rientra nella stessa tradizione che ha avuto le sue tappe nella campagna contro la destra seguita ai Cento Fiori e nella Rivoluzione culturale. Questa volta il movimento guidato dagli studenti è stato più forte di sempre, perché si è innestato sui risentimenti di vari settori della popolazione, specie urbana, frustrata da decenni di miserie prodotte dagli errori politici del partito.

Non c'è alcun dubbio ormai che i moti di Pechino, incominciati con il funerale di Hu Yaobang, sono stati la prima massiccia insurrezione popolare contro il regime comunista cinese. In questo senso l'argomento del regime secondo cui l'esercito è dovuto intervenire per soffocare un «complotto controrivoluzionario» è fondamentalmente corretto.

Nonostante gli studenti cantassero *l'Internazionale* e marciassero all'insegna di bandiere rosse, il loro movimento era anticomunista, anche se, per ovvie ragioni tattiche, non hanno mai apertamente chiesto il rovesciamento del sistema. La tragica ironia di tutto questo è che l'uomo che più è stato preso di mira dagli studenti e dalla popolazione è proprio quello che ha avviato il processo di liberalizzazione della Cina e che ha messo in moto le riforme economiche: Deng Xiaoping. Sono indubbiamente state le sue riforme, sono state le forze da lui liberate a portare alla sfida anticomunista e, per reazione, al massacro.

Mao aveva imposto alla Cina un regime tutto fondato sull'ideologia a scapito dei risultati economici. Deng ha rovesciato la politica, mettendo da parte l'ideologia e puntando tutto sullo sviluppo, nell'illusione di poter liberalizzare il sistema economico, mantenendo immutato il sistema politico. Il risultato è stato la crescente richiesta di libertà che, soffocata una prima volta nel 1979 (con la soppressione del «muro della democrazia»), è esplosa nelle manifestazioni popolari dei giorni scorsi.

Deng Xiaoping, il grande illusionista, che era riuscito a convincere gran parte del mondo occidentale di essere l'uomo della storia che lentamente stava disfacendo il sistema socialista, s'è rivelato l'uomo del partito, il comunista che ha lanciato un bagno di sangue per reimporre il suo sistema totalitario.

Non è strano. Lo stesso Deng Xiaoping che in Cambogia ha appoggiato Pol Pot e ha continuato a sostenere e a rifornire di armi i khmer rossi anche dopo che i loro massacri erano noti al mondo è quello che ha ordinato il massacro della sua gente.

In verità, la sua è una tragica figura perché, avendo cercato di salvare il comunismo cinese dal fallimento della sua versione maoista, ha finito per decretarne la morte e per lasciare il Paese in condizioni ancor più disperate di quelle in cui l'aveva lasciato Mao.

L'introduzione, da parte di Deng, di meccanismi di tipo capitalistico nel sistema economico, l'aprire la porta cinese agli interessi stranieri hanno sì creato un clima di maggiore benessere, ma hanno anche esacerbato le contraddizioni congenite nella struttura di questo Paese: le zone costiere si sono sviluppate molto di più che le regioni dell'interno, gli interessi stranieri si sono concentrati di nuovo là dove nel periodo coloniale erano più forti.

Deng ha rimosso l'ideologia maoista che a suo modo imponeva un'etica rivoluzionaria di egualitarismo, ma non l'ha sostituita con un sistema di diritto. Gli operai nelle fabbriche hanno perso i benefici del collettivismo, senza guadagnare quelli di un sistema capitalistico.

Sballottata da una logica maoista, in cui essere poveri era una virtù, a una logica denghiana in cui « diventare ricco è glorioso », un'intera generazione di cinesi si è trovata a crescere senza eroi, senza ideali e sempre più attratta, specie nelle città, dal tipo di consumismo occidentale che la stragrande maggioranza dei cinesi non ha certo ancora modo di permettersi.

Bisogna rendersi conto che dietro la vampata d'indignazione per il massacro, dietro le proteste e le barricate che ora si levano in varie città della Cina, creando le condizioni per altri interventi sanguinosi dell'esercito, non c'è un'idea comune, non c'è un progetto alternativo di società.

Gli studenti, divisi fra una certa nostalgia della moralità maoista e il sogno di democrazia e benessere occidentali, vogliono più libertà. Gli operai vogliono più benessere. A essi si sono unite le bande di disoccupati delle città.

Per ora il movimento, pur con milioni di persone nelle strade, è limitato alle città. Gli 800 milioni di contadini, divisi fra quelli che le riforme di Deng hanno impoverito e quelli che si sono rapidamente arricchiti, non si sono mossi, non si sono espressi. È su quella massa contadina che il regime conta forse per mantenere una sua base di legittimità, per giustificare la sua sanguinosa repressione. Uno degli apparati che, con tutte le sue riforme, Deng non ha smantellato, ma anzi ha rafforzato, è quello della sicurezza che è ora entrato in funzione con tutta la sua macabra efficienza. Il confronto è tutt'altro che finito.

La rivoluzione comunista è fallita, ma la Cina, prima di ritrovare l'unità e una sua via di sviluppo, dovrà passare attraverso altre prove e forse altri massacri.

Restare a Tokyo mi è impossibile. Ho in tasca un secondo visto turistico che, uscendo dalla Cina, mi son fatto dare a Hong Kong e decido di mettere alla prova la mia fortuna.

Nel cuore di paura

Pechino, 7 giugno 1989

L'AEREO che viene da Tokyo ha 252 posti, ma siamo soltanto 26 passeggeri. Dall'alto, acquattata nell'antichissima pianura, Pechino mi appare quella di sempre, grigia, polverosa, austera come la lasciai cinque anni fa, quando fui costretto ad andarmene. L'emozione di tornarci è grande. L'inquietudine anche. La piana sembra come morta. I villaggi nella periferia, deserti. Non vedo contadini nelle risaie o biciclette sui viottoli sterrati. Soltanto sulle strade qualche rara macchina. La paura per quel che è successo nei giorni scorsi, ma forse ancor più per quel che potrà succedere nei prossimi, ha come risucchiato via la gente, ha congelato la vita.

A terra, il dramma di Pechino mi assale con grida, pianti, cumuli di valigie e abbracci. Centinaia di stranieri si accalcano nel terminal dell'aeroporto, cercando di trovare un posto sugli aerei in partenza. Quello con cui sono arrivato ripartirà pieno. Altri voli speciali stanno giungendo da varie parti del mondo a portar via la comunità internazionale: le famiglie dei diplomatici, gli uomini d'affari, gli studenti.

Un taxista, per una cifra spropositata, si offre di portarmi in città. Per giustificare il prezzo mi racconta delle pile di morti, dei carri armati che incontreremo sulla strada, e fa con la bocca e gli occhi grandi smorfie per spiegarmi con quale crudeltà i soldati hanno sparato e continuano a sparare sulla gente. Non incrociamo nessun carro armato, nessun soldato. Ci vengono incontro soltanto altri taxi, macchine con targhe diplomatiche cariche di gente e un risciò con un giapponese che, non avendo trovato un'auto, ha affidato la sua speranza di scappare e la sua grossa valigia a un vecchio cinese che pedala con foga.

Solo all'ingresso della città vediamo i primi gruppi di soldati. Crocchi di persone stanno davanti alle sentinelle che proteggono un accampamento nascosto in un boschetto. Sono i «buoni», spiega l'autista. Fanno parte della 38ª armata, quella che è schierata contro i « cattivi » della 27ª, responsabile del massacro, e che ora occupa il cuore di Pechino.

L'albergo, uno di quelli lussuosissimi che avrebbero dovuto attirare frotte di ricchi turisti da tutto il mondo, è ora invece affollato da centinaia di stranieri residenti qui che, abbandonati i loro appartamenti, aspettano di essere evacuati. Nell'ascensore salgo con una ragazzina canadese che ha portato in salvo con sé una gabbia di canarini. Non c'è panico, ma molta tensione. Gli alberghi con la loro atmosfera di lusso e di eleganza sono come bolle di sapone nell'aria di miseria e di paura della città. Fra le loro pareti di vetro e d'acciaio, fra gli ori delle decorazioni e la musica di sottofondo ci si sente protetti. Si ha l'illusione di godere di un qualche diritto di extraterritorialità. Chi non è andato nelle ambasciate, molte delle quali hanno già aperto le porte per far accampare i loro connazionali, scappa istintivamente qui, negli alberghi. Mi vengono in mente i racconti degli stranieri assediati nel Quartiere delle Legazioni al tempo della ribellione dei Boxer, all'inizio del secolo.

Trovo una macchina e faccio un primo giro della città andando attorno a quel che resta delle barricate fatte con gli autobus, alle carcasse dei camion militari dati alle fiamme dalla folla. Una decina sono davanti al più alto grattacielo della Cina, ancora in costruzione, splendido, moderno, in vetro. Un quadro triste del contrasto fra quel che il Paese voleva diventare e quel che oggi è, fra sogno di modernità e realtà di distruzione.

Ogni tanto sfrecciano via macchine di stranieri, ognuno con la bandiera del suo Paese che sventola dal finestrino o dipinta a mano sulle fiancate: uno spontaneo, ingenuo gesto di protezione per chi deve ancora spostarsi. Impossibile arrivare al Peking Hotel. Il vialone Changan, « della lunga pace », è bloccato all'altezza di Jianguomenwai da uno schieramento di carri armati con i loro cannoni puntati nelle quattro direzioni.

Decine di soldati, intabarrati in larghi poncho verdi, tengono a bada una piccola folla che li guarda. Alcuni vengono qui portando i bambini, come a fare una passeggiata. Dietro le sagome minacciose dei carri, spicca la silhouette grigia del vecchio osservatorio astronomico dove una volta lavorò Matteo Ricci. L'arrivo di uno straniero attira la gente, ognuno vuol raccontare quel che ha visto o quel che ha sentito da altri, tutti parlano del massacro di domenica. Nessuno può dire quale sia stato il numero delle vittime. Duemila? Tremila? Certo i morti sono stati tanti, ma non c'è stato nemmeno un funerale. Manca il tempo, ma soprattutto mancano i cadaveri. La gente racconta che l'esercito ha fatto venire i bulldozer, ha accatastato i corpi e li ha bruciati, a volte cospargendoli di benzina, a volte usando i lanciafiamme. Cala la sera. Le strade si fanno assolutamente deserte. Dietro le porte e le finestre di tante misere casupole cinesi, negli *hutong*, dove nessuno ormai porta via le immondizie, quante famiglie in queste ore, in questa città angosciata, si staranno chiedendo che cosa è successo ai loro figli che non tornano?

Fra gli stranieri rinchiusi nelle bolle di sapone degli alberghi corrono le voci più varie. La più insistente è che i «buoni» attaccheranno in nottata. Una prospettiva anche questa poco consolante. In alcuni angoli protetti della città la vita continua come niente fosse. I ristoranti servono ancora di tutto, nella discoteca del Club Lido la gente balla al ritmo di luci psichedeliche, mentre sullo schermo si proietta un cartone animato di Asterix. Nel grande bowling, giovani americani ed europei tirano grosse biglie nere contro file di birilli bianchi. I «buoni», i «cattivi»?

Sugli schermi dei televisori nelle camere degli alberghi per stranieri che continuano a ricevere ora per ora le notizie via cavo, ognuno rivede, trasmesso dagli Stati Uniti, le scene di quel che ci avviene tutto attorno. La notte passa quieta, solo interrotta da telefonate di colleghi e amici che credono di sapere che i «buoni» stanno attaccando. Non è vero, e all'alba tutto è come prima. I cinesi aspettano ancora che il loro destino sia deciso da due eserciti che devono affrontarsi. Esco a fare il mio jogging quotidiano. I «buoni», all'imbocco della strada per l'aeroporto, stanno cuocendo grosse pentole di riso su fuochi a legna. Alcune bancarelle vendono come sempre sigarette e frittelle. Traffico di biciclette. Tricicli col pianale di legno ancora macchiato di sangue per aver trasportato i feriti dei giorni scorsi, passano ora carichi di verdure. Convogli di bussini con le bandiere di varie ambasciate e carichi di donne e bambini continuano ad andare verso l'aeroporto. Nel settore ovest la città è tranquilla. Non in centro.

Alle dieci, dal concentramento di carri armati e blindati che occupano la piazza Tienanmen parte una fila di camion carichi di soldati coi fucili puntati in aria. «Siamo qui per proteggere il popolo», urlano. «Abbasso la corruzione degli alti funzionari!» La gente dalle strade laterali si precipita a guardare. I «cattivi» che cercano di fare la parte dei «buoni»? Nessuno capisce, molti tra la folla finiscono per applaudire. Ma i soldati, improvvisamente, sparano raffiche di mitra in aria. Nel fuggi fuggi generale entro nel Peking Hotel.

Tutta la storia della Cina di questo secolo è riassunta in questo edificio che è stato ogni volta il simbolo dei tempi. La prima ala, in granito, fu edificata dai francesi al tempo delle Legazioni, che erano giusto dirimpetto. La seconda, in pietra rossastra, dai russi dopo la prima guerra mondiale. La terza ala venne fabbricata negli anni '60, in stile socialista; un'ultima in vetro e acciaio è ancora in costruzione grazie a una *joint-venture* che forse non continuerà. L'albergo ora è semideserto. Al piano terra manca l'elettricità, tutti i negozi sono chiusi, chiuso è il bar ai cui tavoli si sono seduti i più grandi viaggiatori e avventurieri del XX secolo. Dalle camere alte la vista è straordinaria e allucinante. Il viale della Lunga Pace si stende, deserto, per chilometri a perdita d'occhio. A destra, dinanzi al grande ritratto di Mao, la massa nera dei carri armati, le autoblindo, centinaia di soldati e gli elicotteri che vanno e vengono dallo spiazzo antistante il monumento dei martiri della Rivoluzione.

Alle undici una colonna di 2000 soldati si mette in marcia dalla piazza e si dirige verso est. Un enorme serpente verde striscia lento sull'asfalto, aggirando le carcasse degli autobus bruciati. Nel soffocante silenzio della città, dove tutti i negozi sono chiusi e gli uffici vuoti, si sente solo il leggero frusciare delle scarpe di tela sull'asfalto e il ritmare metallico dei fucili contro le bandoliere. Un gruppo va a occupare il ministero del Commercio Estero, un altro si dirige verso Jianguomenwai, uno dei quartieri dove abitano i diplomatici, gli uomini d'affari e i giornalisti stranieri.

Ore 11.30. Scorrendo sul viale, la colonna dei camion con i soldati, arrivata all'altezza del palazzo della Citic, comincia a sparare all'impazzata. Per quattro minuti sparano prima in aria, poi contro gli edifici dove abitano gli stranieri. Le finestre di vari appartamenti vanno in frantumi. Molte famiglie scappano nel cortile interno, ma non riescono a uscire. Tutte le entrate del complesso diplomatico vengono bloccate dai soldati che, con le armi spianate, entrano a Jianguomenwai, come per un rastrellamento.

Cercano forse qualche dissidente? Forse Fang Lizhi? Da Washington è stato appena annunciato che il famoso astrofisico, la figura più prestigiosa del movimento per la democrazia, si è rifugiato all'ambasciata americana e ha chiesto asilo politico. Forse i soldati vogliono prenderlo prima che venga fatto partire?

L'assedio dura quasi un'ora, poi i soldati se ne vanno, portandosi via un giovane cinese in maglietta e calzoni corti. I soldati dicono di aver cercato un franco tiratore che da un tetto ha sparato sulla loro colonna. Quel ragazzo era davvero il cecchino?

Il quartiere diplomatico torna alla sua normalità, ma l'episodio, con i dettagli successivamente narrati da alcune famiglie che stavano alle finestre e si sono salvate per miracolo, serve a convincere altri gruppi di stranieri a fare le valigie e a rifugiarsi negli alberghi in attesa di essere evacuati.

Corre voce che i « buoni » della 38ª armata si sarebbero ammassati a pochi chilometri da Pechino, tutt'attorno alle Colline Profumate. Da altre parti del Paese, altri gruppi di « buoni » si starebbero dirigendo verso la capitale per « punire i cattivi » e riportare ordine nella città in cui sempre più si sente la mancanza di un'autorità, tranne quella dei fucili, quando si fanno vedere o sentire.

Prima del tramonto faccio un ultimo giro per le strade. Misteriosamente i carri armati appostati sul ponte sono scomparsi. Da lontano non riesco a vedere che la sagoma grigia dell'osservatorio. Perché? Nessuno sa spiegarselo. Ripenso alla storia. Anche nel 1949 c'erano due eserciti che si fronteggiavano. Dentro Pechino, quello nazionalista. Fuori, quello di Mao. Alla fine Pechino fu presa dai comunisti senza una battaglia. Potrebbe succedere di nuovo che i due campi opposti, fatti i conti delle proprie forze, decidano a tavolino chi ha vinto e chi ha perso, risparmiando così a questa vecchia capitale un altro martirio?

L'assoluto silenzio della notte che cala è rincuorante.

La città caserma

Pechino, 10 giugno 1989

NEMMENO il lutto è possibile. Pechino, città occupata, ha perso anche il diritto di piangere. I giovani massacrati dall'esercito sono stati migliaia,* ma i loro genitori, i fratelli, non osano neppure mettersi un bracciale nero per timore di essere identificati e arre-

* Le prime cifre erano esagerate. Il numero esatto non fu mai stabilito, ma le vittime furono circa novecento.

stati dalle pattuglie di soldati che ora, lentamente, rastrellano i quartieri in cerca dei «controrivoluzionari». In Cina questo è un crimine grave. La pena può anche essere la morte. «I ribelli devono arrendersi alle autorità. Quelli che cercano di sfuggire verranno puniti severissimamente. La popolazione deve collaborare e identificare i criminali», ripetono la radio e la televisione, dando i numeri di telefono da chiamare per denunciare un conoscente o un vicino di casa. La ricompensa promessa è una manciata di soldi.

Dopo aver soffocato nel sangue, esattamente una settimana fa, quella che è stata la più grande, popolare, disarmata insurrezione contro il regime comunista cinese, l'esercito e la polizia, agli ordini di Deng Xiaoping, hanno avviato da un lato una campagna di propaganda per convincere la popolazione che tutto è tornato alla normalità, dall'altro una capillare, terrorizzante opera di repressione.

Le infinite foto, fatte dai poliziotti in borghese durante le dimostrazioni, lo sciopero della fame e l'occupazione di piazza Tienanmen, più i film e le videocassette confiscate ai giornalisti stranieri in quest'ultima settimana, sono stati utilizzati per preparare i dossier di migliaia e migliaia di persone. La caccia ai dissidenti è aperta.

Sulla Circolare numero due, una larga autostrada che gira attorno alla capitale, ho visto un camion militare bloccarsi al crocevia del Tempio dei Lama, sei soldati saltare giù, correre coi mitra puntati verso un gruppo di case e uscirne poco dopo, trascinando un giovane sui vent'anni. Altri sei soldati tenevano a bada un gruppo di persone che guardavano impaurite, in silenzio. «Questa volta abbiamo perso perché non avevamo armi», mi bisbiglia un uomo quando il camion riparte.

L'ordine a Pechino sta tornando così e la vita, una pianta dalle radici fortissime, riprende con tristezza e tenacia, in apparenza come se non fosse successo nulla. Le barricate vengono rimosse, le carcasse degli autobus, delle jeep militari, delle autoblindo date alle fiamme dai dimostranti vengono portate via. I negozi riaprono. I poliziotti tornano a dirigere il traffico che aumenta. Sulle rive del laghetto, dinanzi alla vecchia Torre del Tamburo, gruppi di pescatori si godono il sole. In un *hutong*, una delle vecchie strade dietro la Città Proibita, un gruppo di bambini gioca alla guerra sparandosi l'un l'altro con dei mitra di legno.

I «duri» hanno vinto e il rullo compressore della propaganda e dell'intimidazione sta passando pesantemente su questa città che, per alcune settimane, ha vissuto una, qui unica, esperienza di libertà. I giornali sono riapparsi ieri, tutti con identici articoli sull'opera «benemerita» dell'esercito. La televisione non trasmette che scene di soldati che aiutano i vecchi ad attraversare le strade, di delegazioni del popolo che offrono regali all'esercito e scene di giovani ammanettati, legati, alcuni sanguinanti e tumefatti che vengono trasportati verso le prigioni e interrogati.

La cifra ufficiale dei «ribelli controrivoluzionari» catturati finora è di «più di quattrocento», ma nessuno può più credere a quel che viene detto ufficialmente. La versione ufficiale del massacro, per esempio, è che le vittime sono stati i soldati, non la gente: i «ribelli controrivoluzionari» avrebbero ammazzato trecento militari, la piazza Tienanmen sarebbe stata sgombrata senza spargimento di sangue. «Non un solo studente è stato ucciso», ha detto il sindaco. «Non un solo studente», ripetono gli annunciatori televisivi. La gente ascolta e tace. Credendo che la verità abbia ancora bisogno d'essere raccontata al resto del mondo, alcuni giovani rischiano l'arresto, avvicinando i pochi stranieri rimasti qui per consegnare loro un'immagine o un resoconto del massacro da far pubblicare all'estero.

Presto anche questi gesti di resistenza passiva finiranno. Le università sono pressoché deserte: gli studenti sono andati a casa o a nascondersi. Gli operai che avevano preso parte alle dimostrazioni hanno dovuto ripresentarsi alle loro unità di lavoro, dove i responsabili della sicurezza sono riemersi, potenti. Tutti i centri del dissenso intellettuale che ha alimentato il movimento della democrazia vengono ora occupati dall'esercito. L'Accademia delle scienze sociali, il «pensatoio» del partito, ma anche il punto focale della critica all'ortodossia marxista, è diventata una sorta di caserma. Altrettanto quei giornali che negli ultimi mesi erano stati i più spregiudicati.

I soldati sono ovunque. Sono accampati negli stadi, nelle palestre, nei cantieri di costruzione. Sono di guardia ai crocevia della città, a tutti i ponti, lungo la ferrovia. Persino sugli spalti del vecchio osservatorio astronomico, in mezzo agli strumenti costruiti dai gesuiti europei nel XVI secolo, si vedono ora le sagome degli elmetti e dei mitra.

L'immagine di Pechino occupata dall'esercito riflette bene la sostanza di quel che è avvenuto in Cina in quest'ultima settimana: praticamente un colpo di Stato. Deng Xiaoping, che da anni diceva di voler andare in pensione e che formalmente è solo il presidente della Commissione militare del partito, ha usato una parte dell'esercito per prendere il potere, per eliminare il suo successore-oppositore, Zhao Ziyang, e per imporre al Paese una linea politica che né il partito né il governo hanno sanzionato.

Per dare una legittimità rivoluzionaria a questa operazione, fatta contro la Costituzione, sia quella del partito sia quella dello Stato – per questo quel che è avvenuto è un *putsch* –, Deng Xiaoping ha chiamato a presenziare alla sua dichiarazione di vittoria un gruppo di vecchi dirigenti, ufficialmente senza più cariche di rilievo, e che lui stesso negli ultimi anni aveva esautorato e messo in disparte.

Il risultato è che il partito è praticamente fuorigioco (per ben tre volte Deng ha cercato di convocare un comitato centrale per far accettare le dimissioni di Zhao e non c'è riuscito), l'autorità civile è rappresentata solo formalmente dal primo ministro Li Peng, il cui governo non gode certo più della fiducia del parlamento (proprio per questo non viene convocato), e l'unica autorità del Paese sono oggi indiscutibilmente i militari. Il movimento studentesco e l'occupazione della piazza Tienanmen non sono stati affatto la ragione del *putsch*, ma l'occasione per metterlo in atto. L'insurrezione popolare, con le sue ragioni profonde e con la sua spontaneità, è stata alla fine quasi provocata in modo da essere ora usata come giustificazione per una vasta epurazione intesa non solo a eliminare il dissenso democratico fra la gente, ma soprattutto l'opposizione liberal-riformista in seno al partito.

La lotta riguardava – e riguarda ancora – il futuro delle riforme avviate dallo stesso Deng Xiaoping. Il problema era ed è questo: le riforme, come sono state fatte, hanno dato frutti estremamente positivi, rivitalizzando l'economia e alzando il livello di vita di molta gente. Le riforme, però, hanno allo stesso tempo provocato anche grandissimi problemi, creando squilibri economici fra zone costiere e interne, fra contadini ricchi e contadini poveri, hanno reso la Cina sempre più dipendente dal contesto internazionale, hanno aumentato l'influenza straniera nel Paese, hanno ideologicamente introdotto una mentalità capitalista fra la gente, hanno attivato la spinta democratica, sfidato l'autorità del partito e sostanzialmente messo in pericolo, come dimostrano le richieste degli studenti, l'essenza socialista della Repubblica Popolare.

Su questa analisi era scoppiato lo scontro al vertice del partito:

da un lato c'erano Zhao Ziyang e i suoi, che ritenevano le riforme irreversibili e anzi le volevano accelerare; dall'altro c'era Li Peng, che le voleva frenare ed eventualmente bloccare. Per Deng Xiaoping, vecchio stalinista, che aveva voluto le riforme non per smantellare il comunismo (come molti hanno creduto in Occidente), ma al contrario per renderlo più efficiente, non c'è stato alcun dubbio da quale parte stare.

Agli occhi di Deng, il problema non erano più le riforme, ma il futuro della Cina come Paese comunista o no. Per salvare quel futuro nessun prezzo era troppo alto: neppure un massacro. A ripensare ora alla sequenza degli eventi delle ultime settimane, diventa sempre più chiaro che Deng Xiaoping ha giocato una straordinaria partita in cui inganni e ricatti sono stati importanti quanto il numero delle divisioni messe sulla bilancia. Uno degli inganni è stato quello di spacciarsi per malato, per moribondo e alla fine anche per morto. L'altro quello di far credere, a un certo punto, che Zhao Ziyang stava avendo la meglio.

È stato così che tutti i suoi avversari si sono scoperti, che uno come Wang Li è stato indotto a tornare dagli Stati Uniti, dove si era espresso a favore degli studenti, e poi, una volta dirottato a Shanghai, è stato costretto al silenzio. Il tutto mentre Deng faceva circondare Pechino da un numero crescente di soldati su cui sapeva di poter contare, soldati che, a un certo punto, sono forse arrivati a 300.000. Alla fine è su quei mitra che Deng si è appoggiato e lui, già dato per morto, ha fatto come in una classica opera cinese la sua ricomparsa da imperatore redivivo, «radioso di forze e pieno di salute», come dicono ora i giornali.

Quel Paese che gli stava scappando di mano è di nuovo in suo pugno, i suoi nemici sono venuti allo scoperto e vengono ora braccati ed eliminati. Questo vecchio, ultimo imperatore contadino, la cui educazione politica è stata soprattutto quella della guerriglia e dei tempi passati nelle caverne di Yenan, ha reagito ai cambiamenti della Cina da «uomo delle caverne», come dice qui un diplomatico. Il risultato è che la Cina è ricacciata indietro di decenni nelle sue aspirazioni di cambiamento, ma per Deng è salva nel suo destino socialista, anche se il prezzo è stato quello di sparare su una folla disarmata e, ora, d'instaurare un clima di terrore retto dai militari. In questa città dove tutto quel che ufficialmente viene detto è ormai menzogna e dove i giornali non pubblicano più notizie, circolano le voci più varie. L'ultima è che Zhao Ziyang, accusato di aver appoggiato gli studenti e di essere stato controrivoluzionario, sarebbe già stato passato per le armi. Con lui sarebbero state fucilate altre personalità fra cui il direttore del *Quotidiano del popolo*.

Può darsi che anche queste voci vengano messe in giro giusto per terrorizzare ancor più la popolazione e scoraggiare chi crede di poter ancora resistere a quel che è successo. Dopotutto non è nella tradizione di questo partito fucilare i suoi dirigenti epurati. Il fatto è che il massacro ha cambiato tutto. La Cina non è più e non potrà mai più essere la stessa.

Sulla piazza Tienanmen, davanti al mausoleo dove Mao imbalsamato è come dimenticato nella sua bara di vetro, alcune decine di carri armati restano giorno e notte acquattati sul lastricato. Hanno l'aria di una covata di terrificanti mostri venuti a fare il nido nel cuore di questo Paese.

La Grande Bugia

Pechino, 27 giugno 1989

LE notti sono inquiete di questi tempi in Cina. Ci si addormenta con in testa le immagini del terrore quotidiano, mandate in onda dal telegiornale. Ci si sveglia col gracchiare metallico degli altoparlanti, rimessi in funzione, dopo anni di silenzio.

Tre settimane fa, i carri armati hanno schiacciato i corpi della gente. Ora sono i cingoli della propaganda a schiacciare la mente dei sopravvissuti. La vecchia Cina del comunismo maoista, dei lavaggi del cervello, la Cina xenofoba della Rivoluzione culturale che nell'ultimo decennio aveva fatto credere a tanti d'essere cambiata – e cambiata per sempre –, torna ora, d'un tratto, alla ribalta con le stesse immagini, gli stessi slogan, le stesse parole d'ordine del passato. Non si scappa.

La televisione trasmette e ritrasmette per almeno quattro ore al giorno le scene di giovani catturati, interrogati, messi alla berlina con cartelli al collo, condannati. La radio e gli altoparlanti lungo le strade, nelle fabbriche, nei cortili delle scuole avvertono che è dovere di ogni cittadino denunciare «i ruffiani controrivoluzionari» e soprattutto «unificare il proprio pensiero con quello del partito». La voce stridula dell'annunciatrice rimbomba, monotona ma persistente, di casa in casa, di quartiere in quartiere.

Pechino ascolta e abbassa sempre più la testa. Ancora poche settimane fa questa città era unita in una straordinaria, improvvisa illusione di libertà. Tutti parlavano a tutti. La gente si aiutava. Ora ognuno è di nuovo per sé. Ognuno teme il vicino, evita il suo sguardo, temendo di essere riconosciuto per uno che c'era.

«E tu c'eri a Tienanmen a dimostrare per la democrazia?» chiedo al giovane taxista che mi conduce verso l'aeroporto. Si guarda attorno, impaurito come se non fossimo soli in macchina, come se il viale fiancheggiato dai salici piangenti che oggi paiono più tristi di sempre non fosse deserto. «Sì... ma me lo devo dimenticare... Devo riunificare il mio pensiero con quello del partito.» Non lo dice con ironia. Sopravvivere è tornata a essere la grande arte dei cinesi.

Per sopravvivere bisogna camuffarsi nell'uniformità della massa, bisogna non pensare, bisogna convincersi che l'unica verità è quella Grande Bugia che ora tutti gli organi della propaganda ripetono: i disordini sono stati frutto di un complotto sobillato da agenti stranieri; a Pechino non c'è stato nessun massacro; in piazza Tienanmen non c'è stato un solo morto; l'esercito lì non ha neppure sparato. Per salvarsi ora basta ripetere questo. I più lo fanno.

Partire dalla Cina m'è sempre stato difficile perché anni di vita qui mi hanno reso partecipe della tragedia di questo popolo che da un secolo cerca una via per uscire dal passato e mettersi al passo coi tempi; questa volta, però, sulla via dell'aeroporto, provo anche sollievo. Per giorni ho sentito alla radio, letto sui giornali, visto alla televisione la Grande Bugia e mi son consolato pensando ai versi che Lu Xun, uno dei grandi cinesi di questo secolo, scrisse nel 1926, dopo che il governo dell'epoca ebbe smentito l'esecuzione di un analogo massacro di studenti: «Le menzogne scritte con l'inchiostro non potranno mai cancellare i fatti scritti col sangue».

Ripercorrendo Pechino per l'ultima volta, ho sentito l'asfissiante, irresistibile peso di un vecchio regime totalitario che stringe di nuovo la gola della sua gente. Agli angoli delle strade sono tornati i membri dei comitati di quartiere coi loro bracciali rossi. Teoricamente sono lì a dirigere il traffico. In verità sono lì a spiare. La delazione viene incoraggiata e premiata con coccarde e somme di denaro. Il sistema degli informatori è stato riattivato. Sono state riattivate anche le telecamere che una ditta inglese aveva fornito alla città di Pechino per controllare il traffico e che invece erano state usate dalla polizia segreta per identificare i dimostranti. La gente l'aveva capito e, durante gli scontri, era state prese a sassate e distrutte. Ora, specie lungo il grande viale Changan, sono state tutte rimesse a posto con l'aggiunta di grandi lampioni che spandono grandi fasci di luce. In futuro queste telespie potranno funzionare bene anche di notte. Ma ci saranno nuove marce, nuove dimostrazioni?

L'ambasciata americana è divisa in tre edifici e la polizia cinese non ha ancora scoperto dove Fang Lizhi, l'astrofisico dissidente che ha chiesto asilo politico, sia nascosto. Dinanzi all'ingresso di ognuno sosta ora un camioncino anonimo con tende marroni da cui alcune telecamere fotografano chiunque entra ed esce. Se la polizia intende organizzare una «dimostrazione popolare spontanea» e andarsi a prendere Fang e la moglie deve farlo a colpo sicuro. Non sarebbe la prima volta. Nel 1966 una dimostrazione «spontanea» di popolo e di Guardie Rosse invase l'ambasciata inglese e la diede alle fiamme.

SERVIRE IL POPOLO è scritto all'ingresso di una caserma. Per dimostrare che l'esercito è ancora fedele a quello slogan di Mao, e come per far dimenticare il massacro di cui sono responsabili, i soldati hanno aperto dinanzi al Museo militare un centro al «servizio del popolo». Offrono di riparare le biciclette ai passanti e i televisori alle massaie, di misurare la pressione ai vecchi. La gente sta alla larga.

Negli edifici costruiti con le prime riforme di Deng, vivono gli alti quadri del partito. Lì molte famiglie piangono ora i loro figli andati a morire sulla piazza Tienanmen. Lì la polizia fa continue incursioni per cercare i sopravvissuti. «Molti dei ragazzi morti erano figli unici e questo è un debito di sangue che il partito dovrà pagare», dice un diplomatico occidentale. Corre voce che alcuni vecchi comunisti che si son visti uccidere i familiari abbiano formato un gruppo inteso a vendicare quei morti, assassinando i responsabili del massacro.

La Cina è abbattuta, ripiegata su se stessa, a suo modo umiliata per essere ancora una volta fallita nel suo tentativo di diventare una nazione moderna. Aveva sperato in Mao e ne uscì martoriata. Aveva creduto in Deng e ne è uscita spaccata. L'Occidente si è spesso identificato con le lotte di questo popolo. Ogni volta che questo s'è mosso, ha fatto sognare. Il movimento studentesco cinese ha riacceso la fantasia del mondo. Il ragazzo che da solo, a braccia aperte, ha bloccato il carro armato ha ridato fiducia nella forza dello spirito anche a noi. «La Cina dovrebbe mandarlo in giro per il mondo, come i russi mandarono Gagarin», mi dice un ambasciatore europeo quando lo vado a salutare.

Resterà qualche seme di quei giorni straordinari? Ognuno di noi che è stato qui ha una sua storia da ricordare. La mia è semplicissima. Tre sere dopo il massacro ero in una stradina dietro il Parco del tempio del sole. Da un gruppo di persone che leggevano, attaccata a un lampione, la fotocopia di un giornale di Hong Kong s'è staccato un uomo sulla cinquantina con una bicicletta. M'è passato accanto e, come avesse scoperto in sé un coraggio fino allora sconosciuto, mi ha bisbigliato: «*Da dao Li Peng*», «Abbasso Li Peng». Poi si è allontanato pedalando, con la sua manciata di cipolle sul portapacchi.

Sembra che l'aeroporto, per qualche tempo, non debba servire più a nulla. L'edificio è nel caos. Bandoni rovesciati, muri disfatti. Non c'è folla, né quella solita dei curiosi venuti a vedere arrivi e partenze né quella agitata degli stranieri che scappavano quando sono arrivato. Nessuno arriva, pochissimi partono. Nessun cinese. Da due giorni le frontiere sono praticamente chiuse. Tutti i passeggeri e i permessi di viaggio rilasciati prima del massacro devono essere riconvalidati dalla polizia.

L'aeroporto sembra deserto. A entrare nella sala partenze siamo solo un gruppetto di stranieri. Alcune frecce disegnate a mano su fogli indicano la via da seguire nel labirinto dei banconi del *duty free* coperti da lenzuoli impolverati. Delle ragazze dormono con la testa appoggiata allo schienale delle sedie all'ufficio della posta e a quello della banca. Il doganiere non chiede neppure di guardare nella mia borsa. L'ufficiale di polizia stampiglia, distratto, il mio passaporto. Nei lunghi corridoi dove il *tapis roulant* non funziona e il pavimento pare non spazzato da settimane, ci sono altri poliziotti che confabulano. Mi sento terribilmente insicuro. Durante tutto il mio soggiorno ho evitato ogni contatto ufficiale e di farmi vedere troppo in pubblico. La polizia segreta avrebbe però potuto riconoscermi e aspettarmi qua. Finalmente vedo due sorridenti hostess della Japan Airlines inchinarsi con grazia davanti al portellone. Ancora un passo e gli odori, i suoni, le facce, il peso della Cina paiono lontanissimi.

Quando il jet si alza non ho l'impressione di essere su un aereo in volo fra Pechino e Tokyo, ma su un'astronave che da un passato lontano mi riporta nel presente del resto del mondo.

In quel passato, più di un miliardo di cinesi resta ora intrappolato.

Che pensano? Che vogliono? Chi sono in verità i giapponesi? Da secoli su queste domande si sono arrovellati tutti gli stranieri cui è capitato di atterrare in questo loro strano arcipelago. Cercando anch'io una risposta cominciai col chiedermi: che sognano i giapponesi?

La fabbrica dei sogni

Tokyo, ottobre 1989

ABITANO in minuscole case, lavorano lunghissime ore e fanno pochissime ferie. Dicono di essere felici, ma, quando cala la sera, anche i giapponesi hanno bisogno di sognare. E giacché pochi hanno un sogno loro, i più finiscono per comprarne uno dei tanti offerti dal mercato.

Il Giappone è punteggiato di luoghi di piacere la cui unica funzione è quella di vendere sogni. Ogni città ha interi quartieri, ogni villaggio, anche il più piccolo, ha almeno una strada dove, dopo il tramonto, un giapponese può comprarsi un sogno: il sogno di essere un divo famoso o un coraggioso samurai, il sogno d'essere amato appassionatamente da una donna, di essere cullato da una madre o semplicemente il sogno di avere un amico da cui sentirsi capito.

I sogni costano: in media un giapponese spende un terzo di quel che ha per quello che qui si chiama *yoka*, il «tempo libero», il «tempo dello svago». Quella dello *yoka* è oggi una delle più fiorenti industrie del Paese. In un anno i giapponesi spendono in bar, ristoranti, sale da ballo, sale di *pachinko*, cinema, nightclub e altri locali simili una cifra astronomica: 540.000 miliardi di lire. «Quasi l'equivalente dell'intero bilancio dello Stato», dice Miyano Takayuki, direttore dell'Istituto per lo sviluppo del tempo libero del ministero dell'Industria. «E in questa cifra non è compreso quel che la gente spende per il sesso!» La prostituzione, in Giappone diffusissima ed estremamente redditizia, è stata dichiarata illegale nel 1956: non esistendo, non esistono statistiche ufficiali in proposito.

In Giappone, la strada dei sogni comincia al bar. È lì e non verso casa che il giapponese si dirige appena lascia il suo posto di lavoro. Apre una porticina, e la voce acuta di una donna, la *mama-san*, gli dà il benvenuto come se non avesse aspettato che lui. Il passo nell'aldilà è fatto.

Ci sono in Giappone oltre 100.000 bar. Le *mama-san* e le loro più giovani assistenti, le bar-hostess, pronte a soddisfare ogni desiderio e ogni perversione dei clienti, sono più di un milione. Ci sono intere strade fatte soltanto di piccoli bar, ci sono interi quartieri di edifici moderni a vari piani con decine e decine di locali notturni di ogni tipo che permettono al giapponese, frustrato da una giornata di lavoro, un'istantanea fuga verso altri tempi e altri luoghi. Alcuni di questi locali sono pensati come punto d'incontro per gente della stessa professione, altri per gente della stessa inclinazione. In un bar del vecchio quartiere di Ueno, a Tokyo, i clienti si travestono da cow-boy e ascoltano musica western; in un locale del quartiere di Akihabara, gli uomini possono indossare calze di seta e gonne e comportarsi da donne. «Il mio però non è un locale per omosessuali», si difende il proprietario. «Quelli hanno i loro club.»

Di bar *for boys only*, «per soli ragazzi», ce ne sono a decine, i più son raccolti nel quartiere di Shinjuku, ognuno con il suo *papa-san* e il suo *floor-show* specializzato. Gli ex ufficiali della marina si ritrovano in un bar del quartiere di Aoyama allestito come se fosse una nave da guerra, con tanto di finestre fatte a oblò da cui si guarda a un mare in burrasca. Altri nostalgici della guerra frequentano il Top Club di Roppongi, dove un coro di ragazze vestite da scolarette degli anni '40 gorgheggia i canti militari del vecchio esercito imperiale. «Tokyo aveva proprio bisogno di un posto come questo, dove si possono rievocare con fierezza i tempi della guerra», dice il proprietario del locale che vanta fra i suoi avventori direttori di banca, presidenti di grosse società e politici di primo piano.

Alcuni bar si distinguono per l'abbigliamento delle hostess. Ce ne sono di quelli in cui le ragazze si vestono da educande, ma senza lo slip. Altri in cui una mascherina di garza bianca sulla bocca è l'unico indumento che indossano. Un bar del quartiere di Akasaka offre un particolarissimo tipo di «relax»: gli avventori fingono d'essere dei neonati e le ragazze cambiano loro i pannolini. In un elegante albergo di Hakone, a cento chilometri da Tokyo, invece, i clienti, per qualcosa come 200.000 lire, possono fingere di essere samurai in sceneggiate che vengono appositamente allestite ogni fine settimana.

Ai giapponesi, costretti ogni giorno a indossare i loro bravi completini scuri da impiegati, piace infilarsi ogni tanto in una bella armatura medievale. Il quasi novantenne Riyoichi Sasagawa, ex criminale di guerra, padrino della destra giapponese e oggi filantropo internazionale con l'ambizione di ricevere il premio Nobel per la pace, fra il materiale pubblicitario che distribuisce alla stampa mette sempre una foto di sé vestito da antico guerriero sullo sfondo del palazzo imperiale.

Per molti giapponesi, le cui case sono anguste e buie, il più bel sogno è quello di avere, anche per poco tempo, un po' di spazio e di comodità. Una serie di locali soddisfano questo desiderio, ricreando l'atmosfera del « salotto buono » di una famiglia borghese occidentale. Uno di questi locali è a Roppongi. Si entra da una porta anonima e ci si ritrova in un salone vasto e luminoso. Pareti, poltrone e moquette, tutto è di un bianco immacolato. Davanti a un pianoforte a coda bianco siede una ragazza in tulle bianco che suona Chopin. Niente fa pensare d'essere in un bar (le bottiglie sono nascoste). Stare semplicemente seduti lì costa 300.000 lire all'ora.

Il bar più comune e quello più a buon mercato è il bar con il *karaoke*: tre o quattro sgabelli davanti a un bancone, luci basse e, alle pareti, file di bottiglie, ognuna con il nome di un cliente al collo. Il *karaoke* (letteralmente « orchestra vuota ») è un videoregistratore con accompagnamento musicale. L'avventore ordina la sua canzone preferita, prende il microfono e, mentre sullo schermo passano immagini evocative, spesso con scene di pioggia, neve, ciliegi in fiore, e il registratore intona l'accompagnamento musicale, lui canta, leggendo le parole che appaiono sullo schermo e cambiano di colore nel momento in cui devono essere pronunciate. L'attenzione del locale si concentra su di lui, i colleghi applaudono, e per un paio di minuti il *sarari-man*, l'« uomo-salario », si sente il protagonista di un grande show televisivo, si sente un divo come quelli di cui son pieni i rotocalchi.

Il *bar-karaoke* è diventato negli ultimi anni una vera e propria istituzione nazionale. Le ferrovie hanno installato il *karaoke* su alcuni treni. Un'impresa edile ha inventato speciali gabbie acustiche isolanti per impedire ai bar con *karaoke* di disturbare i vicini che vogliono dormire. Un'altra azienda vende cassette di *karaoke* per uso domestico: servono per esercitarsi a casa prima di esibirsi al bar.

Dietro ogni porta che il giapponese apre nel suo viaggio notturno c'è una donna che lo vezzeggia, gli versa da bere, lo rassicura sui suoi talenti e sulla sua virilità. *Mama-san* e bar-hostess sono le vestali della moderna società giapponese. «L'uomo qui vive fra due campi di battaglia: la famiglia e il posto di lavoro. Noi siamo come un guanciale fra i due», dice Fumiko Honda, una donna sulla cinquantina che gestisce un minuscolo bar dietro la stazione di Shibuya. «Quel che vendiamo è il nostro tempo: il tempo di ascoltare i clienti e consolarli.»

Una birra, un bicchiere di whiskey e il gioco comincia. Lui parla, la *mama-san* lo sta a sentire. Lui apre la bocca, lei, con le bacchette, lo imbocca. Lui si vanta o si lamenta, lei si sbalordisce o lo consola. Il sesso fa sempre parte del gioco, ma il più delle volte resta solo nelle parole. «La società giapponese è essenzialmente omosessuale. Le donne non sono che le mediatrici che agevolano i rapporti fra uomini», mi spiega una sociologa americana che per un anno ha lavorato come hostess in vari locali notturni di qui. «Se un giapponese ha bisogno di scaricarsi sessualmente, sulla via di casa trova tutta una serie di altri locali.»

Ce ne sono per tutti i gusti. Nei *pink salons*, i «salotti rosa», è così buio che il cliente vede a malapena la ragazza che lo masturba, mentre lui si beve una birra. Nei «centri della salute» tutto si svolge in piena luce perché il servizio che viene offerto si chiama ufficialmente «massaggio». In altri locali invece il cliente fa tutto da solo, guardando, per esempio, uno spettacolo eccitante come quello di una ragazza nuda rinchiusa in una gabbia che pende dal soffitto.

I *live shows*, con diretta partecipazione del pubblico, stanno un po' passando di moda perché, per un biglietto d'ingresso di 50.000 lire, come minimo, le probabilità d'essere chiamati sulla scena a far l'amore con la «ragazza strip-tease» non sono tante. Grande successo hanno invece i videocentri dove, nell'intimità di un minuscolo cubicolo, il cliente si eccita a vedere i film più spinti. Costo: 20.000 lire soltanto.

Lungo questa strada dei sogni il giapponese si diverte? È felice? Siamo noi occidentali, più che i giapponesi, a porci queste domande. Per l'uomo medio di questo Paese, oggi, il fatto stesso di sognare è una sorta di dovere, un modo per ricaricarsi e rendere di più come rotella della macchina produttiva. Il fatto è che, anche nell'evadere, il giapponese non è mai solo, non è mai un individuo, ma immancabilmente il membro di un gruppo.

Per questo i locali notturni, bar, ristoranti e mini-lupanari, nei quali il giapponese la sera fa tappa sulla via di casa, non sono in verità veri luoghi di svago o di piacere, ma soprattutto posti in cui si rafforzano i rapporti fra colleghi, dove il neoassunto viene preso in mano dal suo capo e avviato nell'azienda. Sono questi i luoghi dove il giapponese diventa *sarari-man*. È qui che, fra un bicchiere di whiskey e un boccone di pesce crudo, un impiegato sfoga la sua rabbia verso l'azienda, che si scarica, ma è anche qui che lentamente rinuncia ai suoi ultimi margini d'individualità.

Ogni neoassunto sa che, specie nei primi due anni, dovrà uscire quasi ogni sera con i colleghi. «Se non ci vado perdo qualcosa», dice un giovane impiegato di una società di assicurazioni. «Il giorno imparo qualche tecnica e qualche fatto, ma la sera mi addentro lentamente nei segreti dell'azienda e costruisco così le basi della mia carriera.» Bar e ristoranti diventano l'annesso dell'ufficio, lo svago diventa così il prolungamento del lavoro. Il piacere è una valvola di sicurezza che le aziende sono interessatissime a tenere funzionante. Per questo ne pagano le spese. Ogni azienda è convenzionata con una serie di locali che i suoi impiegati, a seconda della loro posizione, hanno il diritto di frequentare. L'impiegato firma, il conto va all'azienda. Un economista ha calcolato che le aziende giapponesi spendono sui cento miliardi di lire al giorno per intrattenere i propri dipendenti e i propri clienti.

A poco a poco queste uscite serali con i colleghi diventano un'abitudine e le lunghe ore spese nei bar e in altri locali finiscono per far parte della routine quotidiana del giapponese. La casa diventa così poco più che un dormitorio in cui tutto sommato si finisce per dormire poco: in una recente inchiesta, l'80 per cento degli impiegati delle grandi aziende giapponesi si è dichiarato «perpetuamente stanco». La vita di famiglia ne soffre. La stessa inchiesta ha rivelato che il 30 per cento delle mogli giapponesi vede i mariti in media per un'ora sola al giorno e che il 12 per cento li vede per appena dieci minuti.

Avvezzo fin da piccolo a una dura disciplina e a rigidi comportamenti sociali, costretto a vivere e a lavorare in minuscoli spazi, il giapponese trova nel bere una facile evasione. L'alcolismo è ormai un fenomeno diffusissimo. A mezzanotte, quando i bar e i locali notturni chiudono, i giapponesi che si riversano per le strade a centinaia di migliaia appaiono deboli e confusi. Le stazioni della metropolitana, nei cui corridoi durante il giorno non riecheggia che lo strusciare di milioni di piedi, improvvisamente risuonano di voci, di risa che si levano da una massa impressionante di gente animatissima. Pochi sono sobri, pochi camminano dritti. Dappertutto qualcuno vomita o inciampa barcollando verso l'ultimo treno.

Facciamo il bagno assieme

Osaka, ottobre 1989

QUELLO d'immergersi, nudo bruco, in una vasca d'acqua bollente e di contemplare, in compagnia d'altri, la natura attorno o il gioco dei vapori nell'aria è per un giapponese la quintessenza del piacere, il vero e proprio rilassamento.

Ci sono in Giappone ben 2237 *onsen*, «sorgenti calde». Attorno a queste sono concentrati alberghi, night-club, centri porno e tutti i tipi di svago cui un giapponese di oggi si affida per sognare.

Arrivare in un *onsen* vuol dire spogliarsi dell'abito scuro di tutti i giorni e indossare un altro tipo di uniforme, quella del gioco: una vestaglia-kimono di cotone con su scritto il nome dell'albergo di cui si è ospiti e dei rumorosi zoccoli di legno. All'*onsen* il giapponese medio non va mai da solo, tanto meno con la famiglia. Ci va coi colleghi di lavoro, e a spese dell'azienda. Sulle lavagne affisse all'ingresso dei grandi alberghi o delle piccole pensioni degli *onsen*, si leggono solo i nomi delle ditte che hanno prenotato per i gruppi dei loro dipendenti. Si dorme in sei o sette per camera, assieme si mangia, assieme si fa il bagno, assieme, la sera, si va al *porno show* e a quel che segue. Assieme ci si ubriaca. Il relax serve soprattutto a rafforzare i legami fra colleghi e la lealtà di ognuno verso l'azienda.

Quando gli autobus pieni di uomini in gita aziendale lasciano una delle grandi città del piacere, Yamashiro, a 300 chilometri da Tokyo, prima di riprendere la via di casa si fermano a un particolarissimo supermercato davanti al quale torreggiano due tartarughe in cemento, alte sei metri, nell'atto di copulare. Anziane donnette in grembiule bianco prendono in consegna i visitatori, li conducono attraverso scaffali e banconi in cui sono esposti vari preparati, tutti a base di serpente o di tartaruga, e dicono: « Se la notte scorsa non ce l'hai fatta, o se oggi ti vacillano le gambe, prendi questa medicina ».

Il sesso per i giapponesi non è né un tabù né una ragione di complessi. In giro per il Paese ci sono decine di templi in cui il dio è l'organo femminile o quello maschile. Una visita al grande santuario shintoista di Ise non è completa oggigiorno se uno non si ferma a visitare, poco lontano da lì, un museo porno in cui la grande attrazione del momento è un *live show* di due cavalli che fanno all'amore.

La pornografia è un ingrediente della vita quotidiana di un giapponese. Foto e disegni di donne violentate, torturate e seviziate tappezzano le riviste che giovani e vecchi sfogliano con uguale disinvoltura nelle metropolitane. Ogni città del Paese ha interi quartieri-mercato in cui l'unica merce in vendita è il sesso. In origine i locali in cui avveniva questo traffico si chiamavano *turko*, ma da quando il governo di Ankara ha protestato, il nome di questi posti è stato cambiato in *soap-lando*, « Paese del sapone ».

A Tokyo la più grande concentrazione di *soap-lando* è a Yoshiwara, un vecchio quartiere nel nord-ovest della città, che è sempre stato famoso per i suoi bordelli. Ai tempi dello shogunato questi erano riservati ai samurai che, così, non avevano bisogno di tornare a casa dalle loro mogli; in seguito i frequentatori furono soprattutto i mercanti. In un *soap-lando* chiamato Vaticano le ragazze sono vestite da suore, in uno chiamato Airline, da hostess.

Sulle rive del lago Biwa, a nord dell'antica capitale Kyoto, a pochi chilometri dal tempio di Ishiyama in cui nell'anno 1004 la nobildonna Murasaki scrisse le prime parole del suo famoso romanzo *Il principe Genji*, c'è un paesino di nome Ogoto, in cui ogni singola casa è un *soap-lando*. Il paese fu fondato quindici anni fa, proprio lì, perché nelle vicinanze c'erano grandi studi cinematografici e qualcuno ebbe la brillante idea che alle attrici fallite bisognava offrire una carriera alternativa. Ogoto ebbe un gran successo e presto divenne famoso in tutto il Giappone come « il paradiso degli uomini ».

Purtroppo, come oggi dice l'incaricato del locale ufficio del turismo, ansioso di offrire una cartina del paese e consigli sul da farsi, « anche il paradiso soffre dell'AIDS ». A Ogoto non c'è stato ancora nessun caso accertato, ma la sola paura ha fatto sì che due terzi dei clienti abituali quest'anno non si siano fatti vedere. Davanti alle ammiccanti insegne luminose di decine di *soap-lando*, uno fatto a mo' di moschea, uno come una fortezza, un altro come un castello, si vedono solo le ombre dei giovani procaccia che, mazza in mano, si esercitano a giocare a golf. Alcune case hanno chiuso del tutto, altre hanno chiuso metà delle camere. Delle 1000 ragazze, attrici fallite, che fino a tre anni fa lavoravano qui, ne sono rimaste 600. Solo i prezzi son rimasti invariati: da 250.000 a 600.000 lire per 80 minuti.

A Osaka il quartiere dei piaceri si chiama Tobita, «la risaia volante». Qui il Giappone sembra ancora quello delle stampe dell'Ottocento. Vicoli stretti, case basse, pallidi lampioni. Ogni porta è come un piccolo palcoscenico. Due donne, una giovane e una vecchia, stanno sedute in un fascio di luce all'ingresso e sorridono ai passanti. Un gatto di pietra, una bambola, un albero nano nello sfondo completano l'assurdità della scena. Ci sono decine e decine di questi teatrini in cui, per 100.000 lire all'ora, la giovane «riceve i suoi amici» nella camera che «affitta» dalla vecchia. Essendo la prostituzione illegale, questa formula permette che il tutto si svolga senza problemi.

Anche Tobita però è in crisi, ma non tanto a causa dell'AIDS. «I giovani di oggi sono viziati», dice una vecchia tenutaria. «Vogliono un trattamento più personale, vogliono l'emozione di una vera avventura.» Qualcuno ha capito questa esigenza ed è riuscito a sfruttarla. Son nati così i «club telefonici» che offrono appunto questa «emozione». A Osaka la catena più recente si chiama Friday. Con 10.000 lire si diventa membri del club, con altre 30.000 si occupa per mezz'ora uno dei tanti cubicoli in una delle filiali di Friday sparse nel centro della città. Ogni cubicolo è arredato con una comoda poltrona, un tavolino con portacenere, una scatola di kleenex e un telefono con varie linee che squillano in continuazione. A chiamare sono solo donne. Secondo la pubblicità del club si tratta di «ragazze di buona famiglia desiderose di conoscere la vita, attrici solitarie, hostess e vedove frustrate».

Per un Paese come il Giappone, che con la raffinatezza delle sue geishe e la ricercatezza dei suoi vecchi piaceri aveva acceso la fantasia del mondo intero, questi svaghi di oggi sono una misura della grande decadenza nel gusto della gente. «Pochissimi ormai sanno apprezzare la nostra arte. Il nostro posto viene preso dalle bar-hostess», dice Hazuko Suzuki, una geisha di 67 anni, oggi proprietaria del *ryotei* dei Sapienti Felici nel quartiere Kagurasaka di Tokyo.

Nascoste fra i cubi di cemento dell'architettura moderna, dietro vecchie mura di paglia e fango, restano ancora, qua e là nel Giappone di oggi, piccole isole di un lusso vecchio ed esclusivo: i *ryotei*. Un semplice portone, un breve viottolo che serpeggia fra un boschetto di bambù, una lampada di pietra, una soglia di legno levigato e una donna in un elegante kimono che s'inchina. L'ospite si toglie le scarpe ed esce dalla sua pelle quotidiana. Il mondo in cui si addentra è quello intravisto e descritto dai viaggiatori occidentali del secolo scorso, un mondo di cui i giapponesi di oggi conservano poco o nulla in se stessi o nelle loro case. «Siamo le custodi in un museo della nostalgia», mi dice l'anziana geisha del *ryotei* dei Sapienti Felici. «Quarant'anni fa c'erano ancora dei privati che passavano le loro serate in queste case. Da quando ogni uomo è diventato un impiegato, nessuno può più pagarsi questo piacere di tasca sua.»

La sera, davanti alle fragili case di legno con le loro finestre di carta e i pesanti tetti neri nelle viuzze di Kagurasaka, si fermano ormai soltanto alcune limousine nere dei grandi industriali. Nel quartiere di Akasaka, invece, arrivano quelle degli uomini politici e di governo. Ogni frazione del Partito liberal-democratico frequenta, per i suoi incontri discreti, un suo *ryotei* e lì fa venire le sue geishe fidate. «Il futuro del Giappone viene spesso deciso nell'intimità di un *ryotei*», dice Madame Suzuki, «per questo le buone geishe sono quelle che sanno tenere i segreti.»

Al *ryotei* si affitta una stanza – pareti di carta, impiantito di stuoie di paglia, vista su un giardino di pietre – e lì si ricevono i propri ospiti. «Quel che da me si paga è l'atmosfera», dice la signora Suzuki. La stanza soltanto costa 200.000 lire per persona. La cena arriva in belle ciotole di lacca da un ristorante vicino (150.000 lire a testa), le geishe vengono da una delle case di geishe che funzionano come vere e proprie agenzie (100.000 lire all'ora per geisha). Il costo di una serata per sei persone e due geishe finisce per essere pari allo stipendio mensile di un impiegato medio (sui tre milioni di lire). È una tradizione, questa, che va scomparendo. Nel 1969 nel solo quartiere di Kagurasaka c'erano ancora 60 *ryotei* e 700 geishe; oggi i *ryotei* sono soltanto 27, le geishe 80.

Le geishe più famose sono ancora quelle di Kyoto. È lì che ci sono i *ryotei* più belli del Giappone, è lì che c'è ancora la migliore scuola di geishe. Il guaio è che mancano le allieve. «L'addestramento è troppo duro e le ragazze d'oggi preferiscono andare a lavorare in ufficio», dice Yashiko Inoue, 84 anni, la più famosa maestra di danza, veneratissima dalle vecchie generazioni e insignita del titolo di «tesoro nazionale». La tradizione vuole che ogni anno Kyoto organizzi una grande processione con la quale le *maiko*, le apprendiste geishe, vengono presentate alla città. Ce ne sono ormai così poche che alcune geishe in pensione vengono pregate di partecipare alla sfilata travestite da giovinette.

«Siamo una razza in estinzione. Ogni epoca ha i suoi giochi. I nostri non interessano più», dice Chieko, una geisha che ancora lavora a Kyoto. «Gli uomini son cambiati. Per godere di noi dovrebbero avere tempo, essere distesi, invece sono sempre di fretta, sono tesi. Dovrebbero ascoltare, invece parlano, parlano. Parlano sempre delle stesse cose: soldi, soldi, soldi.»

Fuggire da fermi

Tokyo, novembre 1989

Le loro sagome inaspettate dominano i paesaggi, le loro invitanti insegne luminose rischiarano le notti. I *love hotels*, gli «alberghi dell'amore», sono parte del Giappone come le metropolitane strapiene, il pesce crudo e la disciplina della gente. I *love hotels*, come i night-club, i bar, i *soap-lando* e le sale di *pachinko*, sono luoghi di evasione, appartengono a quel mondo dei sogni in cui il giapponese medio si rifugia, per sfuggire all'anonima, opprimente routine della sua quotidianità.

Per trovare un *love hotel* non occorre fare tanta strada. Ce ne sono dappertutto. A centinaia nelle grandi città, uno ogni pochi chilometri nelle campagne, uno accanto all'altro all'imbocco delle autostrade. Chi arriva a Tokyo in aereo se ne trova una ventina soltanto lungo il tragitto fra l'aeroporto di Narita e il city terminal.

L'idea dei *love hotels* nacque nell'immediato dopoguerra, quando i giapponesi erano poverissimi, le loro case in gran parte distrutte e la gente non aveva un angolo per appartarsi. Nel frattempo i giapponesi sono diventati ricchi, ma gli spazi a loro disposizione sono rimasti minuscoli e l'intimità è ancora un lusso a disposizione di pochi. I *love hotels* sono così rimasti di gran moda. Ci vanno i fidanzati, gli amanti, quelli fissi come quelli occasionali, e le coppie sposate. Il *love hotel* garantisce pulizia e discrezione. Chi arriva in macchina sa che la sua targa sarà immediatamente incappucciata.

Tutto si svolge automaticamente. Non ci sono portieri, camerieri o inservienti. Non ci sono testimoni. La porta d'ingresso si apre automaticamente all'avvicinarsi della coppia e una voce metallica dà il «Benvenuto!» Su un pannello colorato nell'ingresso si trovano le foto a colori delle camere. Quelle illuminate sono libere. Si preme il bottone della camera scelta. «Ecco la chiave», dice la solita vocina. Nell'ascensore quella solita presenza computerizzata tiene compagnia: «Benvenuti, vi auguriamo ore liete». La stessa voce ringrazia quando, in capo a una o due ore, la coppia riparte. Il conto arriva in camera con la posta pneumatica e allo stesso modo viene pagato.

Nell'architettura dei *love hotels* si esprime tutta la stramba fantasia dei giapponesi. Ogni costruzione ha qualcosa di assurdo, di sbalorditivo. Ognuna cerca di realizzare il sogno di un'evasione. Ce ne sono di quelle fatte come castelli medievali, altre come navi spaziali o tende di nomadi. Un *love hotel* vicino a Okayama è fatto come un jumbo jet, un altro è la copia della torre di Pisa, uno lungo l'autostrada fra Osaka e Gifu pretende di essere una piramide. Nel quartiere di Meguro a Tokyo c'è un famoso *love hotel*, sempre avvolto in una luce azzurrina, che è la riproduzione di uno dei castelli di re Ludwig di Baviera. Uno vicino a Shizuoka è la copia della Casa Bianca. Vari *love hotels* hanno sul tetto una riproduzione della statua della libertà, altri dei giganteschi gorilla neri.

I *love hotels* si chiamano con i nomi più diversi: C'est la vie, Utopia, Casa de due (*sic!*), Episodio. La parola «bianco» ricorre spesso: Castello bianco, Biancaneve, Bianco puro. Molti si chiamano solo con un numero: 69 è quello più frequente. Strausati sono: Amour, Amore, Liebe. Un *love hotel* sull'autostrada fra Tokyo e Yokohama è fatto come un transatlantico britannico. Quando fu inaugurato, il proprietario invitò l'ambasciatore inglese a tagliare il nastro, ma quello declinò l'invito: il *love hotel* si chiama Queen Elisabeth II.

Non c'è un *love hotel* che sia uguale all'altro e, all'interno dello stesso albergo, non ci sono due camere che si somiglino. Tutti i *love hotels* sono però corredati di quel che i giapponesi non hanno nelle loro case: letti larghi e bagni spaziosi. Ogni camera cerca di riprodurre l'ambiente di altri Paesi e altri tempi: la Roma dei romani, il Giappone dei samurai, l'Olanda dei tulipani o una colonia nello spazio. A Nagoya c'è un *love hotel* con una camera stile Germania nazista. Nell'hotel Principe dei fiori di ciliegio, a Osaka, le camere sono fatte a mo' di studio ginecologico. In un *love hotel* di Gifu c'è una camera che sembra un campo da tennis. Di alberghi con attrezzature sadomasochiste ce ne sono vari; uno dei più noti è nel centro di Tokyo, proprio dietro l'ambasciata sovietica. In un *love hotel* vicino alla città di Kumagaya le finestre simulano la vista del tramonto, dell'alba e poi di un altro tramonto perché gli occupanti abbiano l'impressione di aver passato in camera non un'ora, bensì ventiquattro.

Quanto al letto, può essere sistemato in una grande conchiglia, in una Mercedes, in una giostra, in mezzo alla giungla, o nella replica della carrozza con cui il principe Carlo e lady Diana d'Inghilterra andarono a sposarsi. I materassi sono ad aria o ad acqua, ballano o dondolano; alcuni hanno altoparlanti incorporati «perché si senta la musica profondamente nel corpo». Ci sono anche letti con sensori acustici che, non appena i sospiri o i gridolini della donna si fanno più intensi, fanno accendere delle lucine rosse e azionano la solita vocina computerizzata che, rivolta all'uomo, dice: «Bravo! Ce l'hai fatta. Continua così!»

«L'amore dev'essere un gioco», dice Shin Ami, un architetto specializzato in arredamento di *love hotels*. Dieci anni fa progettava ambienti per bambini, oggi progetta «giochi per grandi», come dice lui stesso.

Di *love hotels* in Giappone ce ne sono circa 50.000: più di 4000 nella sola Tokyo. Dal punto di vista economico rappresentano un ottimo investimento e fra i proprietari di grandi catene di *love hotels* figurano banche, società di assicurazioni e persino alcuni templi buddhisti e shintoisti. Un nuovo tipo di *love hotel* è quello «per famiglie», con tanto di asilo nido in cui i genitori possono parcheggiare i bambini mentre vanno in camera. Alcuni combinano sesso e sport. Altri ancora sono fatti per gruppi... fino a cinquanta persone per camera. Siccome quella giapponese è una società che invecchia rapidamente, c'è anche una catena che si sta specializzando in *love hotels* per ultrasessantenni.

«L'importante è che il *love hotel* non somigli a un bordello», dice sempre l'arredatore Ami. «Il *love hotel* deve essere un luogo di cui un bambino dica: 'Quando sarò grande ci voglio giocare anch'io!'»

Un altro tipo di rifugio sempre a portata di mano del giapponese medio, ma ancor più accessibile ed economico, è il caffè. Copiato come idea dall'Europa durante l'epoca Meiji (fine Ottocento), il caffè giapponese è una sorta di *trompe l'oeil*, un'imitazione in miniatura di quel mondo di là dal mare al quale ogni giapponese tanto aspira, ma che in verità non osa affrontare. Ci sono in Giappone circa 150.000 caffè. Ce ne sono in tutte le strade, attorno alle stazioni, nei sottopassaggi, nei grandi magazzini, ai piani alti dei grattacieli, sparsi per la campagna; e alla sera sono tutti illuminati come fossero casette di fata.

Come nei *love hotels*, così anche nei caffè quel che conta è la ricreazione di un ambiente. In un caffè si ha l'impressione di essere nella Parigi intellettuale di Edith Piaf, in un altro di ritrovarsi in uno chalet svizzero con tanto di orologio a cucù. Nei caffè della catena Mozart si sente soltanto la musica del grande maestro. Anche i dolci sono intitolati a lui. Lo stesso nei caffè Beethoven. La più modesta catena dei caffè Renoir è pensata per il pisolino del *sarari-man*, mentre una nuova catena chiamata La Mille (*sic!*) offre, soprattutto alle signore bene, l'ambiente raffinato di un salotto inglese con tanto di caminetto finto, quadri a olio in cornici dorate e sofà con merletti bianchi.

I menu, specie quelli dei caffè più cari, sono scritti in un misto di tutte le lingue europee, ma con prevalenza di parole francesi. All'ingresso di un elegante caffè nel quartiere di Shinjuku si legge in lettere dorate: *Parlons un peu du café*. Ogni caffè ha una sua piccola biblioteca di giornali a fumetti. Se ne prendono un paio, si puliscono le mani con dei tovaglioli umidi e caldi e, cullati da una qualche musica, si sorseggia il caffè sprofondando finalmente nella quiete e nella pace.

Una tazza di caffè costa cara (dalle 2500 alle 10.000 lire), ma è chiaro che quel che si paga non è tanto la bevanda, quanto il lusso di avere un po' di spazio a disposizione. Per l'impiegato pendolare, la cui casa è nella lontanissima periferia, per le donne che non possono ricevere le amiche in un salotto che non hanno, il caffè rappresenta un conveniente e piacevole *pied-à-terre* in cui tirare il fiato.

Se il caffè è una delle tappe obbligatorie nella giornata del giapponese, l'altra è il *pachinko*. Il *pachinko* (la parola non ha alcun significato) è una sorta di flipper verticale. Si gira una manopola e manciate di luccicanti biglie d'acciaio cadono dall'alto, traversano un labirinto fatto di almeno trecento chiodi, ostacoli vari, lucine e scompaiono con un fracasso assordante in alcune feritoie. Se una biglia entra in un foro illuminato, la macchina rigurgita la vincita sotto forma di altre biglie da rigiocare. Quando si finiscono le biglie, non si ha che da ricomprarle: 24 costano 1000 lire.

Inventato negli Stati Uniti negli anni '30 e risuscitato, dopo la guerra, nella città di Nagoya, al fine di consumare le riserve di cuscinetti a sfera delle fabbriche di munizioni giapponesi, il *pachinko* nacque come un gioco per bambini. Oggi è il simbolo per eccellenza del passatempo degli adulti giapponesi, una sorta di culto nazionale che ha tenuto testa alle seduzioni della televisione, del video, del benessere e alle leggi contro il gioco d'azzardo.

I giapponesi son fieri di dire che il *pachinko* è un gioco puramente giapponese e che gli stranieri non possono capirlo. A ragione. Quel che per uno straniero è l'essenza dell'inferno, per i giapponesi pare sia la porta del paradiso. A partire dalla mattina alle dieci, quando le case di *pachinko* tirano su i bandoni, fino alle dieci di sera, quando li richiudono, centinaia di migliaia di uomini e donne accorrono dinanzi ai magici biliardini e là, nel frastuono più assordante, come fossero in mezzo a una fabbrica impazzita, restano immobili, in file ordinate, ognuno affascinato dalla sua macchina. « Al *pachinko* dimentico tutto. Non c'è niente di meglio contro lo stress », dice Takako Doi, la segretaria generale del Partito socialista giapponese che, per la sua grande passione per questo gioco, ha ricevuto dall'Associazione nazionale del tempo libero il primo premio Cultura del *pachinko*. Per Tamara Machi, la poetessa più giovane e più di successo del Giappone (una sua recente raccolta di poesie ha venduto 2,4 milioni di copie), il *pachinko* è una sorta di specchio della vita stessa. « Vedo le biglie che precipitano in basso e mi sento come loro », ha scritto.

C'è da chiedersi se il *pachinko* non abbia tanto successo perché il giapponese è più a suo agio con una macchina che in compagnia di un altro uomo. Lo scrittore americano Donald Richie, che vive a Tokyo da oltre quarant'anni, sostiene che « il giapponese vede nella macchina del *pachinko* il suo amico segreto » e che gomito a gomito con centinaia di altre persone, con le quali però non ha bisogno di parlare, si sente in una sorta di « solitudine comunitaria ».

Frastornati dalle biglie che precipitano, dall'ululare delle macchine «in preda alla febbre», dagli altoparlanti che incitano a giocare di più, dalle musichette militari, avvolti in una fibrillante luce al neon che fa dimenticare se fuori è giorno o notte, i giapponesi sembrano raggiungere uno stato di completo distacco dalla realtà. «Questa del *pachinko* è la forma più popolare di meditazione», dice Richie. Sempre più grandi e sempre più diffuse, le case del *pachinko* torreggiano sulle distese grigie delle città come seducenti cattedrali dove si venera la follia.

Pachinko, night-club, bar, *love hotels*, caffè, video-club, club telefonici, salotti, *onsen* e lupanari; il Giappone non è soltanto un'efficientissima macchina di produzione, è anche un gigantesco parco di divertimenti. Il segreto del successo economico di questo Paese che tanto sbalordisce e spaventa il resto del mondo va forse anche cercato in questa combinazione, va cercato nel fatto che il pilastro su cui tutto il sistema si regge – il giapponese medio – lavora con tanto zelo e con tanta dedizione perché a portata di mano ha sempre un'illusione: quella di evadere.

L'industria dei sogni, efficiente qui come tutte le altre, gli offre in continuazione nuovi prodotti e ognuna di quelle bolle di sapone, allontanandolo dalla realtà, gli rende più sopportabile la sua insopportabile vita.

A guardare la carta, l'isola appariva a un passo dal Giappone, ma era praticamente inaccessibile. Per decenni nessuno straniero era riuscito a metterci piede e questo, oltre alla sua storia, mi faceva desiderare di andarci. Chiesi un visto all'ambasciata dell'Unione Sovietica e l'ottenni. Ci passai tre settimane.

Sakhalin: l'isola maledetta

Južno-Sakhalinsk (Unione Sovietica), luglio 1989

VISTA dall'incertezza del mare, una qualunque striscia di terra è sempre apparsa ai naviganti come un sollievo, un rifugio, una speranza. Non così quest'isola. Sakhalin, dinanzi alla costa siberiana, a nord del Giappone, emerge dalla foschia lattiginosa che aleggia sulle onde nere del mare di Ohotsk come un'inquietante presenza, una massa scura, costantemente avvolta nella nebbia e nel silenzio.

Così apparve più di mille anni fa ai cinesi che la considerarono parte del loro impero e la chiamarono « la terra dei diavoli vaganti »; così apparve agli esploratori occidentali che, non osando approdarci, la segnarono nelle loro carte geografiche col nome; « gli scogli neri »; così apparve ai primi russi e ai primi giapponesi quando, due secoli fa, ci si avventurarono per saccheggiarla delle sue immense risorse naturali. Il capo di una tribù aborigena che allora abitava su Sakhalin lanciò, contro quegli intrusi, una maledizione: su quell'isola non sarebbero mai stati felici; da quell'isola non avrebbero mai ricavato qualcosa di utile.

Da allora Sakhalin è vissuta all'ombra della sua fama di « isola maledetta ». Attorno alla metà del secolo scorso, questa « isola al confine del mondo » divenne il centro di raccolta di quel che la Russia zarista chiamava la sua « spazzatura umana ». Criminali di ogni tipo, feroci assassini e valorosi rivoluzionari vennero confinati qui e condannati ai lavori forzati. La speranza era che sarebbero riusciti a sviluppare l'economia. Non ci riuscirono e Sakhalin divenne sinonimo di orrore. Anton Čechov che nel 1890, già ammalato di tubercolosi, volle andarci per studiare il suo sistema penale la descrisse come un «luogo d'indicibile sofferenza». Tolstoj la chiamò «l'isola del dolore.»; lo scrittore Vasilij Dorocevič, «un'isola creata dalla natura in una vampata d'ira». L'Europa rabbrividiva al semplice suono di quel nome: Sakhalin. Uno dei governatori dell'isola arrivò a pregare lo zar di ribattezzarla, nella speranza di darle una nuova immagine e di attrarre dei coloni. La sua richiesta fu respinta.

Nel 1906 il sistema dei deportati, la famigerata *katorga*, venne abolito, ma l'orrore di Sakhalin non finì. Negli anni '30 la parte settentrionale dell'isola diventò una stazione del *gulag* sovietico e migliaia di malcapitati, vittime del terrore staliniano, ci vennero mandati per essere fucilati o semplicemente dimenticati. Ancora agli inizi degli anni '50 c'erano, nella gelida *taiga* di Sakhalin, campi di lavoro per «nemici del popolo». Compito di quei prigionieri politici era di scavare, spesso senza alcun attrezzo, a mani nude, un tunnel sotto i cinque chilometri di mare che separano l'isola dal continente. Il tunnel è ancora da finire perché, con la morte di Stalin, i lavori forzati vennero aboliti. Sakhalin però ha continuato anche dopo a vivere con la sua maledizione e il suo nome a far rabbrividire il mondo: nel 1983 un aereo delle linee civili sudcoreane, il volo KAL 007, fu abbattuto da un caccia sovietico e sprofondò nel mare di Sakhalin con i suoi 265 passeggeri.

Dal 1945 l'intera isola (lunga 1000 chilometri, larga 150, con 640.000 abitanti) appartiene all'Unione Sovietica e il suo unico legame diretto col mondo esterno è un traghetto che fa la spola, per ora ancora molto irregolarmente, tra il suo porto di Holmsk e Wakkanai, la città più settentrionale del Giappone.

Al raro viaggiatore che si avvicina oggi a Sakhalin in nave, dopo una traversata di sette ore, l'isola appare com'è sempre apparsa a tutti i viaggiatori: avvolta nella nebbia e nel mistero, simbolo di una vita di stenti. File uniformi di catapecchie misere e grigie scendono verso la baia, brandelli di bandiere rosse sventolano sugli edifici pubblici, slogan socialisti sbiadiscono sulle facciate ammuffite delle case lungo la strada principale. Le uniche luci che si accendono al tramonto sono quelle verdi, gialle e blu dei neon nelle vetrine vuote di un grande magazzino. Tutto è misero, polveroso, rabberciato. Soltanto la parola *Welcome!* «Benvenuti!» sulla dogana è stata ridipinta di fresco.

Sakhalin dista 10.000 chilometri da Mosca, ma la *perestrojka* e la *glasnost* sono arrivate anche qui e quest'isola, che per decenni è stata una terra proibita, chiusa agli stranieri, d'un tratto si apre, cerca di uscire dal suo isolamento e di stabilire contatti col mondo. Gli unici in questo momento a essere interessati sono i giapponesi, gli avversari tradizionali dei russi in questa parte del mondo. Incomincia così un nuovo capitolo di una vecchia storia.

Russi e giapponesi si disputano Sakhalin da duecento anni. In ballo sono sempre state le favolose risorse dell'isola e la sua importante posizione strategica. Per i russi, possedere Sakhalin voleva dire coronare la loro spinta verso oriente e consolidare la loro espansione territoriale fino all'oceano Pacifico. Per i giapponesi significava aggiungere un grande territorio, praticamente disabitato, al loro piccolo e affollatissimo arcipelago. La prima battaglia per Sakhalin fu combattuta fra russi e giapponesi nel 1806. Da allora l'isola ha cambiato varie volte di mano. Fra il 1855 e il 1875 russi e giapponesi se la spartirono; dal 1875 in poi i russi l'ebbero tutta per sé. Nel 1905, dopo la sconfitta russa nella storica battaglia navale di Tsushima, il Giappone si riprese la parte meridionale dell'isola – fino al 50° parallelo – e la chiamò Karafuto.

Karafuto divenne per Tokyo la «nuova frontiera», un territorio tutto da sviluppare. Fra il 1905 e il 1945 i giapponesi incoraggiarono con ogni mezzo l'immigrazione dei loro coloni, fecero grossi investimenti, svilupparono le città, costruirono le prime ferrovie e le prime fabbriche. Mentre la Sakhalin giapponese divenne parte del mondo moderno, quella settentrionale, sotto il controllo di Mosca, rimase quel che era: un'oasi di medievalità.

Durante tutto questo periodo sia Tokyo sia Mosca continuarono a considerare la divisione dell'isola come un fatto del tutto temporaneo. I russi aspettavano solo l'occasione per ributtare a mare i giapponesi, i giapponesi cercavano con tutti i mezzi di prendersi anche la parte settentrionale dell'isola. Una volta ci provarono con le armi, una volta coi soldi. Tutte e due le volte furono respinti. A Karafuto i giapponesi erano a tal punto preoccupati della loro sicurezza che qualsiasi straniero che osasse arrivarci veniva sottoposto giorno e notte alla sorveglianza della polizia, come racconta Fosco Maraini, l'avventuroso fiorentino, studioso dell'Asia, che, nel 1939, riuscì a sbarcare sull'isola.

Per poco la seconda guerra mondiale, in Asia, non cominciò a Sakhalin. Nel 1941 l'alto comando dell'Armata imperiale giapponese studiò la possibilità di attaccare l'Unione Sovietica attraverso il 50° parallelo e solo in un secondo tempo decise di attaccare Pearl Harbor e di spingersi nel Sud-Est asiatico.

Invece di cominciarvi, la guerra finì a Sakhalin. Quando i giapponesi erano ormai in ginocchio e praticamente già sconfitti dalle due bombe atomiche americane su Hiroshima e Nagasaki, i sovietici marciarono attraverso la frontiera e nel giro di pochi giorni strapparono ai giapponesi sia Karafuto sia le isole Curili. I 400.000 giapponesi che s'erano installati a Sakhalin furono cacciati e rimpiazzati da cittadini sovietici. L'isola venne chiusa. Dal 1945 nessuno è riuscito ad andare a Sakhalin senza un permesso speciale. Nessuno ha potuto lasciarla. Fra la gente rimasta intrappolata c'erano i 43.000 coreani che i giapponesi avevano portato di forza a Sakhalin dalla Corea, allora loro colonia, perché lavorassero nelle miniere. Quelli che nel frattempo non sono morti ci sono ancora: gli ultimi, dimenticati prigionieri della seconda guerra mondiale.

Per l'Unione Sovietica Sakhalin è stata dal 1945 di grande importanza militare. L'isola faceva da scudo alla Flotta Orientale basata a Vladivostok e teneva sotto controllo le basi militari americane sull'isola giapponese di Hokkaido, diventando così una delle zone di confine più sensibili fra «mondo libero» e mondo comunista. L'abbattimento del volo KAL 007, forse l'ultimo dramma della Guerra Fredda, fu dovuto alla particolare posizione strategica dell'isola. L'aereo, uscito dalla solita rotta, volava su alcune della più segrete installazioni sovietiche e venne «automaticamente» abbattuto. «Quel giorno credemmo che sarebbe scoppiata la terza guerra mondiale», mi racconta Aleksandr Fëodorov, un funzionario dell'isola. «Oggi è impensabile che possa avvenire qualcosa di simile.»

La politica di Gorbačëv e la sua nuova dottrina militare hanno ridotto il significato di Sakhalin quale base d'appoggio strategica dell'URSS sul Pacifico. Le installazioni più importanti sono già state trasferite sulla penisola di Kamchatka nel nord-est del Paese. Le restrizioni di viaggio all'interno di Sakhalin sono appena state abolite. Turisti e investitori stranieri sono ora i benvenuti. «Non abbiamo più segreti», dice Valerij Belonosov, capo ideologo del Partito comunista a Sakhalin. «Siamo pronti a collaborare con chiunque e in qualsiasi campo.»

Aprendo Sakhalin, i sovietici ammettono il proprio fallimento e chiedono, molto discretamente, aiuto. Dopo 44 anni d'indisturbata gestione sovietica, l'isola è una provincia povera e sottosviluppata, un luogo su cui incombe una catastrofe ecologica, un ghetto di gente sfiduciata, prigioniera delle proprie sfortune e delle proprie delusioni. E pensare che Sakhalin è un'isola del tesoro! La sua terra ha di tutto: fosforo, ferro, oro, argento, tungsteno, mercurio, oltre a grossi depositi di petrolio e di carbone. I suoi mari e i suoi fiumi sono fra i più pescosi del mondo, le sue foreste tra le più rigogliose. Eppure è come se l'antica maledizione si fosse avverata, perché da tutte queste risorse l'isola e i suoi abitanti non hanno tratto alcun profitto.

Le condizioni di vita della gente sono rimaste primitive. L'isola è senza infrastrutture. Un *dépliant* governativo vanta 3500 chilometri di strade, ma si tratta per lo più di piste sterrate, intransitabili per macchine normali. La strada che dalla capitale porta alla città di Poronajsk nel nord è costantemente avvolta in nugoli di polvere. I russi, come il giovane guidatore della jeep che mi ci porta, si consolano dicendo che è come la lingua della suocera: lunga, tortuosa e sudicia.

Lo stesso *dépliant* dice che l'isola ha 1000 chilometri di ferrovie. Quel che non dice è che ognuna delle tre linee ha uno scartamento diverso, che nessuno dei tre è fatto per collegarsi con quello esistente sul continente sovietico e che la linea principale fu costruita dai giapponesi. Sui vagoni c'è ancora scritto MADE IN JAPAN ed è buffo vedere i corpulenti viaggiatori russi seduti nei piccoli scompartimenti concepiti per i minuti passeggeri di un tempo. Non esiste ancora un servizio ferroviario fra le principali città dell'isola. Le comunicazioni aeree sono estremamente primitive e aleatorie.

Persino Nogliki (550 chilometri a nord di Južno-Sakhalinsk), uno dei principali centri petroliferi sulla costa nordorientale dell'isola, non ha un aeroporto e il piccolo aereo a elica delle linee interne è costretto ad atterrare su una rudimentale pista di sabbia. In una capanna di legno che funge da terminal, i passeggeri vengono invitati a rifocillarsi con una tazza di tè caldo e una polpetta di carne fredda.

Quanto alle città, non hanno cloache, e la maggior parte delle case non ha acqua corrente. La capitale, Južno-Sakhalinsk, la Toyohara dei giapponesi, è uno squallido campo di lavoro, d'inverno soffocato dalla neve, d'estate dalle erbacce che crescono ovunque. Oha, la località più settentrionale di Sakhalin e il centro principale per la produzione di gas e petrolio, sembra la scena di un film dell'orrore. Quando soffia il vento, la città si copre di sabbia, quando piove le sue strade si trasformano in torrenti. Sopra la grigia distesa delle case di legno si agitano le braccia nere delle pompe del petrolio, come fossero i tentacoli di un gigantesco insetto atterrato qui da un altro mondo.*

«E il centro dov'è?» chiedo al segretario del partito che mi accompagna. «È questo», mi risponde. Come in tutte le altre località costruite dai sovietici a Sakhalin, il centro è semplicemente là dove via del Comunismo s'incrocia con via della Rivoluzione, in una piazza che invariabilmente si chiama piazza Lenin.

Južno-Sakhalinsk è grigia e sconsolante. Più che la capitale dell'«Isola del tesoro», sembra il simbolo del fallimento sovietico a Sakhalin. «Abbiamo lavorato e prodotto come degli ossessi, ma la nostra vita ne ha sofferto», spiega Vasilij Chessalin, redattore capo di *Bandiera Rossa* (circolazione 7700 copie), il quotidiano di Aleksandrovsk, l'ex capitale della Sakhalin zarista e ancor oggi l'unica città dell'isola con un po' di *charme*.

Sakhalin ha davvero prodotto moltissimo. E continua a produrre. Un quinto di tutto il pesce consumato nell'Unione Sovietica viene pescato qui. Tutto il famoso caviale rosso viene da qui. La carta di tutti i quaderni su cui scrivono i bambini di tutte le scuole, dagli Urali alla Siberia, è prodotta qui così come la carta con cui vengono stampati tutti i giornali dell'Unione Sovietica. Il carbone, il gas e il petrolio di Sakhalin scaldano tutte le città affacciate sul mare di Ohotsk, alimentano tutte le acciaierie della Siberia e tengono in vita e in movimento la flotta sovietica nell'Estremo Oriente.

Per oltre quarant'anni, Sakhalin ha dovuto cedere le sue ricchezze al continente: cinque milioni di tonnellate di carbone all'anno, tre milioni di metri cubi di legname, due milioni e mezzo di tonnellate di petrolio. A questo si aggiungono due miliardi di metri cubi di gas che ora vengono succhiati via da Sakhalin attraverso una tubazione di 570 chilometri che passa sotto il canale di Tartaria e va sul continente.

Di tutti questi tesori a Sakhalin sembra non siano rimaste neppure le briciole. Certo ci son rimasti i danni. «Sakhalin era un paradiso ecologico, ora è l'inferno», dice Vitalij Gulí, 36 anni,

* Nella lingua degli ainu che vivevano in quella regione, Oha voleva dire: «Acqua nera nella pedata di un daino».

un giornalista di Južno-Sakhalinsk appena eletto in parlamento in un seggio che era stato tradizionalmente del locale segretario del Partito comunista.

L'indiscriminato saccheggio dell'isola ha distrutto la sua più preziosa ricchezza: la natura. Nel nord l'estrazione del petrolio ha mutato l'habitat del mare e nessun pesce vive più nell'intera baia di Urkt. La punta all'estremo nord, la penisola di Schmidt, famosa per la sua tundra ancora disabitata e in parte ancora inesplorata, è ora minacciata dalle grandi macchie di petrolio che vengono dai pozzi a mare. Nel sud dell'isola le acque di quasi tutti i fiumi sono state inquinate dai rifiuti di ben sette cartiere. I boschi hanno sofferto enormemente a causa dei tagli indiscriminati.

La strada da Poronajsk a Timosk, nel centro dell'isola, attraversa colline un tempo coperte d'alberi e oggi desolantemente brulle. Un po' più a est si trovano, ora interamente coperti di cenere nera, i 220.000 ettari di foresta ingoiati dal gigantesco incendio scoppiato all'inizio di giugno. Attizzate da un vento selvaggio, le fiamme sono avanzate per settimane attraverso valli e montagne a una velocità, a volte, di 50 chilometri al giorno. L'intervento di 2000 soldati e 150 bulldozer ha finalmente circoscritto e messo sotto controllo quell'inferno. A parte l'immediata perdita in legname, le autorità si preoccupano ora delle conseguenze a lungo termine dell'incendio. La metà di tutti i daini del nord sono morti nelle fiamme e i salmoni della regione sono ora in pericolo.

«Se non c'è bosco, non c'è salmone», mi spiega la signora Zoya Yakunina, un'ittiologa dell'isola. Il grande calore dell'incendio ha fatto abbassare notevolmente il livello delle acque nei fiumi della zona e i salmoni, che proprio ora dovrebbero risalire la corrente, non riescono a sopravvivere...

Il salmone di Sakhalin, col suo caviale rosso, è il prodotto più famoso dell'isola. Nasce nei fiume freddi, nuota verso il mare dove rimane per tre o quattro anni, poi, quand'è adulto, stranamente torna alla bocca del fiume da cui è partito, ne risale la corrente, deposita le sue uova e muore. Di questi salmoni morti si nutrono gli abitanti preistorici dell'isola: gli orsi di Sakhalin.

Fino a poco tempo fa, i salmoni erano di casa in 60 fiumi dell'isola. Ora in metà di questi non ci sono più. Le acque sono così contaminate che, quando il salmone si avvicina alla foce per risalire il fiume, fa dietrofront e resta nell'oceano, interrompendo così la sua catena di riproduzione.

A Poronajsk, una città di 24.000 abitanti sulla costa occidentale, anche il mare non ha più l'odore del mare: le onde spumeggianti di un orribile giallo si abbattono su una spiaggia grigiastra coperta di rifiuti. La grande cartiera di cui la città vive sputa giorno e notte un fumo nero e liquami saponosi che appestano una vasta zona dell'oceano.

Gli abitanti la chiamano la «città fetente». La sera nelle strade buie non si sente che l'ululare dei cani randagi e il vociferare degli ubriachi che giocano a fracassare bottiglie vuote contro i muri. Due volte al mese, uomini malmessi e barbuti, dalle facce arrossate, escono dalle loro scure bicocche e vanno a mettersi in fila per la distribuzione statale dell'alcol. La razione attuale è di due bottiglie al mese a testa. Le distillerie clandestine provvedono al resto del fabbisogno. Pare ce ne siano 300 sull'isola.

Alcolismo, furto, prostituzione e vandalismo sono mali comuni in tutte le città di Sakhalin. Culturalmente l'isola è un deserto. Non c'è un'università. I posti negli asili e nelle scuole medie scarseggiano. Qualche raro cinema e alcune sale video offrono gli unici passatempi. La gioventù si annoia. Uno degli svaghi più comuni in una città come Južno-Sakhalinsk è quello di sfasciare i vetri delle cabine telefoniche.

Mosca continua a descrivere Sakhalin come «la terra dove si mangia il caviale a cucchiaiate» e a incoraggiare la gente a immigrare, ma nessuno ha più voglia di venirci a vivere e a lavorare. Il governo centrale ha reinvestito a Sakhalin poco o nulla di quel che ci ha ricavato. L'isola produce petrolio, ma non ha una sola raffineria. Produce pesce e legno, ma non ha una sua industria per la loro lavorazione. «Siamo una vera e propria colonia, sfruttata dal continente», dice Valerij Pereslavčëv, uno storico che all'inizio dell'anno ha lasciato il Partito comunista di cui era stato membro per vent'anni.

A Sakhalin il sentimento di solidarietà che lega la gente non nasce, come avviene in altre regioni dell'URSS, da comuni radici etniche, ma da un comune destino. «È una strana forza che ci unisce», dice Diana Urina, direttrice del quotidiano di Oha. «È la forza che nasce dall'aver condiviso le sofferenze di una vita dura.»

A Sakhalin sembra che ogni vita abbia un suo segreto. «Ogni volta che chiedo a mio padre per quale ragione venne a vivere qui, mi risponde che è stato per via delle circostanze», dice una ragazza sedicenne di Aleksandrovsk che ancora non ha capito perché le è capitato di nascere a Sakhalin. A Južno-Sakhalinsk vive un uomo che tutti chiamano «l'italiano», ma lui stesso non sa spiegarsi perché il suo nome di famiglia sia Graziano.

Dei 640.000 abitanti di quest'isola, i più sono arrivati qui per via di una qualche sfortunata «circostanza». Sakhalin è la spiaggia asiatica sulla quale sono stati sbattuti i relitti umani di vari naufragi europei: ebrei in fuga, via Harbin e Shanghai, russi bianchi, polacchi e tanti tedeschi. I primissimi stranieri a mettere radici a Sakhalin furono gli ergastolani russi, i più briganti e assassini, esiliati su quest'isola lontana perché, si diceva, da qui non avrebbero mai potuto scappare. Il mare, la nebbia, il gelo, la *taiga*, gli orsi, le mosche, la fame erano considerati impareggiabili carcerieri. E lo furono.

A cominciare dal 1859, navi cariche di condannati in catene salparono dal porto di Odessa per approdare, dopo spaventosi mesi di viaggio attraverso mezzo mondo – via Suez, Ceylon, Singapore e Hong Kong –, alle spiagge di Dué, vicino ad Aleksandrovsk. Da lì venivano smistati nelle miniere di carbone. I tunnel che scavavano sono ancora visibili. Al capo Jonkirk c'è ancora la campana di bronzo del 1651 che uno zar bandì a Sakhalin perché era stata colpevole di aver dato coi suoi rintocchi una brutta notizia a Pietroburgo.

I condannati vivevano e lavoravano costantemente in catene. Alloggiavano in condizioni disumane in capanne umide e sovraffollate. Per ogni atto d'indisciplina venivano frustati o legati alle loro carriole. Un evaso che veniva ripreso aveva la testa rapata a metà per essere riconosciuto da tutti. Durante la sua visita, nel 1890, Čechov notò che a Sakhalin non erano incatenati solo gli esseri umani, ma anche i polli e i maiali. Lo strisciare delle catene e delle palle di ferro continuò a perseguitarlo anche una volta tornato a Mosca. Quelli furono i tempi più neri di Sakhalin.

Una volta scontata la pena, il prigioniero che era riuscito a sopravvivere era rilasciato. Gli venivano date un'ascia, una sega, un paio di patate, una manciata di semi e quanta terra era capace di diboscare e lavorare.

Le donne erano una tale preziosa rarità – nel 1887 di 7000 abitanti solo 700 erano donne – che le condannate mandate dalla Russia alla *katorga* venivano prenotate ancor prima del loro arrivo dai funzionari dell'amministrazione locale e dai carcerieri. Anche i prigionieri che per anni si erano comportati bene avevano, come ricompensa, il diritto a una di queste condannate. Le donne che si ritrovavano accoppiate con qualcuno che non piaceva loro finivano spesso per ammazzarlo nella speranza di essere assegnate a uno migliore. A quelle che avevano ingenuamente voluto seguire i loro uomini condannati a Sakhalin, una volta intrappolate sull'isola, non restava altro che darsi alla prostituzione per sopravvivere. I figli che nascevano da queste unioni, specie se femmine, avevano un loro prezzo sul mercato.

« Mio padre aveva 28 anni, ma la moglie che gli toccò ne aveva già 50 », mi racconta Grigorij Kucerenko, un vecchio pescatore di Aleksandrovsk. « Quando la nave con la nuova mandata di prigionieri entrò nel porto, gli uomini arrivati prima di lui avevano già fatto la loro scelta e le migliori prigioniere erano già prese. » Il padre non s'era scoraggiato. Dopo qualche anno, appena seppe che una nuova nave era in arrivo, si fece prestare un cavallo da un amico, arrivò al porto prima di tutti gli altri e si prese una ragazza di soli 17 anni. Quella gli fece 16 figli, di cui il mio pescatore era uno. Ad Aleksandrovsk quasi tutti gli abitanti – incluso il sindaco – sono discendenti dei condannati.

Čechov rimase tre mesi sull'isola a studiare la *katorga*. Il rapporto, *L'isola di Sakhalin*, che pubblicò nel 1895, contribuì all'eliminazione di quel sistema carcerario.

Per i dirigenti sovietici invece Čechov resta una figura scomoda. Benché l'isola abbia un monte Čechov e ci siano varie scuole e persino un club che portano il suo nome, le opere dello scrittore sono praticamente sconosciute. « Čechov è un simbolo dei diritti umani e come tale è un imbarazzo per il partito », dice Vasilij Chessalin, presidente del Movimento Čechov i cui 460 membri chiedono una veloce democratizzazione della vita politica sull'isola.

Nel periodo del terrore staliniano, tra il 1936 e i primi anni '50, migliaia di persone sono scomparse da Sakhalin, ma è solo nei mesi scorsi che, grazie alla *glasnost*, si è incominciato a far luce su questa ferita.

Dove sono le tombe dei nostri padri?
Come faremo a contare
i cadaveri nella foresta selvaggia?
I campi sono muti,
oggi finalmente possiamo riempire
quegli anni vuoti.
Glasnost *è come il suonar delle campane*

scrive un giovane poeta di Aleksandrovsk sul quotidiano del partito.

A Verni Armudan, una valle fra Aleksandrovsk e Timosk, due giovani studiosi del Movimento Čechov stanno cercando di localizzare le fosse comuni in cui vennero sepolti dai 6000 ai 10.000 prigionieri dopo essere stati sommariamente fucilati. Oltre a essere uno dei campi di sterminio del *gulag* staliniano, Verni Armudan era anche un centro del controspionaggio sovietico. L'antenna radio che durante la seconda guerra mondiale captava i messaggi di Richard Sorge, spia sovietica a Tokyo, è ancora in piedi.

La *perestrojka* e la *glasnost* hanno come svegliato i russi di Sakhalin da un letargo. D'un tratto si rendono conto di tutti i mali dell'isola, ma anche dei loro possibili rimedi. I sovietici non hanno la tecnologia per sfruttare i giacimenti di gas e petrolio appena scoperti nel nord dell'isola; i giapponesi ce l'hanno, e hanno bisogno di queste due materie prime. I sovietici vogliono trasformare le loro antiquate cartiere di Sakhalin in un'industria moderna e meno inquinante: i giapponesi sono esperti in questo; per giunta le cartiere da modernizzare sono proprio quelle che loro stessi misero in piedi oltre mezzo secolo fa. Il turismo potrebbe procurare alla svelta a Sakhalin la valuta estera di cui ha bisogno; i giapponesi potrebbero creare l'infrastruttura alberghiera che ora manca sull'isola.

Giappone! Giappone! Ogni località, ogni industria di Sakhalin sembrano fissare le proprie speranze sul Giappone. Non a torto. Mosca è distante 10.000 chilometri mentre Hokkaido, l'isola più settentrionale dell'arcipelago giapponese, dista appena 44 chilometri dalla punta meridionale di Sakhalin. « Siamo come due persone che abitano in due camere diverse dello stesso appartamento », dice Fëdor Chrustalev, redattore capo del *Soviet Sakhalinsk*. « In passato, questa vicinanza poteva essere pericolosa, oggi potrebbe essere di grande, reciproco vantaggio. »

Per i sovietici, guardare al Giappone come alla grande speranza è umiliante. Nei 44 anni passati hanno metodicamente eliminato da Sakhalin ogni traccia, ogni nome, ogni edificio che ricordassero la passata presenza giapponese. A Južno-Sakhalinsk il vecchio tempio shintoista è diventato una fabbrica tessile, la vecchia banca giapponese è oggi una sala di esposizioni.

A parte le statue di Lenin, gli unici monumenti che i sovietici hanno eretto a Sakhalin sono in memoria della « gloriosa liberazione dal giogo giapponese nel 1945». Carri armati, mitragliatrici e cannoni montati su dei piedistalli di cemento punteggiano l'isola per commemorare quella vittoria. Oggi i sovietici devono rinunciare alla loro vanagloria e ammettere che i giapponesi, gli sconfitti di 44 anni fa, hanno fatto nel tempo molti più progressi di loro. Questa ammissione avviene a volte con ironia. «L'AIDS è la peste del XX secolo. Soltanto i russi di Sakhalin e i giapponesi si salveranno», dice un funzionario del governo di Sakhalin, aspettando che io chieda: «E perché?» «Perché noi viviamo ancora nel XIX secolo e i giapponesi già nel XXI!»

Il Giappone risponde agli approcci di Sakhalin con enorme interesse. Wakkanai, la città sulla punta più settentrionale dell'isola di Hokkaido, di là dallo stretto di La Pérouse, si consuma nella nostalgia della vecchia Karafuto. Questa città, che crebbe e prosperò grazie all'occupazione giapponese dell'isola, soffre dal 1945 della separazione. Il suo museo civico è dedicato alla colonizzazione giapponese di Sakhalin, la vecchia locomotiva che percorse tre milioni di chilometri per trasportare sull'isola uomini e macchine è oggi incementata al porto. Il principale tempio shintoista della città si chiama «la porta del Nord» e i giapponesi vanno a pregarci perché quella porta si riapra. Sulla costa c'è il monumento alle nove telefoniste giapponesi che, il 24 agosto 1945, quando i sovietici sgominarono l'ultima resistenza dei giapponesi sull'isola, si tolsero la vita. Le loro ultime parole sono scolpite nella pietra: «Fratelli e sorelle, è arrivata la fine. *Sayonara!*»

I giapponesi si recano in pellegrinaggio a Wakkanai e da una torre di osservazione, appositamente costruita sulla collina più alta, scrutano l'orizzonte nella speranza di vedere la sagoma lontana dell'isola proibita. «Nelle giornate limpide par di toccarla con la mano», dice il guardiano.

Il traghetto col quale sono arrivato a Sakhalin era il primo che ripercorreva la vecchia rotta attraverso lo stretto di La Pérouse, carico di giapponesi che in passato erano vissuti a Karafuto. Centinaia di cittadini di Wakkanai erano riuniti sul molo per augurare alla nave un buon viaggio. «*Banzai! Banzai!*» «Evviva!» gridava la gente, alzando le braccia al cielo.

Lentamente i giapponesi rimettono le loro mani su Sakhalin. Uomini d'affari di Tokyo hanno avviato le prime *joint-ventures* nel settore della pesca, mentre a Holmsk la grande attrazione della città è il ristorante giapponese che si è appena aperto e dove i russi fanno la coda per spendere un terzo del loro stipendio d'un mese per un pasto che a loro pare da paradiso. Giovani accademici giapponesi si uniscono ai primi gruppi di turisti per aggiornare i vecchi studi giapponesi sull'isola. Gli ostacoli non vengono più da parte sovietica, ma dal governo di Tokyo che vuole far dipendere una stretta collaborazione economica con Sakhalin da una sola condizione: che i sovietici restituiscano al Giappone le quattro isole Curili che si presero nel 1945.

L'idea mi venne quando un amico mi regalò un *bonzai*, un albero nano, e mi disse: «In questo Paese fanno lo stesso con gli esseri umani: a forza di potarli e tagliarli li fannno crescere tutti su misura».

La scuola: piccole foche ammaestrate

Tokyo, febbraio 1990

IL gran segreto dei giapponesi è nelle loro fabbriche. La radice del loro successo economico è tutta lì, nella precisione, nell'efficienza con cui producono le cose. La fabbrica giapponese di più grande successo è quella che produce i giapponesi stessi: la scuola.

Ogni anno, dalle automatizzate catene di montaggio del sistema scolastico, escono ventotto milioni di ragazzi e ragazze. Come tutti i prodotti giapponesi, questi giovani sono di ottima qualità e di grande affidamento. Allo stesso tempo però sono standardizzati, senza individualità, come tutte le cose fatte in serie.

I bambini giapponesi frequentano per nove anni la scuola d'obbligo. Il 94 per cento arriva fino alle scuole medie superiori, il 36 per cento s'iscrive all'università. I risultati di questa fabbrica sono impressionanti. Nonostante le enormi difficoltà della lingua – vanno, per esempio, imparati tre diversi sistemi di scrittura –, tutti i giapponesi finiscono per saper leggere e scrivere. A far di conto sono ugualmente bravissimi: nei concorsi internazionali di matematica gli studenti giapponesi si piazzano regolarmente primi. Anche nella musica riescono bene. Fra i partecipanti ammessi al concorso Chopin di Varsavia almeno un quarto è giapponese. Quasi nessuno però riesce a entrare in finale. «È impossibile distinguere l'uno dall'altro», ha spiegato poco tempo fa uno dei giudici. «Suonano tutti allo stesso modo.»

In Giappone, la strada più sicura per avere successo è quella della scuola ed è così che ogni giapponese, fin da piccolissimo, viene messo sotto torchio perché studi. Un terzo dei giapponesi viene costretto dalle famiglie ad andare a scuola all'età di tre anni, la metà a cinque. «A vent'anni un giapponese è disciplinato, docile e rispettoso dell'autorità», dice lo scrittore Shuichi Kato. «La scuola è efficientissima: riesce a trasformare piccoli esseri umani in tante foche ammaestrate.»

Secondo alcuni esperti questo sistema scolastico, che sforna a getto continuo giapponesi diligenti e non ribelli, sarebbe alla base della stabilità del Paese; il «miracolo economico» del dopoguerra avrebbe le sue radici nel «miracolo dell'educazione». Secondo altri, invece, il tallone d'Achille del colosso Giappone sarebbe proprio in questo tipo di scuola che alleva gente incapace di affrontare i problemi del futuro. «Se non la finiamo al più presto con questa produzione in massa di robot di seconda categoria, il Giappone nel prossimo secolo si sfascerà», mi dice Naohiro Amaya, ex vice ministro del MITI, il ministero per il Commercio Internazionale e l'Industria, e oggi uno dei dirigenti del colosso pubblicitario Dentsu. «Abbiamo sempre più bisogno di giovani creativi, dotati di fantasia, ma le nostre scuole continuano a darci esattamente il contrario.»

Sebbene nel Giappone stesso gli svantaggi dell'attuale sistema scolastico vengano discussi e suscitino crescenti preoccupazioni, molti stranieri continuano a stravedere per questo sistema e alcuni propongono persino d'importarne certi aspetti nei nostri Paesi. Un recente studio americano, per esempio, definisce la scuola giapponese «altamente efficace e democratica». «La considerano democratica perché a ogni bambino viene propinato lo stesso tipo di educazione. In realtà questa forma di egualitarismo è una nuova forma di totalitarismo», sostiene Steven Platzer, un pedagogo dell'università di Chicago, ora all'università di Tokyo.

L'impressione che si ha degli studenti giapponesi è quella di una massa rigidamente controllata e continuamente sotto pressione. A vederli uscire al mattino dalle stazioni della metropolitana, tutti nelle loro uniformi scure, i più piccoli con la cartella sulle spalle, e mettersi poi rigidamente in fila, sugli attenti nei cortili delle scuole, si pensa più a soldatini che a scolari.

Ogni scuola ha la sua uniforme. Tutte derivano dallo stesso modello prussiano che il Giappone adottò nel secolo scorso, quando improvvisamente il Paese, per modernizzarsi, decise di copiare tutto quel che poteva dall'Occidente: una gonna blu scura a pieghe con camicia alla marinara per le ragazze; pantaloni neri con giacca abbottonata fino al collo per i maschi. I berretti son quelli che erano di moda nella Germania di Bismarck.

Ogni scuola ha i suoi regolamenti. L'osservanza è d'obbligo. Ogni dettaglio è precisato: dalla lunghezza delle gonne alla misura delle cartelle, al colore dei calzini. I maschi devono portare i capelli a spazzola e nasconderli nel berretto; le femmine non possono né tingerseli né farsi la permanente. Se una ragazza ha riccioli naturali o i suoi capelli sono di una tonalità diversa da quella corvina della maggioranza dei giapponesi, è necessario che abbia sempre con sé un apposito certificato per spiegare la sua «anormalità». Una scuola, per esempio, ha stabilito che le scarpe da ginnastica degli studenti devono avere dodici buchi per le stringhe, un'altra che le ragazze possono portare solo mutandine bianche. La madre di un ragazzo di Tokyo, che durante una gita scolastica a Nara, a 370 chilometri dalla capitale, era stato scoperto con un paio di pantaloni un po' più stretti di quanto stabilito, ha dovuto raggiungerlo al più presto per portargliene un paio di taglio regolamentare e impedire così che venisse punito.

I modi con cui gli studenti pagano per i loro atti d'indisciplina variano da scuola a scuola, ma spesso le punizioni sono fisiche, comportano una qualche forma di violenza. Il caso di un professore che è andato a casa di una sua allieva per suggerirle di suicidarsi con un coltello da cucina, dopo che era stata scoperta a fumare, è certo eccezionale, ma i giornali riferiscono in continuazione episodi di violenza che avvengono nelle scuole. Secondo una recente inchiesta del ministero della Pubblica Istruzione, uno studente su tre nelle scuole medie ha subìto una qualche punizione fisica. Di questi il 70 per cento ha riportato ferite. Un professore di liceo ha scritto indignato al quotidiano *Asahi* per raccontare di aver visto nella sua scuola «ragazzi cui è stata rapata la testa, altri presi a schiaffi o rinchiusi di forza negli armadietti degli spogliatoi».

Almeno cinque ragazzi negli ultimi due anni sono morti in seguito alle violenze subite a scuola, ma nonostante le proteste di alcuni genitori, l'uso di punizioni fisiche, di per sé illegale, viene generalmente accettato. «I genitori sono stati a loro volta picchiati quand'erano ragazzi e pensano che un maestro che picchia sia seriamente impegnato nel suo lavoro», spiega Kenichi Nagai, fondatore di un gruppo civico per la protezione dei diritti dell'infanzia.

In Giappone il conformismo è considerato una grande virtù e la pressione a sottomettersi, a non disturbare « l'armonia sociale » con atteggiamenti individualistici comincia prestissimo.

« Le affido mio figlio perché ne faccia un buon membro della società, uno che non dia noia agli altri », è la formula più comune usata dalle madri giapponesi quando portano per la prima volta i loro bambini all'asilo.

È all'asilo che il « montaggio » di un buon giapponese comincia. Fermo, con le mani sulle ginocchia unite, la schiena dritta, il piccolo giapponese si abitua a occupare poco spazio e a controllare i propri movimenti. Subito impara a rispettare i regolamenti. Molti asili non solo esigono che tutti i bambini si portino la stessa merenda, ma impongono anche che sia sistemata secondo un modello preciso nell'apposito contenitore e che i bambini la mangino in una precisa sequenza.

A scuola il bambino non viene abituato a pensare con la propria testa, ma addestrato a dire la cosa giusta al momento giusto. Per ogni domanda esiste una risposta e quella va imparata a memoria. « Che cosa succede quando la neve si scioglie? » chiede la maestra, e la classe, in coro, deve rispondere: « Diventa acqua! » Se a uno viene da dire: « Arriva la primavera! » è redarguito. Con quello sfoggio di fantasia si è messo fuori del gruppo e questo è mal visto. « Il chiodo che sporge va preso a martellate », dice un vecchio proverbio giapponese. È un principio ancora validissimo. Chi esce dai ranghi, chi la pensa a modo suo, chi crede di poter fare da sé, è un « indesiderabile ». L'essere semplicemente « diverso » dal gruppo è una colpa, l'essere escluso dal gruppo è la peggiore punizione. Pochi mesi fa, un quattordicenne di Shimabara si è tolto la vita perché, a causa di una piccola infrazione ai regolamenti della scuola, temeva di essere escluso dalla squadra di baseball.

Il contenuto stesso dell'educazione non lascia alcuna scelta all'individuo. Il ministero della Pubblica Istruzione decide quel che deve essere insegnato. I libri di testo passano una severissima censura e lo studente giapponese, che può leggersi a volontà i fumetti sadomasochisti che inondano il mercato, non riuscirà a trovare, fra i libri che gli passano per le mani a scuola, uno che gli dia una versione obiettiva, per esempio, della seconda guerra mondiale, uno che usi la parola « invasione » per l'avanzata giapponese in Cina e nel Sud-Est asiatico, uno che parli delle atrocità commesse dall'esercito imperiale giapponese in quei

Paesi. Generazione dopo generazione crescono così senza avere la minima idea della recente storia del loro Paese e delle relazioni che questo ha avuto con il resto dell'Asia, dove il Giappone è ancora visto con notevole sospetto. «Fintanto che i cittadini non insisteranno sul loro diritto all'informazione, il Giappone non sarà una società realmente democratica», dice il professor Teruhisa Horio, decano della facoltà di Pedagogia all'università di Tokyo e uno dei più duri critici del sistema scolastico di questo Paese. «Per ora è lo Stato a decidere che cosa i cittadini devono pensare.»

E lo Stato sembra avere un'idea molto chiara di come i cittadini devono essere e del «giapponese modello» che la scuola deve produrre. Il «modello» è stato descritto con grande precisione in un libretto di 54 pagine, dalla copertina gialla, che ogni preside tiene oggi nel proprio cassetto. È intitolato *L'immagine del giapponese desiderato*. Pubblicato dal ministero della Pubblica Istruzione nel 1964, il libretto definisce la funzione e gli obiettivi del sistema scolastico. «Per il futuro benessere dello Stato e della società, il Giappone ha bisogno di un nuovo tipo d'uomo», si legge nel libretto. «Un uomo che abbia coscienza della propria unicità di giapponese, un uomo che trovi soddisfazione nella completa dedizione al lavoro.»

L'idea fu brillante. Erano gli anni in cui il Giappone, ancora povero, era scosso da violenti conflitti sociali, in cui la sinistra aveva ancora abbastanza forza da contestare ai conservatori il diritto di governare e in cui la grande industria giapponese progettava il suo grande balzo in avanti per catapultare il Paese, come si diceva allora, «nell'era della massima crescita economica». Si trattava di far dimenticare alla gente la politica, di mettere dinanzi al naso di ognuno la carota del benessere. Si trattava soprattutto di popolare le fabbriche, i cantieri, gli uffici del Paese con dei giapponesi che fossero da un lato ben preparati, dall'altro leali e obbedienti. Alla scuola fu affidato l'importantissimo compito di produrre questo tipo di cittadini che il professor Horio chiama «gli schiavi dell'industria».

Quel compito non è mai stato ridefinito e *L'immagine del giapponese desiderato*, nel frattempo alla sua ventesima edizione, è ancora una sorta di Bibbia per gli educatori di qui.

Servi fedeli dello Stato e dell'industria

Tokyo, febbraio 1990

DUE giapponesi che s'incontrano per la prima volta devono immediatamente stabilire la rispettiva posizione sociale... se non altro per sapere quanto profondamente debbano inchinarsi l'uno davanti all'altro. Siccome in questo Paese uno non è quel che è, ma è il ruolo che ha, l'ossessivo scambio dei biglietti da visita, che descrivono con grande precisione il rango del loro portatore, serve a togliere i giapponesi dall'insopportabile imbarazzo di non sapere dove stanno rispetto al loro interlocutore.

Nella società giapponese tutto è classificato e ogni individuo ha un suo rango. A determinare questo rango è soprattutto la scuola. A seconda della scuola che si è frequentata, si può aspirare a un ruolo più o meno alto nella società. La classifica di questi ruoli è nota a tutti: un funzionario del ministero delle Finanze, per esempio, vale di più di uno del MITI (il ministero per il Commercio Internazionale e l'Industria), uno del MITI vale di più di uno al ministero degli Esteri. Allo stesso modo essere operaio, impiegato o dirigente di uno dei sei grandi gruppi industriali del Paese vale socialmente di più che rivestire la stessa posizione in un'azienda di grado inferiore.

Il fatto è che per ottenere un impiego di primo rango, per esempio al ministero delle Finanze o in una delle sei grandi industrie, bisogna essere stati in un'università di primo rango, ma per andare in una tale università bisogna essere stati in un liceo di primo rango, per andare in un liceo di primo rango bisogna... eccetera, così fino all'asilo. Siccome gli asili di primo rango sono ovviamente pochi, la scelta degli «eletti» avviene con un esame di ammissione. Per prepararsi a quel fatidico primo appuntamento col destino, migliaia di giapponesini, già infilati nelle loro brave uniformi, trottano così dai loro primi maestri quando hanno appena tre anni. «La battaglia più decisiva della nostra vita la combattiamo da bambini», dice Miho Kometani, una giornalista televisiva. «Chi la perde si gioca il futuro.»

Superato l'esame dell'asilo, c'è poi quello per una buona scuola elementare, poi quello per una buona scuola media, e così via fino all'importantissimo esame di ammissione a una buona università. La migliore di tutte è quella di Tokyo, conosciuta come *Todai*. La stagione di questi esami, che tengono le famiglie di tutto il Paese col fiato sospeso, è proprio ora e i templi del Giappone in questi giorni sono avvolti in dense nuvole d'incenso. Sugli altari si accumulano le tavolette votive, di legno, su cui migliaia e migliaia di giovani rivolgono al Cielo un'unica richiesta: «Fammi passare».

Gli esami sono praticamente tutti uguali. Si tratta di riempire questionari. Accanto a ogni domanda ci sono varie risposte. Una sola è quella giusta. Bisogna indicarla con una croce. Alcuni computer eseguono i controlli e automaticamente stabiliscono le graduatorie. Nel giro di due giorni i risultati vengono pubblicati. Tutto avviene senza un colloquio, senza un'interrogazione, senza un contatto personale. Tutto resta anonimo, la personalità dello studente non gioca alcun ruolo.

Siccome il fine dell'andare a scuola non è tanto quello di ottenere un'educazione, ma di passare agli esami, negli ultimi trent'anni in Giappone, accanto al regolare sistema scolastico se n'è sviluppato uno parallelo che, a pagamento, si occupa esclusivamente di preparare gli studenti agli esami. Questo sistema delle scuole di ripetizione si chiama *juku* ed è oggi una delle più fiorenti e redditizie industrie private del Paese.

Ci sono 36.000 scuole di questo tipo. Alcune sono diventate grosse aziende le cui azioni sono quotate in Borsa, altre sono tecnologicamente così avanzate che si servono di un satellite per trasmettere le lezioni dei loro migliori professori nelle varie filiali che hanno nel Paese. Quanto ai consumatori, non hanno scelta. Bombardati dalla pubblicità e convinti che nessuno studente è in grado di passare un esame senza andare a uno *juku*, i genitori fanno enormi sacrifici per mandare i figli a ripetizione, spesso non in una, ma in due o tre scuole diverse.

Come tutto in Giappone, anche le scuole di ripetizione hanno un loro rango a seconda del numero di studenti che riescono a far passare agli esami e così, per entrare in una scuola di ripetizione di primo rango, c'è bisogno di un esame di ammissione. Ci sono, per questo, *juku* che preparano agli esami di ammissione ad altri *juku*. Una follia, per giunta costosissima. Mantenere un figlio dall'asilo all'università costa oggi in media 22 milioni di yen (220 milioni di lire) se va alla scuola pubblica, 58 milioni di yen se va alla scuola privata. Questo equivale a un quarto di ciò che un operaio guadagna in un'intera vita.

A vederli tornare da scuola stanchi, sempre con due cartelle, una per la scuola dell'obbligo, l'altra per la scuola di ripetizione, a vederli addormentarsi di botto appena seduti nella metropolitana, gli studenti giapponesi sono l'immagine dell'infelicità. Per molti la giornata comincia alle sei del mattino e dura, tra scuola, ripetizioni e spostamenti, fino alle nove di sera. Per alcuni dura anche più a lungo. Alcuni nuovi *juku* reclamizzano corsi serali che iniziano alle 10.30 di sera, quando gli altri *juku* chiudono, e vanno avanti fino all'1.30 del mattino.

Questi giovani giapponesi, costantemente sotto torchio, hanno poco tempo per tutto quello che i giovani di altri Paesi fanno normalmente. Hanno poco tempo per fare sport, il che spiega perché il Giappone vince così poche medaglie alle Olimpiadi. Hanno poco tempo per giocare, per svagarsi o semplicemente per farsi degli amici. Il quotidiano *Asahi* in un recente editoriale intitolato: «Lasciamo ai giovani la loro gioventù!» scrive: «Stiamo allevando figli che sono geni degli esami, ma che, come esseri umani, sono deboli, egocentrici e immaturi». L'associazione delle università private, in un recente studio dedicato al sistema scolastico, conclude che i giovani giapponesi di oggi vengono come «lobotomizzati» dalla scuola.

Le pochissime ore che restano loro libere i giovani giapponesi le passano davanti ai videogiochi. Fra i ragazzi, al momento ne è di moda uno che si chiama *L'amante a due dimensioni*. Sullo schermo compare una ragazza che sorride e si spoglia man mano che il giocatore guadagna punti. «Invece di farsi un'amica vera, i ragazzi hanno solo il tempo di darsi appuntamento con una macchina», dice Tamoto Sengoku, un esperto di pedagogia.

Le frustrazioni causate dall'incessante pressione della scuola esplodono in episodi di violenza e criminalità. Nel 1988 sono stati arrestati in Giappone 189.000 giovani fra i 14 e i 19 anni, i più accusati di atti di *ijime*, come qui si chiama il fenomeno diffusissimo d'individuare il «debole», il «diverso» di un gruppo e tormentarlo, fargli violenza. Lo *ijime* e la pressione degli esami sono anche la causa di molti suicidi. Dei 22.795 giapponesi che nel 1988 si sono tolti la vita, 1635 erano studenti.

La storia di Yoko Uehara, una tredicenne di Nagano, è tipica. La ragazza, continuamente presa in giro e tormentata dalle sue compagne, chiede aiuto al maestro. Quello ordina alla classe di spiegare in un tema quali siano i difetti di Yoko e perché la emarginano. Le ragazze scrivono che Yoko somiglia a un polipo. Il maestro fa leggere a Yoko i temi delle compagne. Qualche giorno dopo, a casa sua, la ragazza s'impicca.

Molti intellettuali sono preoccupati da questo tipo di «nuovi giapponesi» prodotti dalla scuola. «Riusciamo a fare ottime automobili, ma non buoni esseri umani», dice Shizuè Kato, una donna di 92 anni che è stata deputato del Partito socialista e una delle prime femministe del Giappone. «Il nostro sistema scolastico è diventato aberrante e la miglior cosa da fare è abolirlo.»

Non avverrà. I nuovi insegnanti, ormai cresciuti in questo sistema, diversamente dai loro predecessori non vi si oppongono più. Fino ad alcuni anni fa il sindacato degli insegnanti, il Nikkyoso, costituiva uno dei poli di opposizione al sistema scolastico. Ora il sindacato si è spaccato e la maggioranza dei suoi 600.000 iscritti ha aderito al nuovo, molto più moderato, raggruppamento.

Una volta entrato all'università, il giovane giapponese può mettersi l'animo in pace. Nessuno gli chiede più di studiare. All'industria e allo Stato, che poi lo assumeranno, la preparazione universitaria non interessa. «I giovani laureati devono essere vasi vuoti in cui versare la cultura aziendale», dice un professore dell'università Meiji. Dall'università che si è frequentata dipende quasi automaticamente il posto di lavoro: i laureati in legge dell'università di Tokyo, per esempio, finiscono per lo più nei ministeri (metà dei primi ministri del dopoguerra vengono da *Todai*), quelli dell'università di Waseda passano alla grande industria, quelli dell'università di Keio al giornalismo e nella media industria. I laureati delle università di secondo rango vanno a raggiungere la massa dei *sarari-man*.

La produzione in massa da parte della scuola di giovani che docilmente si adattano al ruolo che verrà loro assegnato nel sistema sociale ed economico del Giappone non avviene certo per caso. «Fa parte della nostra tradizione che i cittadini non vengano considerati come esseri umani, ma come schiavi», dice Yoshikazu Sakamoto, professore all'università Meiji di Tokyo.

Questa tradizione ha poco più di cento anni. Alla metà dell'Ottocento, l'educazione fu considerata l'arma più potente per salvare il Paese dalla colonizzazione. A cominciare dal 1868, con uno sforzo colossale, fu instaurato in tutto il territorio nazionale un sistema scolastico moderno, di tipo occidentale. Lo scopo era semplice e chiaro: «Formare servi dello Stato virtuosi, fedeli e obbedienti», come dichiarò l'allora ministro della Pubblica Istruzione. Fu grazie a questo sistema scolastico che il Giappone riuscì a mettersi al passo coi tempi e a mantenere la sua indipendenza. Fu questo stesso sistema che più tardi portò il Giappone al militarismo e alla guerra.

Nel 1945, quando gli americani vennero, da vincitori, a occupare il Giappone, una delle misure che presero fu di riformare questo sistema scolastico che era stato la catena di trasmissione dell'ideologia nazionalista e totalitaria. Le riforme per la democratizzazione della scuola non durarono però a lungo. Nel 1952, appena gli americani se ne furono andati, elementi della vecchia guardia politica ripresero in mano le sorti del Paese e, convinti che la «democratizzazione» voluta da Washington indebolisse il carattere nazionale giapponese e creasse inutili conflitti sociali, lentamente rimisero in piedi il vecchio sistema scolastico. Presto nelle scuole, invece che dei diritti dei cittadini, si tornò a parlare del «sentimento di fedeltà» che questi devono nutrire verso lo Stato. «Nel giro di pochi anni la scuola tornò a produrre servi dello Stato e dell'industria», dice il professor Teruhisa Horio, preside della facoltà di Pedagogia all'università di Tokyo.

La restaurazione del sistema scolastico dell'anteguerra è ancora in corso. Recentemente alle scuole è stata di nuovo imposta la cerimonia dell'alzabandiera, il canto dell'inno nazionale (un anatema per il vecchio sindacato degli insegnanti) e un nuovo curriculum che torna a sottolineare il ruolo storico degli eroi militari del Paese. Questa restaurazione, diretta dal ministero della Pubblica Istruzione, che viene regolarmente occupato dagli uomini della destra del Partito liberal-democratico, procede di pari passo con la restaurazione del sistema imperiale e dello shintoismo come religione di Stato. C'è chi vede in questi sviluppi un pericolo strisciante. «Il Giappone ha grosse ambizioni nel mondo del XXI secolo», dice il professor Horio. «Non sarà certo la mansueta gioventù di oggi a metterle in discussione o a frenarle.»

Il primo contatto diretto lo ebbi, per caso, in un minuscolo bar di Shinjuku. L'uomo seduto sullo sgabello accanto a me era, come si definì lui stesso, «uno *yakuza* in pensione». Fino allora sui gangster giapponesi avevo letto un paio di libri e infarcito di articoli il mio dossier sull'argomento. Quel «pensionato», in varie serate spese assieme a bere, mi aiutò a vedere le cose dal di dentro e mi dette nomi e indirizzi di suoi colleghi da vedere. I più nella capitale dei gangster: Osaka.

Yakuza: «Siamo gli eredi dei samurai»

Osaka, giugno 1990

L'APPUNTAMENTO è per l'ora del tè, nell'albergo più elegante della città, il Nikko Hotel, e il gangster arriva puntualissimo. Una luccicante Rolls-Royce bianca scivola davanti all'ingresso, due giovani guardie del corpo, in doppiopetto all'ultima moda, si precipitano ad aprire la portiera e lui, pallido, elegante, lento, incede tra gli inchini profondi di portieri e inservienti che immediatamente lo riconoscono. In Giappone i gangster hanno un loro specialissimo status sociale: sono rispettati e riveriti.

L'incontro è stato organizzato da un capobanda di Tokyo che mi ha detto: «Lei vuol sapere della nostra vita? Bene. Lui le può dire tutto. È uno che sta molto in alto. È un uomo che vive al di sopra delle nuvole». Eccolo. Quarantacinque anni, impeccabile, la faccia cerulea, i capelli pettinati all'indietro, un abito blu scuro di taglio perfetto, al polso un orologio di gran marca orlato di diamanti, la cravatta nera fermata da un piccolo gioiello scintillante appuntato alla camicia bianchissima e inamidata.

Il rituale della presentazione è giapponesissimo. Io gli offro, a due mani, il mio biglietto da visita, lui me ne porge due. Uno da presidente di varie società finanziarie, immobiliari, di trasporti e di costruzioni; l'altro, in carta più raffinata, con dei caratteri classici, da capobanda degli *yakuza*, i gangster giapponesi: oggi la più grande organizzazione criminale del mondo.

«La società ci chiama banditi, ma in realtà noi siamo i veri eredi dei samurai», dice l'uomo, una volta seduti a un tavolo appartato che ci è stato riservato. «Nel Giappone di oggi siamo gli unici ad avere ancora dei princìpi, ad avere una morale. Gli altri, i normali cittadini, i *sarari-man*, i burocrati, i politici pensano solo ai soldi. Noi invece viviamo ancora secondo la vecchia tradizione, secondo gli ideali dei guerrieri di un tempo. Il Giappone ha bisogno di noi.» A giudicare dai fatti, almeno in questo sembra assolutamente aver ragione.

In Giappone ci sono, oggi, 86.552 gangster. Sono tutti conosciuti e debitamente registrati come tali, ma nessuna autorità si sogna di metter fine alle loro attività. Per questo i banditi non hanno bisogno di nascondersi. Al contrario. Gli *yakuza* portano all'occhiello il distintivo dell'organizzazione cui appartengono; gli «uffici di rappresentanza» che le varie bande hanno in ogni città del Giappone sono ben identificabili dalle targhe in ottone fuori della porta; i loro numeri del telefono sono nell'elenco. La polizia giapponese ha una sua speciale sezione formalmente impegnata nella lotta contro la criminalità organizzata, ma lo stesso super-commissario che la dirige (e che sono andato a trovare a Tokyo, prima d'intraprendere questo viaggio fra i banditi) ammette candidamente che «eliminare gli *yakuza* è praticamente impossibile».

Le ragioni che vengono ufficialmente addotte per spiegare questo stato di cose sono che, con la democratizzazione del Paese seguita alla seconda guerra mondiale, la polizia è sottoposta a troppi controlli e non ha abbastanza potere per colpire queste bande. La verità è che gli *yakuza* sono parte integrante della società giapponese, vi svolgono alcune funzioni indispensabili e che nessuno ha un vero interesse a eliminarli. «Gli *yakuza* appartengono alla fisiologia del Giappone, non sono una malattia», mi ha avvertito Yukio Yamaguchi, uno dei principali avvocati dei gangster. «A nessuno verrebbe in mente di eliminare le budella del corpo umano solo perché la funzione che svolgono è poco pulita.»

In una società come quella giapponese, in cui è ovvio dire una cosa e pensarne un'altra, in cui è normale pretendere che l'apparenza è la realtà, anche se tutti sanno che non è così, ci sono svariate funzioni «poco pulite» che qualcuno deve pur svolgere. Sono funzioni che tutti conoscono, ma di cui ognuno pretende di non saper nulla. La prostituzione, lo spaccio della droga e l'organizzazione del gioco d'azzardo sono fra queste. Gli *yakuza* ne hanno il monopolio.

La prostituzione, come si addice oggigiorno a un Paese moderno, anche in Giappone è illegale. Ma solo formalmente. In ogni centro abitato del Paese ci sono sale per massaggi e «salotti rosa» dove ragazze mezze nude offrono a clienti frettolosi prestazioni sessuali, veloci e asettiche. Di solito questi posti si trovano a pochi passi dai *co-ban*, le stazioni di polizia. Gli *yakuza* li gestiscono indisturbati. Lo hanno sempre fatto.

Prima della guerra, gli *yakuza* andavano nelle campagne a comprare le figlie dei contadini poveri per portarle a Tokyo nei famosi bordelli di Yoshiwara. Durante la guerra, gli *yakuza* erano responsabili per la spedizione di migliaia di prostitute – il nome ufficiale era «donne di comodo» – al seguito dell'esercito imperiale in marcia attraverso l'Asia. Ora che il miracolo economico ha ridotto il numero delle ragazze locali che si dedicano alla vecchia professione, gli *yakuza* devono andare all'estero per rifornirsi. «Borsa di studio per università giapponese offresi», dice l'annuncio economico nei quotidiani di Bangkok. Per quella particolare università solo le ragazze più carine vengono selezionate.

A Manila gli annunci sono più espliciti. Gli «impresari» giapponesi là cercano giovani attrici, cantanti, ballerine. Quando le ragazze sbarcano in Giappone, si vedono togliere il passaporto e ridurre i promessi stipendi. In sostanza diventano ostaggi dei banditi. Ci sono circa 60.000 ragazze straniere che lavorano in queste condizioni oggi in Giappone. Alcune centinaia di loro sono europee.

Il gioco d'azzardo è ugualmente illegale, ma gli *yakuza* in pratica controllano le 15.000 frastornanti sale di *pachinko* in cui i giapponesi spendono più soldi e più tempo che in ogni altro tipo di svago, nell'illusione di poter fare una bella vincita.

Lo stesso vale per la droga. La più comune si chiama *shabu*. È un tipo di anfetamina che, durante la guerra, lo Stato giapponese produceva per darla agli operai delle fabbriche di munizioni e ai kamikaze nel loro ultimo volo suicida. Oggi la usano soprattutto i taxisti, che fanno estenuanti turni di dodici ore, gli studenti sotto esame e i guidatori dei camion che tengono in piedi l'efficientissimo sistema di distribuzione delle merci nel Paese.

In Giappone i consumatori regolari di *shabu* sono circa mezzo milione. Gli *yakuza* si occupano di rifornirli e gli affari vanno a gonfie vele: un chilo di *shabu* costa, nel luogo di produzione (in Corea e a Taiwan), 6 milioni di lire; per le strade di Tokyo vale 350 milioni. Siccome il mercato della droga è completamente nelle loro mani, gli *yakuza* fanno di tutto per impedire che questo monopolio venga loro sottratto. Nel febbraio di quest'anno, un colombiano che cercava di vendere della coca nel quartiere di Shinjuku è stato immediatamente arrestato. Sono stati gli *yakuza* a identificarlo e a denunciarlo alla polizia. «Eroina e cocaina sono un tipo di peste che viene dall'Occidente ed è nostro dovere proteggere il Giappone da questo flagello», dice il mio capobanda.

Questo patto fra società e gangster ovviamente non è esplicito, ma esiste: in cambio del controllo di certe «zone grigie» della vita giapponese, gli *yakuza* offrono la loro collaborazione al mantenimento di quel valore supremo che è sacro a tutti i giapponesi: l'ordine. È come se *yakuza* e poliziotti fossero investiti della stessa responsabilità. Si dividono solo i compiti.

In ogni città del Giappone ci sono speciali quartieri dove si concentrano i locali con gli spettacoli porno, i *love hotels*, le sale da gioco. Alla sera, quando questi quartieri si riempiono di avventori, i poliziotti scompaiono. Gli *yakuza* ne fanno le funzioni. Se due avvinazzati cominciano a litigare, uno dei riccioluti giovanotti che stanno di guardia a ogni angolo di strada si fa avanti e sussurra minacciosamente un paio di parole: quelli si scusano, s'inchinano e se ne vanno.

In Giappone tutto deve essere organizzato attraverso un qualche gruppo. All'individuo non è lasciato alcuno spazio. Questo vale anche per il crimine. Il borsaiolo singolo, che opera senza la protezione di un'organizzazione, o il rapinatore che assalta per conto proprio una banca disturba l'armonia sociale, attira l'attenzione e questo è un fatto inaccettabile. Gli *yakuza* hanno, per così dire, il monopolio della criminalità e fanno in modo che nessuno glielo tolga. Tempo fa avvenne a Tokyo qualcosa d'insolito: un gruppo di gangster assaltò una banca del centro e scappò con un bel malloppo di yen. Presto venne fuori che il colpo era stato montato da alcuni francesi. Furono presi.

All'origine, tre secoli fa, gli *yakuza* erano venditori ambulanti e organizzatori di giochi d'azzardo nelle fiere di paese. La parola *yakuza* significa letteralmente «8-9-3», la peggiore combinazione in un vecchio gioco di carte. Dire *yakuza* era dunque come dire «un buono a nulla», «un due di briscola». Tutti li chiamano ancora così, ma i gangster giapponesi sono nel frattempo diventati importanti assi nel gioco sociale.

Gli *yakuza* hanno oggi strettissimi rapporti con la politica e sono attivissimi nell'economia del Paese; sono coinvolti nella Borsa, nel mercato immobiliare, in quello dell'arte e in vari tipi d'industrie. E ovviamente anche nella politica. Tre noti *yakuza* fanno parte dell'attuale parlamento, molti di più sono presenti nelle amministrazioni locali. Il fatto che gli *yakuza* mantengano stretti contatti con le più alte autorità del Paese non scandalizza granché: recentemente per esempio il quotidiano *Yomiuri* ha pubblicato una foto in cui si vedeva il capo di stato maggiore dell'esercito che intratteneva il capo dei banditi dell'isola di Shikoku. La presenza degli *yakuza* è ormai accettata come indispensabile in una società dove, più che il diritto, contano ancora i rapporti tradizionali e quelli di potere.

Come ai tempi feudali i samurai erano gli unici a poter portare una spada, così oggi gli *yakuza* hanno il monopolio della violenza. A servirsi di loro sono in tanti. Una ditta non riesce a farsi pagare la merce consegnata? Incarica gli *yakuza* del recupero del credito. Il proprietario di un terreno non vuole vendere al costruttore che ha un progetto di sviluppo nella zona? Gli *yakuza* vanno a convincerlo. Un politico non vuole che un suo rivale si presenti nella stessa circoscrizione? Incarica gli *yakuza* di dissuaderlo. È cosa nota che ogni grande azienda giapponese ha dirigenti il cui unico compito è quello di tenere i contatti con i gangster e di farli intervenire in caso di bisogno.

«Senza di noi il Giappone si bloccherebbe. Siamo il lubrificante che tiene in moto la macchina», dice il mio capobanda. A ogni frase che pronuncia le due guardie del corpo, in piedi dietro la sua sedia, annuiscono. Ogni volta che la mano del gangster si avvicina al pacchetto di sigarette appoggiato sul tavolo, uno dei giovani scatta con l'accendino. Quando il capo volge appena la testa verso di loro, uno dei due gli porge immediatamente l'orecchio per un qualche ordine appena bisbigliato.

«L'obbedienza è la prima regola di chi entra nell'organizzazione. Chi sgarra, paga», dice il capobanda. «Come?» «Nella maniera tradizionale», mi risponde e fa un gesto come di mozzarsi un dito. È ancora questo che avviene. Se uno *yakuza* commette un errore o una scorrettezza, non ha altro modo di farsi perdonare: deve mozzarsi una falange del dito mignolo e mandarla al capo, in segno di sottomissione. «È un rito che non è cambiato da secoli», dice il capo.

Le sue parole mi arrivano fra il brusio di un'elegante folla serale e le note di Chopin strimpellate su un pianoforte nell'atrio. Fuori delle grandi vetrate c'è il Giappone tecnologico, elettronico, quello dei computer, dei robot. Il Giappone noto e ammirato nel mondo sfavilla di luci, ma l'uomo che mi sta davanti è come l'altra faccia della luna. Una faccia del Giappone che spesso si dimentica. Dietro la sua apparenza di apertura e modernità, dietro la sua pretesa di essere un Paese industrializzato come gli altri, anzi migliore degli altri, il Giappone resta, nell'anima, un Paese ottuso e feudale e gli *yakuza* sono uno dei tanti esempi di questa contraddizione.

Uno dei guardaspalle viene chiamato al telefono. Ritorna e bisbiglia qualcosa nell'orecchio del capobanda. Il capo dei capi degli *yakuza*, andato a Okinawa a giocare a golf, è stato cacciato indietro dalla polizia dell'isola e sta per arrivare all'aeroporto di Osaka. Tutti i capibanda della città devono andare a riceverlo. Il mio gangster si affretta alla sua Rolls-Royce. Io salto in un taxi, lo seguo e presto mi ritrovo testimone di una scena incredibile, sconcertante.

Una lunga fila di duecento nuovissime, lucidissime Mercedes, Cadillac, Rover e Rolls-Royce blocca l'accesso all'aeroporto. La sala d'attesa è gremita della più straordinaria collezione di gangster, tutti eleganti, in doppiopetto, occhiali scuri, molti coi capelli ricciuti e i telefoni portatili; ogni capobanda è circondato dalle sue guardie del corpo. Per un'ora e mezzo è come se l'aeroporto di questa, che è la seconda città del Giappone, fosse occupato da una forza militare discesa da un altro pianeta. Una folla attonita di normali giapponesi, in disparte, guarda ammutolita quei cinquecento banditi che d'un tratto s'inchinano profondamente al passaggio di una Mercedes nera dalle rifiniture dorate e all'unisono urlano: «*Osh! Osh!*» «Evviva! Evviva!»

«Chi è quell'uomo? Che succede?» chiedo, facendo finta di non capire, a uno dei poliziotti che mi sta accanto.

«Quale uomo? Non ho visto nessuno. Non è successo nulla», mi sento rispondere.

Il bandito all'angolo

Kobe, giugno 1990

In un vicolo di Hanakuma, un quartiere di questa città portuale che nel secolo scorso fu la residenza preferita dei primi stranieri venuti a vivere in Giappone, ogni mattina un uomo con un giubbotto antiproiettile esce da una normale, semplice casa dipinta di bianco e spazza accuratamente l'asfalto dinanzi alla sua porta. Sul marciapiede di fronte, una vecchia in grembiule, intenta a pulire davanti a casa sua, lo saluta con un gentile inchino. Il gangster lo ricambia. Il Giappone è uno strano Paese e i gangster, come tutti i bravi giapponesi, sono disciplinati, sono cortesi e si preoccupano di quel che dicono i vicini. « I membri della Yamaken-gumi sono pregati di non bighellonare, di non parlare ad alta voce e di non lasciare rifiuti sulla strada », dice un cartello davanti alla casa bianca.

La Yamaken-gumi è una delle più importanti bande (*gumi*, in giapponese) di gangster di Kobe. La casetta bianca è il loro quartier generale. A destra della porta, su due targhette d'ottone sempre lucido, è inciso in bei caratteri stilizzati il nome della banda e il simbolo, una montagna, della banda madre: la Yamaguchi-gumi, oggi la più grande e più potente organizzazione criminale del mondo. Il postino o chiunque, come me, voglia cercare i gangster non ha nessun problema a trovarli. Io ci sono arrivato attraverso le Pagine Gialle dell'elenco telefonico di Kobe: la Yamaken-gumi si trova sotto la rubrica: « Associazioni di mutuo soccorso ». Anche i nomi dei suoi membri non sono un mistero. Nella prima stanza al pianterreno, in cui vengo fatto entrare con distaccata cortesia, la prima cosa che noto alla parete è una bacheca da cui pendono file e file di tavolette di legno, ognuna con un nome scritto in china nera. Quella del capo sta da sola, in alto; sotto vengono le tavolette dei tre luogotenenti e poi, via via, in ordine strettamente gerarchico, quelle degli altri banditi. « Sono 183 », dice quello che mi riceve quando si accorge che cerco di contare mentalmente le targhette.

È pieno giorno, ma la stanza-ufficio è illuminata dalle luci al neon perché le lastre di ferro che proteggono le finestre non lasciano filtrare un solo raggio di sole. In seguito a una sanguinosa guerra fra bande, che è già costata la vita a 30 gangster, il capo di questo gruppo, Yoshinori Watanabe, 48 anni, è stato eletto capo di tutti i capi, boss della Yamaguchi-gumi; ma alcuni rivali non hanno ancora formalmente accettato questa decisione e così il clima, nel mondo degli *yakuza*, resta teso.

Hanakuma è un quartiere-villaggio come ce ne sono a migliaia nel Giappone di oggi: con i vicoli, i negozietti, i distributori automatici lungo i muri e i fiori di plastica che penzolano dai brutti pali dell'elettricità che regolarmente deturpano ogni angolo del Paese. La vita a Hanakuma (il nome vuol dire « l'ombra dei fiori ») continua indisturbata nonostante la presenza dei gangster. Dietro il quartier generale della Yamaken-gumi c'è la cellula di quartiere del Partito comunista; sull'altro lato della strada, un tempio buddhista; alcuni isolati più avanti, il comando della polizia di Kobe.

«Il modo migliore per eliminarli sarebbe di prosciugare le loro fonti di guadagno, però, nonostante tutti i nostri sforzi, in una società come quella di oggi i gangster hanno facile accesso al denaro», mi dice Itzuo Hokosaki, capo della sezione municipale per la lotta contro la criminalità organizzata. Esattamente come il resto dell'industria giapponese, anche l'industria del crimine è al momento in fase di grande espansione, diventa sempre più ricca e potente. «Gli *yakuza* sono ormai un tassello importante nel mosaico economico del Paese», conclude il super-poliziotto.

Secondo alcune stime, gli *yakuza* hanno un giro d'affari che equivale all'incasso annuo di tutti i supermercati del Giappone. Avendo più liquidità del necessario, anche gli *yakuza*, come le altre aziende giapponesi, stanno ora esplorando nuove possibilità d'investire la loro ricchezza e cercando nuovi mercati all'estero. Gli *yakuza* che, prima, avevano delle basi solo a Taiwan e nella Corea del Sud sono ora presenti non solo in tutti i Paesi del Sud-Est asiatico, ma anche in Australia e in Europa.

«L'internazionalizzazione degli *yakuza* è un'ovvia, naturale tendenza», mi diceva il rappresentante dell'FBI presso l'ambasciata americana a Tokyo. «Dobbiamo prepararci in tempo se non vogliamo farci sorprendere, come successe mezzo secolo fa quando la mafia italiana cominciò a espandersi oltre le frontiere della Sicilia.» Le autorità americane sono preoccupate: hanno appena scoperto che alcune delle aziende giapponesi che, negli anni passati, hanno comprato alberghi e campi da golf specie nelle Hawaii, sono controllate dagli *yakuza*. La stessa scoperta è stata fatta dagli australiani dopo una serie di acquisti di proprietà lungo la Golden Coast. «La strategia degli *yakuza* è semplice», diceva l'uomo dell'FBI. «Prima di tutto comprano i terreni, poi s'appropriano dell'industria del turismo e presto controllano la prostituzione, il gioco d'azzardo, il commercio della droga e l'industria dei ricatti.»

Il governo delle Filippine, cercando d'impedire agli *yakuza* di operare liberamente nel Paese, ha chiesto ai giapponesi una lista dei banditi più noti per poterli bloccare appena atterrano a Manila, ma non hanno avuto molta soddisfazione. «Far questo significherebbe violare i diritti personali di quelle persone», spiega il super-poliziotto di Kobe. Eppure i nomi sono lì, a portata di mano. Dietro di lui, su un grande tabellone, c'è l'intero organigramma di tutte le bande della città e ci sono, aggiornatissime, le foto e le biografie di tutti i più importanti banditi, con l'indicazione delle loro attività sia legali sia illegali. Benché gli *yakuza*, nelle dichiarazioni ufficiali di prammatica, vengano designati come « i nemici della società », sconfiggerli non sembra affatto una priorità delle autorità. Dei circa 1000 super-agenti del comando nazionale della polizia di Tokyo, solo 14 fanno parte della sezione per la lotta contro la criminalità organizzata. Dei 250.000 poliziotti che operano in tutto il Giappone, solo un paio di centinaia si dedica agli *yakuza*.

La polizia giapponese, quando vuole, lavora meticolosamente e con grande efficienza: sette crimini su dieci vengono risolti in brevissimo tempo, i colpevoli sono arrestati, portati in tribunale e, nel 99,8 per cento dei casi, condannati. Poco o nulla sfugge ai poliziotti giapponesi. La loro presenza nel Paese è capillare. Grazie ai *co-ban*, le piccole stazioni di quartiere che prestano soldi a chi non ne ha più, portano a casa gli ubriachi e invitano a lavare bene le auto, la polizia finisce per conoscere vita, morte e miracoli di ogni cittadino nel suo circondario. Eppure con gli *yakuza* non è ancora riuscita ad avere alcun successo. Nessuna importante banda è stata sgominata; nessuno dei grandi capi è stato arrestato o condannato; nessuna delle più significative attività illegali degli *yakuza* è stata messa sotto sorveglianza. È vero che negli ultimi 25 anni il numero degli *yakuza* è diminuito (nel 1965 i gangster erano più numerosi dei soldati dell'esercito: 186.000), ma questo è dovuto soprattutto al boom economico che ha ridotto la disoccupazione, ha costretto i gangster stessi a ristrutturare la loro organizzazione e a riciclare migliaia di loro membri nelle agenzie private di sicurezza, che continuano a essere controllate dalle varie bande.

Fino agli inizi degli anni '80, le bande erano più di 4000; ora sono poco più di 3000 e soltanto tre sono le bande-madri da cui tutte le altre dipendono: la Sumiyoshi-rengo, la Yanagawa-kai, entrambe con sede a Tokyo, e la più grande, la Yamaguchi-gumi, appunto qui, nel territorio di Kobe-Osaka. « La nostra meta è di unificare le bande-madri sotto un'unica leadership », mi dice uno dei luogotenenti nella casetta bianca di Hanakuma. « Quando c'è tempesta, gli alberi grandi offrono la migliore protezione. »

Le armi da fuoco in Giappone sono severamente vietate. Nessun privato può, per nessuna ragione, possedere anche una semplice pistola e le 520.000 armi da caccia del Paese sono severissimamente registrate e controllate. Per gli *yakuza*, però, il possesso di un'arma è un punto d'onore; è, come per i samurai d'un tempo, il simbolo del loro mestiere, del loro potere. «Bisogna contare che, in un modo o nell'altro, tutti i gangster son riusciti a procurarsi almeno una pistola a testa», ammette il super-poliziotto di Kobe.

Fino ad alcuni anni fa il modo più semplice era quello di andare a comprarsele nelle Filippine. Ora, per evitare d'essere accusati di contrabbando, gli *yakuza*, invece delle armi, importano gli armaioli, specie quelli dell'isola di Cebu, capaci di riprodurre artigianalmente ogni tipo di arma da fuoco. Ad aprile, quattro di loro, tutti filippini, sono finiti in tribunale, accusati di fabbricare armi per i banditi. Da quand'erano arrivati avevano già consegnato 160 revolver e più di mille pallottole. Per questo sono stati condannati a cinque anni di prigione. Gli *yakuza*, però, i loro datori di lavoro, sono ancora a piede libero.

Nonostante il loro arsenale, i gangster aprono il fuoco solo sporadicamente e soprattutto fra loro. Anche nel corso delle loro faide interne, sembrano fare di tutto per non coinvolgere i normali cittadini. Recentemente, proprio qui a Kobe, la Yamaguchi-gumi, come avrebbe fatto qualsiasi altro ente giapponese, ha indetto una conferenza stampa per scusarsi col pubblico per i «disagi» causati dalle loro sparatorie.

Come ogni altro gruppo sociale giapponese, anche i gangster hanno le loro ricorrenze, le loro feste, il loro santo patrono. Come ogni altro gruppo pubblicano una rivista, *Asahi Geino*, con le ultime notizie, i pettegolezzi, gli annunci di fidanzamento, di matrimonio e funerari del sottomondo.

In Giappone tutti portano un'uniforme a seconda della loro professione. La portano il netturbino, l'impiegato dei telefoni, l'intellettuale e lo studente. I gangster non sono da meno. Uno *yakuza* che voglia esser rispettato e aver successo nel suo lavoro deve essere immediatamente riconoscibile come tale. Da qui l'importanza dell'uniforme: abiti appariscenti e colorati, capelli arricciati con la permanente e il distintivo della banda all'occhiello. Avere il corpo tutto tatuato, di solito con donne in kimono, fiori e draghi, è ugualmente importante, specie per gli *yakuza* di rango inferiore. «Quando mi presento, basta che sbottoni un po' la mia camicia», dice un giovane gangster nella casetta bianca. «Il tatuaggio fa impressione e non ho bisogno di aggiungere nient'altro. La gente capisce.»

«Capire» vuol dire pagare, non fosse che per togliersi dall'imbarazzo. Il Giappone è un Paese in cui la tradizione vale più della legge, in cui la gente preferisce piegarsi piuttosto che far valere i propri diritti, un Paese in cui ricorrere a un tribunale è considerato un disonore. Per gli *yakuza* tutto questo è fonte di facile denaro. Un esempio recentissimo: un giovane gangster finge di dimenticare una borsa in un grande magazzino. Torna poco dopo, ritrova la borsa, ma sostiene che qualcosa d'importante ne è scomparso. Premurosamente il grande magazzino paga «un compenso» pur di evitare l'accusa che i suoi commessi sono ladri. Un altro esempio: ad Abashiri, una cittadina sull'isola settentrionale di Hokkaido, una banda di *yakuza* scopre che la banca locale, chiudendo il conto di un cliente, si è sbagliata di 20 yen. Per mesi gli *yakuza* importunano la banca finché quella paga loro un «premio» di vari milioni di yen per togliersi dall'imbarazzo.

Neppure una grande azienda come la Fuji Bank è stata capace di opporsi a questo tipo di ricatto. La banca appartiene a una delle sei grandi conglomerate che oggi dominano l'economia giapponese e di cui fanno parte 150 aziende, come la Nissan, la Hitachi, la Canon e la Marubeni, tutte sensibilissime a una stampa negativa. È stato così che, quando la filiale della Fuji Bank di New York ha subìto grosse perdite e una banda di *yakuza* ne è venuta a conoscenza, la banca, pur di evitare che la cosa diventasse pubblica, ha concesso ai banditi un prestito senza alcuna garanzia. La banca sa bene che non rivedrà più quei soldi, né quelli che ha dovuto poi dare anche a una seconda banda che minacciava di rivelare il prestito fatto alla prima. «Abbiamo dovuto pagare a causa delle incessanti minacce», ha detto un portavoce della Fuji Bank, rifiutando però di dare informazioni più specifiche.

È su questo timore di una pubblicità negativa, di una «perdita di faccia», come si dice qui, che gli *yakuza* fondano uno dei loro affari più raffinati e lucrativi: quello dei *sogaya*, i «provocatori» alle assemblee generali delle società per azioni. Il gioco è semplice: i gangster acquistano un paio di azioni di una società e si rivolgono poi alla direzione, minacciando di sollevare domande imbarazzanti sulla gestione durante la riunione degli azionisti. Per evitare problemi, l'azienda paga.

Agli occhi del giapponese medio, gli *yakuza* non sono un flagello da cui proteggersi. Anzi. «È importante conoscerne qualcuno», dice un taxista di Kobe. «Se ne può sempre aver bisogno.»

A lui eran serviti una volta che una società di assicurazioni cercava di procrastinare il risarcimento di danni dovuti.

Gli *yakuza* possono essere d'aiuto anche in altro modo. Per i giovani che abbandonano gli studi e che non hanno quindi alcuna possibilità di essere assunti dalle grandi aziende, gli *yakuza* rappresentano un'alternativa di impiego: naturalmente come gangster. I coreani, che da generazioni vivono in Giappone discriminati e trattati da stranieri, trovano all'interno delle bande un modo per far carriera e arrivare anche a posizioni di grande potere: il boss di una delle bande di Osaka è, oggi, un coreano. Lo stesso è vero per i *burakumin*, gli « intoccabili » del Giappone, quel gruppo etnico che da secoli è ghettizzato e disprezzato perché, nella società giapponese tradizionale, si dedicava a mestieri « sporchi » come quello di macellaio e di becchino. Una volta entrati nelle file degli *yakuza*, i *burakumin* vengono trattati alla pari di tutti gli altri. Per questo almeno un terzo dei gangster della regione di Kobe-Osaka sono oggi di origine *buraku*.

A tutti quelli che non reggono alla pressione conformistica della società giapponese e che per questo finiscono per vivere da paria, gli *yakuza* offrono un'ultima possibilità d'integrazione e non è dunque per caso che le bande si chiamano « famiglie » e che i loro rapporti interni si articolano su questo modello. Il boss si chiama *oyabun*, « padre »; i sottoposti sono *kobun*, « figli »; mentre un membro altolocato o importante della banda è il « fratello maggiore » nel rapporto con il neoassunto « fratello minore ».

« Come si spiega che un uomo che ha avuto l'ordine di uccidere lo fa, senza discutere, pur sapendo di dover poi passare quindici o vent'anni in prigione? » mi chiede Yamanuchi, l'avvocato dei gangster. « Si spiega col fatto che la banda è tutto quello che uno *yakuza* ha nella vita. »

L'ingresso in una banda comporta una formalissima cerimonia che, come tutti gli altri riti che determinano la vita di un gangster, si svolge in uno degli alberghi tradizionali giapponesi. I membri anziani della banda indossano il kimono, l'aspirante è vestito normalmente.

Tazze di sakè, vino di riso, vengono scambiate e bevute assieme. Alla fine, il nuovo membro riceve il suo kimono e il distintivo del gruppo. Spesso i nuovi gangster sono mandati a purificarsi con un bagno notturno nel fiume che scorre attraverso Ise, la città sacra allo shintoismo.

La più importante cerimonia degli *yakuza* è l'incoronazione di un nuovo boss e questa si svolge secondo lo stesso modello dell'incoronazione dell'imperatore. Quando Yoshinori Watanabe è stato eletto capo dei capi della Yamaguchi-gumi, l'intera cerimonia è stata registrata su video e 650 cassette del film, elegantemente confezionate in seta bianca e oro, sono state distribuite fra gli ospiti, in ricordo del «felice evento».

Benché siano sotto gli occhi di tutti, gli *yakuza* restano, come l'imperatore, i coreani e i *burakumin*, uno dei tabù del Giappone. Di loro si parla poco; di loro, a parte cose di propaganda e di folklore, non si scrive molto. Finora l'unico studio serio sui gangster e sul loro ruolo nella società del dopoguerra è stato scritto, cinque anni fa, da due americani. Da allora, venti editori giapponesi hanno detto di volerne pubblicare una traduzione, ma finora nessuno si è azzardato a farlo.

Un modo di diventar giapponesi

Osaka, 1990

Il mercato di Kamagasaki apre alle cinque e mezzo del mattino. In vendita ci sono uomini che offrono il loro lavoro a giornata. 7000 yen (70.000 lire) per fare il guardiano, 11.000 come manovale, fino a 20.000 yen (200.000 lire) per salire sulle impalcature più alte dei grattacieli in costruzione. I prezzi sono scritti sui vetri dei piccoli bus parcheggiati sotto i ponti della ferrovia, sono urlati da decine di giovanotti dai capelli riccioluti, molti in uniformi paramilitari, che si fanno concorrenza nello scegliere, fra la misera massa di gente che affolla questo strano mercato, gli uomini dall'aria migliore.

Uno dei tanti miti del Giappone è che in questo Paese esista il pieno impiego e che la gente, una volta entrata da giovane in un'azienda, ci resti tranquillamente fino alla pensione. Non è affatto vero, ma il mito sopravvive. La maggioranza dei giapponesi non ha assolutamente la garanzia di un impiego a vita e molti devono accontentarsi di lavori temporanei.

A Osaka, di questi tempi, ci sono vari grandi progetti di costruzione in corso, compreso quello di un nuovo aeroporto da fare su un'isola artificiale in mezzo alla baia, e di lavoro ce n'è per tutti. Alle sette del mattino, quando il mercato di Kamagasaki chiude e i piccoli bus, col loro carico di braccia, sono partiti per le loro destinazioni, solo alcune bande di ubriachi restano, disoccupati, a bivaccare attorno a falò fatti con tubolari di bicicletta.

«Nella società giapponese c'è un meccanismo di violenza che opera dall'alto verso il basso. Quelli che restano al fondo sono i più deboli e vengono schiacciati», dice il missionario tedesco che da anni lavora fra i 47.000 abitanti del quartiere cercando di salvarne alcuni dall'alcolismo dilagante. «Kamagasaki è un centro di raccolta di gente spezzata.»

Non è l'unico. Ogni grande città del Giappone ha un suo quartiere dove confluiscono i resti di tutti i naufragi, gli scarti umani di questa società che al fondo non conosce compassione. A Kamagasaki si trovano operai disoccupati delle industrie andate in fallimento (in Giappone non esiste la cassa integrazione), giovani che hanno abbandonato la scuola, anziani che non hanno di che campare, e gli «evaporati», come vengono chiamati quei normalissimi «uomini salario» che un giorno, all'improvviso, lasciano la loro routine, non si fanno più vedere in ufficio, non tornano più a casa, cambiano città e si aggregano a questa strana tribù di «senza fissa dimora» che si aggira sui mercati della manodopera giornaliera.

TORNA A CASA. LA MAMMA STA MALE, dice un cartello con la foto di un uomo sulla cinquantina, attaccato ai pali della luce lungo la strada principale di Kamagasaki. Di simili appelli ce ne sono a decine.

L'intero quartiere è dominato dagli *yakuza*. Per un giovane gangster alle prime armi il reclutamento degli operai a giornata è una delle attività classiche per farsi strada. Le grandi aziende di costruzione passano l'ordine per un certo numero di uomini. I gangster si occupano di trovarli. Per ogni uomo che uno dei giovani riccioluti riesce a portare al cantiere di lavoro riceve un «premio» d'ingaggio. Un altro se lo fa dare dall'operaio.

Gli *yakuza* che operano nei quartieri come questo sono spesso solo degli aspiranti *yakuza* o al massimo i fantaccini di piccole bande. Questo dei giornalieri non è più un mercato in cui ci son tanti soldi da fare. Molto più redditizio è il mercato degli immigrati e di quello si occupano le bande più importanti. Ogni mese migliaia di filippini, coreani, singalesi e pakistani arrivano in Giappone con un visto turistico di pochi giorni e finiscono a lavorare nei cantieri edili e nelle fabbriche del Giappone. La cosa è illegale, gli operai sono sfruttati (molti ricevono solo un terzo del salario normale), ma l'industria giapponese ha bisogno di manodopera e le autorità hanno chiaramente deciso che questo flusso di gente deve continuare.

Gli «illegali» in Giappone sono già più di 100.000. Molti altri verranno. Gli *yakuza* se ne occupano. I gangster hanno i loro reclutatori nei vari Paesi dell'Asia, hanno i loro uomini che prelevano i «turisti» e li portano sui posti di lavoro, hanno le loro squadracce pronte a intervenire se qualcuno cerca di disturbare questo tipo di affare. Appena un giovane giapponese, membro di un'organizzazione per la difesa dei diritti umani, organizza una modesta dimostrazione contro lo «sfruttamento» dei lavoratori immigrati, la sua casa viene immediatamente presa d'assedio da minacciosi camion neri, coperti di bandiere giapponesi con altoparlanti che urlano: «Fuori! Traditore! Perché non hai rispetto della patria?»

Gli *yakuza* hanno da tempo scoperto che l'ultranazionalismo è un'ottima copertura per le loro attività criminali. Fu proprio grazie a questa copertura che riacquistarono potere nell'immediato dopoguerra. Gli americani, che avevano occupato il Paese dopo la sconfitta, si preoccuparono della crescente popolarità dei socialisti e dei comunisti e corsero presto ai ripari. Dalle prigioni, in cui erano stati rinchiusi come criminali di guerra, liberarono alcuni dei più importanti capi dell'estrema destra e li usarono nella lotta contro il comunismo. Fra questi criminali c'erano uomini come Yoshio Kodama che, con l'aiuto degli *yakuza*, organizzò una vasta campagna antisindacale, riuscì a spezzare una serie di scioperi e finì per finanziare la nascita del Partito liberal-democratico che da più di trent'anni ha il monopolio del potere in Giappone.

Kodama è morto, ma i legami da lui consolidati fra la destra giapponese e i banditi sono ancora strettissimi. In verità fra le due organizzazioni non c'è grande differenza. Secondo la polizia, i membri dei gruppi di destra sono 125.000. Praticamente sono gli stessi che figurano sulle liste degli *yakuza*, se si considera che i banditi registrati sono 86.000 e che a questi vanno aggiunti gli aspiranti *yakuza* e i banditi a mezzo servizio. Estorsione e terrorismo nero vanno di pari passo nel Giappone di oggi. Invece di presentarsi come banditi che chiedono soldi in cambio di protezione, gli *yakuza* si presentano alle varie aziende con indosso le uniformi paramilitari delle organizzazioni di destra e chiedono «contributi» per la «liberazione dei Territori settentrionali», le quattro isole Curili che i sovietici tolsero al Giappone negli ultimi giorni della guerra e che ora Tokyo rivuole. Se un'azienda non paga, i camion con gli altoparlanti si piazzano davanti alla sua sede e fanno un gran fracasso, accusando i dirigenti di essere poco «patriottici». In un Paese dove la «faccia» conta molto e dov'è considerato più corretto cedere al più forte che difendere il giusto, le aziende finiscono per pagare e star zitte.

Le società che fanno affari con l'Unione Sovietica sono le più esposte a questo tipo di ricatto. Le banche che finanziano progetti nei Paesi socialisti ricevono pacchetti di cibo avvelenato; i loro direttori, lettere o telefonate minatorie. Le minacce della destra sono prese sul serio in un Paese come questo in cui il terrorismo politico ha una lunga tradizione. Negli anni '30 una serie di assassinii, orchestrati dalla destra nazionalista, portò i militari al potere. Nel dopoguerra gli atti del terrorismo nero sono stati numerosi: dall'uccisione del segretario generale del Partito socialista, nel 1960, al più recente attentato contro il sindaco di Nagasaki, Hitoshi Motoshima, reo semplicemente di aver detto che l'imperatore Hirohito era stato in parte responsabile della seconda guerra mondiale.

«Doveva essere punito», ha detto in tribunale il suo attentatore che, tipicamente, si è rivelato essere al tempo stesso uno *yakuza* e un membro di un'organizzazione di destra, «La scuola del puro pensiero». Una pallottola nella schiena non ha fatto cambiare idea al coraggioso Motoshima, ma una serie di minacce hanno fatto cambiare opinione al suo collega di Hiroshima. Siccome il museo della città, dedicato alla bomba atomica, veniva ristrutturato, il sindaco aveva proposto di aggiungere una saletta che spiegasse gli avvenimenti storici precedenti la bomba e accennasse anche alle vittime dell'aggressione giapponese. Una campagna condotta dalle organizzazioni di destra di Hiroshima lo ha costretto a ritirare pubblicamente la sua proposta. I futuri visitatori di Hiroshima, come già quelli degli ultimi quarant'anni, continueranno così a ricavare dalla visita al museo l'impressione che nella seconda guerra mondiale i giapponesi furono le vittime, gli aggrediti e non gli aggressori. È esattamente quel che la destra vuole.

Yakuza e ultranazionalisti fanno di tutto perché la società giapponese non dimentichi la loro esistenza. Quasi ogni giorno, all'ora di pranzo, i camion della destra sfilano per le strade del centro di Tokyo; alla domenica gruppi di *yakuza*, intruppati come soldati, vanno a rendere omaggio al tempio Yasukuni, dedicato ai caduti per la patria. A vederli sembrano personaggi folkloristici ed emarginati, senza alcuna relazione col resto del Paese che peraltro sembra ignorarli. Ma è un'impressione sbagliata. Agli occhi del giapponese medio gli *yakuza* sono eroi popolari, individui romantici che si rifanno alla tradizione dei samurai e che difendono i valori del vecchio Giappone. Gli *yakuza* sono i protagonisti di romanzi agiografici diventati bestseller, di una serie di film popolarissimi. *Yakuza* e ultranazionalisti godono di grosse protezioni politiche e hanno per questo una notevole fetta di potere nel Paese.

A pochi passi dal parlamento, nel quartiere di Nagatacho, c'è una palazzina, il Palais Royal, dove hanno i loro uffici, gli uni accanto agli altri, alcuni dei più importanti politici del Partito liberal-democratico – fra questi il vice primo ministro Shin Kanemaru –, i rappresentanti di una delle più note bande di *yakuza* e quelli di un'organizzazione ultranazionalista. Fino alla sua morte, nel 1984, l'uomo che ha tessuto le fila di questi diversi mondi, diventando così uno dei personaggi più influenti del Paese, è stato Kodama. Oggi il suo successore è Ryoichi Sasagawa. Anche lui era stato imprigionato dagli americani nel 1945 come criminale di guerra di classe A, anche lui venne liberato perché contribuisse alla crociata anticomunista.

Sasagawa, grazie al monopolio delle scommesse sulle corse dei motoscafi, è oggi uno degli uomini più ricchi del Giappone, è il padrino riconosciuto della destra ed è ancora l'unico personaggio capace di mediare le dispute che a volte scoppiano tra le bande rivali di *yakuza*. Negli ultimi anni, Sasagawa ha diversificato le sue attività e si dedica sempre più a opere filantropiche che, lui spera, facciano dimenticare il suo passato e gli permettano di coronare l'ultimo sogno: vincere il premio Nobel per la pace. A questo fine, attraverso la fondazione che porta il suo nome, distribuisce enormi quantità di denaro a gente e istituzioni di mezzo mondo. La scorsa settimana ha organizzato a Tokyo un grande convegno internazionale sugli aiuti ai Paesi sottosviluppati. A sue spese sono stati invitati 250 delegati di vari continenti. Perché la manifestazione avesse un po' di prestigio intellettuale, Sasagawa è riuscito a coinvolgere, come co-sponsor, il vecchio Club di Roma.

Chi si aspetta che, magari sotto la pressione della comunità internazionale, il Giappone metta sotto controllo i propri gangster si fa forse delle illusioni. La stessa polizia giapponese, ufficialmente ormai, non se ne fa. Nell'ultima pagina del più recente rapporto sulla criminalità organizzata si legge: «Date le attuali circostanze, sarà molto difficile eliminare tutte le organizzazioni dei gangster». È evidente che con «le attuali circostanze» s'intende «la società giapponese».

Il mio vecchio «pensionato» capobanda di Tokyo, quello cui devo i contatti che mi han permesso parte di questo viaggio, mi ha detto la stessa cosa, ma in termini più chiari: «Fintanto che il Giappone avrà l'imperatore, avrà anche gli *yakuza*».

Arrivando in Giappone, mi sentii dire da un amico: «Non restar più di cinque anni. Dopo è pericoloso. Noi europei rischiamo di andar matti». Nell'estate del 1990, *Der Spiegel* accettò che lasciassi Tokyo per Bangkok. Fatto il trasloco, mi rasai la testa e, come un pellegrino d'altri tempi, andai a rendere omaggio alla divinità più antica e più visibile del Paese: il monte Fuji.

Il Giappone visto dall'alto

Daigo (prefettura di Ibaragi), agosto 1990

È LA montagna più alta, più sacra, più bella del Giappone e davvero, visto dalla vetta dei suoi 3776 metri, il Paese ai suoi piedi, incorniciato dallo scintillio del mare e dal mutevole blu di catene e catene di monti lontani, appare esattamente come nella mitologia: magnifico, antico, intoccato, eterno – il Paese degli dèi.

Il problema è il Fuji stesso che non è esattamente come dovrebbe essere. La montagna, che da lontano appare così forte e superba, così magica ed elegante, una volta scalata impressiona per com'è piccola e vulnerabile, ordinaria e miserevole: un semplice cumulo di ceneri. Ceneri grigie, rosse, nere, ma sempre ceneri, senza quella solidità rassicurante che è della roccia. Non c'è santità, non c'è bellezza, non c'è magia.

Le dense colonne di fumo che si alzano ai bordi del cratere non escono dalle viscere di zolfo del vulcano, ma dai puzzolenti mucchi di spazzatura che devono essere bruciati in continuazione... La soave voce di donna che, solitaria, sussurra nel mezzo della notte in vetta alla montagna non è della misericordiosa dea che, secondo la leggenda, ha la sua dimora quassù, ma del distributore automatico che ringrazia un assetato cliente insonne d'essersi comprato una bibita. Nell'oscurità, le lucine multicolori di quella macchinetta risplendono più di tutte le stelle.

Ogni stazione lungo la montagna, dove si può far sosta, riposare e contemplare il mondo che lentamente si allontana, ha un suo romanticissimo nome – Locanda delle nuvole bianche, Padiglione della prima luce –, ma alla fine di questi posti si ricorda solo l'intenso odore d'urina che li avvolge.

Ogni anno 15 milioni di giapponesi salgono sul monte Fuji. Di questi solo 300.000 arrivano alla vetta, ma tutti sembrano lasciare una traccia di sé lungo il tragitto. Lattine vuote, bombole d'ossigeno, batterie usate, berretti, asciugamani, vecchi giornali e coloratissimi contenitori di plastica coi resti di tutte le leccornie che il Giappone produce fanno della montagna un ininterrotto immondezzaio.

A intervalli regolari il sacro cammino è segnato da archi di legno, i *tori* dello shintoismo, per avvertire il viandante che sta entrando nel regno degli dèi. Gli abitanti celesti della montagna, però, sembrano essersene andati per lasciare il posto a speculatori molto terrestri. «Fermati, passa la notte qui!» urlano poco raccomandabili imbonitori cercando di attirare i pellegrini nelle loro primitive capanne. Una volta arrivati sulla vetta, il dormire è una semplice questione di prezzo: per 5800 yen si ha il diritto, assieme ad altre centinaia di persone, a un minuscolo posto letto su una piattaforma di legno e a un brusco risveglio alle quattro del mattino per vedere la levata del sole.

Difficilmente si riesce a godere della sempre sorprendente bellezza di questa quotidiana ricorrenza, perché proprio in cima al Fuji – l'altare del sole per eccellenza – la magia dell'alba è distrutta da accecanti riflettori, il silenzio della natura è rotto dal mugliare dei generatori. Mentre alcune vecchie s'inchinano, devote, ai primi raggi dorati, altri gitanti guardano con grande distacco al sole nascente, avvolti come sono nelle nuvole di fumo delle loro sigarette.

Quel che il sorgere del sole porta attorno al cratere del Fuji è soprattutto il pandemonio di un bazar. Come dal nulla compaiono bancarelle che offrono zuppe calde, bibite alcoliche e cartoline postali. Nel piccolo tempio shintoista in vetta al monte due giovani sacerdoti cominciano a esercitare il monopolio che hanno di apporre, per 200 yen, un timbro rosso su un qualsiasi souvenir, a prova dell'avvenuta scalata. Nel grande tempio, poco più in basso, intanto, s'apre il supermercato di amuleti e portafortuna; ed ecco che il sentiero brullo, che corre lungo il cratere, si trasforma nella solita affollata via maestra di ogni villaggio giapponese dove si compra di tutto e dove tutto quel che ha a che fare con questa sacra montagna è commercializzato e ridotto a un vile ricordino.

Ma il Fuji non era molto di più che una semplice montagna? Non era il simbolo, la quintessenza del Giappone stesso? Il Fuji non era parte dell'anima giapponese? Non era, assieme all'imperatore, la radice dell'identità stessa di questo Paese? La vera ragione per cui i giapponesi si sentono giapponesi?

In passato doveva essere così. Per secoli il Fuji è stato per i giapponesi la dimora dei loro dèi, il luogo delle loro leggende, l'unità di misura del bello. «Niente ha avuto un ruolo così determinante nella formazione della mentalità giapponese come il Fuji», ha scritto mezzo secolo fa il saggista Okakura. Pittori e poeti hanno messo alla prova i loro talenti nel descrivere, raffigurare ed evocare l'ineffabile presenza della montagna. Alcuni si son cimentati col loro umorismo:

In qualche modo
era divertente
non vedere il Fuji
nella nebbiosa pioggia

scrisse, più di 300 anni fa, Basho, il Dante Alighieri del Giappone, il grande maestro di *haiku*.

Il Fuji è stato per gli abitanti di questo arcipelago lo specchio dello specialissimo rapporto che hanno sempre avuto con la natura. Per quella montagna hanno avuto rispetto, devozione; di quella montagna hanno avuto un timore sacro. È da questi sentimenti che nasce la religione primordiale dei giapponesi, lo shintoismo, in cui ogni forza della natura, sentita dall'uomo come superiore, diventa un dio, un *kami*, e in cui il sole è l'origine di tutti i *kami* e dei giapponesi stessi. In questo Olimpo il Fuji era il loro protettore, il guardiano del loro destino.

Le nuvole in cielo
riverenti si fermano.
Un tesoro dato ai mortali
un occhio divino sul Giappone

scrisse Tachibana no Moroe nell'anno 757 dopo Cristo in un poema sul Fuji che da allora ogni bambino giapponese ha dovuto imparare a memoria.

Andando a scalare questa montagna, i giapponesi pensavano di esorcizzare le loro paure e di rigenerarsi. *Rokkon shojo*, «possano le sei anime del mio corpo tornar pure», hanno recitato per secoli i pellegrini andando su per la china di cenere, vestiti di semplicissime tuniche bianche, con sandali di paglia ai piedi e in mano un bastone a otto sfaccettature e un campanello il cui suono faceva da accompagnamento a quella litania: *rokkon shojo*.

Ai cavalli non era permesso metter piede sulla montagna. Neppure alle donne.* Il percorso era diviso in dieci parti, marcate da dieci stazioni in cui il pellegrino si fermava a riposarsi e a pregare. Il tempio shintoista sulla vetta era dedicato alla divinità della montagna, una figura femminile il cui nome significa «quella che fa sbocciare i fiori degli alberi».

Poter pregare al sole nascente dalla cima del Fuji era la gioia di un giapponese, un atto propiziatorio. Anche il solo sognare la montagna era considerato un segno di buona sorte. Il Fuji era il tempio dell'intima fede dei giapponesi, una presenza che rifletteva, come in uno specchio, le loro passioni:

Getta via il tuo velo di nuvole
e mostrami, mostrami
la tua pelle bianca e pura

scrisse in calce a un suo celebre dipinto del Fuji un pittore zen.

Ogni villaggio da cui si vedeva la montagna aveva il suo tempio del Fuji, mentre le province che non erano benedette dalla sua presenza chiamavano Fuji il loro monte più alto. In ogni parte del Giappone c'erano templi con repliche della sacra montagna nei loro recinti, alcune più alte di una casa per dare alla gente un'impressione della sacra scalata.

Agli stranieri in cerca dell'anima giapponese, il fatto che questo popolo fosse così devoto a una montagna e ne ammirasse soprattutto la simmetria della forma ha fatto pensare che questa nazione sia sempre stata più interessata all'apparenza che alla sostanza delle cose, alle emozioni più che ai princìpi. Per alcuni, la devozione dei giapponesi a un monte era la prova ulteriore del vuoto spirituale al centro di questo Paese. «Andare alla ricerca del nocciolo del Giappone è come sbucciare una cipolla», dicevano gli stranieri residenti in Giappone all'inizio del secolo.

* La prima donna a scalare il Fuji – si dice – fu la moglie di un diplomatico inglese, Lady Parkes, nel 1867. Il primo straniero fu ancora un inglese, Rutherford Alcock, nel 1860.

« Si sbuccia, si sbuccia e alla fine si resta solo con tante bucce in mano. »

Lo stesso si può dire del Fuji. In cima alla montagna, scalata nei secoli da milioni e milioni di giapponesi, non c'è che un cratere vuoto nel cui fondo, con sassolini bianchi sulle ceneri nere, la gente forma l'ideogramma del proprio nome... o quello dell'azienda per cui lavora. Il cratere ha un diametro di mezzo chilometro e una profondità di 250 metri. Fare il giro delle sue otto cime e guardare la levata del sole da quelle rivolte a oriente è la massima ambizione di ogni pellegrinaggio.

Oggigiorno vale più la pena sedersi a guardare il tramonto da una delle vette rivolte a occidente. È lì che si sente, quando la luce del giorno si spegne e l'oscurità inghiotte velocemente il mare, le catene dei monti e il Fuji stesso, con tutto l'indaffarato arrancare dei gitanti, l'odore della morte. E la morte è probabilmente quel che i giapponesi hanno sentito da sempre nel Fuji, nel suo vulcano.

In tutta la loro storia, i giapponesi sono stati affascinati dalla morte ed è più che altro con la morte che si sono sempre confrontati. Le spade sono forse la loro più raffinata espressione artistica, i guerrieri caduti i loro più venerati eroi. Il rapporto particolare che questo popolo ha con il Fuji è certo dovuto a questo suo essere attratto dalla morte di cui il vulcano, con la sua instabilità, è un continuo memento. Non a caso nella mitologia giapponese il Fuji era la porta all'aldilà; non a caso il desiderio di ogni giapponese è sempre stato quello di morire con gli occhi rivolti a quella montagna. Questo rapporto fra il Fuji e la morte continua ancor oggi.

« Pensa ai tuoi genitori! Pensa a quelli che ami! La vita è un bene prezioso... Prima di avventurarti qua dentro informa la polizia », si legge sui cartelli attorno ad Aokigamori, la « Foresta del legno blu », meglio conosciuta come la « Foresta dei suicidi », ai piedi del Fuji. Per uccidersi all'ombra della montagna magica vengono da tutto il Giappone e ogni tanto la polizia è costretta a rivolgersi ai volontari del posto per andare a recuperare i cadaveri dispersi nei boschi.

Recentemente Akira Kurosawa, il grande cineasta, ha scelto le falde di sabbia nera del Fuji come il luogo in cui far impazzire l'incarnazione giapponese del suo re Lear e in cui ambientare l'ultima, epica battaglia del suo film, *Ran*. Un romanzo di fantascienza, *La fine del Giappone*, per sette anni uno dei grandi bestseller, incomincia con l'eruzione del monte Fuji.

Cento anni fa, alle caratteristiche classiche del Fuji ne fu aggiunta un'altra: quella di simbolo dell'unicità giapponese. Erano i tempi in cui il Giappone, messo a confronto con le potenze occidentali, decise di distruggere gran parte delle proprie tradizioni, decise che la storia, la cultura, le abitudini giapponesi dovevano esser messe da parte per poter fare del Giappone un Paese nuovo e moderno. Ai giapponesi venne lasciata la natura perché potessero esserne orgogliosi e distinguersi così dagli occidentali. La natura giapponese fu definita «unica» e il Fuji divenne il simbolo di quell'unicità e quindi della superiorità di questo popolo.

Improvvisamente scalare il Fuji non fu più soltanto un'impresa religiosa, ma anche patriottica e la bandiera con il sol levante si aggiunse alle due campanelle sul bastone di ogni pellegrino. Il *Tenno* come «il solo, unico» imperatore e il Fuji come «la sola, unica» montagna vennero usati per dare un significato politico all'idea tradizionale di appartenere a una nazione di dèi. Immagini dell'imperatore e del Fuji vennero distribuite in tutto il Giappone e da allora il culto patriottico del *Tenno* e quello della montagna sono andati di pari passo. La vicinanza del Fuji era fonte di forza e di orgoglio nazionale. L'Armata imperiale ebbe uno dei suoi campi di addestramento ai piedi della montagna. Hirohito la scalò nel 1923, quand'era ancora principe ereditario.

Dopo la guerra, i nuovi «guerrieri» del Giappone sono andati a installarsi all'ombra protettiva e fortificante del Fuji. Inaba fu il primo a costruirci la sua straordinaria fabbrica gialla, in cui ventiquattr'ore su ventiquattro robot producono robot. Alcune industrie di punta e laboratori di nuove tecnologie seguirono. Membri dell'estrema destra nazionalista vi eressero un monumento alla memoria del generale Tojo e degli altri criminali di guerra impiccati dagli americani. La setta buddhista Sokagakkai vi costruì un cimitero con 50.000 posti per i suoi adepti. La bandiera bianca con il sole rosso al centro, la *Hinomaru*, o quella coi raggi del sole che esplodono dal centro, la *Kyoku Gitsuki*, fanno ancora parte dell'equipaggiamento standard di chiunque si appresti ad affrontare la scalata.

Oggi il pellegrinaggio sulla montagna ha perso molti dei suoi significati originali e, come tante altre esperienze giapponesi, finisce per essere una grossa delusione. La costernazione è immediata: delle classiche stazioni, le prime cinque non esistono più.

Una sorta di autostrada s'inerpica su per il monte, permettendo a migliaia di automobilisti di risparmiarsi metà della scalata. Non appena si crea un ingorgo, gli altoparlanti nascosti fra i pini – quasi tutti son già seccati a causa delle esalazioni delle auto – pregano gli automobilisti di far marcia indietro.

Dalla quinta stazione in poi, il tragitto è segnato da corde e catene e da innumerevoli cartelli che avvertono il pellegrino di una possibile caduta di sassi o dei pericoli che correrebbe se prendesse qualche scorciatoia. Altri cartelli gli fanno i complimenti per la strada già fatta e coraggio per quella che gli resta da fare. A volte il flusso dei gitanti è così denso che si ha l'impressione di trovarsi in una metropolitana all'ora di punta più che sul versante di una montagna. A migliaia e migliaia i giapponesi si spingono su, sempre più su, in un purgatorio di polvere e di caldo: tutti ordinati e obbedienti, tutti senza un'idea del perché lo fanno.

«Perché scali il Fuji?» chiedeva la giornalista della TV locale alla gente che saliva, sudando. «Perché c'è», «Perché tutti lo scalano», erano le risposte più frequenti. Per molti il Fuji è diventato semplicemente il luogo in cui stabilire dei record (l'uomo più vecchio ad arrivare in cima, quello che ci ha portato il peso più grosso o la cosa più strana), o il palcoscenico per qualche gesto insulso, come quello di portare in spalla fino alla vetta una bicicletta, l'ultima moda fra i giovani gitanti.

Soprattutto il Fuji è diventato un marchio di fabbrica. A parte la Fuji Bank e la catena TV Fuji, ci sono ormai prodotti di ogni tipo, dal gelato ai motori diesel, tutti chiamati Fuji. Migliaia di luoghi pubblici si chiamano Fuji, dalle sale da bowling ai *love hotels*. Lo sfruttamento commerciale di quel nome, una volta sacro, non sembra creare alcun imbarazzo.

Persino gli ideogrammi usati per la montagna sono mutati col tempo. Dapprima *Fu ji* era scritto con due caratteri che significavano «non ne esiste un secondo», o con altri che volevan dire «senza morte». I caratteri sono rimasti due, ma quelli usati oggi significano: «ricchezza».

«Il Fuji vive», dicono gli scienziati giapponesi, convinti che la montagna è ancora uno dei 78 vulcani attivi nel Paese. Scientificamente la loro definizione è forse corretta, anche se l'ultima volta che il Fuji esplose fu nel 1707. Ma come presenza magica il Fuji è morto, e le migliaia di giapponesi che oggi lo scalano partecipano in qualche modo a un triste, anche se inconscio, funerale di massa: il funerale della civiltà giapponese che del Fuji aveva fatto il proprio simbolo.

In una vecchia illustrazione si vede una minuscola lumaca ai piedi della gigantesca montagna, con la didascalia: « Anche una piccola creatura, se è determinata, può arrivare in cima ». È esattamente quel che negli ultimi cento anni i giapponesi hanno fatto. Con incredibile determinazione, mantenendo il loro forte senso di coesione tribale, sono andati avanti, sono arrivati fino in cima, diventando ricchi e moderni. Questo successo però l'han pagato caro, perdendo il contatto con la forza stessa che per secoli è stata la fonte della loro arte, della loro letteratura, della loro religione e, in fin dei conti, della loro identità: la natura.

È scalando il Fuji assieme a loro che ci si rende conto dell'incredibile perdita che i giapponesi si sono inflitti. La camminata, di cinque o dieci ore che sia, non è più un'esplorazione del mondo allo stato selvaggio, una comunione con la natura, è solo un esercizio in *modern living*, come a loro stessi piace tanto chiamarlo. La vetta della montagna non è più l'altare del sole e delle grandiose forze della natura, ma un'ennesima riproduzione di quel che ognuno si è lasciato alle spalle: l'universo innaturale delle grandi città. I gitanti si rallegrano di scoprire che anche lassù c'è un ufficio postale, che ci sono file dei soliti telefoni verdi davanti ai quali possono fare la coda per chiamare qualcuno « dalla cabina più alta del Paese », che ci sono gruppi di altri gitanti venuti solo per installare le loro antenne di radioamatori e aggiungere così i loro insulsi messaggi alla cacofonia del bazar. Il globo bianco della stazione meteorologica e una grande ruspa parcheggiata dinanzi sono lo sfondo preferito per la maggior parte della foto ricordo.

Gli stessi giapponesi che per secoli sono vissuti in perfetta sintonia con la natura, terrorizzati e incantati dalle sue forze, ora che hanno raggiunto il più alto stadio dello sviluppo tecnologico sembrano averne perso ogni rispetto. Da adoratori, sono diventati distruttori della natura: della loro come di quella altrui.

Gran parte della fauna giapponese è in via di estinzione. Quasi tutti i fiumi hanno le sponde cementate. Più della metà della costa del Paese è deturpata da barriere artificiali fatte con orribili tripodi di cemento. Le grandi foreste vergini del mondo vengono progressivamente mangiate da aziende giapponesi, i fondali dei mari vengono setacciati dalle « reti della morte » dei pescherecci giapponesi. Vari gruppi di ecologisti hanno definito il Giappone « il nemico numero uno della natura». Le conseguenze di tutto ciò non si limitano all'ambiente.

Già un secolo fa una delle belle menti di questo Paese, Nyozekan Hasegawa, vide i pericoli impliciti nel tipo di sviluppo che il Giappone s'era messo a perseguire. «L'incapacità dei giapponesi moderni di apprezzare la natura fa pensare che la nostra cultura non riuscirà a essere creativa», scrisse. Il suo timore è stato profetico.

La recente corsa al materialismo e al profitto sta minacciando il Fuji con un'altra ondata di distruzione. Negli ultimi tre anni il prezzo dei terreni ai piedi della montagna si è quadruplicato, i vecchi contadini sono stati cacciati via dai loro campi di riso, il 20 per cento delle foreste attorno al monte è già stato comprato da speculatori che intendono costruirci un ennesimo campo da golf, fonte, come ormai si sa, di un terribile inquinamento. Gli speculatori hanno messo gli occhi sulla montagna stessa e si parla già del progetto di una funivia che porti gli sciatori in alto sul Fuji, dove la neve è perenne.

Al momento molti si oppongono a questi piani, ma la forza del profitto un giorno o l'altro prevarrà. L'ultimo *tori* sulla montagna, l'arco di legno che annuncia al viandante che è arrivato alla sacra meta, è incrostato di monetine. I giapponesi dicono che fanno quel che si fa alla Fontana di Trevi, ma non è facile scacciare l'impressione che il dio del denaro abbia finito per installarsi anche sulla vetta più elevata di questo Paese.

Dissacrato, sfigurato, coperto d'immondizie, il Fuji sembra ormai incarnare il potere distruttivo dei giapponesi e la loro decadenza spirituale. Lo stesso nome «Fuji» sembra portare in sé quella maledizione. La parola non è giapponese. Viene dalla lingua degli ainu,* gli originari abitanti dell'arcipelago che dai giapponesi sono stati pressoché estirpati.

Strano destino, quello dei giapponesi! Di tutti i popoli sono forse gli unici ad aver scelto come simbolo della loro civiltà un pezzo di natura. Al contrario dei cinesi con la loro Grande Muraglia, o degli egiziani con le loro piramidi, hanno legato la loro identità a un vulcano. Che ironia per un popolo di super-facitori, come i giapponesi di oggi amano vedersi!

Ancora più ironico è il fatto che tutto il valore di quel simbolo è nella sua forma e che proprio quella sia ora in pericolo.

* Nella lingua ainu, Fuji significa «la dea del fuoco».

Splendida col bel tempo,
splendida nei giorni di nuvole e pioggia,
la forma del Fuji non muta mai

dicevano i vecchi. Secondo la leggenda, ogni granello di sabbia che i pellegrini portavano via dalla montagna durante il giorno, di notte, come per miracolo, ci ritornava, affinché la montagna non cambiasse. Questo non è ormai più vero. Ogni anno la montagna perde circa 200.000 metri cubi di sabbia e lava che non vengono più rimpiazzati. La famosa forma conico-simmetrica del Fuji, di cui si diceva che era « stabile come il sistema politico del Paese », sta rapidamente mutando a causa delle erosioni e delle frane. Ma i giapponesi non si disperano: stanno considerando di circondare la vetta con una sorta di enorme collare di cemento, così che, almeno da lontano, la montagna non appaia diversa da com'è apparsa nei secoli.

Non si fermano davanti a nulla, questi giapponesi! Essendosi convertiti alla modernità e avendo perso fiducia nei loro milioni di dèi,* non c'è quasi più niente che per loro sia sacro. Poco tempo fa, uno studente all'università di Tokyo durante un dibattito ha detto: « L'aria? Non importa se s'inquina o se viene a mancare. Saremo in grado di riprodurla artificialmente! » Nessuno gli ha chiesto se vivere in quell'aria valesse ancora la pena. Sono domande che qui non si pongono.

All'inizio del secolo i giapponesi erano così fieri della loro modernizzazione che se ne vantavano dicendo d'aver fatto in due soli decenni quel che gli occidentali avevano fatto in due secoli. Il loro attuale successo economico sta creando una simile, assurda arroganza. La loro abilità d'imparare, di copiare, di adattare e migliorare qualsiasi invenzione altrui li fa credere d'essere all'avanguardia del futuro. Si vedono come l'epitome dell'uomo moderno, il modello per tutti gli altri esseri umani. L'*homo japonicus* sarebbe, secondo loro, l'uomo del domani.

La loro forza sta nella loro coesione sociale e nella loro determinazione, tanto simile a quella della lumaca nella vecchia illustrazione.

All'alba, guardando dall'alto del Fuji, li si vede venire, venire, venire. Con le loro lampade somigliano a uno sciame di lucciole. Avanzano sulla lava e sui rifiuti, trasportando i loro attrezzi, i lo-

* Lo shintoismo ha circa otto milioni di dèi.

ro sacchi, i loro baracchini, le loro campanelle, le loro tende, i loro aggeggi elettronici, le loro biciclette, le loro bandiere, nel comune compiacimento di sentirsi tutti assieme giapponesi, di fare qualcosa che anche gli altri fanno.

Si è riusciti forse a sciogliere il rebus del Giappone avendolo visto dall'alto? Certamente no. Ma si è arrivati almeno a pensare che questo Paese non è in fondo molto di più di quel che appare e che, come il Fuji, appare grande solo se visto da lontano.

Avevo scelto come base la Thailandia perché, dopo cinque anni di asettica, efficiente, fredda modernità giapponese, avevo una grande nostalgia degli odori, dei colori del caotico umano calore dell'Asia tropicale. La casa fatiscente in cui andammo ad abitare fu la più bella della nostra vita. Era di legno e stava su uno stagno in cui viveva una vecchissima, enorme tartaruga. Prima che il mio nome comparisse nella lista dei corrispondenti accreditati, chiesi, da semplice turista, un visto per la Birmania.

Birmania: morti senza un fiore

Rangoon, gennaio 1991

COME tutte le dittature, quella birmana non ama i giornalisti e la copia dell'unico quotidiano stampato qui, che mi viene consegnata con la chiave della camera nello Strand Hotel, ha un editoriale che attacca «le false informazioni messe in giro da certi corrispondenti stranieri che, sotto mentite spoglie, s'infiltrano nel Paese e che il popolo birmano ha il dovere di scovare». Sono uno di quelli. Per ottenere un visto ho mentito sulla mia professione, per essere aggregato a un gruppo di turisti ho pagato una cifra esorbitante. Poi, una volta qui, con qualche dollaro in più, mi sono comprato un po' di libertà di movimento e, grazie all'aiuto di tanti normali birmani, tutt'altro che interessati a denunciarmi, ho cercato di gettare uno sguardo dietro la facciata di ordine e pulizia che la dittatura militare ha messo in piedi per turlupinare il mondo.

Rangoon è un esempio perfetto di questa immagine *trompe l'oeil* a uso dei turisti. Le facciate coloniali degli edifici pubblici, quelle cadenti delle case private hanno avuto di recente una mano di calce che ha coperto la muffa del tempo e i buchi delle pallottole. Le cloache sono state ripulite, le pozzanghere nelle strade riempite d'asfalto. Nei parchi della città nuove fontane gettano in aria gioiose colonne d'acqua; alla sera, nel limpidissimo cielo pieno di stelle e di uccelli, aleggiano le eleganti silhouette delle pagode. Una città tranquilla e affascinante? La capitale di un Paese in pace con se stesso? Niente affatto.

Rabbia e paura sono a fior di pelle. Ci vuol poco a scoprire che la gente, per obbedire all'ordine di rimbiancare le proprie case, ha dovuto indebitarsi, che l'acqua mandata nelle fontane manca ora ai due ospedali del centro, che la luce per le pagode è stata tolta al sistema della capitale sempre più afflitta da continue interruzioni di corrente. Fra le moderne innovazioni introdotte dalla dittatura, le guide governative amano indicare i vari viadotti che ora passano sopra alle strade principali del centro, ma basta un normale birmano a farmi notare un aspetto inquietante e poco ovvio di queste nuove costruzioni: «Da lassù i soldati spareranno sui dimostranti con più facilità che dai tetti».

Nel settembre del 1988 centinaia di migliaia di birmani sfilarono lungo i viali della capitale chiedendo libertà e democrazia. Le dimostrazioni furono soffocate nel sangue. Ora lungo quei viali i militari hanno eretto degli alti reticolati; ai principali crocevia hanno costruito dei fortini con le feritoie rivolte nelle varie direzioni di marcia. Se qualcuno osasse di nuovo scendere in piazza a protestare, questa volta non avrebbe scampo. I dimostranti si troverebbero come in un tunnel, sotto il fuoco delle mitragliatrici.

Il terrore è un classico strumento di potere e i militari birmani fanno di tutto per tenerlo costantemente vivo nella mente della gente. Camion carichi di soldati con i mitra spianati sfrecciano per il centro di Rangoon a tutte le ore del giorno e della notte, soldati col dito sul grilletto stanno all'ingresso di ogni pagoda, di ogni monastero. L'università di Rangoon, chiusa da tre anni, è occupata dall'esercito. La casa dove dal luglio del 1989 Aung San Suu Kyi, l'eroina del movimento per la democrazia, è tenuta agli arresti, senza possibilità di comunicazione col mondo esterno, è circondata da truppe in tenuta da combattimento.* Già a cinquanta metri di distanza, sul marciapiede un cartello avverte: «Vietato passare da qui». Nessuno ci prova. L'elegante edificio del parlamento è stato appena rimbiancato, ma è silenzioso e vuoto in mezzo a un parco che brulica di uniformi e di armi. È im-

* Aung San Suu Kyi, insignita nel frattempo del premio Nobel per la pace, vive tuttora in quella casa, ancora agli arresti domiciliari.

probabile che lì si riuniranno presto i 485 deputati che il popolo birmano ha votato nelle libere elezioni dell'anno scorso.

Furono i militari stessi a promettere queste elezioni quando presero il potere con il colpo di Stato del settembre 1988, ma siccome i risultati non sono stati di loro gradimento (l'82 per cento dei voti andarono alla Lega nazionale per la democrazia, il partito di Aung San Suu Kyi), i militari si rifiutarono di convocare il nuovo parlamento. I generali dello SLORC (State Law and Order Restauration Council), come la giunta militare si fa chiamare, non hanno alcuna intenzione di cedere la guida del Paese a un governo civile. Al contrario. Nei due anni al potere i militari hanno usato ogni mezzo per neutralizzare i loro oppositori. Le elezioni stesse, viste col senno di poi, sono servite a questo scopo. Con l'aiuto delle foto e delle videocassette prese durante le manifestazioni e i comizi della Lega nazionale per la democrazia, i militari sono riusciti a identificare in ogni città e in ogni villaggio del Paese i capi del movimento democratico e a eliminarli. Migliaia di studenti sono finiti nelle galere e nei campi di lavoro, centinaia sono semplicemente scomparsi. A uno a uno i neoeletti deputati sono stati convocati dalle autorità militari e, con ricatti e minacce, sono stati costretti a firmare una dichiarazione in cui riconoscono l'autorità dello SLORC. Chi non ha firmato è finito in prigione. Dieci, prima d'essere presi, sono riusciti a scappare nelle zone di confine con la Thailandia e hanno formato un governo in esilio che nessun Paese del mondo però riconosce.

Amnesty International, nel suo ultimo rapporto sulla situazione in Birmania, parla di «esecuzioni sommarie, di diffusa pratica della tortura, d'inspiegabili decessi fra i detenuti». Nonostante questo i Paesi della Comunità europea per esempio non hanno potuto far di più che raffreddare i loro rapporti con Rangoon e congelare i loro aiuti alla Birmania. Anche questo non durerà a lungo. Col passare del tempo già cresce la pressione di chi vuole riprendere la cooperazione e il commercio.

«Il governo militare è illegittimo», dice un diplomatico occidentale, «ma è l'unico governo che ha il controllo del Paese.» I birmani sono i primi a dover fare i conti con l'immoralità di questa «realistica considerazione».

«Veniamo massacrati. La prego, informi le Nazioni Unite», trovo scritto in inglese in un biglietto che un uomo mi lascia accanto sulla panchina di un parco. Un gesto patetico. Un'illusione. Le Nazioni Unite hanno poco da dire. Un tentativo fatto a ottobre di far passare all'Assemblea generale una risoluzione che condannasse il governo di Rangoon è stato bocciato ai primi passi su insistenza della delegazione giapponese. Tokyo ha in Birmania enormi interessi economici da difendere. Le Nazioni Unite continuano con i loro programmi di assistenza e milioni di dollari continuano ad arrivare nelle casse del Paese. La dittatura ne approfitta senza alcuna reticenza e continua a violare i più basilari princìpi su cui l'organizzazione internazionale si fonda.

«Vuole sapere qualcosa sulle deportazioni?» dice la voce di un uomo che mi telefona in albergo. C'incontriamo dopo il tramonto in riva al lago Inle. L'oscurità è tale che non vedo la sua faccia, ma le sue informazioni sono precise: interi quartieri di Rangoon, da cui venivano i dimostranti più radicali durante i moti per la democrazia, sono stati svuotati; la popolazione è stata costretta a lasciare la capitale e rilocata in certi lontani insediamenti. Il governo parla di «nuove città», la gente di «campi di concentramento».

Uno di questi posti è Dagon, 10 chilometri a nord di Rangoon. «Senza disciplina non c'è progresso», dice uno slogan governativo all'ingresso. La vista è sconvolgente. In una desolata pianura, senza un solo albero, in rudimentali baracche di legno vivono ora 20.000 persone. La sola acqua che hanno a disposizione è quella stagnante della palude su cui ronzano nugoli di zanzare. Il sole scotta e la terra è riarsa. Impossibile coltivare alcunché. La gente continua a cercare lavoro in città. Chi viene però trovato a Rangoon dopo il tramonto finisce in galera. Allo stesso modo della capitale, ogni città della Birmania è stata «ripulita» e gli «indisciplinati» sono stati mandati a vivere in nuovi insediamenti. Il mondo non ha protestato. Le Nazioni Unite non hanno sospeso i loro programmi di aiuto. A Pagan, la città delle diecimila pagode, l'intera popolazione che viveva entro le vecchie mura è stata deportata nel giro di tre giorni. Le Nazioni Unite continuano a pagare per il restauro delle pagode.

Un altro orrore di cui la dittatura continua a essere responsabile è quello dei «portatori». Migliaia di uomini vengono catturati dai militari, spesso a caso, per essere usati come bestie da soma nelle zone montagnose di confine dove il governo di Rangoon combatte le minoranze etniche che vogliono l'indipendenza. «Un mio vicino tornava a casa dopo il coprifuoco. I soldati l'hanno preso e portato via», mi racconta un taxista. Cerco l'indirizzo della famiglia. La moglie conferma la storia. Dell'uomo si sono perse le tracce da sei mesi. Ho sentito decine di simili storie. Nel nord della Birmania ho incontrato un uomo che, andando per affari nella città di Lashio, ha visto una colonna di camion militari coperti da tendoni di bambù che trasportavano centinaia di giovani verso la frontiera. Fra quelli ha riconosciuto un nipote che era stato arrestato a maggio. Pochi «portatori» tornano a raccontare cosa succede loro nelle montagne, ma quando ci riescono quel che hanno da dire è raccapricciante. Legati ai loro carichi di munizioni e di cibo, i «portatori» vengono mandati in avanscoperta nei campi minati e usati come scudo dai soldati in battaglia. I loro cadaveri, coperti di foglie, sono abbandonati lungo i sentieri. Di quest'orrore, fuori della Birmania, si sa poco o nulla.

In qualche modo la tragedia birmana non è entrata nella coscienza del mondo. Difficile spiegare perché. Un migliaio di morti nel centro di Pechino scosse l'opinione pubblica internazionale e grava ancora sull'immagine della Cina. Due, tre, forse 4000 morti ammazzati in Birmania su una popolazione di appena 42 milioni non hanno pesato altrettanto. Per confondere la memoria del mondo i generali di Rangoon hanno ribattezzato il loro Paese e, chiamandolo Myanmar, hanno come spazzato via dal ricordo la Birmania e il suo massacro.

Quanti furono i morti non si sa, ma in due settimane girando per il Paese, in treno, in nave, in autobus si ha la sensazione di un bagno di sangue che la gente qui non potrà facilmente dimenticare. Una ragazza mi racconta di 300 morti nella città di Pymmana e di una cava di pietra in cui alcune centinaia di studenti sono condannati ai lavori forzati; un mercante di legname mi parla di una fossa comune poco fuori della città di Taunggyi dove i soldati avrebbero buttato, assieme ai morti, decine di persone ancora agonizzanti.

Una vera minaccia al regime non esiste più. I ventimila studenti che erano andati nella giungla alla frontiera thailandese sperando di organizzare una guerriglia contro la dittatura sono in parte tornati a farsi perdonare, arrestare o uccidere. Il resto della popolazione ha piegato la testa. Il terrore ha funzionato. Nessuno suona più un colpo di clacson in segno di solidarietà, passando davanti alla casa di Aung San Suu Kyi. Nessuno mette un fiore sui luoghi del massacro. Nessuno scrive sui muri della capitale un semplice slogan contro i militari. «Non abbiamo armi, non abbiamo capi, non abbiamo più coraggio», dice un uomo che è stato militante nella Lega nazionale per la democrazia, «se qualcuno per strada urlasse 'abbasso la dittatura' la gente oggi scapperebbe via impaurita.»

La speranza è che un cambiamento venga da fuori. «Il mondo non può dimenticarci», mi son sentito dire varie volte durante questo viaggio. Il triste è che il mondo sembra avere troppe tragedie per le mani per occuparsi anche di quella, lontanissima, di 42 milioni di abitanti d'uno strano Paese ora chiamato Myanmar.

La rivolta dei bonzi

Mandalay, gennaio 1991

QUANDO, 140 anni fa, il re Mindon decise di trasferire in questa città la capitale del Paese, per prima cosa fece seppellire vive nelle fondamenta della sua nuova reggia 52 persone. Dovevano servire da «spiriti protettori». Il suo successore, re Thibaw, temendo che qualcuno volesse usurpargli il trono, fece mettere in galera tutti i suoi parenti e diede ordine di ucciderne 80.

Il massacro durò tre giorni e si svolse al suono di musiche e al ritmo di vecchie danze. Quando le sorti del suo regno cominciarono a vacillare a causa degli inglesi che dall'India avanzavano verso la Birmania, re Thibaw pensò di rafforzare gli spiriti protettori con altri 600 uomini e donne da interrare vivi attorno al palazzo reale.

Nella tradizione birmana, il potere è sempre stato visto come espressione della volontà divina; per questo i misfatti commessi dai regnanti non hanno mai eccessivamente scandalizzato la gente. Stranamente è così ancor oggi. La dittatura militare che tiene in pugno il Paese, dopo aver massacrato alcune migliaia di persone nel 1988, continua ora ad arrestare, torturare e uccidere i suoi oppositori, ma la massa della popolazione sembra accettare tutto questo come un malanno mandato dal cielo contro il quale c'è poco da fare. A suo modo la storia sembra semplicemente ripetersi.

Qui a Mandalay il palazzo reale che fu di re Mindon e di re Thibaw è oggi la residenza dei generali responsabili della zona settentrionale del Paese. La prigione in cui sono ammassati gli oppositori della dittatura è la stessa del secolo scorso: un triste, grigio edificio nell'angolo nord-est delle mura. La maggioranza dei prigionieri questa volta è fatta di monaci.

Mandalay è il centro spirituale della Birmania. È qui che ci sono i più importanti monasteri buddhisti del Paese, è qui che si trovano alcune delle pagode più sacre. È anche da qui che è venuta recentemente la più pericolosa sfida alla dittatura.

A lanciarla sono stati alcuni giovani bonzi che, in seguito a una dimostrazione studentesca repressa, come al solito, nel sangue, hanno lanciato un appello per un boicottaggio che s'è immediatamente dimostrato un'arma ben più potente degli scioperi e delle dimostrazioni. La ragione è che il boicottaggio sconvolgeva uno degli aspetti più importanti della vita birmana. Da secoli, ogni giorno, alle prime luci dell'alba, decine di migliaia di monaci, scalzi, avvolti nelle tuniche arancioni, escono dai loro monasteri e in fila indiana, ognuno con una ciotola vuota nelle mani, vanno per le strade delle città e dei villaggi. Il loro arrivo è spesso annunciato dal suono di un gong battuto da un giovanissimo bonzo che precede i questuanti. La gente aspetta sulla porta delle case e, con delicati gesti di devozione, offre riso, frutta e fiori ai monaci che passano. Questo non è solo un rito che segna il ritmo della vita di ogni giorno, è soprattutto l'occasione che un buddhista ha di guadagnarsi, con le sue offerte, dei meriti per la vita di poi.

Il fatto che d'un tratto i monaci di Mandalay, e poi quelli dell'intera Birmania, si fossero rifiutati di accettare le offerte delle famiglie dei soldati, che non presenziassero più alle cerimonie militari e non officiassero più matrimoni e funerali degli uomini in uniforme è stato un colpo durissimo. «Un colpo ben più duro di quello di cento bombe», dice un diplomatico. Per i soldati semplici il boicottaggio era come una scomunica e influiva enormemente sul loro morale. I bonzi, col loro prestigio e la loro mobilità, erano diventati la colla di una possibile opposizione al regime sul piano nazionale.

I militari si sono immediatamente accorti del pericolo e hanno reagito. A ottobre, nel giro di tre giorni, tutti i monasteri di Mandalay sono stati occupati dalle truppe, alcune centinaia di monaci sono stati arrestati e le case, le baracche, i negozietti di migliaia di persone che, nel corso degli anni, erano andate a installarsi lungo le mura dei templi, stabilendo così un rapporto costante fra i religiosi e la popolazione, sono stati distrutti; la gente è stata cacciata in un campo di raccolta a sette chilometri di distanza.

Oggi i monasteri sono isolati. Attorno a ogni edificio religioso c'è una striscia di terra di nessuno che solo i bonzi possono attraversare. Ogni tempio è guardato da militari in tenuta da combattimento. «Terreno sacro – Terreno militare. Aiuto!» trovo scritto in inglese su un pezzo di carta che un giovane bonzo mi rifila di nascosto mentre visito la pagoda della Gru d'oro, nel centro della città. Nei cortili e nelle varie cappelle bivaccano decine di soldati; appoggiati ai Buddha di marmo che sorridono pacifici nelle loro nicchie, ci sono mitra ed elmetti.

Da due mesi i monaci, che in passato viaggiavano liberamente da un capo all'altro del Paese, sempre fatti accomodare, per rispetto, nel posto d'onore accanto al guidatore di macchine e autobus, non possono più lasciare i monasteri senza un permesso scritto del loro abate. Migliaia di monaci vengono costretti dal regime ad abbandonare gli abiti religiosi e a tornare alla vita civile, altri vengono arrestati e accusati di crimini come stupro e furto. Nella tradizione birmana un monaco, per restare tale, deve tener fede a quattro voti: non uccidere, non rubare, non avere rapporti sessuali con una donna e non vantarsi di aver fatto progressi sulla via dell'illuminazione. «La dittatura ha aggiunto un quinto voto», mi dice un giovane bonzo: «non occuparsi di politica».

Fino all'anno scorso c'erano in Birmania 330.000 monaci. La giunta militare, con la campagna di «purificazione del buddhismo» appena lanciata, vuole ridurre questa cifra almeno del 20 per cento. Per bilanciare la repressione nei confronti del clero, specie quello più giovane e militante, i militari fanno ora di tutto per avere dalla loro parte i vecchi abati che sono a capo dei monasteri e la cui nomina dipende dal governo. Quasi ogni giorno l'unico giornale che esce in Birmania, *Il quotidiano del popolo lavoratore*, pubblica in prima pagina le foto di generali che consegnano ai capi della *Sangha*, la chiesa buddhista, scatole piene di cibo, televisori a colori, e grosse somme di denaro per il restauro dei loro templi.

Nonostante la repressione dei monaci, la Birmania oggi sembra nel bel mezzo di un grande rinascimento religioso. Ovunque si vada, nel Paese non si vedono che pagode in riparazione, monasteri che vengono ridipinti, operai intenti a dorare i pinnacoli dei templi. I militari cercano chiaramente di usare la religione per dare una qualche legittimità al loro potere.

«Quando il re è giusto, la religione fiorisce e grandi tesori vengono alla luce», dice una vecchia profezia birmana che i generali della dittatura, guarda caso, hanno appena riscoperto e diffuso. Le impalcature di bambù che oggi si alzano attorno a ogni pagoda e a ogni figura di Buddha in via di restauro sembrano essere la prova che i generali dello SLORC sono quel «giusto re» che tutti si augurano. L'altra prova sarebbe che proprio ora è stato trovato in Birmania un grande tesoro: il più grosso rubino del mondo. La storia, che qui ha fatto un gran scalpore, sarebbe andata così: un gruppo di cercatori di Mandalay, scavando nelle montagne vicine, trova questa preziosissima pietra di cui, si dice, non esiste eguale: 150 carati e una luce perfetta. La pietra viene portata di contrabbando in Thailandia e lì venduta. I generali dello SLORC, indignati, chiedono la cooperazione dei loro amici dei servizi segreti thailandesi e, dopo qualche settimana, la pietra viene rintracciata e riportata a Rangoon dov'è ora in mostra, a riprova, per la gente credula, che la dittatura ha l'approvazione del Cielo.

Un «tesoro» che, se scoperto, sarà per la giunta militare ben più importante di quel rubino è il petrolio. Le casse della Birmania sono vuote. Per sopravvivere al potere e per pagare le assurde quantità di armi che i generali importano, soprattutto dalla Cina (un miliardo e duecento milioni di dollari in aerei e carri armati), la giunta militare vende quel che può: ingenti concessioni per il taglio delle ultime grandi foreste di tek sono state date ai thailandesi; altre, per la pesca lungo le coste birmane, sono state vendute ai pescherecci sudcoreani e thailandesi. I proventi di questi contratti però non dureranno a lungo.

L'unica speranza è il petrolio. Nuove società internazionali hanno firmato contratti di esplorazione con i generali di Rangoon e già più di mille esperti europei, americani, australiani e giapponesi lavorano qui. I primi sondaggi sono positivi. È solo una questione di tempo. «Se entro i prossimi cinque anni i pozzi cominciano a produrre, questa dittatura sopravvivrà per altri trent'anni», dice un diplomatico occidentale. È un giudizio condiviso da molti osservatori.

La giunta militare, nonostante la sua impopolarità dovuta ai massacri del 1988 e alle varie atrocità commesse in seguito, sembra saldamente al potere. Ora che anche la minaccia rappresentata dai monaci buddhisti è stata eliminata, nessuno è più in grado di sfidarla.

Il fatto che il movimento per la democrazia fosse nato nelle città e che fosse diretto da un'élite intellettuale urbana ha permesso ai militari d'isolarlo facilmente dalla massa della popolazione che nella stragrande maggioranza abita ancora nelle campagne e vive una vita tradizionale e antica che ha poco a che fare col mondo di oggi.

Il Rangoon-Mandalay Express, il treno che ogni notte sferraglia – lampo di luce nella cieca oscurità di quell'immensa risaia che è la piana fra i due grandi fiumi del Paese – è come un mostro di un altro pianeta contro cui si scagliano, latrando, branchi di cani randagi. Nel buio si vedono qua e là tremolare semplici lampade a petrolio nelle capanne di legno e paglia. I villaggi non hanno elettricità, non hanno acqua corrente. La gente vive in un mondo di miti, più che di fatti e notizie. Le leggende contano ben più che la storia.

Davanti alle grotte di Pindaia, a sud di Mandalay, dove, nelle viscere umide della montagna la devozione secolare dei birmani ha raccolto alcune migliaia di statue di Buddha, la guida governativa si fa premura di spiegare ai turisti la «storia» del posto: «Molti e molti anni fa un principe che viaggiava in questa regione vide un enorme ragno entrare in una caverna, lo seguì e...»

A Mandalay, nel grande tempio di Maha Muni, ogni giorno centinaia di uomini (le donne non sono ammesse) salgono sul piedistallo del grande Buddha al centro del tempio e con cura appiccicano preziose foglie d'oro sul corpo della statua, sperando così di guarire dai loro malanni.

Democrazia e diritti sono, per l'uomo della campagna birmana che, oggi come sempre, si sente legato da rapporti di tipo feudale al suo «padrone», dei concetti relativamente estranei.

Nella città di Taunggyi ho voluto visitare una fabbrica di *cheroot*, i famosi sigari birmani. M'ha colpito, arrivando, la suadente cantilena che veniva dallo stanzone di legno in cui una sessantina di donne, accucciate per terra, arrotolavano con gesti frenetici le foglie verdi di tabacco. Quel canto era parte del loro lavoro. Il padrone della fabbrica, un devoto buddhista, era sul letto di morte e il recitare *sutra* era inteso a facilitargli il passaggio alla nuova vita. Ogni mille sigari, lavoro di un giorno, le donne vengono pagate 15 kyat, circa 210 lire. Molte, per raggiungere la quota, si erano portate dietro i figli giovanissimi che le aiutavano.

In questa società, in cui il potere non è mai stato del popolo, le masse sono come rassegnate a sentire che il loro destino è nelle mani dei potenti, che di solito sono crudeli e spesso semplicemente matti. «È nella tradizione», mi son sentito dire più volte. I re di Mandalay, nel secolo scorso, tenevano a corte un elefante. Alle necessità del pachiderma provvedeva un ministro, alle sue spese le tasse di un'intera provincia. Quando l'elefante era giovane, le donne della città si contendevano il privilegio di allattarlo.

A Mandalay l'elefante non c'è più da tempo, ma la Birmania non ha smesso di avere strani governanti. Ne Win, il dittatore che è rimasto al potere dal 1962 al 1988, fra le tante stranezze, ha avuto anche quella di imporre al Paese banconote non da cinquanta o cento kyat, ma da novanta kyat perché lui crede nella magia del «9». Le banconote da 75 kyat furono aggiunte per celebrare il suo settantacinquesimo compleanno.

Alla dittatura di Ne Win è succeduta, col colpo di Stato del 1988, la dittatura dello SLORC. Il capo di questa giunta militare, che oggi tiene la Birmania nel terrore, è il generale Saw Maung.

Anche lui, stando a un medico di qui che dice di conoscerlo bene, rientra nella tradizione. A vederlo e sentirlo parlare in pubblico c'è da crederlo. Ogni volta che fa un discorso si vanta di avere letto un qualche libro. Una delle sue ultime «stranezze» è stata di affermare che Cristo e Buddha erano contemporanei.

L'aureola psichedelica

Pagan, febbraio 1991

CI SONO viste al mondo dinanzi alle quali uno si sente fiero di appartenere alla razza umana. Pagan all'alba è una di queste. Nell'immensa pianura, segnata solo dal baluginare argenteo del grande fiume Irrawadi, le sagome chiare di centinaia di pagode affiorano lentamente dal buio e dalla nebbia: eleganti, leggere; ognuna come un delicato inno a Buddha. Dall'alto del tempio di Ananda si sentono i galli cantare, i cavalli scalpicciare sulle strade ancora sterrate. È come se una qualche magia avesse fermato questa valle nell'attimo passato della sua grandezza.

Sono arrivato a Pagan a bordo di un vecchio battello che da Mandalay scende lungo il corso limaccioso dell'Irrawadi. Il viaggio dura un'intera giornata, coi mozzi che con lunghe pertiche sondano continuamente il fondo del fiume per evitare le secche. Una volta passato sotto il grande ponte di Ava, costruito negli anni '30 dagli inglesi e ancora oggi l'unica struttura che lega le due sponde del grande fiume, il battello scivola via col suo carico di antica umanità attraverso un paesaggio che non è del nostro tempo.

Lungo le alte rive sabbiose non si vede una sola fabbrica, una costruzione in cemento, un traliccio dell'alta tensione, un deposito di petrolio. Solo qua e là, dal verde giada delle risaie spuntano le vette bianche delle pagode, i tetti bassi di paglia delle case di legno. La gente a bordo, e quella che si affolla a offrire le sue merci ogni volta che il battello attracca a un pontile, è vestita allo stesso modo di sempre; con i gesti di sempre pesca, prega, lavora.

Niente è moderno, niente è del XX secolo. Frotte di bambini si lavano e giocano nelle acque del fiume. L'aria è limpidissima. Non c'è traccia d'inquinamento. Un paradiso? La voglia di rispondere « sì » è grandissima e devo continuamente rammentarmi che, per mantenere questa apparente purezza, la Birmania ha pagato con altre forme d'inquinamento, per mantenere questa apparente pace i birmani hanno pagato e pagano un altissimo prezzo di violenza.

Il fascino della Birmania sta nel fatto che davvero qui la storia s'è fermata; la sua tragedia, che è stata fermata per ordine di despoti che hanno soffocato nel sangue ogni tentativo di farla progredire.

Alla fine della seconda guerra mondiale la Birmania era, tra i Paesi appena diventati indipendenti, quello con le maggiori possibilità di mettersi al passo col resto del mondo. Aveva tutte le risorse naturali che un Paese in via di sviluppo si sogna: petrolio, gas, carbone, pietre preziose ed enormi foreste di legni pregiati. Il livello di educazione della sua gente, grazie alle scuole dei monasteri, era uno dei più alti in Asia. La sua struttura amministrativa era efficiente. Grazie alla presenza di una comunità indiana e di una cinese, il suo sistema commerciale era altamente competitivo. Rangoon, la capitale, aveva le migliori librerie e i migliori alberghi dell'Asia, e un'ottima università.

Si trattava di sfruttare tutte queste risorse nel quadro di un programma di modernizzazione che avrebbe dovuto portare il progresso. Ci provò un regime democratico, ma il colpo di Stato di Ne Win nel 1962 interruppe l'esperimento.

Ne Win, un generale che aveva preso parte alla guerra contro il colonialismo inglese, credeva di aver trovato la risposta alla domanda che tutti i nuovi Stati indipendenti a quel tempo si ponevano: come svilupparsi senza perdere la propria identità, come modernizzarsi senza occidentalizzarsi? Il suo obiettivo era la creazione di un paradiso buddhista sulla Terra, la sua formula si chiamò « la via birmana al socialismo ».

Per realizzarla, Ne Win isolò il Paese dal resto del mondo. Dietro questa utopia c'era la vecchia idea del «passato d'oro», c'era il desiderio di tornare indietro nella storia, ai fasti precoloniali del vecchio regno birmano. A suo modo Ne Win si vide come l'erede dei re del suo passato. Nella sua residenza, a Rangoon, fece portare il trono del leone che era stato di Thibaw, l'ultimo re mandato in esilio dagli inglesi, e in uno dei suoi sette matrimoni sposò una discendente diretta della famiglia reale.

A chi si oppose, rispose con inaudita violenza. Quando un gruppo di studenti si chiuse in un edificio dell'università per protestare contro la dittatura, Ne Win fece saltare il fabbricato e i suoi occupanti con cariche di dinamite. Alle minoranze etniche che chiedevano una qualche autonomia nel quadro dell'Unione Birmana, Ne Win rispose scatenando una guerra civile che in 30 anni ha fatto più di 130.000 morti. Una guerra che continua.

La «via birmana al socialismo» non ha portato il Paese da nessuna parte. Ha semplicemente distrutto l'infrastruttura che c'era e ha sperperato le risorse di cui il Paese disponeva. La Birmania oggi non produce niente di ciò di cui ha bisogno. Biciclette, teiere, orologi e pentole per cuocere il riso devono essere importati e pagati in moneta pesante. Persino i *longyi*, le lunghe pezze di stoffa che ogni birmano, uomo e donna, si avvolge a mo' di sottana, vengono in gran parte dall'India o dalla Cina. Le poche industrie messe in piedi dalla dittatura funzionano a un terzo della loro capacità. L'acciaieria di Anizakhan nei pressi di Maymyon, costruita dagli italiani negli anni '80, produce solo 30 delle 90 tonnellate giornaliere previste. La fabbrica di vetro vicino a Bassein è chiusa da due anni; una fabbrica per la produzione del latte in polvere, costruita con aiuti australiani l'estate scorsa a sud di Mandalay, non ha ancora cominciato a funzionare per mancanza di operai specializzati. Trent'anni d'isolamento e stagnazione economica (nel 1989 la crescita è stata del meno 11 per cento) hanno notevolmente immiserito la vita dei normali birmani, il cui reddito medio è oggi di appena 210 dollari all'anno per persona: uno dei più bassi al mondo.

La povertà del Paese ha mutato il paesaggio umano della nazione. Nel dopoguerra, quando la Birmania era ancora uno dei grandi esportatori di riso, i mendicanti erano praticamente inesistenti. Oggi i mercati sono affollati da mendicanti che si nutrono di rifiuti. Bande di bambini, con le mani tese, assediano i turisti stranieri fuori degli alberghi e all'ingresso dei templi implorando:

«Un kyat... un kyat». Le stazioni ferroviarie sono accampamenti per centinaia di senza tetto.

Il livello di educazione del Paese s'è abbassato notevolmente a causa della povertà. Secondo uno studio dell'UNICEF più di un terzo dei bambini dai cinque ai nove anni non va a scuola. Due terzi di quelli che frequentano abbandonano dopo le elementari. Il problema non sembra preoccupare i militari. Al contrario. I soldati sanno che è dagli intellettuali che viene l'opposizione al loro potere; è nelle università che sono nati i movimenti per la democratizzazione e la modernizzazione della Birmania. È per questo che le università, svuotate tre anni fa, sono ancora chiuse e occupate dall'esercito.

Certo che, a prima vista, l'immagine idilliaca di una Birmania antica, non toccata dal progresso e non ferita dai suoi effetti più deleteri, attrae e commuove il viaggiatore occidentale in cerca di esotismo e di povertà da amare. Ma quanto può durare tutto questo? Per quanto tempo ancora un popolo, che già mille anni fa aveva, con le pagode di Pagan, dimostrato di essere fra i più avanzati del mondo patirà l'umiliazione di essere lasciato da parte? Per quanto ancora la violenza di una dittatura può fermare la storia?

All'alba, guardando nella piana di Pagan dal più alto pinnacolo del tempio di Ananda, le risposte vengono a mancare e non riesco neppure a dirmi che cosa davvero c'è da augurarsi per questo straordinario e triste Paese. Toglierlo ora, di colpo, dal suo isolamento vorrebbe dire soltanto una rapida occidentalizzazione, un suo divenire vittima di tutti i costruttori e speculatori stranieri che già fanno la coda davanti alle porte dei generali di Rangoon per avere permessi e concessioni per sfruttare le ricchezze del Paese. In fondo questo voler fermare il progresso è qualcosa di vecchio nella Birmania ed è come se i birmani accettassero che la storia, buddhisticamente, non fa che ripetersi. Questo tempio di Ananda, il più bello, il più elegante, ne è come la riprova.

Lo fece costruire nell'anno 1090 un re che, affascinato dalle storie buddhiste raccontategli da monaci venuti dall'India, volle veder davanti a sé, in questa piana color ocra, il paesaggio mitico dell'Himalaya. Quando il tempio, con i suoi straordinari pinnacoli bianchi come vette innevate, fu finito, il re era entusiasta, ma subito fece decapitare l'architetto che aveva realizzato il suo sogno. Non voleva che costruisse niente di più bello.

In lontananza, sulla sponda dell'Irrawadi, spunta la sagoma del tempio di Mingun. Anche lì il re che aveva voluto la più grande campana del mondo fece uccidere il fabbro che l'aveva appena finita. Quei re, a loro modo, non volevano il progresso, come non lo vogliono i despoti di oggi che reprimono nel sangue ogni richiesta di mutamento.

Forse che questa crudeltà ha salvato l'anima birmana? Ha forse aiutato il Paese a mantenere la sua identità culturale, a proteggerla dai malanni della modernizzazione e del materialismo che la cultura occidentale porta con sé? Non sembra. Sebbene i birmani fumino i loro sigari *cheroot* e si vestano con i loro *longyi*, tutto quel che viene da fuori sembra aver per loro una feticistica attrazione. Nei mercati del Paese si vendono videocassette porno contrabbandate dalla Thailandia. Accanto ai calendari con le immagini di Buddha, ci sono quelli con attori e attrici vestiti all'occidentale. Le ragazze si mettono ancora sulla faccia la cipria di *tannaka*, il legno di sandalo, ma persino alle feste nuziali ballano ormai al ritmo della musica rock. A Rangoon, nella pagoda di Shwedagon, la più sacra, di cui si dice che abbia nelle sue fondamenta otto capelli di Buddha, dati dall'Illuminato a un mercante in cambio di un po' di miele, la grande attrazione del momento è la nuova scala mobile «made in Germany» installata l'estate scorsa. Fra i regali che i militari fanno per ingraziarsi gli abati dei monasteri i più ambiti sono rappresentati da luci psichedeliche che ora, malauguratamente, lampeggiano a mo' di aureola dietro le teste di tantissimi Buddha in tutta la Birmania.

In qualche modo anche la Birmania non sembra sfuggire al fascino di ciò che la modernità ha portato al resto del mondo, e non avendo la libertà di scegliere, finisce per avere del progresso solo gli aspetti più deteriori. Il Paese resta prigioniero.

Nel tempio di Manuha, appena fuori le mura di Pagan, c'è un enorme Buddha di pietra che i birmani oggi indicano come il simbolo della loro condizione. Il tetto del tempio gli preme sulla testa. Le pareti gli stringono le spalle. Il suo petto è come non avesse spazio per respirare. Il suo corpo è come pressato in una cella. Il Buddha di Manuha è lì da più di mille anni, prigioniero, col suo sorriso triste rivolto contro la parete. Lo fece costruire un re che aveva perso la libertà e che volle ricordare al suo popolo le pene di quella condizione.

«Noi birmani siamo come lui. Abbiamo il petto gonfio di amarezza, pieno di cose che non possiamo dire», mi bisbiglia l'uomo che mi sta accanto, inginocchiato in preghiera. Impaurito del proprio ardire, si alza e scappa via. Così è la Birmania di oggi.

Gorbačëv stava per andare in visita ufficiale a Tokyo.

Le isole Curili, un altro territorio proibito agli stranieri dal 1945, sarebbero state al centro delle trattative. Era il momento di attivare alcuni buoni contatti stabiliti a Sakhalin. Ottenni un visto e per tre settimane viaggiai attraverso l'arcipelago.

Curili: le isole alla fine del mondo

Južno-Kurilsk (Unione Sovietica), marzo 1991

SE il mondo avesse un principio, la fine non potrebbe esser che qui, dove il fumo dei vulcani si mischia alla nebbia del mare e la natura fa rabbrividire con le sue indomite, terrificanti forze. Dal finestrino del vecchio Antonov a elica, che traballa inquietante in un cielo lattiginoso, la terra che finalmente mi appare sotto l'ala è come la soglia dell'aldilà. Lungo tutta la costa impervia e nera si abbattono onde spumeggianti. Ai piedi d'un improvviso vulcano vedo due laghi: in uno le acque sono bianche e gelate, nell'altro sono motose e ribollono come in un immenso calderone.

Le isole Curili sono il possedimento più orientale dell'impero sovietico e ancora oggi uno degli angoli più sconosciuti della Terra. Pochissimi stranieri sono riusciti finora ad avventurarsi fin qui e i cittadini sovietici stessi hanno bisogno di uno speciale permesso per approdarci. A vederle dall'alto, brulle e minacciose, c'è da chiedersi perché mai qualcuno ci sia voluto venire a stare.

L'aereo atterra su una pista di laminati di ferro, le ruote tremano mandando in aria enormi spruzzi di fango. Quando il portellone si apre, mi accorgo d'essere in un campo militare. Per decenni queste isole sono rimaste dietro una cortina di mistero che pareva nascondere chissà quali segreti. Ora che la cortina si alza, si scopre che il solo grande segreto è la miseria e lo squallore in cui il potere sovietico ha lasciato cadere questa sua remota frontiera.

La capitale dell'isola è a 32 chilometri, ma non c'è una vera strada per andarci. La jeep militare traballa, affonda e affanna su una striscia di fango che prima attraversa una foresta di betulle nane e poi si confonde con la sabbia nerissima di una spiaggia punteggiata dai resti di tanti naufragi. Carcasse di pescherecci, scheletri di battelli da trasporto giacciono arrugginiti, coi loro nomi che scoloriscono sulle fiancate. L'ingresso alla città è un altro cimitero: carrozzerie arrugginite di camion, gru, auto e carri armati sono accatastati assieme a vecchie ruote e cisterne. L'impressione è quella d'essere su un campo dov'è stata combattuta e persa una grande battaglia. Certo: la battaglia per la costruzione, su queste isole, di un baluardo del socialismo.

I «pionieri» sovietici arrivarono qui nel 1945. Molti erano spinti da uno spirito rivoluzionario che, credevano, avrebbe conquistato il mondo; altri, dalla semplice speranza di una vita migliore, grazie ai salari qui doppi rispetto a quelli pagati sulla terraferma. Quel che invece trovarono fu una vita durissima.

Son passati quarantasei anni e il risultato del loro lavoro è un'immensa delusione. La «capitale» di Kunašir non è altro che una grigia, anonima distesa di baracche di legno coperte di carta incatramata. Nel cielo non si staglia un monumento, non un campanile; solo tre ciminiere che sputano zaffate di fumo nero. Ovunque mi cada lo sguardo non vedo che buche mal riempite, lavori non finiti, erbacce, bottiglie rotte, scatolette vuote, bidoni di spazzatura rovesciati. Ogni casa ha una sua staccionata che circoscrive altre erbacce. Al tramonto tutto affonda nell'oscurità.

«Se i giapponesi si prendono queste isole, la prima cosa che dovranno fare sarà abbattere tutto quello che c'è e ricominciare da capo», dice un giovane operaio nella mensa dell'albergo Magnolia, una puzzolente baracca dove ci si sfama con pane nero e scatolette di alghe marine.

Kunašir è una delle quattro isole di questo arcipelago che da decenni il Giappone cerca assolutamente di riavere. L'Unione Sovietica s'è finora rifiutata persino di discutere la faccenda e così, a causa delle Curili, Mosca e Tokyo non hanno ancora firmato un trattato di pace che metta formalmente fine alla seconda guerra mondiale in Asia. La visita di Gorbačëv a Tokyo fra due settimane potrebbe sbloccare questa situazione. Il capo del Cremlino va in Giappone a chiedere aiuti per salvare l'economia del suo Paese. I giapponesi si son detti disposti a venirgli incontro (si parla di 25 miliardi di dollari), ma solo a condizione che venga risolta la questione dei «Territori settentrionali», come la propaganda di Tokyo chiama le quattro isole. Gorbačëv ha dinanzi a sé una difficilissima scelta: se fa concessioni sulle isole, rischia di dare ai suoi avversari politici un'arma che potrebbe rivelarsi per lui micidiale; se non cede, rischia di tornare a casa a mani vuote e con ciò di soccombere alla crisi economica che affligge l'Unione Sovietica.

Le Curili sono un arcipelago di 32 isole che si estendono per 1200 chilometri, dalla penisola sovietica della Kamchatka fino alla grande isola giapponese di Hokkaido. Le isole meridionali godono di un clima relativamente più favorevole e tre di queste – Iturup, Kunašir e Shikotan – sono abitate da circa ventimila russi. Proprio queste tre isole, più i sette isolotti del gruppo Habomai – in tutto 4997 chilometri quadrati di terra –, costituiscono i cosiddetti «Territori settentrionali» che il Giappone pretende di riavere.

Il conflitto fra Russia e Giappone per il controllo delle Curili dura ormai da duecento anni. Per i russi le isole costituiscono la principale linea di difesa della Siberia verso oriente. Per i giapponesi sono il prolungamento naturale della più grande delle loro isole, Hokkaido. Le isole hanno anche una notevole importanza sia economica sia strategica. Il mare attorno alle Curili è uno dei più pescosi del mondo. È anche l'unico che, grazie alla corrente calda proveniente dal sud, non gela d'inverno e rappresenta quindi un canale sicuro di comunicazioni e trasporti.

Sia i russi sia i giapponesi sostengono di essere stati i primi a «scoprire» la catena di queste isole, rivendicando così il diritto al loro possesso. La verità è che per millenni le Curili sono state la patria di un misterioso popolo, quello degli ainu, che l'arrivo degli «scopritori» contribuì solo a estirpare.

A metà dell'Ottocento, per evitare scontri armati che già avevano fatto diverse vittime, russi e giapponesi si misero d'accordo per definire le loro rispettive zone d'influenza nelle Curili. Con il trattato del 1855 il confine venne tracciato fra l'isola di Urup e quella di Iturup. Vent'anni dopo un nuovo trattato ratificò uno scambio: lo zar di Russia rinunciava alla sua parte delle Curili in cambio della parte meridionale della grande isola di Sakhalin. I giapponesi entrarono così in possesso dell'intero arcipelago e se lo tennero fino al 1945.

Negli ultimi giorni della guerra, quando il Giappone era già stato messo in ginocchio dagli americani, i sovietici passarono all'attacco e, partendo dalle loro basi nella Kamchatka, conquistarono, una dopo l'altra, tutte le Curili. Nel giro di tre anni, i 17.945 giapponesi che le abitavano vennero deportati. Quel che oggi molti degli abitanti russi temono è che un simile destino possa toccare anche a loro.

Preoccupatissima, la gente dell'isola di Shikotan (lunga 29 chilometri, larga 9) ha già prenotato cinquecento contenitori per trasferire sulla terraferma le proprie masserizie. «Siamo solo pedine nel gioco internazionale di Gorbačëv», dice un'operaia nella fabbrica del pesce di Krabozavodsk, il «luogo dei granchi». Più di metà della popolazione non ha più casa sulla terraferma. «Se ci cacciano, finiremo per ingrossare le file dei mendicanti dell'Unione Sovietica», dice Vladimir, un operaio nato a Shikotan 38 anni fa.

La preoccupazione per il futuro è solo in parte bilanciata dalla speranza negli indennizzi che i giapponesi potrebbero pagare per convincere la gente ad andarsene. Nelle due cittadine dell'isola corrono le voci più incredibili. Gli uni credono che i giapponesi daranno a ogni famiglia russa un televisore, un videoregistratore, un frigorifero e forse anche un'automobile; gli altri temono che gli indennizzi saranno pagati direttamente a Mosca e che a loro non toccherà un solo copeco. Altri ancora sperano di poter rimanere a lavorare sotto la nuova amministrazione. «Sono forte e i giapponesi avranno pur bisogno di gente come me», dice un giovane russo. Un altro ribatte: «Sotto i giapponesi certo vivremo meglio, ma da servi».

Mentre gli abitanti di Shikotan si preoccupano del loro futuro, quelli di Nemuro, una cittadina giapponese dell'isola di Hokkaido, sull'altra sponda del mare, già speculano sul prezzo dei terreni delle isole. A Nemuro vivono molti dei giapponesi cacciati dalle Curili nel 1948 e i loro discendenti. Secondo la legge giapponese restano i legittimi proprietari delle terre abbandonate e alcuni agenti immobiliari fanno già attraenti offerte per realizzare piani di sviluppo non appena la bandiera del Sol Levante tornerà a sventolare sull'arcipelago.

All'origine dell'attuale problema delle Curili c'è la conferenza di Yalta. Gli americani volevano che, sconfitta la Germania nazista in Europa, l'Unione Sovietica intervenisse nella guerra in Asia contro il Giappone. Stalin si disse d'accordo, a condizione che gli fosse promessa la parte meridionale di Sakhalin, quella che i giapponesi avevano portato via alla Russia con la guerra del 1905, nonché tutte le isole Curili. Roosevelt accettò. Il Giappone stesso rinunciò, col trattato di pace con gli Stati Uniti del 1951, «a tutti i diritti e le pretese sulle isole Curili». Solo alcuni anni dopo i giapponesi «scoprirono» che non tutte le isole si chiamavano «Curili» e che le ultime quattro dell'arcipelago costituivano in verità i «Territori settentrionali» secondo loro «occupati illegalmente» dai sovietici.

Nel 1956, sperando di arrivare a un trattato di pace col Giappone che ponesse anche le basi per una collaborazione per lo sviluppo della Siberia, Kruščëv offrì a Tokyo la restituzione delle due isole più vicine a Hokkaido, Shikotan e Habomai; ma Tokyo, dopo aver accettato e firmato l'accordo di massima, fece passare i mesi senza arrivare a un accordo definitivo. Mosca era così convinta che il compromesso sarebbe andato in porto che fece tutti i preparativi per la restituzione. L'Armata Rossa si ritirò da Habomai alla fine del 1956, dando ai 1700 russi che ci vivevano quattro mesi per far fagotto. «Ci dissero che non c'erano più granchi nel mare e che la fabbrica doveva chiudere», racconta Vladimir Prokof'ev, arrivato qui nel 1946 da «pioniere». «La nostra vita era dura. Il peggio era la solitudine e la mancanza di frutta e verdura. L'alcol era il nostro unico passatempo», ricorda.

Quando, nel maggio 1957, gli ultimi russi lasciarono Habomai dopo esserci stati per dodici anni, le case erano ancora illuminate da lampade al kerosene e solo due edifici nuovi erano stati aggiunti a quelli lasciati dai giapponesi. Da allora Habomai è disabitata. L'unica traccia della vita d'un tempo sono i cumuli di gusci dei frutti di mare che la fabbrica metteva in scatola. Fra questi, quattordici soldati sovietici fanno ora la guardia alla spettrale desolazione dell'isola.

La cosa più bella nelle Curili è la gente. Forti, cordiali, calorosi, un po' matti, i russi delle isole, avendo passato tanti anni in questa terra di frontiera lontana, sono diventati come una razza a sé. «Dimmi chi ti ha rotto quel braccio e vado a rompergliene uno io!» mi urla un giovane operaio, mai incontrato prima, solido come un armadio, quando mi vede passare con la mia ingessatura fresca, risultato di un inglorioso scivolone sul ghiaccio che di questa stagione ricopre le isole.

D'inverno le Curili sono frustate da venti freddissimi, d'estate sono appestate da insopportabili nugoli di mosche. Ogni giorno la terra trema per un qualche terremoto e il mare, calmissimo, si erge improvvisamente in onde spaventose dovute a una qualche improvvisa eruzione sotterranea.

La gente venuta qui dal continente sovietico, molti già nel 1945, altri dopo, s'è adattata a vivere in questa natura imprevedibile e a dover contare solo sulle proprie forze. Al contatto con la natura i giovani crescono sani e robusti. Quel che col passar del tempo li deforma è la pessima alimentazione. Molti finiscono per perdere i denti e per ritrovarsi in bocca delle misere protesi con cui i loro sorrisi sembrano di ferro.

Da quando possiede le Curili, Mosca le ha semplicemente considerate una fonte di materie prime, senza preoccuparsi troppo della vita dei «pionieri» che ci lavorano. Le infrastrutture restano rudimentali. A parte le sedi del partito, tutte in mattoni e circondate da marciapiedi in cemento – le sole strisce di terra dove non si affonda nel fango –, il potere sovietico ha costruito ben poco.

Non c'è un servizio regolare di traghetti che unisca le isole fra loro. Per passare da Kunašir a Iturup, due isole separate da un braccio di mare di soli trenta chilometri, ho dovuto farne quasi mille di volo fino a Južno-Sakhalinsk e ritornare indietro da lì. Sulle isole non ci sono mezzi di trasporto pubblico, e la gente si è abituata a fare a piedi i quindici chilometri fra Kurilsk e Redeivo e a imbattersi per strada in un orso. La camminata da Južno-Kurilsk a Golovnino dura una giornata intera.

Golovnino è uno degli insediamenti più tristi dell'isola di Kunašir. Sotto i giapponesi questa città di porto aveva cinquemila abitanti. Oggi ci vivono soltanto 240 russi. Golovnino si affaccia sul Giappone e i pescatori dell'altra sponda hanno instaurato con gli abitanti di qui un ingegnoso sistema di scambio, illegale ma efficientissimo. Quando i russi han bisogno di qualcosa lanciano le loro reti a mare; quando le ritirano, invece dei granchi, calamari e gamberi che i giapponesi si sono presi in pagamento, ci trovano televisori, casse di birra o cosmetici, il tutto ben impacchettato nella plastica. Per Natale, i giapponesi hanno inviato alla gente di Golovnino pacchi dono con patate e minestre precotte. «Abbiamo diviso le patate in parti uguali. A ogni famiglia ne sono toccate sette, ma invece di mangiarle abbiamo deciso di usarle per sementi a primavera», dice il sindaco.

«Io sono russo e sono fiero di appartenere a una razza che, quando batteva un piede in terra, faceva tremare il mondo. Oggi mi vergogno di dover accettare queste patate. Ma dove siamo finiti?» si chiede Vladimir Kuznitzov, 53 anni, ex giornalista di Tula, nella Russia centrale, esiliato qui vent'anni fa a fare il muratore per via di qualcosa che aveva scritto. Avendo sentito dell'insolito visitatore, mi ha invitato a mangiare un piatto di «pesce illegale» con lui. Assurdo ma vero: poiché tutti i prodotti marini appartengono allo Stato, la pesca privata è considerata un furto e gli isolani non hanno neppure il diritto di possedere una barchetta a remi.

Centralismo, burocrazia e mancanza d'iniziativa privata hanno strangolato l'economia delle Curili ancor più che in altre parti dell'Unione Sovietica. Proprio perché gli abitanti di queste isole erano pionieri in una terra selvaggia, lo Stato avrebbe dovuto lasciarli liberi, permettere loro di aguzzare l'ingegno, di usare la fantasia. Invece, fin dall'inizio, questi pionieri si sono sentiti dire da Mosca: «Voi inscatolate il pesce nelle fabbriche, noi pensiamo al resto». Per un po' tutto è filato liscio e le isole sono state regolarmente rifornite di generi alimentari e beni di consumo; poi le consegne si sono diradate finché i negozi non sono diventati «pornografici», come dicono qui, in quanto «gli scaffali sono sempre nudi».

L'evidente fallimento del sistema comunista sulle isole ha certo influito su quel che gli abitanti ora pensano a proposito della loro restituzione. «Quel che sanno fare i sovietici l'abbiamo visto. Vediamo un po' come se la caverebbero i giapponesi», dice una delle venditrici nell'unica libreria di Kunašir che nel referendum del 17 marzo ha votato per la restituzione.

La verità è che queste isole «conquistate col sangue», come a Stalin piaceva dire, vengono riconquistate giorno per giorno dalle seduzioni del benessere giapponese. La fotocopiatrice nell'ufficio del sindaco di Južno-Kurilsk è giapponese, come lo è la grande gru gialla all'opera nel centro della cittadina. Ogni giorno gli abitanti delle Curili fissano i loro occhi sulle immagini mute di vari canali televisivi giapponesi che qui si captano facilmente, pur senza il sonoro. Il mare porta in continuazione sulle loro coste i rifiuti di una società dei consumi che il socialismo non è riuscito a creare e uno dei passatempi preferiti della gente di qui è ormai quello di passeggiare lungo le spiagge per raccogliere scatole e sacchetti di plastica che vengono dal Giappone: dall'altro mondo.

Fra le navi arrugginite nel porto di Kitavo, sull'isola di Iturup, spiccano due pescherecci moderni e luccicanti. Anche loro provengono dal Giappone. Sono stati confiscati a dicembre mentre pescavano nelle acque territoriali sovietiche. Una cooperativa di pescatori locali li ha ricomprati all'asta e ora degli ammirati marinai russi cercano di far funzionare il sistema elettronico di bordo capace d'individuare automaticamente i banchi di pesci in profondità.

Delle quattro isole reclamate dai giapponesi, Iturup è la più lontana dal Giappone. I militari giocano un ruolo importante a Iturup. L'unica superficie in cemento armato dell'intero arcipelago si trova qui, lungo la «Baia della Balena». È la pista su cui atterrano e decollano in continuazione i Mig23 dell'aeronautica sovietica. Già i giapponesi ci avevano avuto una grossa base militare. Le correnti calde e fredde che s'incontrano in queste acque producono un muro di nebbie impenetrabili: è qui che nel dicembre del 1941 i giapponesi nascosero la gigantesca flotta con cui, non visti dagli americani, attaccarono poi Pearl Harbor.

Oggi i sovietici hanno a Iturup una delle basi aeree più moderne del loro sistema difensivo in Asia, ed è da qui che tengono sotto controllo tutta l'area del Pacifico. Nella stampa giapponese capita di leggere, a volte, che a Iturup sono installati dei missili e che ci sono depositi di armi atomiche. I sovietici lo negano, affermando che la loro presenza militare nelle Curili ha un carattere esclusivamente difensivo.

Qualunque sia l'entità della forza sovietica stazionata nelle Curili (si parla di circa 20.000 soldati), è fuor di dubbio, per chi viaggi oggi sulle isole, che la vita dell'arcipelago è dominata dai militari. Sono i militari a imporre il clima di segretezza che impedisce ai sindaci delle varie cittadine di dare cifre precise sulla loro popolazione, sono i militari a volere che un viaggiatore come me venga, sì, portato alle fonti termali di cui sono fieri, ma di notte, perché non veda le installazioni militari nei dintorni.

Le isole Curili restano strategicamente importanti per Mosca. «Se restituissimo ai giapponesi le quattro isole che loro ci chiedono, apriremmo un varco nell'arcipelago», dice Mikhail Bugaev del quotidiano *Sakhalin Libera*. «Il mare di Ohotsk perderebbe il suo carattere di lago e noi ci ritroveremmo a dover spendere miliardi di rubli per la difesa della costa siberiana.» È estremamente improbabile che Gorbačëv voglia arrivare a questo. Al massimo potrebbe restituire le due isole Shikotan e Habomai, visto che le altre due – Iturup e Kunašir – bastano da sole a chiudere la catena.

Il problema è che molti russi si oppongono violentemente alla cessione anche d'un solo metro quadro di territorio nazionale. Mikhail Vysokov, uno storico del museo di Južno-Sakhalinsk, esprime questo sentimento così: «È chiaro che queste isole sono state tolte ai giapponesi con la forza, ma non è una buona ragione per doverle rendere. Quattrocento anni fa la Russia era un piccolo Paese, oggi è un impero di 22 milioni di chilometri quadrati. Quasi tutta questa terra ce la siamo in un modo o nell'altro conquistata. Dovremmo per questo restituirla?»

I giapponesi fondano la loro rivendicazione sulle Curili nella storia e dicono di essere stati sulle isole per almeno un secolo e mezzo. Questo è vero. Ma oggi è altrettanto vero che i sovietici hanno qui una storia loro: una storia di fatiche durate ormai quasi mezzo secolo. Se queste isole venissero ridate al Giappone in cambio di yen, le Curili non sarebbero che un'ennesima riprova degli sprechi del socialismo: sprechi soprattutto umani, sprechi di questa bella, dura gente russa cui, dopo tanti anni di lavoro e di frontiera, non resterebbe che aprire la bocca in uno dei suoi patetici sorrisi di ferro.*

* Nonostante la fine dell'URSS e lo smembramento dell'impero sovietico, le Curili sono ancora russe.

Scrivendo per un settimanale, non avevo bisogno di tenere d'occhio le notizie diramate in continuazione dalle agenzie. L'ascolto della BBC due volte al giorno mi bastava. L'India non era ancora nel territorio di mia competenza, ma ci andai di corsa appena alla radio sentii il primo bollettino sulla...

Morte di Rajiv

Sriperumbudur (India), 23 maggio 1991

L'INDIA assale, prende alla gola, allo stomaco. L'unica cosa che non permette è di restarle indifferente.

Son venuto in questa città del sud per ripercorrere il cammino fatto da Rajiv Gandhi che andava al suo appuntamento con la morte, e la prima immagine che mi colpisce è quella di una donna in sari rosso dai bordi d'oro che raccatta con le mani le merde dei bufali lungo la strada deserta: l'India di sempre, povera.

Son venuto chiedendomi che cosa resti dell'India, un tempo simbolo di tolleranza e pacifismo, e appena la macchina che ho affittato si mette in marcia un gruppo di giovani con bastoni e sassi cerca di fermarmi: l'India di oggi, violenta.

Mi viene in mente un vecchio libro dalla copertina rosa che raccoglieva i discorsi del Mahatma Gandhi, *Le parole come pietre*. Poco prima di morire, lui stesso assassinato, il Mahatma aveva detto: « Una volta liberi, asciugheremo ogni lacrima negli occhi della gente ». La libertà venne, 44 anni fa, ma da allora le lacrime dell'India non hanno fatto che aumentare.

A Sriperumbudur le donne singhiozzano in angoli oscuri. Gli uomini stanno in silenzio all'ombra di grandi alberi. Sriperumbudur è un piccolo villaggio di contadini lungo la strada che da Madras porta a Bangalore. Nella fila di case bianche dai tetti di paglia la vita è come congelata. La piazza del mercato è deserta, i negozi sono chiusi. Tutti i rumori di un giorno normale sono scomparsi. Solo gli uccelli continuano a cinguettare con gioia dalla vetta delle palme da zucchero.

Per secoli Sriperumbudur è rimasta acquattata in una piana color ocra, a 42 chilometri da Madras, nel cuore del Tamil Nadu, la «provincia più gentile» dell'India. Per secoli la ruota della vita è girata qui, impassibile, per alcune migliaia d'indiani che hanno coltivato i loro campi riarsi, munto le loro vacche magre e che di generazione in generazione sono andati a lavarsi e a bere nelle acque verdastre del serbatoio vicino al tempio.

Poi, improvvisamente, la notte di martedì scorso, Rajiv è venuto a fermarsi qui, e Sriperumbudur è entrata nella storia. È qui che una misteriosa, potentissima bomba ha rotto definitivamente il legame dinastico Nehru-Gandhi che ha dominato la politica indiana di mezzo secolo. È a Sriperumbudur che è forse finita la stabilità dell'India.

«Perché qui? Perché dobbiamo essere ricordati per questo?» si chiede Krishan, l'elettricista che ha messo le più di cento lampade che dovevano illuminare i passi di Rajiv verso il podio, dove l'ex primo ministro avrebbe dovuto fare un brevissimo discorso elettorale. Apparentemente Rajiv s'è fermato a Sriperumbudur semplicemente perché c'era già stato nel 1986 a inaugurare una statua di sua madre Indira, ma la gente qui ora parla solo di «destino» e non manca di vederne i segni in tutto quel che è successo.

Quella sera Rajiv era in ritardo sul suo programma e l'ultima parte del viaggio stava per essere cancellata. Lui insistette e dal momento in cui il piccolo aereo, che lui stesso pilotava, atterrò alla periferia di Madras, il suo cammino verso la morte fu come un simbolico ripercorrere le tappe storiche che avevano portato lui – politico controvoglia – alla testa del partito del Congresso e dell'India.

Si fermò a Kathipara, una piccola cittadina ai piedi di una collina intitolata a san Tommaso, perché la leggenda vuole che qui l'apostolo sia morto da martire. Rajiv parlò sulla piazza e rese omaggio alla statua di Nehru. All'ingresso di Sriperumbudur si fermò di nuovo a mettere una ghirlanda di fiori alla statua color argento di Indira. Suo nonno, sua madre: due figure cui Rajiv doveva la sua carriera politica e per questo anche la sua morte.

Il sogno di Rajiv era stato di pilotare dei Jumbo, non di governare l'India. C'era stato costretto perché Indira aveva considerato il suo potere politico come un'eredità da lasciare alla famiglia. Morto un primo figlio, s'era rivolta dunque all'altro. Lei stessa aveva ereditato quel potere dal padre Nehru, scavalcando altri personaggi politici che avevano ben più intelligenza, cultura ed esperienza di lei. Era esattamente quel che Gandhi, il Mahatma, aveva voluto evitare. Ancora negli anni della campagna contro il regime coloniale inglese, Gandhi aveva detto che l'obiettivo del Partito del Congresso era l'indipendenza. Una volta ottenuta quella, il partito avrebbe dovuto sciogliersi e lasciar posto ad altri, rafforzando così il gioco democratico. Questo non avvenne e il partito diventò una sorta di feudo dinastico, progressivamente sempre meno gandhiano nel senso voluto dal Mahatma, e sempre più corrotto. La riprova della sua non democraticità di fondo è il tentativo di questi giorni di mettere Sonia, la vedova italiana di Rajiv, alla sua testa. È stata questa perversione dell'idea originaria del partito a portare Rajiv al suo ultimo appuntamento a Sriperumbudur.

Quando Rajiv arrivò al villaggio, la folla era in attesa da ore. La piazza del mercato era troppo piccola e il comizio era stato organizzato all'aperto, in un campo vicino a un tempio abbandonato. «Di cattivo augurio», dice ora la gente, perché quello era un luogo religioso e nessuna manifestazione politica c'era mai stata organizzata prima.

In terra era stata messa una stuoia rossa e un gruppo selezionato di locali membri del partito s'era allineato per porgere a Rajiv i suoi fiori. La polizia aveva la lista dei nomi e li aveva sommariamente perquisiti quando sono entrati nel recinto.

«Ero in fila, ma quando Rajiv m'è passato davanti ha rifiutato i miei fiori. Ha fatto lo stesso con mia sorella, poi s'è fermato», mi racconta fra lacrime e lunghi silenzi Shamthakumari, una donna di 28 anni. «Ho sentito uno strano suono, come una sorta di *clic*... non ricordo più nulla. Quando ho cercato di alzarmi mia sorella era ai miei piedi, senza testa. E Rajiv, lì vicino... Ho visto solo una scarpa e una gamba.»

La donna racconta. Le donne del vicinato accucciate sul pavimento di cemento di una casa misera e sporca sottolineano il racconto con grida e singhiozzi. Foto della sorella morta escono da una vecchia scatola di cartone e circolano di mano in mano. «Non è certo stato qualcuno di noi. Dev'essere stato qualcuno di fuori», ripete le donna e le altre le fanno da coro. La polizia è d'accordo. Dei sedici cadaveri trovati, sparsi a pezzi nel campo, quindici sono stati identificati. Quello di una donna sui trent'anni resta senza nome.

La versione corrente, che le autorità indiane sembrano incoraggiare, è che la donna apparteneva a una squadra suicida, mandata qui dai guerriglieri dello Sri Lanka, le «Tigri tamil». Per ora non ci sono le prove e il fatto che Rajiv proprio tre mesi fa avesse incontrato un rappresentate delle Tigri e ristabilito con loro un rapporto inteso a dimenticare il passato sembra contraddire l'opinione comune. Certo è che chi ha portato la bomba a Sriperumbudur era disposto a morire facendola esplodere.

«La donna aveva l'esplosivo in una speciale cintura attorno alla vita e l'ha attivato quando Rajiv si è chinato verso di lei», dice l'ispettore locale che, due giorni dopo l'attentato, continua a cercare con una primitiva calamita minuscoli frammenti della bomba fra le ciocche di capelli, gli stracci dei vestiti e le decine di sandali di plastica abbandonati nel campo dalla folla che scappava.

«Benvenuto al nostro ben amato Rajiv», dice ancora uno striscione colorato. Un dipinto di Rajiv sorridente, in dimensioni naturali, è ancora sul podio. «Non sapremo mai chi l'ha ammazzato», dice Raja, l'autista che m'ha portato fin qui.

Alla lunga l'identità dei mandanti conta poco. Rajiv, come sua madre, è stato vittima del fallimento politico dell'India, del fatto che le promesse del Mahatma non sono state mantenute dai suoi successori, del fatto che la non violenza non è più possibile in un Paese povero dove la popolazione in quarant'anni è quasi raddoppiata e la stragrande maggioranza della gente non può più dividere con altri quel che ha, ma è costretta a strappare agli altri quel che le serve per vivere.

«Hanno solo rabbia. Tanta rabbia», dice Raja vedendo alcuni giovani con bastoni e sassi che incontriamo di nuovo lungo la strada del ritorno. L'asfalto è a volte coperto dai vetri delle macchine che sono riusciti ad attaccare. Le carcasse di un paio di camion bruciati giacciono sulla scarpata. A noi non succede nulla. La bandiera del Partito del Congresso, che Raja aveva preso nel campo dove Rajiv è stato ucciso e che ora sventola dinanzi alla macchina, sembra proteggerci.

Gli anni in Thailandia furono giornalisticamente intensi. Il tentativo fallimentare delle Nazioni Unite di riportare la pace in Cambogia mi fece andare spesso a Phnom Penh, l'esplosione del vulcano Pinatubo mi riportò nelle Filippine, l'esodo dei Rohingas, i musulmani della Birmania, mi fece passare del tempo in Bangladesh, il colpo di Stato e poi l'orribile massacro di civili nel centro di Bangkok mi tenne fermo a casa. L'intero 1993 lo passai viaggiando in treno e in nave per evitare di morire nell'incidente aereo che un indovino mi aveva predetto.* Nel 1994, quando si liberò il posto di corrispondente di *Der Spiegel* in India, ad Amburgo si ricordarono che avevo sempre detto di voler andare, un giorno, a vivere là dove tutto quel che m'interessava dell'Asia era forse incominciato. A giugno avevamo una nuova casa: questa volta nel centro di Nuova Delhi, al primo piano di un cadente edificio coloniale costruito dagli inglesi per ospitare i loro ufficiali durante la guerra.

* La storia di quell'anno l'ho raccontata in *Un indovino mi disse*, Longanesi, 1996.

Verso la fine di agosto, dagli Stati del Maharashtra e del Gujarat, nel centro dell'India, arrivano le prime notizie sulle strane morti di centinaia di ratti e poi di alcune persone. Presto comincia a circolare la terrificante parola: peste.

Serpeggia il panico. Le autorità dicono che forti dosi di tetraciclina possono impedire l'infezione. È impossibile farsi un'idea esatta della situazione restando a Delhi.

La peste

Surat (India), settembre 1994

NON aveva faccia, ma la peste me la ricorderò sempre così: nuvole azzurrognole di fumo che salgono lente dai cumuli di spazzatura; vacche, cani, capre, maiali e corvi che strappano, tenaci, il loro pasto dalle fiamme; capannelli di uomini imbavagliati dinanzi alle saracinesche abbassate dei negozi.

Sono arrivato a Surat con un vecchio taxi che, per tre volte il prezzo normale della corsa, aveva accettato di farmi fare i 126 chilometri dal più vicino aeroporto, quello di Boroda. Siamo entrati in città da nord. Non c'erano controlli, né posti di blocco. Il traffico andava e veniva normalmente, ma l'uomo aveva paura. «È nell'aria. È dappertutto. Non possiamo fermarci», continuava a dire, coprendosi, come facevano tutti, il naso e la bocca con un fazzoletto. Per lui, come per il resto del mondo, Surat era il simbolo della «morte nera», un flagello che si pensava relegato al passato, una maledizione contro cui non c'è scampo; ma Surat, una settimana dopo lo scoppio dell'epidemia, sembrava già essersi abituata a vivere con questa invisibile, minacciosa presenza.

I mercati, le scuole, i negozi, le banche, gli uffici sono chiusi. Un milione di persone – la metà della popolazione – è partito. Scarseggia il mangiare, ma la vita continua e i bambini, dai tetti piatti di misere case, mandano in aria i loro piccoli aquiloni di carta colorata. Non c'è alcun panico. Non c'è disperazione.

Ho messo un fazzoletto sulla bocca, ho preso la mia prima dose di tetraciclina e presto, anche a me, la peste è parsa meno apocalittica, meno inquietante di quanto lo era stata a sentirne parlare da lontano. Sono rimasto a Surat per tre giorni.

La prima sorpresa è stata scoprire che la sua falce non miete più come secoli fa: il numero delle sue vittime è incredibilmente limitato. Le fonti ufficiali parlano di 51 morti in una settimana. Ebbene, quella è sostanzialmente la verità e le voci che la peste ha fatto qui centinaia di morti sono assolutamente false. Per convincermi m'è bastato passare alcune ore là dove tutti i cadaveri della città debbono necessariamente finire: al crematorio. Sulla riva sinistra del fiume Tapti, i tredici forni all'aperto operavano al ritmo di sempre: trenta cadaveri al giorno per ognuno, centocinquanta chili di legna e tre ore di fuoco. Branchi di capre mangiavano i fiori delle corone con cui le famiglie avevano accompagnato i loro cari. «Per noi questi sono giorni di normale lavoro», mi ha detto il direttore. «Un anno fa abbiamo avuto gli scontri razziali, due settimane fa l'alluvione, ora è la peste a darci qualche morto in più, ma la media è sempre la stessa.» Nel suo registro aveva meticolosamente annotato i nomi e la residenza di ogni persona mandata in fumo. Gli appestati venivano tutti da un unico quartiere della città: Ved.

Ci sono andato. Già avvicinandosi c'era da chiedersi come l'intera popolazione non fosse stata spazzata via, come assieme alla peste non fossero scoppiati anche il tifo o il colera. Ved è oggi come un fetido, putrido accampamento di una tribù medievale. La sua storia aiuta a capire una delle tante contraddizioni dell'India di oggi. Fino a quindici anni fa Ved era semplicemente una palude. Poi Surat divenne il grande centro dell'industria tessile e dei diamanti e Ved fu improvvisamente trasformato in un enorme dormitorio operaio.

La ragione era semplice: i sindacati nelle fabbriche di Bombay erano diventati troppo forti e i proprietari avevano deciso di trasferirsi e di ricominciare a produrre con una manodopera nuova e non politicizzata. Un milione di giovani, provenienti dagli Stati più poveri di Orissa e dell'Andhra Pradesh, si rovesciarono così su Surat in cerca di lavoro e gli speculatori edilizi costruirono questa distesa di scatole di cemento senza acqua e senza cloache. In stanze di appena due metri per tre vivevano fino a dieci persone. Siccome i turni di lavoro erano di dodici ore, cinque operai potevano distendersi per dormire, mentre gli altri erano in fabbrica. Per salari da miseria (dalle 1500 alle 3000 lire al giorno) questi giovani – alcuni bambini –, in fabbriche dove il rumore assorda e l'aria stagna, hanno prodotto i beni di consumo del grande lusso: stoffe intessute di fili d'oro e d'argento e il 60 per cento dei diamanti dell'India.

Due settimane fa le acque del Tapti sono straripate, l'intero quartiere di Ved è stato allagato e le stamberghe di cemento sono finite sotto un metro e mezzo di rivoltante poltiglia in cui sono affogati tutti i soliti animali di un quartiere indiano, dai ratti ai maiali, dai cani alle vacche. Le loro carcasse, avvolte da nugoli di mosche, sono rimaste a consumarsi all'aria per giorni e giorni.

È qui che è scoppiata la peste. Domenica 18 settembre tre giovani operai di Ved sono stati ammessi all'ospedale di Surat con problemi respiratori. Dopo poche ore erano morti. «Li abbiamo considerati vittime di una polmonite acuta», mi racconta uno dei giovani medici che era di servizio. «Poi sono venuti altri con gli stessi sintomi, ma solo mercoledì abbiamo avuto le prove che si trattava di peste.»

La notizia, deformata dalle voci più assurde, compresa quella che l'acqua della città era stata avvelenata, si sparse per Surat in un baleno e cominciò l'esodo. I primi a scappare furono quelli che poterono caricare famiglie e bagagli nelle loro macchine. Scapparono così i ricchi, i medici, i farmacisti e alcuni funzionari dell'amministrazione locale. Giovedì 22 era giorno di paga nelle fabbriche e, dopo aver ricevuto la loro manciata di rupie, scapparono anche gli operai di Ved, cercando di tornare ai loro luoghi di origine. Ved restò semideserto. Sempre più pazienti furono ricoverati all'ospedale con i sintomi della peste. Un paio di centinaia, dopo essersi fatti vedere dai medici, scapparono.

Venerdì sera, finalmente, le autorità locali cominciarono a spruzzare la città di DDT, a buttare tonnellate di calce lungo le case e a distribuire milioni e milioni di capsule di tetraciclina. La radio, la televisione e gli altoparlanti montati su camion spiegavano come usarla: una capsula da cinquecento milligrammi ogni sei ore. L'intera città sembra ora esserne provvista e più volte qualcuno mi ha mostrato, orgoglioso, la sua dose, tenuta accuratamente in tasca come qualcosa di prezioso, di miracoloso. E miracolosa la tetraciclina è forse stata. Il numero dei morti è progressivamente sceso. Sabato scorso erano ancora sei, poi uno al giorno. Ieri nessuno.

«La gente morirà altrove», dice uno dei medici dell'ospedale, «e lo farà nei villaggi dove non ci sono né controllo né cura.» Le notizie di pazienti ricoverati ora coi sintomi della peste in tutti i distretti dello Stato del Gujarat, in varie altre parti del Paese, così come a Bombay e a Delhi, sembrano dargli ragione. «Le autorità avrebbero dovuto bloccare la città e impedire alla gente di scappare», dice.

Ma era possibile? «Per bloccare due milioni di persone avremmo dovuto impiegare due milioni di soldati», dice il direttore del quotidiano di Surat. «Ci sarebbe stata una sommossa e le vittime sarebbero state molte di più di quelle della peste. Siamo una democrazia e non possiamo togliere alla gente la libertà di movimento.»

Anche per il più grande poeta in lingua gujarati, isolare la città non aveva senso. «Ogni uomo muore quando scocca la sua ora», dice. L'ho trovato disteso nell'amaca della sua veranda che leggeva *La peste* di Camus. Nel suo quartiere non una sola famiglia era fuggita.

Ognuno a Surat vede un suo significato in quello che sta avvenendo. Per il capo del dipartimento di Sociologia dell'università del Gujarat la peste è semplicemente il risultato dell'errata politica di sviluppo ormai perseguita dal governo. «Non si prendono più decisioni in base all'interesse del popolo, ma su pressione della Banca Mondiale», dice il professor Jaganath Pathy. «Sulla carta un tasso di crescita annuale del 20 per cento sia dell'industria tessile sia di quella dei diamanti suona bene, ma in realtà vuol dire aver fatto scoppiare questa città, aver fatto vivere due milioni di persone con i servizi igienici appena adatti a un milione, aver assunto, specie a tagliare i diamanti, bambini di otto anni che diventano mezzi ciechi a venticinque.»

L'intera comunità musulmana di Surat è rimasta al suo posto. «La peste è la vendetta di Allah contro gli hindu per quello che ci hanno fatto l'anno scorso», mi dice, convinto, l'*imam* della moschea di Chow Bazar. I musulmani di Surat non portano la maschera e si rifiutano di prendere la tetraciclina. In qualche modo si sono tutti fidati delle parole del Profeta: «Se sai di un paese dov'è scoppiata la peste, non andarci; se scoppia nel paese dove sei, non scappare. I credenti saranno risparmiati».

Anche le prostitute nei bordelli infestati dall'AIDS nella via

Mirza Swami, nel vecchio centro, della città sembrano non aver paura e stanno come sempre sedute sulla porta delle loro stamberghe senza nascondere dietro alcuna maschera quel triste sorriso con cui continuano a cercare di attirare clienti.

Surat ha un grande passato e il fatto che la peste sia scoppiata proprio qui sembra misteriosamente indicare certi corsi e ricorsi della storia. Col suo porto, è stata per secoli uno dei punti chiave nel commercio fra l'Oriente e l'Europa. È a Surat che, con lo stabilirsi del primo ufficiale della Compagnia delle Indie nel 1608, cominciò praticamente la colonizzazione inglese del Paese. È anche dal porto di Surat che, a bordo di navi mercantili, vennero nei secoli scorsi i famosi «ratti neri» dell'India a portare la peste nel Mediterraneo e da lì nel resto dell'Europa.

Con le sue colonie sotterranee di ratti selvatici, l'India è stata dall'inizio dell'era cristiana uno dei grandi focolai di peste nel mondo. Anche questa volta la colpa è stata loro. Il tutto cominciò ad agosto nello Stato del Maharashtra, a 500 chilometri da Bombay. In una serie di villaggi cominciarono improvvisamente a morire i ratti domestici. Un anno prima l'intera regione era stata colpita da un terremoto, i ratti selvatici avevano dovuto abbandonare i loro tunnel distrutti, dove vivevano in simbiosi col bacillo della peste, e avvicinarsi ai centri abitati. I pidocchi passarono la peste ai ratti dei villaggi. Quando questi morirono, i pidocchi attaccarono gli uomini e alcuni contadini accusarono i primi sintomi della peste bubbonica. La notizia impiegò un mese per arrivare a Delhi. Meno tempo ci volle alla peste per arrivare a Surat, grazie a tre giovani operai di Ved che erano andati a un matrimonio in uno dei villaggi colpiti. Sono stati loro i primi tre morti all'ospedale municipale.

«A Ved il bacillo ha trovato l'ambiente ideale per svilupparsi», dice uno dei giovani medici nel reparto degli appestati.

Per l'India la peste è un enorme imbarazzo. Proprio ora che il Paese cerca di uscire dal suo semi-isolamento, che cerca di entrare, come tutti, nella corsa allo sviluppo e verso un futuro di stampo occidentale, viene colpita da questa che appare come una vendetta del passato. La verità è che questo è ancora un Paese d'immense contraddizioni, un Paese in cui novecento milioni di persone vivono nella stessa geografia, ma non nella stessa storia; nello stesso spazio, ma non nello stesso tempo. Accanto a una parte della popolazione che ha l'auto, il frigorifero, il computer e le medicine del XX secolo, c'è ancora – spesso semplicemente a pochi metri di distanza – una popolazione che non ha acqua, non ha luce, come nel Medioevo, o che vive sfruttata, come ai primordi della rivoluzione industriale. È da lì che ora escono i germi di questa atavica paura: la peste.

Solo tre anni fa l'India ha cominciato a liberalizzare la propria economia e ad attirare a sé investimenti stranieri. L'obiettivo era quello di diventare, accanto alla Cina, la nuova grande tigre dell'Asia. La peste infligge a questo sogno un durissimo colpo. A 15 chilometri da Surat, a Hazira, il governo ha incoraggiato la costruzione di un centro industriale per tecnologie avanzate. Domenica scorsa una nave è attraccata nel porto di Hazira ed è ripartita subito dopo portando via tutto il personale straniero delle varie aziende. Ci vorrà del tempo prima che ritorni.

Bombay, la capitale dello Stato del Maharashtra, a 223 chilometri da Surat, è il centro finanziario del Paese e con ciò il simbolo della «nuova» India. Bombay vorrebbe diventare la Hong Kong del subcontinente. Alle prime voci della peste, la Borsa è crollata. È ovvio che ora il governo ha tutto l'interesse a minimizzare la storia della peste.

«La peste è una malattia pericolosa, ma curabile», proclamano i manifesti sui muri della stazione di Surat. Ancora per quanto? La tetraciclina funziona, pare, fintanto che la si prende. I pidocchi e le mosche cominciano a mostrare resistenza al DDT e migliaia e migliaia di giovani di Ved sono ora sparsi per il Paese, possibili portatori di un bacillo che ha un'incubazione di vari giorni.

Le autorità continuano però a non prendere misure draconiane. Ogni giorno più di venti treni si fermano a Surat, sulla linea Delhi-Bombay. Non è facile procurarsi un biglietto e centinaia di persone, che cercano ancora di partire, restano per ore e ore accampate nelle sale d'aspetto e nei corridoi ad aspettare il loro turno. Nell'aria immobile e fetida si sentono i colpi di tosse, gli starnuti e le grida dei bambini dietro le maschere bianche. In un angolo ho visto due giovani che con un giornale sventolavano un compagno disteso per terra, febbricitante. Nessuno veniva controllato, nessuno fermato.

Quando il treno è arrivato per la sua fermata di tre soli minuti, alcuni fortunati sono riusciti a montare. Se fra di noi, sulla via di Delhi, c'era anche lei, non lo so, perché la peste continua a restare senza faccia.

Due diplomatici americani vengono assassinati a Karachi e il Pakistan, con le sue varie guerre dimenticate, torna all'attenzione dell'opinione pubblica internazionale. Ci vado per due settimane.

Pakistan: il paese dei puri

Karachi, marzo 1995

Si ha paura, ma non si sa bene di chi. Di quel gruppo di uomini contro il muro? Della macchina che si affianca a un semaforo o di due guardie armate fino ai denti che potrebbero non essere guardie?

Il senso del terrore è tutto qui: ogni giorno, in questa città di dodici milioni di abitanti, c'è un massacro, scoppia una bomba o una mano mozza viene buttata, come avvertimento, nel giardino di qualcuno. Nessuno si sente più al sicuro. Gli spacciatori di eroina sono liberi agli angoli delle strade; gli assassini sparano in pieno giorno e i poliziotti evitano d'inseguirli. «A che serve farsi ammazzare?» ha detto l'ufficiale che una settimana fa, avendo visto freddare i due funzionari del consolato americano sulla via dell'aeroporto, si è rifiutato di dare la caccia alla macchina dei terroristi.

Una delle poche regole che ancora tutti rispettano è quella di non attaccare i furgoncini di Abdul Sattar Edhi – l'uomo conosciuto come la «Madre Teresa» di Karachi – che ogni giorno fanno il giro della città a raccogliere i cadaveri. Dall'inizio di dicembre ne hanno già recuperati più di cinquecento. È su uno di quei furgoni che sono riuscito a entrare a Pak Colony, uno dei quartieri più esplosivi, infestato da varie bande di armati.

Il centro della città con i grandi alberghi, le banche, gli uffici e la vita che continua ad avere una sua parvenza di normalità è solo a pochi minuti. Poi le strade si fanno deserte, i negozi sono chiusi. Entrato nei meandri di viuzze sterrate, il furgone viene circondato da giovani e guidato verso una stamberga di cemento. Le pareti sono cosparse di fori di pallottole, i pavimenti di sangue, di scarpe, di mobili sfasciati. Gli assassini sono arrivati alle undici del mattino e hanno ucciso sette persone nella prima stanza. Un giovane sui trent'anni che era nella seconda ha cercato di salvarsi nascondendosi in una cisterna d'acqua nel pavimento, ma non ha fatto in tempo a richiudere il coperchio su di sé, è stato visto e freddato con un colpo in faccia. È il più difficile da recuperare. Quando il furgone riparte col suo carico di morte, sulla piazzetta restano una folla muta e una capra a gambe all'aria, anche lei inutile vittima della sparatoria. Restano anche infinite domande cui nessuno sembra saper rispondere con certezza.

«Anzitutto ci sono almeno quattro diverse guerre in corso allo stesso tempo», dice Fazal Qureshi, direttore dell'agenzia di stampa pakistana. «La guerra fra musulmani sunniti e sciiti, quella fra le mafie della droga, quella fra i partiti politici e quella fra i normali gangster e la polizia. Poi c'è il resto.» Il «resto» sono sei diversi servizi segreti pakistani che hanno a Karachi più di seimila uomini, sono gli agenti dello spionaggio indiano certo interessati a destabilizzare il Pakistan per rispondere alla destabilizzazione pakistana in Kashmir; il «resto» sono gli agenti americani dell'antidroga e della CIA, gli agenti segreti afghani, quelli iraniani, quelli dell'Arabia Saudita più i trafficanti d'armi che hanno qui un grande mercato.

Karachi, uno dei porti più importanti dell'Asia, è ormai un ingovernabile Frankenstein di violenza che rischia di diventare una seconda Beirut e di provocare lo smembramento del Pakistan stesso. La responsabilità ultima di quel che sta succedendo è da cercare nella storia.

Nel 1947 gli inglesi, dando l'indipendenza al loro impero, permettono la spartizione dell'India in due Stati: l'India vera e propria, dominata dalla popolazione di religione hinduista, e il Pakistan, dominato dai musulmani. Già sulla carta il Pakistan, «il Paese dei puri», nonostante il suo bel nome, come Stato nasce male, fatto di due tronconi: uno nell'ovest con la capitale nazionale Karachi, uno nell'est con la capitale regionale Dacca. I due tronconi sono separati da migliaia di chilometri. La spartizione dà origine a una migrazione di popoli di dimensioni bibliche e ai primi grandi *pogrom* in cui centinaia di migliaia di hindu vengono massacrati dai musulmani e viceversa.

Karachi è allora una piccola città di appena 200.000 abitanti.

L'influsso degli immigrati musulmani dall'India, che parlano urdu, che sono molto più colti, molto più moderni e intraprendenti della locale popolazione dei sindhi, cambia completamente la struttura sociale della città e innesca fra i due gruppi un antagonismo che, col passare del tempo, è solo diventato più acuto. I sindhi hanno lentamente monopolizzato il potere centrale, trasferendo fra l'altro la capitale da Karachi a Islamabad e gli immigrati si sono sentiti sempre più discriminati in una città che resta la più importante del Paese. Il PPP di Benazir Bhutto, ora al governo, è sostanzialmente il partito dei sindhi; l'MQM, il partito degli immigrati urdu, ha l'appoggio popolare a Karachi, ma non governa. Nel corso degli ultimi tre anni centinaia di suoi sostenitori sono stati uccisi dall'esercito e da gruppi rivali sponsorizzati dai militari che cercavano di togliere loro il controllo sulla città. Il suo capo è in esilio a Londra.

È in questo partito, ancora estremamente popolare fra la popolazione di Karachi, che s'incominciano a sentire le richieste di una maggiore autonomia e anche di una possibile indipendenza per Karachi. Alcuni sognano già di fare di questa città un porto libero e un centro finanziario tipo Singapore. Se questo avvenisse, sarebbe la continuazione dello smembramento del Pakistan originario che nel 1971 perse il troncone orientale del Paese con la guerra di secessione e la fondazione del Bangladesh.

L'altra importante tappa della storia cui vanno ricondotte le responsabilità di quel che succede qui oggi è la guerra in Afghanistan. Gli americani, fin dalla prima ora alleati del Pakistan contro l'India pro-sovietica, fanno di questo Paese la base della resistenza afghana contro il regime di Kabul e contro la forza d'intervento sovietica. Miliardi e miliardi di dollari entrano nel Paese per finanziare i *mujahiddin*, i «guerrieri santi», e le scuole coraniche in cui vengono addestrati i combattenti della «guerra santa» contro i comunisti. Karachi è il porto d'ingresso di tutto il materiale bellico che gli Stati Uniti offrono alla resistenza.

Il fatto che parte di queste armi si perdono per strada in territorio pakistano non preoccupa eccessivamente Washington, come non preoccupa il fatto che nei contenitori che tornano vuoti dalla frontiera vengono nascosti ingenti quantitativi di eroina che, passando per Karachi, vanno in tutto il mondo. Per anni la priorità americana è stata quella di sconfiggere l'Unione Sovietica in Afghanistan e accelerare il processo di disintegrazione dell'URSS. Il risultato è stato un grande successo. Il prezzo di quella strategia però viene ora pagato da Karachi: circa 50.000 fucili mitragliatori sono oggi in mani private nella città e la mafia della droga è diventata un vitale centro di potere in grado di controllare, attraverso i suoi uomini in alte posizioni politiche, le attività dei vari partiti, compreso l'MQM.

La vittoria americana in Afghanistan ha anche lasciato moltissimi combattenti della «guerra santa» islamica disoccupati ed è fra questi che i vari gruppi e i vari servizi segreti reclutano la loro manovalanza e i loro agenti provocatori. I massacri di apparente natura religiosa, come quello contro la moschea sciita o quello di due famiglie i cui uomini sono stati torturati per tre ore davanti ai loro parenti prima di essere uccisi, non sarebbero stati opera di musulmani sunniti, ma di agenti esterni interessati a mettere in moto una catena di vendetta e a mantenere alto il livello di terrore in città.

Quanto all'assassinio dei due americani, una delle teorie qui più accreditate è che Washington vuole ora risolvere il problema della droga e spinge il governo pakistano ad attaccare le varie mafie. La risposta sarebbe stata l'imboscata sulla via dell'aeroporto contro due funzionari che di diplomatico avevano forse solo la copertura ufficiale. I gruppi capaci di metterla in atto sono vari.

L'unico a non sapere più che cosa fare è il governo. Benazir Bhutto, venuta a Karachi nei giorni scorsi, ha promesso alla città di usare tutti i mezzi possibili per riportare l'ordine e subito dopo la polizia ha annunciato di aver arrestato più di trecento sospetti. Sono bastate poche ore perché i giornali rivelassero che erano in gran parte vagabondi e drogati di nessuna importanza e perché un nuovo massacro avesse luogo in pieno giorno.

Per questo Karachi è una città di paura; una città dove è difficile immaginare come la paura cesserà.

L'università della «guerra santa»

Peshawar (Pakistan), marzo 1995

IL muro di cinta è di fango; anche gli edifici che per un attimo riesco a vedere all'interno sono di fango. Il cartello dinanzi al portone dice: UNIVERSITÀ, ma l'autista del taxi, invece che fermarsi, come gli chiedo, accelera indicandomi un furgone nero, senza targa, fermo sul bordo della strada. Dietro i vetri affumicati si vedono le ombre di uomini barbuti e di fucili. «Quelli sono gli studenti!» dice, piegandosi sul volante come per farsi più piccino.

Ha ragione ad aver paura: secondo varie fonti, quel che s'insegna in questa strana, inaccessibile «università», spersa nella pianura sassosa ai piedi dei monti Chirat, in territorio pakistano, sulla via dell'Afghanistan, non è la letteratura o la medicina, ma la scienza del terrorismo. Qui, a queste casupole di fango, identiche a quelle di tanti villaggi attorno, farebbero capo i bandoli di alcuni misteri e complotti che le polizie di mezzo mondo non sono ancora riuscite a sbrogliare. La bomba scoppiata due anni fa al World Trade Center, nel cuore di New York, e quella preparata a Manila per la visita del papa all'inizio dell'anno, per esempio, hanno avuto a che fare con questa «università»: l'uomo che le avrebbe confezionate, fra un viaggio e l'altro in vari Paesi, è passato regolarmente di qui.

Il nome dell'università, scritto in bianco su un pannello verde fuori del portone, è di per sé tutto un programma: *Dawat and Jihad*, BENVENUTI ALLA GUERRA SANTA. Gli «studenti» sono alcune centinaia. Il loro addestramento è inteso a farne dei combattenti per la gloria dell'Islam nel mondo. Giovani militanti musulmani, formati negli anni scorsi fra queste mura di fango, sono ora «al fronte» in Algeria, nel Tajikistan, in Bosnia, nelle Filippine e nel Kashmir.

Fondata ai tempi dell'invasione sovietica in Afghanistan, «l'università» è uno dei tanti esempi di come lo sforzo americano per sconfiggere l'URSS ha messo al mondo dei mostri che vivono ora una vita tutta loro e di cui nessuno sa esattamente come riprendere il controllo.

Per vincere la «guerra fredda» Washington ha lasciato che i gruppi anticomunisti si finanziassero col traffico della droga, e così l'eroina ha invaso l'Occidente. Washington ha dato a questi gruppi montagne di armi, che finiscono ora sul mercato privato e in mano ai terroristi. Washington ha fatto da balia ai *mujahiddin* contro il regime ateo dell'Afghanistan, e ora quelli diventano i soldati del fondamentalismo islamico contro i regimi arabi prooccidentali e contro l'Occidente stesso.

«Quando i *mujahiddin* arrivavano qui al tempo della guerra, li accoglievamo a braccia aperte», dice il capo della polizia pakistana a Peshawar. «Erano venuti per una nobile causa e non facevamo loro nessuna domanda.» Fra il 1979 e il 1989 più di 25.000 giovani musulmani, provenienti dai Paesi del Medio Oriente e del Nordafrica, sono passati dal Pakistan per partecipare alla *jihad*, la «guerra santa» in Afghanistan. Ora che è finita, molti di loro, rimasti disoccupati e senza più alcuna possibilità di tornare a casa loro, dove sono considerati sovversivi, vengono impiegati in una guerra molto più generalizzata e pericolosa: la guerra per l'imposizione dell'Islam nel mondo. La frontiera del nord-ovest, come viene chiamata questa regione montagnosa del Pakistan al confine afghano, è un terreno ideale per questo nuovo esercito di fanatici religiosi.

Gran parte della regione, con i suoi 15 milioni di abitanti, più due milioni e mezzo di rifugiati afghani, è solo nominalmente controllata dal Pakistan e non è soggetta a nessuna delle leggi che vigono nel resto del Paese. Nella cittadina di Darra, per esempio, a soli 28 chilometri da Peshawar, i negozi affacciati sulla strada principale vendono tutti la stessa mercanzia: armi. Mitra, pistole e bazooka sono apertamente offerti con le loro munizioni. Un AK-47 costa appena 6000 rupie, 300.000 lire. Quel che non è esposto sono gli Stinger, i micidiali missili capaci di abbattere un aereo o un elicottero seguendo semplicemente la sua fonte di calore. Gli americani ne avevano dati alcune centinaia ai *mujahiddin*. Ora gli stessi americani offrono milioni di dollari per riavere quelli non utilizzati, ma pochissimi sono venuti a galla. I missili valgono evidentemente molto di più sul mercato del terrorismo.

Le autorità pakistane sanno da anni che questa regione è diventata il santuario di vari gruppi fondamentalisti e che dietro la facciata dell'«università», così come dietro quella di alcune organizzazioni umanitarie arabe, si svolgono attività legate a operazioni terroristiche, ma è solo ora, dopo enormi pressioni americane, che cominciano ad affrontare il problema. La posizione del Pakistan è estremamente precaria. Fin dalla sua nascita, nel 1947, il Pakistan ha cercato di darsi un'identità nazionale attraverso l'Islam. Da allora, ogni governo ha usato dell'Islam per restare al potere. I gruppi fondamentalisti, finanziati dall'Iran e da altri interessi arabi, ne hanno approfittato per mettere le proprie radici in Pakistan e col tempo hanno acquisito una tale influenza da rendere ora rischiosissimo per un primo ministro come Benazir Bhutto metterli al bando. Il rischio è che questi gruppi si rivoltino contro il governo di Islamabad, che lo accusino di essere anti-islamico, servo degli Stati Uniti, e che lancino qui una « guerra santa » per eliminare tutte le influenze occidentali e imporre una stretta ortodossia islamica come stanno facendo in Afghanistan i *taliban*.

Il Pakistan è un Paese di enormi divisioni sociali dominato da una piccola élite di grandi proprietari terrieri che ha il monopolio del potere e della ricchezza, che vive nelle città, che manda i propri figli a studiare all'estero, che non è particolarmente religiosa ma usa la religione per legittimarsi. Per la massa della popolazione, che resta estremamente tradizionalista, la sola educazione possibile nelle campagne è quella offerta dalle scuole coraniche in cui l'insegnamento consiste soprattutto nel leggere e rileggere – a volte incatenati ai banchi – il Corano.

È fra i giovani di queste scuole, imbevuti di fanatismo, che è stato reclutato l'esercito di « studenti », i *taliban*, che cercano ora di conquistare l'Afghanistan. È fra loro che sono reclutati i guerriglieri che vengono infiltrati nella parte indiana del Kashmir nonché i militanti per le varie guerre islamiche in giro per il mondo.

Dinanzi all'avanzare della cultura occidentale, che attraverso la televisione arriva nei villaggi più remoti di ogni Paese, la reazione più comune di certe società di stampo feudale è il ritorno alla religione nelle sue espressioni più radicali e tradizionaliste. Da qui il rafforzarsi del fondamentalismo islamico, visto da molti come l'unica arma per combattere « il male » che viene dall'Occidente.

Per questo Peshawar, centro d'intrighi e di spie fin dai primi anni della « guerra fredda » (fu da qui che partì l'U-2, l'aereo spia americano abbattuto nell'URSS), è tornata improvvisamente a essere un calderone di misteri e di complotti nel quadro della guerra occidentale contro il nuovo nemico: il fondamentalismo islamico. Per questo Peshawar pullula di agenti che cercano gli assassini dei due diplomatici americani a Karachi, di spie che cercano di seguire le tracce lasciate qui da decine di algerini, marocchini, yemeniti, palestinesi, sauditi e altri che con passaporti pakistani comprati per 4000 rupie, circa 200.000 lire, viaggiano per il mondo a mettere in pratica ciò che hanno imparato fra le mura di fango dell'università della « guerra santa ».

I posti al mondo in cui «la civiltà», con tutti i suoi prodotti, non è ancora arrivata sono ormai pochi. Uno di questi, avevo sentito dire, era un angolo dimenticato del Nepal.

Mustang: paradiso perduto

Aprile 1995

In una valle lontana, dietro le vette ghiacciate dell'Himalaya, vive un re d'altri tempi. Il suo castello è di pietre e di fango, i suoi tesori sono pecore e cavalli. Il suo unico guardiano è un mastino dal pelo nerissimo. I suoi sudditi sono appena 4500, ma il suo regno accende la fantasia di ogni viaggiatore ancora in cerca di un'ultima meta di sogno.

«Il Mustang è il Paese della completa felicità, dove tutto ciò che è ambito o necessario è a portata di mano, dove i sudditi sfavillano come stelle e lo spirito si diletta nella contemplazione del re», sta scritto nei vecchi manoscritti che oggi si coprono di polvere nelle *gompa*, i monasteri buddhisti di questo regno.

Che sia questo il paradiso terrestre? Da che mondo è mondo gli uomini sono andati in cerca di un simile luogo mitico che, come una fata morgana, si dileguava non appena credevano d'averlo trovato.

Il Mustang, un lembo di terra di 3573 chilometri quadrati, si trova nella parte nordoccidentale del Nepal, al confine col Tibet. Ed è dal Tibet che vengono le sue genti, le sue tradizioni, la sua religione. Nel 1380 un nobiluomo di Lhasa andò a installarvisi, si proclamò re e, tra queste strabilianti montagne, costruì una città. La cinse di grosse mura di fango e la chiamò Lo Mantang, «la piana delle aspirazioni dello spirito».

Jigme Palbar Bista, 62 anni, l'attuale monarca, è il venticinquesimo discendente diretto del fondatore della dinastia, ormai una delle più antiche del mondo. Ogni mattina, prima dell'alba, si alza e, per un'ora e mezzo, fa meditazione. Poi esce dalla grande porta di legno della città e, snocciolando il rosario e mormorando le sue preghiere, compie varie volte il giro delle mura come hanno fatto, per più di seicento anni prima di lui, tutti i suoi predecessori.

Tagliato fuori dal resto del mondo, incontaminato da influenze esterne, il Mustang è rimasto fermo nell'immobilità del tempo. Montagne invalicabili l'hanno protetto dal «progresso». Quando, nel 1951, unità dell'esercito di liberazione cinese entrarono nel Tibet, il minuscolo regno chiuse le sue frontiere settentrionali e divenne formalmente parte del regno del Nepal, evitando così la «liberazione» – e con ciò la distruzione – da parte della Cina comunista.

Anche nel 1959, quando occuparono il Tibet, le truppe di Mao Zedong, in rispetto alla sovranità di Katmandu, si fermarono alla frontiera del Mustang. Seimila soldati, armati dal Dalai Lama – i Kampa –, si rifugiarono allora nel Mustang e da qui, con l'aiuto della CIA, condussero per anni operazioni di guerriglia contro i cinesi. L'intera regione divenne ancor più inaccessibile e il Mustang un luogo ancor più segreto e misterioso.

La guerra di resistenza tibetana contro Pechino finì nel 1974. Fu il Dalai Lama stesso a chiedere ai suoi fedelissimi combattenti di deporre le armi. Molti lo fecero togliendosi la vita. Ma il Mustang continuò a essere terra proibita: una delle ultime, una delle più affascinanti.

In un tempo come il nostro, in cui ogni enigma sembra essere stato risolto, ogni mistero svelato, ogni angolo di terra scoperto, l'idea che un minuscolo regno fosse riuscito a sopravvivere, inaccessibile e intatto fra le montagne più alte del mondo, ha suscitato grandi curiosità e desideri. E il Mustang è diventato una sorta di simbolo dell'ultima aspirazione dell'uomo sempre spinto a seguire quell'anelito di cui Kipling scrive in *L'esploratore*, una poesia del 1898:

Qualcosa è nascosto. Vai a cercarlo. Cerca al di là delle vette.
Qualcosa è stato perso al di là delle vette.
È stato perso e ti aspetta. Vai!

Da sempre tutte le religioni e le leggende dell'Asia hanno collocato nell'Himalaya il loro paradiso terrestre. È nell'Himalaya che gli hindu collocano il loro mitico monte Meru, centro del mondo e sede degli spiriti celesti. È nell'Himalaya che i cinesi identificano la loro Montagna di Giada sulla quale andarono a ritirarsi gli Otto Immortali. È qui che per i tibetani si trova Shambala, il paese dell'assoluta purezza da cui scaturiscono gli insegnamenti più occulti del buddhismo.

Per secoli pellegrini ed esploratori si sono messi in cammino alla ricerca di questa terra segreta fra le vette dell'Himalaya. Molti non ne sono mai tornati. Alcuni, strada facendo, hanno capito che stavano dando la caccia a una chimera, che la meta non deve essere fisica, bensì spirituale e che il paradiso è da cercare dentro a se stessi. Eppure l'idea di una terra segreta di pace e felicità al di là delle catene dei monti non è mai morta.

Ancora nel 1933 un giovane inglese, James Hilton, scrisse un romanzo che vendette milioni di copie in tutto il mondo, *Orizzonte perduto*. Un piccolo aereo con a bordo tre uomini e una donna viene dirottato e fatto atterrare in mezzo alle vette ghiacciate dell'Himalaya. I quattro passeggeri vengono portati in una valle dove il tempo non esiste, dove gli uomini vivono centinaia di anni senza invecchiare, dove in un monastero tibetano sono conservati tutti i frutti della sapienza del mondo pronti a essere usati dall'umanità che dovrà rinascere dopo l'ultima, devastante guerra. A quel luogo Hilton diede il nome «Shangri-la», un nome che da allora è entrato nel vocabolario di tutte le lingue come sinonimo appunto del paradiso in Terra.

Anche oggi il viaggio nel Mustang comincia a bordo di un piccolo aereo a quattordici posti che si alza dalla pista di Pokhara, nel Nepal centrale, e vola veloce verso l'ombra blu delle altissime cime dell'Annapurna, come lasciandosi alle spalle le frontiere del mondo conosciuto. Il viaggiatore, sospeso nell'immenso vuoto e travolto dalla bellezza della montagna, si chiede se non stia anche lui per essere dirottato nello Shangri-la.

D'un tratto l'aereo discende su un altopiano inondato di luce e atterra a Jomoson, il punto di partenza di tutti gli scalatori dell'Annapurna. INCAMMINATI CON CAUTELA IN QUESTO FRAGILE MONDO, prega un cartellone. Lo ha eretto un gruppo di ecologisti, cercando di limitare i danni fatti dal turismo che nel corso degli ultimi vent'anni ha contribuito allo sviluppo ma anche alla distruzione del Nepal.

Nel marzo 1992, su pressione delle agenzie di viaggio internazionali, il governo del Nepal ha aperto il Mustang ai visitatori. Un numero limitato di stranieri (all'inizio solo duecento all'anno) ha avuto il permesso di muoversi in carovana da Jomoson fino a Lo Mantang. I turisti non devono accettare niente dalla popolazione locale e devono portarsi dietro tutto il necessario, dal cibo ai combustibili per cucinarlo. L'immondizia dev'essere eliminata. Ogni carovana dev'essere accompagnata da un poliziotto nepalese responsabile di far rispettare queste regole.

Non ci sono strade che portano nel regno del Mustang. Ci s'incammina per un sentiero che attraversa un'immensa distesa di ciottoli: il letto secco del fiume Kali-Gandaki che, nei millenni, si è scavato il canyon più profondo del mondo. Poi il sentiero, scolpito nei fianchi delle montagne, striscia lungo terrificanti precipizi, serpeggia attraverso gli altipiani e s'inerpica fino ai valichi di 4000 metri. Il clima è spietato. La carovana che al mattino parte sotto un sole scottante finisce per ritrovarsi nel pomeriggio in mezzo a una tempesta di neve.

La terra su cui, lenti e accorti, si muovono i nostri muli e i cavalli era, milioni di anni fa, il fondo di un oceano. Fu lo scontro tra il continente indiano e quello cinese a sollevare dagli abissi marini questa massa e a creare la catena dell'Himalaya. Solo così si spiegano i depositi di corallo che ancora oggi si trovano in cima alle vette e quei misteriosi sassi neri – di un'insolita, a volte perfetta, rotondità – che si trovano qua e là nell'immensa distesa di pietrame grigio. A toccarli, questi sassi sono molto più freddi degli altri e, una volta spaccati, rivelano all'interno il fossile di una creatura marina o stranissime uova dorate e scintillanti di cento-centocinquanta milioni di anni fa.

La natura è di una primordiale bellezza. Tutt'attorno le montagne sembrano piegarsi, creare delle cupole, delle torri, distendersi in pareti piatte e levigate o ergersi come le canne di un impressionante organo da ciclopi. Nell'assoluto silenzio, che pare quello del cosmo, si ha l'impressione d'essere il primo essere umano a muoversi sulla Terra dopo il Big Bang. Solo la vista di una minuscola lucertola color sabbia o la vaga, lontanissima silhouette di un cavaliere su un crinale ci ricordano che siamo ancora in questo mondo.

A volte l'avventurosa mulattiera attraversa una distesa bianca di sale, a volte una piana nera di lavagna, o entra in una gola fresca di terra color ruggine. Nel continuo, lento procedere in una pace completa si comincia presto ad avvertire la leggerezza della propria esistenza, l'irrilevanza della propria vita dinanzi alla grandiosa presenza del divino nella natura. È facile capire come per gli uomini, vissuti da secoli in questo paesaggio, il vento non sia altro che il respiro delle montagne, ogni rupe e ogni anfratto la dimora di un dio di cui è importante guadagnarsi la benevolenza.

Ogni volta che la carovana passa un valico, le guide tibetane che ci accompagnano tirano in aria sassi per scacciare gli spiriti maligni e urlano a pieni polmoni: «Sciò, sciò, sciò!» per avvertire gli dèi del nostro passaggio. Sui crinali più alti fanno volare strisce di leggerissima stoffa bianca su cui hanno scritto preghiere perché il vento le porti in cielo.

È per questo stesso straordinario sentiero che il buddhismo, nato in India, arrivò in Tibet. Ce lo portò Padma Sambhawa, «colui che è nato nel fiore di loto», un famoso yogi e mago indiano che nell'VIII secolo dopo Cristo, assieme a due sue mogli, si mise in viaggio verso Lhasa, attraversando il Mustang. Furono le sue dottrine, che interpretano il buddhismo dal punto di vista dei sensi, a dare un crisma di santità alle attività sessuali. Con i suoi poteri magici Padma Sambhawa soggiogò i demoni di queste montagne e ne fece i protettori del Mustang e della sua religione.

«Quello, vedi, è il sangue del mostro che Padma Sambhawa uccise», dice l'uomo dei muli indicando una stranissima striscia di terra rossa che davvero sembra colare lungo le falde di un monte. «E là sono le sue budella», aggiunge indicandomi un lunghissimo e basso muro che inaspettato serpeggia su un brullo pendio. Solo quando gli si passa daccanto ci si accorge che il muro è fatto di decine di migliaia di sassi, su ognuno dei quali è incisa la preghiera di ogni tibetano: *Om mani padme um*, «Gloria al gioiello nel fiore di loto».

Religione e superstizione sono da sempre state parte della vita nel Mustang e ovunque si vedono piccole pile di sassi, che qualche pellegrino, con estrema semplicità, ha eretto in onore degli dèi, o un imponente *chorten*, un reliquiario, posto nel centro di una valle o sul valico fra due montagne. All'ingresso di ogni villaggio che la carovana attraversa ci sono file di piccole ruote per la preghiera; altre sono sulle soglie delle case e alle fontane dove l'acqua le fa girare, moltiplicando con ogni rotazione la preghiera scritta all'interno.

Su un'altura che sovrasta il villaggio di Geling due grandi, eleganti *gompa* dipinte di rosso stanno all'erta come due guardiani. Le pareti sono coperte da affreschi antichi. Sugli altari sono allineati preziosi bronzi e *tanka* rarissimi avvolti in pezze di seta. Nel forte della cittadina di Tsarang viene ancora conservata un'antica copia manoscritta del *Kanjur*, il libro sacro dei tibetani. Il testo è scritto in oro puro e il volume pesa 40 chili.

Nella *gompa* di Lo Gekar, situata fra 108 *chorten* su una montagna altrimenti deserta, le pareti sono coperte da centinaia di tavolette di pietra. Su ognuna è cesellato un dio. Nella semioscurità, dietro l'altare maggiore, si erge una stupenda statua in bronzo, alta un metro, di Padma Sambhawa in un voluttuosissimo amplesso con una delle sue consorti. Quella *gompa* è il tempio più antico dell'intera regione e la tradizione vuole che Padma Sambhawa stesso ci abbia abitato per alcuni mesi.

Col passare dei giorni ci si rende conto che questo paesaggio desolato è punteggiato da innumerevoli, sconosciute, piccole Cappelle Sistine del buddhismo e che, nelle *gompa* frustate dal vento, si conservano collezioni di *tanka* che farebbero invidia ai migliori musei del mondo. I più risalgono al XIV e al XV secolo, l'età d'oro del Mustang, quando le carovane che dal Tibet portavano il sale al nord dell'India attraversavano questo Paese e gli pagavano i loro tributi.

Quello che in Tibet è stato distrutto, quello che i cinesi hanno bruciato o fatto a pezzi, là nel Mustang è rimasto intatto. Qui le antiche arti e le tradizioni dei tibetani sono sopravvissute nella loro forma originaria. Allo stesso modo del mitico Shangri-la, il Mustang è una cassaforte colma di tesori.

Questi tesori sono ora in pericolo. Quindici *tanka* sono già misteriosamente scomparsi dal monastero di Geling e, solo alcune settimane prima del nostro passaggio, la popolazione ha messo le mani su un uomo che si aggirava per il Mustang con le foto di vari oggetti preziosi che – ha poi confessato – un antiquario di Katmandu gli aveva chiesto di procurargli. Sui mercati d'arte del mondo, un bronzo o un dipinto del Mustang vale ormai quanto una mandria di yak e la tentazione è grande, specie ora che molti dei luoghi sacri sono abbandonati a se stessi.

Dai monasteri sono scomparsi i Lama. Nella cucina della vecchia *gompa* di Gami ci sono ancora due enormi calderoni di ferro coi quali un tempo veniva cotto il riso per mille monaci. Oggi nell'intero complesso vivono solo due vecchi Lama. Nei dormitori del grande monastero di Tsarang gli uccelli hanno fatto il loro nido sopra uno splendido affresco in cui Mara, il dio della morte, tiene la ruota della vita fra le sue quattro zampe e si appresta a divorarla. L'affresco, del 1400, si sta sfogliando come centinaia d'altri nel Paese.

Dopo cinque giorni di marcia, a volte a piedi a volte a cavallo, improvvisamente, in mezzo a una piana circondata da colline brulle e giallastre, appare Lo Mantang. Con le sue tre *gompa* dipinte di rosso, le mura di fango bianche di calce e i due salici giganteschi, la città pare intatta come il giorno della sua fondazione. Da lontano, si ha l'impressione di essere finalmente arrivati al cuore di un segreto mai prima svelato. Avvicinandosi, l'immagine si smitizza e il viaggiatore finalmente capisce: il senso della ricerca sta nel cammino fatto e non nella meta; il fine del viaggiare è il viaggiare stesso e non l'arrivare.

La carovana fa appena in tempo a godere della vista agognata della «piana delle aspirazioni dello spirito» che viene presa d'assalto da bande di ragazzini che arrivano correndo con le mani tese e chiedono soldi, cioccolato, penne a sfera. Alcuni già riescono a mendicare in lingua straniera. I loro occhi sono tutti arrossati e cisposi, i loro nasi mocciosi.

Dinanzi alla porta della città si scende da cavallo. Solo il re ha il diritto di varcare quella soglia in arcione. Lungo i muri delle case le donne filano la lana. Alcuni vecchi pregano snocciolando rosari. Da sei mesi non piove, ma le strade son coperte d'un flaccido misto di fango ed escrementi.

Al quarto piano del suo palazzo il re, seduto su un letto di tappeti, tiene corte. La lunga coda in cui tiene i capelli gli si avvolge attorno alla testa. Nei lobi delle orecchie ha dei grossi turchesi. Ogni straniero che arriva fin lì viene ricevuto personalmente da lui. Il tè che ci offre è caldissimo, l'atmosfera quella di una favola.

L'intera vita di Lo Mantang gira attorno al suo monarca. Il Mustang non ha né leggi né prigioni ed è lui a decidere tutte le dispute. Alcuni sudditi arrivano da lontanissimi villaggi per sottoporgli i loro litigi su questioni di terra o di acqua. La sua parola è definitiva, inappellabile, e per ogni giudizio riceve un tributo. Ed è sempre lui che distribuisce le sementi fra i contadini.

La sua presenza irradia protezione sulla città. Il tetto del suo palazzo è coperto di teschi e corna di animali, di pietre scolpite con iscrizioni magiche o d'immagini del Buddha in meditazione. Quando il re lascia Lo Mantang, per molti giorni nessuno può usare una scopa per evitare che, spazzando, si sollevino spiriti maligni che potrebbero seguirlo sul suo cammino.

Per i nepalesi, che sono hindu, gli abitanti del Mustang, buddhisti, con la loro lingua e cultura diversa, sono estranei. Per giunta estranei di casta inferiore. La parola *bhote*, con cui i nepalesi identificano i tibetani, è sinonimo di «primitivo», «sporco». Di qui la loro assoluta mancanza di rispetto per tutto ciò che è tibetano e la grande minaccia per il Mustang: questo minuscolo, dimenticato regno fra le montagne è l'ultima goccia di puro, antico Tibet che esiste al mondo e l'attuale politica di Katmandu è quella di «nepalizzarlo», di assimilarlo.

Tutti gli insegnanti che vengono mandati dal governo nepalese nel Mustang sono hindu che non parlano una parola di tibetano e la prima cosa che fanno, arrivando, è di dare ai bambini del luogo nomi hindu. Il direttore stesso della scuola per giovani monaci di Lo Mantang non è buddhista. Dal punto di vista di Katmandu, il Mustang oggi è semplicemente un prodotto da vendere sul mercato redditizio del turismo internazionale, ed è così che, invece degli originari duecento stranieri da ammettere ogni anno nel regno, oggi in Mustang ne possono già entrare più di mille.

Quando la mia carovana arriva a Lo Mantang, davanti alle mura della città sono già accampati altri tre gruppi di stranieri: uno francese in alcune tende azzurre, uno italiano in alcune tende verdi e uno tedesco che sta dentro vari igloo. Ovunque, sciami di bambini perseguitano tutti indistintamente con cori di richieste.

«L'apertura del Paese al turismo è devastante. Ha introdotto una cultura da mendicanti», mi dice Pushpa Tulal Han, un giovane antropologo nepalese che, innamoratosi del Mustang, ne ha fatto l'oggetto dei suoi studi. «La gente sta perdendo il senso della propria identità.»

Isolati com'erano fino a poco tempo fa dal resto del mondo, gli abitanti del Mustang avevano sviluppato nei secoli un loro sistema autarchico di sopravvivenza. Utilizzando quel che li circondava, erano arrivati a produrre tutto ciò di cui avevano bisogno. Avevano bisogno di combustibile, soprattutto per cucinare, e seccavano in piccole ruote le fatte dei loro animali. Per illuminare le loro case usavano la resina di una pianta. Gli adulti si cucivano i propri vestiti, i bambini si facevano i loro balocchi.

Se qualcuno si ammalava, la famiglia metteva due pietre dipinte di rosso fuori della porta, chiamava i Lama per una cerimonia religiosa e ricorreva all'*amji*, l'astrologo-erborista che aveva sempre una medicina da suggerire. «Ormai da me viene sempre meno gente», mi racconta Tashi Chusang, l'unico *amji* rimasto a Lo Mantang. «Le medicine degli stranieri agiscono molto più rapidamente. Per questo tutti le preferiscono.»

Scompaiono anche le vecchie scarpe di feltro sostituite sempre di più da quelle occidentali da ginnastica che hanno invaso il mondo. Invece dei classici cappelli tibetani di pelo a tre falde, gli uomini portano volgari berretti da baseball con su scritto BOSS O CAPTAIN. Sulla piazzetta del mercato una bambina tiene in braccio una bambola dai capelli biondi e dagli occhi azzurri. I maschi giocano con aeroplanini di plastica avuti in regalo da qualche turista e si divertono a fare grosse bolle con il chewing-gum che hanno in bocca.

« Nel Mustang sono cambiate più cose negli ultimi tre anni che negli ultimi tre secoli. A volte la notte non riesco a dormire al pensiero di quel che ancora ci aspetta », mi dice il re. « Io non sono contrario allo sviluppo, se migliora la nostra vita. Ma se la distrugge? Certo che voglio l'elettricità, però non per avere il televisore. A quello sono contrario con tutto il cuore. Il televisore allontana la gente dalla religione. »

Che cosa ci si può fare?

« Ho chiesto a tutte le *gompa* del Mustang di recitare delle preghiere, ma mi chiedo se questo basterà... » dice con rassegnazione il monarca.

Quando cala la sera, il mastino nero del re, legato a far la guardia sul ballatoio del palazzo, comincia ad abbaiare come un forsennato. Abbaia a strane ombre colorate che danzano nell'oscurità. Sul pavimento di terra battuta dinanzi al palazzo il proprietario dello spaccio è riuscito, usando la batteria di un'automobile, a far funzionare un videoregistratore. Frotte di bambini attoniti ci stanno accovacciati davanti a guardare un film indiano. « Ormai conoscono meglio i nomi delle attrici di Bombay che i nomi dei loro dèi », dice l'antropologo.

Gli stessi abitanti del Mustang, a modo loro, si rendono conto che qualcosa non funziona più come un tempo, che l'improvviso arrivo degli stranieri ha rotto l'antico equilibrio della loro società. Il vento soffia più forte di prima? Le grandi piogge arrivano in ritardo? « È tutta colpa dei turisti », dicono. « Hanno fatto arrabbiare gli dèi. »

In più di seicento anni solo qualche decina di stranieri era passata per il Mustang: un paio di cappuccini italiani sulla via di Lhasa alla fine del XVII secolo, un monaco giapponese nel 1899 e qualche avventuriero e studioso come Giuseppe Tucci in questo secolo. Dal 1992, invece, ce ne sono già stati più di millecinquecento.

All'alba, quando il re fa il suo giro delle mura e le donne escono dopo di lui a raccogliere, per seccarle, le merde che le bestie hanno fatto durante la notte, ognuna, passando, dà una spinta alla grande ruota delle preghiere alta quanto la stessa porta della città. A ogni giro, un'asta tocca un campanellino e quel tintinnio argenteo indugia a lungo, come a levitar nell'aria.

Godevo in silenzio di questa scena, la mia ultima mattina a Lo Mantang, quando improvvisamente quel suono divino è stato soffocato dal palpitare metallico, prima lontano poi sempre più vicino, di un elicottero.

Un nuovo gruppo di turisti aveva deciso di risparmiarsi il cammino e di volare direttamente alla meta.

Nella primavera del 1995 la guerra nel Kashmir indiano s'inasprisce. Un gruppo di militanti islamici si arrocca in uno dei templi più sacri del territorio. Dopo un lungo assedio, l'esercito indiano passa all'offensiva.

Kashmir: i cani sanno

Sharar-i-sharif (Kashmir), maggio 1995

STORDITI, i cani si aggirano fra le macerie e rosicchiano ossa carbonizzate. Accecati dal fuoco, alcuni muoiono di fame, accucciati fra i resti fumanti di quello che era il tempio più sacro del Kashmir. Loro la verità la sanno e sarebbero anche gli unici a non mentire, ma i cani riescono appena a guaire.

Dal 1300, arroccata su questo promontorio, circondata dalle vette dell'Himalaya, c'era un'elegante cittadina di mattoni. Non restano che un paio di case. Dal 1460 c'era qui un santuario di legno di noce, tutto intarsiato, dove sia gli hindu sia i musulmani venivano in pellegrinaggio, spesso portando, come ex voto, il primo taglio di capelli dei loro figli. Non restano che alcuni gradini di pietra. Tutto è andato in fumo e con quello se n'è andata l'ultima speranza d'un compromesso nel Kashmir, il pomo della discordia che da mezzo secolo avvelena le relazioni fra India e Pakistan e che minaccia d'essere la scintilla d'una nuova guerra fra questi Paesi vicini, tutti e due ormai armati di testate nucleari.

Il santuario di Sharar-i-sharif era il simbolo della tolleranza religiosa, della possibile coesistenza fra hindu e musulmani. Era stato costruito attorno alla tomba di Sheik Nurudin, il propagatore del sufismo – la versione mistica dell'Islam –, il profeta della non-violenza, il poeta i cui versi sono alla radice dell'anima kashmira.

Dio è ovunque e ha mille nomi,
ma non c'è foglia d'erba
che non lo riconosca.

Siamo venuti assieme sulla terra,
perché non spartire gioie e dolori?

scriveva Sheik Nurudin per convincere la sua gente che l'amore, più che la spada, converte gli infedeli e che «non bisogna mai dividere gli hindu dai musulmani».

L'incendio di Sharar-i-sharif ha approfondito quella divisione. Chi l'ha appiccato? Chi ha voluto distruggere questa cittadina con tutto quel che rappresentava? I cani tacciono. Solo alcuni fatti sono certi. Due mesi fa circa cinquanta guerriglieri fondamentalisti islamici, armati fino ai denti, si sono mischiati ai pellegrini e sono entrati a Sharar-i-sharif. Il loro capo era Mast Gul, un sedicente «maggiore» dei *mujahiddin*, veterano della guerra in Afghanistan. L'esercito indiano ha mandato tremila dei suoi uomini a circondare la città, ma i generali di Delhi han detto fin dall'inizio che non avrebbero attaccato i guerriglieri per evitare di fare vittime fra la popolazione e danneggiare il santuario. Dopo settimane di stallo, improvvisamente una notte l'intera città, il tempio, la tomba di Sheik Nurudin, i suoi manoscritti e la sacra reliquia rappresentata dal mantello di Fatima, figlia di Maometto, sono stati divorati dalle fiamme.

Chi è stato il responsabile di questo sacrilegio? Le autorità indiane dicono che sono stati i guerriglieri; quelli dicono che sono stati gli indiani con la loro artiglieria; la popolazione, ora rifugiata nei villaggi vicini, racconta un'inverosimile storia di elicotteri che avrebbero cosparso la città di una polvere incendiaria, poi innescata dalle bombe. Ogni volta che qualcuno sgarra da questa stereotipa versione, la folla attorno lo corregge.

I kashmiri vivono nel terrore: terrore dei *mujahiddin* venuti a «liberarli», terrore degli indiani venuti a «proteggerli».

«I militanti erano poco più di una trentina. Tutti mercenari, venuti dal Pakistan. Ne abbiamo ammazzati ventotto e catturato uno. Per noi è stato un gran successo», dice il generale Mohinder Singh, comandante delle truppe indiane che ora occupano la città distrutta e abbandonata. La sua uniforme è inamidata, il suo turbante verde ha una striscia rossa, ma il generale è scalzo. «Per rispetto alla santità del posto» ha costretto tutti, soldati e giornalisti, a togliersi le scarpe e a camminare pericolosamente a piedi nudi, fra le macerie, le schegge e i vetri rotti, nel recinto del santuario che non esiste più: un ultimo tocco d'ipocrisia in una guerra combattuta anche a suon di falsità e di bugie pubblicitarie.

Per l'India la distruzione di Sharar-i-sharif è stata tutt'altro che un successo. Il potente esercito di Delhi non solo è stato messo in scacco da una piccola banda di guerriglieri; alla fine è stato anche preso in giro. Mentre i portavoce militari annunciavano che il «maggiore» Mast Gul era circondato e che entro poche ore sarebbe stato «liquidato», lui lasciava Sharar-i-sharif accompagnato da diciotto dei suoi uomini e mandava a noi giornalisti una registrazione in cui raccontava la fuga e ridicolizzava gli indiani. Per i giovani kashmiri il «maggiore» è il grande eroe del momento.

Secondo le autorità indiane, all'origine di tutta l'insurrezione c'è il Pakistan e il «terrorismo» è dovuto ai «mercenari» mandati da oltrefrontiera. Ma anche questa è una mezza verità.

«Tutti stranieri», dice un ufficiale indiano indicando i cadaveri di cinque guerriglieri stesi sotto dei teli bianchi in un prato alla periferia di Sharar-i-sharif. I giornalisti prendono appunti, i fotografi scattano immagini e ripartono. Chi per curiosità torna qualche ora dopo sul posto scopre che i cadaveri sono circondati da donne che piangono. Ognuno di loro ha un nome. Erano tutti ragazzi dei dintorni.

Non c'è dubbio che il Pakistan soffia sul fuoco dell'insurrezione anti-indiana nel Kashmir, che infiltra i suoi agenti e manda carichi di armi alla guerriglia, ma il movimento ha radici locali e l'odio contro l'amministrazione indiana è ormai tale che centinaia di giovani kashmiri lasciano spontaneamente i loro villaggi, vanno nella parte di Kashmir controllata dal Pakistan e tornano dopo mesi di addestramento non solo militare, ma anche religioso.

Per l'India stessa, che per decenni ha fatto della tolleranza e della coesistenza fra le religioni la base della sua identità nazionale, l'alienazione del Kashmir – il solo Stato dell'Unione con una maggioranza musulmana – è motivo di grande imbarazzo sul piano internazionale e di grandi conseguenze sul piano interno.

La distruzione del tempio sufi a Sharar-i-sharif viene dopo quella del Tempio d'Oro dei sikh ad Amritsar per mano dell'esercito, dopo quella della moschea di Ayodhya per mano di una folla scatenata di hindu, e sembra indicare una crescente intolleranza religiosa. Per i 125 milioni di musulmani che ancora vivono, da minoranza, in India, il segnale è preoccupante.

Il fatto è che, per il momento, nessuna soluzione è possibile. Qualsiasi concessione l'India possa fare in Kashmir apparirebbe come una concessione fatta al Pakistan, e questo è qualcosa che nessuno a Delhi può politicamente permettersi. Lasciare che il

Kashmir abbia il suo plebiscito e scelga il proprio futuro vorrebbe dire incoraggiare altre popolazioni o altri Stati indiani con movimenti secessionisti a volere la loro indipendenza. L'India ne uscirebbe indebolita ed eventualmente smembrata. Così lo stato d'assedio continua e il Kashmir, un Paese di particolare bellezza, diventa sempre più una sorta di paradiso perduto.

La sera i begli *house-boats*, un tempo alloggio per migliaia di turisti, restano bui e deserti, ormeggiati sotto i monumentali aceri lungo le rive del lago Dal. Le vette dell'Himalaya risplendono d'argento sotto la luna. Nel silenzio rincuorante della natura si sentono improvvisamente urla lontane: «*Azaadi Kashmir!*» «Libertà al Kashmir!», poi lo sgranare dei mitra.

Da qualche parte alcuni giovani kashmiri sfidano il coprifuoco, prendono a sassate le casematte dei soldati indiani e si preparano così a diventare nuovi guerriglieri.

A luglio un misterioso gruppo di guerriglieri rapisce cinque turisti occidentali, fra cui un tedesco, e io vengo mandato di nuovo a Srinagar per fare un ritratto del Kashmir.

Un tunnel senza luce

Srinagar (Kashmir), agosto 1995

PIÙ bella non potrebbe essere. Adagiata nell'anfiteatro dell'Himalaya, la valle del Kashmir è uno splendido esempio di come perfetta può essere la natura. I monti si sfumano in altezze evanescenti, i fiumi sono limpidi come il vetro e nei laghi ora verde giada ora azzurrissimi si rispecchiano pioppi, salici e aceri giganteschi e maestosi come cattedrali.

Niente acquieta l'anima più di una levata del sole sul lago Dal, quando stormi di anitre selvatiche volano bassi sull'acqua immobile e un solitario martin pescatore dalle piume azzurre e dorate punta da un palo la sua preda.

Gli imperatori moghul, che nel XVI secolo arrivarono dall'arida Asia centrale per conquistare l'India, crearono sulle sponde di questo lago i giardini più belli d'Oriente e alla loro ombra passarono, felici, le torride estati. Quando nell'anno 1627 l'imperatore Jehangir, il padre del costruttore del Taj Mahal di Agra, era sul suo letto di morte a Bhim Bhar e qualcuno gli chiese quale fosse il suo ultimo desiderio, sussurrò soltanto: « Il Kashmir, il Kashmir! » Un famoso verso del secolo scorso, che ogni kashmiro ama recitare, dice:

Se in Terra esiste il paradiso,
allora è qui, è qui, è qui.

Non lo è più. La « valle felice », come la chiamarono i colonizzatori inglesi, è diventata la valle della paura e della morte. Da sei anni il Kashmir è il campo di battaglia di un conflitto atroce: da una parte ci sono gli indiani col loro esercito e la loro polizia, dall'altra un movimento di guerriglia indigeno, sostenuto dal Pakistan, che vuole liberare il Kashmir dall'India.

Più triste non potrebbe essere. Srinagar, la capitale medievale, un tempo elegante, con le sue moschee di legno e le sue case patrizie lungo il fiume Jhelum, con i suoi bazar in cui gli artigiani tessono e ricamano i raffinati scialli del Kashmir, i tappeti e i begli oggetti in *papier-mâché*, con le sue centinaia di *house-boats*, le tipiche imbarcazioni-case sui canali, Srinagar è diventata un bivacco di militari.

A ogni crocevia, su ogni piazza sono state erette minacciose casematte dalle cui feritoie i soldati indiani puntano i loro fucili sui passanti. Scuole, ospedali, cinema e alberghi sono stati requisiti dai militari e la vita di questa « Venezia dell'Himalaya », di questa « perla incastonata nei diamanti », è completamente paralizzata.

Soldati indiani si sono annidati nei giardini e nei vecchi forti degli imperatori moghul, hanno occupato il santuario dell'VIII secolo prima di Cristo che dall'alto di una collina veglia su Srinagar, nonché la minuscola isola artificiale nel lago Dal dove, nelle notti di luna piena, i moghul andavano a contemplare il cielo.

I turisti non vengono più. I negozi sono vuoti e la popolazione vive nel terrore. « Si esce e non si sa se si tornerà mai a casa », mi dice lo scrittore Muhammed Zahir, 55 anni. Alcuni giorni fa gli indiani l'hanno fatto scendere dal suo motorino, l'hanno trascinato in un bunker e malmenato per ore. « Non volevano sapere niente da me. Volevano semplicemente dimostrarmi che noi kashmiri siamo mosche che gli indiani possono schiacciare a piacimento. »

Ogni giorno interi quartieri della città vengono improvvisamente circondati dalle forze di sicurezza indiane per una delle temute «operazioni di accerchiamento e perlustrazione». L'alba è l'ora preferita. Gli altoparlanti svegliano la gente che ancora dorme, ordinando agli uomini di uscire dalle case e di adunarsi in una piazzetta vicina. Là ognuno di loro deve sfilare lentamente davanti a jeep militari in cui siedono i «gatti», gli ex guerriglieri diventati informatori degli indiani. Terrificanti nelle loro palandre nere che li coprono dalla testa ai piedi perché non vengano riconosciuti, i «gatti» identificano i loro vecchi compagni e i simpatizzanti della guerriglia. Ogni «sospetto» viene portato in un centro d'interrogatori da cui spesso esce solo cadavere.

«Una mattina c'erano cinque morti nel mio vicolo», racconta un uomo d'affari di Srinagar. «Uno era il figlio della mia vicina di casa, arrivato il giorno prima da Bombay per fare visita alla madre.» Gli indiani, non avendolo visto prima, l'hanno preso per un infiltrato e l'hanno torturato per cavargli di bocca informazioni che non aveva.

Secondo i calcoli delle organizzazioni kashmire per la protezione dei diritti umani (le autorità di Delhi impediscono l'ingresso nel territorio ad Amnesty International e a tutte le altre organizzazioni straniere di questo genere), dal 1989 ci sono state oltre 1500 di queste «morti in detenzione»; 200 giovani sono «scomparsi» e da 15.000 a 20.000 persone sono ancora in carcere. Le cifre crescono con ogni giorno che passa.

L'India usa nel Kashmir gli stessi metodi di repressione con cui ha sopraffatto simili movimenti secessionistici nel Nagaland e nel Punjab: elimina spietatamente i militanti armati e terrorizza la popolazione perché non li sostenga. Il problema è che in Kashmir questi metodi hanno ottenuto l'effetto contrario. Il visitatore oggi ha difficoltà a trovare un solo kashmiro disposto a dire una buona parola sull'India, e anche fra quelli che, senza particolari interessi politici, desiderano semplicemente il ritorno alla pace e alla normalità sta crescendo la rabbia contro gli indiani che qui hanno sempre più l'aria di una forza brutale di occupazione.

«Appena sarò di nuovo in grado di camminare, prendo il fucile e vado con i guerriglieri», dice un maestro di disegno di 28 anni, mostrandomi le bruciature che la polizia indiana, interrogandolo, gli ha inflitto con elettrodi alle cosce e ai testicoli. Era appena arrivato dalla campagna con la moglie ammalata per farla vedere a un medico di città, quando, durante un rastrellamento, è stato arrestato e torturato per tre giorni. Così come lo avevano preso, senza alcuna spiegazione, gli indiani lo hanno poi rilasciato.

Nessuno vede una facile soluzione a questo conflitto, anzi alcuni temono che da questa valle del paradiso parta la scintilla di una guerra più vasta che potrebbe mettere a repentaglio non solo la sicurezza della regione, ma anche quella del mondo. Per il controllo del Kashmir, India e Pakistan hanno già combattuto tre guerre. Una quarta potrebbe scoppiare ogni momento. Questa volta potrebbe essere una guerra atomica, visto che sia l'India sia il Pakistan hanno nel frattempo arricchito di ordigni nucleari i loro arsenali.

Più pericolosa la situazione non potrebbe essere. Ognuno dei due contendenti è convinto che l'altro ha come obiettivo la sua distruzione; l'uno come l'altro crede che i propri problemi interni siano il risultato dei tentativi sovversivi dell'avversario; l'uno come l'altro considera che ogni questione bilaterale è una questione di vita o di morte.

Forse non a torto. Nel 1971 l'India giocò un ruolo determinante nello smembramento del Pakistan originario quando sostenne la rivolta delle province orientali contro Islamabad e mandò il proprio esercito a sostenere la fondazione dello Stato secessionista del Bangladesh. Per rappresaglia, il Pakistan ha da allora sostenuto tutti i movimenti che aspiravano a un qualche smembramento dell'India – soprattutto quello dei sikh per la creazione di un Punjab indipendente – e ha, con ogni probabilità, avuto qualche parte nei sanguinosi disordini del 1993 fra hindu e musulmani e nelle misteriose bombe esplose a Bombay.

Nonostante i due governi lo neghino, non c'è dubbio che quel che succede oggi nel Kashmir è legato a quel che succede a Karachi e viceversa. Gli osservatori, per descrivere questa politica del dente per dente, parlano di «K per K», in cui l'India sosterrebbe i gruppi armati che hanno trasformato in campo di battaglia Karachi, la più grande città e il porto più importante del Pakistan, per punire così il Pakistan del suo appoggio in Kashmir ai guerriglieri anti-indiani.

«Ci vorrebbero due personalità di grande livello e di grande potere politico per risolvere questo problema radicato nella storia», mi dice Ved Bashin, direttore del quotidiano *Kashmir Times* nella città di Jammu. «Né Narasima Rao né Benazir Bhutto ne sono capaci.»

Il problema del Kashmir è cominciato nel 1947, quando Londra concesse l'indipendenza al suo impero indiano. Dalla vecchia India britannica nacquero due Stati: l'India, con una popolazione prevalentemente hinduista, e il Pakistan, il «Paese dei puri», prevalentemente musulmano. I maharajah dei 562 principati indiani poterono scegliere a quale dei due Stati appartenere. Il caso più difficile fu quello del maharajah di Jammu e Kashmir che regnava su una strana accozzaglia di popoli e di territori messi assieme dalla storia. La bella valle del Kashmir, con la sua popolazione prevalentemente musulmana, era stata acquistata da un suo antenato dagli inglesi per la somma di sette milioni e mezzo di rupie. Il Ladakh, prevalentemente buddhista, e la pianura di Jammu, prevalentemente hinduista, li aveva conquistati lui.

Il giorno dell'indipendenza, il 15 agosto 1947, il maharajah Hari Singh, un hindu che regnava però su una popolazione all'80 per cento musulmana, era ancora indeciso, e lo Stato di Jammu e Kashmir rimase per due mesi formalmente indipendente. Soltanto quando il Pakistan mandò dei suoi «volontari» con l'intenzione di annettere l'intero territorio, il maharajah si decise frettolosamente per l'India. Ai kashmiri nessuno chiese cosa preferissero e da allora sono stati scontenti della soluzione imposta loro.

La divisione fra India e Pakistan – in inglese *partition* – viene vista da molti storici come la grande tragedia del subcontinente. Quella divisione è alla radice dell'ostilità fra Pakistan e India e delle tensioni crescenti fra i 125 milioni di musulmani rimasti in India e il resto della popolazione hindu. Per secoli le due comunità erano vissute tranquillamente l'una accanto all'altra e quell'artificiale divisione, lungo frontiere decise a tavolino, non fu solo una divisione dei beni e degli averi, ma soprattutto una divisione dei cuori. La *partition* dette il via a una migrazione di popoli di proporzioni bibliche e fu inaspettatamente drammaticamente sanguinosa. I musulmani macellarono gli hindu, gli hindu macellarono i musulmani. Nessuno contò i morti, ma nel giro di un anno si calcola che il numero delle vittime sgozzate, bruciate vive, pugnalate o bastonate fu di oltre un milione. Non valsero gli appelli e i digiuni del Mahatma Gandhi a scongiurare o limitare i massacri.

Da allora son passati 48 anni, ma le ferite sono ancora aperte e il peso di quella tragedia grava pesantemente sul destino del Kashmir, «il figlio del divorzio ora reclamato da entrambe le parti», come dice il dottor Eqbal Ahmad, uno storico pakistano d'Islamabad.

La prima guerra fra India e Pakistan scoppiò immediatamente. Il 26 ottobre 1947 Nuova Delhi mandò nel Kashmir i suoi soldati e denunciò all'ONU l'aggressione pakistana. L'ONU impose un cessate il fuoco, inviò osservatori militari e con due diverse decisioni del Consiglio di Sicurezza riconobbe il diritto del Kashmir all'autodeterminazione. Non appena i due eserciti si fossero ritirati sulle loro posizioni originarie, la popolazione del territorio avrebbe potuto votare per l'annessione all'India o al Pakistan.

Gli eserciti non si ritirarono mai e il plebiscito promesso non c'è mai stato. Quarantuno caschi blu dell'ONU si trovano ancora in sette punti di osservazione lungo la linea del cessate il fuoco e dopo mezzo secolo quello del Kashmir è ancora «il più lungo e irrisolto conflitto affidato alle Nazioni Unite», come l'ha definito il segretario generale Boutros Ghali.

Quello che al momento dell'indipendenza era lo Stato di Jammu e Kashmir è oggi, in pratica, così diviso:

– Jammu, Ladakh e l'intera valle del Kashmir (oltre 100.000 chilometri quadrati con 8 milioni di abitanti), la parte principale, è sotto controllo indiano;
– una piccola parte, chiamata Azad Kashmir, il «Kashmir Libero» (77.000 chilometri quadrati con 3 milioni di abitanti e capitale Muzaffarabad), è sotto controllo pakistano;
– una parte nordorientale, ancora più piccola (24.000 chilometri quadrati con un milione e mezzo di abitanti), è stata ingoiata dalla Cina, in seguito a trattative bilaterali col Pakistan e alla guerra contro l'India del 1962.

I kashmiri si sentono traditi da tutto quel che è avvenuto negli ultimi cinquant'anni. Il loro sogno d'indipendenza non si è avverato né di qua né di là dalla linea del cessate il fuoco e ancora una volta si trovano a essere governati da stranieri. È una storia, questa, cui sono abituati perché da quattrocento anni non hanno conosciuto altro che conquistatori: prima ci furono i moghul, poi gli afghani, in seguito i sikh e infine la famiglia del maharajah Singh. Sotto questi vari signori stranieri, spesso crudelissimi, i kashmiri erano rimasti pacifici e tolleranti. La loro religione era il sufismo, una versione mistica dell'Islam. La violenza fra loro era sconosciuta e, se per caso in una loro comunità avveniva un assassinio, erano convinti che per questo il cielo si sarebbe tinto di rosso. Anche durante i grandi massacri seguiti all'indipendenza, il Kashmir fu uno dei pochi Stati in cui non ci furono violenze e dove hindu e musulmani continuarono a rispettarsi e a vivere in pace.

Tradizionalmente i kashmiri non hanno mai posseduto armi e persino i remi delle loro *shikara*, le tozze gondole dello splendido lago Dal, erano tagliati a forma di cuore. L'imperatore moghul Akhbar li trovava così irritantemente effemminati che impose agli uomini di portare abiti ampi come quelli delle donne. Oggi sotto questo abito, il *feron*, diventato il costume nazionale, i giovani kashmiri nascondono i loro fucili Kalashnikov.

La svolta avvenne con le elezioni del 1987, o meglio con i brogli cui Nuova Delhi ricorse per mantenere il controllo del territorio. Il partito kashmiro pro-indipendenza era dato per sicuro vincitore, ma gli indiani falsificarono i risultati e installarono nella locale amministrazione di Srinagar un loro candidato. «Per proteggere il nostro diritto all'autodeterminazione non ci restò che prendere le armi», racconta Yassim Malik, 29 anni, presidente del Fronte di Liberazione del Jammu e Kashmir (JKLF), che incontro in un angusto, cadente appartamentino nel cuore della vecchia Srinagar, dov'è appena tornato, debole e malandato, dopo quattro anni passati in un carcere indiano.

Con un gruppo di giovanissimi studenti Malik, nel 1988, organizzò i primi attacchi di guerriglia urbana. Per un anno il JKLF – un movimento nazionalistico privo di connotati religiosi che aveva per unico obiettivo l'indipendenza del Kashmir sia dall'India sia dal Pakistan – fu il solo gruppo armato a combattere contro gli indiani. È rimasto per questo il più amato fra i kashmiri, ma non è più il solo. Innumerevoli altri gruppi di guerriglieri, a volte falsi a volte veri, a volte infiltrati da agenti provocatori, a volte semplicemente da opportunisti e criminali, si sono presentati sulla scena del Kashmir nel corso degli ultimi sei anni. I più sono ormai armati e finanziati dal Pakistan.

Dodici chilometri a est di Peshawar, la grande città pakistana al confine con l'Afghanistan, c'è un edificio bianco, inaccessibile, di cui si dice sia il quartier generale della Kashmir Jihad, la «guerra santa per il Kashmir». È qui che i funzionari del Jamaat-e-Islam (il partito fondamentalista del Pakistan) coordinano il reclutamento e l'addestramento degli Hizbul Mujahiddin, il più importante dei gruppi che oggi combattono in Kashmir contro l'India. Questo gruppo dispone di grosse riserve di denaro, di un notevole arsenale e mantiene dai 4000 ai 5000 guerriglieri in Kashmir. I più sono giovani che hanno attraversato la linea del cessate il fuoco e sono stati formati militarmente in Pakistan. I loro capi sono veterani della guerra in Afghanistan.

Gli indiani, dal canto loro, hanno addestrato, per mezzo del loro servizio di controspionaggio – il RAW –, piccoli gruppi di guerriglieri che si spacciano per combattenti per la liberazione del Kashmir, ma in realtà sono lì per creare confusione, per assassinare i veri militanti – soprattutto quelli del JKLF e gli Hizbul Mujahiddin – e per screditare agli occhi della popolazione, con ogni possibile mezzo, il movimento secessionista.

Alla fine del mese scorso, improvvisamente è comparso sulla scena un nuovo gruppo, Al Faran, che s'è messo in vista col rapimento di cinque turisti occidentali, di cui uno – un giovane norvegese – è stato poco dopo trovato con la testa mozzata, ma nessuno è in grado di dire con certezza chi e quali interessi vi si nascondano dietro. Si tratta di un gruppo pro-pakistano che con questa azione vuole riproporre il problema del Kashmir all'attenzione del mondo? O si tratta, come sostengono molti militanti nel Kashmir, di un gruppo sostenuto dall'India che vuole screditare i combattenti per l'indipendenza facendoli passare per barbari, sanguinari terroristi?

Quando a Srinagar i soldati indiani si barricano dopo il tramonto nelle loro casematte e i kashmiri si ritirano nelle loro abitazioni, quando nell'aria non si sente che l'abbaiare dei cani e lo sporadico crepitare dei mitra, ogni ombra è sospetta. Guerriglieri armati si aggirano per il labirinto dei vecchi vicoli, presentandosi alle porte delle case per chiedere un'offerta per la *jihad*, mentre giovanotti senza lavoro derubano e ricattano i più benestanti spacciandosi per militanti. Secondo alcuni mercanti di Srinagar, anche i soldati indiani s'approfittano del manto della notte per travestirsi da guerriglieri e andare a rubare nei negozi.

Una delle caratteristiche dei nuovi gruppi di guerriglia addestrati in Pakistan è il loro essere imbevuti d'ideologia della *jihad*. Al contrario dei primi militanti kashmiri, questi non sembrano più combattere per l'indipendenza del loro territorio, ma per una versione fondamentalista dell'Islam.

L'India, che si considera l'avanguardia nella lotta contro una catena di Stati islamici che dal Pakistan arriva senza soluzione di continuità fino al Nordafrica, ha quindi buon gioco quando giustifica la repressione dei kashmiri come parte della sua battaglia contro quella « congiura » islamico-fondamentalista che tanto preoccupa anche l'Occidente.

Recentemente, 35 partiti secessionisti kashmiri hanno formato un gruppo comune, la Hurriet Conference, per coordinare le loro attività e proporsi all'India come interlocutori. L'India li ha finora ignorati, evitando ogni contatto. « I soli funzionari indiani con cui ho avuto a che fare sono quelli delle prigioni », dice Syed Alì Shah Gilani, 65 anni, il principale rappresentante del partito Jamaat-e-Islam, che per le sue posizioni anti-indiane s'è fatto dieci anni di carcere.

Shabir Shah, il presidente della Lega popolare del Jammu e Kashmir, ha passato venti dei suoi quarant'anni nelle galere indiane, ma è rimasto il più moderato dei militanti. « Il fucile è parte della soluzione, ma non è la soluzione », dice nella sua casa di Srinagar, affollata dalla mattina alla sera da sostenitori e seguaci. Alcuni criticano il tono moderato, a volte quasi pacifista, dei suoi discorsi, ma la sua è forse la posizione più popolare fra la gente kashmira in generale. Molti parlano di lui come del Nelson Mandela del Kashmir.

Fra i rappresentanti dei vari gruppi nella Hurriet Conference ci sono grandi divergenze, specie sull'obiettivo finale della lotta. Alcuni sono per l'annessione al Pakistan, altri per una nuova *partition* (la valle del Kashmir al Pakistan, il resto all'India); qualcuno vuol fare del Jammu e Kashmir una repubblica islamica, mentre altri ancora auspicano uno Stato secolare. Solo su un punto sono tutti d'accordo: che l'India se ne vada dal Kashmir.

« Il futuro del Kashmir può essere deciso solo da noi kashmiri », dice Shabir Shah, che sogna di fare del Kashmir una confederazione come la Svizzera, in cui musulmani, hindu, buddhisti e cristiani possano convivere mantenendo le loro diverse lingue e tradizioni.

L'India invece considera il Kashmir come un suo « affare interno », ritiene superate dai fatti tutte le risoluzioni dell'ONU sull'autodeterminazione del Kashmir e sostiene che il problema si risolverà non appena il Pakistan smetterà di mestare nel torbido di questa faccenda...

Il Pakistan, dal canto suo, che già due anni fa ha rischiato di essere messo dagli Stati Uniti sulla lista dei Paesi che appoggiano il terrorismo, sostiene di dare soltanto « appoggio morale » alla guerriglia nel Kashmir ed evita accuratamente che il suo esercito venga direttamente coinvolto nel conflitto.

Il viaggiatore però che arriva oggi a Muzaffarabad, la capitale del cosiddetto Kashmir Libero – la parte sotto controllo pakistano –, si accorge subito che la piccola cittadina di provincia, a soli 30 chilometri dalla linea del cessate il fuoco, è la grande base di retroguardia della guerra santa in Kashmir. I guerriglieri feriti vengono curati in un apposito ospedale locale, tutti i gruppi militanti hanno qui i loro rappresentanti. Basta una telefonata per incontrare tutti i «terroristi» kashmiri su cui gli indiani vorrebbero tanto mettere le mani. In questo momento son tutti a Muzaffarabad per prendere in consegna le nuove reclute, i nuovi rifornimenti di materiale bellico e pianificare la prossima offensiva coi loro «consiglieri» pakistani. La cittadina pullula di strani, eleganti giovanotti in borghese, ma dall'aria estremamente militare, che si parlano con walkie-talkie ed evitano anche la più banale conversazione con uno straniero come me che, invece di stare nella foresteria del governo pakistano dove era stato quasi costretto ad alloggiare, è finito proprio nella pensione dove ogni cliente sembra un agente dei servizi segreti o un ufficiale.

Non c'è alcun dubbio che da questo «santuario» in territorio pakistano partono le infiltrazioni di uomini e materiali che tengono in scacco l'esercito indiano nel Kashmir. Nel tentativo di rallentare questo flusso, gli indiani intensificano ora i loro attacchi di artiglieria lungo la frontiera. Secondo gli osservatori dell'ONU, nel solo mese scorso ci sono state centocinquanta di queste violazioni del cessate il fuoco, il numero più alto dalla fine della guerra del 1971.

«L'India non si è ancora abituata all'esistenza del Pakistan, non si è ancora riconciliata con l'idea di due nazioni separate», mi dice Sadar Kayum, formalmente il capo dell'amministrazione del Kashmir Libero, «e noi dobbiamo tener presente che l'India un giorno o l'altro cercherà di varcare la linea del cessate il fuoco per tentare di risolvere a suo modo questa faccenda lasciata irrisolta dalla storia.»

Delhi ha più di mezzo milione fra soldati e poliziotti in Kashmir e la guerra è già costata 30.000 morti kashmiri, due terzi dei quali civili. Ogni quartiere di Srinagar ha un suo piccolo «cimitero per i martiri». Molti sono già strapieni e i nuovi morti debbono essere sepolti sul grande campo di Idqa. Sopra la distesa dei tumuli freschi campeggia un cartello che dice: NON RIFUGGITE DAL FUCILE, O GIOVANI, CHÉ LA GUERRA DI LIBERAZIONE NON È ANCORA STATA VINTA!

Questo invito alla violenza, accoppiato all'islamizzazione sempre più rapida del movimento di resistenza, sta trasformando l'etica tradizionale della società kashmira. Sotto l'influsso dei fondamentalisti, un numero sempre maggiore di donne indossa la *burka*, un camicione nero o marrone che nasconde il corpo da capo a piedi e lascia liberi solo due pertugi a forma di foglia per gli occhi.

Cinque volte al giorno i *muezzin* chiamano con voce bellicosa i fedeli alla preghiera. I *mullah* cominciano a criticare il sufismo, versione tollerante e moderata dell'Islam, e anche la piccola moschea nel vecchio quartiere di Kangjar, nella quale generazioni di turisti hanno visitato la presunta tomba di Cristo – che secondo una locale leggenda sarebbe sopravvissuto alla croce per venire a morire qui, il paradiso in terra –, viene oggi sorvegliata da un giovane fondamentalista insensibile e disinteressato a quelle vecchie storie.

« Tutto ciò che ci è caro viene distrutto », lamenta una maestra di Srinagar. « Il nostro destino ormai è di scomparire come kashmiri. »

Non c'è luce alla fine di questo tunnel?

« No », dice Parvez Imroz, un avvocato kashmiro. « Dopo questo tunnel, ce n'è un altro e poi un altro ancora. La luce, mai. »

Da più di dieci anni la guerra civile distrugge lo Sri Lanka, uno dei più bei Paesi dell'Asia.

Quando il governo crede d'aver indebolito finalmente i suoi avversari, le «Tigri tamil», questi con un attacco spettacolare fanno saltare in aria i depositi di carburante all'aeroporto della capitale, Colombo. Una mattina il Galle Face Hotel, l'albergo in cui sto, è scosso da una violentissima esplosione.

Sri Lanka: l'isola folle

Colombo, 11 novembre 1995

I CADAVERI, a pezzi, una gamba qui, un torso là, una testa, un pene, le dita di una mano, sparsi all'angolo della strada, sono osceni; ma le cornacchie sono le sole a protestare per quegli scombinati brandelli di umanità finiti improvvisamente anche sugli alberi. Il loro petulante gracchiare, nel silenzio stupefatto seguito alle esplosioni, pare il commento più saggio alla follia cui tutti qui, dopo un po', sembriamo fare l'abitudine.

Alcuni giorni fa, in alcuni villaggi del nord, m'è capitato di vedere le vittime d'una serie di massacri commessi da bambini; oggi, nel centro della capitale, a un passo dai grandi alberghi dove alloggiano i pochi turisti stranieri che ingenuamente si avventurano ancora nello Sri Lanka, mi trovo dinanzi a quel che resta di due giovani che, imbottiti di esplosivo nascosto sotto la camicia, sono saltati in aria assieme a tutti quelli che stavano loro attorno: così, alle nove e mezzo del mattino, in un gesto di nessuna eroicità, semplicemente seguendo una routine alla quale alcune centinaia di ragazzi sono ormai addestrati.

Uno è esploso all'ingresso del quartier generale delle forze armate, l'altro a un centinaio di metri. Le vittime dei due attacchi suicidi sono state una quindicina, difficili da contare con esattezza: semplici passanti, un vecchio dai capelli bianchi, una venditrice di bibite finita in frantumi come decine delle sue bottiglie.

Per un paio d'ore è sembrato che un terzo uomo-bomba fosse riuscito a entrare in uno degli alberghi di lusso affacciati sulla baia. L'intero quartiere è stato isolato, soldati in assetto di guerra hanno preso posizione dietro le palme, decine di poliziotti hanno setacciato ogni camera, mentre un elicottero faceva la guardia dal cielo. L'allarme è durato un paio d'ore, poi tutto è tornato «normale», dopo che un uomo con una pallottola nella fronte è stato trovato a uno dei piani superiori dell'albergo: un altro episodio nell'orribile guerra civile che nel corso degli ultimi quindici anni ha trasformato lo Sri Lanka dalla «terra del latte e del miele» in quella «di lacrime e sangue».

La guerra è fra il governo, ora presieduto dalla signora Chandrika Kamaratunga, e il movimento separatista delle «Tigri tamil», il movimento LTTE capeggiato da Velupillai Prebhakaran, «il Supremo»: uno strano personaggio, mistura di varie ideologie rivoluzionarie che vanno da Che Guevara a Hitler, da Mao a Pol Pot, e responsabile di quella cultura della morte che è diventata la vera religione dei ribelli. Il conflitto ha praticamente già diviso il Paese in due: un troncone che comprende il sud e l'ovest, con una popolazione a stragrande maggioranza singalese e buddhista, in mano al governo e con capitale Colombo; un altro troncone comprendente il nord e l'est, con una popolazione quasi esclusivamente tamil, cioè hindu (con una minoranza cristiana), in mano alla guerriglia e con capitale Jaffna.

La guerra, con i suoi 50.000 morti e 600.000 profughi (su un totale di 17 milioni di abitanti), ha bloccato lo sviluppo del Paese, ma soprattutto avviato lo Sri Lanka in una spirale di violenza e di brutalità da cui difficilmente uscirà, anche se ritrovasse, formalmente, la pace. L'orrore è diventato a tal punto parte della vita della gente da non essere quasi più rivoltante, da non sorprendere più.

«Vuol vedere un massacro?» mi ha chiesto l'impiegata del ministero degli Esteri, incollando la mia foto su un cartoncino. «C'è un elicottero che sta partendo a due passi da qui.» Ero appena sbarcato a Colombo, avevo messo i bagagli in albergo, ero andato ad accreditarmi e nel giro di due ore, assieme a una troupe della televisione di Stato, mi sono ritrovato dinanzi a una di quelle solite scene di guerra che ogni volta confermano l'immensa capacità dell'uomo di essere bestiale: cadaveri fatti a pezzi, petti squarciati, i più donne e bambini. I corpi rigidi e insanguinati erano stati appena allineati nel corridoio dell'ospedale distrettuale di Kebitigollewa, una cittadina tutta singalese nel nord del Paese. La gente ancora terrorizzata voleva raccontare. La storia era sempre la stessa.

« Sono arrivati all'alba. Dormivamo e hanno cominciato a macellarci. Al massimo avranno avuto dieci, dodici anni », diceva un uomo sulla cinquantina che era riuscito a scappare nella giungla al primo trambusto. « Erano tutti giovanissimi. Una squadra era fatta di sole bambine », diceva una donna e descriveva le loro uniformi e le loro treccine. « Erano nuove reclute delle Tigri. Questo è parte del loro addestramento. Uccidere rafforza la loro forza di volontà », mi spiegava, quasi con indifferenza, il maestro del posto. Fra i cadaveri che si coprivano di mosche c'era quello d'un neonato di sette giorni: la testa molle spaccata in due da un colpo d'accetta. « Come potrà mai diventare madre una bambina che ha fatto questo? » si chiedeva una donna nella folla stupefatta.

Madri, quelle bambine non lo diventeranno probabilmente mai. Ognuna di quelle giovanissime Tigri ha giurato di morire combattendo. Ognuna porta al collo una capsula di cianuro da mordere nel caso venga catturata. Le Tigri non si fanno prendere vive. Intere generazioni di giovani vengono ormai su così. I due ragazzi-bomba di stamani erano di questo tipo, cresciuti nella violenza, allevati per uccidere e morire.

Possibile che questo sia lo Sri Lanka, « la terra benedetta »?

Situata alla punta meridionale dell'India, già nota ai greci e ai romani, famosa fra i viaggiatori europei del Medioevo, imbevuta dei princìpi di tutte le più grandi religioni, l'isola di Sri Lanka è stata per secoli la mitica destinazione di dèi e santi. Sulla vetta di una delle più alte montagne, nella roccia, c'è l'impronta di un piede. I buddhisti dicono sia quella di Sakyamuni, gli hindu quella di Shiva, i cristiani quella di san Tommaso, mentre i musulmani sostengono sia quella di Adamo, caduto qui con Eva dopo la cacciata dal Paradiso terrestre.

« Oggi lo Sri Lanka è il simbolo di un'ulteriore caduta: quella dell'umanità in uno stato di nuova barbarie », mi dice un vecchio amico, Manik Sandrasagara, produttore cinematografico, tamil lui stesso, ma uno che rifiuta questa distinzione etnica. « Per secoli siamo vissuti su quest'isola assieme, in pace. Il conflitto fra tamil e singalesi è un'invenzione dei politici. »

C'è molta verità in quel che dice. I singalesi sono buddhisti, i tamil hindu; ma nei vecchi templi delle due comunità gli dèi degli uni e degli altri coabitano ancora. La tolleranza e il reciproco rispetto erano parte della cultura dell'isola. Tutto questo è finito e persino il ricordo del passato – incluso il fatto che l'ultimo re del regno di Sinhala era un tamil – è cancellato dalla memoria collettiva, ora che le due comunità riscrivono la loro storia e reinventano i miti nell'interesse della loro gretta causa etnica.

Quando nel 1948 l'isola – allora conosciuta come Ceylon – ottenne l'indipendenza, aveva tutte le carte in regola per farcela. Le ferrovie e le strade erano eccellenti, il reddito medio era il doppio di quello dell'India, la mortalità infantile la più bassa dell'Asia, la vita media la più lunga.

Oggi invece lo Sri Lanka è un altro penoso esempio di come un Paese del Terzo Mondo, scrollatosi di dosso il giogo coloniale, può fallire. L'economia è a pezzi e la maggior parte delle risorse sono sprecate nel perseguimento della guerra civile. Perché?

Una spiegazione diffusa vuole che al fondo di tutto ci sia la mentalità dei singalesi che, pur formando la maggioranza dell'isola (75 per cento contro il 18 per cento dei tamil e il 7 per cento dei musulmani), soffrono di un complesso d'inferiorità nei confronti dei tamil, tradizionalmente più colti e più numerosi se si contano anche i 55 milioni che vivono a poche miglia di distanza dall'isola, nello Stato indiano del Tamil Nadu.

«Nel 1948 molti singalesi erano contrari all'indipendenza. Avevano paura dell'India e avrebbero preferito restare sotto la protezione del regime coloniale britannico», mi dice un giornalista a Colombo. «Da allora viviamo con la paranoia che le forze congiunte dei tamil ci buttino a mare.» È stata quella paranoia a spingere i vari governi di Colombo, tutti sostanzialmente singalesi, a prendere decisioni come quella di privare un milione di tamil del diritto di voto, di rispedirne mezzo milione in India, di fare del singalese, e non dell'inglese che avevano in comune, la lingua nazionale. Sono state quelle decisioni a creare fra i due gruppi etnici un conflitto che storicamente non esisteva. Per giustificare la progressiva emarginazione dei tamil, i singalesi hanno cominciato a parlare di sé come discendenti di un leone (*sinhala* vuol dire appunto «leone») e come membri della razza ariana. I tamil, che nessuno aveva mai preso per una razza marziale, hanno scoperto improvvisamente d'avere fra i loro antenati degli intrepidi guerrieri. La miscela esplosiva per una guerra etnica era pronta.

Per V.P. Vittachi, autore d'un recente libro, *Sri Lanka: What has gone wrong?*, la causa delle attuali miserie del Paese sarebbe da ricercare nel fatto che «cinque secoli di diversi padroni coloniali, l'uno in conflitto con l'altro – prima i portoghesi, poi gli olandesi e infine gli inglesi –, hanno eroso la nostra cultura, per cui nel 1948, quando ci siamo improvvisamente ritrovati senza un timone, eravamo moralmente e culturalmente smarriti».

Bastarono pochi anni d'indipendenza perché l'isola mostrasse i segni di una grave degenerazione del suo tessuto sociale:

– in un Paese dominato dal buddhismo, religione della non violenza, il primo assassinio politico fu commesso da un monaco buddhista. La vittima fu il presidente Bandaranaike. Sua moglie divenne poco dopo il primo primo ministro donna del mondo, inaugurando quella che è nel frattempo diventata la tradizione di donne asiatiche che ereditano il potere dei loro mariti o padri assassinati: Cory Aquino nelle Filippine, Benazir Bhutto in Pakistan, Sheik Hasina e Khaled Zia nel Bangladesh, Sonia Gandhi in India;
– in una società dove il crimine e l'assassinio erano pressoché sconosciuti, la violenza divenne presto una costante nella vita quotidiana, coi singalesi pronti a uccidere i tamil, i tamil pronti a uccidere i musulmani, eminenti figure politiche singalesi pronte a uccidere i loro avversari, in un'orgia di sangue che finora non ha suscitato alcuna indignazione nel mondo.

Pur essendo lo Sri Lanka un Paese disseminato di chiese, moschee, pagode e templi hinduisti, nessuna delle grandi religioni ha mai fatto un appello perché l'orrore finisca. Men che mai quella buddhista. Secondo la leggenda, il Buddha, morendo, avrebbe indicato lo Sri Lanka come il santuario preferito per la sua dottrina (fu infatti da qui che il buddhismo theravada si diffuse nei Paesi del Sud-Est asiatico), ma i suoi insegnamenti sulla non-violenza non sembrano essersi radicati nell'anima di questa terra.

A Kandy, la vecchia capitale reale, sulle sponde di un quieto lago, sotto magnifici alberi ai cui rami stanno appesi nugoli di enormi pipistrelli, c'è un tempio che ospita una sacra reliquia: il dente del Buddha. Eppure quel tempio è tutt'altro che un luogo di pace e di meditazione. All'alba e al tramonto, davanti ai sacri recessi si svolge una rumorosissima cerimonia accompagnata dal suono ossessivo di flauti e di tamburi più adatto a incantare i serpenti che a indurre i fedeli a riflessioni sull'impermanenza della vita.

Il dente del Buddha viene considerato dai singalesi come il simbolo della loro sovranità sull'isola. Per scoraggiare un possibile attacco delle Tigri, soldati armati fino ai denti fanno continuamente la guardia al recinto sacro. I monaci che si occupano della reliquia, come tanti altri nel Paese, paiono impiegati statali, più che esempi di virtù. Il governo li tratta così bene che al mattino non hanno neppure bisogno di andare a chiedere l'elemosina. La gerarchia buddhista si è sempre schierata con i politici singalesi ultranazionalisti, è diventata per questo ricca e influente e parla dei tamil – che sono hindu – come dei nemici della «vera religione». Un atteggiamento in genere poco buddhista.

«C'è una sola soluzione a tutti i nostri problemi», ho sentito dire a una guida turistica singalese che conduceva una coppia di europei attraverso il Tempio del Dente. «Questo è il Paese dei singalesi ed è per colpa dei tamil che oggi abbiamo fame. Quindi dovremmo mangiarceli, mangiarceli tutti!» Per essere chiaro, apriva la bocca come per azzannare qualcuno.

Questa è la mentalità con la quale i tamil dello Sri Lanka indipendente dovettero confrontarsi, e presto qualcuno di loro scelse di reagire. Nel 1971 a Jaffna, la capitale culturale e commerciale dei tamil nel nord dell'isola, tredici giovani fondarono il primo gruppo rivoluzionario tamil. Prebhakaran, che allora aveva solo 17 anni, era fra i fondatori. Nel 1975 fu Prebhakaran, con un gesto plateale e dimostrativo, ad aprire le ostilità. Si presentò al sindaco di Jaffna e gli sparò addosso. Le Tigri erano nate. Il movimento LTTE venne formalmente lanciato nel 1976. Il suo simbolo, una tigre (contrapposta al leone singalese), fu copiato da una scatola di fiammiferi.

Da quel giorno violenza ha prodotto violenza. Nel 1981, per vendicare l'uccisione di un poliziotto da parte dei tamil, i singalesi dettero alle fiamme la grande biblioteca di Jaffna che, con i suoi 97.000 volumi, era un monumento ai vanti culturali dei tamil. Nel 1983, in reazione all'uccisione di sedici soldati governativi da parte delle Tigri, la popolazione singalese insorse in tutto il Paese contro i tamil, massacrandone alcune migliaia, distruggendo i loro negozi, le loro case, i loro templi. Terrorizzati da quel primo *pogrom*, molti tamil, specie fra gli intellettuali, lasciarono l'isola e si rifugiarono all'estero. Altri entrarono nelle file delle Tigri di Prebhakaran, aumentando il suo potere.

Usando tutti i mezzi a sua disposizione, compreso l'assassinio, Prebhakaran riuscì nel giro di pochi anni a liquidare tutti i suoi possibili oppositori politici tamil (più di quattrocento furono trucidati a sangue freddo) e a mettere in piedi un esercito di gente totalmente dedita a lui e alla causa della creazione di uno Stato tamil separato: l'Eelam. Nelle carte geografiche delle Tigri, l'Eelam ricopre circa un terzo del territorio dello Sri Lanka.

Con la persuasione e col terrore, Prebhakaran s'impossessò gradualmente di Jaffna e trasformò questa città, un vecchio centro di cultura dove tradizionalmente singalesi, musulmani e *burgher* (i discendenti dei colonizzatori europei) eran vissuti pacificamente assieme, in una città esclusivamente tamil, in «un *gulag* dove la popolazione apre bocca soltanto per mangiare e per lavarsi i denti», come racconta un avvocato tamil che oggi vive a Colombo.

Servendosi di tecniche sperimentate dai khmer rossi in Cambogia, Prebhakaran cominciò a reclutare nel suo esercito ragazzi sempre più giovani per poterli più facilmente formare. Alcuni, costretti nel corso del loro addestramento a torturare i prigionieri e a ucciderli, impazzirono. Il caso di uno di questi bambini fu portato agli occhi del mondo da un coraggioso psichiatra tamil di Jaffna, che ne parlò a una conferenza internazionale.

Con questi suoi guerriglieri Prebhakaran combatté prima contro i governativi, poi contro 75.000 soldati dell'esercito regolare indiano che Delhi aveva spedito nello Sri Lanka nella speranza di riportarvi la pace. Anche gli indiani fallirono e Prebhakaran rafforzò progressivamente il suo controllo sulla popolazione tamil dell'isola. Le Tigri misero a tacere ogni voce di dissenso. Migliaia di persone scomparvero nelle carceri sotterranee di Jaffna e i «traditori», quelli che si erano nascosti a Colombo o si erano rifugiati presso le comunità tamil all'estero, furono messi su liste di proscrizione e prima o poi rintracciati e uccisi. Un famoso intellettuale di Jaffna, critico del movimento LTTE, è stato assassinato l'anno scorso a Parigi.

«Le Tigri nacquero con l'intento di salvare la civiltà tamil, e invece hanno finito per distruggerla sia fisicamente sia culturalmente», dice Rajna Hoole, ex professore di matematica all'università di Jaffna. Nel 1988 Hoole aveva cominciato, assieme a un gruppo di colleghi, a occuparsi degli abusi dei diritti civili nelle aree del nord e a pubblicare regolarmente rapporti sulla vita della gente sotto il regime di terrore dell'LTTE. Nel 1989 una dottoressa del gruppo venne assassinata dalle Tigri mentre tornava a casa in bicicletta e il professor Hoole fuggì a Colombo dove oggi vive clandestinamente: un uomo braccato che non dorme mai nella stessa casa. Hoole non ha però rinunciato alla sua lotta pacifista e resta una delle poche coraggiose figure a opporsi all'orrore.

«Due cose mi stanno a cuore», dice, «una è dimostrare che l'LTTE non è la sola voce della gente tamil; l'altra è ridare ai tamil il senso di appartenere a uno Sri Lanka unito.»

La violenza non s'è limitata ai rapporti fra tamil e singalesi. Ha stravolto, in maniera altrettanto brutale, i rapporti fra i singalesi stessi. Negli anni '70 una ribellione antigovernativa, capeggiata da giovani singalesi, intellettuali disoccupati e membri del partito maoista di estrema sinistra, il JVP, perseguì il suo progetto politico, macchiandosi di raccapriccianti atrocità. I giovani rivoluzionari del JVP mozzavano le membra dei loro oppositori e li lasciavano poi dissanguare nelle piazze delle città o dei villaggi, soprattutto quelli del sud. A chi cercava di salvare le vittime toccava la stessa sorte. Le famiglie delle vittime erano costrette a trascinare i loro morti, senza bara, fino al luogo di sepoltura. Chi disobbediva a queste regole trovava altri familiari inchiodati alla porta di casa.

La repressione dello Stato nei confronti del JVP non fu da meno. L'esercito, la polizia e speciali commando della morte dettero una caccia spietata ai membri, veri o presunti, del partito maoista e uccisero quasi tutti quelli su cui riuscirono a mettere le mani. I loro corpi venivano messi su pile di vecchi pneumatici e di notte dati alle fiamme. Da 40 a 60.000 persone scomparvero nel corso di quest'operazione, «una cifra che in proporzione è più alta dei *desaparecidos* dell'Argentina e del Cile», dice il dottor Neelan Tiruchelvam, un tamil, noto avvocato di Colombo, prima membro del parlamento, oggi consigliere della presidente Chandrika. «Questi episodi fanno ormai parte della nostra storia e dobbiamo imparare a prenderne atto.»

Uno dei tanti episodi che recentemente sono venuti alla luce rivela il profondo processo di disumanizzazione che sta trasformando la società dello Sri Lanka. In una cittadina nel sud dell'isola alcuni studenti molestano la figlia del loro preside, e questi li denuncia. Tutti vengono arrestati come sospetti ribelli. Per alcuni mesi i soldati li tengono nelle loro caserme, usandoli come attendenti e camerieri. Quando l'esercito si rimette in marcia, i soldati cercano di consegnare questi loro prigionieri alla polizia, ma la polizia non ne vuol sapere. I soldati li caricano allora tutti su un camion, li portano in una foresta e li fucilano. La fossa comune è stata scoperta da poco.

Che ci sia in queste forme di violenza qualcosa di particolare di quest'isola, qualcosa di misterioso? Una vena oscura, nascosta nell'anima del Paese?

Nel suo romanzo del 1913, *A Village in the Jungle*, Leonard Woolf, che visse tre anni a Ceylon, prima di lasciare il servizio civile britannico e sposare Virginia, la scrittrice, parla di una presenza malefica che lui attribuisce alla stessa giungla. Michael Ondaatje, uno dei migliori autori contemporanei dello Sri Lanka, nel suo *Aria di famiglia* descrive come i membri dell'alta società dell'isola, ricchi, colti e promiscui, dopo un pomeriggio alle corse dei cavalli e a mangiare ostriche ad Ambalangoda, finiscono a ballare al suono di un giradischi portatile sulla spiaggia illuminata dalla luna quando, d'un tratto, a mezzanotte, sentono dall'interno dell'isola arrivare misteriosi rimbombi di tamburo che accompagnano danze diaboliche. Ondaatje attribuisce quei suoni ai riti sanguinosi celebrati in onore di oscure divinità dell'era prebuddhistica e fondati sulla vecchia credenza che la rigenerazione cosmica può solo passare attraverso la violenza.

Molti nello Sri Lanka sono arrivati a pensare che l'isola, un tempo chiamata «benedetta», sia davvero caduta in preda a un'antica maledizione e che non ci sia più via d'uscita dall'orrore.

Poi, l'anno scorso, è comparsa sulla scena politica la signora Chandrika Kamaratunga e ha promesso di mettere fine al bagno di sangue. Pareva destinata a farlo: è lei stessa un simbolo delle pene sofferte dal suo Paese. Suo padre era stato assassinato da un monaco; suo marito da un suo rivale politico. La signora ha condotto la campagna elettorale dicendosi disposta a trattare con le Tigri. Ha ammesso che i tamil sono stati vittimizzati dai precedenti governi e ha presentato loro le sue scuse a nome dei singalesi. È stata eletta presidente del Paese con un'ampia maggioranza di voti, compresi quelli di molti tamil.

Quando la prima delegazione che rappresentava il nuovo governo ai negoziati di pace atterrò a Jaffna, una folla di tamil corse entusiasta a salutarla. «La gente ci toccava, toccava l'elicottero, come per accertarsi che fossimo lì davvero», mi racconta un membro di quel gruppo. Questa reazione preoccupò Prebhakaran. «Il Supremo» si rese conto che, con la possibile soluzione del conflitto, le Tigri stavano perdendo il loro sostegno popolare e finì per boicottare i negoziati. Tre mesi di discussioni e quaranta lettere scambiate direttamente tra Prebhakaran e Chandrika non portarono a nulla. Prebhakaran restò intransigente, chiuso a qualsiasi proposta che non fosse la creazione dell'Eelam, lo Stato separato voluto dalle Tigri. Lo scorso aprile le Tigri ruppero le trattative.

Alla presidente Chandrika non restò che rimettersi ai suoi generali che all'inizio aveva tenuto a distanza e fuori dei negoziati di pace. La guerra è ricominciata su vasta scala e tutto è tornato come prima. I soldati governativi attaccano ora le zone tamil e sono sul punto di prendere Jaffna,* mentre Prebhakaran dai suoi santuari ordina ai suoi guerriglieri bambini di andare a massacrare i singalesi nel sonno o di farsi saltare in aria nel centro di Colombo.

L'esercito governativo ha investito nell'offensiva nel nord un terzo dei suoi uomini (35.000 su 100.000) lasciando la capitale e gli altri centri singalesi del Paese piuttosto sguarniti. Quando il mese scorso Prebhakaran mandò venti guerriglieri a far saltare in aria i depositi di carburante all'aeroporto, i suoi uomini entrarono nel recinto e ci rimasero dodici ore senza incontrare alcuna resistenza. Ancora più preoccupante fu il fatto che, alla fine di una sparatoria con i soldati che con grande ritardo comparvero sulla scena, solo sei guerriglieri erano stati uccisi o catturati. Gli altri erano riusciti a scappare e a rientrare nell'anonimato della città. Ci sono ancora. Così come ce ne debbono essere molti altri, infiltrati da anni.

Ma Colombo non sembra eccessivamente preoccupata. In seguito all'attentato di stamani, le scuole sono state chiuse perché potrebbero essere l'obiettivo d'un prossimo attacco; lungo le strade ci sono più posti di blocco del solito, ma anche alla paura si fa l'abitudine. Si guarda solo con più curiosità una bicicletta che passa, una macchina che si ferma o la camicia d'un ragazzo che sembra nascondere qualcosa sulla pancia.

Morire da bambini

Batticaloa (Sri Lanka), dicembre 1995

Il ragazzo sorride. «Morire è facile. Guarda!» dice e si mette fra i denti una piccola fiala di vetro trasparente, piena di cristalli bianchi.

Basta che chiuda la bocca e il cianuro l'ammazzerà in pochi

* Le forze governative riuscirono poco dopo a riprendere Jaffna, ma non a catturare Prebhakaran che nel frattempo era fuggito nella giungla con i suoi uomini e il suo arsenale intatto. La guerra continua.

secondi. «In meno di un minuto», precisa con orgoglio, come rassicurato da questa certezza. Ma il ragazzo non morde e la bocca gli resta aperta in un sorriso scherzoso. «Avanti! Prova tu», dice porgendomi la fiala. Ha appena 16 anni e mi sfida all'unico gioco che conosce: quello della morte.

Attorno a noi s'è riunita una piccola folla di altri ragazzi che sghignazzano. Ognuno di loro ha una di quelle fiale appesa al collo con un filo nero, così come in altre parti del mondo, la gente porta un crocefisso, l'immagine della Madonna o di Buddha appesi a una catenina d'oro. Qui il cianuro è un amuleto e la fiala è, per questi ragazzi, il simbolo della loro appartenenza a una sorta di ordine religioso, segreto e temibile. Come monaci, anche loro hanno preso i voti: non bevono, non fumano, non hanno rapporti sessuali. Si sono impegnati a combattere per creare nello Sri Lanka un loro Stato tamil indipendente, l'Eelam, e hanno giurato di non farsi mai catturare vivi dalle forze governative che si oppongono alla secessione. Il cianuro sembra fatto per esorcizzare la paura e per rafforzare la loro fede.

I tamil li chiamano «i nostri ragazzi». Loro preferiscono definirsi le «Tigri», le Tigri del movimento di liberazione dell'Eelam (LTTE), la guerriglia più efficiente, più spietata, più assassina rimasta al mondo.

Trovare le Tigri è stato relativamente facile: 15 chilometri a bordo di un tre ruote a sud di Batticaloa, su una strada assolata all'ora della siesta, quando i soldati governativi sono più distratti e stanno al riparo nei bunker; mezz'ora di traghetto attraverso la laguna – il battelliere, con un cenno di complicità, rifiuta di farmi pagare il passaggio –, qualche chilometro su una bicicletta presa in prestito e i «ragazzi» mi accolgono nell'ufficio dell'LTTE di Kokkadicholai, un grande villaggio in mezzo alle risaie. Sulla porta un manifesto con le foto di cinque giovani, raffigurati in un alone di fiamme azzurre, annuncia il loro «martirio»: recentemente, imbottiti di esplosivo, si sono gettati contro alcune installazioni militari del governo.

Più difficile è trovare le risposte alle tante domande che uno, venendo qui, ha in testa. A sentirne solo parlare, da lontano, le Tigri paiono esseri particolari, zombie cui il lavaggio del cervello non ha lasciato altra passione che quella della morte. A vederli, i «ragazzi» han tutta l'aria di normali giovani di villaggio, completamente a loro agio con quel che fanno e con la gente che hanno attorno.

A Kokkadicholai le Tigri sono di casa. Come nel nord, la stragrande maggioranza della popolazione è tamil e non c'è una sola famiglia che non abbia un figlio o un parente nella guerriglia. «Non siamo d'accordo con tutto quel che fanno, ma i 'ragazzi' sono la nostra assicurazione sulla vita», dice un uomo che, la notte, viene a trovarmi. «I soldati, se tornano, ci massacrano tutti.»

Nel 1990 l'esercito, fatto esclusivamente di singalesi, cacciò le Tigri dalla regione di Batticaloa. Migliaia di giovani tamil vennero arrestati e torturati. La gente era così terrorizzata che non tentava nemmeno di riconoscere i cadaveri esposti su vecchie gomme d'auto al margine delle strade. «Non dimenticherò mai quelle scene», mi racconta un prete cattolico della zona. «Una volta che era piovuto e il fuoco s'era spento, vidi una pila di piedi ancora intatti, ben accatastati, come tanti panini sugli scaffali di un forno. Da allora mi chiedo se siamo ancora esseri umani.» Nei cinque anni in cui l'esercito ha tenuto sotto controllo questa zona coi suoi 250.000 abitanti, 4200 tamil sono «scomparsi» così.

È questa violenza da parte dei singalesi che ha spinto molti giovani tamil a entrare nella guerriglia e che li rende così disponibili a morire. «Siamo una minoranza e lottiamo contro un esercito forte che ha a disposizione tutti i più sofisticati mezzi militari. Il suicidio è la nostra arma più potente», mi dice Karikalan, il capo delle Tigri nella regione dell'est.

Mi ha dato appuntamento in una casa in mezzo ai campi. È uno degli uomini più ricercati dello Sri Lanka, ma anche lui sembra essere perfettamente a suo agio fra la gente. Arriva guidando una motocicletta, con solo una guardia del corpo sul sedile posteriore. «La caduta di Jaffna? Non ha alcuna importanza», dice. «L'esercito c'è entrato, ma non riuscirà a uscirne. Continueremo a lottare dalla giungla. La popolazione è con noi. La pace verrà solo quando avremo ottenuto uno Stato indipendente, l'Eelam. La presidente Chandrika ha portato la guerra nella nostra capitale e noi la porteremo da lei, la porteremo a Colombo.»*

Il governo non può ignorare questa minaccia e Colombo vive come una città assediata. Il traffico è continuamente bloccato da operazioni di controllo e rastrellamento. I ministri restano per lo

* La sua non era una vana minaccia. Dopo questa intervista, ci sono stati vari spaventosi attentati eseguiti da *commando* suicidi nel pieno centro della città. Uno di questi ha distrutto l'edificio della Banca Centrale e ucciso in un attimo più di cento persone.

più nelle loro residenze ultraprotette e la presidente si fa rarissimamente vedere in pubblico. La «voce» è che decine di Tigri Nere, guerriglieri addestrati al suicidio, si sono infiltrate nella capitale e son pronte a entrare in azione per un colpo spettacolare. Il timore nella mente di tutti è un attentato alla vita della presidente. La guerra è ben lontana dall'essere finita con la vantata vittoria di Jaffna. La caduta della capitale ribelle appare sempre più come un semplice episodio in una guerra di cui non si riesce a vedere la fine.

Le Tigri nel corso della presente offensiva hanno subìto forti perdite – duemila dei loro diecimila guerriglieri sono stati messi fuori combattimento –, ma Prebhakaran non ha difficoltà a trovare nuove reclute, specie fra i giovanissimi. La tecnica è sempre la stessa. Uomini di Prebhakaran vanno nelle scuole delle regioni abitate dai tamil, fanno vedere dei video con scene di tamil massacrati dall'esercito singalese e chiedono: «Volete che questo succeda ai vostri genitori? Alle vostre sorelle?» Alla fine di ogni sessione decine di giovani si alzano, lasciano tutto quel che possiedono in ricordo ai genitori e scompaiono con i reclutatori. Spesso l'unica traccia che di loro resta è, qualche mese dopo, una foto sui manifesti che annuncia un suicidio-martirio in qualche azione militare.

È stato con questa durezza, con questa sconcertante crudeltà che sotto la direzione di Prebhakaran le Tigri sono diventate quel mostro di organizzazione – ancora in parte sconosciuto – che sono oggi. Le Tigri, a parte la loro struttura di guerriglieri e di fiancheggiatori nello Sri Lanka, hanno un'importante rete di contatti all'estero con una quarantina di veri e propri uffici di rappresentanza, a volte con *status* quasi diplomatico. Le Tigri si finanziano con soldi offerti, o estorti, dalle comunità tamil nei vari Paesi stranieri e, pare, sempre di più con il traffico d'armi e di droga. Un sospetto ancora non ben provato è che le Tigri prendono l'eroina in Birmania e la distribuiscono nel mondo, passando per l'Europa. I loro corrieri, una volta catturati, non parlano. Anche in Italia un paio di centinaia di tamil sono stati arrestati, in gran parte a Palermo, per droga. Secondo alcune stime le Tigri disporrebbero di un capitale di varie centinaia di milioni di dollari con cui finanziano la loro guerra.

Malgrado gli orrori del loro sistema e i delitti di cui si sono macchiati, le Tigri sono riuscite a rappresentarsi, specie verso l'esterno, come i soli difensori della popolazione tamil. La loro violenza viene ancora oggi presentata e romanzata come la violenza delle vittime e vari gruppi della Sinistra occidentale appoggiano la loro causa.

Le Tigri non permettono il dissenso. Chiunque osi criticare Prebhakaran viene ucciso: l'ultimo è stato il suo numero due, fucilato poco tempo fa, dopo un «anno d'interrogatori», come ha detto il portavoce del movimento. Prebhakaran resta l'indiscusso capo del movimento che, nonostante la perdita di Jaffna, non sembra affatto indebolito. Ovunque sono stato nei quattro giorni che ho passato con loro, le Tigri erano gli «eroi» e decine di giovanissimi tamil nella regione di Kokkadicholai sembravano non sognare altro che diventare come loro, con un mitra in mano e la fiala di cianuro al collo.

Poco importa se la fine è in una fossa.

«Vedi?» E mi fanno vedere le loro targhette di soldati, col nome dell'LTTE e il loro numero di matricola. Ognuno ne ha tre: una al collo, una al polso, una attorno alla vita. «Così, anche nel caso che io vada in pezzi mi si potrà identificare», mi dice uno di loro facendo il gesto del suo corpo che esplode in aria.

Appena fuori del villaggio, le Tigri hanno da poco costruito il «Parco dei Martiri» con le tombe ben ordinate dei «ragazzi» morti e le file di fiaccole, accese la notte, in memoria di quelli i cui corpi non sono stati recuperati.

Tornando verso le zone del governo, son passato davanti a quel cimitero e m'ha colpito vedere quanto spazio vuoto è già stato previsto per file e file di nuove tombe. Ci vorrà del tempo – e forse anche un miracolo – perché anche qui i bambini imparino un gioco diverso da quello di uccidere e morire, e perché un po' di saggezza torni nella vita di questa strana, bella isola folle, intrappolata ancora nella logica maligna della giungla.

Tutto cominciò con una telefonata di un vecchio compagno di studi a Pisa. Giovanni Alberto Agnelli, il giovane erede FIAT, che evitava ogni contatto con la grande stampa internazionale, aveva accettato di dare un'intervista al giornalino della nostra Scuola con cui la Piaggio aveva iniziato un progetto di cooperazione. Il compito spettava a me che stavo a Delhi dove lui amava venire spesso ad occuparsi della fabbrica locale. Mi incuriosiva incontrare qualcuno che, sul punto di prendere in mano uno dei centri più importanti del potere economico in Europa, continuava ad avere il cuore in Asia.

Giovanni Alberto Agnelli: il futuro breve

Nuova Delhi, gennaio 1996

PRESIDENTI, generali, rivoluzionari, ministri, briganti, industriali, ladri, poliziotti, assassini, politici. Da giornalista, in giro per il mondo, se ne incontrano di tutti i colori e per mestiere si fa l'abitudine a non prendere troppo sul serio nessuno, a non farsi impressionare, ad ascoltare non tanto quel che si son preparati a dire, ma piuttosto quel che scappa loro detto, magari in coda a un discorso fatto altrimenti su misura.

A forza d'intervistare gente si sviluppa un sano scetticismo per tutte le « dichiarazioni », un istintivo sospetto per tutte le promesse, una giusta diffidenza per il potere altrui che lusinga, coinvolge, fagocita, ma che alla lunga, come tutte le cose umane, anche passa.

« Ma il potere di questo giovane marcherà un'intera generazione. Quel che farà inciderà sulla vita dei miei figli », mi dicevo andando verso Friends Colony, uno dei quartieri residenziali di Nuova Delhi, con la macchina che evitava le solite vacche sdraiate sull'asfalto. E questo pensiero aggiungeva interesse alla solita curiosità di conoscere un potente.

L'incontro con Giovanni Alberto Agnelli – trentaduenne erede designato d'una famiglia cui fanno capo enormi interessi economici, futuro gestore di un impero che produce automobili e opinioni, che controlla fabbriche e giornali – era fissato per la colazione del mattino nella casa di Ugo Lanfranchi, il locale rappresentante della Piaggio.

Ero puntuale, ma «il dottore», come i suoi collaboratori insistono a chiamarlo con un tocco d'italianità che poco si confà a questo raffinato giovane, educato in un liceo militare americano, titolare di un Master alla Brown University del Rhode Island e che parlando ricorre in continuazione a espressioni anglosassoni, era già lì, circondato da uno staff di amici e dirigenti: il responsabile della Vespa in India, un altro che ha fatto per anni i motorini in Cina, un'ex giornalista di Delhi incaricata delle relazioni pubbliche e una riservata ragazza americana* che, come se la storia si divertisse a fare strani scherzi, è discendente di uno dei grandi funzionari della corona inglese, vissuto qui all'inizio del secolo con il titolo di viceré, Lord Curzon.

C'incontriamo perché la Scuola superiore Sant'Anna, erede del Collegio giuridico della Scuola Normale di Pisa, ha stabilito a Pontedera un rapporto di cooperazione con la Piaggio e il giovane Agnelli, restio a concedere interviste in Italia, è disposto a parlare di questo e d'altro con un vecchio allievo della scuola, autoesiliatosi da un quarto di secolo a fare il Cincinnato in Asia. L'India, tragica e immensa, pare il terreno ideale per i discorsi a ruota libera. Un piccolo registratore ne tiene il filo.**

T.T. Io son qui alla ricerca di una cultura che sia in grado di resistere alla modernità di tipo occidentale. L'India è ancora pervasa di spiritualità, di follia, e son curioso di vedere come funziona un mondo non ancora retto esclusivamente dai criteri dell'economia. Questo è il mio interesse del momento. E il suo?

AGNELLI A me interessa il rapporto fra cultura e scienza. Uno dei problemi del nostro secolo, mi pare, è che la cultura è nelle mani di pochi intellettuali, spesso giornalisti, di gente che sa di storia,

* Questa ragazza, Avery Howe, divenne poco dopo sua moglie. In viaggio di nozze vennero in India.

** L'intervista venne pubblicata sul numero di giugno del *Sant'Anna News*, la newsletter dell'associazione ex allievi della scuola.

di letteratura, ma poco o nulla di fisica, di biologia, di chimica. Prenda la fisica: in questi ultimi anni ha fatto passi in avanti colossali, ma la società moderna non ne sa nulla perché gli intellettuali non divulgano questo tipo di conoscenza. Eppure, se vogliamo capire dove stiamo andando, è indispensabile riportare le scienze esatte a far parte della cultura. Quel che occorre è la loro divulgazione. Persone come Newton e Einstein erano anzitutto uomini di cultura, non scienziati chiusi in torri d'avorio. In questo senso gli scienziati di oggi non sono uomini di cultura.

T.T. È per questo che lei si è impegnato nel progetto di legare la Scuola Sant'Anna, dove l'attività principale dovrebbe essere quella di pensare, alla Piaggio, la fabbrica dove invece il pensiero viene applicato a fare i motorini?

AGNELLI Il tema del rapporto tra scienza e cultura non l'abbiamo ancora affrontato, queste che faccio sono riflessioni mie. Il rapporto fra Scuola Sant'Anna e Piaggio nasce dalla nostra consapevolezza che il mondo universitario e il mondo industriale sono troppo distanti e vanno ravvicinati. Per me un importante punto di riferimento sono gli Stati Uniti, dove l'interscambio fra il mondo universitario di ricerca e di pensiero e il mondo industriale delle applicazioni è fortissimo. Quella è una storia di grande successo. In Italia, invece, quell'interscambio è molto poco sviluppato. Il rapporto con la scuola è dunque nato dal desiderio di chiudere l'abisso che c'è fra questi due universi, così che noi dell'industria possiamo imparare dal mondo della ricerca e della scienza, portando al tempo stesso dei problemi concreti, di tutti i giorni, nel mondo universitario.

T.T. Ma non c'è il pericolo che da questo rapporto, che poi è anche un pateracchio fra ricchi e poveri, nasca una ricerca eterodiretta? Uno dei grandi vantaggi dell'università è che è il regno della libertà: libertà di pensare, libertà di ricercare, ricercare anche l'inutile. L'industria invece, per sua natura, è interessata solo alla ricerca dell'utile, del profitto. Come possono i due interlocutori andare d'accordo senza che il più ricco, il più forte, non finisca per influenzare, condizionare e asservire l'altro?

AGNELLI Certo. Il problema esiste e io non sono certo uno di quelli che vedono l'università come una scuola di management. L'università deve marciare con le sue gambe, con i suoi stimoli. Guai se perdesse la sua indipendenza culturale e guai se noi cercassimo di condizionarla. Quel che è vitale è l'osmosi in cui ognuno mantiene la propria identità e ognuno impara dall'altro.

T.T. Che cosa significa il progetto di trasferire i laboratori di ricerca della Scuola Sant'Anna alla Piaggio di Pontedera, in quella che alcuni chiamano la Cittadella della Scienza?

AGNELLI Non tutti i laboratori... solo la parte della micromegatronica.

T.T. E che roba è?

AGNELLI È la miniaturizzazione dei robot, ma io stesso ne so poco...

T.T. Il suo desiderio di combinare il mondo industriale con quello universitario mi fa pensare a un grande esperimento del passato italiano: quello dell'Olivetti di Adriano che cercò d'inserire la fabbrica nell'ambiente, nella comunità, facendone un centro di cultura moderna e attirando la crema intellettuale del Paese. Io stesso fui affascinato da quell'idea. Entrai all'Olivetti subito dopo essermi laureato e ci passai cinque anni, finendo per fare l'assistente di quello straordinario scrittore che fu Paolo Volponi. Però anche quell'esperienza di Adriano Olivetti finì male perché la fabbrica presto dovette fare i conti con il mercato e tutto ciò che non era pura produzione dovette essere buttato a mare. Oggi l'Olivetti è un'azienda come tutte le altre, gestita in base a criteri strettamente economici. Lei vuole ripercorrere quella strada?

AGNELLI Purtroppo tutto quello che si scrive oggi in Italia sull'Olivetti di allora è in chiave negativa. Si dice che l'Olivetti di Adriano non riuscì a stare al passo con gli investimenti, che si sprecò dietro ricerche culturali sulla società in generale, perdendo così di vista il nocciolo di quel che doveva essere il suo business. Sì, certo, dal punto di vista di quei criteri puramente economici che oggi dominano la letteratura su quest'argomento, l'Olivetti di Adriano fu un insuccesso. Ma perché non mettere in conto anche gli stimoli molto, molto interessanti e positivi che quell'esperienza produsse? Per me sono ugualmente importanti. Uno dei ruoli del mondo industriale dev'essere quello di fare cultura. Di questo sono convinto, e purtroppo oggi non ci sono molte aziende che la fanno.

T.T. Ma non le pare che il mondo d'oggi, globalizzato com'è, ridotto a mercato, quindi dominato dalla logica ferrea e crudele del profitto che è ormai l'unico criterio di successo e di moralità, contraddica fondamentalmente questa sua aspirazione a essere un industriale che fa cultura?

AGNELLI No. Davvero non posso accettare che il fine ultimo dell'industria, il suo destino, sia quello di far soldi. Certo che guadagnare è importante. Per carità di Dio, il profitto è una parte essenziale della nostra attività; il profitto ci garantisce il futuro. Ma sono convinto che il ruolo dell'industria sia anche quello di migliorare la società, di aiutare le persone mettendo a loro disposizione prodotti e servizi che migliorino la qualità della loro vita. Al limite, questo è forse più importante che non il semplice produrre profitti.

T.T. Nei prossimi anni lei si ritroverà, con la FIAT, a gestire una delle grandi aziende del mondo. Se applicherà quel che ora dice, lei entrerà in conflitto con l'ideologia che oggi domina i mercati: l'ideologia americana. C'è in questa sua aspirazione un implicito desiderio di cercare una «via europea» per l'industria del XXI secolo?

AGNELLI In Europa, e in Germania in particolare, ci sono già esempi di aziende che percorrono questa via: aziende che attraverso le loro fondazioni cercano di contribuire al miglioramento della società.

T.T. Quali?

AGNELLI La Bosch, la Siemens. Nell'America stessa, fondazioni come la Ford e la Rockefeller fanno moltissimo in questo senso. Quello che cerco di descrivere non sono cose visionarie o uniche. Sono cose che già esistono. È un'idea americana quella della *corporate citizenship*, dell'azienda che ha anche un suo ruolo sociale. È un'idea, questa, che io condivido profondamente.

T.T. A me l'idea delle industrie, o meglio degli industriali, che fanno cultura spaventa un po'. Chi è responsabile di produrre è per natura portato a privilegiare i suoi prodotti, a volerne produrre sempre di più, e non può tenere conto delle conseguenze che la distribuzione di quei prodotti crea nella società. La sua visione è quella di un miope e non gli si può affidare il compito di vedere il futuro.

Siamo seduti attorno a un tavolo di vimini, sulla veranda aperta sul giardino, e improvvisamente le nostre voci sono soffocate dallo sferragliare vecchio di un lunghissimo treno che passa a poche decine di metri dalla casa.

«Ecco, prenda il treno», dico. «L'India è oggi dinanzi a una grande scelta per risolvere il problema della mobilità della sua gente: più strade o più linee ferroviarie? La scelta non è semplicemente economica, è culturale. Sui treni la gente si parla, mangia assieme, fa amicizia, e il senso d'essere una comunità resta forte. Il giorno in cui si fanno le autostrade e si mette la gente in macchina, in gruppi di quattro o di due persone, tutta quella rete di rapporti umani, in un Paese come l'India importantissimi, si spezza e la società finisce per avere un'altra percezione di sé. Bene, questa è una scelta che non può essere lasciata agli industriali dell'automobile, che certo spingono perché si facciano più autostrade, così che loro possano fare più macchine e più soldi. Non le pare?»

Agnelli sorride: «Capisco le sue preoccupazioni. Anch'io non credo che l'automobile sia un mezzo di trasporto idoneo a tutti i Paesi del mondo. L'automobile è importante, ma crea problemi di traffico, problemi d'inquinamento urbano, e questi sono problemi che vanno risolti di pari passo con l'incremento della sua penetrazione. È per questo che noi alla Piaggio vogliamo proporre dei veicoli che non sono ancora quelli che stiamo facendo, ma veicoli mirati all'uso urbano, e non necessariamente automobili: veicoli che non abbiano bisogno di due metri per quattro di spazio, perché questo non può essere il futuro. L'automobile è un prodotto fantastico, ma è adatto ai grandi spazi, alle grandi distanze, è adatto agli Stati Uniti, al Sudamerica, dove la popolazione è molto dispersa. In India, se l'industria automobilistica dovesse crescere a livelli europei o americani, secondo me sarebbe un disastro. L'India diventerebbe un Paese invivibile. Certo che sulle medie distanze il treno resta un mezzo ideale in un Paese come questo».

T.T. Ho letto da qualche parte che negli Stati Uniti è stata finalmente messa sul mercato un'automobile che va a elettricità. È questa una rivoluzione?

AGNELLI Con la tecnologia attuale, no. Tutti stiamo cercando di sviluppare dei mezzi di trasporto a inquinamento zero, ma il prodotto di adesso, quello della Ford, non è la soluzione ottimale.

Costa caro; le batterie sono pesantissime e debbono essere continuamente ricaricate. Quella macchina, dunque, non è veramente rivoluzionaria. Ma è chiaro che il futuro è da cercarsi in quella direzione.

T.T. Già, il futuro! Molti uomini d'affari occidentali lo vedono in Asia perché qui sarebbero i mercati di domani. Lei cosa ne pensa?

AGNELLI Certo che è così. Non occorre grande fantasia per capirlo. In Cina c'è più di un miliardo di persone, in India quasi un miliardo, nel Sud-Est asiatico un altro mezzo miliardo, mentre in Europa siamo 350 milioni, negli Stati Uniti 300 milioni, nel Sudamerica 250 milioni. È ovvio che le possibilità di crescita di qualsiasi prodotto sono più grandi dove c'è più gente.

T.T. Lei è cresciuto in Italia, ha studiato in America e ora si appresta a guidare la FIAT. Sulla scena internazionale le pare un peso l'essere italiano?

AGNELLI Il problema non è nell'essere italiani, anzi. È nel non avere alle spalle un sistema credibile. Come italiani, tutti ci trovano simpatici, tutti ci vogliono bene, ma quando si tratta di fare quello che abbiamo promesso di fare deludiamo tutti, sia sul piano personale sia su quello politico. Gli indiani incantatori di serpenti? I veri incantatori siamo noi!

T.T. Magnifici incantatori. Viaggiando in Asia, mi capita spesso d'incontrare degli straordinari italiani, uomini d'affari, piccoli imprenditori, originari di qualche paesino di provincia, che da soli, senza nessun apparato di sostegno, senza farsi vedere nelle ambasciate, vanno a giro a inventar cose e traffici nuovi. Gente che salta senza paracadute, bravi, ma cani sciolti. L'Italia è una delle grandi potenze industriali del mondo, produciamo quanto o forse più dell'Inghilterra, eppure internazionalmente siamo più defilati, siamo meno presenti di tutti gli altri europei.

AGNELLI Certo, siamo anche una nazione molto giovane... Non abbiamo un senso di unità, le scuole non c'insegnano a essere fieri di essere italiani. Quando ero negli Stati Uniti e giocavo a calcio per la mia scuola, prima di ogni partita ci facevano mettere la mano sul cuore, si ascoltava l'inno nazionale, si stava sull'attenti all'alzabandiera e tutti, con una mezza lacrimuccia negli occhi, eravamo fieri di essere americani. Io ho fatto le elementari al San Giuseppe di Torino, ma la semplice idea di mettersi la mano sul cuore e di ascoltare l'inno di Mameli prima di un qualsiasi incontro sportivo era inconcepibile.

T.T. Forse siamo più pronti di altri a essere i veri cittadini del mondo!

AGNELLI Forse sì. Perché le identità nazionali vanno progressivamente sfumandosi, anche se la gente riscopre sempre di più il proprio attaccamento territoriale. Il toscano sarà sempre più toscano e sempre meno italiano.

T.T. Torniamo tutti al campanile?

AGNELLI Sì, campanilisti, e davvero a livello micro. Probabilmente nel futuro ci saranno grandi agglomerati di Stati con macroregole di comportamento uguali per tutti, ma con un'enorme autonomia campanilistica nella loro applicazione: una sorta di federalismo di fatto, con leggi dettate al limite più da Bruxelles che dalle Nazioni Unite. Le regole stabiliranno i metodi, ma la gestione pratica avverrà là dove le cose succedono.

T.T. Le pesa l'idea che, come capo della FIAT, presto lei dovrà assumersi enormi responsabilità? O trova naturale questa prospettiva, essendo cresciuto con l'idea che un giorno avrebbe ereditato quell'impero?

AGNELLI Sono cresciuto con l'idea che dovevo sempre fare le cose al mio meglio, ma senza necessariamente chiedermi che cosa mi sarebbe successo domani o dopodomani.

T.T. Lei è ottimista sul futuro? Non la preoccupa la globalizzazione del mondo, la crescente immoralità della vita pubblica, il prevalere dei valori materiali su tutti gli altri?

AGNELLI Certo. Ma non ho ancora chiaro il futuro. Siamo in un momento estremamente complesso e la fine del millennio aggiunge grande drammaticità: da un lato assistiamo al tramonto delle religioni, dall'altro vediamo crescere il fondamentalismo islamico che non è mai stato così forte come ora. Finisce la religione, ma in Europa aumentano i buddhisti, in Asia aumentano i cristiani.

T.T. Lei crede che la religione avrà un posto nel cuore dell'uomo del futuro?

AGNELLI Assolutamente sì. Secondo me, le grandi religioni torneranno ad avere un importante ruolo nella vita delle genti, riproponendo loro dei valori morali e ridando delle certezze a un mondo che è senza certezze. Col tempo questo succederà di sicuro.

T.T. E sullo sviluppo della scienza? È pessimista od ottimista?

AGNELLI Tutt'e due. Prenda la medicina. Ha fatto passi da gigante negli ultimi anni. Non fosse stato per la penicillina, questo Paese, l'India, avrebbe ancora solo 300 milioni di abitanti. Certo che quelli vivrebbero meglio dei 950 milioni che ci sono ora. Ma si può dire per questo che la scienza è un male? Personalmente, sono ottimista. Sono affascinato dal progresso, al momento per esempio dal progresso nel settore dell'informazione.

T.T. Io poco, invece. Ho l'impressione che più informazioni abbiamo, più siamo ignoranti. Uno dei libri più sconcertanti che ho letto recentemente è stato quello di Bill Gates, *La strada che porta al domani*. A ogni pagina mi veniva in mente quella bella frase di T.S. Eliot: *Where is the life we have lost in living? Where is the wisdom we have lost in knowledge? Where is the knowledge we have lost in information?* «Dov'è la vita che abbiamo perso vivendo? Dov'è la saggezza che abbiam perso con la conoscenza? Dov'è la conoscenza che abbiam perso con l'informazione?» Internet è come una droga.

AGNELLI Non è vero. Si tratta di scegliere l'informazione, il modo di usarla. Il progresso dell'informatica ci permette nuove libertà. Dalla mia casa in Toscana, grazie a un computer, ho accesso a tutte le informazioni del mondo. È magnifico. Pensi al caso di un medico che non riesce a curare un malato, che mette su Internet i suoi sintomi e prima o poi trova qualcuno, da qualche parte nel mondo, che riconosce la malattia e gli suggerisce la cura. Questa è una cosa molto positiva.

T.T. Il prezzo di questa positività è che la gente passa sempre più tempo davanti ai computer e sempre meno con altra gente. I giovani giocano più con un computer che con un amico...

AGNELLI Sì e no. La nuova società dell'informazione permetterà a tutti di lavorare meno e di avere più tempo per i rapporti umani. Col computer saremo sempre più in grado di lavorare a casa e quindi di stare di più con la famiglia, evitando le ore in macchina e in ufficio. Questo è un modo ottimistico di vedere il mondo.

T.T. Il lavoro di cui parliamo è il lavoro dell'intellettuale, il lavoro di un'élite. Chi produce dovrà ben continuare ad andare in fabbrica. Il computer non aiuterà la maggior parte delle persone.

AGNELLI Non sarà necessariamente così. Ci saranno sempre più società di servizi. Prenda un'azienda qualsiasi: già oggi un terzo delle attività sono servizi e questi potranno essere svolti lontani dall'azienda stessa. Da casa.

T.T. Alla lunga ci sarà una scorporazione della fabbrica. Lei la prevede?

AGNELLI Sì, da noi avviene già. È una tecnica manageriale che gli americani chiamano *out-sourcing*. L'abbiamo applicata in Piaggio. L'IBM sa gestire il computer molto meglio di noi. Bene: abbiamo preso le persone che lavorano nel nostro centro informatico e abbiamo fatto una società con l'IBM, che ora gestisce questo servizio. Lo stesso potrà avvenire con i servizi amministrativi. Presto anche quelli verranno gestiti fuori dell'azienda.

T.T. Lei ha avuto un'educazione particolare: scuola elementare in Italia, liceo militare negli Stati Uniti, addestramento da paracadutista nella Folgore, infine l'università americana. Se dovesse ricostruire la sua formazione, ci aggiungerebbe qualcosa?

AGNELLI Ho un'infinita curiosità per le nuove tecnologie. Sono affascinato dal mondo della California del nord, da San Francisco, dove la gente si occupa non solo d'informatica nel senso tradizionale delle telecomunicazioni, ma anche di bioingegneria. In quel settore sono poco più che un dilettante e vorrei saperne di più perché mi pare importantissimo capire dove va la società di domani.

T.T. A me pare che vada in un brutto posto... in un posto come Singapore!

AGNELLI Può piacere o non piacere. Ma se la città del futuro è davvero Singapore, come certi pensatori europei – penso a Dahrendorf – dicono, allora è bene rendersene conto, conoscerla. È bene capire cosa vuol dire una società retta da criteri soltanto economici, una società in cui i poeti non sono benvenuti...

T.T. E quella società le piace?

AGNELLI Magari no, ma voglio capire.

T.T. A me preoccupa vedere nuove generazioni che in quel tipo di società crescono imparando sempre più a programmare e sempre meno a pensare. Non si può contare su gente che crede di poter risolvere tutto con il software. I giovani devono studiare filosofia...

AGNELLI La mia laurea era in filosofia e scienze politiche.

T.T. Se la società del futuro è quella in cui l'uomo è solo un animale economico, allora siamo al tramonto della nostra civiltà!

AGNELLI Al momento può apparire che le cose stiano così, può sembrare che l'economia sia la cosa che gestisce il mondo e che non ci sia niente al di sopra di essa. Ma non può essere sempre così, e io sono convinto che altri valori fondamentali torneranno a imporsi e che la religione avrà in questo un ruolo importante perché dovrà reinterpretare le esigenze della società.

T.T. E la politica?

AGNELLI Al momento in Europa vedo un grande vuoto politico. Siamo gestiti più o meno bene, con criteri puramente economici definiti dal trattato di Maastricht. Ebbene, dieci banchieri centrali hanno fatto quel trattato e ora l'unico scopo della politica è rispettare quel trattato. Toccherebbe a politici veri, a politici con la P maiuscola, proporre nuove idee, nuove soluzioni. Ma quelli non ci sono.

T.T. E perché, secondo lei?

AGNELLI Siamo in un momento di grande transizione mondiale. La classe dirigente del passato, quella che aveva fatto l'esperienza drammatica della guerra e della ricostruzione, è morta. Mitterrand è stato l'ultimo dei grandi, ma non ha lasciato successori. Il problema di quei grandi è che, forse perché erano tali, non si sono circondati di collaboratori di livello, con un'ampia visione delle cose, di gente che mettesse in discussione le loro idee e le loro strategie.

T.T. E lei di che tipo di gente si circonda?

AGNELLI Io nel *team* di lavoro Piaggio cerco di avere tutti collaboratori che siano più bravi di me. Lo dico sul serio, ci credo, e quando debbo giudicare una persona guardo anzitutto alle persone di cui si circonda. Lo stesso vorrei si facesse con me; per giudicare il mio lavoro bisogna conoscere i miei collaboratori. Questo è il mio principio.

T.T. Dove bisogna cercare i grandi del mondo di domani?

AGNELLI Certo non fra i numeri due e i numeri tre della vecchia generazione. I nuovi leader non sono lì. Inutile cercarli. Ormai bisogna fare un salto di generazione. I nuovi grandi emergeranno fra la gente cresciuta in modo nuovo e con visioni nuove.

T.T. Vuole dire la sua generazione?

AGNELLI Perché no? Fra i quarantenni, forse. Lì c'è gente che ha princìpi, che ha propositi.

T.T. Lei che cosa si propone?

AGNELLI Io sono troppo giovane per dare lezioni di vita, ma sono convinto, davvero convinto, che ognuno è padrone del proprio destino e che può andare avanti solo se fa bene le cose che ha dinanzi a sé. Questo è quel che mi propongo: di far bene, al mio meglio, le cose che avrò davanti. Niente di più, niente di meno.

I fischi e lo sferragliare di un altro treno soffocano i ringraziamenti e i saluti, e io riprendo la mia strada in mezzo alle vacche sdraiate, incuranti, sull'asfalto. Se un po' di futuro deve dipendere da qualcuno, sono contento che dipenda da uno così che promette di circondarsi di gente che lo contraddice.*

* Quel futuro è stato, inaspettatamente, molto più breve di quanto tutti e due quel giorno ci augurassimo. Giovanni Alberto Agnelli è morto di cancro il 13 dicembre 1997. Poco prima gli era nata una figlia che porta il nome d'un mondo che anche a lui era caro: Asia.

Andare a Dharamsala, capitale della diaspora tibetana, era uno dei piaceri di Delhi: una notte di treno fino a Pathankot, quattro ore di macchina e la calorosa accoglienza nella casa, diventata in parte foresteria, dove vive ancora un fratello del Dalai Lama. La recrudescenza degli attacchi cinesi contro il capo spirituale del Tibet in esilio mi rimise in viaggio verso quell'isola di buddhismo in mezzo all'India.

Il XIV Dalai Lama

Dharamsala, febbraio 1996

AL sole, sotto un albero gigantesco che rimette le foglie, una bella ragazza bionda legge un libro. «Perché sei qui?» «Per lo stesso motivo di tutti gli altri. In Europa sentivo mancarmi qualcosa. Son venuta qui a cercarla.» Un giovane di Venezia dice di essere qui per capire chi è. Nella sala d'attesa del monastero di Nerchung, dove vive l'Oracolo di Stato che una volta all'anno, in trance, prevede il futuro del Tibet, una ragazza pallida e magra chiede a un vecchio monaco «i semi». «Me ne dia tanti, per favore. Sono stata qui sei mesi, torno in Germania e ne ho bisogno per proteggermi.» Il monaco torna con quattro sacchettini di plastica pieni di chicchi rossi: «... anche per i suoi amici», dice. La ragazza è felicissima.

Ognuno ha bisogno di sperare e questa manciata di case e di templi ai piedi delle vette divinamente maestose dell'Himalaya, nel nord dell'India, è uno di quei posti tutti fatti di speranza. I tibetani, in esilio qui da 35 anni, ci vivono solo sperando di poter tornare nel loro Paese, ora occupato e colonizzato dai cinesi. Gli occidentali, per lo più giovani, ci vengono in pellegrinaggio, sperando di trovarvi quel che pare loro sfuggire altrove: il senso della vita, una qualche pace dell'anima.

Alla radice di tutte le speranze, quelle collettive e quelle personali, quelle politiche e quelle spirituali, c'è un uomo appena sessantenne, già un po' ricurvo, col cranio sempre rasato e un viso forte e calmo che ogni tanto esplode in travolgenti sorrisi. Il mondo lo conosce come il Dalai Lama, « l'oceano di saggezza », ma, arrivando a Dharamsala, si sente che, di tutti i nomi con cui è conosciuto, quello che più gli si addice è *kundun*, « la Presenza ».

Lhamo Thondup, uno dei sedici figli di una contadina, quattordicesima reincarnazione di un aspetto del Buddha, la compassione, è ovunque: è nei discorsi, nelle preghiere, nei pensieri della gente; è sui libri, sulle cartoline e sulle camicette in vendita lungo le due stradine del paese. All'alba centinaia di tibetani, sgranando i loro rosari e mormorando interminabili litanie, fanno lunghi giri attorno alla sua residenza. I proprietari dei negozi, delle pensioni e degli ufficetti telefonici che servono i turisti occidentali mettono bacchette d'incenso davanti alla sua immagine. Di quella presenza qui vivono tutti.

Il Dalai Lama è a Dharamsala dal 1959, quando i tibetani insorsero contro le truppe cinesi nel loro Paese e cercarono di riaffermare l'indipendenza del Tibet da Pechino. La repressione, ordinata direttamente da Mao, fu durissima. La rivolta fu soffocata nel sangue e il Dalai Lama, poco più che ventenne, ma già impostosi come l'indiscusso capo spirituale e politico della sua gente, dovette fuggire. A lui e ai centomila profughi che lo seguirono gli indiani diedero ospitalità e il permesso d'installarsi in questa valle. Da allora, Dharamsala è la capitale della diaspora tibetana e la sede del governo in esilio che, presieduto dal Dalai Lama, contesta alla Cina il diritto di governare sul Tibet.

Nessun Paese al mondo riconosce questo governo (nessuno vuole irritare la Cina e perderla come mercato), ma il Dalai Lama, premio Nobel per la pace, considerato ormai una delle grandi personalità sulla scena internazionale e come tale ricevuto ovunque, dalla Casa Bianca al Vaticano, è una spina nel fianco dei cinesi. Quella « presenza » resta l'ultimo ostacolo al loro completo controllo sul Tibet e molti a Dharamsala sono preoccupati che i cinesi cerchino ora di eliminarla fisicamente. La recente scoperta di tre agenti segreti di Pechino, addestrati nell'uso di armi speciali e infiltratisi fra i rifugiati che continuano ad arrivare dal Tibet, ha fatto crescere l'inquietudine.

Nel corso degli ultimi decenni, il governo di Pechino ha perseguitato, imprigionato e ucciso migliaia di tibetani che volevano l'indipendenza, ha distrutto la stragrande maggioranza dei templi e dei monasteri, ha cercato di soffocare la cultura tibetana tradizionale, fondata sulla religione, con la progressiva imposizione della modernità cinese e socialista. Ultimamente Pechino ha inondato il Tibet con masse di emigranti: in una città come Lhasa, la capitale, i tibetani non rappresentano più che un terzo della popolazione. Il vecchio centro è stato raso al suolo per far posto a supermercati, discoteche e bar cinesi dove una nuova generazione di tibetani impara a «modernizzarsi», soprattutto ubriacandosi.

«Ancora dieci, quindici anni di questo passo e il Tibet non esisterà più», dice «la Presenza». «È possibile che io sia davvero l'ultimo Dalai Lama.»

Lo incontro in una sala della sua residenza dalle pareti coperte di *tanka*; la conversazione va avanti per due ore, sugli argomenti più vari, e quel che mi colpisce, più d'ogni sua parola, è la semplicità che – me ne accorgo ben presto – è la sua vera grandezza. Il Dalai Lama non è un santone, non si atteggia a *guru*, non fa miracoli; la sua saggezza è nel buon senso, la sua spiritualità è nel candore.

Parliamo dell'ultimo attacco che i cinesi hanno sferrato contro di lui, facendo sparire il bambino di sei anni che lui aveva identificato come la reincarnazione del Panchen Lama e mettendo al suo posto un altro bambino, figlio di due membri del Partito comunista. Lui racconta come, attraverso complicati sistemi di divinazione e meditazione, era arrivato alla sua decisione. «Alla fine avevo messo i nomi dei tre ultimi candidati possibili in alcune sfere di ferro e le facevo ruotare in una ciotola, lasciando che una saltasse fuori. Usciva sempre la stessa... sempre la stessa: era chiaro che era lui», dice, poi si ferma e ride. «Lei forse mi prende per matto. Per voi occidentali queste pratiche sono inconcepibili, ma nella mia vita tutte le più importanti decisioni le ho prese così...» Poi, come se volesse confidarmi un piccolo segreto, aggiunge: «Le risposte nel fuoco, però, non sono ancora capace di leggerle bene».

Parliamo dei tanti occidentali che si fanno buddhisti e che i tibetani di Dharamsala chiamano «uova sode» perché le loro teste bianche e rapate spiccano nella folla. Lui ha un commento sorprendente da fare: «Cambiare religione è difficile. È un processo pericoloso che crea grandi confusioni. La cosa migliore è seguire la propria religione. Il buddhismo può essere di aiuto ai cristiani, ma i cristiani è bene che rimangano cristiani».

Parliamo della progressiva scomparsa della dimensione spirituale dalla vita della gente, sempre più impegnata nella corsa verso mete materialistiche, e lui dice che i tibetani stessi stanno rapidamente cambiando e che persino alcuni dei suoi più alti Lama sono ormai vittime di questa tendenza. «Appena hanno l'occasione di arricchirsi non sanno tirarsi indietro», dice, scoppiando in una gran risata.

La storia del buddhismo tibetano è una di quelle che fanno riflettere sulle vicende del nostro tempo. Isolata per secoli in mezzo alle montagne inaccessibili dell'Himalaya, questa particolare forma di religione non ha subìto influenze esterne e i suoi fedeli hanno fatto all'interno di se stessi, nello spirito, il cammino che altri popoli, specie quelli occidentali, hanno fatto nella dimensione fisica. Nella solitudine delle vette più alte del mondo, la meditazione e le altre pratiche esoteriche sono state affinate al punto di far credere allo sviluppo di particolari capacità di percezione e comunicazione. Il Tibet era diventato una sorta di cassaforte di vari segreti «tesori», il recesso di una conoscenza misteriosa che da sempre ha attratto esploratori, missionari e avventurieri.

L'invasione cinese del 1959, provocando la diaspora tibetana, ha come aperto quella cassaforte e ha gettato i semi di quella, un tempo segreta, conoscenza in giro per il mondo. Il Dalai Lama, simbolo di quella sapienza e allo stesso tempo capo di un popolo particolare e oppresso, ha acceso la fantasia occidentale e l'interesse per il buddhismo tibetano è andato di pari passo con la simpatia politica per la causa dell'indipendenza.

Dharamsala è diventata la meta di tanta gente in cerca di una qualche cura per lo spirito o il corpo. Molti l'hanno, a loro modo, trovata: nei corsi di meditazione, nei discorsi che il Dalai Lama tiene in primavera o nelle ricette del suo vecchio medico personale, che è arrivato a Dharamsala dopo vent'anni spesi in una galera cinese (i segni delle torture sono tutte sulla sua faccia, ora storta e bozzuta), portandosi dietro il segreto di certe pillole nere «miracolose», per esempio, contro l'epatite.

Ma il successo del buddhismo tibetano è stato anche l'inizio di un suo processo di degenerazione. Le pratiche che avevano senso sulle vette delle montagne ne hanno di meno nei grattacieli di New York e di Los Angeles, dove il Dalai Lama e il buddhismo sono ora di gran moda. Quella sapienza, un tempo segreta e frutto di notevole perseveranza, viene messa alla portata di tutti e diventa una sorta di bene di consumo, una merce da supermercato, disponibile negli scaffali riservati ai prodotti per la felicità.

L'incontro con il materialismo della libera società occidentale crea poi conflitti inconcepibili nel mondo feudale del Tibet. Perdendo le sue radici, il buddhismo perde un po' la sua strada. Uno dei più famosi *rimpoche* («maestro reincarnato»), autore di un libro di grande successo sull'arte di vivere e di morire, è ora sotto processo in California, accusato di molestie sessuali da una sua allieva che, come risarcimento dei danni, gli chiede dieci milioni di dollari.

Ma il Tibet si vende sempre meglio, diventa sempre più di moda. Dopo il film di Bernardo Bertolucci, *Il piccolo Buddha*, due altri film sono ora in produzione. Uno, *Sette anni in Tibet*, è la storia di un alpinista austriaco che, durante la seconda guerra mondiale, fugge da un campo di prigionia in India e scopre il Paese «segreto»; l'altro, *Kundun*, diretto da Martin Scorsese, è basato sull'autobiografia del Dalai Lama.

Con la primavera Dharamsala diventa sempre più affollata. Uno dei visitatori più in vista in questi giorni è George Segal, un famoso attore di Hollywood, venuto in compagnia di una giunonica, biondissima compagna a fare pratiche tantriche con uno strano Lama dall'aria banditesca. Ogni nazionalità ha il suo «maestro» preferito. Molti italiani si riuniscono nella casa, appena rifatta e allargata per ospitare più allievi, di un vecchio «maestro» che, quand'era ancora giovanissimo, ebbe una visione: il Tibet veniva conquistato dai cinesi, restava sotto i cinesi per vari decenni, poi un bel giorno veniva liberato da due Paesi, l'America e l'Italia. La cosa strana, racconta il vecchio, è che lui dell'Italia non aveva mai sentito parlare prima, eppure la parola nella visione era stata proprio quella: I-ta-li-a. E gli italiani ci vanno a frotte.

Il Dalai Lama è il primo a rendersi conto del pericolo che c'è nel suo successo e a capire che i cinesi non sono, dopo tutto, i suoi unici nemici. La sua fama e la popolarità del buddhismo tibetano servono alla causa politica, ma finiscono anche per contaminare la cultura e la spiritualità della sua gente. La simpatia, l'attenzione e i soldi che molti occidentali riversano sulla piccola comunità di Dharamsala hanno cominciato a viziare le nuove generazioni di rifugiati e a far loro perdere il senso della loro vera condizione. Al Dalai Lama non resta che una soluzione: riportare la sua gente nella sua terra, ridarle le sue valli, rimetterla sulle montagne. «E dobbiamo farlo presto. Prestissimo», dice. Poi, mettendomi una lunga sciarpa di seta bianca al collo come benedizione-ricordo dell'incontro, aggiunge: «E voi occidentali avete un grande ruolo da svolgere. Aiutateci a salvare il Tibet e il Tibet aiuterà voi a salvare voi stessi».

È il tramonto. I ghiacciai sono come di fuoco, le montagne su cui non batte più il sole sono già nere e nell'aria è sospeso un pulviscolo d'oro. Le strade sono piene di gente; ognuno con una sua speranza.

Tutti abbiamo bisogno di sperare.

La campagna elettorale è di solito, per un corrispondente, un'occasione per conoscere un Paese e stabilire buoni rapporti con i politici. Ci si mette dietro un candidato, lo si segue nella sua circoscrizione e ai suoi comizi. Per le elezioni parlamentari indiane del 1996, passai due giorni con...

La regina dei banditi

Mirzapur (India), aprile 1996

La storia indiana è fatta di leggende. Le leggende uniscono il popolo, lo nutrono e lo fanno sognare. Una nuova leggenda è appena nata, questa volta sulla scena politica.

« Sono Phulan Devi! Ho passato gran parte della mia vita nella giungla o in prigione. Non ho casa e sono venuta a vivere con voi! » Una donnina di 39 anni, dalla pelle scura, il naso a patata e gli occhi rotondi che ti guardano ora impauriti, ora minacciosi, parla a una miserabile folla emaciata e malridotta dal gran caldo e dalla fame. È una banditessa cui vengono imputati decine fra assassinii, rapine e rapimenti. Ma non è questo quel che la gente polverosa e stanca vede.

Accucciati per terra, seduti sui rami degli alberi, in bilico sui tetti di misere catapecchie, uomini, donne e bambini che la stanno ad ascoltare vedono in lei la dea dei fiori (in hindi il suo nome vuole dire appunto questo), vedono la reincarnazione di Durga dalle dieci braccia, la terrificante dea della guerra, la vendicatrice femmina. La gente sa anche che, nelle elezioni nazionali del 27 aprile, questa donna vuole conquistare uno dei 543 seggi nel parlamento indiano, e in questo è dalla sua parte.

« Lei è il temporale che porta la felicità, lei è il fuoco che genera la vita! » declama il poeta del villaggio Gopigan, nel distretto di Mirzapur, nella parte orientale dello Stato di Uttar Pradesh, dove Phulan Devi tiene uno dei suoi comizi.

Viaggia in un'automobile bianca, seguita da due jeep piene di poliziotti e da un camion dal quale una massa di uomini urlano, come ossessi, il suo nome. La carovana si muove attraverso una delle zone più povere e disperate dell'India. I villaggi sono fatti di fango e non hanno elettricità. Le gente qui non guarda la televisione e non va al cinema, eppure tutti sanno tutto di Phulan Devi perché di lei si parla nel bazar, di lei cantano i bardi itineranti. Sanno che è un'intoccabile che ha avuto l'ardire d'insorgere contro le caste alte; sanno che è una donna che, al pari di Durga, ha preso le armi per combattere contro i malvagi.

Il distretto di Mirzapur ha un milione e duecentomila votanti. Di questi, l'80 per cento sono, come Phulan Devi, intoccabili, ossia appartengono agli strati più bassi della società, quelli che da tremila anni vengono mortificati e discriminati come «feccia umana». Per cercare di toglier loro queste stigmate Gandhi, il Mahatma, la grande anima, li aveva battezzati *harjan*, «figli di Dio», ma loro preferiscono chiamarsi *dalit*, «quelli che soffrono». Dei 900 milioni di abitanti dell'India, circa 200 milioni sono considerati *dalit*. Di questi, Phulan Devi è oggi la più famosa.

Per ore e ore la folla aspetta sotto il sole infuocato. Quando finalmente la carovana arriva e si ferma, le donne si gettano ai suoi piedi, altri cercano semplicemente di catturare col palmo d'una mano l'aria dalla quale è passata per portarsela alla faccia, o metterla sulla testa dei figli, come una benedizione.

«Vi prego, non votate per il loto, né per la mano. Date il vostro voto alla bicicletta!» grida Phulan Devi.

Eh, sì, la bicicletta! Fu per una bicicletta e una vacca malaticcia che, quando lei aveva undici anni, suo padre la vendette in moglie a un uomo di vent'anni più vecchio di lei. L'uomo la violentò e presto l'abbandonò per sposare un'altra donna. Oggi, per puro caso, la bicicletta è il simbolo del Partito socialista Samajwadi per il quale Phulan si candida: contro il partito hinduista di estrema destra, il BJP – che ha per simbolo il fiore di loto –, e contro il Partito del Congresso, ora al potere, che per simbolo ha una mano aperta.

Phulan Devi Zindabad, «Evviva Phulan Devi!» intonano i suoi galoppini, e: *Zindabad! Zindabad!* risponde il coro della folla. Ma lei chiede silenzio, per ripetere a ogni fermata il suo messaggio: «Ascoltatemi! Io ho derubato quelli che mi avevano derubato. Fate come me! Per ogni botta che ricevete restituitene due. Non abbiate paura: mozzate la mano che vi tortura! »

Quante volte lei stessa abbia colpito non è certo perché le versioni della sua vita, breve e drammatica, sono tante quante le persone che le raccontano.

Phulan Devi è nata nel 1956, seconda dei sei figli di una povera famiglia di contadini *dalit* nell'Uttar Pradesh. Il villaggio era governato dai membri di una casta alta, i *thakur*. Il capo del villaggio si faceva chiamare primo ministro e decideva della vita di tutti gli abitanti. Senza il suo permesso un intoccabile non poteva neppure farsi crescere i baffi, né tanto meno fare i suoi bisogni nei campi dei *thakur*. Gli intoccabili, quelli dovevan farli nelle loro capanne, ovviamente senza cesso. Nessun intoccabile poteva attingere l'acqua da un pozzo *thakur*. La paga mensile di un lavoratore intoccabile era di 50 rupie, 2500 lire al mese, e il *thakur* gliela tirava addosso per evitare ogni diretto contatto con lui.

Ripudiata dal marito, Phulan Devi a 14 anni ritorna dalla sua famiglia. A 16 anni viene arrestata per la prima volta, accusata da un cugino di averlo derubato. Mentre è in prigione viene violentata dai poliziotti e la gente comincia a dire che è una ragazza facile. A 21 anni viene sequestrata da una delle tante bande di *dakoi*, i banditi che infestano la regione e che ne fanno una loro schiava sessuale. Quando un giorno il capobanda decide di dare spettacolo e di violentarla in pubblico, un giovane *dakoi* s'indigna, uccide il capo e si prende Phulan per amante. Lei s'innamora di lui e lui le dà il suo primo fucile.

Phulan Devi passa ormai per un boccone prelibato e ben presto il suo giovane amante, anche lui un *dalit*, viene ucciso da due fratelli *thakur* che vogliono la ragazza. I due sequestrano Phulan Devi e la portano nel villaggio di Behmai, dove la fanno violentare per tre settimane di seguito da tutti i *thakur* del posto. Fra gli altri suoi compiti c'è quello di andare, nuda, a prender l'acqua attraversando l'abitato. Finalmente un vecchio si commuove e l'aiuta a fuggire. Phulan giura vendetta contro i *thakur* e mette assieme una sua banda di *dakoi*: in tutto 37 uomini.

Il giorno della vendetta arriva a metà febbraio 1981. I banditi di Phulan circondano il villaggio di Behmai e con un megafono ordinano a tutti gli uomini di radunarsi lungo il fiume Yamuna. All'appello mancano i due fratelli che Phulan voleva più di ogni altro, ma quando i banditi ripartono, venti altri *thakur* sono stesi a terra, morti.

Ci sono testimoni oculari che giurano d'aver visto Phulan Devi uccidere di proprio pugno tutti quegli uomini. Altri invece giurano che non c'era. Nel corso degli anni, lei stessa ha confermato ora questa, ora quella versione dei fatti. Certo è che la leggenda di Phulan Devi mise radice allora. La giovane intoccabile, vittima e boia, che alla testa di banditi selvaggi e baffuti si aggira per tre Stati dell'India (l'Uttar Pradesh, il Madhya Pradesh e il Rajasthan) derubando i ricchi e distribuendo il bottino fra i poveri, diventa un'eroina popolare. Migliaia di poliziotti, alcuni persino in elicottero, le danno la caccia. Diciotto membri della sua banda vengono uccisi nel corso di vari scontri, altri l'abbandonano, ma Phulan Devi con alcuni fedelissimi riesce sempre a sfuggire. A causa delle sue gesta impunite, il primo ministro dell'Uttar Pradesh, un *thakur*, è costretto a dare le dimissioni.

Gli atti eroici della «bella ed efferata regina dei banditi», di cui la stampa racconta ogni apparire in toni romantici, mettono in grave imbarazzo il governo di Indira Gandhi, la quale dà ordine che si trovi una soluzione. Un abilissimo poliziotto riesce a negoziare con Phulan Devi le condizioni alle quali lei si arrenderà: nessun membro della sua banda verrà impiccato; nessuno farà più di otto anni di carcere e suo fratello verrà assunto nella polizia. Per la madre chiede un pezzo di terra e una vacca.

Nella città di Gwalior, migliaia di persone, fra cui giornalisti e troupe televisive di tutto il mondo, il 12 febbraio 1983 aspettano la capitolazione della dea della vendetta. Rimangono un po' delusi quando quella che si vedono comparire davanti, assieme a sette membri della sua banda, è una donna emaciata, spaurita, febbricitante, che pesa appena 35 chili e sostiene, per di più, di non aver mai ucciso nessuno.

Ma la leggenda di Phulan Devi si vende bene e il mito sopravvive. In India vengono girati due film in hindi su di lei, entrambi di grande successo, e una bambola Phulan Devi in uniforme kaki e con a tracolla una bandoliera piena di munizioni diventa il giocattolo più ambito del subcontinente. In Occidente, la povera ragazza indiana violentata che ha ucciso i propri torturatori diventa l'eroina del movimento femminista. Vari libri la ritraggono come la ribelle per eccellenza all'interno di una società dominata dagli uomini e dalle caste. Uno dei più noti registi indiani gira per i mercati internazionali il film *La regina dei banditi*, fortemente pubblicizzato con lo slogan: «Violenza carnale equivale a tortura e morte. Sesso spontaneo è estasi».

A causa delle solite semplificazioni usate dallo show business e che continuano a banalizzare anche la storia di Phulan Devi, tutti sembrano dimenticare che i primi torturatori di questa donna furono uomini della sua stessa casta e che il vecchio che finalmente la salvò dai *thakur* era un bramino di casta altissima, che, per quel suo gesto, venne subito dopo impiccato per i piedi e bruciato vivo.

Passano otto anni e tutti i membri della banda di Phulan Devi vengono rimessi in libertà. Lei però resta in carcere. È solo quando gli intoccabili dell'India, rendendosi conto della loro forza elettorale, cercano di staccarsi dal Partito del Congresso per fondare un partito politico loro, che Phulan Devi diventa il simbolo conveniente di questa nuova coscienza di casta. Gli intoccabili dichiarano guerra alle caste più alte. Chi meglio di Phulan Devi può portare questo messaggio alle masse?

Non appena Mulayan Singh Yadav, un politico di bassa casta, diventa primo ministro dell'Uttar Pradesh, il destino di Phulan Devi cambia. Un mese dopo aver preso il potere, Mulayan ritira tutti i capi d'accusa contro la «regina dei banditi» e nell'agosto del 1994 Phulan Devi viene liberata.

Nei dodici anni in cui è rimasta in carcere non è stata sottoposta ad alcun giudizio e nessuna corte ha mai cercato di accertare quale fosse la verità su di lei... Chi è Phulan Devi? Presa com'è fra i giornalisti che insistono su una versione della sua vita e gli avvocati che insistono invece su un'altra, è probabile che lei stessa non sappia più quale sia quella vera.

In un appartamento completamente vuoto di Nuova Delhi, dove vive con il nuovo marito e dove l'ho incontrata per la prima volta, poco dopo il suo rilascio, Phulan Devi per la prima volta nella sua vita gode della libertà. Ma ancora non è del tutto quel che appare. Siccome i due fratelli *thakur* han giurato di ucciderla, Phulan Devi è sorvegliata giorno e notte da tre poliziotti.

Alla sua porta battono i messaggeri di vari partiti, desiderosi di sfruttare la sua popolarità con gli intoccabili, ma lei respinge ogni proposta. Non potrà continuare a farlo molto a lungo. L'Andra Pradesh, uno degli Stati in cui è stata attiva da banditessa, ha risollevato l'accusa di omicidio contro di lei e la petizione è stata accolta dalla Corte Suprema. Phulan Devi, pur non sapendo né leggere né scrivere, è scaltra nell'arte di sopravvivere e sa che la sua unica salvezza sta nella politica. Per stare fuori della prigione deve entrare in parlamento.

Quando Mulayan le offre di candidarsi nel suo Partito socialista... della bicicletta, Phulan Devi non può rifiutare. « In passato ho servito il popolo da banditessa, ora voglio servirlo dal parlamento. Date il vostro voto alla bicicletta! » ripete a ogni sosta nella sua campagna elettorale.

Nel villaggio di Patikpura centinaia di bambini coi nasi mocciosi, gli occhi cisposi e i capelli ingialliti dalla cattiva nutrizione si accovacciano ai suoi piedi. Pagnotte di escrementi seccano ai muri delle capanne. Questo di raccogliere le fatte degli animali e farne del combustibile per cucinare è il primo lavoro di ogni bambino non appena ha imparato a camminare. Felici i bambini accettati come schiavi nelle piccole tessiture di tappeti della zona!

Lungo i bordi delle strade le donne nascondono il volto dietro i loro veli, quasi volessero scomparire. Phulan Devi le chiama a sé. Una le si getta davanti, le mostra un suo braccio mutilato e racconta, singhiozzando, che è stato un *thakur* a mozzarglielo con un'accetta perché lei non voleva cedergli della terra che le appartiene.

Le soste di Phulan Devi sono brevi. Ad accoglierla non ci sono bande musicali – costano troppo –, ma ovunque le viene offerta una collana di fiori arancione che lei tocca e passa subito a uno dei bambini che l'attorniano. Phulan non ha soldi per la sua campagna. Il suo quartier generale è nel mezzo del bazar di Mirzapur: un androne buio con una mucca nera che dorme davanti alla porta. La sola cosa che ha da dare alle migliaia di mani che si protendono verso di lei son dei foglietti col disegno d'una bicicletta. Per qualche raccomandato i foglietti sono adesivi.

Tutti son sicuri che vincerà. « È un'analfabeta e non dovrebbe entrare in politica. È un'assassina e dovrebbe starsene in carcere. Invece la gente voterà per lei, perché è gente stupida e ignorante », mi dice, indignato, il giovane maestro del villaggio di Patikpura, un *thakur*.

Verso sera, quando finalmente la carovana arriva nella cittadina di Suriyawa, una folla, avvolta in una nuvola di polvere, si precipita spingendo e urlando nella piazza buia dove avverrà l'incontro. « Se Phulan Devi viene uccisa, centinaia di nuove Phulan Devi spunteranno! » grida lei dall'alto di un podio eretto ai piedi del municipio. Quasi non la si sente. Non c'è elettricità, l'altoparlante attaccato a una batteria non funziona, e la figura di quella piccola donna si perde nella massa dei suoi seguaci. Poi, improvvisamente, prodotte dal riverbero incerto di un paio di lampade a gas che si accendono, si vedono alzarsi e muoversi contro la parete del municipio grandi, lunghe ombre come le tante braccia di una gigantesca divinità che in ognuna delle sue mani impugna un'arma.

La folla, attonita, si zittisce. «*Durga, Durga!*» sento bisbigliare nell'oscurità.*

*Phulan Devi è stata eletta e ha preso posto nel parlamento di Nuova Delhi.

Mi ero occupato di occidentali persisi in India dietro «santoni» e guru di varia serietà, ma a lei non avevo mai pensato con particolare interesse finché non incontrai alcuni giovani europei a cui – mi raccontarono – lei aveva cambiato la vita.

Madre Teresa

Calcutta, luglio 1996

AVEVO appena spento il registratore e la stavo ringraziando per il tempo che mi aveva dedicato, quando lei, guardandomi fissa coi suoi occhi azzurri arrossati dall'età, mi ha chiesto: «Ma perché tutte queste domande?» «Perché voglio scrivere di lei, Madre.» «Non scriva di me. Scriva di Lui...», ha detto, alzando gli occhi al cielo. Poi s'è fermata, ha preso le mie mani nelle sue – grandi, tozze e già un po' deformi – e, come volesse confidarmi un gran segreto, ha continuato: «Anzi, la smetta di scrivere e vada a lavorare in uno dei nostri centri... Vada a lavorare un po' nella casa dei morenti». Madre Teresa era tutta lì.

Poco dopo l'intervista, ha avuto una crisi cardiaca ed è stata portata nella clinica Woodlands; io sono rimasto con in testa quella sua frase che, alla fine, m'è sembrato dicesse su di lei più di ciò che ero riuscito a mettere assieme fino allora.

Per due settimane non ho fatto altro che seguirla; ho passato ore nella Casa Madre sulla Circular Road, ho visitato il centro per i lebbrosi, quello per gli orfani, quello per i moribondi, la casa per i ritardati mentali e quella per le ragazze mezzo impazzite nelle prigioni. L'ho accompagnata a Guwahati, nello Stato dell'Assam, dove Madre Teresa è andata a inaugurare il primo rifugio in India per le vittime dell'AIDS, un'altra categoria di disperati in questo Paese in teoria così tollerante, ma dove i pazienti che risultano sieropositivi vengono cacciati via dagli ospedali, ostracizzati dai villaggi e, una volta morti, non vengono neppure bruciati negli inceneritori comunali, ma buttati via assieme alle immondizie.

Son venuto a Calcutta, sulle tracce di Madre Teresa, spinto da una vecchia curiosità: quella per la grandezza umana. Esiste ancora? E come si esprime?

Quand'ero ragazzo il mondo mi pareva pieno di «grandi»: grandi politici, grandi artisti, grandi maestri. Ora un giovane che si guardi attorno riesce a identificarne pochissimi, e anche quelli sembrano tutti destinati a durar poco. Miti vengono fatti e disfatti, e persino quei pochi che non appaiono già falsi in partenza finiscono per cadere sotto i colpi di una moderna iconoclastia determinata a ridurre tutto e tutti alla mediocrità. Anche Madre Teresa.

Dopo aver goduto per decenni dell'ammirazione e del rispetto del mondo, due anni fa l'intera vita di questa suora albanese fattasi indiana, ora ottantaseienne, fondatrice di un nuovo ordine monastico, le Missionarie della Carità, dedicato ad aiutare «i più poveri dei poveri», è stata messa in discussione. Prima un programma televisivo inglese, poi un libro – tutti e due dai titoli volutamente provocatori e osceni: *L'angelo dell'inferno* e *La posizione della missionaria* – hanno presentato questa donna, da molti considerata santa, come un'astuta politicante che ha sfruttato le miserie altrui per rendersi famosa, che ha usato i fondi messi a disposizione dalla generosità del mondo per fondare una sua impresa multinazionale retta con metodi dittatoriali e nelle mani di suore «completamente plagiate». «Madre Teresa è una demagoga, oscurantista, serva del potere», ha scritto di lei il giornalista inglese Christopher Hitchens, che l'accusa di aver intrattenuto rapporti con ogni sorta di tiranni e ladri, da Ceaucescu a Duvalier, da Maxwell a Hoxha, pur di ottenere i loro favori e i loro soldi. A queste accuse son seguite quelle secondo cui Madre Teresa non dà un'adeguata assistenza medica alla gente dei suoi centri, tiene segreta la contabilità dei soldi che riceve e costringe in punto di morte hindu e musulmani a convertirsi al cristianesimo.

Questi attacchi non hanno particolarmente ferito Madre Teresa («Signore, perdonali perché non sanno quel che fanno. Pregherò per loro», ha detto a proposito dei suoi critici), ma molti negli ambienti vicini alle Missionarie della Carità sono rimasti scossi e il dubbio che qualcosa nella congregazione non andasse è rimasto nella mente di altri.

Ho voluto farmi una mia idea della sua opera; sapendo che, per capire Madre Teresa bisogna capire Kaligath, è da lì che sono partito per rifare a grandi tappe il suo straordinario cammino. Già alla porta uno potrebbe bloccarsi, disgustato: CASA PER I DERELITTI MORENTI dice un cartello sbiadito sulla porta. Ancora un passo e si legge: IL FINE PIÙ ALTO DELLA VITA UMANA È QUELLO DI MORIRE IN PACE CON DIO. Ci si potrebbe voltare e tornare indietro in disaccordo con questa interpretazione dell'esistenza, ma gli occhi cadono su una brandina dov'è disteso una sorta di fagotto d'ossa e pelle: un vecchio, ormai senza età, con gli occhi lucidi e sbarrati, lotta per prendere le ultime boccate d'aria. Una suora gli siede accanto e gli carezza una mano. «L'hanno trovato ieri su un mucchio di spazzatura. Fra poco sarà in paradiso.»

Forse il senso di quella scritta sul fine della vita non è, tutto sommato, sbagliato. Kaligath, nella periferia meridionale di Calcutta, è una città di per sé disperante e tragica che a volte sembra essere stata messa da Dio sulla faccia della terra solo per provare che Lui non esiste (oppure che c'è bisogno che esista?). Arrivarci a piedi, passando i due crematori municipali dove centinaia di cadaveri vanno ogni giorno in fumo, soffermandosi davanti ai vari templi e tempietti, bordelli e negozi, venditori di frutta e di amuleti è un perfetto esercizio spirituale per spogliarsi dei propri pregiudizi, per lasciarsi dietro quella «ragione» su cui noi occidentali contiamo così tanto per spiegarci tutto.

Le strade sono invase da uomini, cani, macchine, vacche, risciò e carretti. Sui marciapiedi esseri umani e animali mangiano, dormono e defecano gli uni accanto agli altri. Altri sono riversi dove scorrono le fogne. Tutto quel che si vede, nel continuo assordante rumore di clacson e grida, nel fetore dell'aria avvelenata, scuote ogni acquisita certezza e nessuna logica riesce più a mettere assieme i pezzi di un ripugnante, drammatico, affascinante puzzle che anche qui è chiamato vita. Nel cortile del tempio dedicato alla dea Kali, uno dei più popolari dell'India, una coloratissima folla, tra urla e preghiere, assiste al sacrificio di alcuni capretti neri, simbolo del diavolo, e si butta sui corpi appena decapitati per intingere l'indice della mano destra nel sangue. Fuori del recinto file di mendicanti, donne, vecchi, bambini aspettano accucciati per terra ognuno dinanzi alla sua ciotola vuota.

È qui che, nel 1952, Madre Teresa, lasciato l'ordine di Loreto con cui era arrivata in India già nel 1928, si mise a prendersi cura di quei disgraziati che, abbandonati da tutti, venivano lasciati a morire per strada. Il dormitorio per i pellegrini del tempio di Kali era vuoto e in disuso e lei chiese di metterci i suoi derelitti. Il governo di Calcutta, in un gesto di grande tolleranza, fu d'accordo e così, in uno dei posti più sacri agli hindu, s'installò una missione cattolica e nacque la prima «Casa dei morenti». Oggi di queste case ce ne sono decine in tutto il mondo, ma è a questa che Madre Teresa è legatissima.

«Una volta mi capitò di prendere un uomo coperto di vermi», mi raccontò. «Mi ci vollero delle ore per lavarlo e togliergli a uno a uno tutti i vermi dalla carne. Alla fine disse: 'Son vissuto come un animale per le strade, ma muoio come un angelo' e, morendo, mi fece un bellissimo sorriso. Tutto qui. Questo è il nostro lavoro: amore in azione. Semplice.»

Sì, semplice. Semplice com'è lei. A incontrarla, come nel caso del Dalai Lama, la prima cosa che colpisce è appunto questa: che, se c'è grandezza, è nella sua semplicità. Come il Dalai Lama, Madre Teresa non è un'intellettuale, le cose che dice sono elementari, le storie che racconta sono sempre le stesse, ma, come le parabole, hanno un fondo di verità e restano impresse, accendono la fantasia. Alla base di tutta la sua opera c'è un'idea sola: «servire i più poveri dei poveri» e su quell'idea ha fondato tutto, senza mai un dubbio, senza mai un tentennamento. «Come si possono avere dubbi su quel che si fa? Il lavoro è Suo», dice, sempre rivolgendosi al Cielo che sembra essere il suo vero interlocutore.

In tempi di liberalismo e di liberazione sessuale lei parla del senso dell'amore, del valore della verginità. Ora che l'acquisizione di beni materiali sembra la grande, unica grande ossessione comune a tutta l'umanità, ora che la ricchezza sembra il principale criterio di successo e di moralità, lei insiste sulla «santità dei poveri» e vuole che le sue suore vivano come quelli. Tre *sari*, un crocefisso, un rosario e una sporta son le uniche cose che una missionaria della Carità può possedere.

Madre Teresa sarebbe passata inosservata, come tanti altri che fanno anonimamente nel mondo un lavoro simile al suo, non fosse stato per un giornale di Calcutta che pubblicò la storia di questa strana europea venuta a servire gli indiani. Nel 1969 la BBC commissionò un documentario su di lei. L'uomo che venne a girarlo, Malcolm Muggeridge, un anziano, famoso, cinico giornalista ateo, dinanzi a Kaligath si commosse. Il documentario *Something Beautiful for God* ebbe un grande successo e fece di Madre Teresa una star. In un libro dallo stesso titolo, Muggeridge, nel frattempo convertitosi al cattolicesimo, parlò di Madre Teresa come di una santa e descrisse quello che gli era parso un suo « miracolo ». Una mattina, filmando nella casa dei morenti, non c'era abbastanza luce e il cameraman della BBC disse che era inutile girare. Muggeridge insistette e, quando il film venne sviluppato, l'intero androne di Kaligath, con le sue file di brandine azzurre, apparve come avvolto in un alone di sorprendente, magica luce.

La fama di Madre Teresa crebbe progressivamente con gli anni. Ricevuta da primi ministri e presidenti, visitata da ogni sorta di personalità che passassero dall'India, Madre Teresa finì per essere il simbolo inattaccabile di tutte le qualità che l'umanità s'era dimenticata. Nel 1979 ricevette il premio Nobel per la pace.

Allo stesso modo del Mahatma Gandhi cui, specie gli indiani, spesso la paragonano, Madre Teresa conosce bene l'importanza dei simboli e, come il Mahatma, che si presentò a Londra per gli storici negoziati col governo inglese coi sandali e avvolto nel suo solito cencio di cotone (provocando Churchill a parlare di lui come di « quel fachiro mezzo nudo »), così Madre Teresa si presentò per la consegna del premio Nobel a Stoccolma con, sopra il suo *sari*, un vecchio golf di lana bucato. Invece di partecipare al banchetto ufficiale chiese che i soldi che sarebbero stati spesi le fossero dati per organizzare una grande festa di Natale per duemila dei suoi poveri. Con quella semplice richiesta provocò un'ondata di simpatia e una serie di altre ricche donazioni. La stampa s'innamorò di questa vecchia, anticonvenzionalissima suora e cominciò a parlarne descrivendola come la « donna più famosa », « più potente del mondo ».

Poi, nel 1994, venne l'operazione « smitizzazione » guidata da Tariq Alì, un ex leader studentesco dell'ultrasinistra di origine pakistana, e da Christopher Hitchens, uno scrittore già noto per un suo velenosissimo libro contro la monarchia inglese. Senza entrare nel mondo di miseria dell'India, né in quello di fede di Madre Teresa, l'intera opera delle Missionarie della Carità viene smontata in nome della ragione, dell'efficienza e di una moralità che distingue fra benefattori buoni e cattivi. Quanto al « miracolo », è una bugia, scrive Hitchens che, andando a venticinque anni di distanza a ritrovare il cameraman della BBC, si fa raccontare che in verità il « miracolo della luce » fu dovuto semplicemente a un nuovo tipo di pellicola che la Kodak aveva appena messo sul mercato!

Eppure basta andare a Kaligath e il « miracolo » è davanti agli occhi di tutti. Ogni mattina alle sette, una ventina di volontari si presentano alla « Casa dei morenti » per aiutare le suore. Per lo più sono occidentali, spesso studenti universitari, che, invece di passare le loro vacanze ad abbronzarsi sulle spiagge di Goa, scelgono di andare a lavorare lì. La prima volta che ci sono arrivato, anch'io per fare quell'esperienza, per cercare di capire, c'erano un tedesco impiegato di banca, una donna del mondo della moda di New York, alcune ragazze spagnole e una coppia d'italiani in viaggio di nozze. Pulivano i pavimenti, facevano il bagno ai malati, toglievano, in un puzzo rivoltante di escrementi, i lenzuoli sporchi e lavavano, a mano, le coperte e i materassini blu delle brande. « Questo è il posto più bello dell'India », diceva Andi, il tedesco.

E non è un « miracolo » che questa donna, che cominciò la sua missione con cinque rupie in tasca, abbia messo in piedi un impero con quasi 600 Case in 122 Paesi del mondo, che abbia reclutato un esercito di oltre 4000 suore e monaci e che gestisca questa « multinazionale » senza computer, da un ufficietto al primo piano della Casa Madre dove, secondo la regola di povertà della congregazione, non c'è una radio, un televisore, non un condizionatore d'aria, né un ventilatore, ma solo due vecchie macchine per scrivere a mano?

« Una sfida al mondo moderno, Madre? Come la scelta di dare più importanza all'amore che alle medicine? Alle preghiere invece che agli antidolorifici? » le ho chiesto.

« Sì, noi non siamo infermiere, non siamo assistenti sociali, siamo suore. E i nostri centri non sono ospedali in cui la gente viene curata, sono case in cui la gente che nessuno vuole viene amata, sente di appartenere a qualcosa. »

« Una volta lei, Madre, ha detto che, se ci fosse di nuovo da scegliere fra la Chiesa e Galileo, lei starebbe ancora dalla parte della Chiesa. Ma non è questo un rifiuto della modernità, un rifiuto della scienza che oggi è invece la grande fede dell'Occidente? » ho chiesto.

« Allora perché l'Occidente lascia morire la gente per le strade? Perché? Perché tocca a noi a Washington, a New York, in tutte queste grandi città, aprire dei posti per dar da mangiare ai poveri? Diamo cibo, vestiti, rifugio, ma soprattutto diamo amore perché sentirsi rifiutati da tutti, sentirsi non amati è ancor peggio che aver fame e freddo. Questa è oggi la grande malattia del mondo. Anche di quello occidentale.»

Parliamo d'aborto e del fatto che Madre Teresa l'ha definito «la più grande minaccia alla pace del mondo di oggi».

«... è il male, il male. L'aborto è il male», m'interrompe. «Se una madre è capace di uccidere il proprio figlio che cosa impedisce a noi di scannarci l'uno con l'altro? Niente!»

«Ma non le pare che in un Paese come l'India il problema della crescita della popolazione sia una delle cause della povertà e della sofferenza che lei cerca di alleviare?» insisto.

Madre Teresa non sente «ragione». Dice che la vita è sacra, che non tocca a noi decidere e che una coppia sposata può ricorrere, se non vuole avere figli, ai metodi «naturali» di pianificazione familiare.

Quanto alla povertà, Madre Teresa ha una sua spiegazione che può essere più convincente di quelle di tanti economisti ed esperti di sviluppo: «Dio ha creato noi e noi abbiamo creato la povertà. Il problema si risolverà solo quando noi avremo rinunciato alla nostra ingordigia».

Penso a Gandhi. Anche lui non credeva che i problemi dell'umanità potessero essere risolti da una rivoluzione sociale, politica o scientifica, ma solo da una rivoluzione spirituale. Peccato che, anche in India, quella rivoluzione non sia avvenuta. E il messaggio di Madre Teresa finirà, come quello di Gandhi, per essere dimenticato dopo la sua scomparsa?

«Il futuro non è affar mio», mi ha risposto.

«Nemmeno quello del suo ordine?»

«No. Lui provvederà. Lui ha scelto me e allo stesso modo sceglierà qualcuno che continuerà il lavoro.»

Le ricordo un sogno che lei stessa ha raccontato. Madre Teresa si presenta a san Pietro e quello, fermo sulla porta, dice: «Via, via. Questo non è un posto per te. In Paradiso non ci sono i poveracci e i baraccati». «Allora riempirò questo posto di quella gente, così poi avrò anch'io il diritto di venirci», gli risponde Madre Teresa.

«Ora crede di avercene mandati abbastanza da aver conquistato quel diritto, Madre? Si sente vicina?» le ho chiesto.

«Aspetto che mi chiami.»

«Non ha paura della morte?»

« No. Perché dovrei? Ho visto tantissima gente morire e nessuno attorno a me è morto male. »

S'era fatto tardi e la campana era già suonata due volte per chiamare a raccolta nella cappella al primo piano le suore e i volontari per la preghiera della sera e lei voleva andare a prendere il suo posto, inginocchiata su un pezzo di balla.

A guardarla quell'ultima volta, in mezzo alla sua gente, mi pareva che le preoccupazioni che tanti « ragionevoli » si fanno sul futuro delle Missionarie della Carità fossero superflue. Se il lavoro che lei e le suore fanno non è il « loro », ma il Suo, quel lavoro certo continuerà.

Perché qui quel che più conta è credere.

I giornali, specie i quotidiani, tengono pronti nel cassetto le brevi biografie ragionate di certi importanti personaggi da pubblicare quando quelli muoiono. M'ha sempre divertito che quei pezzi vengono chiamati, in gergo, «coccodrilli».

Scrissi quello di Deng Xiaoping un paio d'anni prima della sua morte, avvenuta il 19 febbraio 1997.

Morte di Deng Xiaoping imperatore

«VEDE quell'ometto là, piccolo, piccolo. Stia attento. Quello ha dinanzi a sé un grande futuro.» Era il 1957 e Mao, seduto accanto a Kruščëv, indicava Deng Xiaoping, diventato da poco segretario generale del Partito comunista cinese.

Sul conto di quell'«ometto» Mao non si sbagliò mai. Nel 1966, in piena Rivoluzione culturale, si rese conto che Deng era ormai passato nel campo dei suoi avversari e lo accusò di voler tradire la rivoluzione e di voler imboccare «la via capitalista». Aveva assolutamente ragione. Deng venne rimosso da tutti i suoi incarichi, epurato dal partito e cacciato, assieme a milioni di altri cinesi, a lavorare nei campi.

Nel 1973, poi, Mao, già affetto dal morbo di Parkinson, fece tornare Deng Xiaoping a Pechino. Anche quella volta non si sbagliò: Deng era l'unico dirigente sopravvissuto alle persecuzioni delle Guardie Rosse con il prestigio militare e l'esperienza amministrativa in grado di aiutare il primo ministro Zhou Enlai, anche lui già ammalato di cancro, a riprendere in mano le redini di un Paese in preda all'anarchia e sull'orlo del disastro economico. Deng Xiaoping aveva già 70 anni e un impressionante passato di rivoluzionario, cospiratore, stratega e organizzatore politico, ma il suo «grande futuro» doveva ancora cominciare.

Solo dopo la morte di Mao, nel 1976, l'ascesa dell'«ometto» al potere divenne irresistibile e Deng ebbe mano libera per fare esattamente quel che il Grande Timoniere aveva così tanto temuto e cercato a ogni costo di evitare: cambiare il colore della Cina mettendo il Paese «sulla via capitalista».

La grandezza di Deng è tutta qui: nell'essere riuscito a sopravvivere a Mao, nel suo convincersi che le scelte di quello erano sbagliate e nell'avere il coraggio di disfare tutto ciò che Mao – e in parte lui stesso – aveva messo in piedi.

La vicenda di quest'uomo che, dopo aver dedicato un'intera vita alla causa comunista, spende i suoi ultimi anni a distruggere il comunismo nel Paese più popoloso del mondo è una delle più straordinarie del nostro secolo.

Nato nel 1904 in una famiglia di piccoli proprietari terrieri del Sichuan (il padre possedeva dieci ettari di risaia), Deng entra giovanissimo in uno dei tanti gruppi anarchico-patriottico-rivoluzionari fioriti all'inizio del secolo. A 16 anni s'imbarca per la Francia e a Parigi, dove studia e lavora per cinque anni, fra l'altro alla Renault, diventa comunista. Quando nel 1926 Deng Xiaoping torna in Cina, passando non a caso per Mosca, è ormai un rivoluzionario a tempo pieno impegnato nella guerra civile. Da allora la sua vita è legata a quella del partito e dell'Armata Rossa, di cui diventa presto uno dei più influenti commissari politici. Sopravvissuto alla Lunga Marcia, Deng partecipa alla guerra contro il Giappone e, dopo il 1945, di nuovo alla lotta contro i nazionalisti di Chiang Kaishek. Nel 1949 più di due milioni di soldati si affrontano nella valle del fiume Hua Hai per quella che sarà una delle più grandi battaglie dell'umanità e una di quelle che cambiano i destini di un popolo. Deng Xiaoping è alla testa dei comunisti e con la sua vittoria apre a Mao la via del potere a Pechino.

Con la fondazione della Repubblica Popolare il sogno di generazioni di cinesi sembra realizzarsi: la Cina, umiliata e smembrata dalle sconfitte inflittele dalle potenze occidentali nell'Ottocento e dal tentativo di colonizzazione giapponese in questo secolo, ritrova la sua unità e si rimette sulla scena del mondo come una grande potenza. Salvare la Cina dalla sua decadenza era parte del grande progetto comunista e Mao trionfante annuncia dal balcone su piazza Tienanmen: «La Cina si è sollevata».

Il Paese però resta povero, antiquato, e il grande problema è come avviarlo verso la modernità e lo sviluppo: una questione che è stata al centro della storia dell'Asia, da quando le potenze occidentali sono venute con le loro cannoniere a imporre la loro volontà e aprire i mercati di questi Paesi. Il Giappone per esempio reagì già, alla fine dell'Ottocento, buttandosi nella cieca imitazione dell'Occidente e copiando ogni espressione della sua modernità, dalle uniformi degli studenti all'idea di Stato, dall'organizzazione industriale all'architettura delle stazioni. Il suo successo fu strabiliante.

La Cina questo passo non riuscì a farlo. La classe dirigente del Paese era così convinta della superiorità della cultura cinese e della relativa importanza del progresso materiale e tecnico dei «barbari» alle porte che l'imitazione dell'Occidente non fu mai vista come una vera soluzione per il sottosviluppo. Mao, nonostante la sua educazione marxista, apparteneva a questa tradizione: era convinto dell'unicità della Cina e voleva mantenerla. Qui è il nocciolo dell'immenso conflitto che ha dilaniato il Paese negli anni '60, che è costato la vita a milioni di persone e che ha portato Deng al suo ruolo storico di anti-Mao per eccellenza.

Mao era uno straordinario personaggio. Grandissimo in ogni senso: grande politico, grande poeta, grande stratega e grande assassino, ma anche grande intellettuale. Mao aveva capito che il problema della Cina non era solo quello di svilupparsi, di diventare ricca e forte, ma anche di mantenere la propria identità, di non diventare una copia di altri: non dell'Unione Sovietica, che vantava d'esser modello di socialismo, e tanto meno dell'Occidente. La Cina era una civiltà ferita dallo scontro con la modernità venuta dall'Europa; farle seguire una via di sviluppo che imitasse l'Occidente voleva dire infliggerle un ultimo complesso di colpa e con questo farla rinunciare definitivamente alla sua «cinesità».

La Cina per Mao era in grado d'inventarsi una sua «modernità», una modernità adatta alle condizioni cinesi, così come lui adattava via via il marxismo-leninismo, pur importato dall'Occidente, aggiungendovi il suo pensiero.

I primi anni dopo la fondazione della Repubblica Popolare furono di relativa armonia all'interno del partito e Deng era assolutamente allineato sulle posizioni di Mao. Nel 1957, per esempio, dopo che Mao aveva preparato la grande trappola dei Cento Fiori per sradicare l'opposizione degli intellettuali, dicendo loro: «Parlate pure, dite quel che pensate, lasciate che cento fiori sboccino e cento scuole di pensiero si confrontino», Deng eseguì fedelmente l'ordine di condurre la prima grande epurazione di massa che portò milioni di persone nei campi di lavoro e alcune centinaia di migliaia alla morte. Allora, come poi al tempo di Tienanmen, Deng non ebbe remore o ripensamenti. Il partito era minacciato e andava difeso.

Per Mao l'oggetto della difesa non fu mai il partito in quanto tale, ma la sua idea di Cina. Per questo, quando il partito cominciò a criticarlo, Mao si rivolse alle masse e le scatenò contro il partito, facendo dar loro la caccia a tutti quelli che alla sua ipotesi di una Cina autosufficiente e permanentemente rivoluzionaria – perché « essere rosso è più importante che essere esperto » – contrapponevano una Cina esclusivamente impegnata nello sviluppo e in cui « non ha nessuna importanza se il gatto è nero o grigio, purché acchiappi i topi », come disse Deng Xiaoping in uno dei suoi slogan diventati poi famosi.

Nel fondo Mao aveva capito bene i mali della Cina. Solo che la medicina che lui proponeva per guarirli era di per sé micidiale. Il più vasto esperimento d'ingegneria sociale mai fatto sull'umanità (la creazione delle Comuni Popolari senza proprietà privata), come la più grande psicoterapia di massa mai tentata (il Balzo in Avanti, fatto per convincere i contadini che potevano lavorare il ferro) e la stessa Rivoluzione culturale (lanciata anche per ovviare alla naturale sclerosi della rivoluzione e nel tentativo di creare una nuova generazione di rivoluzionari) ebbero come risultato spaventose carestie e decine di milioni di morti. Il prezzo per tenere la Cina fuori dal comune sviluppo del mondo e farle cercare una sua, totalmente diversa, maniera di vivere, di produrre e di pensare divenne troppo alto e Mao fece appena in tempo a morire pacificamente nel suo letto e ancora vagamente riverito.

« Dopo la mia morte gli elementi di destra prenderanno il potere e il grande rischio del Paese sarà il fascismo », aveva ripetuto varie volte negli ultimi anni. Anche in questo Mao ha avuto ragione.

Tornato al vertice del potere, dopo la morte di Mao e l'arresto della Banda dei Quattro, Deng Xiaoping ha liberalizzato l'economia del Paese, distruggendo le Comuni, ridistribuendo la terra ai contadini e privatizzando l'industria, ma, per impedire che « dalla finestra aperta entrassero, assieme all'aria fresca, anche le mosche », ha rafforzato l'apparato di polizia dello Stato e ha regolarmente, con spaventosa durezza, soffocato ogni libera espressione di pensiero. Fu Deng Xiaoping nel 1979 a far arrestare e condannare a 15 anni di galera un giovane elettricista, Wei Jinsheng, che aveva osato in un manifesto chiedere che, assieme alle Quattro Modernizzazioni (nell'agricoltura, l'industria, la scienza e la difesa), ce ne fosse anche una quinta: la democrazia. Fu Deng Xiaoping, all'alba del 4 giugno 1989, a ordinare ai carri armati di sparare sulla folla e schiacciare il confuso movimento di giovani, operai e gente comune che occupava da settimane la piazza Tienanmen. È stato Deng Xiaoping a eliminare uno dopo l'altro gli eredi politici e successori potenziali che lui stesso si era scelto: Hu Yaobang e Zhao Ziyang, ai suoi occhi diventati troppo liberali.

Nonostante la sua attuale immensa popolarità – in Cina, perché ha detto alla gente: « Arricchitevi. È glorioso! », all'estero, perché ha aperto le porte del Paese agli investimenti stranieri –, Deng è rimasto sino alla fine dei suoi giorni un autocrate di mentalità totalitaria e con una visione pragmatica e tutt'altro che idealistica della Cina.

L'errore che spesso si fa in Occidente è di credere che Deng, resosi conto del fallimento del comunismo, abbia messo il Paese sulla via capitalistica e della democrazia. Questa è una pia illusione. Deng ha accettato il modello di modernità occidentale e, con questo, il meccanismo capitalistico dell'economia di mercato per accelerare lo sviluppo del Paese e con ciò il suo potere sulla scena internazionale.

Mao non aveva mai dato più di un retorico peso al recupero da parte della Cina dei territori ceduti alle potenze coloniali o separati dalla guerra civile. Deng ne ha fatta una delle sue priorità: nel 1997 l'Inghilterra restituirà Hong Kong « all'abbraccio della madrepatria », nel 1999 sarà il Portogallo a lasciare Macao. È stato ugualmente sotto la direzione Deng che, per la prima volta dal 1949, comunisti e nazionalisti si sono parlati a proposito di Taiwan. Anche questo, così come la « miracolosa » crescita economica pur fatta al prezzo di enormi squilibri, è da mettere fra i suoi meriti.

Non c'è dubbio che Deng è stato un grande: grande come immediatamente dopo di lui non può più esser nessuno. Con lui è morto il vero, ultimo imperatore e con lui finisce quella che potrà essere una delle più brevi dinastie dell'Impero di Mezzo: la dinastia comunista.

Dopo aver speso un'intera vita a fondarla e a cercare di farla funzionare, alla fine è stato lui stesso, colpo su colpo, a distruggerla. L'ha fatto sperando così di salvare la Cina. Se ci sia riuscito, solo la storia potrà dirlo.

È assurdo, ma la stampa si occupa di certi personaggi o di certi Paesi solo in occasione di alcune ricorrenze. Nel 1997, per esempio, ricorreva il 50° anniversario dell'indipendenza indiana. Invece di fare un bilancio, preferii spiegare che cosa per me vuol dire...

Vivere in India

Nuova Delhi, maggio 1997

« PERCHÉ vivi in India? » mi sento chiedere ogni volta che torno in Occidente. In tre anni avrei ben potuto trovare una risposta soddisfacente. Eppure ogni volta mi sento perso.

Non ho difficoltà a spiegare che andai in Vietnam perché volevo capire la guerra e la rivoluzione, in Cina perché m'interessava il socialismo, in Giappone perché cercavo la modernità, in Thailandia perché volevo riposarmi di tutto quel cercare durato vent'anni.

« Ma come si vive in India? » insiste la gente. « Male, ma s'impara a morire, e anche quella è un'arte da mettere da parte », m'è venuto da dire recentemente nel corso di una cena. Una signora mi ha guardato preoccupata. « Lei è malato? » « Sì, come tutti: di mortalità. » Anche quella era una risposta, ma provocatoria, ovviamente, perché è vero che l'India ti ricorda in continuazione la tua caducità, ma è anche vero il contrario. Sì, ti prende per la gola, ti prende allo stomaco, ti prende alle spalle, ti prende in giro – l'India non ti lascia mai in pace –, ma è proprio con quelle sue mille costanti, aggressive, ripugnanti contraddizioni che l'India ti dà – stranamente – anche pace.

Eravamo in India da pochi giorni. Per strada ci venne incontro un uomo sulla cinquantina, coi capelli grigi, ben vestito, con i pantaloni e un camicione grigio e una quasi splendente collana di fiori arancioni attorno al collo. Camminava dritto, a testa alta, con un incredibile, sereno sorriso. « Quello sa qualcosa che noi non sappiamo», disse Angela, mia moglie. Ecco una buona ragione per vivere qui: capire quel che quell'uomo sapeva.

«L'India è l'ultimo baluardo contro la globalizzazione, l'unica cultura ancora in grado di resistere contro l'avanzata maniacale del materialismo», mi viene da dire altre volte. So che rischio di essere frainteso («Ah, tu sei contro lo sviluppo, vuoi che gli indiani restino poveri!»), ma lo dico sperando d'aver ragione. Se l'India, «*guru* delle nazioni», come la vedeva un grande saggio indiano all'inizio del secolo, salva la sua identità, ce ne verrà qualcosa anche a noi.

Il giorno in cui arrivammo a Delhi per metter su casa, la città era tappezzata da grandi striscioni: ECCOMI QUI DI NUOVO. Era la Coca-Cola, messa alla porta diciassette anni prima, che tornava. I giornali occidentali erano pieni di lodi per la nuova politica di «liberalizzazione economica» e anche a me si chiedeva di scrivere sull'India che si apriva e sul fatto che così sarebbe diventata una delle grandi potenze economiche del Duemila. Scrissi invece di come mi ci vollero settimane per avere un telefono, di come, quando l'ebbi, non c'era la linea e di come, quando finalmente arrivò quella, mi accorsi che non era possibile chiamare l'estero e dovetti ricominciare tutto da capo. «Se lei fosse andato a vivere negli Stati Uniti avrebbe avuto bisogno di dollari, ma lei è venuto in India. Qui ha bisogno di tempo», diceva il mio carissimo vicino di casa. Mi ci volle tempo per capire che quella sul tempo era una grande, indianissima lezione e ora cerco di non crucciarmi quando – come spesso capita – in bagno non c'è acqua, in cucina non c'è gas e la casa diventa improvvisamente buia. Il mio vicino sorride e, come lui, sorridono centinaia di milioni d'indiani. Sorridono anche gli storpi e gli sciancati che, in lunga fila indiana, sulle loro scassatissime carrozzine con cui si sfidano l'un l'altro ad arrivar primo, passano all'alba sotto le mie finestre per andare al tempio di Shiva dove ricevono da mangiare e, nei giorni di festa, anche un gotto di liquore.

L'idea che l'India, meta da sempre di pellegrini dello spirito, fosse all'improvviso diventata esclusivamente «un mercato da sviluppare» mi pareva assurda, sacrilega. Il progetto di mettere questo straordinario, immenso Paese dalle mille facce al passo degli altri piccoli miracolati economici del Sud-Est asiatico e della Cina stessa – grande, ma appiattita e culturalmente indebolita dal comunismo – non poteva funzionare. Se ne rendono conto ora – a proprie spese – anche le grandi aziende internazionali che, dopo l'iniziale entusiasmo, stanno tagliando i loro investimenti e ritirando parte della loro gente.

I profeti del consumismo non sono i primi invasori che l'India ha dovuto subire, pur restando se stessa. Da ognuno ha preso qualcosa e indianamente l'ha riciclato. Dall'Asia centrale vennero i musulmani e misero in piedi un impero le cui rovine sono ora fra i grandi monumenti di questa terra e i cui eredi formano la più numerosa comunità islamica del mondo. Poi vennero gli inglesi. Anche loro non cambiarono l'India, ma le lasciarono un'ancora controversa eredità di cui fanno parte una lingua che unisce il Paese e un sistema democratico che, con tutte le sue aberrazioni (per esempio quella che sempre più gangster e corrotti vengono eletti in libere votazioni), è l'orgoglio nazionale. QUESTA È LA PIÙ GRANDE DEMOCRAZIA DEL MONDO, dicono i cartelli a tutte le frontiere.

Gli inglesi se ne andarono nel 1947 e ogni anno gli indiani celebrano per tre giorni la loro indipendenza. Lo fanno splendidamente coi loro soldati che marciano in uniformi disegnate dagli inglesi, a ritmi inglesi suonati da bande che fra i loro strumenti hanno ancora tante cornamuse. «Questo continuare nella tradizione dei vostri colonizzatori è un segno di forza o di debolezza?» chiesi, subito dopo la prima parata cui assistetti, al capo di gabinetto dell'allora governo. «Gli inglesi sono parte della nostra storia», mi rispose. Anche quella era una lezione: dietro gli episodi della più inaudita violenza fisica, dietro la millenaria violenza sociale delle caste, dei matrimoni contrattati, della schiavitù delle donne, della quotidiana miseria, c'è in India un fondo di tolleranza che non cessa mai di sorprendere: tolleranza dei fatti, della realtà. Forse è per questo che l'India non ha mai avuto una rivoluzione, tranne forse quella – la più non violenta – iniziata dal principe Siddharta e dai suoi seguaci: il buddhismo.

Ora questa antichissima civiltà che ha contribuito enormemente a fare dell'umanità quella che è – fra le «invenzioni» dell'India ci sono Dio e lo zero – compie... 50 anni: 50 anni d'indipendenza. Gli indiani a questo compleanno non avevano pensato e si meravigliano quasi che il mondo venga, dati alla mano, a fare loro i conti in tasca. Le statistiche, che non fanno mai giustizia a nessuno – e tanto meno all'India – dicono che il Paese non è riuscito a controllare la propria popolazione come avrebbe dovuto, che una vasta percentuale di gente vive ancora al di sotto del livello di sussistenza, che i più non hanno accesso all'acqua potabile, che la tubercolosi è ancora micidiale. Eccetera, eccetera. Ed è vero. Il sistema politico messo in piedi nel 1947 è degenerato, l'amministrazione pubblica è diventata sempre più inefficiente e corrotta e il sogno gandhiano di un'India moderna, fondata sui princìpi del vivere semplice e del pensare grande – un'India che avrebbe potuto essere d'esempio al resto del mondo –, è fallito.

Ma l'India, sempre più appestata dall'inquinamento, sempre più divisa fra ricchi e poveri, fra città e campagne, fra fondamentalisti hindu e musulmani, vive. La gioventù dorata di Bombay balla nelle discoteche, ma sulle rive del Gange a Benares e a Hardwar centinaia di migliaia di normalissimi indiani s'immergono nelle acque putride e sacre, migliaia e migliaia di *sadhu*, che hanno rinunciato a qualsiasi possedimento materiale, si aggirano per il Paese vivendo di elemosina, rispettati come esempio di quel che ognuno dovrebbe fare e non riesce.

« Baba, hai mai rivisto tua moglie? » chiesi a uno di questi santoni a Calcutta che, all'età di 60 anni, dopo aver adempiuto ai suoi doveri di cittadino, di marito e di padre aveva lasciato casa per mettersi sulla via a cantare le lodi del suo Signore e lo faceva ormai da ventotto anni. « No. Sono passato una volta, ma era andata al mercato e non ho aspettato. Bisogna riuscire anche a liberarsi da questi sentimenti di attaccamento », rispose.

« Se Dio è morto in Occidente, in India ha ancora mille indirizzi », penso ogni volta che mi metto in viaggio. Non c'è posto in cui non ci s'imbatta in fedeli di una qualche religione, di una delle tante manifestazioni della stessa divinità, in folle di pellegrini che a piedi o in bicicletta, in autobus o in portantina, non vadano verso qualche luogo di devozione.

Da Delhi basta prendere un treno alla sera e all'alba si arriva in un'altra, solita, scoraggiante e grandiosa India. Verso nord c'è l'Himalaya, a ovest il deserto del Rajasthan, a est ci sono le città della geografia divina, a sud l'India classica della pianura. Vivo nel nuovo centro della città costruito ottant'anni fa e lì il tempo è più o meno quello di questo secolo, coi mercati e i beni di consumo del resto del mondo. Mi basta però fare un chilometro, arrivare alla tomba di un grande santo del sufismo, per ritrovarmi in un Medioevo di suoni, di odori e sensazioni.

Il viaggio è continuo nello spazio e nel tempo. E l'India è sempre lì a raccontarti qualcosa, a darti il senso di essere tu parte di una grande storia dinanzi alla quale non si riesce mai a essere indifferenti. Forse è per questo che, per ora, vivo qui.

Come previsto dall'accordo anglo-cinese, Hong Kong avrebbe cessato di essere colonia alla mezzanotte del 30 giugno 1997. Dovevo esserci.

Hong Kong addio!

Hong Kong, 22 giugno 1997

HO affittato un minuscolo appartamento nel centro della città. Ho detto al portiere che ogni mattina vorrei avere i giornali e, puntuale, all'alba, un cinese in canottiera e calzoncini bagnati – piove quasi sempre in questi giorni – arriva a depositare un pacco davanti alla porta. Non ha voluto soldi in anticipo, né un deposito. Il fatto che parlo un po' di cinese è la sua garanzia.

A Hong Kong alcune delle più grandi fortune del passato sono state fatte così, sulla parola, sul fatto di appartenere allo stesso clan, di essere emigranti della stessa contea. Nonostante la città pulluli ormai di avvocati, certi accordi vengono stipulati ancora in questo modo. Probabilmente anche quello fra la Cina e il futuro governo di Hong Kong, composto tutto – caso unico nella storia recente – da uomini d'affari. La Cina li ha scelti e la Cina deve aver dato loro garanzie perché le loro aziende e le loro proprietà prosperino o almeno non vengano toccate. Niente di scritto. Niente da portare domani in tribunale.

I giornali sono pieni di notizie sugli ultimi preparativi per le «celebrazioni» – questa è ormai la parola usata da tutti – della «consegna» di Hong Kong alla Cina da parte degli inglesi. Tutto è stato deciso da tempo, ma gli uomini di Pechino cercano ancora di ottenere concessioni. Insistono, per esempio, perché almeno un terzo dei 6000 soldati dell'esercito di liberazione (tutti già addestrati e pronti da tempo con speciali uniformi di nuova foggia) varchino la frontiera alcune ore prima della cerimonia ufficiale del passaggio di sovranità a mezzanotte del 30 giugno. La scusa è che solo così riusciranno a essere ai loro posti in tempo per garantire l'ordine e la sicurezza dopo la partenza delle ultime unità di sua maestà britannica; il sospetto è che vogliano riuscire in una sorta di «invasione pacifica», così che la storia dica poi che formalmente hanno preso Hong Kong quando quella era ancora in mano agli inglesi.

«Possibile che tengano a questi dettagli?» chiede un giovane giornalista canadese. Io credo proprio di sì.

Ai tempi in cui vivevo in Cina, quando pioveva, s'era soliti dire: «Non è certo un caso. Lo deve aver deciso il Politburo». Da allora in Cina son cambiate tante cose – il Paese s'è aperto, la gente è libera di arricchirsi e di viaggiare, al posto del preteso socialismo s'è installato, almeno nel settore dell'economia, un sistema capital-gangsteristico –, ma il potere è ancora fermamente nelle mani del Partito comunista e il Politburo continua a lasciare poco o nulla al caso. Un paio di riprove le ho trovate scorrendo i giornali.

Tra i film che si danno a Hong Kong in quest'ultima settimana, prima che la sovranità della colonia passi dall'Inghilterra alla Cina, c'è *La guerra dell'oppio*, un colossal fatto con abilità e gusto dagli studi cinematografici di Pechino e – certo non a caso – proiettato proprio ora in quattro delle sale più importanti della città. Son corso a vederlo.

La gente, quasi tutti giovani – molte le coppiette –, faceva la coda per entrare e ho avuto fortuna a comprare uno degli ultimi biglietti. Il film ripropone la storia delle navi inglesi che, nella prima metà del secolo scorso, con l'aiuto di funzionari corrotti dell'impero, scaricarono oppio sulla costa cinese; del commissario Lin, mandato dall'imperatore a mettere fine a questa «pestilenza» che stava distruggendo la società; della decisione inglese di dichiarare guerra alla Cina e dell'umiliazione che l'esercito imperiale subisce quando vede le navi inglesi sfrecciare sul mare «alla velocità di cavalli al galoppo» e i potentissimi cannoni inglesi distruggere uno dopo l'altro i fortini lungo la costa. «Il nostro fuoco non riesce a raggiungerli», dice disperato un generale del Celeste Impero prima di far saltare la santabarbara uccidendo se stesso e qualche decina d'inglesi.

Il pubblico guardava attonito le drammatiche sequenze sullo schermo. Il messaggio era chiaro e penetrante: la Cina è stata umiliata dai «barbari» perché l'impero era debole e corrotto, e perché non disponeva dei mezzi materiali per far fronte a un Paese moderno.

Il senso dell'impotenza diventa ancora più bruciante nella scena in cui si vede un piccolo manipolo di soldati inglesi (l'intero corpo di spedizione invasore fu di appena tremila uomini) sbarcare sull'isola di Hong Kong e piantarci la bandiera. L'impero cinese, sconfitto, ha dovuto cedere una fetta della sua terra e ha dovuto aprire i suoi porti al commercio (incluso quello dell'oppio). Siamo nel 1841. Tutti gli eroi del film finiscono da vittime: la protagonista femminile viene legata a una grossa pietra e affogata in mare dalla sua stessa gente; il commissario Lin, per ordine imperiale, viene mandato in esilio perché ha «provocato» la guerra; il suo successore è costretto a rientrare a Pechino per essere punito perché ha perso Hong Kong. Lo schermo si annerisce e compare, in cinese, la scritta: IL PRIMO LUGLIO 1997 HONG KONG TORNERÀ NELL'ABBRACCIO DELLA MADREPATRIA. Non ci sono applausi, non ci sono commenti. Un pesantissimo silenzio cade sulla platea immobile prima che la gente si alzi, si riprenda come da uno shock, e senza un bisbiglio si riversi di nuovo sulle strade.

Quel silenzio m'è parso la reazione più sincera della normale gente di Hong Kong all'inevitabile che sta per succedere. La Cina è una cultura di cui si sentono parte e di cui sono orgogliosi, ma è anche una madre di cui sanno che varie volte ha divorato i suoi figli e non si sentono sicuri.

In passato ogni cinese che voleva sfuggire alle ire di quella genitrice cercava di raggiungere Hong Kong. Lo fecero i primi rivoluzionari modernisti della fine del secolo scorso e l'hanno fatto i giovani studenti del movimento per la democrazia sopravvissuti al massacro di Tienanmen nel 1989. Fra una settimana Hong Kong non sarà più un rifugio. Lo sanno i duecento giovani dissidenti cinesi, arrivati qui negli anni scorsi e che cercano di partire per l'Occidente nei pochi giorni che restano.

«La Cina non potrà permettersi mosse false», si sente dire, specie fra gli osservatori occidentali. I cinesi di qui non ne sono completamente convinti e sanno che la mano della Cina può essere durissima. Nei giornali di stamani c'era la foto, rilasciata dall'agenzia di stampa di Pechino, di un condannato a morte. «Un trafficante di droga», c'era scritto. Accanto era riportata la notizia, sempre di fonte di Pechino, che più di cento «trafficanti di droga» sono stati fucilati nelle ultime settimane in varie parti della Cina, ma in particolare nelle province del sud vicine a Hong Kong. Non è certo un caso che questa ondata di esecuzioni avvenga proprio ora e la gente di Hong Kong capisce il senso del vecchio proverbio cinese: « Ammazza un pollo per far paura alle scimmie ».

Son tornato a casa a piedi. I ristoranti e i bar di Wanchai stavano chiudendo. Mi son fermato a un angolo di strada a bere un succo di frutta da un banchetto all'aperto. « Brindiamo alle celebrazioni », m'ha incitato, ridendo, un cinese di mezza età, ben vestito, con una bottiglia di birra in mano e forse già un paio nello stomaco. « Non riesco a decidere chi ha ragione e chi ha torto: gli inglesi o la Cina?... Forse hanno ragione tutti e due, ma noi che c'entriamo? » mi chiedeva. « Celebrazioni? Diciamo addio a un governatore che ci hanno dato gli inglesi e diamo il benvenuto a uno che ci danno i cinesi. Restiamo sempre governati da altri. »

Era un impiegato del governo e il suo compito nei prossimi giorni sarà di rimuovere il simbolo della corona inglese da tutta la carta da lettere e le buste del suo ufficio. Aveva proposto al suo capo di metterci sopra adesivi così che il tutto potesse essere riciclato, ma non ha ancora avuto una risposta. « Beviamo al riciclaggio! » diceva. « Al riciclaggio... Al riciclaggio di Hong Kong », l'ho sentito ancora vaneggiare mentre me ne andavo nella pioggia.

Sì. Continua a piovere e mi chiedo se il Politburo riuscirà a farla smettere prima di lunedì prossimo, così che le celebrazioni e i fuochi d'artificio possano dare alla città quell'impressione di gioia e di festa che la gente in cuor suo non sembra ancora avere.

I fantasmi della banca

Hong Kong, 24 giugno 1997

L'UOMO che mi prende l'ombrello – perché qui continua a piovere – ha l'uniforme delle Guardie Rosse. I due che mi fanno strada sono vestiti come i vecchi poliziotti cinesi, quelli che tanti anni fa, a Pechino, mi interrogarono per giorni e giorni, cercando di farmi confessare le mie « attività controrivoluzionarie ». Ma ora non ho nulla da temere. Sono solo i camerieri di uno dei ritrovi più chic di Hong Kong, il China Club, dove i simboli e le immagini della recente storia cinese, soprattutto della Rivoluzione culturale – coi suoi milioni di morti –, vengono perversamente usati come *décor*. Ai muri troneggiano vari ritratti di Mao, agli attaccapanni sono appesi i vecchi berretti con la stella rossa. Il ristorante è di raffinata eleganza. Per gli incontri più intimi ci sono speciali salette con annesse – stranamente – lussuosissime vasche da bagno.

È stato un cinese di Hong Kong a invitarmi. « Vedrai che ti divertirà. » C'eravamo conosciuti, studenti e poveri, a New York trent'anni fa. Nel frattempo lui a Hong Kong, lavorando nella finanza, è diventato milionario.

Per divertirsi bisognerebbe non avere memoria. Il China Club è all'ultimo piano di uno dei palazzi con più passato di questa città. Per decenni è stato la sede del potere maoista a Hong Kong. Qui, sotto le mentite spoglie di banchieri – perché formalmente l'edificio era della Bank of China –, si nascondevano i commissari politici, i diplomatici, gli agenti segreti del regime di Pechino. Qui, quando la Cina di Mao era ancora un *paria* sulla scena internazionale, avvenivano tutti i negoziati e i traffici possibili, da qui passavano gli ordini per i rifornimenti delle truppe comuniste durante la guerra in Corea e poi quella in Vietnam. La grande bandiera rossa che sventolava sul pennone di questo austero, grigio palazzo di granito era un continuo ricordo della precarietà di Hong Kong e della sua vita « presa in prestito ». Qui nel 1976 i comunisti organizzarono le cerimonie di ossequio per la morte di Mao e migliaia di cinesi di Hong Kong sfilarono nelle sue lugubri sale per firmare il libro d'oro.

« Fra loro e noi non ci son più differenze. Siamo tutti cinesi », dice l'amico, indicando ai tavoli accanto gruppi di signori e signore fra cui è ormai impossibile distinguere chi è di Hong Kong e chi viene dalla Cina. Tutti hanno vestiti alla moda, preziosi gioielli e orologi. Tutti hanno un minuscolo telefono cellulare.

Alcuni anni fa la Bank of China si è trasferita nell'affilato, trasparente grattacielo di vetro disegnato da I.M. Pei e il vecchio edificio è stato dato in affitto.

« Questo club è la riprova che l'ideologia è morta, che anche ai comunisti la sola cosa che interessa ormai è far soldi. E Hong Kong resta il miglior posto al mondo per farli. » L'amico è convintissimo. « La formula con cui la Cina garantisce l'autonomia a Hong Kong è 'un Paese, due sistemi', ma la verità è che ormai anche il sistema è uno solo: quello capitalista. »

Dalle finestre del club la vista sulla baia è strabiliante. Ai milioni di luci che di solito scintillano nella notte si sono aggiunte le gigantesche scritte fosforescenti sulle facciate di quasi tutti i palazzi: CELEBRIAMO IL RITORNO ALLA MADREPATRIA. Una più fantasiosa dell'altra, una più colorata dell'altra. Tutte in cinese. Oggi poi ha preso vita, accendendosi con centinaia di migliaia di lampadine, un immenso drago – simbolo classico del potere cinese – che dal cuore di Kowloon serpeggia per chilometri e chilometri lungo la Nathan Road fino a una grande testa che, con le sue fauci spalancate sulla sponda del mare, sembra pronta ad azzannare non la perla della verità, come nell'iconografia classica, ma l'isola che gli sta davanti: Hong Kong con tutti i suoi palazzi, le sue barche, l'ultima nave da guerra inglese e lo yacht reale, il *Britannia*, su cui dovrà imbarcarsi il principe Carlo subito dopo la cerimonia della «consegna», lunedì prossimo.

«Non hai paura che le cose cambino, ora che gli inglesi se ne vanno?»

«Per far funzionare questo posto non abbiamo bisogno degli inglesi!» risponde l'amico, fiero come tutti ora della sua cinesità. «I comunisti in questi ultimi anni hanno scoperto la magia dell'ingegneria finanziaria, si son resi conto di avere accesso ai capitali del mondo e di poter fare qui soldi in quantità prima inimmaginabili.»

Nel 1982 l'amico, originario di Shanghai, venuto a Hong Kong come profugo nel 1949, fu invitato in Cina a tenere una serie di conferenze sul significato e il funzionamento della Borsa. «Hanno imparato la lezione alla perfezione.» Un esempio per tutti: la municipalità di Shanghai sceglie alcune piccole aziende della città e le agglomera in una società che viene quotata alla Borsa di Hong Kong. Il suo valore per azione è di 7 dollari. Ai direttori di questa società, fra cui alcuni alti funzionari della municipalità, viene data l'opzione di comprare le azioni quando raggiungeranno il valore di 8,88 dollari. Ora quelle azioni valgono 45 dollari l'una. Quei funzionari comunisti sono diventati multimiliardari.

«E quei soldi vengono reinvestiti», dice l'amico. «La più grande garanzia per il futuro di Hong Kong è il fatto che la Cina sta comprando qui.»

Comprano i privati che – si dice – a volte arrivano direttamente dalla frontiera con le valigie gonfie di dollari. Comprano le società di Stato che si sono già garantite fette d'importanti aziende strategiche, come quella dei telefoni.

«Hong Kong è come Hollywood: produce sogni. Qui il più

grande sogno è quello di arricchirsi.» Gli esempi che questo sogno è ancora possibile sono davanti a tutti.

Recentemente un cinese ha comprato sul Peak, la vetta dell'isola, dove un tempo gli inglesi proibivano ai cinesi persino di andare a spasso, una delle grandi, vecchie residenze coloniali. L'ha pagata 70 milioni di dollari americani: la casa più costosa del mondo. Ancora alcuni anni fa era un semplice contadino della provincia di Canton, fuggito dalla Cina con la scusa di venirsi a riprendere la mucca che gli era scappata.

La cena è finita. L'amico mi porta a fare il giro del club. Le «Guardie Rosse», i «poliziotti», salutano rispettosamente e io non posso fare a meno di pensare a ciò che quelle mura potrebbero raccontare, ai fantasmi del passato che devono in qualche modo aggirarsi e rivoltarsi in quelle stanze.

«Non preoccuparti», mi tranquillizza l'amico. «Presto anche questo edificio verrà buttato giù per far posto a un grattacielo tre volte più alto e più redditizio. È già deciso.»

Alla salute dell'impero

Hong Kong, 26 giugno 1997

ENTRATE! QUESTI SONO GLI ULTIMI GIORNI DELL'IMPERO, c'è scritto sulla lavagna d'un bar a pochi passi da casa mia. A Hong Kong tutte le scuse son buone per vendere qualcosa e la «riconsegna» della colonia alla Cina – ormai data per inevitabile e scontata da tutti – è usata come tema pubblicitario. I grandi magazzini hanno svendite per celebrare il 30 giugno, le bancarelle offrono montagne d'inutili oggetti-ricordo, i ristoranti hanno speciali menu; uno ha scelto di attirare i clienti con un orologio elettronico che tiene – velocissimo e angosciante – il conto alla rovescia dei secondi che restano alla fatidica mezzanotte: poco più di 300.000.

A forza di passarci davanti, quell'invito a brindare agli «ultimi giorni dell'impero» m'ha convinto... ad andare allo stadio ad assistere all'ultimo grande concerto pubblico delle bande militari dell'esercito di sua maestà britannica stanziato qui. Il 30 giugno quelle stesse bande suoneranno alla cerimonia ufficiale del passaggio di sovranità, ma lì ci saranno solo gli invitati, le grandi personalità. Allo stadio c'era invece la gente comune. L'ingresso era libero e i 50.000 posti erano quasi tutti occupati. Soprattutto da cinesi.

Lo spettacolo era maestoso: soldati nelle uniformi bianche coloniali e in quelle classiche con la giubba rossa e i colbacchi neri di pelo d'orso marciavano e suonavano alla perfezione nel caldo tropicale e nell'umidità che qui ha raggiunto il 96 per cento. Quando un membro della guardia scozzese è salito sul podio a intonare con la sua cornamusa il solitario lamento *Dormi, compagno, dormi*, alcuni avevano le lacrime agli occhi. Si sentiva nell'aria l'alito della storia. Davvero questi sono gli ultimi giorni, non solo di un impero, ma di un'epoca. Restituendo Hong Kong alla Cina, l'Inghilterra perde il resto più significativo delle sue colonie e l'Occidente perde il suo ultimo bastione in Asia, la testa di ponte da cui sono partiti i suoi mercanti e i suoi missionari, i suoi prodotti e le sue idee; specie ora quella della modernità. Hong Kong è oggi il simbolo di questa avventura.

Fra le due immense arcate di teloni che in parte riparavano lo stadio, svettavano nel cielo nero della notte le sagome spaziali dei grattacieli illuminati. Ascoltando quelle musiche che hanno marcato la grande marcia imperiale dell'Inghilterra, con le sue vittorie e le sue sconfitte, mi veniva da pensare al meraviglioso, funzionante congegno che gli inglesi si lasciano dietro e al bilancio che l'avvenire farà di questa eredità. Hong Kong è un'opera d'arte della colonizzazione occidentale al suo meglio.

Certo che nacque col marchio della guerra dell'oppio, ma è forse l'unico territorio nella storia della colonizzazione che è vissuto e cresciuto senza che i colonizzatori abbiano schiavizzato e sfruttato i loro sudditi, senza che si siano macchiati di quei crimini che hanno segnato tutti gli altri esperimenti di questo tipo. Quando gli inglesi atterrarono su quest'isola non c'era praticamente nessuno e i sei milioni di cinesi che vivono oggi in questa città sono tutti profughi o discendenti di profughi scappati dalla Cina. Era la presenza inglese ad attrarli. In una delle prime foto di Hong Kong si vedono migliaia di uomini, con il loro codino legato attorno alla testa, che cercano di farsi assumere dagli inglesi.

È sempre stato così. Nel 1949 vennero quelli che scappavano dal comunismo di Mao, negli anni '60 quelli che scappavano dalla carestia provocata dal Grande Balzo in Avanti e dalle epurazioni ed esecuzioni della Rivoluzione culturale. Gli inglesi, con la loro proverbiale arroganza, li avranno trattati dall'alto in basso, ma hanno dato loro modo di salvarsi. Li han messi al lavoro, hanno dato un'educazione ai loro figli, migliorando indirettamente le loro vite.

Guardavo le migliaia di cinesi attorno a me allo stadio. Moltissimi erano anziani – operai, contadini dei Nuovi Territori, gente semplice – e mi chiedevo quanti di loro, fuggendo dalla Cina, anni fa, spesso con addosso solo degli stracci e la paura, avevano visto in quei soldati che marciavano i loro protettori, e quanti, arrivati nella colonia, si erano finalmente sentiti in salvo, al sicuro da ogni persecuzione.

«Questa è l'unica società cinese in cui per cento brevi anni un uomo non ha dovuto temere che qualcuno bussasse alla sua porta nel cuore della notte», ha scritto poco prima di morire nel 1989 un famoso giornalista di Hong Kong. Ed è vero: i cinesi di qui hanno goduto – grazie agli inglesi – di una libertà che nessun altro Paese in Asia, tranne il Giappone, ha dato ai suoi cittadini.

Assieme, inglesi e cinesi, con quella praticità che è delle due culture, hanno costruito questa meraviglia di città dove tutto funziona, dove tutto è efficiente e che ora, così com'è, coi suoi grattacieli, i suoi tunnel sottomarini, le sue sopraelevate, le sue ricchezze, viene consegnata alla Cina. Gli inglesi, praticamente, non ci rimettono nulla: dalla posta centrale alle caserme hanno venduto tutto quello che han potuto prima di fare le valigie. «Potrebbero anche vendere lo yacht reale *Britannia*», mi diceva un miliardario di qui, sapendo che dopo aver portato il principe Carlo nelle Filippine lo yacht farà rotta per l'Inghilterra solo per essere smantellato. «Potremmo comprarlo noi e conservarlo in un museo dell'era coloniale.»

Già la residenza di tutti i governatori inglesi, a mezza costa sulla collina dell'isola, col suo tetto ricurvo aggiunto durante l'occupazione giapponese, diventerà un museo. Per ora ospiterà i doni fatti dalle varie province cinesi in commemorazione della «consegna» di Hong Kong, ma – chissà? – un giorno potrebbe anche ospitare una mostra sulla «liberazione di Hong Kong dal giogo coloniale».

Riscrivere la storia è un'arte che i cinesi hanno coltivato da secoli. I comunisti l'hanno soltanto raffinata. Per questo son capaci d'insistere ancora oggi che, nonostante tutte le testimonianze e i filmati, in piazza Tienanmen, la notte del 4 giugno 1989, non fu ucciso nessuno.

L'ipocrisia della propaganda non cambia mai. Il giornale di

Pechino, lasciato stamani assieme agli altri davanti alla mia porta, ne aveva una bella conferma. Pechino ha scelto il delfino cinese – una specie in via di estinzione – come animale mascotte per le celebrazioni. Perché il delfino? «Perché quel delfino si trova solo nei mari del sud e così può ben rappresentare Hong Kong; perché ogni anno il delfino risale il Fiume delle Perle per andarsi ad accoppiare, e questo dimostra come Hong Kong è parte inseparabile della Cina; perché il delfino è solito vivere in grossi banchi e questo rappresenta bene il grande desiderio dei compatrioti di Hong Kong di tornare nell'abbraccio della madrepatria.»

Quando i soldati inglesi delle quattro bande militari si sono mischiati, uniti, intrecciati in intricate manovre al ritmo travolgente dei tamburi, delle trombe e delle cornamuse, per poi scomparire definitivamente, eleganti e precisi come pezzi di un gioco meccanico, nel tunnel degli spogliatoi, tutto lo stadio era in piedi. Gruppi d'inglesi sventolavano la Union Jack piangendo, i cinesi applaudivano.

Davvero, questi sono gli ultimi giorni di un impero e, tornando, m'è venuto da accettare l'invito scritto sulla lavagna del bar vicino a casa. Alla salute!

Hong Kong clandestina

Hong Kong, 28 giugno 1997

Da trent'anni m'aggiro in queste terre d'Oriente e non è la prima volta che mi capita d'essere in una città ad aspettare l'arrivo delle truppe comuniste. Qui, dove tutti sembrano intenti ad approfittare delle svendite, a mangiare, bere e ballare nelle mille feste che si tengono in giro, forse pochi vedono le cose così, ma io non posso mettere a tacere la memoria.

Hong Kong non è assediata, non è sotto il tiro dell'artiglieria, come lo erano Saigon o Phnom Penh nel 1975. Qui non si teme un bagno di sangue o un'immediata resa dei conti, ma la sostanza di quel che sta per avvenire è abbastanza simile.

Il Paese che lunedì notte si riprende Hong Kong non è la Cina, ma la Cina comunista; la bandiera che sventolerà su questa terra è quella rossa a cinque stelle e i 4000 soldati che, coi loro mezzi blindati, varcheranno platealmente, trionfalmente la frontiera per installarsi nelle caserme che sono state inglesi appartengono a un esercito che – non a caso – si chiama ancora oggi di « liberazione ». Dietro il pudico paravento diplomatico delle cerimonie e delle celebrazioni, questa è la profonda verità di quel che sta per succedere. M'è bastato, stamani, accendere la radio e sentire le stazioni cinesi, m'è bastato guardare per un po' le trasmissioni televisive di Pechino.

In Cina è cominciata una vasta campagna di propaganda per convincere la gente che con questa storica « vittoria » si conclude « l'eroica lotta del popolo di Hong Kong per liberarsi del giogo coloniale » e le masse sono invitate, organizzate, spinte a festeggiare. La grande fanfara è certo intesa a riaccendere nei cinesi del continente quell'orgoglio nazionalista e razziale che, al di sopra di tutte le ideologie, è la vera colla che tiene assieme il Paese, ma è soprattutto intesa a consolidare la posizione del regime comunista e a legittimare la posizione del presidente del partito, Jiang Zemin.

Certo, Hong Kong di oggi non è Saigon o Phnom Penh del 1975, non c'è panico e la gente non cerca di aggrapparsi agli ultimi elicotteri in partenza dai tetti delle case. Chi voleva andarsene da qui lo ha fatto (dal 1984 un decimo della popolazione è partito); ma fra chi è rimasto gli argomenti che sento sono simili a quelli che sentivo fra i vietnamiti e i cambogiani di allora.

« I nuovi padroni di Hong Kong sono cinesi, e fra cinesi c'intenderemo », mi diceva uno dei tanti miliardari di qui, un uomo sui quarant'anni che ha una delle più belle collezioni di arte contemporanea cinese e una delle più grandi collezioni di vini francesi. Mi aveva invitato a cena e, in un perfetto inglese, con quelle stesse affettate, balbettanti inflessioni imparate a Cambridge dove ha studiato, mi spiegava che anche lui non poteva più sopportare l'arroganza coloniale degli inglesi e che, non occupandosi di politica, ma esclusivamente di affari, non avrà nulla da temere per il suo futuro.

Eravamo in una di quelle belle case sulla collina con vista sulla baia e mi tornavano in mente i drammatici giorni del 1967, quando la gente come lui era terrorizzata. In Cina la Rivoluzione culturale era al suo apice e il Fiume delle Perle portava nel mare di Hong Kong i cadaveri delle vittime. La città era paralizzata da scioperi e dimostrazioni. I maoisti locali bruciavano pupazzi di paglia col nome dell'allora governatore inglese e lanciavano appelli perché l'esercito di liberazione, appostato alla frontiera, marciasse sulla città. La polizia coloniale combatteva per le strade. Ogni tanto scoppiava una bomba; una distrusse una parte della caffetteria dell'Hilton Hotel dove stavo. I ricchi di Hong Kong avevano già caricato le loro giunche e si erano accertati che i loro marinai fossero degli ex soldati nazionalisti, così che all'ultimo momento non li avrebbero traditi. Nessuno si fidava più di nessuno perché – si diceva – la colonia era già infiltrata da migliaia di agenti di Pechino, pronti a prendere il potere. L'esercito di liberazione, fermato – ora lo si sa – da Zhou Enlai, non varcò la frontiera e presto l'ordine tornò a regnare su Hong Kong.

E oggi? Quanti sono oggi gli uomini di Pechino già in città? Nessuno parla troppo apertamente di questo, ma la memoria aiuta. Quando i vietcong e i nordvietnamiti presero Saigon, una delle cose più strabilianti fu il venire a galla di quella struttura clandestina che Hanoi aveva messo in piedi col lavoro paziente di anni. Alcune delle persone più insospettabili si rivelarono agenti comunisti. Il cameriere dell'albergo dov'erano alloggiati tutti i giornalisti divenne il commissario politico del quartiere; l'interprete del settimanale americano *Time*, che gli ingenui come me avevano sempre sospettato essere un agente della CIA, si rivelò invece un colonnello dei servizi segreti di Hanoi.

Lo stesso era successo a Shanghai nel 1949: quando le truppe di Mao marciarono nella città l'intero corpo sociale, dalle università alle fabbriche, era infiltrato da agenti che praticamente avevano già in mano le chiavi di Shanghai. Il numero due della polizia nazionalista della città si rivelò essere un membro segreto del Partito comunista che era riuscito a impedire la distruzione degli archivi, così da facilitare le epurazioni che seguirono.

Che qualcosa di simile sia già successo anche qui? Bisogna darlo per scontato. Quello che i comunisti cinesi chiamano *dixia gongzuo*, il «lavoro sotterraneo», è parte del loro normale modo di operare, è parte essenziale di quella loro mentalità formatasi nella guerra contro il Giappone e nella guerra civile. E non è un segreto per nessuno che a Hong Kong i comunisti hanno operato prima attraverso la Bank of China, poi attraverso l'agenzia di stampa Nuova Cina e le centinaia di aziende cinesi che hanno aperto uffici nella colonia. Il settimanale *Zheng Ming* ha scritto che Pechino ha recentemente investito 150 milioni di dollari per piazzare a Hong Kong 900 nuovi agenti prima del passaggio di sovranità. A questa presenza ha alluso lo stesso Chris Patten, il governatore, quando recentemente ha detto: «Certo che i comunisti operano a Hong Kong clandestinamente, in cellule, attraverso loro organizzazioni di comodo». Patten ha aggiunto di non aver voluto condurre una caccia alle streghe prima di partire «perché la stabilità di Hong Kong sta anche nel saper chiudere un occhio quand'è necessario».

Parte di questo chiudere un occhio è forse stata l'improvvisa, inspiegata rimozione, dieci mesi fa, del capo dei servizi d'immigrazione di Hong Kong. Si dice che avesse passato alla Cina la lista dei 50.000 importanti cittadini di qui cui Londra era disposta, eccezionalmente, a dare un passaporto inglese come garanzia per il loro futuro. Agli occhi di Pechino quella è gente «non patriottica», probabilmente da tenere d'occhio. Sempre secondo certe voci, gran parte dell'amministrazione coloniale che resterà in piedi dopo il passaggio di sovranità sarebbe ormai fortemente infiltrata da uomini fedeli a Pechino e nel nuovo gruppo dirigente, capeggiato da Tung Cheehwa, ci sarebbero alcuni veri e propri membri del Partito comunista. Membri clandestini, s'intende, perché il partito a Hong Kong è sempre stato clandestino e tale rimarrà anche dopo il primo luglio. La Cina si è formalmente impegnata a rispettare il principio «un Paese, due sistemi», e come potrebbe giustificare la presenza di un partito dedito alla distruzione del sistema capitalista di qui? E poi: se il partito uscisse allo scoperto dovrebbe partecipare alle prossime elezioni e sarebbe imbarazzante vedere quanti pochi voti otterrebbe in questa città fatta di gente appunto scappata dal comunismo.

Eppure tutti noi che abbiamo avuto a che fare con la Cina, negli anni in cui il Paese era chiuso e Hong Kong il punto privilegiato di osservazione, sappiamo com'era facile mettersi in contatto con i membri di quel partito, pur clandestino. Bastava telefonare e si era invitati a bere una tazza di tè. Il mio «contatto» risale all'estate del 1967, quando Hong Kong sembrava sul punto di cadere in mano alle Guardie Rosse.

In quei giorni drammatici un ragazzo cinese di 17 anni, studente in una delle migliori scuole cristiane della colonia, venne arrestato per aver distribuito volantini sovversivi e condannato a due anni di galera che passò nel Forte di Stanley, nel sud dell'isola. «Quella è stata la mia università.» Lo conobbi dopo che venne rilasciato e, fra di noi, c'è stata da allora un'amicizia che è sopravvissuta a tutte le nostre personali vicende e a quelle della Cina. Ogni volta che volevo capire quale fosse la posizione di Pechino su un certo argomento, non avevo che da chiederlo a lui.

Oggi è uno dei portavoce non ufficiali di Pechino, direttore del giornale filocomunista di Hong Kong e membro del parlamento cinese. Sono andato a trovarlo.

«Felice?»

«Felicissimo», mi ha risposto. «Il ritorno di Hong Kong alla Cina è quel che ho sempre sognato.»

«Quale sarà il futuro di Hong Kong?»

«Voi stranieri vi ponete il problema così, ma io sono cinese e mi chiedo quale sarà il futuro della Cina. Può un Paese come il nostro perseguire fini puramente materiali o ha bisogno di credere in qualcosa di più alto, di più nobile?»

A guardarlo mi pareva una rarità. Aveva una camicia e dei pantaloni da poco, un vecchio orologio e una cintura di quelle che portano i manovali e che girava una volta e mezzo attorno alla vita magrissima.

«Son passati trent'anni, ma io non ho cambiato le mie idee. Ti parrà strano, ma è così», diceva. «Non dimenticare che ho studiato dai preti e quelli, per vendermi l'idea della Bibbia, mi ponevano sempre dinanzi a una stessa domanda: 'Qual è il senso della vita?' Bene, mi pongo sempre quella domanda.» Abbiamo chiacchierato per due ore.

Quando ci siamo salutati, cadeva una pioggia fina fina e, guardandolo allontanarsi sotto l'ombrello, ho sentito che la risposta a quella domanda lui pensa sempre di averla trovata nel partito e nell'ideologia che, nonostante tutti i cambiamenti e tutte le apparenze, in gente come lui, sopravvive.

L'ultima messa

Hong Kong, 29 giugno 1997

ERA domenica, l'ultima della Hong Kong che ho conosciuto. Ho cominciato con l'andare alla messa delle nove. La cattedrale di St. John, una delle prime costruzioni dell'isola e una delle poche rimaste senza aria condizionata, è sulle pendici della collina, accanto al vecchio tribunale. L'intera società coloniale, dal comandante delle truppe inglesi ai più alti funzionari dell'amministrazione che ha ormai le ore contate, era lì, raccolta in preghiera, sotto le grandi arcate neogotiche, al fresco dei lenti ventilatori che muovevano l'aria umida e calda. Fuori, sull'ultimo lembo di prato non ancora mangiato dal cemento e dai grattacieli, alcuni cinesi venuti dal continente e vestiti come solo i poliziotti in borghese di là sanno fare si fotografavano ridendo davanti alle lapidi e alle croci. Due mondi diversi, divisi, che non hanno più nulla da dirsi: uno celebrava il proprio funerale, l'altro la propria vittoria.

Il significato di quel che sta per avvenire, a mezzanotte, è talmente contrastante che inglesi e cinesi sembrano ormai far fatica a parlarsi – anche diplomaticamente – e le cerimonie del passaggio di sovranità finiranno per essere rovinate da una serie di reciproci sgarbi. Gli inglesi si rifiutano di andare col loro primo ministro all'inaugurazione del nuovo consiglio legislativo, imposto senza vere elezioni da Pechino, e per ripicca i cinesi rifiutano di mandare i loro rappresentanti alla cerimonia di addio delle truppe inglesi, di mandare il loro presidente Jiang Zemin al banchetto del principe Carlo e lasciano a un semplice vice ministro il compito di accompagnare il figlio e rappresentante della regina al suo yacht, il *Britannia*, che salperà da Hong Kong immediatamente dopo che la bandiera cinese verrà issata sull'isola.

L'uscita dalla scena di un potere coloniale non è mai facile. L'ultimo ufficiale francese che lasciò Hanoi nel 1954, traversando a piedi con le sue truppe il ponte Doumer, si prese un calcio nel sedere da un soldato di Ho Chiminh. Non gli restò che voltarsi e salutare militarmente. Gli inglesi han fatto di tutto perché la loro partenza da Hong Kong sia meno umiliante, ma i cinesi dal canto loro non sembrano ora voler lasciare alla storia l'impressione di essere stati troppo generosi con gli ultimi rappresentanti di quel «grande male», come chiamano il colonialismo.

In questo ultimo gioco, dove tutte le carte sono ormai nelle mani di Pechino, la gente di Hong Kong, che viene «liberata» senza che le sia stato mai chiesto se è proprio quello che vuole, è sempre più incerta su quel che l'aspetta. Ognuno sente che sta per finire un'epoca e cerca in qualche modo di approfittarne, di coglierne gli ultimi momenti. Decine di coppie in abiti nuziali facevano oggi pomeriggio la coda fuori del municipio, affacciato sulla baia, per sposarsi ancora sotto il regime inglese. Davanti alla residenza del governatore, fino a tarda notte, c'era una lunghissima fila di giovani che aspettavano il loro turno per farsi fotografare dinanzi al cancello di ferro che ha ancora le lettere E.R., «Elisabetta Regina». «Perché sei qui?» ho chiesto a un ragazzino. «Ho sentito dire che questo palazzo verrà buttato giù e voglio un ricordo.» La caccia al ricordo è diventata uno sport. Coppie d'inglesi vestiti da sera, sulla via di una delle loro tante feste d'addio, vengono fermati da famiglie di qui che vogliono farsi con loro un'ultima fotografia. I soldati inglesi di guardia alla caserma «Principe di Galles» debbono farsi abbracciare per un attimo da un continuo flusso di ragazzine dinanzi a un cartello che dice: VIETATO FOTOGRAFARE. «Ormai...» diceva uno di loro, alzando le spalle.

Durante tutto il giorno c'era in città una strana atmosfera, non esattamente quella di una festa. Migliaia di domestiche filippine, come ogni domenica, avevano invaso il centro trasformando in un grande, gioioso, cinguettante bivacco le strade attorno al Mandarin Hotel e alla piazza della Statua. Sembravano, come sempre, essere le uniche persone veramente felici. Dinanzi al monumento ai caduti, dove ancora sventolano le bandiere inglesi, un gruppo missionario, *Gesù vive*, teneva un rumoroso concerto. Ho cercato di vedere «l'entusiasmo del popolo di Hong Kong per la riunificazione con la madrepatria» di cui parla sempre più insistentemente la propaganda di Pechino, ma non sono riuscito a trovarlo. COMITATO DI QUARTIERE PER LE CELEBRAZIONI, diceva una scritta sul negozio di un venditore d'incenso sulla Hollywood Road, ma la bandiera rossa cinese che vi era appesa era l'unica di tutta la strada. Le associazioni dei taxi avevano dato disposizione che tutte le macchine avessero oggi legata all'antenna della radio la nuova bandiera di Hong Kong – rossa con al centro un fiore bianco di bauhinia a cinque petali –, ma anche di quelle se ne vedevano poche in giro.

«Felice?» ho chiesto a un taxista. «Posso essere felice, e quelli vengono. Posso essere infelice, e quelli vengono lo stesso.» «Quelli» sono già qui. Agenti della sicurezza di Pechino hanno fatto il giro degli alberghi facendosi dare la lista degli ospiti, mentre altri – si dice – stanno organizzando le «spontanee dimostrazioni di gioia» di diecimila contadini dei Nuovi Territori che dovranno dare il benvenuto ai soldati dell'esercito di liberazione che entreranno a Hong Kong all'alba del primo luglio.

È stato il primo giorno senza grandi scrosci di pioggia e un cielo a volte limpidissimo si rispecchiava nel mare della baia e nel vetro dei grattacieli, facendo scintillare le loro ardite sagome di modernità. Davvero una straordinaria creazione. Ero in giro con un vecchio amico, uno storico, scappato dalla Cina nel 1949, che ora insegna in Australia. Anche lui è venuto a Hong

Kong per vivere questi giorni storici e cercare di raccogliere le opinioni della gente di qui. Non c'è riuscito. Ogni volta che chiede ai suoi parenti che cosa pensano, quelli gli offrono altro tè e altri cioccolatini. Solo un vecchio compagno di scuola che ha ritrovato qui, fra i quadri comunisti arrivati da Pechino, gli ha dato un'opinione. «I nostri antenati sono stati furbi», gli ha detto. «Prestarono agli inglesi un villaggio di pescatori e guarda ora che cosa ci riprendiamo! Peccato che non gliene abbiano prestati di più.»

Il seme della colonia bianca

Hong Kong, 30 giugno 1997

LA storia è fatta. E la storia continua. L'Inghilterra ha restituito Hong Kong alla Cina e ha chiuso con questo il capitolo della prevaricazione occidentale in Asia. Il governatore «straniero» è partito con la sua bandiera, coi suoi soldati, e i cinesi, umiliati dalle sconfitte del secolo scorso, festeggiano ora, quasi con isteria, questa grandissima, pacifica vittoria. L'onore ferito è riabilitato. L'orgoglio di razza risorge.

L'esistenza di una colonia «bianca» nel corpo di un Paese che si è sempre considerato l'impero al centro della terra non era più concepibile alla fine di un secolo come il nostro che ha visto tutti i Paesi del mondo riguadagnare la loro indipendenza e in cui la Cina ha ritrovato la sua unità e la sua forza. Certo: Hong Kong non diventa indipendente, viene ripresa dalla Cina, dalla Cina comunista; la gente di Hong Kong, cui nessuno ha mai chiesto un parere, è inquieta. Ma a questa soluzione non c'erano alternative. Nel 1982, andando a Pechino, Margaret Thatcher propose a Deng Xiaoping di prolungare di altri cinquant'anni l'amministrazione inglese della città. La risposta fu inequivocabile. «Posso ordinare alle mie truppe di entrare a Hong Kong oggi pomeriggio.» La Thatcher preferì cedere, negoziando, e così le truppe cinesi sono entrate a Hong Kong, pacificamente, quindici anni dopo.

Il confronto fra Cina e Occidente, scoppiato militarmente con la guerra dell'oppio, si è concluso. Quello che ora continua è il confronto di due civiltà.

Bastava guardarli, durante la breve cerimonia nel palazzo dei

Congressi, i cinesi venuti da Pechino a riprendersi la loro terra e gli inglesi che partivano, restituendogliela, per capire quanto, nonostante le loro apparenze simili, gli stessi abiti scuri e le stesse cravatte, fra gli uni e gli altri ci fosse ancora un abisso. Jiang Zemin e Li Peng, responsabili del massacro di Tienanmen, erano i rappresentanti di un potere totalitario che non ammette dissenso, membri – vecchi – di una società ancora chiusa e intollerante. Gli inglesi, col loro governatore populista, col loro principe e il loro primo ministro – giovani –, stavano lì per un mondo che non è più quello delle conquiste coloniali, ma della democrazia e della libertà di pensiero.

Riprendendosi Hong Kong, la Cina si mette ora in casa sei milioni di cinesi fra cui le idee, i princìpi, la moralità di quel mondo – il mondo occidentale – hanno messo il loro seme, e presto dovrà farci i conti.

Patten, il governatore, nel suo breve e intenso discorso d'addio, non ha voluto lasciare dubbi sul ruolo storico che l'amministrazione inglese di Hong Kong si lascia dietro e sulle speranze che Londra e il resto del mondo si fanno sul suo futuro. «Questa è una città cinese con caratteristiche inglesi», ha detto. «Hong Kong dovrà essere governata da gente di Hong Kong. Questa è una promessa. Questo è il suo incrollabile destino.»

Pioveva a dirotto. Pioveva sul governatore che parlava, pioveva sul berretto militare del principe Carlo che portava il saluto della regina Elisabetta, pioveva sulle migliaia di scolari delle scuole della città nei costumi della grande pantomima, pioveva sul primo ministro Tony Blair e sui diecimila invitati; pioveva sui tamburi, sulle trombe, sulle bocche dei fucili che hanno sparato a salve l'ultima loro raffica; pioveva a scroscio sui soldati che, impassibili, hanno continuato a marciare fino all'ultimo ritmo, quello della ritirata, una musica lenta che nei tempi antichi veniva suonata al tramonto per annunciare ai soldati la tregua per andare a ritirare i propri morti sul campo di battaglia. In quel restare imperterriti sotto la pioggia c'era una determinazione che nasceva dal senso di una missione compiuta. «È bene capire il passato per poterlo meglio dimenticare», ha detto Patten mettendo sullo stesso piano l'inaccettabilità del comportamento inglese nella guerra dell'oppio centocinquant'anni fa, ma anche quello dei cinesi comunisti nei confronti dei loro stessi cittadini nel corso degli ultimi cinquant'anni.

Poco prima Chris Patten, ventottesimo governatore di Hong

Kong, era partito, per l'ultima volta, dalla sua residenza, facendo fare alla sua Rolls-Royce nera tre giri attorno al pennone da cui era stata appena ammainata la bandiera britannica. È un vecchio rito cinese di chi si augura di tornare nel posto che lascia e qualcuno, nella folla che si accalcava lungo i marciapiedi per aspettarlo, ha certo capito che c'era in quel gesto non solo qualcosa di personale, ma di simbolico.

Patten, al contrario di tutti i suoi predecessori, non arrivò qui con la vecchia uniforme coloniale e il berretto carico di piume. Non venne qui da semplice amministratore, ma da politico, per dare a una città che, dopo il massacro di Tienanmen, era scesa in piazza con più di un milione di persone un primo saggio di democrazia. Allo stesso modo è partito. Quando la sua macchina è uscita dal cancello nero della residenza, la strada per suo ordine non era stata chiusa al traffico, e lui è rimasto per un po' imbottigliato. Quando, dopo la grande cerimonia del passaggio di sovranità alla Cina, Patten si è avviato verso lo yacht *Britannia*, si è fermato a salutare e ad abbracciare la gente dietro le transenne.

I membri della delegazione cinese, al contrario, circondati da un nugolo di agenti della sicurezza, sono andati via senza permettersi alcun bagno di folla in questa città che per ora è loro solo sulla carta.

Il giorno dopo

Hong Kong, primo luglio 1997

NON riuscivo a dormire. Le immagini della cerimonia di mezzanotte continuavano a frullarmi nella testa. Rivedevo le facce di cera di Jiang Zemin e Li Peng, venuti da Pechino a riprendersi formalmente Hong Kong dagli inglesi, i loro corpi come imbalsamati negli abiti di foggia occidentale, i loro capelli tinti, i loro applausi rituali, senza che mai una mano toccasse l'altra, e non riuscivo a credere che tutto quello fosse davvero successo qui, in questa città che conosco da trent'anni e in cui ho vissuto per sette.

Non è facile prendere coscienza di un fatto storico, specie se questo è rivoluzionario e cambia la prospettiva con cui bisogna guardare a quel che ci circonda. Son giorni che seguo gli avvenimenti, che ne discuto, che ne scrivo, ma il fatto che Hong Kong non è più Hong Kong, ma parte della Cina, non mi era davvero entrato dentro. Ho deciso così di non stare a rigirarmi nel letto e d'andare a vedere le truppe di Pechino che stavano per arrivare.

Albeggiava appena e la città, ancora battuta da raffiche di pioggia, era come il palcoscenico di un teatro su cui è appena finita una commedia e ne sta cominciando un'altra. Per le strade c'erano i resti bagnati dei cartelloni dei democratici che avevano dimostrato contro il nuovo governo e i vuoti delle bottiglie consumate da migliaia di giovani – per lo più occidentali – che avevano approfittato della «riunificazione» per far baldoria. Dagli alberghi e dagli eleganti club del centro uscivano gli ultimi festaioli inglesi: gli uomini in smoking, con le cravatte in mano, le signore con le lunghe gonne leggermente sollevate. Alcuni occidentali ubriachi si disputavano i pochi taxi in giro. Al riparo dei tetti, gruppi di cinesi, in calzoncini e maglietta, accucciati per terra, preparavano le pile dei giornali, inserendo, sveltissimi, in ognuno gli inserti speciali con le ultime foto della grande cerimonia.

Gli uni non facevano caso agli altri. La sera prima ero stato in una delle belle, grandi case coloniali sul Peak dell'isola. Era una cena tutta inglese: per «piangere». Ho sentito una signora che diceva: «Hong Kong era perfetta, era il paradiso. Non poteva durare per sempre. I cinesi ci hanno servito così bene!»

Alle sei, puntualissime, le truppe cinesi hanno varcato la frontiera, ma l'autista dell'amico miliardario con cui viaggiavo aveva paura d'andare fin là e ci siamo fermati a qualche chilometro di distanza. Sotto una pioggia scrosciante, assieme a un gruppo di quaranta persone del locale «comitato di accoglienza», ognuna con un fischietto e una bandierina di plastica, ho visto la lunga colonna dei mezzi militari entrare a Hong Kong: prima i camion coperti dai teloni, poi i camion coi soldati, rigidi, seduti in fila sulle panche di legno e i fucili appoggiati alle ginocchia, poi, impressionanti, i blindati, ognuno con un soldato che sbucava dalla torretta, la mano sulla mitragliatrice. «Benvenuti. Benvenuti», gridavano i miei vicini senza tanto entusiasmo. Gli ufficiali nelle macchine chiuse e i soldati nelle loro uniformi nuove intrise di pioggia rispondevano con un gesto meccanico delle loro mani inguantate di bianco.

Era una sinistra sfilata per chi aveva in mente le immagini di quegli stessi camion, con gli stessi soldati seduti in file parallele, sulla piazza Tienanmen nel giugno del 1989, a Lhasa in Tibet nel 1993 o, sempre più regolarmente, nei vari stadi della Cina con i condannati a morte da giustiziare.

I cinesi hanno preparato da tempo questa «liberazione» di Hong Kong. Le limousine degli ufficiali e i camion erano nuovi di zecca e tutti avevano la guida a destra com'è la regola – inglese – di Hong Kong, ma non della Cina.

Alle otto in punto la colonna diretta al centro della città è entrata nella caserma «Principe di Galles» e tre soldati in alta uniforme, un marinaio, un fante e un aviatore si sono messi di guardia all'ingresso. Solo poche ore prima, lì davanti era attraccato lo yacth *Britannia* e gli ultimi soldati inglesi si facevano abbracciare e fotografare dalle ragazzine di Hong Kong a caccia di ricordi.

«Da quale parte della Cina venite?» ho chiesto a un giovane ufficiale. M'ha guardato con sospetto. «Da tutte le parti», ha risposto. «Ma tu, tu da dove vieni?» «Non lo so», ho tagliato corto. I soldati sono stati ancora per una mezz'ora immobili sui camion, sotto il diluvio, poi in formazione, preceduti dalle loro bandiere rosse e i loro gagliardetti, hanno marciato nell'edificio su cui ancora stava scritto: QUARTIER GENERALE DELLE FORZE INGLESI. Era un'immagine che aveva dell'irreale. Le uniformi, i colori, le falci e martello parevano assolutamente fuori luogo lì, nel cuore di Hong Kong, sullo sfondo dei grattacieli, delle banche, delle compagnie di assicurazione e degli alberghi di lusso. Ma quella era l'immagine della nuova Hong Kong e l'immagine che mi ha tolto ogni dubbio. L'ha tolto anche all'amico cinese che mi accompagnava e che s'era sempre detto felice di quel che succedeva. «È strano, ma solo ora mi rendo conto che questi sono gli stessi soldati che espropriarono la mia famiglia a Shanghai e che ci fecero venir qui da rifugiati.»

Dalle finestre della caserma è comparso un lungo striscione rosso con su scritto, in cinese, coi caratteri semplificati di Pechino che Hong Kong, come Taiwan, si è sempre rifiutata finora di adottare: CELEBRIAMO LA RIUNIFICAZIONE DI HONG KONG CON LA MADREPATRIA. Le celebrazioni dureranno ancora due giorni. Per tanti, alle feste seguirà la depressione.

Son tornato a casa a piedi. Dalla residenza del governatore inglese erano già scomparse le iniziali di Elisabetta Regina, sul palazzo del governo era già stata messa l'insegna della Repubblica Popolare, la stessa che è su tutti i palazzi pubblici della Cina; i poliziotti avevano già cambiato le spalline e i bottoni delle loro uniformi.

Quando, bagnato come un pulcino, sono arrivato davanti alla porta di casa, mi sono accorto che anche sul mio ingresso penzolava una bandiera rossa con le cinque stelle. L'aveva messa il portiere.

Non ho più bisogno di chiedermi che cosa è davvero successo.

Per i «Racconti d'estate» 1997 il *Corriere della Sera* diede come tema ai suoi collaboratori «un luogo». Non mi vennero in mente né Saigon né Benares, ma...

L'Orsigna: ultimo amore

LE streghe erano tre. Stavano sedute sui rami alti del noce accanto alla fontana. Confabulavano e ridevano. Dapprima Ettore sentì solo le loro voci, poi, aguzzando gli occhi già abituati al buio della notte, perché tornava a casa dopo aver giocato a carte con gli amici, le riconobbe. Volle scappare, ma anche le streghe avevano riconosciuto lui e la più vecchia lo bloccò con la sua maledizione: «Ettore, quello che hai visto, scordatelo. Se mai ti esce una sola parola di bocca, morirai». Passarono gli anni ed Ettore non disse mai nulla a nessuno. Poi un giorno che era in Calabria a fare il carbone con dei compaesani e che il discorso, durante la cena, cadde sulle streghe, e che il noce, la fontana, il bar gli parevano lontanissimi, gli venne da aprirsi il cuore. «Io le streghe le ho viste...» E fece i nomi. La mattina dopo, mentre era al lavoro, un carico di legna gli venne inspiegabilmente addosso ed Ettore ci rimase secco.

Questa fu una delle prime storie che mi raccontarono quando arrivai a Orsigna. Ero bambino, venivo dalla città a villeggiare e volevano che imparassi a comportarmi e a rispettare i tabù della montagna. Ogni bosco, ogni forra, ogni roccia sembravano averne uno e i loro nomi parevan fatti apposta per non far perdere alla gente la memoria delle loro origini, come le croci e le madonnine messe lungo i sentieri e per le selve. La Tomba era un piano che una donna, per sfidare la credenza che lì si aggirava uno spirito, una notte d'inverno aveva voluto attraversare. Dal grembo le era caduto il fuso con cui filava la lana, quello s'era piantato nella neve bloccandole la gonna, lei s'era sentita come tirata da una mano invisibile. Al mattino l'avevan ritrovata stecchita, morta di paura. Il Fosso dello Scaraventa era là dove uno che diceva di non credere ai fantasmi era stato da quelli buttato giù per le balze. La Pedata del Diavolo era là dove il demonio che abitava nella valle dell'Orsigna – chiamata ai vecchi tempi «la Selva Oscura» – aveva appoggiato per l'ultima volta il piede scappando dinanzi alla Madonna, venuta a liberare gli abitanti dalla dannazione eterna. Su quel pezzo di terra ancora oggi non cresce un filo d'erba.

Quei posti, con le loro leggende raccontate dai vecchi, m'incantarono. Son passati cinquant'anni, sono stato nel frattempo negli angoli più strani e lontani del mondo, ma da quell'incanto non mi son liberato e l'Orsigna, con le sue 200 «anime», come qui chiamano ancora gli abitanti, resta il mio ombelico sulla terra.

ORSIGNA, 806 METRI SUL LIVELLO DEL MARE, dice il cartello all'inizio del paese. Firenze è a soli 75 chilometri di distanza, ma la strada che oggi arriva quassù non va da nessun'altra parte e bisogna conoscere il segreto d'una curva sulla vecchia, ottusa Porrettana per vedersi aprire, inaspettata, ogni volta come riscoperta, questa valle ariosa in un semicerchio di monti i cui colori marcano il passar delle stagioni. Al contrario dell'Abetone, di Maresca, Gavinana o San Marcello, paesi noti dell'Appennino Toscano, Orsigna non ha mai avuto una sua ragione di vanto. Non c'è mai successo nulla di storico, non ci s'è fermato mai nessuno di famoso. L'unica lapide del paese è quella sulla facciata della chiesa coi nomi e le fotografie smaltate d'una ventina di ragazzi di qui, morti nella Grande Guerra. Il più vicino che un «grande» sia mai arrivato fu a cinque chilometri, quando il Carducci dovette fermarsi alla stazione di Pracchia a causa d'un guasto alla locomotiva del treno che lo portava alle terme di Porretta.

A Orsigna ci venni per la prima volta nel 1945, portato da mio padre che c'era stato da giovane quando, per sciare, si legavano le palanche delle staccionate alle scarpe. Ci arrivammo a piedi, lungo la mulattiera. Non era un vero posto di villeggiatura e trovammo facilmente una camera da affittare. Per alcuni anni stemmo dall'Azelia, la postina, poi dalla Filide, una pastora che, da ogni marito che le era morto, aveva ereditato qualcosa e la cui casa era per questo una delle migliori del paese.

Ogni estate ero lì a badar le pecore coi ragazzi della mia età, a cercar funghi, a raccoglier mirtilli, a guardare la levata del sole da una delle cime, tutte sotto i 2000 metri, ma tutte – per me – altissime. L'Orsigna è stata la mia scuola di vita. Qui ho fatto il primo ballo, ho avuto il primo amore, le prime paure, i primi sogni.

Coi miei primi risparmi comprai il prato dove avevo mandato l'aquilone e con le pietre del fiume ci feci una casa come quelle degli altri, solo con la porta e le finestre più grandi. Il pensiero di quel posto m'è servito da bussola nei miei vagabondaggi nel mondo e quando ai miei figli, cresciuti sempre in Paesi d'altri, ho voluto dare radici e mettere nella memoria l'odore di una casa cui legare poi la nostalgia dell'infanzia, ho imposto loro, come regola di famiglia, di passare ogni anno due mesi a Orsigna.

C'era in questa valle selvaggia con la sua gente senza storia – tranne quella d'una gran miseria –, senza gloria – tranne quella delle leggende di cui si sentivano protagonisti – una misura di umanità che volevo i figli imparassero e si portassero dentro.

Strana gente, quella dell'Orsigna! Già i loro nomi m'impressionarono quando arrivai. Gli uomini si chiamavano Assuero, Smeraldo, Antimo, Elio; le donne Sedomia, Elide, Fortunata. A me, fiorentino, pareva strano che loro non sapessero bene chi fossero i loro antenati. Alcuni dicevano che venivano da una compagnia di ventura cui un signore, non potendoli pagare, aveva dato in feudo la valle. Da qui i loro nomi di famiglia – Venturi, Caporali – e quello d'un caseggiato chiamato il Vizzero. Altri dicevano che all'origine erano dei contrabbandieri che in questa valle inaccessibile, e zona di confine fra le terre del papa e quelle del granduca di Toscana, evitavano di pagare il dazio alle Gabbellette (un posto si chiama appunto così) e varcavano la montagna in un punto impervio chiamato, non a caso, Porta Franca.

Certo è che in questa valle, scura di boschi di castagni e faggi, gli orsignani, lontani dalle città – Firenze e Pistoia – di cui diffidavano, erano cresciuti liberi e pieni d'orgoglio. Abitavano nei loro piccoli borghi sparsi lungo le coste dei monti; e anche alla Chiesa, come si chiama ancora oggi il paese vero e proprio, ci andavano solo per la messa, per giocare a carte, per bere e per comprare il sale e i fiammiferi. Il resto lo facevan da sé. Eran pastori e dalle pecore e dai castagni tiravano tutto quello di cui avevano bisogno.

Anche dal medico ci andavano solo in punto di morte. Alighiero sapeva bloccare il sangue di una ferita recitando una formula misteriosa; Ubaldo – quello vive ancora – con una sua formula segnava il fuoco di sant'Antonio.

Gli orsignani eran gente che aveva tempo. Con un filo d'erba in bocca, stavano per ore e ore in cima a un colle a guardare il gregge con tutto l'agio di pensare e di tacere. Mi parevano conoscere l'animo umano come pochi. Da ogni piccola vicenda mi sembravano capaci di tirar fuori l'archetipo con quella semplicità in cui, piano piano, ho imparato a riconoscere la grandezza.

Erano, per necessità, grandi osservatori della natura e da quella tiravano sempre grandi lezioni e il senso di un equilibrio che si rifletteva nel dar vita, a volte solo con un nome e una leggenda, a ogni sasso, a ogni forra.

Crescendo imparai ad apprezzarli sempre di più. Io andavo in capo al mondo a cercar di capire qualcosa; loro, senza saper né leggere né scrivere, restando sempre lì, ma facendo d'ogni piccolezza un capitale, s'eran costruiti un gran sapere, mi pareva.

Tornavo dal Vietnam e Alighiero, che la guerra l'aveva vista solo una volta quando i tedeschi eran venuti a bruciare una borgata nella valle per rappresaglia d'un attacco partigiano, sembrava saperne tanto più di me. E forse era così. Io avevo visto per un attimo un grande bagliore, lui aveva visto il lento scorrere delle cose nella loro interezza. I cinesi hanno una bella espressione per descrivere come io vivevo, e ancora vivo: «Guardare i fiori dal dorso di un cavallo». Proprio così: in venticinque anni d'Asia ho visto tanti fiori, a volte straordinari, grandi, ma dall'alto di un cavallo, sempre di corsa, sempre a distanza, senza troppo tempo per soffermarmici. Gli orsignani hanno visto pochi fiori, forse piccoli, ma ci sono stati accanto, li hanno visti sbocciare, crescere, morire. E di quello straordinario ciclo della vita son diventati esperti. E liberi, anche dalla morte. Questo è un posto in cui tanta gente s'è suicidata come non volesse dipendere dai disegni di nessuno, neanche da quelli, all'ultimo, del suo Creatore. La Nunziatina, mia vicina, qualche anno fa, si buttò dalla finestra per poter andare a occupare al cimitero la tomba che s'era resa libera accanto a quella del marito. Aveva sentito che un'altra donna del paese era stata portata all'ospedale e sapeva che, se quella moriva prima di lei, lei avrebbe perso il posto in cui voleva esser sepolta.

Gli orsignani vivevano in un mondo tutto loro, con regole loro, e della città rifiutavano tutto. Persino la spiegazione del nome del loro posto. Orsigna, stando agli storici, veniva dal fatto che la valle, menzionata già in certi documenti dell'anno Mille, era piena di orsi (da qui i due che sono nello stemma di Pistoia), ma secondo gli orsignani il nome avrebbe a che fare con una principessa Orsinia (degli Orsini?) esiliata qui a espiare un «fallo d'amore». Le sue guardie erano protette da grandi armature e solo quando si spogliavano per prendere il sole su uno dei colli si vedeva che erano delle magnifiche ragazze. Quel posto si chiama ancora Le Ignude.

«Lì ci si sente», mi dicevano gli orsignani, indicandomi i ruderi di un posto che si chiamava Il Castello (quello della principessa?), ma che tutt'al più poteva essere stato un gruppo di misere casupole di pietra. Io stavo in silenzio a cercare di sentire i lamenti antichi dell'Orsinia, ma non ci riuscivo. «Ci vuole che tu abbia il secondo udito e la seconda vista», diceva Guidino, un vecchio piccolo piccolo che mi era amico.

Lui quei secondi sensi li aveva tutti. Viveva in una casa tutta nera di fumo, ma era un poeta nato, e vinceva regolarmente le gare di contrasto in cui, davanti a una damigiana di vino, i vari poeti del paese si sfidavano a cantare, a rime alterne, uno difendendo le virtù della donna mora, l'altro quelle della bionda; uno i pregi del sole, l'altro quelli della luna.

Oggi nessuno canta più di contrasto a Orsigna. Col passare degli anni tante cose anche qui sono cambiate. È arrivata la televisione e attorno al camino, la sera, la gente non ci sta più a conversare. I pastori sono tutti scesi in piano e i loro figli son diventati cittadini. Eppure molti di loro tornano, rifanno le vecchie case, tornano per andare a funghi, per veder sorgere il sole dalle cime e per ballare in piazza sotto l'unico monumento del paese, un piccolo Cristo di marmo a braccia aperte.

Torno sempre anch'io e sempre più mi domando se, dopo tanta strada fatta altrove, in mezzo a tante genti diverse, sempre in cerca d'altro, in cerca d'esotico, in cerca d'un senso all'insensata cosa che è la vita, questa valle non sia dopotutto il posto più altro, il posto più esotico e più sensato; e se, dopo tante avventure e tanti amori, per il Vietnam, la Cina, il Giappone e ora per l'India, l'Orsigna non sia – se ho fortuna – il mio vero, ultimo amore.

Agosto 1997

RUSSIA
ORSIGNA
KAMCHATKA
SAKHALIN
Južno-Sakhalinsk
ISOLE CURILI
Južno-Kurilsk
GIAPPONE
Kyoto
Kobe
Tokyo
Isola di Oshima
Osaka
Hiroshima
COREA DEL NORD
Pyongyang
Seoul
COREA DEL SUD
MONGOLIA
Pechino
Shanghai
CINA
Srinagar
Peshawar
Sharar-i-sharif
Dharamsala
AFGHANISTAN
PAKISTAN
Karachi
Nuova Delhi
NEPAL
Mirzapur
BANGLADESH
Calcutta
Surat
INDIA
Sriperumbudur
SRI LANKA
Colombo
Batticaloa
MALDIVE
Pagan
Mandalay
MYANMAR (BIRMANIA)
LAOS
Vientiane
THAILANDIA
Bangkok
CAMBOGIA
Phnom Penh
VIETNAM
Saigon
Hong Kong
Macao
Manila
FILIPPINE
BRUNEI
MALESIA
SINGAPORE
INDONESIA
TIMOR
OCEANO PACIFICO
OCEANO INDIANO
TROPICO DEL CANCRO
EQUATORE
180°
30°N
150°
0°
60°
90°E

INDICE

Opere di
TIZIANO TERZANI

in edizione Longanesi

La porta proibita

Buonanotte, signor Lenin

Un indovino mi disse

In Asia

Pelle di leopardo

Lettere contro la guerra

Un altro giro di giostra

La fine è il mio inizio

Fantasmi

Lettere contro la guerra
(con videocassetta)

Anam, il senzanome.
L'ultima intervista a Tiziano Terzani
(dvd)

Finito di stampare
nel mese di aprile 2008
per conto della TEA S.p.A.
dal Nuovo Istituto Italiano d'Arti Grafiche - Bergamo
Printed in Italy